Das Buch

Karen Kahn ist auf der Karriereleiter ganz oben angelangt. Sie ist ein Star in der Modewelt, ihre Kreationen sind begehrte Haute Couture. Und auch im Privaten ist alles in bester Ordnung. Ihr Mann Jeffrey sieht blendend aus und ist noch dazu ein wahrer Mustergatte. Nur eines bedrückt sie: Sie kann keine Kinder bekommen. Nach und nach freundet sie sich immer mehr mit dem Gedanken an, ein Kind zu adoptieren. Schließlich ist sie selbst ein Adoptivkind. Doch Jeffrey scheint von dieser Idee nicht sonderlich begeistert zu sein. Ihn plagen ganz andere Sorgen, nämlich die seiner Meinung nach desolate wirtschaftliche Lage von Karens Modefirma, und er drängt sie zum Verkauf. Die beiden schließen einen Deal: Karen verkauft das Unternehmen und Jeffrey stimmt einer Adoption zu.

Karen ist jetzt am Ziel ihrer Wünsche. Doch als sie von einer Geschäftsreise zurückkommt, sieht auf einmal alles ganz anders aus. Der Ehemann ist weg, die Firma auch und zu allem Überfluß auch noch all ihre Illusionen. Aber Karen gibt nicht auf und fängt noch einmal ganz von vorne an.

Die Autorin

Olivia Goldsmith ist eine international bekannte Bestsellerautorin, die zuletzt mit ihrem Roman *Der Club der Teufelinnen* (01/9117), der auch als Film ein Erfolg wurde, Furore machte.

Im Wilhelm Heyne Verlag sind außerdem erschienen: *Die schönen Hyänen* (01/9446), *Der Bestseller* (01/10506), *Ein Tikket nach New York* (01/10855), *Typisch Mann* (01/13110).

OLIVIA GOLDSMITH

Die Rache der Frauen

Roman

Aus dem Englischen
von Hans Link

WILHELM HEYNE VERLAG
MÜNCHEN

HEYNE ALLGEMEINE REIHE
Nr. 01/12229

Titel der Originalausgabe
FASHIONABLY LATE

Umwelthinweis:
Dieses Buch wurde auf
chlor- und säurefreiem Papier gedruckt

Redaktion: Werner Heilmann

Taschenbuchausgabe 05/2001

Printed in Germany 2001
http://www.heyne.de
Umschlaggestaltung: Hauptmann und Kampa
Werbeagentur, CH-Zug
Umschlagillustration: photonica/Jun Kishimoto
Druck und Bindung: Elsnerdruck, Berlin

ISBN: 3-453-18024-0

TEIL EINS

DESIGNER

Ein Tor, wer in der Mode nichts als Mode sieht.
Honoré de Balzac

1

Ernten, was man genäht

Mit der üblichen standesgemäßen Verspätung feiner Leute drängten sich Karen Kahn und ihr Mann Jeffrey auf der Park Avenue an den Blitzlichtern der Fotografen vorbei ins Waldorf Astoria. Einen wunderbaren Augenblick lang wußte Karen, daß sie alles erreicht hatte. Heute abend fand auf einer großen Wohltätigkeitsveranstaltung zum 38. Mal die jährliche Preisverleihung der Oakley Foundation statt, und in diesem Jahr war sie es, die für ihre Verdienste um die amerikanische Mode die begehrte Auszeichnung erhielt. Wenn sie heute nicht mit standesgemäßer Verspätung erscheinen konnte, wann dann?

Auf dem Weg durch die Halle zum Aufzug – dem letzten privaten Moment, bevor sie sich in den Trubel stürzten – warf Karen ihrem Mann einen Blick zu und konnte ein zufriedenes Lächeln nicht unterdrücken. Gleich würde sie von der *crème de la crème* der Mode umgeben sein, von den Designern, der Presse und den reichen Damen der Gesellschaft, die große Mode wirklich trugen. Sie hatte hart gearbeitet, sie hatte immer von diesem Augenblick geträumt – und dennoch konnte Karen es kaum glauben, daß sie heute die Frau des Tages war.

»Es hat mich fast zwanzig Jahre Arbeit gekostet, ein Überraschungserfolg zu werden«, witzelte sie, und Jeffrey antwortete mit einem Lächeln. Karen wußte, daß sie selbst nur durchschnittlich aussah, aber Jeffrey war wirklich ein Bild von einem Mann. Und obwohl ein Smoking ja bekanntlich jedem Mann ein gewisses Etwas gibt, fand Karen es doch immer wieder erstaunlich, welch umwerfende Wirkung er bei einem so gutaussehenden Typ wie Jeffrey hatte. Er wirkte in seinem Abendanzug sexy und distinguiert zugleich – eine tödliche Mischung. Der schwarz glänzende Atlas seines spitzen Revers brachte sein dichtes, graumeliertes Haar wunderbar zur Geltung. Er trug die Hemd- und Manschettenknöpfe aus Cabochon-Saphir, die sie ihm am Abend zuvor geschenkt hatte. Sie paßten ausgezeichnet zu dem verwaschenen Jeansblau seiner Augen, genauso, wie es ihrer Vorstellung entsprach.

»Gerade noch rechtzeitig«, sagte er. »Man muß höllisch aufpassen, daß man die Auszeichnung für sein Lebenswerk noch vor dem ersten Facelifting einheimst.«

Sie lachte. »Das wußte ich ja gar nicht. Gut, daß es sich so ergeben hat. Andererseits – hätte ich mich vorher liften lassen, dann wäre ich für die Leute sicher immer noch ›dieses geniale junge Ding‹.«

»*Mein* geniales junges Ding bist du sowieso«, erklärte Jeffrey und drückte ihren Arm. »Genau wie damals, als wir uns kennenlernten. Weißt du noch?« Der Aufzug verlangsamte seine Fahrt und hielt. »Und jetzt wirst du gleich erleben, wie es ist, wenn man wirklich auf dem Gipfel steht.«

Bevor sich die *Art-Deco*-Türen aus Edelstahl und Messing öffneten, beugte er sich zu ihr hinunter und küßte sie auf die Wange – vorsichtig, um ihr Make-up nicht zu zerstören. Was für ein Glück hatte sie, daß ihr Mann zu denen gehörte, die wußten, wann ein Kuß, aber kein verschmiertes Make-up willkommen war! Ja, sie hatte das große Los gezogen, und sie war sehr glücklich. Alles in ihrem Leben war so perfekt, wie es nur sein konnte – abgesehen von ihrer psychischen Verfassung. Aber vielleicht hatte Dr. Goldmann ja Neuigkeiten … Sie gab sich einen Ruck. Sinnlos, jetzt an das zu denken, was Jeffrey »ihre Zwangsvorstellung« nannte. Sie hatte sich selbst und ihrem Mann versprochen, diesen Abend in vollen Zügen zu genießen.

Als die Aufzugtüren zur Seite glitten, fiel Karens erster Blick auf Nan Kempner und Mrs. Gordon Getty – Spendenbeschafferinnen der besseren Gesellschaft, die dafür bekannt waren, daß sie *Mode machten*, beide in Kreationen von Yves Saint Laurent. »Sie hätten eigentlich auch mal eine Kleinigkeit von mir anziehen können«, zischte Karen ihrem Mann zu, ohne dabei auch nur einen Augenblick das Lächeln zu vergessen.

»Liebling, du hast dich nie auf solchen Glitterkram eingelassen wie Saint Laurent«, erinnerte Jeffrey sie. Das war wirklich ein Trost, und während sie aus dem Aufzug ins Foyer glitt, warf sie den beiden Frauen eine Kußhand zu. Die eine von ihnen trug ein austernweißes, bodenlanges Etuikleid aus Satin mit Goldtressen und Troddeln am Gürtel – sieht stark nach Gardinenbesatz aus, dachte Karen. Scarlett O'Hara hatte sich wohl wieder einmal an den Vorhängen vergriffen. Die andere war in schwarze, anscheinend mit Silber durchwirkte Spitze gekleidet; da es sich aber um Mrs. Getty handelte, mußte es wohl Platin sein, dachte Karen belustigt. Beide Frauen nahmen ihr Outfit sehr ernst; Nan Kempner hatte einst in einem Interview zugegeben, daß sie als Mädchen in einem Geschäft von Saint Laurent einmal furchtbar geheult habe, weil sie sich ein weißes, nerzbesetztes Kostüm von ihrem Taschengeld nicht hatte leisten können. Es hieß, daß Yves persönlich dazugekommen sei, um das Mädchen kennenzulernen, das da so bitterlich weinte.

Das Foyer war bereits voller Menschen – Männer in exquisitem schwarzem Tuch und Frauen in allen erdenklichen Stoffen und Farben. Merkwürdig, wie sich die Männer immer an das Uniforme klammerten. Nur der Herzog von Windsor hatte den modischen Mut, einen farbigen Abendanzug zu tragen, mitternachtsblau statt schwarz. Aber wenn auch die Männer selbst ihr Modebewußtsein kaum offen zur Schau trugen, waren sie doch zweifellos die eigentlichen Herrscher dieser Welt des schönen Scheins. Trotz ihres eigenen und des Erfolges einiger anderer Designerinnen war es Karen klar, daß die Mode eine Domäne der Männer war und von ihnen kontrolliert wurde. Und die meisten von denen, die dabei etwas zu sagen hatten, waren heute abend hier.

Die Meute der Fotojäger war zahlreicher als gewöhnlich. Die Mode scheint voll im Trend zu liegen, dachte Karen – nicht zum erstenmal, aber es überraschte sie immer wieder. Es gab kaum ein Ereignis in der Modewelt, das nicht eine wilde Mischung aus High Society, Hollywood und Rockmusikern anzog. Sie nahm sich zusammen und gaffte nicht erstaunt – nach Brooklyner Art –, als sie gegen Sly Stallone gedrückt wurde, der mit seinem jüngsten Model da war. Paulina die Prächtige stand neben ihrem Mann, Rick Ocasek. Clint Eastwood war mit Frances Fisher gekommen; dafür, daß sie eben erst ein Baby verloren hatte, sah sie großartig aus. Die Kameradschaft von Elle Halle versuchte gerade, einen Schnappschuß von Christie Brinkley zu ergattern. Billy Joel schien nicht bei ihr zu sein, dafür aber David Bowie mit Iman. Und das, dachte Karen, ist erst das Foyer.

Aus dem Ballsaal drang enormer Lärm. In nur wenigen Augenblicken begrüßte Karen Harold Koda vom Kostüminstitut des Metropolitan Museum of Art, Enid Haupt, eine der reichsten und spendabelsten der großen alten Damen New Yorks, Georgina von Etzdorf, eine Designer-Kollegin, und den barhäuptigen Beppe Modenese, der daran arbeitete, das Ansehen der italienischen Modeindustrie in den USA aufzupolieren. Sie kamen an Gianni Versace vorbei, der neben seiner Schwester und Muse stand, der unglaublich blonden Donatella. Aber noch hatten Jeffrey und Karen es nicht bis zum Ballsaal geschafft. Dieser Abend mußte einfach ein Erfolg werden, dachte Karen, und das freute sie nicht nur für sich selbst, sondern für die ganze Modebranche.

»Gut, die ganze Bande ist also da«, lachte Karen. »Wenigstens keine Party, zu der niemand kommt.«

Bevor sie Gelegenheit hatte, sich weiter zu freuen, wurden sie unterbrochen. »Meine Güte, wenn das nicht Kubla Kahn ist«, sagte eine giftige Stimme hinter ihnen. Karen zuckte zusammen, drehte sich um und starrte in das verschrumpelte Gesicht von Tony de Freise. Tony war ein weiterer Designer von der Seventh Avenue, aber einer, dessen Stern im Sinken war.

»*Karen* Kahn«, verbesserte Jeffrey.

»Ja, und dies ‹ist ein toller Lustpalast, den ihr Euch hier errichtet habt‹«, zitierte Tony spöttisch. Er hielt inne, schaute sich um und preßte die Lippen zusammen. »Für mich haben sie das alles auch einmal gemacht. Paß auf, daß es dir nicht zu Kopf steigt. Sie bauen dich nur auf, damit sie dich dann um so besser vom Sockel stürzen können.« Er zuckte die

Schultern und wandte sich ab. »Wir sehen uns auf der Talfahrt.«

Karen seufzte, versuchte aber, unbeirrt weiter zu lächeln. In jeder Branche gab es Berufsneid, aber in der Mode offenbar ein wenig mehr als überall sonst. Karen wußte nicht genau, warum das so war. Belle, ihre Mutter, hatte früher einmal zu den Intrigen im Lehrerzimmer an der Grundschule gesagt: »Die Auseinandersetzungen waren so schmutzig, weil es um so wenig ging.« Vielleicht waren die Kämpfe in der Welt der Mode im Gegensatz dazu deshalb so schmutzig geworden, weil es um so viel ging. Seit den achtziger Jahren gab es eine Weltmode; die Gewinne waren größer als je zuvor, und offensichtlich hatte man überall die Messer gewetzt.

»Ach, *das* war aber ein erfreuliches Omen«, flüsterte Karen. »Ich fühle mich wie Dornröschen beim Fest, als die böse Fee hereinkam.«

»Vergiß die böse Fee einfach«, beruhigte Jeffrey sie. »Tony wird doch inzwischen von niemand mehr beachtet.«

»Ja. Darauf will er ja gerade hinaus.«

Karen wurde plötzlich klar, daß ihre neugewonnene Publicity sie auch angreifbarer machte. Jetzt gab sie für ihre Berufskollegen eine prächtige Zielscheibe ab. Aber glücklicherweise gab es auch einige – wenn es auch wenige waren –, die sich nicht beirren ließen und ihren eigenen Weg gingen. Bill Blass, wahrscheinlich reicher als alle anderen amerikanischen Designer (ausgenommen Ralph Lauren), war immer freundlich und aufgeschlossen; er betrachtete sie offensichtlich nicht nur unter dem Aspekt der Konkurrenz und war als einer der ersten etablierten Modezaren nett zu Karen gewesen. Mochte er auch kein umwerfendes Talent haben und mochten seine Kreationen mitunter einfallslos sein, er jedenfalls wäre der letzte gewesen, den es beleidigt hätte, das zu hören. Auch Geoffrey Beene mit seiner überragenden Begabung gehörte zu denen, die ihren eigenen Weg gingen. Seine Kleider *waren* einfallsreich, Beispiele wahrer Kunst, und vielleicht galt er auch deshalb als Bilderstürmer, der immer über dem allgemeinen Kampfgetümmel in der Modewelt stand.

In der Schule war es für Karen bereits sehr lehrreich gewesen, Geoffrey Beenes Entwürfe nur *anzuschauen.* Karen beschloß, den Zwischenfall einfach zu vergessen. Sowieso mußte sie sich nun der übrigen Meute stellen. Sie und Jeffrey betraten den Ballsaal und tauchten sogleich in der Menge ihrer Konkurrenten und Kollegen unter. Es sind *wirklich* nette Leute hier, machte Karen sich Mut. Dann sah sie Norris Cleveland.

Karen versuchte, den größten Teil ihrer Zeit und Energie der Arbeit im Atelier zu widmen und sich möglichst wenig mit dem Branchenklatsch und den Lästereien ihrer Berufskollegen abzugeben. Sie versuchte außerdem, sich selbst und ihre Arbeit mit niemand anderem zu vergleichen. Aber wenn es eine Frau in der Branche gab, die sie nicht leiden konnte, dann Norris Cleveland, die gerade jetzt auf sie zukam. Norris war in Karens Augen etwas Schlimmeres als nur eine schlechte Designerin. Sie war die Art von Designerin, die es schaffte, alle Modekünstler in Verruf zu bringen. Sie war faul und kopierte nur die Arbeiten anderer; ihre erbärmlichen Schöpfungen waren entweder langweilig oder untragbar – aber … Das »aber« bedeutete, daß Norris eine geniale Begabung dafür hatte, die richtigen Freunde in den richtigen Positionen zu haben und mit ihren Parties, Witzen, nächtlichen Auftritten in der Stadt *und* ihren neuesten Kreationen überall in den richtigen Zeitungen, Zeitschriften, Kolumnen und Fernsehshows zu erscheinen. Allerdings war es ein Akt der Barmherzigkeit, dabei von *ihren* Kreationen zu reden. Norris stahl ein wenig hier und ein wenig dort. In letzter Zeit schien sie Karens Stil imitiert zu haben. Das schlimmste daran war, daß sie selbst die *Kopien* noch verschandelte! Aber Karen war entschlossen, sich von nichts und niemandem den Abend verderben zu lassen. Sie lächelte Norris zu – jedenfalls entblößte sie die Zähne.

Norris verstand vom Geschäft so wenig wie vom Design. Aber vor ein paar Jahren hatte sie Geld von der Wall Street geheiratet, und der frische Zustrom von Finanzmitteln hatte ihre Firma gerettet. Wenn das, was auf der Seventh Avenue die Runde machte, stimmte – daß Norris' Mann es langsam leid wurde, Schecks auszustellen und immer als »Mr. Cleveland« angeredet zu werden –, dann schien es gleichwohl Norris' gute Laune heute abend nicht getrübt zu haben. Sie kam mit weit geöffneten Armen auf Karen zu, den fast schon schmerzlich dünnen Leib eingehüllt in ein Etuikleid aus gelbem Jersey. Jetzt, da Norris zuerst an ihrem rechten, dann am linken Ohr ein schmatzendes Kußgeräusch erzeugte, hörte Karen das Klicken von Kameraverschlüssen. Irgendwie hatte Norris Cleveland *immer* Kameras im Gefolge. Karen fragte sich, ob es sich um echte Reporter handelte, oder ob es einfach von der Schickeria-Designerin selbst engagierte Leute waren.

»Meine Glückwünsche, Liebste«, sagte Norris mit der gehauchten, monotonen Stimme, die man sich in den exklusiven Mädchenschulen aneignete und später dann unter den Damen vom Lunchclub pflegte – eine Art Jackie Kennedy Onassis mit Lungenemphysem. Norris war immer liebenswürdig zu Karen gewesen, aber Karen hatte stets ihren unter der freundlichen Oberfläche verborgenen Neid und Widerwillen gespürt. Schließlich war Karen nur irgendein Emporkömmling. »Ich freue mich ja *so* für dich.« Ja, ganz recht. Dann wandte Norris sich Jeffrey zu und legte ihm die Hand auf den Arm. »Du bist bestimmt *sehr* stolz«, sagte sie zu Jeffrey, und aus irgendeinem Grund hörte sich das aus Norris' Mund wie eine Beleidigung an. Wieder leuchteten die Blitze der Fotografen auf, und Karen überlegte sich, ob man sie wohl aus dem Bild herausschneiden würde, wenn es in *Town and Country* erschien.

Jeffrey lachte nur. »Norris! Was für ein Kleid!« war alles, was er sagte.

Sie ließ sich in ihrem Lächeln nicht beirren. »Na ja, ihr seid nicht die einzigen, die heute abend feiern. Habt ihr es schon gehört? *Ich* bin dabei, mein Parfüm auf den Markt zu bringen.«

O Gott, wieviel Geld hatte ihr Mann denn, das er zum Fenster hinauswerfen konnte, fragte sich Karen. Ein Parfüm zu lancieren kostete wenigstens zehn bis fünfzehn Millionen Dollar. Wenn es gut gemacht wurde, kostete es dreimal soviel. Und nur dann konnte es sich halten. Karen *haßte* das Parfümgeschäft. Es war ein Goldesel für viele Modekaufleute, seit Coco Chanel damit angefangen hatte – aber jeder wußte auch, daß es Coco nur Geld und Kummer eingebracht hatte. Für Norris war es genau das Richtige. Ohne den geringsten Anflug von Schuldgefühlen konnte sie verzweifelten Menschen, die vergebens auf eine Romanze hofften, Fläschchen mit ihrem Namen darauf verkaufen.

»Na, dann viel Glück«, murmelte Karen und war froh, daß Jeffrey sie vorwärtsdrängte. »Ich hasse sie«, erklärte Karen ihrem Mann, ohne die Lippen zu bewegen.

»Das weiß sie«, antwortete er.

Karen und Jeffrey bahnten sich weiter ihren Weg durch das Gedränge. Es war wundervoll, so schön, daß es kaum zu glauben war: *Jeder* grüßte sie. Auf *diesem* Ball war sie unangefochten das Aschenputtel, aus dem eine Königin geworden war. Und selbst wenn sie den größten Teil ihres Lebens auf den Knien in ihrem Atelier zugebracht hatte – heute abend gab es die Belohnung, die Anerkennung für all ihre Arbeit.

»Schweres Geld rechts voraus«, flüsterte Jeffrey und stubste sie an. »Eine Säule der Gesellschaft.«

Bobby Pillar, der Mann, der im Alleingang ein neues Fernsehimperium aufgebaut und gerade einen eigenen TV-Einkaufs-Kanal gestartete hatte, kam zielstrebig auf sie zu. Karen hatte ihn vorher schon ein- oder zweimal kurz gesehen, aber jetzt näherte er sich strahlend mit ausgestreckter Hand. »Die Frau mit dem gewissen Etwas!« rief er, und statt ihr die Hand zu schütteln, drückte er sie fest an sich.

Karen war überrascht, aber so machte man es nun mal in Hollywood, und er verkörperte Hollywood. Immer der Zeit voraus, hatte man dort längst den körperlosen Luftkuß oder die vornehme Kußhand aufgegeben und war zum vollen Frontalangriff übergegangen. Und jetzt betrachtete Bobby sie so stolz, als sei sie seine eigene Erfindung. »Also dann«, sagte er. »Wann werden Sie eine Kollektion *für mich* entwerfen?«

Karen zuckte die Schultern, lächelte aber. Bobby hatte irgendwie den richtigen Stallgeruch. Er war warmherzig, ungezwungen – und unverkennbares, tiefstes Brooklyn. »Jedenfalls nicht heute abend«, erklärte sie.

Bobby lachte. »Wir müßten mal miteinander reden«, meinte er. »Sie sollten mal die Stückzahlen kennenlernen, die mir vorschweben.«

Jeffrey sagte guten Abend, Bobby wurde von jemand anderem gegrüßt, und Karen und Jeffrey konnten sich wieder freimachen. Als sie außer Hörweite waren, drehte sich Jeffrey noch einmal nach Bobby um. »Ist es denn noch zu fassen?« sagte er aufgebracht. »Der Kerl verkauft Modeschmuck und Polyesterplunder. Es ist mir ganz gleich, wie *verzweifelt* er darauf erpicht ist, sich zu verbessern – *deinen* Namen wird er jedenfalls nicht verhunzen. Du weißt doch, wie es Cher ergangen ist, und dabei hat sie bloß eine Werbesendung gemacht!«

Karen zuckte mit den Schultern. »Trotzdem ist es schön, gefragt zu werden.« *Sie* betrachtete den Vorschlag bestimmt nicht als eine Beleidigung. Ihr Mann war ein Schatz, aber er war auch ein Snob. Natürlich – er konnte es sich leisten, einer zu sein; seine Familie war wohlhabend, reiche deutsche Juden mit mehr als genug Geld in Grundstücken und Häusern in Manhattan. Er hatte Privatschulen besucht und immer zu einer viel glanzvolleren Welt gehört als sie, war immer ein umschwärmter Junggeselle gewesen, während Karen ganz einfach aus Brooklyn stammte.

Langsam setzten sie ihren Weg durch die Menge zu ihrem Tisch hin fort. Dort erwartete sie bereits Defina Pompey – groß und majestätisch wie eine Ebenholzsäule. Karen und Defina arbeiteten seit mehr als zehn Jahren zusammen. Vor fünfzehn Jahren war Defina das gefragteste Model der Saison gewesen. Und noch jetzt, selbst in unmittelbarem Vergleich mit Linda Evangelista, die nicht allzuweit hinter ihr stand, konnte Karen sehen, warum. Ihre Freundin war immer noch hinreißend, schöner als Beverly Johnson und Naomi Campbell in ihren besten Zeiten. Inzwischen, da es wirklich nicht mehr dem guten Ton entsprach, eine Modenschau ohne einige schwarze Models zu veranstalten, konnte man sich kaum noch vorstellen, daß die farbigen Frauen diesen Durchbruch allein Defina zu verdankten hatten. Sie unterhielt sich gerade angeregt mit einer schrecklich hageren, ernsthaften jungen Frau ganz in Schwarz, und einem eleganten, italienisch wirkenden Mann – Defina hatte eine Begabung für Sprachen und sprach fließend Spanisch, Italienisch und Französisch. Sie hatte darüber aber nicht vergessen, welche Sprache ihre alten Freunde verstanden.

Jetzt blickte Defina herüber und warf Karen ein Lächeln zu. Sie trug ein von Karen eigens für sie entworfenes weißes Abendkleid aus Seidenjersey und dazu ein Wickeljackett, das allen Frauen gute Dienste leistete, die eine fülligere Körpermitte kaschieren wollten. Defina war, seit sie nicht mehr als Model arbeitete, in jedem Sinne reifer geworden.

»Darf ich dir jemanden vorstellen, der dich gern kennenlernen würde?« fragte Defina höflich. Sie wandte sich dem Italiener zu und entließ ihn mit einem *»Ciao«* und einem huldvollen Lächeln. Dann schlängelte sie sich zu Karen hinüber, und in ihrem Schlepptau kämpfte sich ein kleines, schwarzes Modegespenst durch die Menge. »Die hier ist so grün, daß sie tatsächlich glaubt, Calvin und Anne Klein seien verwandt. Wollen wir ihr nicht erzählen, daß sie verheiratet sind und Kevin ihr Sohn ist?« schlug Defina *sotto voce* vor. Das Gespenst kam näher, schob einen skeletthaften Arm vor und streckte eine knochige Hand aus. »Karen, das ist Jenna Nuborg; sie ist selbständige Modejournalistin und hätte gern ein Interview. Ich habe ihr gesagt, daß du dich *freuen* würdest.«

Defina hatte das Wörtchen *freuen* etwas zu sehr betont, aber so, daß nur Karen es bemerken konnte. Defina wußte, wie sehr Karen es haßte, von journalistischen Anfängern belästigt zu werden. Gott, die waren so dumm und aufdringlich. Und als wäre das nicht genug, gaben sie sich meistens noch dazu äußerst zart besaitet und schnell beleidigt. Aber Karen gab sich keinen Illusionen hin: Es war die Modepresse, die sie heute abend hierhergebracht hatte. In jahrelanger, mühsamer Arbeit hatte Karen es geschafft, im Haifischteich der Haute Couture zu überleben, aber erst als Jeffrey darauf bestanden hatte, Mercedes Bernard für ihre Öffentlichkeitsarbeit zu engagieren, hatte Karen sich von der Masse der Konkurrenz absetzen und sich einen nationalen und vielleicht sogar internationalen Namen machen können.

»Haben Sie etwas dagegen, wenn ich Ihnen einige Fragen stelle?« fragte die Nuborg. Ihre Stimme war so dünn wie ihre Arme. Es war ein unmöglicher Zeitpunkt für ein Interview, aber bevor Karen eingefallen war, wie sie die Frau auf freundliche Weise loswerden konnte, fuhr die Kleine schon fort: »Welcher Teil des weiblichen Körpers besitzt Ihrer Meinung nach die stärkste sexuelle Ausstrahlungskraft?« Defina, die hinter der Journalistin stand und sie gut um Kopfesgröße überragte, grinste Karen süffisant an.

»Vielleicht ihr Verstand?« fragte Karen zurück, so als ob dies eine Rätselfrage wäre.

Die Kleine lachte nicht. Offensichtlich war sie zu ernst für so etwas! »Was ist Ihr größter, unerfüllter Wunsch?« fuhr sie unerbittlich fort.

Karens Lächeln verschwand. Ohne zu überlegen, legte sie ihre Hände über ihren Bauch, als wolle sie etwas schützen, was nicht vorhanden war. Dr. Goldmann, morgen, fiel ihr ein. Sie blinzelte, hielt inne und sagte sich, daß es an der Zeit sei, sich zusammenzureißen.

Bevor Karen zu einer Antwort ansetzen oder zu einer Entschuldigung ausholen konnte, rauschte die große, blasse Mercedes Bernard zu ihnen herüber. »Jenna – Sie sind doch Jenna?« Die PR-Frau war genial, wenn es darum ging, Namen zu behalten. Und während um sie herum der Begrüßungslärm immer weiterer Neuankömmlinge im glitzernden Ballsaal des Waldorf seinem Höhepunkt zustrebte, machte sich Mercedes daran, diese Nuborg-Molluske von Karen zu lösen. »Sie machen vielleicht besser später weiter«, sagte Mercedes, die inzwischen ihr kühles, aber freundliches Lächeln aufgesetzt hatte. Mercedes strahlte eine Aura von *noblesse oblige* aus. Obwohl sie in ihrem Beruf hauptsächlich damit beschäftigt war, bei einer Heerschar egomanischer Moderedakteure und -journalisten um Publicity zu betteln und für eine vernünftige Berichterstattung zu sorgen, schaffte sie es irgendwie, nie ihre Würde zu verlieren. Der Branchenspruch über sie besagte: »Mercedes biegt sich, aber sie beugt sich nicht.«

»Die Nuborg« – so hieß sie inzwischen für Karen – wandte sich ihr noch einmal zu. »Was ist besser: Eleganz ohne Sexappeal oder Sexappeal ohne Eleganz?« Karen öffnete den Mund, aber Mercedes lange weiße Hand hatte die Reporterin schon an der knochigen, schwarz gewandeten Schulter gepackt und entschlossen weggeschoben. Karen seufzte erleichtert. Sie wußte, daß sie sich eines Tages würde hinsetzen und so tun müssen, als interessierten sie diese klischeehaften Fragen, aber doch nicht ausgerechnet jetzt. Eigentlich sollte sie Defina umbringen – aber ganz vorsichtig, damit das weiße Kleid nicht schmutzig wurde.

»Wo haben die bloß diese Fragen her?« fragte Defina unschuldig und runzelte die Stirn. Sie sah Karen an und wurde ernst. »Es tut mir leid«, sagte sie. »Ich habe nur gescherzt. Ich wußte nicht, daß sie ...«

»Schon gut. Macht nichts«, beruhigte Karen sie.

Definas Augen weiteten sich. »Ein freundliches Lächeln für Nuklear Wintour«, befahl Defina, und Karen bedachte Anna Wintour, die wohl mächtigste Frau der Modepresse, mit einem breiten Lächeln. Anna war gewitzt, hart, bezaubernd und schwierig. Sie hatte viele Spitznamen, aber Mercedes, die Belesenste von ihnen, nannte sie frei nach Shakespeare immer »o Wintour voller Mißvergnügen«. Natürlich tat Mercedes das nur *hinter* Annas knochigem Rücken.

Am Nachbartisch erkannte Karen Doris und Donald Fischer. Er betrieb die Ladenkette The Gap, und zusammen mit Peter Haas senior aus der Familie Levi Strauss verkaufte er wahrscheinlich mehr Jeans als irgend jemand sonst auf der Welt. Bill Wolper von NormCo, dem am Markt erfolgreichsten Modeimperium, leistete ihnen Gesellschaft. Jedermann wußte, daß das große Geld in der Mode im Massenumsatz gemacht wurde, und der war niemals Sache der Seventh Avenue gewesen. Wie Jeffrey ihr immer wieder eingeschärft hatte, war Henry Ford mit Fords und nicht mit Lincolns reich geworden. Erst seit etwa einem Dutzend Jahren hatten die Marktführer unter den amerikanischen Designern der Seventh Avenue – die Lincolnklasse – enorme Firmenimperien aufgebaut. Das hatten sie nur geschafft, weil sie ihre Enklave verließen und sich nach unten orientierten. Aus Lincolns mußten Fords werden, wenn man in den großen Einkaufszentren Erfolg haben wollte. Leute wie Ralph Lauren, Calvin Klein und ein halbes Dutzend anderer hatten Modeimperien von bis dahin unbekannter Größe aufgebaut. Und Karen eröffneten sich jetzt die gleichen Möglichkeiten. Manchmal hatte sie Angst davor.

Aber die Gesichter an ihrem Tisch machten ihr wieder Mut. Sie blickte von Jeffrey zu Defina und Mercedes hinüber, die mit einem offensichtlich schwulen Freund gekommen war. Mercedes gehörte zu einer Generation, die niemals ohne männliche Begleitung zu gesellschaftlichen Ereignissen ging; dabei war sie, wie jedermann wußte, lesbisch (obwohl darüber niemals gesprochen wurde). Neben Mercedes saß Casey Robinson, ihr Marketingvorstand, mit seinem schwulen Begleiter Ray. Karen seufzte noch einmal; wie dankbar war sie, daß sie Jeffrey schon während ihrer ersten Berufsjahre kennengelernt und geheiratet hatte. So viele Frauen in ihrem Beruf beklagten den Mangel heterosexueller Männer in der Branche.

Karen lächelte Casey, Mercedes, Defina und den anderen zu. Alle, die an ihrem Tisch saßen, hatten dazu beigetragen, daß sie heute abend hier war. Als sie erfahren hatte, daß sie den Oakley-Preis bekommen sollte, hatte sie beschlossen, daß diese Menschen bei ihr sein und mit an ihrem Erfolg teilhaben sollten. Ihre Familie hatte sie nicht eingeladen. Schließlich verdankte sie keinem ihrer Verwandten etwas Vergleichbares, und irgendwie komplizierte ihre Anwesenheit die Dinge sowieso. Für dieses eine Mal hatte Karen beschlossen, daß der Abend ihr selbst gehören sollte und daß sie mit ihrer Mutter und ihrer Schwester erst später feiern wollte. Sie fühlte sich deswegen ein wenig schuldig, aber ihr Freund Carl hatte zu ihr gesagt: »Die Alternativen sind, sie einzuladen und dir den Abend zu verderben, oder sie nicht einzuladen und einen tollen Abend zu genießen, sich dabei aber schuldig zu fühlen. Ich sag dir, entscheide dich für die Schuld! Schuld ist wie ein Körperteil. Du mußt lernen, damit umzugehen.«

Als hätte der Gedanke an Carl ihn persönlich heraufbeschworen, sah Karen ihren großen, fetten, schon ziemlich kahlköpfigen Freund auf sich zukommen. Die Tischgesellschaft wäre ohne Carl unvollständig gewesen. Seit ihren Tagen an der South Side High School, damals in Rockville Centre auf Long Island – das sie beide immer noch nach Art der dort ansässigen Juden »Lawn Guylind« nannten – war er derjenige gewesen, der sie am meisten ermutigt hatte. Eigentlich war er der *einzige* gewesen. Jedenfalls hatten weder ihre Mutter noch ihre jüngere Schwester Karens Traum unterstützt, schöne, fabelhaft bequeme Kleider zu machen. Belle war zu praktisch, zu kritisch für Träume, und die arme Lisa, die jünger war als Karen, brauchte selbst Unterstützung und konnte keine geben. Nur Carl mit seinem verrückten Optimismus, seinem Humor und der Nähmaschine seiner Mutter hatte Karens Ideen unterstützt. Er war ihr erster Nähgehilfe und Bundesgenosse gewesen. Jetzt hatte seine massige Gestalt die Tanzfläche des Waldorf endlich überquert, und er hielt sie in einer gewaltigen Umarmung gefangen.

»Brava, brava, brava!« dröhnte er und schmatzte ihr Küsse auf beide Wangen.

»*Grazia*«, erwiderte Karen und erschöpfte mit diesem Wort schon ihr gesamtes italienisches Vokabular. Welche Qual war es für sie gewesen, für ihre Karriere – Jeffrey hatte darauf bestanden – Französisch zu lernen. Karen war keine Defina, wenn es um Sprachen ging. Ihr Englisch hatte immer noch den schweren, näselnden Ton der Nostrand Avenue (wo sie gewohnt hatten, bevor ihr Vater sich etwas im Rockville Centre leisten konnte).

»Wie ist Ihnen denn nun dieser enorme Erfolg gelungen?« fragte Carl nach Art eines Nachrichtensprechers und hielt ihr ein Buttermesser vom Tisch als Mikrofon hin.

»Ich denke, harte Arbeit. Immer mit der Nase auf dem Schleifstein«, antwortete sie eine Spur zu bescheiden und geziert.

»Oh, dann sieht ihre Nase wohl *deswegen* so aus?« fragte er. »Davon müssen wir ein Foto machen.« Carl zog eine winzige Kamera hervor und gab sie Jeffrey. »He, Defina, komm mal rüber. Ich will ein Bild mit den Stars des Abends.«

Defina lachte und gehorchte, aber Karen fiel auf, daß sich Jeffreys Züge strafften. Warum hatte Carl ihren Mann nicht auch dazugebeten? Manchmal konnte Carl unglaublich undiplomatisch sein. Karen wußte, wie schnell sich Jeffrey als bloßes Anhängsel vorkam, obwohl er in Wahrheit ihren Erfolg erst möglich gemacht hatte. Aber Jeffrey, das mußte man ihm positiv ankreiden, nahm bereitwillig die Kamera und peilte durch den Sucher.

»Die drei Musketiere und ihre *Midlife-crisis*«, sagte er, während er knipste.

»Ist das nicht ein Buch von Dumas?« witzelte Carl.

»Ich glaube schon«, sagte Defina. »Aber ich kann mir nie merken, ob es von Dumas, dem Vater, Dumas, dem Sohn oder Dumas, dem Heiligen Geist ist.«

»He, Leute, ihr seid auf dem Holzweg«, erklärte Karen. »Selbst ich weiß doch, daß der Heilige Geist nicht schreiben kann.«

Jeffrey schüttelte den Kopf über ihre Albernheit. »Könnt ihr euch nicht mal für einen Abend wie Berühmtheiten und nicht wie verrücktgewordene Touristen aufführen?« fragte er.

»Apropos Berühmtheiten – ich habe John Kennedy junior in der Halle gesehen«, flüsterte Carl. »Und bin fast ohnmächtig geworden. Ich schwöre dir, er ist eine echte, akute Gefahr für die ganze Schwulengemeinschaft. Der Junge kann einem glatt Herzstolpern verursachen.« Carl begann heftig zu atmen. In echter oder gespielter Erregung, das war bei ihm schwer zu sagen. »Ach, einmal Daryl Hannah sein, nur für eine einzige Nacht!«

Karen sah ihn an und rollte mit den Augen. »Benimm dich«, warnte sie ihn. Carl hatte es mit den Kennedys, oder er tat jedenfalls so. Wahrscheinlich war er der einzige im ganzen Land, der alle Kennedys dieser Generation mit Namen kannte. Das war eine Art Gesellschaftsspiel, so als versuche man, die Namen der Frauen von Heinrich VIII. oder der sieben Zwerge auswendig zu lernen, nur daß es viel mehr Zeit beanspruchte.

Inzwischen hatten fast alle im Ballsaal Platz genommen, und Carl setzte sich zum Team von Karen Kahn an den Tisch. Er nahm sich ein Glas, und als einer der Kellner Champagner brachte, räusperte er sich und wurde ernst. »Laßt uns einen Toast ausbringen auf den diesjährigen Gewinner des begehrten Oakley-Preises«, erklärte er feierlich. Karen schien echt gerührt – bis alle am Tisch auf dieses Stichwort hin eine Scheibe Toast hervorzogen und damit in hohem Bogen über den Tisch nach ihr warfen – selbst die gesetzte Mercedes. Dann brachen sie alle in Gelächter aus. Alle außer Jeffrey.

»Jesus Christus!« sagte er. Er war offensichtlich in den Gag nicht eingeweiht worden. »Eine Tortenschlacht im Waldorf Astoria?« Er schüttelte den Kopf, während Karen gar nicht mehr aufhören konnte zu lachen. Ihre Augen tränten, und sie mußte eine Serviette nehmen, damit sich ihr Make-up nicht verschmierte.

Plötzlich begann Leila Worth, die Festrednerin, vom Podium auf der Bühne her zu sprechen. »Wenn ich um Ihre geschätzte Aufmerksamkeit bitten dürfte«, gurrte sie über die Lautsprechersysteme, die auf volle Leistung gestellt werden mußten, um das Geschrei und Gewieher der versammelten Experten der Haute Couture zu übertönen. Das Modevolk war ein lautes Volk. Aber schließlich wurde es etwas ruhiger.

Der nächste Teil des Abends zog wie ein Nebel an Karen vorbei. Es gab die übliche Folge ungenießbarer Speisen und das Blablabla verschiedener Redner, die über den Oakley-Preis und die Modeindustrie und den Spendenerlös für wohltätige Zwecke sprachen. Zwischen den einzelnen Rednern steigerte sich das Stimmengewirr zu einem fast unerträglichen Getöse, und dazu spielte irgendeine durchschnittliche Band, wohl ein Ableger von Lester Lannin. Dann wurden die Lichter gedimmt, und Leila Worth begab sich wieder ans Rednerpult.

»Heute abend sind wir versammelt, um eine große Persönlichkeit der amerikanischen Modebranche zu ehren.«

Eine Gänsehaut überzog Karens Arme und lief ihr den Rücken herab. Das sollte sie sein? Verlegen blickte sie auf ihren unberührten Teller mit Hühnchenragout und Wildreis. War *sie* eine große Persönlichkeit der Mode? Sie wußte nicht, ob sie das aufregend, peinlich oder erschreckend fand. Vielleicht von allem etwas. Ob sich Coco Chanel, Karens Idol, wohl zwiespältig fühlte, wenn *sie* gefeiert wurde? Wahrscheinlich nicht, aber Chanel *war* ja auch eine Modegröße. Karen saß da und kam sich wie eine Miss Amerika und eine Hochstaplerin zugleich vor. Sie versuchte sich wieder auf Leilas Worte zu konzentrieren. Immerhin bekam man ja nicht jeden Tag eine Auszeichnung für sein Lebenswerk.

»In den letzten zwanzig Jahren ist die Mode Amerikas zur Mode der Welt geworden«, sagte Leila. Karen fragte sich, wie die französischen und italienischen Designer im Publikum das wohl aufnehmen würden? Immerhin – wenn es auch nicht *ganz* zutreffend war, so kam es doch der Wahrheit näher als jemals zuvor. In Amerika hatte man die Voraussetzungen dafür geschaffen, daß die Visionen eines Designers in praktisch jeden Winkel der Welt gebracht werden konnten. Dazu hatte es fast dreier Jahrzehnte bedurft, und der Oakley-Preis war eines der Instrumente, die dazu gedient hatten, die Aufmerksamkeit der Modezeitschriften und der Käufer auf die amerikanischen Modeschöpfer zu lenken. Leilas Übertreibung war also verzeihlich.

»Niemand repräsentiert die amerikanische Mode und niemand kennt die amerikanischen Frauen besser als die Designerin, der wir hier heute die Ehre erweisen. Niemals in den letzten zehn Jahren riß der beständige Strom schöner, luxuriöser und vor allem tragbarer Kleider aus ihren Werkstätten ab. Niemand verfügt über größeres Gestaltungsvermögen oder tieferes Verständnis für die Feinheiten der Farbe, und von niemanden wird sie an Fleiß und Kreativität übertroffen bei ihrer unablässigen Suche nach dem richtigen Material, dem einzigartigen Material, dem Originalmaterial. Bewundern Sie einige Beispiele der Arbeit von Karen Kahn.«

Das auf Leila gerichtete Spotlicht erlosch, und aus den Kulissen heraus setzte sich die Parade der großen, bildschönen Models in Bewegung. Leilas körperlos gewordene Stimme war immer noch zu hören; sie beschrieb einige der Entwürfe, wies auf deren Bedeutung oder Originalität hin. Karen wußte genau, was sie in dem jetzt herrschenden Halbdunkel zu tun hatte: sich an dem Schauspiel sattzusehen, alles begierig in sich aufzusaugen. Es war eine Zusammenstellung ihrer Arbeiten aus den letzten zehn Jahren. Karen nickte zustimmend, als sie das breitschultrige Etuikleid mit dazu passendem Strickjackett sah, den legeren Blazer zu Hosen ohne Aufschlägen und auch das schräggeschnittene Abendkleid aus gestrickter Seide, obwohl Abendgarderobe niemals ihre Stärke gewesen war. Die Kleider wurden auf den Models lebendig, sie changierten im Licht – zugleich Dekoration und organischer Teil der schönen Körper, die sie umhüllten. Das war der Witz, das Problem, um dessen Lösung Karen ständig bemüht war – dem weiblichen Körper etwas zu geben, das ihn auf natürliche Weise kleidete und zeigte, verhüllte und enthüllte.

Die meisten dieser Kreationen, dachte sie, waren erfolgreich gewesen, und jetzt endlich durfte sie einmal einen köstlichen Augenblick lang dasitzen und mit ihrer Arbeit einfach glücklich und zufrieden sein. Sie war kein Wunderkind – verdammt, sie war eine Frau in mittleren Jahren! –, und wenn sie auch lange das Gefühl gehabt hatte, übersehen zu werden, so mußte sie jetzt zugeben, daß ihre Anerkennung eben mit ein wenig Verspätung – ganz nach Art der feinen Leute – gekommen war. Karen spürte, daß sich ihre Visionen auf das Publikum übertrugen, und als die letzte Nummer – eine kräftig kakaofarbene Wollkombination aus Strickjacke und Leggings mit einem einfachen Chiffonhemd darunter – von der Bühne wirbelte und Leila sie nach vorn rief, fiel es Karen nicht mehr schwer, aufzustehen und über die schimmernde, leere Tanzfläche zur Bühne zu gehen. Das Hämmern des Herzschlags in ihren Ohren war genauso laut wie der donnernde Applaus, der sie empfing. Sie hoffte, daß ihre Haare in Ordnung waren, und sie wußte, daß ihre Satinhose und ihre satinbesetzte Kaschmirjacke im Licht glänzen und schimmern würden. Sie stieg auf die Bühne und wandte sich den Gästen zu. Die Spots blendeten sie, aber darauf war sie vorbereitet und versuchte, ohne zu blinzeln in die Dunkelheit hinter den Scheinwerfern zu schauen. Leila umarmte sie, Applaus umfing die beiden Frauen – die gleiche Szene wie bei jeder Preisverleihungszeremonie, seit es Preise gab. Karen ließ ihre Augen über den Saal schweifen, in dem alle versammelt waren, die in der Modewelt etwas bedeuteten.

»Danke, meine Freunde ...«, begann sie.

Jeffrey und sie wollten gerade aufbrechen, als Willie Artech an ihren Tisch kam. Willie war ebenfalls Designer, etwas jünger als Karen, und auch er jonglierte mit einem expandierenden Geschäft auf der Seventh Avenue. Vor ungefähr fünf Jahren war er die ganz große Nummer gewesen, aber Unterfinanzierung und nicht eingehaltene Liefertermine – die Todsünde schlechthin in der Branche – hatten seinem Namen bald den Glanz genommen. Aids hatte ein übriges getan. Nun stand er da, allein, in einem Smoking, der für seinen hager gewordenen Körper viel zu groß war.

»Meine Glückwünsche, Karen«, sagte er und hob unsicher sein Glas. »Wir, die Todgeweihten, grüßen dich.«

Alle am Tisch – größtenteils damit beschäftigt, ihre Siebensachen zusammenzusuchen – hielten inne.

»Ich hatte gehofft, heute abend den Preis zu gewinnen, aber Homosexualität ist nicht mehr so in Mode wie früher einmal.« Er hob die Schultern. »*Res ipsa loquitur.* Das ist Lateinisch und heißt: ›Das spricht für sich selbst.‹« Ein Grinsen verzerrte sein totenkopfähnliches Gesicht. »Paßt doch ganz gut, findest du nicht? Ein toter Mann, der eine tote Sprache spricht.« Seine Stimme erstarb, und er ließ den Kopf sinken. »Es war ein harter Abend. Ich hatte gehofft, zu gewinnen. Zwar habe ich keine Kinder, hätte aber gern etwas hinterlassen, das dafür sorgt, daß ich nicht vergessen werde«, flüsterte er.

»Es tut mir leid, Willie«, murmelte Karen.

Carl stand auf. Sein Freund war vor zwei Jahren an Aids

gestorben. »Laß uns gehen, Karen«, sagte er. Jeffrey kam mit den Mänteln von der Garderobe und half Karen, sich anzuziehen. Die ganze Tischgesellschaft brach auf; Willie, unsicher schwankend, blieb allein zurück.

Defina nahm Karen am Arm. »Nimm es nicht persönlich«, flüsterte sie. »Du weißt ja, wie das bei den schwulen Designern ist: es geht immer um ‹*chere, chere la mere*‹. Und heute abend hat es halt dich mit diesem sentimentalen Quatsch erwischt.«

Trotz Definas Versuch, sie zu beruhigen, war es ein unerfreuliches Ende des wunderbaren Abends, und Karen spürte den Stich eines spontanen Schuldgefühls. Irgendwie wußte sie ganz genau, wie Willie Artech, dem Gespenst an der Festtafel, zumute war.

»Jesus«, sagte Carl, als sie den Saal verließen. »Was kann man sich denn im Angesicht der Ewigkeit noch groß aus einem Preis machen?«

Aber Karen, die die Oakley-Medaille fest umklammert hielt und ihre Hand wieder schützend auf ihren Bauch gelegt hatte, verstand sehr wohl, daß man das konnte.

2

Unfruchtbar

Am Tag nach der Preisverleihung saß Karen wie betäubt in Dr. Goldmans Wartezimmer und versuchte, mit seinem Verdikt fertig zu werden. Irreparabel unfruchtbar.

Irgendwie hatte sie es die ganze Zeit über schon gewußt. Von Anfang an, während all der Tests, all der Medikamente, all der Untersuchungen, trotz Jeffreys eigener Zweifel, daß es an ihm liegen könne, und dem Reigen von Ärzten, die er hinter sich gebracht hatte – ungeachtet all dessen hatte sie gewußt, daß es an ihr lag und daß es keine Abhilfe geben würde.

Merkwürdigerweise durchfuhr Karen in dem Augenblick, als der Arzt es ihr definitiv sagte, der Gedanke, daß sie ihre leibliche Mutter finden müsse. Aber vielleicht war das gar nicht so merkwürdig. Vielleicht war das ja typisch für eine unfruchtbare erwachsene Frau, die adoptiert worden war, überlegte sie. Wie sollte sie das wissen? Vielleicht hatte sie Leidensgenossinnen. Vielleicht gab es ja ein Zwölf-Punkte-Programm oder eine Selbsthilfegruppe für ihresgleichen?

Nach etwas Hilfe war ihr im Augenblick durchaus zumute. War das die Strafe dafür, daß sie gestern abend so glücklich gewesen war? Es war gefährlich, zu glücklich zu sein. Jetzt hatte sie endgültig den Beweis.

Nach fast dreißig Monaten endloser Versuche – Sex zu vorgeschriebenen Zeiten nach dem Kalender, schmerzhafter, erniedrigender Tests, medizinischer Spezialisten und Beratungen – war es schon seit langem klar gewesen, daß irgend etwas ernsthaft nicht in Ordnung war. Darüber konnte sie jetzt kaum überrascht sein, sagte sie sich selbst. Es war nicht unerwartet gekommen. Dies war schließlich nur die letzte, endgültige Diagnose: irreparabel unfruchtbar. Keine Suche mehr nach weiteren Spezialisten, keine vaginale Temperaturmessung mehr, keine Arzttermine mitten am Tag, zum genauen Zeitpunkt ihres Eisprungs. Keine Schmerzen mehr, keine weiteren Ausgaben, keine Zeitverschwendung. Keine Hoffnung mehr.

Sie war wie zerschmettert.

War es die Hoffnungslosigkeit, die ihr den Gedanken eingegeben hatte, nach ihrer leiblichen Mutter zu suchen? Karen wußte nicht, woher dieses Bedürfnis kam, diese Sehnsucht danach, sich wie ein ganzer Mensch zu fühlen, diese Sehnsucht, die – soviel war jetzt klar – niemals von einem Baby befriedigt werden würde. Sie hatte früher nie viel über ihre leibliche Mutter nachgedacht – aber jetzt traf die Notwendigkeit, nach ihr zu suchen, Karen wie ein Schlag in den Magen, mit einer Gewalt, daß ihr beinahe übel wurde.

Sie fühlte sich wie eine völlig andere Frau, hatte nichts mehr zu tun mit der Preisträgerin, die noch vor nur fünfzehn Stunden auf der Bühne des Waldorf gestanden hatte. Was war das schon gewesen? Keine Erinnerung an Ruhm und Ehre konnte den Schmerz lindern, den sie jetzt verspürte.

Sie wußte, daß sie es ihrer Mutter nicht erzählen konnte. Weder das eine noch das andere: daß an ein Baby nicht mehr zu denken war und daß sie vorhatte, ihre eigene, leibliche Mutter ausfindig zu machen. Wie immer würden für Belle ihre eigenen Gefühle an erster Stelle kommen. Belle war die personifizierte Mutter des alten Mutter-Tochter-Witzes: Als die Mutter ihre Tochter tot auf dem Boden liegend findet, ruft sie entsetzt: »Selbstmord! Wie konnte sie *mir* das antun?« Ja, Belle würde eine Mitleidsorgie aus dieser Sache machen. Belle wollte nur von Preisverleihungen hören. Sie war gut für Erfolge, nicht für Mißerfolge.

Was die Sache noch schlimmer machte, war, daß Belle schon länger als Karen sich erinnern mochte sie und Jeffrey gedrängt hatte, Kinder zu bekommen. Es war furchtbar, wenn sie jetzt zugeben mußte, daß Belle Recht gehabt hatte. Wir hätten wirklich schon früher versuchen sollen, ein Kind zu bekommen, dachte Karen. Aber ich war so von meinem Beruf in Anspruch genommen. Sich einen Platz in der Modewelt zu erobern, war kein Strandspaziergang. Und als ich dann erst einmal einen Fuß in der Tür hatte, wie hätte ich da aufhören können? Als meine Kleider erst einmal Erfolg hatten, da blieb bei all der Arbeit, den Geschäften, den Reisen nicht mehr viel Zeit übrig. Babys, so sah es aus, konnten immer noch kommen.

Aber genau das würden sie nicht tun. Karen spürte einen stechenden Schmerz irgendwo in ihren nicht funktionsfähigen weiblichen Organen. Schuld? Ein Phantom-Eisprung? Sie rief sich ins Gedächtnis zurück, daß ihr der Arzt heute gesagt hatte, ihre Unfruchtbarkeit läge nicht allein am Alter. »Es ist gut möglich, daß Sie niemals fähig waren, schwanger zu werden, obwohl Ihr Lebensalter die Sache sicher noch verschlimmert hat.« Vielleicht ist es gar nicht angebracht, sagte sie zu sich selbst, daß ich mich schuldig fühle, weil ich den Kinderwunsch so lange aufgeschoben habe. Sie versuchte, sich das einzureden.

Ihre Mutter allerdings würde es niemals glauben. Sie würde nichts Eiligeres zu tun haben, als sie nicht nur auf ihre eigene Schuld hinzuweisen, sondern auch darauf, daß sie, Belle, ihre Tochter schließlich gewarnt habe. Belle hatte nicht *immer* Recht, aber oft genug, um den Eindruck der Unfehlbarkeit zu erwecken. Belle war eine schlaue Mutter, aber keine tröstliche. Karen spürte, wie ihr Tränen in die Augen traten, obwohl sie niemals weinte. Sie holte tief Luft und kniff die Augen zusammen. Mittlerweile war sie erfahren genug, um zu wissen, daß kaum jemand so etwas wie eine auch nur halbwegs gute Beziehung zu seinen Eltern hatte, aber im Augenblick sehnte sie sich nach einer Brust, an der sie sich unbefangen, ohne sich zu schämen und ohne Schuld zu empfinden, ausweinen konnte. Kein Wunder, daß die Männer bei den Frauen Trost suchten: Eine Brust war eine starke Verlockung. Und dennoch würde Karen bei Belle niemals diese Wärme finden. Vielleicht war es kein Zufall, daß Belle so flachbrüstig war; da gab es keine Verlockung, dachte Karen. Ja, und wenn die Männer zu den Frauen gehen, um sich trösten zu lassen – wo gehen die Frauen hin?

Zu ihren Freundinnen. Karen hatte drei: ihre Schwester Lisa, Defina und Carl, der zwar anatomisch betrachtet keine

Frau war, aber sicherlich in jeder anderen Hinsicht als solche durchgehen konnte. Aber Defina war immer noch dabei, den Erfolg der letzten Nacht zu feiern; Carl hörte zwar jederzeit geduldig zu, aber er hielt sich jetzt am anderen Ende von Brooklyn auf; und Lisa war im Augenblick draußen auf Long Island und wartete dort zusammen mit Belle, daß Karen endlich zu ihnen käme. Karen seufzte. Sie hatte immer noch ein Gefühl im Magen, als müßte sie sich übergeben. Bestimmt würde sie sich erst dann beruhigen, wenn sie heute abend bei Jeffrey zu Hause wäre. Und vielleicht nicht einmal dann. Denn während er ihr in allen anderen Bereichen ein Gefühl der Sicherheit vermittelte, war er in diese Sache zu sehr verstrickt, als daß sie auf ihn zählen könnte. Ihre gemeinsame Odyssee der versuchten Kindeszeugung hatte seine Geduld bis aufs äußerste strapaziert und ihre Ehe stärker belastet, als sie es sich eingestehen mochte.

»Mrs. Kahn?« In der Stimme der Arzthelferin lag eine unausgesprochene Frage, und Karen begriff, daß sie sich jetzt so benehmen mußte, als würde sich nicht der ganze Raum um sie drehen.

»Ja?« fragte sie die Helferin, die sie mit ihrem professionell strahlenden Lächeln ansah, als spiele es keine Rolle, daß dies der schlimmste Tag in Karens Leben war. Der beste Abend und danach der schlimmste Tag. Vierundzwanzig harte Stunden.

»Das macht siebenhundertdreiundvierzig Dollar«, sagte die Frau freundlich, ohne sich zu schämen. Karen kramte ihr Scheckheft aus der Tasche und merkte, daß ihre Hände zitterten. Sie versuchte, eine »7« in das Feld für den Betrag zu schreiben, aber das Ergebnis glich eher einer auf der Straße plattgefahrenen Schlange als einer Ziffer. Es war sinnlos. Sie riß den Scheck heraus, riß ihn in Stücke, warf den Kugelschreiber auf die Theke und das Scheckheft zurück in ihre Tasche.

»Schicken Sie mir eine Rechnung«, sagte sie, und ihre Verärgerung verlieh ihr genug Energie, um es durch die Tür zum Aufzug und hinunter in die Halle des Gebäudes zu schaffen. Wie konnten sie einen für solche Resultate auch noch bezahlen lassen? Ihre Lippen zitterten, aber sie weinte nicht. Sie weinte niemals. Sie verließ das Gebäude und ging hinaus auf die Park Avenue. Die Markise über dem Eingang schlug im Wind, und feiner Regen versprühte überallhin seine braungraue Farbe – wie Rauch von feuchtem Holz –, die New York an solch schlechten, regnerischen Nachmittagen überzog.

Ein Taxi hielt vor dem Baldachin, und zwei Männer stiegen aus, so daß es frei für sie war. Dankbar stieg sie ein und holte tief Luft. »Zur Pennsylvania Station«, sagte sie zu dem Fahrer, der in der Nationaltracht irgendeines Landes der Dritten Welt gekleidet war, das sie auf der Landkarte kaum würde finden können. Er nickte, und sie hoffte, daß er eine Ahnung hatte, wo er ihr Ziel suchen mußte.

Sie ließ sich in den unglaublich unbequemen Sitz zurücksinken und warf einen Blick auf ihre Uhr, eine klobige, alte, goldene Rolex, eine Männeruhr – die in der Lage war, ihr kräftiges Handgelenk zart erscheinen zu lassen. Das Taxi kroch durch die wohlbekannte Kampfzone der Midtown. Sie würde den Vier-Uhr-Sieben-Zug nicht mehr erreichen, verdammt.

Jetzt kam das Taxi ruckelnd hinter einem Bus zum Stehen, der Wolken von schwarzem Rauch ausstieß und von dessen Hinterfront sie eine ekelhafte John-Weitz-Reklame anstarrte. Sie waren immer noch drei lange Blocks von der Penn-Station entfernt – drei Häuserblocks der 33. Straße, inmitten der City ..., das war an einem regnerischen Freitag die Hölle. »Scheiß drauf«, murmelte Karen, beugte sich vor und brachte ihr Gesicht so nah wie möglich an die kugelsichere Plexiglasunterteilung heran, die sie vom Fahrer trennte. »Was macht es bis Long Island?«

»John-F.-Kennedy-Flughafen?« fragte er mit einer Stimme, die sich in einem möglicherweise pakistanischen Akzent hoffnungsvoll hob.

»Nein. Rockville Centre. Auf Long Island. Ist nur ein bißchen weiter als JFK«, log sie. Verzweifelt fragte sie sich, ob sie überhaupt genug Geld dabei hatte. So war das, wenn man Erfolg hatte: Karen war seit Jahren nicht mehr in einer

Bank gewesen. Ihre Sekretärin besorgte ihr das Bargeld, und ihr ging es ständig aus. Deshalb hatte sie es sich angewöhnt, zusammengefaltete Hundertdollarscheine in die Reißverschlußabteile all ihrer Taschen zu stecken. Notgeld. Sie öffnete die, die sie gerade dabei hatte, und tatsächlich steckten dort hundert Dollar. Sie nahm den Schein heraus, faltete ihn auseinander und zeigte ihm den Fahrer, indem sie ihn ein Stück weit in die kleine Schale für das Trinkgeld schob. Er beäugte ihn gierig und stellte das Taxameter ab.

»Wie fahren wir?« fragte er. Der Akzent war doch nicht pakistanisch. Und die merkwürdige Bolerojacke, die er trug, war interessant. Sie war aus Ripsseide ... Jedenfalls war er kein Pakistani. Vielleicht ein Afghane. Aber deren Verkehrsmittel waren doch Kamele, keine Buicks, oder?

»Durch den Queens-Midtown-Tunnel, dann den Long-Island-Expressway. Es ist nicht allzu weit«, log sie wieder. Nun, nach Rockville Centre würden sie wahrscheinlich nicht so lange brauchen wie dazu, quer durch Manhattan zu kommen. Vielleicht konnte sie es mit etwas Glück schaffen, rechtzeitig zum Dinner in Belles Haus zu sein.

Zu ihrer Erleichterung war der Fahrer einverstanden. Karen sagte ihm, daß er wenden und nach Osten statt nach Westen fahren müsse, und lehnte sich dann in dem dürftig gepolsterten Plastiksitz zurück. Sie drückte die Hände auf ihren Schoß, der für immer leer bleiben würde. Es wird schon gutgehen, sagte sie sich. Jeffrey wird es verstehen. Er wird nicht allzu enttäuscht sein, und wir können gleich über Adoption sprechen. Vielleicht sind wir schon ein bißchen zu alt für die Anforderungen der Spence-Chapin-Agentur, aber Sid kann möglicherweise eine private Adoption arrangieren, oder er kennt zumindest Rechtsanwälte, die das können. Am Geld sollte es nicht liegen, und dann würden sie ihr eigenes Baby haben. Es wird alles gut werden, sagte Karen sich selbst. Sie würde sich nicht mit einem »Nein« als Antwort abfinden.

Die Anfahrt zum Queens-Midtown-Tunnel war das reinste Chaos – Karen kam es so vor wie die endgültige Evakuierung Saigons. Das Taxi schlingerte hinter einem gewaltigen

Neunachser her und drängelte sich dann in eine gute Startposition. Die Abgase waren unerträglich. Karen beobachtete, wie das ganze Blech versuchte, sich in den engen Tunnel hineinzudrängen. Das war fast so wie die medizinischen Eingriffe, die sie in letzter Zeit mitgemacht hatte, dachte sie voller Pein. Nicht, daß sie irgend etwas genützt hätten. Sie seufzte. Während das Taxi sich zentimeterweise in den Tunneleingang schob, verstummte die gräßliche Musik aus dem Radio. Karen schloß die Augen vor der grellen Tunnelbeleuchtung und wartete darauf, daß die zweispurige Prozession von Fahrzeugen endlich New York hinter sich ließe.

Schließlich wurde das Taxi vom Midtown-Tunnel wieder ausgespien und fuhr Richtung Long-Island-Expressway. Der Nieselregen hatte sich inzwischen in einen ergiebigen Regenguß verwandelt, und Karen wußte, daß es keine zwanzig Minuten dauern würde, bis der VanWyck-Expressway genauso wie der Brooklyn-Queens-Expressway überschwemmt sein würde. »Schneller«, rief sie dem Fahrer zu. »Schneller«, wiederholte sie noch einmal laut und versuchte, daran zu glauben, daß alles gut sein würde, wenn sie erst bei ihrer Mutter war.

3

Aus einem anderen Stoff geschnitten

Karen Kahn, geborene Lipsky, war im Alter von dreieinhalb Jahren von Belle und Arnold Lipsky adoptiert worden. Dreieinhalb Jahre war ziemlich viel für eine Adoption. An ihre frühe Kindheit hatte Karen kaum Erinnerungen, und keine davon reichte weiter zurück als bis zu der Zeit, da sie mit Belle und Arnold in der 42-33 Ocean Avenue in Brooklyn gewohnt hatte. Sie wußte nicht, ob das normal war oder nicht, konnte sich aber recht gut vorstellen, daß das traumatische Erlebnis, ein Zuhause gegen ein anderes einzutauschen, wohl bei jedem Kind ausreichte, um die Eindrücke einer früheren Existenz verlöschen zu lassen. Ihre wirklichen Erinnerungen begannen mit Belle: Belle, die sie in einem Kinderwagen die Ocean-Avenue hinunter zum Prospect Park schob. Mit fast vier Jahren war Karen damals eigentlich schon zu groß für einen Kinderwagen gewesen, aber vielleicht hatte Belle so tun wollen, als sei Karen noch ein Baby. Vielleicht hätte Karen das selbst gewollt.

Belle Lipsky entsprach in ihrer äußeren Erscheinung nicht dem Idealbild einer Mutter. Zartknochig und dünn, war sie immer makellos herausgeputzt und trug Kombinationen, die von Kopf bis Fuß aufeinander abgestimmt waren. Man konnte sie keine Schönheit nennen – ihre Gesichtszüge waren zu scharf, zu verkniffen –, aber sie war das, was die Leute »attraktiv« nannten. Karen war immer stolz darauf gewesen, wie Belle aussah, auf ihre Haltung. Vor allem ihre Hüte waren Karen im Gedächtnis geblieben. Aber diese extraordinären Gebilde waren wie alles, was Belle trug, »zum Anschauen, nicht zum Anfassen«. Von Kindheit an wußte Karen, daß von ihr erwartet wurde, Belles und ihre eigene Kleidung nicht zu verschmutzen und ihr Zimmer sauber zu halten. Belle war eine Ordnungsfanatikerin; ihre Wohnung in Brooklyn war so steril wie ihr System, Kinder zu bekommen.

Belle und Arnold waren erst ein Jahr miteinander verheiratet gewesen, als sie Karen adoptierten. Es war Karen immer merkwürdig vorgekommen und oft peinlich erschienen, daß ihr Geburtsdatum vor dem der Hochzeit ihrer Eltern lag, aber da ihre Eltern nie darüber redeten, tat sie es auch nicht. Einmal hatte Belle im Scherz gesagt, daß Karen eben mit der Verspätung feiner Leute in die Familie gekommen sei. Karen hütete sich, Fragen zu stellen. Sie hatte gelernt, nichts Unerfreuliches zur Sprache zu bringen, nichts, mit dem sie ihre Eltern aufbringen konnte. Fragen nach ihrer Adoption wurden nicht ermutigt. Es ging immer nur darum, still zu sein, sauber zu sein und ruhig zu sein. Arnold war selbst ein sehr ruhiger Mann, und sowohl er als auch Karen wußten, daß, wann immer es etwas zu sagen gab, Belle das schon übernehmen würde.

Trotzdem war Belle keine nachlässige Mutter. Es war eben so, daß sie sich für manche Dinge interessierte und daß andere sie kalt ließen. Sicher gab es vieles, was sie zusammen taten. Sie las Karen vor. (Schließlich war sie Lehrerin gewesen.) Sie gingen zusammen spazieren und Kleider einkaufen. Karen war immer perfekt gekleidet, wenigstens bis zu dem Zeitpunkt, als sie einen eigenen Geschmack zu entwickeln begann, der sich von dem Belles sehr unterschied. Aber da war sie schon elf oder zwölf, und bis zu dieser Zeit unternahmen sie einmal in der Woche Streifzüge durch die Läden von Brooklyn und fielen über Abraham & Strauss her. Noch aufregender für Karen waren die besonderen Samstage, an denen sie nach Manhattan fuhren. Dort streiften sie durch die Geschäfte von S. Klein, Altman, Orbach und Lord & Taylor, bevor sie schließlich bei Schraft's in der Fifths Avenue einen Imbiß zu sich nahmen. Sie waren einander bei diesen Einkaufsbummeln gute Gefährtinnen gewesen, und Karen hatte nicht nur gelernt, geduldig zu warten, während Belle eine Unzahl von Kleidern anprobierte, sondern auch, sie auf Belles Wunsch hin kritisch zu würdigen. Manchmal fragte sie sich, ob vielleicht ihr Interesse an Kleidern damals seinen

Anfang genommen hatte. War sie schon immer an Mode interessiert gewesen? Und hatte Belle dieses Interesse bewußt gefördert? Denn damals hatte Belle den Einschätzungen Karens immer aufmerksam gelauscht.

Das Taxi hatte die Ausfahrt Rockville Centre erreicht. Der Fahrer murmelte leise vor sich hin. Karen betete, daß er wegen der Länge der Fahrt nicht so aufgebracht sein würde, daß er sie einfach hier absetzte, am Rand der Schnellstraße. Der Regen hatte sich inzwischen in einen Wolkenbruch verwandelt, und Karen fühlte sich so zerbrechlich wie Tennesse Williams' Blanche DuBois; genau wie Blanche war Karen im Augenblick auf die Freundlichkeit von Fremden angewiesen.

Das letzte Stück des Weges dirigierte sie den grummelnden Fahrer, bis das Taxi schließlich vor dem Backsteinbau mit den sorgsam gestutzten Hecken anhielt. Karen gab dem Burschen die hundert Dollar und sagte ihm, wie er zurückfahren müsse. Erleichtert stieg sie aus und ging auf das Haus zu. Durch die Dunkelheit leuchteten ihr die Lichter des Wohnzimmers entgegen. Ihre Mutter und ihre Schwester warteten schon auf sie.

Karens Schwester Lisa sah ihr nicht im geringsten ähnlich. Nun, wie sollte sie auch. Ich bin ja adoptiert, dachte Karen, aber trotzdem war sie manchmal überrascht, wenn sie Lisa nach längerer Zeit wiedersah. Sie waren wirklich sehr verschieden. Und jetzt stand Lisa, zart und zierlich wie immer, im Wohnzimmer ihrer Mutter. Sie war eine dieser zartknochigen, schlanken jüdischen Frauen – wenn es im Lexikon ein Stichwort für »jüdisch-amerikanische Prinzessin« gäbe, dann hätte man es mit Lisas Bild illustrieren können. Tatsächlich hatte Lisa starke Ähnlichkeit mit ihrer Mutter, die mit ihren vierundsechzig Jahren immer noch eine schlanke, mädchenhafte Figur und die Art nervöser Energie besaß, die ihre Bewegungen jugendlich wirken ließ.

»Wer kommt denn da?« rief Lisa. Sie war eine Schönheit, und manchmal fragte Karen sich, ob all ihre eigenen Kreationen, die so gut für große Frauen und so schlecht für kleine geeignet waren, nicht eine unbewußt feindliche Reaktion auf Lisas Aussehen waren. Karen liebte ihre Schwester, obwohl ihr bewußt war, daß Lisa es immer einfacher gehabt hatte. Sechs Jahre jünger als Karen, war sie eine unerwartete Überraschung für ihre Eltern gewesen, die schon lange zuvor die Unfruchtbarkeit ihrer Ehe akzeptiert und sich mit Karens Adoption beholfen hatten. Lisas Erscheinen hatte zu einer unglaublichen Erneuerung geführt, zu einem Wiederaufleben von Belles Fraulichkeit gerade in einem Alter, in dem andere Frauen beginnen mußten, sich mit den Wechseljahren auseinanderzusetzen. Die Schwangerschaft hatte Belle nicht nur aufleben lassen, sondern ihr schließlich noch ein vollkommenes kleines Baby geschenkt, das sie einkleiden, mit dem sie spielen und das sie herumzeigen konnte. Gerade als Karen in das Alter kam, wo sie schlaksig und trotzig wurde, hatte Belle das Glück, mit einem pflegeleichten Baby belohnt und abgelenkt zu werden.

Lisa hatte sich all die Schleifchen und Rüschen gefallen lassen, die Karen schon damals nicht mehr haben wollte. Und Lisa trug sie immer noch. Lisa ließ sich auch auf alle Vorschläge ihrer Mutter ein und schien immer den Weg des geringsten Widerstands zu gehen: In der Schule hatte sie die schlechteren Noten, zur Hofstra-Universität ging sie nur ein Jahr lang, und ihre »Karriere« hatte darin bestanden, eine eigene kleine Boutique zu betreiben. Sie heiratete Leonard nach Abschluß seines Medizinstudiums und zog sich rasch aus dem Berufsleben zurück, um sich ihren Töchtern zu widmen, genau wie ihre Mutter. Und natürlich war sie eindeutig der Liebling ihrer Mutter.

Zumindest sah Karen das so. Sie wußte aber auch, daß Lisa immer sie, Karen, für die Bevorzugte hielt; daß Lisa glaubte, Karen, die Ältere, würde mehr beachtet, gelte immer als die Kluge, die Talentierte, die Erfolgreiche. Meine Mutter hat ein diplomatisches Talent, dachte Karen und mußte lächeln: Belle brachte es fertig, daß ihre beiden Töchter gleichzeitig das Gefühl hatten, daß jeweils die andere in den Genuß des Meistbegünstigtenstatus käme. Aber vielleicht lag es auch nicht an Belle. Vielleicht hat es mit uns beiden als Schwestern zu tun. Die ältere gegen die jüngere. Die adoptierte gegen die leibliche. Und vielleicht werden Schwestern mit solchem Kram niemals fertig, dachte Karen, während sie Lisas Begrüßungslächeln erwiderte. Denn in einem tieferen Sinn wußte Karen, daß sie Lisa von Herzen liebte. Sie hatte sie geliebt und sich um sie gesorgt. Schon seitdem sie den winzigen Säugling zum erstenmal gesehen hatte.

»Wie ging's dir heute?« fragte Belle.

Karen mußte an die fehlgeschlagene Anprobe denken, durch die sie sich mit Elise Elliot, ihrer wichtigen neuen Kundin, gekämpft hatte, an einen Streit mit Jeffrey und an die entsetzlichen Minuten in der Praxis von Dr. Goldman, aber dennoch brachte sie ein Lächeln zustande. »Großartig«, sagte sie, denn aus langer Erfahrung wußte sie sehr wohl, daß dies die einzige Antwort war, mit der Belle etwas anfangen konnte. »Und wie war's bei dir?«

»Auch großartig«, antwortete Belle strahlend. »Wir sind bei Neimann-Marcus gewesen. Lisa hat mich neu eingekleidet. Sie hat darauf *bestanden.*«

»Alles war herabgesetzt«, sagte Lisa und zuckte die Schultern, wie um zu sagen, daß es keine große Sache gewesen sei.

Immer noch genauso verrückt wie früher. Karen konnte sich einfach nicht mit der unersättlichen Kauflust ihrer Mutter und ihrer Schwester abfinden. Sie schüttelte den Kopf. Bevor sie selbst bekannt geworden war, hatte sie sich der Mühe unterzogen, die beiden in die Ausstellungsräume der meisten Couturiers in der Seventh Avenue mitzuschleppen, trotz des Theaters, das dann meist folgte. Denn wie die notorischen Gabor-Schwestern standen ihre Mutter und ihre Schwester bald in dem Ruf, Kleider nicht zu kaufen, sondern umzutauschen. Aber schließlich hatte Karen dann begriffen, daß das Einkaufen für die beiden, so wie für viele andere Frauen, sehr zur Festigung ihrer Beziehung beitrug. Es war so etwas wie der Sport bei den Männern: Ein Vater konnte vollständig den Zugang dazu verloren haben, was in seinem Sohn und in dessen Leben vorging, aber trotzdem würde es immer für ein Gespräch über Baseball ausreichen. Und Lisa und Belle festigten ihre Bande, indem sie zusammen einkaufen gingen. Unglücklicherweise waren gemeinschaftliche Einkaufsbummel mit ihrer Mutter für Karen unmöglich, seit sie erwachsen war.

Nachdem Karens Interesse am Design sich vertieft hatte, war sie – mit Belles Worten – »zu eigen« geworden. Und »zu trüb«. »Du brauchst etwas Farbe.« Farbe bedeutete für Belle Rot, Aquamarin und Königsblau. Selbst jetzt, da andere Frauen Tausende von Dollars für Karens einzigartige Visionen bezahlten, für ihren feinentwickelten Farbsinn, hatte Belle niemals wirklich anerkannt, daß Karens Geschmack für andere viel bedeutete; für sie war er lediglich schwer zu verstehen.

Karen blickte ihre Mutter an und lächelte mühsam. »Wo ist Papa?«

»Ach, du kennst doch deinen Vater. Arbeitet wieder länger wegen irgendeines elenden Falles.« Selbst nach mehr als vierzigjähriger Ehe hatte Belle ihrem Mann immer noch nicht verziehen, daß er nur Anwalt für Arbeitsrecht war, »kein *richtiger* Anwalt«, wie Belle oft betonte. Er war nie in eine der Kanzleien an der Park Avenue eingetreten, und seine Arbeit war niemals lukrativ gewesen. Er hatte seine eigene Kanzlei für Arbeitsrecht aufgemacht und, was noch schlimmer war, er arbeitete oft ohne Honorar. »Ein Jurist aus Harvard! Er hätte Millionen machen können«, sagte Belle oft genug untröstlich.

»Also wollen wir essen?« fragte Belle jetzt. Sie ging durch den Mauerbogen ins Eßzimmer, wo für drei Personen gedeckt war. Hübsches Porzellan – Royal Doulton –, glänzendes Kristall und ein kleines Väschen mit Veilchen an jedem Platz. Belle wußte, wie man einen Tisch deckt, aber für die Küche hatte sie keine Begabung. Essen bedeutete für sie, daß Unordnung entstand, daß man sich unnötig abmühte, und beides war vermeidbar: Sie hatte lange vor allen anderen die Vorzüge der Tiefkühlkost entdeckt und brachte seither auf den Tisch, was Karen im stillen immer als »Krankenhauskost« bezeichnete, kleine Portionen, an deren Bemessung niemand Anstoß nahm, weil sie furchtbar fad schmeckten. Und es gab *niemals* irgendwelche Reste. Arnold schien das nichts auszumachen – wenn es nicht um seine Arbeit ging, nahm Karens Vater kaum etwas zur Kenntnis, und zudem aß er oft auswärts. Sie hatte meist allein mit Belles kulinarischer Folter fertigwerden müssen.

Als sie sich jetzt setzten, ging es Karen durch den Kopf, daß sie das gleiche Bild schon an so vielen, vielen Abenden zuvor gesehen hatte: »die drei Mädchen«, wie Belle, sich selbst einschließend, sie gern nannte, zusammen am Tisch. Es war merkwürdig, daß Belle so oft in der dritten Person oder indirekt sprach. »Die drei Mädchen gehen einkaufen«, pflegte sie zu sagen, wenn sie zu Alexander's oder Loehman's fuhren. Saß sie selbst am Steuer und bog irgendwo ab, sagte Belle: »Sie paßt jetzt besser auf, wo sie hinfährt«, oder: »Sie hält jetzt besser die Augen auf der Straße.« Belle hatte, da gab es keinen Zweifel, genausoviel Abstand zu sich selbst wie zu ihren Töchtern. Karen seufzte. Sie hätte ihren Papa heute abend gern gesehen. Zwar redeten sie nicht viel miteinander, außer über die Arbeit, aber Arnold verfügte über eine starke Ausstrahlung; von ihm ging eine Ruhe und eine Tröstlichkeit aus, die es bei Belle nicht gab. Und heute abend, nach den schlimmen Neuigkeiten vom Arzt und nach der Fahrt hierher durch die Kälte und durch den Regen, schien ihr der verwaiste Platz ihres Vaters am Tisch wie ein Symbol für seine Abwesenheit während der meisten Zeit ihres Lebens zu sein. Es kam ihr schmerzhaft vertraut vor. Sie glaubte nicht, daß er sie nicht liebte. Aber er war eben nie *da*. Kein Wunder, daß sie für Aufmerksamkeit von Männern immer so leidenschaftlich dankbar gewesen war.

Aber sie sollte es nicht persönlich nehmen. Lisa hatte immer mit vollem Einsatz um das gekämpft, was sie haben wollte, und trotzdem war es ihr nie gelungen, die Aufmerksamkeit ihres Vaters auf sich zu ziehen. Selbst heute, da sich in Lisas zarter Haut die ersten feinen Fältchen um die Augen zeigten und die ersten kleinen Runzeln um den Mund, war Lisa immer noch so attraktiv, daß jeder Mann ihr nachschaute. Aber nicht sie war es, sondern Lisas älteste Tochter – die nicht nur das hübsche Gesicht ihrer Mutter, sondern auch Arnolds lange, schlanke Gestalt geerbt hatte –, die eine wirkliche Schönheit zu werden versprach.

Als hätte sie Karens Gedanken gelesen, sah Lisa auf und lächelte. »Ich kann dir gar nicht sagen, wie sehr sich Stephanie über ihren Praktikumsplatz freut.« Stephie – die auf der

High School nicht besonders gut mitkam – hatte sich für ein Werkstudium entschieden. Sie würde eine Teilzeitarbeit bei Karen antreten.

»Ist es nicht gefährlich, wenn sie jeden Tag allein in die City muß?« fragte Belle. Lisa wohnte, auf Long Island fest verwurzelt, mit ihrer Familie in Inwood.

»Ach, Mama. Sie ist fast siebzehn. Alle anderen in ihrer Klasse haben auch schon Jobs, kommen aber nicht über Burger Kings und J. C. Penny hinaus. Ich denke, sie wird die vier Blocks von der Pennsylvania Station bis zu Karens Studio schon bewältigen.«

»Ach. Ich weiß nicht. Es könnte jederzeit ein *Schwarzer* über sie herfallen.«

»Mutter! Kein *Schwarzer.* Ein ›Farbiger‹. Du darfst zu den Farbigen nicht mehr ›Schwarze‹ sagen.«

»Warum nicht?« fragte Belle. »Es bedeutet das gleiche.«

Karen blickte die beiden Frauen an und fragte sich plötzlich, ob ihre echte Mutter auch so ... penetrant wie Belle war. Es war nicht so, daß Karen Belle nicht liebte und schätzte. Sie war ihr dankbar. Schließlich hatte Belle sie aufgenommen und für sie gesorgt, sie erzogen und ihr so vieles beigebracht. Trotz Belles Vorurteilen und ihrer ständigen Selbstverfremdung in die dritte Person war Belle eine treusorgende, engagierte Mutter. Manchmal *zu* engagiert. Karen fühlte sich immer schuldig, wenn sie bei sich eine kritische Einstellung gegenüber Belle feststellen mußte. Aber war nicht gerade *das* das unnatürliche Erbteil eines adoptierten Kindes? Wir können es uns nicht mehr erlauben, eine Mutter zurückzuweisen, wenn wir selbst schon einmal von einer zurückgewiesen worden sind.

Jetzt räumte Belle die Salatteller ab und wischte, wie unter Zwang, einen winzigen Fleck Salatsoße neben Karens Gedeck weg. Eine unausgesprochene Zurechtweisung lag darin. Dann ging Belle hinaus in die Küche, um den nächsten, gleichermaßen winzigen Gang zu holen.

Lisa blickte zu Karen hinüber und zuckte die Schultern. Sie wußten, daß sich Belle niemals ändern würde. Lisa senkte ihre Stimme. »Geht es dir gut?« fragte sie. Karen schüttelte den Kopf. »Was gibt's?« Lisas Gesichtszüge strafften sich besorgt. »Der Doktor?«

»Nicht jetzt«, sagte Karen und machte mit dem Kinn eine Bewegung zu Belle in der Küche hin. »Laß uns über etwas anderes reden.«

Lisa nickte und sprach wieder mit normaler Lautstärke. »Das mit dem Job für Stephanie meinte ich ganz ernst. Sie braucht wirklich etwas in der Art, das ist einfach so. Und das Geld können wir auch ganz gut gebrauchen.«

Lisa war immer knapp bei Kasse. Karen konnte das nicht recht verstehen. Leonards Praxis sollte eigentlich sehr gut gehen, aber irgendwie schien Lisa immer irgendwelche Schwierigkeiten mit ihrem Konto bei Bendel's, mit ihrer Bloomingdale's-Karte oder mit ihren anderen Rechnungen zu haben. Allerdings hörte sie nicht auf, weiter Geld auszugeben. Karen wußte, daß Lisa schon vor langer Zeit begonnen hatte, alle neu gekaufte Kleidung heimlich ins Haus zu schmuggeln und irgendwo zu verstecken. Sie hatte Karen erzählt, daß sie Leonard immer um Geld bitten müsse, seit sie kein eigenes mehr verdiente.

Belle kam mit der unvermeidlichen Platte zurück, auf der ausgetrocknete Hühnchen lagen. Neben den dünnen weißen Brüsten reihten sich kleine Häufchen Brokkoli, denen Belle im Kochtopf den Garaus gemacht hatte. Belles Standpunkt war, daß nichts *al dente* serviert werden sollte, mit Ausnahme vielleicht ihres Wackelpuddings, der in erschreckender Weise Biß hatte. Bisher hatte Karen das Geheimnis ihrer Mutter, wie sie diese ledrige Haut auf die Schale mit Gelatine bekam, nicht lösen können.

»Ich freue mich darauf, etwas mehr Zeit für Stephanie zu haben«, sagte Karen laut. In Wirklichkeit hatte sie einige Vorbehalte, ihre Nichte als Praktikantin einzustellen. Und Jeffrey war wütend darüber gewesen. »Die Mädchen im Atelier kennen sowieso nichts anderes als Konkurrenz und Eifersucht«, hatte er zu ihr gesagt. »Da können wir das am wenigsten gebrauchen.« Er hatte wahrscheinlich recht, aber Jeffrey hatte Lisa und Leonard auch nie wirklich leiden mögen. Sie waren ihm beide zu provinziell und zu materialistisch, und ihre Kinder waren seiner Meinung nach ohnehin verdorben. »Und hinzu kommt, daß es sicherlich Tiffanys Selbstbewußtsein nicht besonders fördern wird«, hatte er noch angefügt, mit Blick auf Lisas andere Tochter. In diesem Punkte hatte Karen ihm zustimmen müssen.

»Wie geht es Tiff?« fragte Karen. Tiffany war Lisas jüngere Tochter, ihre fette Tochter. So ähnlich gebaut wie Karen, war das Mädchen mit dreizehn schon fast so groß wie ihre Schwester Stephanie und mußte wohl doppelt soviel wiegen. Zweifellos war Tiff intelligent und kam in der Schule gut zurecht. Aber man konnte auch nicht übersehen, daß sie es wirklich schwer hatte. Nur Belle konnte das natürlich; sie bestand darauf, daß Tiffs Gewicht lediglich eine Frage mangelnder Willenskraft und Anstrengung sei.

»Sie ist o.k.«, sagte Lisa mit leicht angespannter Stimme.

»Sie ist *fett*, das ist sie«, sagte Belle und stach auf ein gummiartiges Stück Hühnchen auf ihrem Teller ein. »Fett und übellaunig.«

Einen Augenblick lang wurde Karen schwindelig – fast als würde sie ohnmächtig. Das, genau das, und genau in dieser Art, hatte sie schon gehört. Ein *déjà vu*? dachte sie. Es fiel ihr wieder ein. Wieviele Abende hatte sie nicht hier gesessen, als sie noch ein Teenager war, und sich von Belle mit dem gleichen verächtlichen Tonfall fett und übellaunig nennen lassen.

Als Lisa noch ein Kleinkind gewesen war und Karen die Zehn gerade überschritten hatte, waren die ersten Meinungsverschiedenheiten zwischen ihr und Belle aufgetreten. Die meisten Kinder streiten sich mit ihren Eltern über ihre Kleider, aber bei Belle und Karen nahmen diese Kämpfe epische Ausmaße an. Wie vorauszusehen war, entzog sich Arnold einer Beteiligung daran. Anwalt für Arbeitsrecht und Vermittler, der er war, lehnte er zuhause die Vermittlerrolle ab. Seine Abstinenz bedeutete, daß Belle bei allem und jedem das Feld beherrschte. Belle versuchte es mit Drohungen, mit gutem Zureden, mit Hohn – und kehrte dann wieder zu Drohungen zurück, alles nur, damit sich Karen »ordentlich anziehen« und ihr Gewicht unter Kontrolle halten solle. Außerdem müsse sie ihre Idee aufgeben, eine Modeschule zu besuchen und sich statt dessen an einer der sieben alteingesessenen Universitäten für Mädchen einschreiben. Aber zusammen mit ihrem Babyspeck und ihrer Stellung als einzigem Kind hatte Karen in ihren Teenagerjahren auch ihr Bestreben verloren, um jeden Preis zu gefallen. Sie war stur wie ein Fels, und als sie erst anfing, sich im Gammellook zu kleiden, ging Belle hoch wie eine Rakete. Karen mußte den Kopf schütteln, wenn sie jetzt daran zurückdachte. Es hatte so viel Streit über Dinge gegeben, die eigentlich bei allen Jugendlichen unvermeidbar waren.

Mrs. Watson hatte Karen gerettet. Ann Watson, weiß, angloamerikanisch und protestantisch, war eine der wenigen nicht zu einer Minderheit gehörenden Bewohner ihres Viertels, die noch übriggeblieben waren. Sie hatte in dem einzigen alten Haus der Straße gewohnt – einem Gebäude mit weißen Säulen, wie man sie in Georgia findet. Das Haus war genauso heruntergekommen wie seine Besitzerin, eine vogelartige alte Frau, die die meiste Zeit damit zubrachte, sich zu betrinken. Einstmals war das Grundstück, auf dem das Haus der Lipskys stand, Teil des Watson-Besitzes gewesen. Aber inzwischen war Mrs. Watsons Rasen voller Unkraut und deutlich kleiner als die Grünflächen vor den anderen Häusern. Sie hatte ihr Land nach und nach verkauft. Was viel wichtiger war: Mrs. Watson hatte Karen gelehrt, Bridge zu spielen, hatte ihr etwas über die Haute Couture beigebracht, hatte ihr erklärt, warum die schmuddeligen Aubusson-Teppiche in ihren Räumen etwas Besseres waren als die makellosen Teppichböden von Belle, und sie hatte Karen ihre abgelegten Chanel-Jacken (die Röcke waren zu klein gewesen) gegeben, die Karen dann zu einfachen Hemden und Jeans getragen hatte. Was Mrs. Watson gefiel. »Du«, hatte sie gesagt und Karen über den Rand ihres Daiquiri-Glases hinweg angelinst, *»du* hast Begabung. Natürlichen Stil.« Mrs. Watson war ihre einzige Zuflucht gewesen.

Und Mrs. Watson hatte Karen ein großes Geschenk gemacht: Sie hatte ihr ein Fenster geöffnet, aus dem heraus sie in ihre eigene Zukunft blicken konnte. Mrs. Watson hatte Karen von Coco Chanel erzählt, und Karen – die keine große

Leseratte war – ging in die Bibliothek und las alles, was sie über die Modekönigin finden konnte. Gabrielle Chanel wurde zu Karens Idol, zu ihrer Göttin. All die Modezeichnungen, das ständige Ausschauhalten nach Stoffen und Kleidern erschien ihr nun in neuem Licht. Alles bekam einen neuen Sinn. Mrs. Watson war der Kompaß, der Karen ihre wahre Richtung zeigte. Karen begriff, daß es da eine Arbeit gab, die sie tun konnte, daß sie etwas werden konnte – was sie auch werden *wollte.*

Natürlich war Belle über Mrs. Watson niemals erfreut gewesen. *»Alte Gojem«*, hatte sie gesagt. Jedesmal, wenn der Name der Frau fiel, verzog Belle ihr Gesicht zu einem Ausdruck des Ekels, so wie sie es jetzt bei der Erwähnung von Tiffany tat.

»Fett und übellaunig«, wiederholte Belle. Ihre Töchter ignorierten sie beide.

»Wann fährst du denn nach Paris?« fragte Lisa. Auch sie wollte das Gespräch auf ein anderes Thema bringen.

»Nicht vor Ende des Monats, und auch dann nicht, wenn sich die Dinge so weiterentwickeln wie bisher. Ich scheine in dieser Saison keine Kollektion zusammenzubekommen. Daß wir uns auch gerade dieses Jahr für unsere erste Schau in Paris ausgesucht haben – wo Coco Chanel und Worth zuhause sind! Und ich habe nichts Gescheites, was ich dort vorführen könnte.« Karen dachte an die Preisverleihung am Abend zuvor – noch keine vierundzwanzig Stunden her und doch schon geologische Zeitalter hinter ihr liegend – und seufzte. Was war aus ihren Enthusiasmus geworden? Aus ihrem Selbstvertrauen? War es ihr irgendwo in Dr. Goldmans Praxis abhanden gekommen? »Ein Designer ist immer nur so gut wie seine letzte Kollektion«, sagte sie.

»Ach, das sagst du jedes Jahr«, meinte Lisa schulterzuckend.

»Vielleicht bist du einfach *noch nicht so weit*«, fügte Belle an.

Karen schüttelte den Kopf und wunderte sich darüber, daß sowohl das unerschütterliche Vertrauen ihrer Schwester in sie als auch der völlige Mangel dieses Vertrauens bei ihrer Mutter sie gleichermaßen störte. Ich scheine unvernünftige

Erwartungen zu haben, sagte sie sich. Und sicherlich war heute kein guter Tag. Aber es schien ganz so zu sein, daß nach all den Jahren Lisa immer noch davon ausging, daß Karen alles ohne Anstrengung erreichen konnte, während für Belle ebenso feststand, daß Karen immer noch ein Kleinkind war. Karen seufzte. Sie dachte noch einmal kurz an ihre leibliche Mutter und fragte sich, ob diese Frau zur Zeit auch ihre eigene Tochter nervte, diejenige, die sie nicht zu Fremden fortgegeben hatte. Karen erinnerte sich – oder bildete sich das jedenfalls ein –, wie sie sich an einen Hals geschmiegt, sich an ihm festgehalten hatte und daß die Haut ihrer echten Mutter nach Puder roch. Sie erinnerte sich auch an einen grünen Spielzeugfrosch. Und vielleicht, nur vielleicht, erinnerte sie sich an die abwechselnd gelben und weißen Stäbe ihres Kinderbettes und ihre Hand, die sie durch diese Stäbe hindurchstreckte und in die große, warme Hand ihrer echten Mutter legte. War das alles wirklich passiert? Was ist aus ihr geworden, fragte sich Karen und zwang sich dann, wieder aufzusehen und sich weiter an der Unterhaltung zu beteiligen.

»Ich wünschte, *ich* könnte nach Paris fahren«, sagte Lisa gerade. »Wir waren seit unseren Flitterwochen nicht mehr dort. Aber Leonard sagt, daß wir bei all den Ausgaben für das *bat mitzvah* in diesem Jahr keinen Urlaub mehr machen können.« Wurde von ihr jetzt erwartet, dachte Karen, mit einer Einladung nach Frankreich in die Bresche zu springen? Aber bevor sie weiter darüber nachdenken konnte …

»Du gibst jedenfalls zuviel dafür aus. Wozu brauchst du Busse?«

»Busse?« fragte Karen.

»Um die Leute von der Synagoge zu der Feier zu bringen«, erklärte Lisa.

Belle schüttelte den Kopf und brachte das Gespräch wieder zurück zu Tiffany. »Was wird sie bei der Zeremonie tragen?« fragte sie. »Nicht das grüne Taft-Ding, hoffe ich.«

»Mutter, sie liebt es.«

»Sie sieht furchtbar darin aus. Die Fotos davon bleiben ihr bis zum Lebensende. Sie wird es dir übelnehmen, daß du sie nicht gewarnt hast. Ihre Kinder werden sie fragen, wie ihre Mutter zulassen konnte, daß sie dieses Kleid trug.«

»Es ist ein Ralph-Lauren-Kleid.«

»Ja, und es ist für eine dieser kleinen Weihnachts-*Schicksen* gemacht. Wer kann schon Schottenmuster tragen, vor allen Dingen ein rotgrünes Schottenmuster in Taft?« Belle wandte sich an Karen. »Habe ich recht?«

»Ich kenne das Kleid nicht«, sagte Karen und hörte aus ihrer Stimme Arnolds neutralen Tonfall heraus. So wie die Schweiz und Arnold, ließ sich auch Karen nicht gern in einen Weltkrieg hineinziehen.

»Kommt und schaut mal, was *ich* tragen werde«, sagte Belle und stand gemeinsam mit Lisa vom Tisch auf. Belles Tafel verließ man nie mit Bedauern. Langsam folgte Karen den beiden Frauen durch den Flur, durch das Elternschlafzimmer und zum Allerheiligsten, zu Belles Ankleidezimmer. Seit den Tagen in Brooklyn hatte Belle immer mehr Platz für ihre Garderobe gebraucht; jetzt nahm sie ein ganzes Gästezimmer direkt neben dem Schlafraum in Anspruch. Alles war fein säuberlich angeordnet. Auf maßgefertigten Regalen steckten Belles Schuhe fein säuberlich auf Haltern, alle in durchsichtige Schuhbeutel aus Plastik verpackt. In ebenfalls maßgefertigten Schubfächern lagerten Belles Schals, Halstücher und Pullover. Eine Regalwand war ganz in Fächer eingeteilt, und in jedem Fach stand eine Handtasche mit dazu passenden Handschuhen. An der gegenüberliegenden Wand zog sich oben ein Regalbrett entlang, auf dem auf Hutständern Belles Hüte ruhten, inzwischen, da sie sie nicht mehr trug, in Polyethylenfolie eingeschweißt.

Karen hatte früher dieses Zimmer bewohnt. In Lisas altem Zimmer bewahrte Belle ihre Mäntel und Jacken auf. Sie hatte sich noch nicht für einen Karussellständer mit Elektromotor für ihre Kleider entschieden, so wie sie ihn in den Reinigungen haben, aber Karen wußte, daß ihre Mutter darüber nachgedacht hatte. Das Erstaunlichste für Karen war, daß Belle jedes einzelne Teil ihrer Garderobe kannte, wußte, wo es war, wann sie es zuletzt getragen hatte und in wessen Gesellschaft. Kein Wunder, daß sie ihre Tätigkeit als Lehrerin schon vor so langer Zeit aufgegeben hatte. Belles Garderobe zu managen war ein Vollzeitjob.

»Hallo. Hallo.« Arnolds Stimme kam aus dem Flur, gefolgt von Arnold selbst. Karens Adoptivvater war ein hoch aufgeschossener Mann – fast ein Meter neunzig –, aber er ging so gebückt, daß man von seiner Größe kaum etwas merkte. Er trug Anzüge, die wohl irgendwann einmal entknittert worden waren, aber nicht im letzten Jahrzehnt. Selbst Belle mit ihrem zwanghaften Sauberkeitsfimmel hatte es nicht erreichen können, daß Arnold ordentlich aussah. Jetzt kam er also herein, seine ramponierte Aktentasche unter dem Arm, zwei zerknitterte Zeitungen unter dem anderen. »Ich hätte wissen müssen, daß ihr euch hier aufhaltet«, sagte Arnold und lächelte. Er sah müde aus. Als er sich zu Karen hinunterbeugte, um sie zu küssen, sah sie die dunklen Ringe unter seinen Augen.

Er war ein guter Mann. Zu ihrer Grundschulzeit war Karen manchmal am Wochenende mit Arnold in dessen Büro gegangen. Er hatte sich an diesen Tagen Zeit genommen, um ihr etwas von den Rechten der Arbeiter zu erzählen und von der Macht der Gewerkschaften. Sie kannte noch das Gedicht, das er innen an seine Bürotür geheftet hatte. Es war von Margaret Widdemer, geschrieben 1915; vor allem zwei Zeilen waren ihr im Gedächtnis geblieben: *Meine kleine Schwester hab' ich eingesperrt, fern vom Leben, fern vom Licht/ für eine Rose, eine Schleife, für ein Band in meinem Haar.* Und schon vor langer Zeit hatte Karen bemerkt, welche Ironie darin lag, daß Arnold sein ganzes Leben lang versucht hatte, die Textilarbeiter zu beschützen, während Belle ständig neue Garderobe zu Preisen kaufte, die nur auf Ausbeutung beruhen konnten.

»Du bist zurück?« fragte Belle überflüssigerweise. »Es gibt Huhn«, fügte sie hinzu.

»Ich habe schon gegessen«, erwiderte Arnold. »Hallo, Liebling«, sagte er zu Lisa, die ihren Kopf aus dem Ankleideraum gesteckt hatte, um ihm einen Kuß auf die Wange zu drücken. Karen fiel auf, daß er Belle nicht küßte und daß Belle auch nicht auf ihn zuging. Sie war immer noch tief versunken in die Welt ihrer Garderobe.

»Ich habe noch zu tun«, sagte Arnold und kehrte ihnen den Rücken.

»Sonst noch was Neues?« murmelte Belle.

Einen Augenblick lang fragte sich Karen, ob sie, ihre Schwester und ihre Mutter – drei Frauen unter sich – Arnold erschreckt und vertrieben hatten. Er war ein freundlicher Mann. Sie sah ihm nach, wie sein gebeugter und zerknitterter Rücken im Flur verschwand. Dann meldete Belle sich wieder zu Wort.

»*Und jetzt* wird sie euch etwas zeigen«, sagte Belle, und ihre beiden Töchter wußten, daß sie sich selbst meinte. Lisa blickte erwartungsvoll, aber Karen seufzte und zog sich langsam ins Schlafzimmer zurück, wo sie sich auf ein kleines Sofa setzte. Dort, auf einer Abstellfläche unter einem Beistelltisch, lag das ledergebundene Fotoalbum mit den Bildern von ihrer Brooklyner Zeit. Belle war nicht stolz darauf und holte es selten einmal hervor.

»Nun, was denkt ihr?« fragte Belle und hielt eine Kombination von Kleid und Jäckchen im Stil von David Hayes hoch. Original Queen Elisabeth. Wenn Belle eines war, dann berechenbar. »Seht euch das mal an«, sagte sie und zeigte ihnen das Futter der Jacke, eine Türkis-auf-Schwarz-Umkehrung des Schwarz-auf-Türkis-Musters des Kleides. Karen nickte gelangweilt, aber Lisa äußerte echte Zustimmung.

»Das ist ja großartig.«

Belle widmete sich wieder ihrer Garderobe. Lisa nutzte diesen Moment und blickte Karen an. »Ruf mich heute abend zu Hause an. Erzähl mir, was los ist.« Karen nickte stumm.

»Und was meint ihr, was sie dazu Passendes gefunden hat?« fragte Belle. Karen sah den beiden nach, wie sie wieder im Ankleideraum verschwanden. Während sie allein war, nahm Karen das alte braune Fotoalbum und legte es sich auf die Knie. Sie schlug die erste Seite auf mit vier Fotos von Belle und Arnold an ihrem Hochzeitstag. Karen hatte alles schon oft angesehen und wandte sich jetzt dem braunen Umschlag zu, der innen auf den Deckel des Albums geklebt war. Lose Fotos waren darin, die Belle weder hatte einkleben noch wegwerfen wollen. Karen hörte, daß ihre Mutter und ihre Schwester irgend etwas mit begeisterten Ausrufen bedachten. In wenigen Augenblicken würden sie erwarten, daß sie einstimmte.

Karen zog eine Handvoll Schwarzweißfotos aus dem Umschlag und breitete sie auf ihrem Schoß aus. Zwei waren dabei, nach denen sie gesucht hatte. Das erste fand sie sofort, ein Bild von ihr selbst als Baby, zwei Jahre alt oder etwas jünger. Das Foto mußte Belle von Karens leiblicher Mutter bekommen haben. Karen lag auf dem Rücken in ihrem Kinderbett und hatte neben sich einen Gummifrosch. Der Frosch, an den sie sich noch erinnern konnte. Obwohl es sich um ein Schwarzweißfoto handelte, wußt sie, daß der Frosch dunkelgrün war, so wie Fliederblätter, außer am Bauch. Der war apfelgrün, und die Zunge hatte kirschrot geleuchtet. Sie *erinnerte* sich an diesen Frosch.

Um das zweite Bild zu finden, brauchte sie länger. Darauf war sie schon ein wenig älter, hatte einen gefütterten Overall an und stand vor der Haustür. Es war auch ein Schwarzweißfoto, aber Karen wußte trotzdem, daß ihr Overall königsblau geleuchtet hatte. Wie alt war sie damals gewesen? Man konnte das Backsteinmauerwerk hinter ihr gut erkennen; sie selbst war nur sechs Backsteine hoch. Auf der Haustür – einer einfachen, schwarzgestrichenen Holztür – stand die Nummer 2881. Karen nahm die beiden Fotos, stopfte den Rest wieder zurück in den Umschlag und schaffte es gerade noch, das Album zurück an seinen Platz zu legen, bevor Belle und Lisa hereinkamen. Triumphierend schwang ihre Mutter eine türkisfarbene Wildledertasche, als wäre es der heilige Gral.

»Schau, was sie gefunden hat!« jubelte Belle und meinte damit sich selbst und die Tasche.

Karen klopfte auf die Fotos, die sicher in ihrer Tasche steckten. »Schau nur, was sie gefunden hat!« wiederholte Belle, und Karen nickte dazu. Sie fragte sich, was *sie* wohl gerade gefunden hatte.

4
Des Messers Schneide

Der Mietwagen fuhr vor dem Wohnblock auf der Westend Avenue vor, in dem sie wohnten, seit sie verheiratet waren. Es war eigentlich eher ein Penthouse oder ein *Atelier* als eine normale Wohnung. Karen liebte es, weil es so unkonventionell war, und wegen seiner spektakulären Geräumigkeit, was die Wohnfläche betraf. Wer brauchte schon eine Küche, in der man essen konnte? Sie kochte nie. Sie hatte Hunderte, vielleicht Tausende von Büchern in ihrer Wohnung, aber es war kein einziges Kochbuch dabei. Statt dessen nannte sie einen Aktenordner mit den Menüs aller Restaurants in New York City, die ins Haus lieferten, ihr eigen. Sie hatte sie nach Ländern geordnet – Thai, Chinesisch, Mexikanisch und so weiter. Die winzige Küche ihrer Wohnung war gerade richtig. Ihr einziges Küchengerät war das Telefon.

Ein Aufzug brachte sie hinauf, und schließlich steckte sie ihren Schlüssel in das Schloß der Tür zur Wohnung 7S und öffnete sie. Vor ihr lagen neun Meter Parkettboden und eine Reihe von sieben Fenstern, jedes davon so hoch wie eine Tür. Die hohe Decke verstärkte den Eindruck von viel Platz. Der Raum diente ihnen gleichzeitig als Wohnzimmer und Bibliothek. Die Nordwand in ihrem Rücken wurde vom Boden bis zur Decke von Bücherschränken eingenommen, die hinter ihren Glastüren bis zum Bersten gefüllt waren. An den weißen Wänden des Zimmers hingen zwei Gemälde – eins, das Jeffrey früher gemalt hatte, und eins von ihrem Freund Perry Silverman. Karen bewunderte den Silverman wegen der wundervollen Tiefe seiner Farben. Die restliche Möblierung war eher sparsam. Ein mit weißem Leinen bezogenes Sofa, das ein Freund für sie entworfen hatte, dann, an der Wand zu ihrer Rechten, ein fast vier Meter langer Eßtisch aus dem Refektorium eines Klosters, den sie zusammen mit Jeffrey in Frankreich erstanden hatte. Die Platte bestand aus drei breiten Kirschholzbrettern, die über zweihundert Jahre lang von französischen Nonnen, die genau wußten, was man mit Bienenwachs und Ellbogenschweiß erreichen konnte, poliert worden waren. Die Linien des Tisches waren so einfach und elegant zugleich, wie es nur die Franzosen zustande brachten. Um den Tisch stand ein Dutzend weiß gepolsterter Parsons-Stühle. Es war eine Heidenarbeit, die weißen Polster in einem New Yorker Eßzimmer sauberzuhalten, aber die Mühe lohnte sich, denn die Frische des weißen Tuchs entfaltete vor der Patina der Tischplatte eine geradezu magische Wirkung.

Das einzige weitere Möbel im Zimmer war ein unglaublich verschnörkelter, halbkreisförmiger Konsoltisch, der an der linken Wand stand. Karen hatte tagelang mit Jeffrey gekämpft, bis er ihr schließlich erlaubt hatte, ihn bei Christies zu ersteigern. Er hatte ihn »schwuchtelig« und »weibisch« und »überladen« genannt. Aber was er wirklich meinte, war »zu jüdisch«. Jeffrey und seine Eltern hatten das Ralph-Lauren-Syndrom, wie Karen es bezeichnete: das unstillbare Verlangen, vornehme Aristokraten zu sein. Sie war zu dem Schluß gekommen, daß diese Haltung unter den reichen Juden New Yorks nur allzu verbreitet war.

Es war das erste Mal in ihrer jungen Ehe gewesen, daß sie eine ernsthafte Meinungsverschiedenheit hatten, und es war das erste Mal, daß Jeffrey vorgeschlagen hatte, die Frage mit einem Tauschhandel beizulegen. Seit damals nannten sie alle ihre größeren Kompromisse Tauschhandel. Es war eine Art ernstes Spiel, das sie schon ihre ganze Ehe lang spielten, eine Art von geregeltem Eine-Hand-wäscht-die-andere. Sie bekam das, wenn er jenes haben durfte. Jeffrey hatte seine Malerei aufgegeben, um ihr Geschäft zu leiten, aber sie mußte ihm dafür freie Hand in allen finanziellen Fragen zugestehen. Sie war einverstanden gewesen, ein Haus in Westport zu bauen, wenn er sich damit abfand, daß sie ihre Wohnung behielten. Der Konsoltisch war ihr erster Kompromiß dieser Art gewesen, und im Gegenzug dafür, daß sie ihn kaufen durfte, hatte sie ihm gestattet, ein Bild seines Freundes Perry aufzuhängen, obwohl es ihr zunächst nicht gefiel.

Und als sie den Tisch erst einmal in der Wohnung aufgestellt hatte, mit einer schönen blumengefüllten Vase darauf, hatte er zugeben müssen, daß es genau das war, was ihrem Wohnzimmer noch gefehlt hatte. Und Karen mußte inzwischen jedesmal still in sich hineinlächeln, wenn sie sich Perrys Gemälde ansah. Sie hatte es immer mehr liebgewonnen. Und obwohl sie leichte Schuldgefühle dabei hatte, mochte sie es inzwischen besser leiden als das von Jeffrey, an dem sie sich sattgesehen hatte.

Von ihrem Wohnraum gingen zwei Flure ab; der eine führte zu der winzigen, fensterlosen Küche, die ihre Schwiegermutter so schockiert hatte, der andere zu einer ganzen Reihe von Türen, hinter denen drei Schlafzimmer und ein kleines Zimmer für ein Hausmädchen lagen. Karen benutzte das Zimmer des Mädchens als Arbeitsraum, und dort herrschte dann auch ein Chaos von Stoffen, Skizzen und halbfertigen Kleidern. Ihr eigenes Schlafzimmer dagegen und eines der Gästezimmer, das sie als kleines Wohnzimmer benutzten, waren immer makellos aufgeräumt. Ihr Mann war *sehr* ordentlich. Manchmal hatte sie das Gefühl, ihre Mutter geheiratet zu haben. Aber hatte das nicht jeder?

»Jeffrey?« rief sie, und er antwortete aus dem Flur. Sie streifte ihren Regenmantel ab, ihre pilzfarbene Kaschmirjacke und ihren Schal und warf alles auf einen der Stühle. Dann ließ sie sich selbst auf die dicken, daunengefüllten Polster des Sofas fallen, streifte ihre Wildlederslipper ab und legte die Füße hoch.

»Du bist früh zurück«, sagte Jeffrey von der Flurtür aus. »Ich bin auch gerade erst nach Hause gekommen.« Er hielt einen Moment inne und sah sie an. »War das Dinner nichts? Lisa hat schon angerufen und gesagt, daß sie mit dir reden wolle. Habt ihr beim Essen keine Zeit dazu gehabt?«

Er ging zum Eßtisch hinüber und hob ihren Mantel auf. Wortlos hängte er ihn in den Schrank, der versteckt hinter einem der Buchregale eingebaut war. Sie verstand die stille Zurechtweisung. Heirate nie einen Mann, der ordentlicher ist als du, würde sie ihrer Tochter raten, wenn sie jemals eine hätte. Karen seufzte.

»Ich konnte es nicht mehr aushalten«, sagte sie. »Belle treibt mich zum Wahnsinn.«

»Belle treibt *jeden* zum Wahnsinn. Das ist ja bekannt.«

Sie nickte. »Wie war's im Büro?« fragte sie ihn. Jeffrey hatte am Vormittag seinen Anteil an Elle Halles Fernsehfeature über ihre Arbeit hinter sich gebracht – sie waren beide interviewt worden – und war den Rest des Tages auswärts gewesen, um sich mit den Leuten von NormCo zu treffen. An die ganze NormCo-Geschichte dachte sie nur höchst ungern.

»Gut. Fortschritte an allen Fronten.«

»Hast du den Fernsehleuten nette Sachen über mich erzählt?«

»Ja, ich habe ihnen gesagt, daß du im Bett ziemlich lausig seist, aber als Köchin großartig wärst.«

»Zwei Lügen!« rief sie und versuchte, nach ihm zu schlagen. Sie hätte gern gewußt, was er vor den Fernsehkameras wirklich gesagt hatte, aber sie wußte, daß sie es nicht aus ihm herausbekommen würde. Dazu spannte er sie viel zu gern auf die Folter.

»Wie war denn die Anprobe für die Elliot?«

»Das war auch lausig.« Aber nicht so lausig, wie zum Arzt zu gehen, dachte sie. »Elise war unzufrieden. Es paßt alles noch nicht richtig zusammen. Und auch Tangela war unmöglich.«

»Ich weiß gar nicht, warum du sie nicht feuerst.«

»Erstens einmal, weil sie Definas Tochter ist. Und zum anderen, weil sie wirklich großartig sein kann, wenn sie ihre guten Tage hat. Und sie ist nicht schlechter als alle anderen Anprobemodels. Immerhin haben wir ja auch sechs Stunden lang geschuftet.«

»Nein, *du* hast sechs Stunden lang geschuftet. *Sie* hat einfach nur dagestanden.«

Karen seufzte wieder. Es war sicherlich besser, einen Ehemann zu haben, der die zugegebenermaßen schwierigen und launischen Models haßte als einen, der sie bumste. Aber es war immer verdrießlich, sich seine Klagen anhören zu müssen, und sie war auch so schon völlig fertig. Außerdem lag der Rest des Abends ja noch vor ihnen – die letzte Möglichkeit für sie, mit ihm zu reden bis zur nächsten Woche, in der ihnen die Verhandlungen mit NormCo, die abschließenden Arbeiten für die Elliot-Hochzeit und drei Wohltätigkeitsveranstaltungen, an denen sie teilnehmen mußten, bevorstanden. Sie waren in letzter Zeit zu einem sehr öffentlichen Paar geworden.

»Was hat Ernesta dir zum Abendessen dagelassen?«

»Was läßt sie immer da? Huhn. Gedämpftes Gemüse. Salat. Ein verdammtes Diät-Jell-O mit rasierklingendünnen Erdbeerscheibchen darin. Kalorien insgesamt dreiundsechzigkommafünf.«

»Willst du dir etwas kommen lassen?«

»Nein, zu umständlich. Ich eß es einfach und mosere ein bißchen darüber«, erwiderte er lächelnd. »Willst du denn was abhaben? Ich weiß ja, wie diese Mahlzeiten bei Belle sein können.« Er hatte wirklich ein umwerfendes Lächeln. Ganz gleich, was er sich geleistet hatte, mit diesem überwältigenden Grinsen konnte er sie schnell versöhnen.«

»Also, ich habe die Zahlen für NormCo zusammengestellt«, erklärte Jeffrey ihr. »Mit ein paar kleinen Retuschen sehen wir ganz gut aus. Natürlich habe ich unser Inventar um ungefähr zweihundert Prozent zu hoch angesetzt, aber das sollen sich ihre Prüfer noch einmal ansehen. Es ist nicht so, daß sie uns Unehrlichkeit vorwerfen könnten. Sie könnten höchstens meinen, daß wir unrealistisch optimistisch sind.« Er stand auf und ging hinaus in die Küche.

»Welche Summe willst du denn nun verlangen?«

»Der Witz ist, daß man nichts verlangt. Man muß die anderen dazu bringen, das erste Angebot zu machen. Ich hoffe nur, daß sie einen anständigen Betrag nennen. Ich möchte, daß wir es gut haben.«

Während sie den Tisch deckten, sagte sie: »Ich war heute bei Dr. Goldman.« Sie biß sich auf die Lippen.

Jeffreys Lächeln verschwand. »Was ist denn als nächstes an der Reihe?« fragte er, und die Bitterkeit in seiner Stimme ließ sie zusammenzucken. »Einläufe mit heißem Wein? Duschen unter Coco Cola? Ach, Karen ...«

Sie versuchte zu lächeln. »Also, die gute Nachricht ist, daß wir nichts mehr auszuprobieren brauchen. Die schlechte Nachricht lautet: Weil es sowieso nichts nützen würde.«

Die kleine, senkrechte Falte erschien zwischen den Augenbrauen auf seiner Stirn, das einzig sichtbare Zeichen des Alterns in seinem gebräunten, männlichen Gesicht. Er fuhr sich mit der Hand durch sein dickes, graumeliertes Haar. Der Blick seiner schönen, hellblauen Augen umwölkte sich. »Es tut mir leid«, sagte er und nahm ihre Hand. »Es tut mir sehr leid«, wiederholte er. Dann blickte er stumm auf seinen Teller, und sie saßen einige Minuten schweigend da.

Schon als sich die ersten Schwierigkeiten abgezeichnet hatten, waren sie sich bei einem Tauschhandel einig geworden: Falls einer von ihnen unfruchtbar sein sollte, würden sie keine In-vitro- oder Spenderbefruchtung versuchen. Während sie auf Jeffreys gesenkten Kopf blickte, fragte sie sich, ob er den Tausch jetzt, da sie wußten, daß es an ihr lag, wohl bereuen mochte.

»Hast du noch Hunger?« fragte sie ihn schließlich.

»Nur auf dich«, sagte er. Dann nahm er sie an der Hand und führte sie ins Schlafzimmer. »Ach Schatz, es wird schon gut werden. Denk auch an die Vorteile: keine Thermometer mehr, keine Kalender mehr, keine verschwendeten Spermaproben.« Er küßte sie auf den Nacken und sie spürte, wie ihr ein Schauer den Rücken hinablief. »Alles gehört jetzt dir«, sagte er. Seine Arme waren so kräftig, und es war so gut, von ihnen umfangen zu werden. Er war ein großer Mann, und wie er es fertigbrachte, daß sie sich klein fühlte, war eine der Sachen, die sie an ihm liebte. Sie schmiegte sich an ihn. »Weißt du, ich liebe dich«, flüsterte er.

»Beweis deine Liebe«, sagte Karen und ließ sich mit ihm aufs Bett fallen.

Später, als sie neben ihm lag, die schöne Bettwäsche um sie herum zerwühlt und zerknittert, betrachtete sie von der Seite sein Profil. Sie strich ihm mit der Hand sanft über Brust und Bauch. Es war so schön. Er war so schön.

»Ich habe mir überlegt, daß ich nach meiner Mutter suchen will«, murmelte sie.

Er drehte sich schläfrig herum. »Hast du heute abend nicht genug von ihr bekommen?« fragte er.

»Nein, ich meine meine echte Mutter.«

Er war einige Minuten lang still. Karen dachte schon, er wäre eingeschlafen. »Wozu?« fragte er schließlich. Und sie hörte ihn seufzen.

»Ich weiß nicht. Einfach aus einem Gefühl heraus.«

Er drehte sich wieder zu ihr herum, aber diesmal so weit, daß er sie ansehen konnte. »Warum noch eine Büchse mit Würmern aufmachen?« fragte er. »Haben wir im Moment nicht schon genug, das uns zu schaffen macht?« Er streckte seinen linken Arm aus, so daß sie sich an ihn kuscheln konnte. Seine Wärme tat ihr gut.

»Jeffrey, macht es dir wirklich nichts aus? Wegen des Babys, meine ich.«

Er zog sie an sich. »Karen, ich glaube, das habe ich schon vor langer Zeit aufgegeben. Wir sind ja auch so sehr glücklich. Warum müssen wir alles haben? Es würde nur den Neid der Götter erwecken.«

»Sei doch nicht abergläubisch«, sagte sie, obwohl sie es selbst war. »Wenn wir wollen, *können* wir immer noch alles haben. Ich werde Sid morgen anrufen, damit er sich um eine Adoption kümmert. Joyce sagte mir, daß sie sehr gute Kontakte in Texas haben.«

Jeffrey wälzte sich wieder auf seine Seite, fort von ihr, und vergrub seinen Kopf in der Armbeuge. »Wovon redest du?« fragte er.

»Von einer privaten Adoption, Jeffrey. Das ist teurer, aber viel einfacher als eine staatliche. Dafür sind wir vielleicht auch schon zu alt. Und offensichtlich sind in Texas eine Menge Babys zu haben.«

»Weißt du, was bei dir nicht in Ordnung ist? Es hat mit den Eierstöcken nichts zu tun. Es ist dein Kopf. Du bist besessen. Eure Familienkrankheit.«

»Was?«

»Deine Mutter ist eine Besessene, deine Schwester ist eine

Besessene, und deine Nichten sind besessen. Und du bist besessen von diesem Babykram.«

Wohl nicht der richtige Zeitpunkt, dachte Karen, um darauf hinzuweisen, daß, falls Besessenheit in ihrer Familie grassierte, sie diese wohl kaum genetisch geerbt haben konnte. »Was ist daran so besessen? Willst *du* denn kein Baby?«

»Karen, ich will kein Baby von irgendwelchen fremden Leuten, und vor allem keins aus Texas. Ich bin ein New Yorker Jude. Was sollte ich mit einem kleinen Cowboy anfangen?«

»Ihn lieben«, sagte sie.

Jeffrey machte sich von ihr los und setzte sich auf. »Einen Moment.« Seine Stimme klang müde. »*Ich* habe immer gemeint, daß wir auch ohne Baby zurechtkommen. *Du* warst die, die es unbedingt wollte. Ich habe meinen Teil getan. Und jetzt sieht es so aus, daß wir kein eigenes bekommen können. Gut. Gut. Ich akzeptiere das. Aber ich will keins von irgend jemand anderem aufziehen.«

Karen spüre, wie sich ihr Magen verkrampfte und ihre Haut auf dem Rücken und den Schenkeln feucht wurde. Sie setzte sich ebenfalls auf und schaute ihren Mann an. Er erwiderte ihren Blick.

»Nun komm schon, Karen! Nicht ›den Blick‹. Ich will ›den Blick‹ nicht. Du kannst nicht erwarten, daß ich das mitmache. Wir haben *niemals* darüber gesprochen. Es war nicht Plan B. Eine Adoption war nicht vorgesehen. Man weiß doch nie, was bei einer solchen Sache herauskommt.«

»Ich wußte ja nicht, daß du so sehr gegen eine Adoption eingestellt bist.«

»Du hast mich ja niemals danach gefragt. Du wolltest ein eigenes Baby. Das war es, worüber wir gesprochen haben. Ich war nicht aus dem Häuschen über die Idee, aber ich glaube, das sind Männer normalerweise sowieso nicht. Das ist nur natürlich. Aber das hier ist nicht natürlich. Und überleg dir doch, wie es dann weitergeht. Sieh dir doch an, wie es bei Woody Allen gelaufen ist. Oder bei Burt Reynolds und Loni Andersen. Wenn solche Berühmtheiten Kinder adoptieren, dann gibt es immer Probleme. Und dann das ganze Drama, wenn eine leibliche Mutter ihr Kind zurück will. Ganz zu schweigen von dem genetischen Roulette, auf das man sich einläßt. War nicht auch dieser Massenmörder von Long Island adoptiert? Genau wie ich sage, man weiß nie, worauf man sich bei einem solchen Handel einläßt.«

»Jeffrey, *ich* bin adoptiert.«

»Ja, aber nicht von *mir*. Ich wußte, daß du adoptiert warst, aber ich wußte auch, wer du warst und wozu du dich entwickelt hattest. Das ist etwas anderes, als die Brut irgendeines analphabetischen, herumbumsenden, in irgendwelchen Wohnwagen hausenden weißen Abschaums großzuziehen. Wer weiß denn, was *daraus* wird?«

»Ich glaube einfach nicht, was ich da höre.« Hatte er deswegen so abweisend auf ihre Idee reagiert, nach ihrer echten Mutter zu suchen? Karen streckte ihre Hand aus und berührte seine Schulter. Glaubte er, *sie* sei die Brut irgendwelchen herumbumsenden, in Wohnwagen hausenden weißen Abschaums? *War* sie das? Sie begriff, daß ihr der Mut fehlte, ihn das zu fragen. »Bitte, Jeffrey«, war alles, was sie sagen konnte.

Jeffrey schüttelte ihre Hand von seiner Schulter. »Ich kann nicht glauben, daß du das wirklich verlangst«, knurrte er, stieg aus dem Bett und ging durchs Zimmer.

»Wo gehst du hin?« fragte sie.

»Unter die Dusche«, antwortete er.

5

Harte Arbeit

Karen war am Abend nicht mehr dazu gekommen, Lisa anzurufen, und brach am Morgen zu früh von Zuhause auf, um es vorher noch zu versuchen. Um halb acht war sie in der Firma – das hielt sie so, seit sie ihre erste Angestellte hatte, Mrs. Cruz aus Corona, Queens. Mrs. Cruz war nach all den Jahren immer noch bei ihr und stand inzwischen als eine ihrer beiden Chefmodellmacherinnen einer Werkstatt mit über zweihundert Beschäftigten vor. Karen und Mrs. Cruz betraten fast jeden Morgen gemeinsam den Aufzug des berühmten Gebäudes 550 Seventh Avenue. KKInc hatte seine Räume im neunten Stockwerk, und auf dem Weg hinauf kamen sie an den Ausstellungsräumen und Büros von Ralph Lauren, Oscar de la Renta, Donna Karan und Bill Blass vorbei. Auch die ausländische Modewelt war hier vertreten, Karl Lagerfeld und Hanae Mori. ›Fünffünfzig‹ war der Tempel der großen Mode in den USA, und für Karen war es immer noch erregend, ihren Namen zusammen mit all den anderen auf den Firmenschildern des Aufzugs zu sehen.

Aber Karen wußte auch, auf welch schlüpfrigem Grund man sich hier befand. Im Januar 1985, lange bevor sie eingezogen war, waren in diesem Haus die Ausstellungsräume von Halston Originals leergeräumt worden. Alles, was der nächste Mieter, ein Neuling im Modegeschäft namens Donna Karan, nicht hatte übernehmen wollen, wurde hinausgeworfen. Und heute erinnerte sich kaum noch jemand an Halston. Er war nicht nur tot, er war vergessen. Als erster amerikanischer Designer hatte er seinen Namen verkauft, und in seinem Fall hatte das seinen Untergang bedeutet. Irgendeine Gesellschaft hatte das Recht erworben, den Namen Halston auf alles zu setzen, was ihr beliebte, während es dem armen Roy Halston Froleich gerichtlich untersagt wurde, seinen eigenen Namen jemals wieder zu benutzen. Er war gut bezahlt worden, hatte aber seine Arbeit und seine Identität verloren. Karen dachte auch an den armen, kranken Willie Artech. Was würde aus seiner Arbeit und seinem Namen werden? Sie schauderte und wandte sich der dunkelhaarigen Frau zu, die neben ihr stand.

»Guten Morgen, Mrs. Cruz«, sagte Karen und lächelte ihrer kurzgewachsenen, stämmigen Mitarbeiterin zu, deren glänzend schwarzes Haar graue Ansätze zeigte. Als Karen sie ansah, mußte sie daran denken, daß diese Frau über die Jahre, die sie schon zusammen arbeitete, Mutter und dann Großmutter geworden war, während sie selbst keine Kinder bekommen hatte. »Wie geht's dem neuen Enkelsohn?« fragte sie.

»Fett wie ein kleines Schweinchen. Und wie geht es Ihnen heute morgen, Karen?« wollte Mrs. Cruz wissen. Sie deutete mit dem Kopf auf eine braune Tasche, die sie in der Hand hielt. »Möchten Sie etwas frisches *pan de manteca*?«

»Ach, Mrs. Cruz, Sie bringen mich noch um. Ich werde schließlich auch so fett wie ein kleines Schweinchen. Ich schwöre Ihnen, daß ich heute morgen mit einer Diät angefangen habe.«

Mrs. Cruz zuckte die Schultern. »Sie sind dünn genug, Kaffee?«

Karen konnte weder dem kubanischen Kaffee, den Mrs. Cruz in einer großen, glänzenden Metallthermoskanne mitbrachte, noch dem frisch gebackenen Brot widerstehen. »Ja, bitte. Und eine *dünne* Scheibe vom *pan de manteca*.« Mrs. Cruz lächelte erfreut. Als sie im neunten Stock ankamen, war dort bereits aufgeschlossen. Das war ungewöhnlich. War ein Dieb in ihren Räumen zugange, oder spionierte irgendein Konkurrent ihre Entwürfe aus? Die beiden Frauen sahen sich an und traten aus dem Aufzug direkt in den Ausstellungsraum. Dies war der einzige Eingang zu ihren Geschäftsräumen.

Alles war hell erleuchtet, und vor einem großen Kleiderständer stand Defina Pompey und sah prüfend die Kleider durch. Defina war sonst nie vor zehn Uhr hier – und manchmal auch ein wenig später. Die seltenen Gelegenheiten, da Defina schon einmal um neun aufgewacht war, hatten Karen schnell davon überzeugt, daß es nicht gut war, Defina früh in der Nähe zu haben. Defina war ein Nachtmensch und blieb auf, solange man es für nötig hielt. Nur am frühen Morgen war sie gefährlich.

»*Aye. Caramba!*« murmelte Mrs. Cruz und zog sich in Richtung Werkstatt zurück. Defina verwirrte Mrs. Cruz in mehrfacher Hinsicht, und die Kubanerin hatte sogar Angst vor ihr. Zum einen sprach Defina mit einem perfekten Madrider Oberklassenakzent Spanisch. Das leuchtete Mrs. Cruz nicht ein. Wie konnte eine schwarze Amerikanerin aus Harlem in der Lage sein, so zu sprechen? Dazu kam, daß alle in der Werkstatt überzeugt waren, Defina beherrsche irgendwelche starken Zauber der Santeria-Magie. Mrs. Cruz ging Defina aus dem Weg, wo immer sie konnte.

Karen lächelte Defina vorsichtig zu. Die große schwarze Frau rollte mit den Augen.

»Du steckst in Schwierigkeiten, Mädchen«, knurrte Defina.

»Erzähl mir doch mal was Neues«, seufzte Karen und ging an Defina vorbei zu ihrem Büro in einem der Eckräume des Gebäudes. Defina folgte ihr. »Was ist los? Wie kommt's, daß du schon so früh hier bist?«

»Ich muß wohl im Schlaf an die Kollektion für Paris gedacht haben. Das hat mich wach gemacht.«

»Dann weiß ich, daß ich wirklich in Schwierigkeiten stekke. Nicht mal ein Atomschlag würde dich wecken.«

»Also gut. Das war nicht nur die Kollektion«, gab Defina zu. »Tangela ist heute morgen um sechs nach Hause gekommen und hat einen so gottverdammten Lärm gemacht, daß ich nicht mehr einschlafen konnte.«

Tangela machte ihnen beide viel Sorgen. Karen seufzte. Wenn Tangela die ganze Nacht unterwegs war, dann stand ihnen kein guter Nachmittag in den Anproberäumen bevor.

Mrs. Cruz kam mit zwei Tassen voll dampfendem *cafe Cubano* herein. Schweigend stellte sie sie auf Karens Schreibtisch und schlurfte wieder hinaus. Karen ließ sich in ihren ledernen Schreibtischsessel fallen und seufzte noch einmal. Sie hatte Defina nur wenige Monate nach Mrs. Cruz eingestellt, vor mehr als einem Dutzend Jahren. Defina war damals groß, schwarz, schön und hungrig gewesen. All das war sie immer noch, aber seither hatte sie vierzig oder fünfzig Pfund zugelegt. Naomi Sims war zwar schon 1967 auf dem Cover von *Fashions of the Times* zu sehen gewesen, aber es hatte wesentlich länger gedauert, bis farbige Frauen auf dem Laufsteg akzeptiert worden waren. Karen hatte Defina damals aus Verzweiflung – weil sie ziemlich abgebrannt war – als Laufstegmodel für ihre erste Schau engagiert, und sie war damit der erste Designer von der Seventh Avenue, der ein schwarzes Model beschäftigte. Sowohl ihre Kleider als auch Defina waren eine Sensation gewesen, und seither hatten sie ständig zusammengearbeitet. Karen hatte geheiratet, Defina hatte verschiedene Affären gehabt und hatte eine Tochter bekommen – Tangela, die Karens Patenkind war. Inzwischen war Defina für die Ausstellung und die Models zuständig, außerdem für die Verkaufsabteilung, und manchmal nahm sie sogar selbst Aufträge an. Karen und Defina standen sich nicht nur nahe; sie waren eine der anderen ein lebendiges Tagebuch. Sie teilten die kleinen, alltäglichen Erinnerungen von mehr als einem Jahrzehnt enger Zusammenarbeit, die oft zehn oder zwölf oder fünfzehn Stunden am Tag in Anspruch nahm.

»Also, du bist auch oft die ganze Nacht weggewesen, als du achtzehn warst«, erinnerte Karen sie. »Das macht man, wenn man jung ist.«

»Ja. Aber ich hab' keinem Kerl erlaubt, mich auf dem Küchentisch zu bumsen und meine Mama dabei aufzuwecken.« Defina schüttelte den Kopf. »Er hatte ihr schon das Höschen ausgezogen, und ihr nackter, schwarzer Arsch lag plattgedrückt auf meiner weißen Marmortischplatte. Als ich hereinkam, hatte er seinen Johnson schon draußen.« Sie schüttelte den Kopf.

»Und was hast du getan?«

»Ich habe ihn mitsamt seinem elenden Dingsda aus dem Haus geworfen! Es ist mein Haus, meine Küche und mein gottverdammter Tisch. Ich habe es doch nicht nötig, seine verflixten Schamhaare davon aufzulesen.« Defina war eine große Frau – über ein Meter achtzig –, und Karen wußte, daß sie durchaus in der Lage war, einen Mann aus ihrem eleganten Stadthaus in der 138. Straße Ost hinauszuwerfen. Sie hatte es schon oft getan.

Karen gab Defina einen Klaps und ließ sich wieder in ihren Sessel zurückfallen. Definas Miene hellte sich wieder auf. »Ich weiß, was ich tun werde«, sagte sie. »Ich werde ihn verhexen und dafür sorgen, daß Madame Renault ihn mit einem Zauber belegt.«

Sie wußte, daß Defina Madame Renault oft besuchte, aber sie war nicht sicher, ob diese Frau eine Handleserin, ein Voodoo-Medium oder etwas noch Schlimmeres war. Karen hatte auch keine Lust, danach zu fragen.

»Was hast du Tangela gesagt?«

»Es kommt nicht darauf an, was ich gesagt habe. Es kommt darauf an, was sie gehört hat. Und das war nichts. Rein gar nichts. Sie war völlig bewußtlos. Ich konnte sie nicht hochkriegen. Habe sie da mit nacktem Arsch liegenlassen, auf dem kalten Marmor. Sie wird höllische Kreuzschmerzen haben, wenn sie zu sich kommt.«

Defina schüttelte den Kopf. »Kennt das Mädchen denn gar kein Schamgefühl?« fragte sie. Ihre rosafarbene Unterlippe zitterte.

Karen stand auf, ging zu ihr hinüber und legte ihre Arme um sie – was gar nicht so einfach war. Sie hielt sie einen Moment fest, bis Defina ihre Umarmung erwiderte. »Ach Dee. Es wird schon werden. Es ist nur eine Übergangsphase. Sie ist ein gutes Mädchen.«

Defina wischte sich über die Augen. »Sie benimmt sich wie eine Hexe, wenn man sie erziehen will. Ich habe nie einkalkuliert, daß sie so gut aussehen würde. Das ist ein Fluch für eine schwarze Frau. Es bringt uns nur in Schwierigkeiten. Sie ist zu hübsch, als gut für sie ist.«

Karen lachte. »Das ist das gleiche, was deine Großmutter über dich gesagt hat. Du hörst dich genauso an wie sie.« Defina war von ihrer Großmutter aufgezogen worden, nachdem ihre Mutter an einer Überdosis gestorben war.

»Na gut«, sagte Defina und strahlte schon wieder, »das ist wahr. Und allzu schlimm ist es mit mir ja auch nicht geworden.«

Karen lachte. »Oh, du bist schlimm genug. Ich habe beobachtet, wie du bei der Preisverleihung mit diesem Fotographen geflirtet hast. War der schon volljährig?«

»C'est pour moi de savoir et pour vous à découvrir.«

Karen zog ein Gesicht. »Hört sich auf Französisch großartig an, versteht man aber schon ab der vierten Klasse: ›Ich weiß es, und du mußt es herausfinden.‹ Du bist ein Schätzchen. Und du weißt immer noch nicht, wie du dich anziehen mußt. Warum nimmst du nicht diesen Turban ab? Und weg mit den Perlen.« Defina trug die meisten Kreationen von Karen und wirkte umwerfend darin. Die Beige-, Creme- und weichen Brauntöne, die Karen bevorzugte, kamen auf Definas tiefbrauner Haut perfekt zur Geltung. Defina war sehr schwarz – das tiefste Mahagoni mit einer nur ganz leichten Beimischung von Rot. Aber zu Karens Entsetzen bestand sie darauf, soviel Juwelen, Ketten, Perlen, Amulette und Glücksbringer umzuhängen, als wolle sie damit eine Ausstellung bestreiten. Und dazu kamen dann noch die Halstücher, die klirrenden Armreifen und der Batikturban.

Karen schüttelte den Kopf. »Jesus, du hängst dir aber auch alles um den Hals. Du bist eine Frau und kein Schaufenster! Was soll all das Zeug? Vielleicht klinkst du auch noch deine Spirale an eine Kette und trägst sie um den Hals?«

»Das ist eine gute Idee«, sagte Defina amüsiert. »Aber da wir jetzt schon mal unter der Gürtellinie sind, wie war es denn gestern bei dem Arzt aller Ärzte?«

Karen wandte ihren Kopf ein wenig von Defina ab und zum Fenster hin, das nach Süden hinausging.

»Gut«, sagte sie. Aber sie wußte, daß sie damit nicht durchkommen würde.

»O ja. Und ich bin die Cousine der Herzogin von Kent. Was ist mit dir, Mädchen? Versuchst du immer noch, deine Geheimnisse vor der alten Defina zu verbergen?«

»Nein. Also gut ... Also, ich will nicht darüber reden.«

»Schätzchen, ich habe dir doch immer wieder gesagt:

Wenn du ein Baby willst, dann komm mit mir zu meiner Kräuterfrau und ...«

»Defina, würdest du damit aufhören! Du hast einen Abschluß an der Columbia-Universität gemacht, und ich werde mich nicht auf Santeria einlassen. In meinem Namen wird kein Hühnerblut vergossen! Ich weiß, daß du auch nicht wirklich an diese Voodoo-Geschichte glaubst.«

»Es ist kein Voodoo, und es ist auch nicht Santeria. Das ist etwas für Bauerntölpel. Aber Madame Renault hat *Kräfte*.«

Defina, die teilweise haitischen Ursprungs war, hatte Karen jetzt schon zwei Jahre lang bearbeitet, Madame Renault wegen ihres Kinderwunsches zu konsultieren. Sie hatte Karen sogar ein kleines Samtsäckchen mitgebracht, das zugenäht war und das sie sich ins Bett legen sollte. Nur Gott und Madame Renault wußten, was darin war. Defina hatte Karen eingeschärft, es nicht zu öffnen, und Karen hatte nicht die geringste Versuchung dazu verspürt. Es war ein Zeichen ihrer Verzweiflung, daß sie den Beutel wirklich für ein paar Nächte unter ihr Kissen gelegt hatte, bis Ernesta ihn fand und fortwarf. Er hatte ohnehin nicht geholfen.

»Gut. Ich merke, wenn ein Thema erledigt ist. Also hör zu: Ich mache mir Sorgen wegen der Präsentation in Paris. Wirklich.«

»Großartig. Als wenn ich ohnehin schon nicht mehr wüßte, wo mir der Kopf steht. Möchtest du mein Selbstbewußtsein vielleicht noch ein wenig gründlicher zerstören? Möchtest du, daß ich aus dem Fenster springe?«

Defina lachte. »Nein, aber wir müssen darüber reden. So, wie es bisher aussieht, können wir keinen Staat machen. Karen, nichts aus der ganzen Kollektion ist schlecht. Aber es ist auch nichts Gutes dabei.«

»So, großartig. Das ist ja beruhigend. Dann habe ich ja schließlich mein Ziel erreicht: die Mittelmäßigkeit. Und gerade rechtzeitig für unsere große Ausstellung. Was soll ich also tun? Mich selbst kopieren? Weißt du, was Chanel immer sagte? Wenn ich nicht mehr kreativ bin, dann bin ich erledigt.«

»He, Karen, nimm's doch nicht persönlich. Es ist doch nur ein Geschäft. Ich denke, solange du nicht aus dem Koran kopierst, hat es schon seine Richtigkeit. Das hätte Claudia Schiffer und den Kaiser beinahe erledigt.« Defina legte ihre bereits gefurchte Stirn noch tiefer in Falten. »Und denk immer daran, daß Sarkasmus die Waffe des Teufels ist. *Ich* versuche nur, dir zu helfen.«

»Also, heute morgen bist du *keine* Hilfe. Tu mir den Gefallen und komm nie mehr so früh hierher. Im Ernst. Wenn ich dich noch einmal vor zehn Uhr hier im Büro erwische, dann bist du entlassen!«

Defina streckte ihre rosafarbene Zunge heraus, wandte sich ab und rauschte aus dem Büro. Jetzt würde sie Karen wohl ein Weilchen meiden. Aber sie war losgeworden, was sie hatte sagen wollen.

Und Defina hatte recht. Karen sollte wirklich nicht alles so persönlich nehmen. Sie seufzte. Jetzt wurde es Zeit; sie mußte sich konzentrieren. Drei Skizzenblöcke lagen vor ihr auf dem großen Tisch, und sie nahm einen weichen Bleistift zur Hand, als sie schon wieder unterbrochen wurde.

»Ja, Mrs. Cruz?« Daß Mrs. Cruz sich hier noch einmal blicken ließ, war sehr ungewöhnlich. Was war los? »Möchten Sie noch etwas Kaffee?«

»Nein, aber danke der Nachfrage.« Sie warf einen schuldbewußten Blick auf ihre Tasse. Während der Unterhaltung mit Defina hatte sie ihren Kaffee ganz vergessen. Jetzt war er kalt.

Wortlos nahm Mrs. Cruz die Tasse, schüttete den kalten Kaffee in den Ausguß der kleinen Bürobar und goß Karen noch eine Tasse frischen, dampfenden *cafe Cubano* ein. Karen nahm die Tasse und lächelte – das erste Mal an diesem Morgen. Es war so schön, wenn sich jemand um einen kümmerte. »Karen, ich wollte schon mit Ihnen sprechen, als wir uns am Aufzug trafen. Aber dann war Defina da. Ich muß Ihnen etwas sagen. Es gibt da Gerede unter den Mädchen in der Werkstatt. Ich kann es nicht unterbinden. Es geht darum, daß Sie vielleicht verkaufen. Und daß die Mädchen vielleicht gefeuert werden. Das ist nicht gut für die Arbeit. Was soll ich ihnen sagen? Oder vielleicht sollten Sie etwas sagen.«

Karen blickte Mrs. Cruz über den Rand ihrer Tasse hinweg

an. Die Verhandlungen mit NormCo waren streng geheim – niemand sollte davon wissen, aber irgendwie sickerte eben doch etwas durch. Karen konnte es den Frauen in der Werkstatt nicht übelnehmen. Textilarbeiter waren schon immer ausgebeutet worden, und die Tatsache allein, daß sie versucht hatte, es anders zu handhaben, war für die Mädchen noch kein Grund, nicht um ihre Jobs zu fürchten.

Obwohl sie jetzt Besitzerin der Firma war, hatte Arnold sie doch in dem Bewußtsein erzogen, daß sie auf Seiten derer stand, die arbeiten. Sie hatte schon als Kind seinen leidenschaftlichen Sinn für Gerechtigkeit angenommen. Arnold hatte nicht besonders viel mit Kindern anfangen können, aber in seiner Art war er sehr nett zu Karen gewesen. Er hatte in seinem kleinen Büro gesessen und ihr irgendwelche komplizierten Fälle erklärt – warum die Landwirtschaftsarbeiter streikten und warum die Lipskys keine Apfelsinen aus Kalifornien essen sollten –, und Karen hatte aufmerksam zugehört. Sie würde sich eher die Kehle durchschneiden als eine Streikpostenkette zu durchbrechen, selbst heute noch. Und sie verstand die Befürchtungen der Frauen, die bei ihr beschäftigt waren.

»Mrs. Cruz. Ich stehe dafür ein, daß kein einziger Job in Gefahr ist. Sie haben mein Wort. Können Sie das allen erklären?«

Mrs. Cruz lächelte und nickte. Sie hatte ein nettes Lächeln, bei dem sie ihre winzigen, nicht ganz regelmäßigen Zähne wie kleine Perlen zeigte. »Ich habe es ihnen schon erzählt. Aber ich werde es ihnen noch einmal sagen, mit mehr Nachdruck.« Sie machte Anstalten, Karens Tasse nachzufüllen, aber Karen winkte ab.

»Jetzt nicht mehr. Ich habe schon genug *schpilkeß*.« Mrs. Cruz war lange genug in der Textilbranche, um den jiddischen Ausdruck für »Zappeligkeit« zu kennen. Sie nickte und ging.

Es klopfte, obwohl die Tür noch offen stand; Karen blickte auf und sah eine ausgestreckte, zur Faust geballte Hand, die gerade dabei war, noch einmal zu klopfen. »Ja bitte?« Wer, zum Teufel, war das? Niemand war so früh gemeldet. Selbst Janet, Karens Sekretärin, war noch nicht da.

»Hall-o!«

O Gott! Karen erkannte schon am Akzent Basil Reed, den englischen Berater, den NormCo ihnen zu einer Voruntersuchung ins Haus geschickt hatte. Sie konnte sich nicht vorstellen, daß irgendein menschliches Wesen noch herablassender und noch lästiger war als er, und dennoch hatte sie es fertiggebracht, die meisten seiner Fragen zu beantworten; und war ihm im übrigen aus dem Weg gegangen. Er hatte seine »Aufgabe, Fakten zusammenzustellen«, beendet und seinen Bericht abgegeben. Was, zum Teufel, wollte er jetzt noch hier?

Basil hatte sich durch all ihre privaten Geldangelegenheiten gearbeitet. Er hatte darauf bestanden, genau zu erfahren, wem welche Anteile an KKInc gehörten. Das war Karen peinlich gewesen; sie war sich irgendwie verwundbar vorgekommen. Tatsache war, daß sie allein fünfzig Prozent hielt. Der Rest verteilte sich auf Jeffrey, der fast dreißig Prozent besaß, und die anderen Familienmitglieder. Als das Kapital von Jeffreys Vater bereitgestellt worden war, hatte er selbst auf diesen dreißig Prozent bestanden und darauf, daß weitere zehn Prozent auf seine Frau und seine Töchter verteilt werden sollten. Bei seinem Tod waren die dreißig Prozent auf Jeffrey übergegangen. Und Arnold war es gewesen, der darauf bestanden hatte, daß Karen fünfzig Prozent erhielt. Er hatte den Gesellschaftsvertrag ausgearbeitet und ihre Anmeldung vorgenommen. Statt eines Honorars dafür hatte er die restlichen zehn Prozent Anteile bekommen und auf sich, Belle, Lisa und Leonard verteilt. Es hatte ihr nicht gefallen, daß Basil das alles erfuhr.

»Kommen Sie herein«, sagte sie. »Nehmen Sie Platz.«

»Ich habe wirklich nur eine Frage: Womit werden Sie Ihre Präsentation bei NormCo bestreiten?«

Großer Gott! Mit dieser NormCo-Besprechung hatten es wohl alle auf sie abgesehen! Erwartete Basil, daß sie dort etwas über Cashflow, Inventar-, Verkaufs- und Marketingkosten und dergleichen mehr erzählte? »Ich habe gedacht, ich stelle einfach meine Kollektion vor.«

»Ah ja. Sehr gut. Ausgezeichnet. Ich bin sicher, Bill wird

begeistert sein. Also, ich gehe dann. Bis nächsten Montag.« Basil Reed erhob sich.

»Ja, bis nächsten Montag«, sagte sie und sah dankbar zu, wie er ihr Büro verließ. Aber bevor sie wieder an ihre Arbeit gehen konnte, klingelte das Telefon. Es war der Privatapparat, sonst hätte sie das Klingeln ignoriert. Aber vielleicht war es Jeffrey mit einem Friedensangebot? Sie nahm den Hörer ab.

»Karen, was war das, was du da im Waldorf getragen hast?«

Großer Gott, es war Belle. Karen wünschte, sie könnte einfach den Hörer leise wieder auflegen und so tun, als wenn es diesen Anruf nicht gäbe. Na gut. Zu spät. Wovon, um alles in der Welt, sprach ihre Mutter? Belle war doch bei der Preisverleihung gar nicht dabeigewesen. »Hast du *Newsday* gesehen? Die Aufnahme ist furchtbar! Du siehst so breit aus wie ein Haus. Und was trägst du da bloß? Es ist völlig verknautscht.«

Karen hatte die Zeitungen noch nicht gesichtet, aber sie wußte, daß Mercedes sich jede erdenkliche Mühe gab, Bilder von allen gesellschaftlichen Ereignissen, an denen Karen und Jeffrey teilnahmen, unterzubringen. Vor allem natürlich die von der Preisverleihung. Karen hatte sich daran gewöhnt, ihr Bild in den Zeitungen zu sehen; es war sehr wichtig für das Geschäft. Aber woran sie sich noch nicht gewöhnt hatte, war Belles Besserwisserei am Montag danach. »Es war Satin, Mama. Satin knautscht.«

»Und das für ein Foto! Für ein Foto, Karen. Und warum hast du nach unten geblickt? Du siehst aus, als hättest du ein Dreifachkinn.«

Wie konnte sie Belle erklären, daß es schwierig war, ständig von Paparazzi belagert zu werden, die einen andauernd fotografierten? War nicht selbst die Königin von England einmal mit dem behandschuhten Finger in der Nase abgelichtet worden? Wie konnte sie Belle erklären, daß sie sich den Blickwinkel der Aufnahmen nicht aussuchen konnte und daß es eine Ehre war, wenn überhaupt ein Bild – ganz gleich welches – in die Zeitung kam. Immerhin hatte sie Mercedes Bernard zu nichts anderem eingestellt, als bei der

Presse genau dieses Ergebnis zu bewirken. Aber natürlich hatte Belle nicht nur angerufen, um auf ihr herumzureiten. Sie wollte das Gespräch fortsetzen, bis ihre unausgesprochene Frage beantwortet war: Warum sie, Belle, nicht dabeigewesen war. »Mutter, ich rufe dich zurück«, versprach Karen.

»*Jeffrey* sieht sehr gut aus«, sagte ihre Mutter, und Karen hätte fast laut gelacht. Es war immer die alte Taktik bei Belle: »Lisa ruft mich jeden Tag an. Warum du nicht?« Karen schüttelte den Kopf.

»Ich spreche später mit dir«, sagte Karen und legte den Hörer auf. Sofort klingelte das Telefon wieder.

»Karen?« Es war das unerträglich nasale Wimmern von Lenny, ihrem Buchhalter. »Also, es tut mir leid, Sie zu belästigen«, begann er mit einer Entschuldigung – Lenny klang immer, als entschuldige er sich –, »aber KKInc wird wieder mit der Zahlung der Lohnsteuer zu spät dran sein. Nach dem letztenmal mußte ich Ihnen versprechen, Sie zu informieren, falls das wieder passieren sollte. Jetzt wissen Sie es also. Sagen Sie bitte Jeffrey nicht, daß ich es Ihnen erzählt habe.«

»Wieviel sind wir denn schuldig?«

»Nicht viel. Ungefähr vierundzwanzigtausend.«

»Warum bezahlen wir dann nicht?« »Jeffrey sagt, er müßte zuerst unsere Konten bei den Diskontbanken ausgleichen.«

»Zum Teufel, Lenny! Wir schulden es unseren Mitarbeitern, daß wir als erstes ihre Steuerbeiträge entrichten. Und zusätzlich müssen wir jetzt noch die Säumniszuschläge bezahlen.« Sie merkte, daß sie ihre Stimme erhoben hatte. Nun, es hatte ja keinen Sinn, Lenny die Schuld zu geben. Er tat ja nur, was man ihm sagte, und zumindest hatte er sie diesmal angerufen und unterrichtet. »Danke, Lenny«, seufzte sie. »Ich werde mich darum kümmern.«

Endlich allein, schloß Karen die Augen und versuchte, sich zu sammeln. Sie blickte hinauf zu dem eingerahmten Chanel-Zitat, das sie über ihrer Bürotür hängen hatte. »Mode ist Architektur: Es ist eine Frage der Proportionen.« Sie brachte hier in ihrem Eckbüro normalerweise jeden Vormittag zwei ruhige Stunden zu und arbeitete an ihren Entwürfen. Wenn sie diese Zeit nicht hatte, was sollte sie dann heute nachmittag mit den Anprobemodels anfangen?

Sie griff zum Stift. Was war nicht in Ordnung mit ihr? Warum war sie so blockiert? Schon wieder dachte sie an den armen Halston: Nachdem er verkauft hatte, war seine erste Kollektion ein Erfolg gewesen, aber danach war nichts mehr angekommen. War es das, was sie umtrieb? Gut, das würde sie nicht zulassen. Schnell warf sie mit kräftigen Strichen ein halbes Dutzend Linien aufs Blatt. Ein Ärmel, eine Schulter, und dann die fließende Linie eines Hängers. Nein, sie würde ein Kleid daraus machen. Sie nahm den nächsten Block und zeichnete noch einmal den Ärmel, ein wenig enger diesmal, dann die Schulter und dann eine längere, hängerartige Linie. Auch nicht das Richtige. Karen schob ihren Stuhl ein wenig weiter nach links und fing auf dem dritten Block mit einem einfachen, runden Ausschnitt an, skizzierte die Schultern und zeichnete dann mit einer flotten Spirale eine Art Kittel. Sie legte den Stift beiseite und besah sich die drei Skizzen. Jesus Christus, sie hatte gerade ihre erste Schwangerschaftskollektion entworfen! Auf allen drei Skizzen war unter der Brust ein deutlich gewölbter Bauch zu erkennen. Sie biß sich auf die Lippen. Hatte Jeffrey vielleicht doch recht? Hatte sie eine fixe Idee? Sie hätte schwören können, daß sie in diesem Moment nicht, jedenfalls nicht bewußt, an ihren Besuch bei Dr. Goldman gedacht hatte. Aber ihre linke Gehirnhälfte wußte offensichtlich nicht, was ihre rechte tat. Also, Kleider von der Art konnte sie bestimmt nicht brauchen. Sie nahm ihren Bleistift und strich alle drei Skizzen durch. Zum Teufel damit! Die Spitze des Bleistifts zerbröselte, und der Bleistift selbst zerbrach unter dem Druck ihrer Hand.

Heute morgen würde sie wohl nichts mehr erreichen. Es war jetzt keine Frage der Disziplin mehr. In jahrelanger Übung hatte Karen ihre kreativen Kräfte entwickelt und gelernt, sich selbst dazu zu zwingen, auf ihrem Stuhl sitzen zu bleiben, bis sie etwas zustande gebracht hatte. Aber sie hatte ebenfalls aus langer Erfahrung gelernt, wann einfach nichts mehr zu erwarten war. Und dies war jetzt eine dieser Situationen. Ihr Selbstvertrauen war erschüttert. Du mußt der Sache ins Auge sehen, sagte sie sich. Du mußt jetzt wirklich gute Arbeit leisten und bist nicht im mindesten in der Verfassung dazu.

»Tante Karen?« Karen blickte auf; jetzt war sie froh über die Unterbrechung. Ihre Nichte, Lisas ältere Tochter, streckte ihren Kopf zur Tür herein.

»Stephanie, hurra! Du hast es tatsächlich bis in die Stadt geschafft! Schon ganz auf Arbeit eingestellt?«

Trotz ihrer Panik lächelte Karen ihre Nichte an. O Gott! Wie hatte sie das nur vergessen können? Heute war der erste Tag von Stephanies Praktikum, aber weder Jeffrey noch Casey hatten sich in der Lage gesehen, irgend etwas zu finden, was sie tun könnte. Sollte Karen sie einfach Janet als Hilfskraft zuteilen? Aber nur zu fotokopieren würde doch ziemlich langweilig werden. Karen hatte sich eigentlich vorher darum kümmern wollen, war aber wegen all ihrer anderen Sorgen nicht dazu gekommen.

Sie musterte ihre Nichte von oben bis unten. Das Mädchen war wirklich eine Schönheit. Sie hatte die feine, frische Farbe der Jugend, die man später weder durch Make-up noch durch kunstvolle Beleuchtung auch nur annähernd wieder erreichte. Und ihre Figur war eine perfekte Größe 38. Karen überlegte einen Moment. War sie wirklich eine perfekte 38? Vielleicht konnte Stephanie als Anprobemodel einspringen. Tangela war manchmal eine echte Strafe. Karens Blick wurde immer wohlwollender. Vielleicht sollte sie es wirklich versuchen. Mrs. Cruz würde ihre Maße nehmen müssen. Stephanie hatte kein Selbstbewußtsein, keine Ausstrahlung, aber sie war vielleicht ein gutes Anprobemodel. Vielleicht hatte Karen sie doch nicht nur aus Schuldbewußtsein, Gutherzigkeit und Familiensinn als Praktikantin angestellt; vielleicht würde sich das Mädchen wirklich als nützlich erweisen. Aber was, um alles in der Welt, sollte Karen jetzt mit ihr anstellen? Eigentlich sollte sie mit ihr frühstücken oder ihr den ganzen Betrieb zeigen. Aber sie hatte einfach keine Zeit dazu. Sie überlegte. Vielleicht war Janet schon da? Sie klingelte nach ihrer Sekretärin und lächelte dankbar, als Janets kräftige, nasale Stimme aus der Rufanlage erklang. »Könnten Sie mal kurz hereinkommen?« fragte sie und lächelte Stephanie aufmunternd zu.

Janet erschien hinter dem Mädchen.

»Stephanie, du kennst doch Janet, nicht war? Janet, planen Sie bitte eine halbe Stunde für Stephie ein, später am Vormittag. Und wenn Sie sie jetzt mitnehmen und ihr alles zeigen könnten? Danach bringen sie sie bitte zu Mrs. Cruz, damit sie bei ihr maßnimmt.«

Und dann fügte Karen, wie nebenbei, hinzu: »Vielleicht kannst du im Anproberaum aushelfen. Wäre das in Ordnung, Stephie?«

Das Mädchen nickte mit großen Augen. Karen lächelte. »Du kannst dich heute morgen im Ausstellungsraum herumtreiben und am Nachmittag zusehen, wie ich mit Tangela arbeite. Sie wird dir eine Menge von dem erklären, was wir tun. In Ordnung?« Stephanie nickte noch einmal und verschwand dann zusammen mit Janet.

Karen warf ihre mißglückten Skizzen fort und versuchte es noch einmal. Sie schloß die Augen, öffnete sie wieder, starrte auf die Skizzenblöcke. Sie hatte es gewußt. Nichts. Sie wartete. Immer noch nichts.

Im Laufe der Jahre hatte sie sich verschiedene Tricks angeeignet, um ihrer Kreativität in solchen Momenten aufzuhelfen. Aber so, wie die Dinge jetzt lagen, versprach nur eines Abhilfe. Ein Einkaufsbummel mit Defina. Schauen, mit den Verkäufern reden, den anderen Käufern zusehen, von Geschäft zu Geschäft ziehen.

Das war jetzt wohl das Richtige. Sie hatte in der Nacht kaum geschlafen nach ihrem Streit mit Jeffrey, und jetzt war sie müde. Aber sie konnte die Dinge auch nicht schleifen lassen. Sie mußte sich für die Besprechung mit NormCo etwas einfallen lassen, und der ständige Druck, die neue Kollektion und die Schau in Paris zubereiten, lastete auf ihr. Zusätzlich noch eine Verkaufsausstellung in Chicago und ein Abendessen mit einer Reporterin von *Women's Wear* irgendwann in dieser Woche. Aber das Schlimmste von allem war das große Interview für das Fernsehen. Für die Sendung von Elle Halle. Karen hatte schon einmal einen Auftritt für ein Special bei

Barbara Walter durchgestanden, aber jetzt handelte es sich um eine ganze Stunde! Mercedes hatte die Idee gehabt, damit gleich nach der Preisverleihung herauszukommen. O Gott!

Janet machte sich draußen vor der Tür bemerkbar. Sie klopfte an und streckte ihren Kopf herein.

»Ich will Sie nur daran erinnern, daß Mrs. Paradise und Elise Elliot heute noch einmal hereinschauen.«

Mist! Elise Elliot, ein großer Star der Audrey-Hepburn-Ära, hatte in den vielbewunderten Filmen von Regisseur Larry Cochran ein großartiges Comeback gefeiert. Und jetzt wollten die beiden heiraten. Seither war ihr Altersunterschied in Hollywood und New York *das* Gesprächsthema. Er war dreißig Jahre jünger als sie. Und sie, die seit zwei Generationen Schlagzeilen machte, wußte, daß ihre Hochzeit das Medienereignis schlechthin sein würde, daß alles, was an Reportern und Fotografen verfügbar war, auf den Beinen sein würde.

Sie hatte sich mit der Bitte um Hilfe an Karen gewandt, aber es war ein schwieriger Fall. Elise Elliot wußte alles über Kleider, was man nur wissen konnte, und sie war es gewohnt, ihren eigenen Weg zu gehen. Obwohl sie reich war, achtete sie auf jeden Pfennig. Und wie alle großen Schönheiten wollte sie angesichts der schon sichtbaren Vergänglichkeit ihrer äußeren Schönheit noch ein letztes Mal Perfektion erreichen. Schon bei den Anproben hatte sie Karen zum Wahnsinn getrieben.

»O Jesus!« Jedesmal, wenn Karen solche Ausrufe benutzte, zuckte Janet – ein hübsches, katholisches Mädchen aus der Bronx – zusammen. Das war eine der Folgen ihrer Ausbildung in einer Klosterschule; eine andere war, daß sie die einzige Karen bekannte Person unter dreißig war, die die Rechtschreibung beherrschte – sie hatte bei den Nonnen also mehr gelernt als nur Schuldbewußtsein. Und irgendwie hatten sie Janet auch die Fähigkeit mit auf den Weg gegeben, mit Karens ständig irgendwelchen Änderungen unterworfenem Terminkalender zurechtzukommen.

»Soll ich die Termine neu arrangieren?« fragte Janet. »Ich habe ihnen gesagt, es sei nur vorläufig. Und sie haben gesagt, sie seien flexibel.« Das war eine Lüge. Elise Elliot war so flexibel wie ein Betonklotz. Ein witziger, charmanter, schlanker und schöner Betonklotz, aber eben doch ein Betonklotz. »Nein«, sagte Karen zu Janet. Wie auch immer, man konnte eine Legende nicht herumschieben.

»Sie wissen doch, daß die Kameraleute heute nachmittag hier sind?«

Das war zuviel! Himmel, wann wurde das denn endlich einmal besser? »Nein. Das wußte ich nicht. Ich habe gedacht, sie wären mit allem fertig, außer mit meinem Interview mit Elle Halle. Ich glaubte, daß die Aufnahme mit Jeffrey gestern hier die letzte war.«

»Sie sagen, daß sie noch etwas Hintergrund brauchen. Wissen Sie, der Ausstellungsraum und die Werkstatt. Und vielleicht noch eine Anprobe.«

»Zum Teufel damit!« *Ihnen* konnte Karen auch nicht absagen. Wie kam es bloß, daß ihr die Kontrolle immer mehr zu entgleiten schien, je größer das Geschäft wurde? »Sagen Sie Mercedes, daß sie sich um sie kümmern soll. Die sind mir jetzt zu chaotisch. Erklären Sie ihnen, daß *ich* keine Zeit habe.«

»In Ordnung. In Ordnung.«

Janet zog sich zurück.

Sie mußte aus dem Büro heraus, entschied Karen. Hoffentlich hatte Defina inzwischen bessere Laune, dann würde sie einen Einkaufsbummel mit ihr machen. Gerade als Karen ihren Schreibtisch aufgeräumt und die Skizzen in den Papierkorb geworfen hatte, kam Jeffrey herein. »Hallo, Schätzchen«, begrüßte er sie zärtlich.

Karen hielt überrascht inne. Die Männer brachten sie noch um den Verstand. Was dachte er sich eigentlich? Sie war immer noch aufgebracht wegen ihres Gesprächs von gestern abend. Verletzt und enttäuscht. Und sie war wütend über dieses Zurückhalten der Steuerzahlung. Sie hatte ihm gesagt, daß er das nicht mehr tun solle. Jeffrey hatte sie gedrängt, das Geschäft auszuweiten, aber er hatte ihr auch versichert, daß sie genug Reserven dafür hätten. Auch das trieb sie zum Wahnsinn – aber wenn sie jetzt damit anfing, dann würden sie sich wieder streiten, und dabei hatten sie den Streit von gestern abend noch nicht beigelegt.

Wie kam es, daß er so tat, als sei nichts geschehen? Hatte er überhaupt verstanden, was das gestern abend für sie bedeutet hatte? Verletzte es ihn auch? Oder versuchte er, einfach so zu tun, als ob nichts gewesen wäre?

Da Karen nicht wußte, wie sie reagieren sollte, entschied sie sich schließlich, mit der Steuersache anzufangen. Das war leichter für sie als die Angelegenheit mit dem Baby.

»Jeffrey, warum halten wir die Steuern zurück? Sind wir wieder in Schwierigkeiten?«

Jeffrey kniff die Augen zusammen. Dies war das einzige äußere Zeichen von Überraschung, das er erkennen zu lassen pflegte. »Nein, wir sind nicht in Schwierigkeiten.«

»Sind die Steuern denn schon bezahlt?«

»Noch nicht.«

»Warum nicht? Sind sie nicht fällig?«

»Karen, warum läßt du nicht mich das Geschäft führen? Du wußtest doch, daß wir, wenn wir versuchen, eine größere Produktion aufzuziehen, erst nach ein paar guten Jahren in der Lage sein würden, unsere Schulden zurückzuzahlen. Gut, wir haben also die Aufträge, aber wir haben nicht genug Barmittel, und die Diskontbanken bereiten mir einiges Kopfzerbrechen. Ich versuche, die Materialeinkäufe zu finanzieren, die du tätigst, und den für uns arbeitenden Fertigungsbetrieben gerade genug zu bezahlen, daß sie uns weiter beliefern. Wir wußten, daß unsere Verbindlichkeiten noch weiter ansteigen könnten, aber wir wußten nicht, daß der Anstieg so stark sein würde, und auch nicht, daß unsere Außenstände nur in einem Drei-Monats-Zyklus beglichen werden. Ich muß also von Peter leihen, damit ich Paul bezahlen kann, wenigstens für eine Zeitlang. Wir müssen zusehen, daß die Diskontbanken glücklich und zufrieden bleiben. Die Steuerbehörde ist niemals glücklich. Was macht es also aus?«

»Was es ausmacht? Daß es nicht unser Geld ist. Es ist das Geld unserer Belegschaft. Und du hast gesagt, du würdest es nicht mehr tun.«

»Nun, ich tue es aber. Schau mich nicht so an, als wäre ich ein Verbrecher … Ich tue es für dich! Betrachte es als eine vorübergehende Anleihe bei deiner geliebten Belegschaft, ausgehandelt durch deinen geliebten Ehemann.« Er küßte sie auf die Wange. »Ich würde gern noch vor der NormCo-Besprechung die Zahlen mit dir durchgehen«, fuhr er freundlich fort. »Dann wirst du auch besser verstehen. Wir hätten das an diesem Wochenende machen können, wenn du nicht diesen dummen Brunch vorgesehen hättest.«

Karen hatte sowohl seine als auch ihre Familie in ihr Haus in Westport eingeladen. Sie mußte es einfach tun: Niemand von der Verwandtschaft war zur Preisverleihung eingeladen gewesen, und sie hatte beide Seiten schon monatelang nicht mehr bei sich zu Gast gehabt. Jeffrey ließ seinen Blick über die Unterlagen schweifen, die er in der Hand hielt. »Ich weiß, daß es dir keinen Spaß macht, diese Zahlen durchzugehen.«

Jetzt würde sie überhaupt nicht mehr zum Arbeiten kommen, dachte Karen entsetzt. »Das ist schon in Ordnung«, sagte sie.

»Heute nachmittag würde es mir gut passen«, meinte er. »Es ist wichtig, daß du all die Zahlen verstehst, falls du einmal danach gefragt werden solltest. Es würde unsere Glaubwürdigkeit erschüttern, wenn sich herausstellte, daß du völlig ahnungslos bist.« Der Mann war wirklich unglaublich. *Business as usual.* Ein ›Gestern abend‹ hatte es nicht gegeben, oder es hatte nichts bedeutet.

»Jeffrey, ich bin kein Idiot, und ich bin auch nicht ahnungslos«, erwiderte sie kurz angebunden.

Er winkte ab. »Oh, du weißt, was ich meine. Ich möchte nicht, daß sie denken, du hättest keine Ahnung vom Geschäft und wärest bloß so ein verrückter Designer.«

Sie sah ihn fest an. »Warum sollten sie das denken?« fragte sie. »Ist er das, was *du* denkst?«

»Natürlich nicht. Ich *weiß* es.«

Sie liebte diese Art Scherze nicht. »Ich habe noch zu tun«, sagte sie kühl und rief Janet herein. »Laß Defina kommen«, sagte sie zu Janet. »Ich warte auf sie.«

Jeffrey wußte, daß er damit entlassen war, und das gefiel ihm nicht. »Halte dich heute nachmittag für mich bereit«, sagte er. »Es ist eine ganze Menge, was wir da durchackern müssen.« Er drehte sich um und versuchte, die Tür hinter sich zuzuschlagen, aber vorausschauenderweise hatte Karen bereits vor Jahren eine Gasfeder an den Türangeln anbringen lassen. Niemand würde in ihrem Büro die Tür zuknallen, hatte sie gedacht. Sie konnte noch sehen, wie Jeffrey im Flur an Defina vorbeistolzierte. Er ignorierte sie.

»Laß mich an deiner Freude teilhaben!« rief Defina ihm zu, während sie in Karens Büro schlüpfte. »Ich bin ganz froh, daß ich nicht verheiratet bin, wenn ich euch beide heute morgen anschaue«, sagte sie mitleidig. »Was ist los?«

»Die Männer. Man kann nicht mit ihnen leben ...«

»Und man kann nicht ohne sie leben«, vollendete Defina den Satz. »Was gibt's also als nächstes?«

»Wenn nichts mehr geht ...«, begann Karen.

»Dann gehen wir einkaufen!« rief Defina.

»Eines weiß ich«, sagte Karen. »Ich werde heute nachmittag für ihn nicht zu sprechen sein.« An Janets Schreibtisch hielt Karen einen Moment inne. »Sagen Sie den Models ab, sehen Sie zu, ob Sie die Anprobe von Mrs. Elliot auf morgen verschieben können, und teilen Sie meinem Mann mit, daß er die Probe für die NormCo-Konferenz vergessen kann. Ich bin bis drei außer Haus.« Mit langen Schritten ging sie, Seite an Seite mit Defina, den Flur hinunter. »Freundin«, sagte Defina zustimmend, »du bist der Alptraum jedes Ehemannes: die Ehefrau mit der eigenen Goldkarte.«

Vor dem Aufzug sprach sie der Portier im Ausstellungsraum an. »Es ist ihre Schwester«, sagte er. »Wollen Sie den Anruf annehmen?«

Oh, Mist! Karen stellte fest, daß sie Lisa *immer noch nicht* angerufen hatte. Noch eine Sache, die sie erledigen mußte. »Sagen Sie ihr, daß ich sie vom Autotelefon aus zurückrufen werde« blaffte Karen und trat dann zusammen mit Defina in die Aufzugskabine.

6

Modegroschen

Lisa seufzte erleichtert. Den schlimmsten Teil des Vormittags hatte sie jetzt hinter sich. Er war nicht schlimmer gewesen als gewöhnlich – aber das war schon schlimm genug. Sie hatte es geschafft, sowohl die absolut unanständige Kürze von Stephanies Rock als auch die unglaubliche Plumpheit von Tiffanys Hintern zu ignorieren, und sie war schließlich sogar Leonard losgeworden und hatte ihm noch zwei Hunderter entlocken können – für die Inspektion des Mercedes. Sie würde das Geld für sich ausgeben. Nicht daß sie mit zweihundert Dollar weit käme, aber sie war immer knapp bei Kasse, und da waren zweihundert besser als gar nichts.

Als sie über die Eßgewohnheiten ihrer jüngeren Tochter nachdachte, schweiften ihre Gedanken ab zu dem bevorstehenden *bat mizwa* *. Ganz gleich wie Tiff aussehen würde – Lisa wußte jedenfalls eins: Niemand würde schöner sein als *sie*. Es war eine Gelegenheit, zu glänzen. Eines der Probleme in ihrem Leben, mußte sie sich eingestehen, war, daß sie zwar wunderbare Kleider hatte, aber nicht genug gute Gelegenheiten, sie zu tragen. Die Feier würde ihr endlich einmal die Möglichkeit geben, sich so zu zeigen, wie sie es liebte.

Heute mußte sie nach Schuhen Ausschau halten. Obwohl sie sich geschworen hatte, daß ihr letztes Paar von Walter Steigers ihr absolut endgültiger Schuhkauf gewesen wäre, hatte sie danach doch das Glück gehabt, bei Neimann-Marcus, als sie mit Belle zum Einkaufen dort war, einen herabgesetzten Hosenanzug von Donna Karan zu sehen. Er war um fünfzig Prozent im Preis reduziert – ein Fingerzeig Gottes, daß sie ihn kaufen sollte. Die Farbe stand ihr ausgezeichnet

* Feier zur Großjährigkeit (im religiösen Sinn) jüdischer Mädchen *(bat mizwa)* und Knaben *(bar mizwa)*.

– eine Art sanftes Weinrot in schwerem Seidenbrokat. Mit ihrem dunklen Haar und den goldenen Knöpfen des Anzugs als Kontrast verlieh ihr die Farbe ein wunderbares Strahlen, und den passenden Lippenstift dazu hatte sie' auch schon. Das einzige Problem waren die Schuhe.

Sie kleidete sich sorgfältig an. Es war wichtig, gut auszusehen, wenn man einkaufen ging, dachte sie. Denn anderenfalls verfiel man zwangsläufig darauf, irgend etwas aus lauter Verzweiflung zu kaufen, um sein erbärmliches Aussehen ja schnell zu verändern, und diese Augenblicke waren es, in denen man Fehler machte. Es war auch wichtig, genug Make-up aufzutragen, so daß man bei der Horrorbeleuchtung in den Umkleidekabinen keine Selbstmordgedanken bekam. Einen Rat konnte Lisa jeder amerikanischen Frau geben. Er lautete: »Zieh dich gut an, wenn du zum Einkaufen gehst.«

Lisas Garderobe war nicht so reichhaltig wie die ihrer Mutter; Lisa hatte nur ein Zimmer dafür zur Verfügung. Und ihre Kleidersammlung war ebenso chaotisch, wie die Belles ordentlich war. Aber Lisa folgte ohnehin einer anderen Methode: Sie trug nicht jahrein jahraus den gleichen Stil. Sie bewahrte nichts zehn Jahre lang auf. Sie fügte ihrer Sammlung ständig etwas hinzu, sortierte ständig etwas aus, und jederzeit konnte sich ihr Stil dramatisch ändern. Und das tat er auch.

Es war eine ganz merkwürdige Sache: Jedesmal, wenn man eigentlich meinen sollte, daß sie alles hatte, was sie brauchte, und mit ihrer Garderobe zufrieden sein konnte, schlug sie irgendeine Zeitschrift auf und sah einen völlig neuen Look. Manchmal warf sie dann die *Vogue* oder *Elle* einfach beiseite, aber das Bild hatte sich schon in ihr festgesetzt, und irgendwann endete es damit, daß sie ängstlich ihre Kleider durchging: Seidenblusen, Hosen mit oder ohne Aufschlägen, Wildlederjacken, Tweedblazer, Röhrenröcke, Strickkleider – ein Mischmasch von Farben und Stoffen und Stilen. Aber all ihre Sachen schienen ihr dann unmodern, alt, blaß. Sie hatten ihre Eleganz vollständig eingebüßt, als ob sie sich über Nacht verflüchtigt hätte, so wie ein teures Parfüm, wenn man es offen stehen ließ. Die neuen Bilder aus den

Zeitschriften entfalteten ihre verführerische Magie. Sie *mußte* diese Kleider haben. Nichts anderes gefiel ihr mehr.

Lisa wehrte sich gegen dieses Gefühl, manchmal eine Woche lang, manchmal länger – aber dann wurde es zu einer Qual für sie, sich jeden Morgen anzuziehen. Sie kam sich vor wie eine dieser zerfurchten alten Frauen, die man von Zeit zu Zeit sah, der Typ, der in Kleidung und Haartracht irgendeinem lange vergangenen Zeitalter angehörte, einer grauen Vorzeit, in der er – vielleicht – geliebt worden war. Und zwangsläufig ging sie dann schließlich in eins der Einkaufszentren, um sich nur ein, zwei Garnituren im neuen Stil zu kaufen und sich selbst zu schwören, daß es dabei bleiben würde.

Aber wenn sie dann heimkam und die Neuerwerbungen neben die alten Kleider in ihre überfüllten Schränke hängte, dann sah sie erst, wie unmöglich die alten Sachen wirklich waren. Sie konnte nicht mehr damit leben. Es war furchtbar. Also mußte sie wieder einkaufen gehen und alles ersetzen. Und so schien es immer weitergehen zu müssen.

Leonard hatte schon vor Jahren die Geduld mit ihr verloren. Er sagte: »Mode ist nur ein Mittel, um den Frauen Kleider zu verkaufen.« Wie die meisten Männer verstand er nichts. Um ehrlich zu sein, verdiente er einfach nicht mehr so viel wie früher, aber wer tat das schon in den neunziger Jahren? Letzten Endes war er einfach geizig. Und vielleicht, dachte Lisa, auch ein wenig eifersüchtig. Schließlich hatte er den größten Teil seiner Haare verloren und einen leichten Bauchansatz, während sie immer noch ihre Größe 36 zur Schau trug. Sie war sich gar nicht sicher, ob Leonard überhaupt wollte, daß sie so gut aussah. Und bestimmt wollte er es nicht, wenn es ihn mehr als einen Dollar kostete.

Wenn sie gewußt hätte, daß es so kommen würde, hätte sie ihn nie geheiratet, oder sich wenigstens vor einem Jahrzehnt verbessert, so wie es einige andere Frauen in ihrer Bekanntschaft getan hatten. Da sie das versäumt hatte, saß sie jetzt hier in Inwood mit einem Dermatologen fest, statt mit einem Herzchirurgen an der Park Avenue zu wohnen. Lisa seufzte.

Wenn sie nur etwas mehr Geld hätte, könnte sie angemessen leben. Aber wie sollte sie an Geld kommen? Sie war nicht wie ihre Schwester. Karen verstand sich darauf, Geld zu verdienen – und sie darauf, es auszugeben. Natürlich gab es da noch diese Beteiligung an Karens Gesellschaft, aber Leonard hatte ihr wieder und wieder erklärt, daß sie die nicht verkaufen könne, weil die Gesellschaft in Privathand war. Lisa wußte nicht, warum das so wichtig sein sollte, aber offensichtlich war es das. Also betrachtete sie diese Beteiligung als wertloses Papier, und wenn sie verzweifelt Geld brauchte, dann räumte sie ihre Schränke aus und schleppte einen Stapel von Zeug zum Second-Hand-Laden. Einmal hatte sie einen Scheck über siebenhundertneunundfünfzig Dollar dafür erhalten. Natürlich hatten die Sachen, die sie dort verkauft hatte, zehnmal soviel gekostet, aber sie hätte sie ohnehin nicht mehr getragen.

Es kam ihr so vor, als sei ihr ganzes Leben seit ihrer Heirat ein einziger Kompromiß. Lisa war das schönste Mädchen auf der Schule gewesen und hatte sich nur nach einem gesehnt: aus Rockville Center, einer Stadt ohne jede Bedeutung, in eine bessere Gegend zu ziehen. Das hatte dazu geführt, daß sie und Leonard mit einer Gartenwohnung in Inwood anfingen, aber als es dann Zeit wurde, sich nach einem neuen Haus umzuschauen, hatte Leonard darauf bestanden, dortzubleiben, um seine Praxis fortführen zu können.

Aber Inwood war eben durchaus nicht exklusiv. Einfach Sibirien. Lisa haßte den Augenblick, wenn sie im Gespräch mit anderen Frauen oder beim Einkauf bei Sak's ihre Adresse nennen mußte. Es gab danach immer eine unvermeidliche Pause von einem Sekundenbruchteil, und dann hieß es: »Oh. Inwood.« Sie zog sich nicht an und sie sah nicht aus wie eine Frau aus Inwood. Sie sah aus wie eine Frau aus Lawrence, wie eine, die mit einem Chirurgen verheiratet war.

Jetzt wandte sie sich mit einem Seufzer von der bunten Sammlung in ihren Schränken ab und dem Telefon zu. Sie wählte Karens Nummer. Karen hatte versprochen, sie anzurufen. Warum hatte sie es nicht getan? Sie fragte nach Karen, und das Mädchen am anderen Ende der Leitung erkannte ihre Stimme. »Sie sind doch ihre Schwester?« fragte sie. Lisa erklärte ihr, angenehm berührt, daß das stimme. »Also, sie ist gerade aus der Tür heraus, aber für *Sie* werde ich sie noch einmal zurückrufen.« Lisa machte sich nicht die Mühe, sich zu bedanken; sie wußte, daß die Kleine nur ein paar Pluspunkte bei Karen und bei ihr machen wollte. Unruhig zappelte sie mit den Füßen und wartete darauf, daß Karen an den Apparat ging. Lisa liebte ihre Schwester, aber manchmal gab Karen ihr das Gefühl, als ob sie selbst sich in Luft aufgelöst hätte. Indem sie zum Beispiel nicht mehr anrief. Oder indem sie beim Abendessen ins Leere starrte, als Lisa ihr von den Einzelheiten der geplanten *bat-mizwa*-Feier erzählte. Und als sie jetzt auf ihre Schwester wartete, beschlich Lisa wieder dieses Gefühl, dieses ungute Gefühl, durchsichtig zu werden. So wie der Mann in einem Film, der sich langsam aufgelöst hatte, als sich herausstellte, daß die Geschichte einen anderen Verlauf genommen hatte und daß er niemals geboren worden war. Er war gerade dabei, Gitarre zu spielen, als seine Hand anfing, sich aufzulösen. Sie blickte auf ihre eigene Hand, die den Telefonhörer hielt. Sie war noch da. Sie war hier, sie existierte. Und in einem Augenblick würde Karen mit ihr sprechen.

Aber die Stimme, die aus dem Hörer kam, war die der Sekretärin. »Sie sagt, sie würde Sie vom Wagen aus zurückrufen.«

Lisa biß sich auf die Lippe. »Schön«, entgegnete sie und legte auf. Es war schon in Ordnung, sagte sie zu sich selbst. Karen war beschäftigt. Sie hatte ein großes Geschäft, um das sie sich kümmern mußte. Aber Lisa spürte, wie alle Energie sie verließ, so wie schmutziges Badewasser durch den Abfluß rinnt.

Karen und Defina hatten sich, sehr zu Definas Mißvergnügen, für Macy's entschieden. Macy's war ein Basar, ein Marktplatz, eine Welt für sich. Am Ende einer langen Reihe immer komplexer und vielfältiger werdender Marktplätze in der Geschichte der Menschheit. Macy's in der 34. Straße. Karen wandte sich Defina zu. »Hier kaufen die wirklichen Menschen ein«, sagte sie und setzte sich in Richtung Aufzug in Bewegung.

Auf dem Weg dorthin fiel ihr eine ältere Frau in einem knochenfarbenen Adolfo-Kostüm auf, die sich an einem Ständer mit Sonderangeboten zu schaffen machte. Ihre Fingernägel waren gut drei Zentimeter lange Krallen, in einer Farbe bemalt, die man nur als »Signalorange« bezeichnen konnte. Und sie trug den passenden Lippenstift dazu. Karen stieß Defina an.

»Weißt du, was du mir schuldig bist, wenn ich so werde?« fragte sie Defina.

»Eine Totalrenovierung?«

»Nein, eine Kugel in den Kopf.«

»Schätzchen, wenn du erstmal so aussiehst, dann hat man zuviel Mitleid, um dich zu erschießen.«

Schließlich gelangten sie auf die Etage mit der Markenkleidung der Designer. »Laß uns sehen, was Norris Cleveland auf Lager hat«, sagte Karen.

Aber dort gab es nicht viel Interessantes, außer der getreulichen Kopie eines Rockes, den Karen vor anderthalb Jahren entworfen hatte. Abgesehen davon, daß Karens Rock nicht so über dem Bauch spannen würde wie dieser hier, weil Karen den Stoff nicht schräg geschnitten hatte. »Um darin gut auszusehen, muß man Größe vierundvierzig haben und trotzdem noch einen Liebestöter tragen.« Defina schüttelte den Kopf und kicherte. Dann schaute sie auf das Preisschild und zog die Augenbrauen hoch. »Dafür will sie achthundert haben!«

Schließlich zog Karen vor, sich einmal das Zeug von NormCo anzusehen, bevor sie ihre Aufmerksamkeit den Käuferinnen zuwandten. Sie wußte, daß NormCo eine von Bette Mayer für den Massenmarkt entworfene Linie produzierte. Eine Verkäuferin sagte ihnen, daß sie auf der vierten Etage danach suchen müßten.

Die Etage war enorm weitläufig, und man sah kaum Verkäufer. Sie brauchten mehr als zehn Minuten, bis sie den Bette-Mayer-Stand gefunden hatten. Bette war eine wenig inspirierte Designerin, die sich einen Namen damit gemacht hatte, als erste *stonewashed silk* unter die Leute gebracht zu haben. Aber ihre Linien waren vorhersagbar und langweilig: immer das gleiche, nur geringfügige Änderungen bei den Aufschlägen und den Schulterpolstern. Karen hatte sich seit Jahren nicht mehr die Mühe gemacht, sich irgend etwas davon näher anzuschauen und tat es auch jetzt nur, um zu sehen, was NormCo herstellte. Rücken an Rücken begannen sie und Defina, je einen Ständer zu inspizieren. »Au!« sagte Defina, als sie eine Jacke in die Hand nahm. »Schau dir mal das Futter hier an.«

Die Jacke war ein Lumpen. Der Schnitt der Ärmel beulte jetzt schon unter den Achseln aus, und an der Brust bauschte sich das Innenfutter vor. Was stand auf dem Preisschild? Neunundneunzig Dollar! Aber selbst für weniger als hundert Dollar war die Jacke kein guter Kauf. Nach der ersten Reinigung würde sie auseinanderfallen.

»Schau dir das an«, sagte Karen und hielt eine Bluse hoch. Sie war farblich auf den Blazer abgestimmt, ein helles Grün zum dunklen Grün des Blazers. Es steckte viel Arbeit darin: Ärmelschlitze, zwei schwarz unterlegte Falten auf der Schulter und eine aufwendige Knöpfung mit Schlaufen. Aber das Ganze war aus einem Polyestermischgewebe, das sich ausgesprochen garstig anfühlte. Was war aus Bettes *stonewashed* Seide geworden? In diesem Ding würde man bei warmem Wetter schwitzen und bei Kälte frieren. »O je. Schäbig.«

»Schaurig«, stimmte Defina zu und betastete ebenfalls den Stoff.

»Schundig.«

»Schäbig, schaurig und schundig. Waren das nicht drei von den sieben Zwergen?«

Karen überlegte. Würde NormCo so etwas auch aus ihren Entwürfen machen? Sie warf einen Blick auf das Preisschild. Neunundzwanzig Dollar. Jesus, wie konnten sie so was zu dem Preis herstellen? »Wo wird das hergestellt?« fragte Karen und deutete mit dem Kinn auf den Blazer. Während Defina nach dem Etikett der Jacke suchte, hatte Karen herausgefunden, woher die Bluse kam.

»Made in USA«, sagte sie überrascht. Also konnte wenigstens Arnold stolz auf sie sein, wenn sie sich auf die Geschichte mit NormCo einließ. Er war immer für die amerikanischen Arbeiter. Aber konnte *sie* stolz darauf sein, sich mit Wolper, NormCos Chef, einzulassen? Sie würde auf einer Anti-Schund-Provision bestehen müssen. Ob Robert der Anwalt so etwas auf Lager hatte?

»Dieser Lumpen ist auch von hier«, sagte Defina. »Ich habe gedacht, alles in dieser Preisklasse würde im Ausland hergestellt.«

»Du meinst da, wo die Arbeitslöhne gleich null sind? Wo sie, wie mein Vater sagt, die Leute einfach an ihre Nähmaschinen ketten und ihnen ab und zu ein kleines Stück rohes Fleisch vorwerfen? Allerdings ist er ein notorischer Roter.« Aber als sie die Kleiderständer weiter durchsahen, mußten sie feststellen, daß die meisten der Kleider von Bette Mayer, billig und minderwertig wie sie waren, aus den USA kamen. »Wie können sie nur so billig produzieren?« fragte Karen.

»Keine Ahnung.«

Karen hatte mit der Realität des Modegeschäfts zu kämpfen gehabt, seit sie sich selbständig gemacht hatte. Die unglaublich teuren, maßgeschneiderten Kleider für die Superreichen waren nicht der Geschäftsbereich, mit dem Geld verdient wurde. Es war kaum vorstellbar, daß ein Abendkleid für zwölftausend Dollar Verlust brachte. Aber so war es eben meist. Die reichen Frauen, die für sich maßschneidern ließen, kosteten die Designer in Wirklichkeit Geld. Karen konnte nur so Geld verdienen, wie es auch die anderen Designer taten: indem sie billigere Ware auf dem Massenmarkt verkaufte. Es war wie eine dieser häßlichen Ironien des Lebens: die Mittelklasse mußte die Gewinne bringen, und damit wurde letzten Endes die *haute couture* subventioniert. Als Arnolds Tochter hatte sich Karen dabei nie ganz wohl gefühlt. Aber dennoch liebte sie ihre Arbeit.

Noch einmal ließ sie den Blick über die schäbigen Kleider schweifen. »Wer entwirft diesen Mist?« fragte Karen rhetorisch.

»Also, ich sehe wohl, daß du es nicht bist, Schätzchen.

Und ich frage mich, ob Bette auch nur einen einzigen Blick darauf geworfen hat? Selbst sie ist nicht *so* schlecht.«

Karen zuckte die Schultern. Es gab immer weniger Designer, die sauber arbeiteten. Meist kam es ihnen nur auf die Perfektion des Schnitts und des Materials an. Der Witz war, es zu zähmen, aber am Leben zu lassen. Dieses Zeug hier war aber nicht bloß tot, es war überhaupt niemals lebendig gewesen. O Gott, sie würde es hassen, ihren Namen auf solchem Ramsch wiederzufinden. »Was macht NormCo denn sonst noch?« fragte sie.

»Machen sie nicht auch Happening?«

»Ja, stimmt. Laß uns das mal anschauen.« Happening war eine ziemlich neue Marke für Jeans und ähnliches. Zwei Jahre lang war sie der Renner gewesen, und in der letzten Saison hatte NormCo sie gekauft.

Sie suchten auf der sechsten Etage. Karen wurde langsam hungrig, aber es war noch zu früh, um an ein Mittagessen zu denken. Vielleicht ein Brunch? Das erinnerte sie an Westport. »Hey, Dee ...«

»Hey, selbst.«

»Hast du Lust, diesen Sonntag nach Westport zum Brunch zu kommen? Mit Tangela?«

»Ich habe mich schon gefragt, wann du mich einmal einladen würdest, Jeffreys Haus anzusehen. Aber zum Essen?« Sie hielt inne und überlegte. »Karen, ich liebe dich, aber in der Küche bist du ein Nichts.«

Karen runzelte die Stirn. »Spotte nicht über die Geschlagenen. Sag einfach, ich sei kulinarisch minderbemittelt. Aber mach dir keine Sorgen, ich lasse alles einfliegen.«

»Schätzchen, in dem Fall ist es abgemacht.«

Defina schenkte Karen ein strahlendes Lächeln.

Nach zehn Minuten hatten sie Happening gefunden, aber was sie dort sahen, stimmte sie auch nicht besonders froh. »Großartig. NormCo wird also unsere Produktlinie ruinieren.«

»Du redest so, als hättest du keine Wahl. Mach es wie Nancy Reagan und ›sag einfach nein‹ .«

»So einfach ist das nicht«, erwiderte Karen.

Sie verbrachten noch einige Stunden in verschiedenen Geschäften und landeten schließlich zu einem späten Mittagessen bei Mad 61. Karen war deprimiert, und Defina spürte wie – immer – ihre Stimmung.

»Die besten Schuhe?«, wollte Defina wissen.

Es war ein altes Spiel, das sie schon jahrelang trieben. Sie brauchten dazu keine Absprache.

»Roger Vivier's.«

Defina hob den Kopf, hielt kurz inne und nickte. Manchmal lagen die Dinge nicht so einfach, und sie stritten sich tagelang.

»Die besten Blumen?« Jetzt war Karen an der Reihe.

»Renny«, antwortete Defina mit einem Achselzucken, als wüßte das wirklich *jeder.* »Die besten Schnäppchen?«

»Für Taschen? Oder Kleider, oder was?«

»Abendkleider.«

»Victor Costa. Jetzt frag mal was Schwieriges.«

»Für Taschen?«

»José Suàrez.«

Defina schüttelte den Kopf. »Das sind keine Schnäppchen. Sie haben zwar keine Etiketten, aber es sind trotzdem die gleichen Taschen wie die anderen, und sie kommen von den gleichen Markenherstellern. Außer bei Herbes.«

»Es sind trotzdem Schnippchen. Wenn sie nicht das Etikett tragen, dann sind es eben keine Originale.

»Wenn im Wald ein Baum fällt...« Karen mußte lächeln. Mit ihrem Unfug hatte Defina die Stimmung gerettet. Sie rief nicht einmal mehr Jeffrey an, um ihm abzusagen, und sie vergaß auch mit Lisa zu telefonieren.

7

Zugeschnitten und geplättet

Schon seit Wochen machte Karen in ihrem ohnehin schon aufreibenden Arbeitsalltag die Kameramannschaft von Elle Halle zu schaffen. Richard, der Regisseur, hatte ihr den Rat gegeben, das ganze einfach zu ignorieren und weiterzumachen wie gehabt. Aber natürlich war das unmöglich. Trotzdem hatten Jeffrey und Mercedes darauf bestanden, daß KKInc die Gelegenheit nutzte, in einer von Elle Halles berühmten einstündigen ›Porträts‹ präsentiert zu werden. Und jetzt fehlte zur Fertigstellung der Sendung »Elle Halle bei Karen Kahn« nur noch das Interview mit Elle Halle selbst.

Karen hatte Angst davor. Es sollte heute nachmittag aufgenommen werden, und Karen war zumute, als hätte sie einen Termin zur Wurzelbehandlung mehrerer Backenzähne. Vor die Wahl gestellt, hätte sie den Zahnarzt vorgezogen. Denn sie machte sich nichts vor: Trotz ihres Lächelns und ihrer sanften Stimme war etwas ähnliches wie Zähneziehen Elle Halles Lieblingsbeschäftigung, und *sie* verabreichte niemals örtliche Betäubung. Ihre Stärke war, irgendeinen verrotteten Teil der Seele zu entdecken, freizulegen und solange daran zu zerren, bis ihr Opfer nachgab und sie dem Publikum alles mitsamt der verfaulten Wurzel präsentieren konnte. Sanft erzwungene Geständnisse und Tränen waren die Würze jedes Interviews. Obwohl Elle Halle ihrem Publikum, das sie liebte und verehrte, immer warm und mitfühlend erschien, machte sich Karen doch ihre eigenen Gedanken über eine Frau, die ihre Lebensaufgabe darin sah, das Leid anderer landesweit im Fernsehen breitzutreten.

»Also, kommen Sie schon«, sagte Mercedes jetzt zu ihr, während sie sich fertigmachte, um ins Studio zu gehen. »*So* schlimm ist es nun auch wieder nicht.«

»Hat das nicht auch irgend jemand zu Marie Antoinette gesagt, kurz bevor das Fallbeil heruntersauste?«

Mercedes zog die Augenbrauen hoch. »Haben Sie mal mit dem Arzt über diese Märtyrerpose gesprochen?« fragte sie trocken. Sie sah auf ihre Armbanduhr. »Also los jetzt. Wir müssen gehen. Sie wollen sich diese Leute doch nicht vergrätzen, indem sie zu spät kommen.«

»Wo ist Jeffrey?« fragte Karen, während sie ihren Mantel nahm.

»Er sitzt mit Casey und den Jungs aus der Buchhaltung zusammen.« Karen runzelte die Stirn. Also die Leute von NormCo. »Er wird nicht kommen.«

»Wie bitte?« Karen spürte, wie ihr Gesicht blaß wurde, wie sämtliches Blut in ihr Herz zurückschoß, das in ihrer Brust unwillig zu hämmern begann. »Er *muß* kommen«, sagte sie. »Ich kann das nicht allein.«

»Sie sind nicht allein, Karen«, erinnerte Mercedes sie. »*Ich* bin ja dabei.«

Karen machte sich nicht die Mühe, höflich zu sein. Sie schüttelte den Kopf. Um das hier zu schaffen, brauchte sie jemanden, den sie *gern* bei sich hatte. »Defina«, sagte sie. »Wir müssen Defina holen.« Sie würde es sonst nicht durchstehen.

Diese Tortur: sich selbst zu verkaufen, sie selbst zu sein, und vor zwanzig Millionen Zuhörern nicht über ihre Kleider, sondern über sich selbst reden zu müssen. Warum interessierten sich die Leute überhaupt für das persönliche Leben einer Modeschöpferin? Waren ihnen ihre Kleider nicht genug?

Janet blickte von ihrem Schreibtisch auf; sie spürte, daß etwas in der Luft lag. »Defina ist noch nicht im Haus«, sagte sie zu ihrer Chefin.

Karen spürte, wie ihr die Hände zu zittern begannen. Sie würde jetzt in Jeffreys Büro gehen und die Konferenz dort beenden. Sie konnte sich nicht unter Elle Halles Mikroskop sezieren lassen, ohne daß Jeffrey dabei war und ihr Rückhalt bot.

Jeffrey hatte schon immer an sie geglaubt. Er hatte Malerei studiert, als sie noch zur Modeschule ging. Sie war noch so unerfahren gewesen, so grün. Während ihrer High Schoolzeit hatte sie nie etwas mit Jungen gehabt – sie war mit Carl zum Abschlußball gegangen. Und Jeffrey hatte sie natürlich sofort mächtig beeindruckt. So sehr, daß sie ihm praktisch nachgelaufen war, Besorgungen für ihn erledigt und ihm seine Sachen nachgetragen hatte, eine Art menschlicher Golden Retriever für ihn, den eleganten Afghanen. Und was für ein Windhund er war! Sie hatte Jeffrey gefallen, und er hatte sie mit ins Bett genommen, aber ihr war von Anfang an klar gewesen, daß er das tat, ohne dabei irgendwelche Verpflichtungen einzugehen. Er schlief mit vielen Mädchen an der Schule. Mit allen, die hübsch waren, auch mit Karen. Jeffrey hatte ihr klargemacht, daß sie ihm gefiel und daß sie Freunde waren, aber nichts weiter. Und obwohl sie ihn schon damals bewundert hatte, war sie klug genug gewesen, ihm das nicht auf die Nase zu binden und nichts wirklich zu erwarten.

Nach ihrem Studienabschluß hatte allein sie den Kontakt aufrecht erhalten. Er hatte sie niemals angerufen, schien sich aber immer zu freuen, von ihr zu hören. Nach ihrem Abschluß hatte sie Glück gehabt und einen Job bei Liz Rubin ergattert, einer lebenden Legende, der ersten Modeschöpferin, die mit sportlicher Kleidung für Frauen in die Heiligtümer der Seventh Avenue eingezogen war. Karen hatte als eine von über einem halben Dutzend Assistentinnen angefangen, aber innerhalb von sechs Monaten hatte sie es zu Liz' persönlicher Assistentin gebracht. Sie arbeiteten nach Liz' Stundenplan zusammen: Manchmal erhielt Karen noch um halb zwölf Uhr nachts einen Anruf, und dann arbeiteten sie und die zarte alte Dame bis zum Morgengrauen. Karen vermutete manchmal, daß Liz – so wie Karens Idol Coco Chanel – sie nicht etwa anrief, weil sie gerade inspiriert, sondern vielmehr, weil sie einsam war.

Immer distanziert, immer autoritär und immer Herrin der Lage, hatte Liz in den sechzehn Monaten, die sie zusammenarbeiteten, Karen mehr beigebracht, als sie in all den Jahren ihres Modestudiums gelernt hatte. Bald bestand Karens Leben nur noch aus der Arbeit und aus Liz. Es war eine geschäftige Zeit, und Karen war nicht unglücklich darüber. Denn obwohl Liz niemals über ihre Gefühle für Karen sprach, wußte Karen doch, daß es sie gab.

Es machte ihr auch nichts aus, daß sie nach außen hin mit ihrer Arbeit nicht in Erscheinung trat. Die Idee, ihr Name müsse auf den Etiketten erscheinen, war Karen gar nicht gekommen. Sie war doch erst zweiundzwanzig. Und sie wollte einfach nur ihre Arbeit machen, wollte Kleider nach ihren eigenen Ideen entwerfen. Aber dadurch kam es schließlich zum Bruch. Denn nachdem Karen einige Monate eng mit Liz zusammengearbeitet hatte, war sie nicht mehr in der Lage, mit ihrer Meinung hinterm Berg zu halten. Als sie erst einmal ihre Ehrfurcht vor Liz Rubin überwunden hatte, gewöhnte sie sich an, zu sagen, was sie dachte, und manchmal kamen ihre Meinungen einem Frontalangriff gleich. »Das ist fade, Liz«, sagte sie zum Beispiel und machte dann einen Vorschlag oder eine Skizze als Alternative. Dann stritten sie. Karen hatte immer geglaubt, daß Liz sie wegen ihrer Offenheit schätzte. Damit hatte sie falsch gelegen. Sie erinnerte sich noch an ihren letzten Streit: Es ging um die Plazierung von Knöpfen auf einer Jacke. Liz, die ihr Licht auch nie unter den Scheffel stellte, hatte einen Entwurf von Karen geändert und Karen angeschrien, als die darauf bestand, daß die Knöpfe so wie zuvor asymmetrisch plaziert werden sollten. »Das ist doch nur Effekthascherei!« hatte Liz geschrien. »Die Jacke ist ein Klassiker. Bei Liz Rubin machen wir *Klassiker.*« Karen hatte sie wütend angeblickt. »Also *ich* mache, was richtig ist. Und diese Knöpfe auf *meiner* Jacke werden schräg angeordnet.«

Komisch, daß so ein paar Knöpfe soviel Ärger machen konnten. Sie hatten Karens ganzes Leben verändert. Liz hatte sie entlassen.

Zwei Tage lang saß Karen in ihrer Wohnung und weinte. Sie hatte niemanden, mit dem sie reden konnte, und wußte nicht, was sie machen sollte. Bald begriff sie, daß außer ihrer Arbeit nichts von Bedeutung für sie war. Sie rief zuhause an, aber Belle war ihr keine Hilfe, und Lisa war damals noch ein kleines Schulmädchen, das ihre ältere Schwester anbetete. Also rief Karen in ihrer Verzweiflung bei Jeffrey an, der sich am unteren Broadway mit Perry Silverman eine heruntergekommene Mansardenwohnung teilte. Perry und Jeffrey luden sie ein, zu ihnen zu kommen, gingen mit ihr aus, machten sie betrunken und trösteten sie. Sie war sich im klaren, daß sie wahrscheinlich hinter vorgehaltener Hand über ihr naives Getue lachten. »Es ist doch nur ein *Job*«, hatte Jeffrey gesagt. Und Karen hatte, obwohl ihr die Zunge wegen des vielen Bourbons kaum noch gehorchte, zu erklären versucht, daß es mehr als das gewesen war.

»Warum hat sie mich bloß hinausgeworfen?« schluchzte Karen immer wieder. »Warum?«

Jeffrey hatte zugehört und dann gelacht. Er lachte! Aber irgendwie hatte sie das beruhigt. »Sie war eifersüchtig«, hatte er gesagt, »weil du im Recht warst. Sie macht ›Klassiker‹? *Du* machst die Originale! Und du hattest den Nerv, ihr das zu sagen.«

»*Das* habe ich getan?« Karen war höchst verwundert.

»Natürlich«, hatte Jeffrey erwidert, so als müsse das jeder wissen. »Und sie nimmt es dir übel«, fügte er hinzu. »Sie hat dich benutzt, aber sie hat es dir zugleich übelgenommen.« Er legte seinen Arm um Karen, während sie immer noch weinte. Dann nahm er sie mit ins Bett.

Nach diesem Abend hatte Karen nicht wieder geweint. Sie verbrachte über einen Monat tagsüber mit der Suche nach einem Job und die Nächte in Jeffreys Bett. In gewisser Weise wurde der Verlust dadurch wettgemacht, daß Jeffrey wieder in ihr Leben trat. Sie erzählte ihm jeden Abend von den Abenteuern und Gesprächen ihres Tages. Und sie war ganz aufgeregt, als sie schließlich nicht ein, sondern zwei Angebote erhielt. Als sie ihn fragte, welches sie nehmen sollte, war sie zunächst schockiert, als er ihr riet, beide abzulehnen. »Komm schon«, sagte er zu ihr, »du willst doch nicht irgendeine namenlose Designerin in irgendeiner Firma sein. Sieh dir doch an, was du bisher gemacht hast. *Du* hast den größten Teil von Liz Rubins Herbstkollektion entworfen. Du brauchst dich niemandem mehr zu beweisen. Du mußt nur nach einer Möglichkeit suchen, dich zu entfalten. Du brauchst jemanden, der an dich glaubt.«

Und dann bot ihr Blithe Spirits an, ihre eigene Kollektion sportlicher Mode zu entwerfen. Im Niedrigpreissegment, aber qualitativ doch etwas hochwertiger als der Durchschnitt. Nichts mit dem Flair der Seventh Avenue, aber Sachen mit ihrem Namen drauf. Karen Lipsky für Blithe Spirits. Jeffreys Rat war gut gewesen, und sie hatte diese Chance bekommen, weil sie auf ihn gehört hatte. Es war eine unglaubliche Gelegenheit für ein Mädchen, das erst vor zwei Jahren seinen Abschluß gemacht hatte, aber bevor sie die Gelegenheit bekam, zuzusagen, gab ihr Jeffrey noch einen guten Rat: »Lehne ab. Sag ihnen, daß du ein Angebot für doppelt soviel bekommen hättest.«

»Das habe ich aber nicht!« hatte sie geschrien.

Jeffrey hatte gelacht. »So?«

»Ich soll lügen?« fragte sie. Weder Belle noch Arnold hatten ihr das beigebracht. Aber Jeffrey hatte genickt. »Und was ist, wenn sie herausfinden, daß ich lüge? Was ist, wenn sie mir sagen, dann solle ich den anderen Job nehmen?«

»Das werden sie nicht«, lachte Jeffrey. Und er raufte ihr die Haare, als wenn sie eine Puppe wäre. »Versuch es morgen einfach. Du wirst sehen, daß ich Recht habe.« Und das hatte er. Sie war wie versteinert gewesen, so verängstigt, wie sie es jetzt vor dem Interview mit Elle Halle war. Trotzdem hatte sie mit schweißnassen Händen geblufft. Und schließlich hatte sie den Job bekommen für das Vierfache ihrer Bezahlung bei Liz. Zum ersten Mal in ihrem Leben hatte sie mehr Geld gehabt, als sie in der ihr dafür verbleibenden Zeit ausgeben konnte. Leider hatte sie fast keine Zeit mehr – es bedeutete unglaublichen Streß, eine ganze Kollektion allein zu entwerfen.

Kurz vor der Vorstellung ihrer Kollektion hatte sie Jeffrey angerufen. Auch für ihn hatte sie kaum noch Zeit gehabt. »Kann ich mal rüberkommen?« hatte sie ihn gefragt, so wie immer. »Ich habe Angst, daß die ganze Sache ein Reinfall wird. Kann ich über Nacht bleiben?« Das Schweigen am anderen Ende der Leitung verhieß nichts Gutes. Stimmte etwas nicht? Irgend etwas hatte sich verändert. Sie war zu beschäftigt gewesen, um es vorher zu bemerken.

»Karen«, hatte Jeffrey vorsichtig zu ihr gesagt. »Du weißt, wie sehr ich dich mag. Aber du mußt eines wissen: Ich bin verlobt.«

Völlig außer sich war sie zu Carl gelaufen – wohin auch sonst. »Ich hätte ihm sagen sollen, daß ich ihn liebe«, schluchzte sie. »Ich hätte nicht aufhören dürfen, ihn anzurufen.«

»Nein, das stimmt nicht. Dann hätte er dich noch schneller fallenlassen. So hast du wenigstens deinen Stolz.«

»Ich will nicht meinen *Stolz*. Ich will Jeffrey!« hatte sie wie ein Kind gejammert. Und dann hatte Carl ihr alles über die Männer erklärt, so wie Jeffrey ihr alles über den Job erklärt hatte. »Er *mag* dich, Karen. Natürlich *mag* er dich. Du bedeutest Spaß, du bist lustig, du bist klug. Und du bist sexy. Ich sehe das, obwohl ich schwul bin. Aber den Jeffreys dieser Welt wird immer Schönheit und Klasse und Einfluß wichtiger sein als Spaß und Klugheit. Er kommt aus einer Familie mit Geld. Sie kommt aus einer mit noch mehr Geld. Du bist die Bessere, aber June Jarrick ist die Nichte eines Senators. Das ist zwar nicht gerecht, aber so ist es.«

Sie hatte die Verlobungsanzeige in der »Times« gesehen. Selbst jetzt noch, auf dem Weg hinunter zum Wagen, der sie zu Elles Studio bringen sollte, konnte Karen den Schmerz dieses Augenblicks und die Leere, die ihm folgte, spüren.

Ihre Kollektion war ein großartiger Erfolg und Verkaufsschlager geworden. Die Zeitschriften und Modemagazine waren auf sie aufmerksam geworden. Aber sie hatte sich elend gefühlt. Ihre Arbeit reichte ihr nicht mehr. Und andere Männer waren wie Geister, verglichen mit Jeffreys warmem Körper. In einem Kalender kreuzte sie wie besessen jeden Tag bis zu dem schwarzen Datum von Jeffreys Hochzeit an. Und dann plötzlich, wie aus dem Nichts, bekam sie einen Anruf von Liz Rubin.

»Ich möchte mit Ihnen sprechen, Karen«, hatte Liz gesagt. »Haben Sie Zeit?« Und wie immer hatte Karen Zeit. Als sie Liz sah, war sie entsetzt. Liz war zum Skelett abgemagert. »Ich habe Ihre Kollektion für Blithe Spirits gesehen. Das war sehr gut«, sagte sie zu Karen. Das war das erste und das letzte Lob, das sie je von Liz erhielt. »Kommen Sie hierher zurück. Arbeiten sie hier. Ich brauche jemanden, der das Geschäft übernimmt. Die Ärzte geben mir noch sechs Monate. Ich möchte, daß Sie die Frühjahrskollektion machen.«

Andere hätten vielleicht nein gesagt, aber Karen war der Aufforderung gefolgt, und Liz war am Muttertag des darauffolgenden Jahres gestorben. Mit fünfundzwanzig war Karen die Erbin ihres Thrones. Für die Presse war sowohl die Frühjahrskollektion von Liz Rubin als auch Karens Erfolgsstory ein gefundenes Fressen. Man nannte sie »die Kronprinzessin der Mode«. Carrie Donovan schrieb über sie im *Times-Magazine*, und ihr Foto erschien auf dem Titelbild von »*W*«.

Die Arbeit hatte sie davor bewahrt, zuviel an Jeffrey zu denken. Statt dessen hatte sie eine Reihe kurzer Affären mit anderen Männern, aber das änderte nichts daran, daß sie immer genau wußte, wieviele Monate, Wochen und Tage bis zu dem großen gesellschaftlichen Ereignis von Jeffreys Hochzeit vergehen würden. Von Zeit zu Zeit traf sie sich mit Perry, immer mit dem stillen Hintergedanken, Neuigkeiten von ihm zu erfahren. »Laß es auf sich beruhen, Karen«, hatte Carl sie gewarnt, aber sie stocherte in der Wunde herum, ungeachtet des Schmerzes, den sie sich damit selbst bereitete. Es waren sechs Wochen vor Jeffreys geplanter Hochzeit, als er ihr einen Brief schickte und sie um ein Treffen bat.

Sie wußte, daß sie eigentlich nein sagen sollte, aber das tat sie nicht. Und so gingen sie aus, um etwas zu trinken. Dann gingen sie essen, dann tranken sie noch mehr und landeten schließlich – unausweichlich – im Bett. Im Bett waren sie immer gut gewesen.

Karen hatte keine Fragen gestellt. In der ersten Nacht liebten sie sich stundenlang. Jeffrey hatte sich an sie geklammert wie ein Ertrinkender, und sie hatte seine Verzweiflung als eine Art Tribut entgegengenommen. Am nächsten Morgen ging sie früh aus dem Haus, ohne ihn zu wecken oder ihm eine Nachricht zu hinterlassen. Eine Stunde später rief er sie im Büro an. Es war das erste Mal, daß er sie anrief.

Karen gestattete sich keinen Gedanken daran, daß er seine Verlobte mit ihr betrog und daß Jeffrey vorher sie mit seiner

Verlobten »betrogen« hatte. Sie war überhaupt nicht in der Lage zu denken. Sie wußte nur eines – daß sie nicht ohne den Trost seines Körpers leben konnte und daß er es genauso empfand. Er kam jeden Abend in ihre Wohnung, manchmal erst um Mitternacht, und sie fragte nie, wo er herkam. Sie ließ ihn immer herein. Einundzwanzig Tage vor seiner Heirat mit June bat Jeffrey sie, seine Frau zu werden. »Du wirst reich und berühmt«, sagte er. »Und Karen Kahn klingt viel besser als Karen Lipsky.« Es war ein wenig romantischer Vorschlag, und wenn er auch ein wenig spät kam, so beruhigte sie sich mit dem Gedanken, daß es eben eine Verspätung nach Art der feinen Leute war. Jede Spur von Schuld, die sie empfand, wurde von der überwältigenden Welle ihres Glücksgefühls hinweggeschwemmt. Was hatte sie mit seiner Zwangslage zu tun, fragte sie sich, oder mit dem Leid, daß er June verursachen würde? Schließlich hatte sie ihn schon viel länger gekannt und geliebt.

Karen hatte Jeffrey niemals gefragt, wie er es damals June oder seiner Familie erklärt hatte, aber als sie schließlich Monate später den Kahns vorgestellt wurde, konnte sie spüren, wie peinlich berührt und reserviert sie waren. Das wurde auch nicht besser, als June im Gegenzug Perry heiratete. Wenn überhaupt, wurde es eher schlimmer. Sie war immer noch so gefangen in der Freude ihrer Eroberung, ihres Besitzes, daß es ihr nichts ausmachte. Jeffrey würde immer ihr Traumprinz sein, ihre erste Liebe. Und als er ihr sagte, daß er sie bei ihrer Karriere unterstützen wolle, war sie ganz aus dem Häuschen. Sie fand es himmlisch, daß er Pläne für eine eigene Gesellschaft entwickelte. Als ihr Geburtstagsgeschenk zum dreißigsten entwarf er das KK-Logo, organisierte Geld, um ihr Geschäft in Gang zu bringen, was ihr wie ein Wunder vorkam, und erklärte ihr bald darauf, daß er seine eigene Karriere aufgeben würde, um ihr Geschäft zu führen. Sie hatte das Gefühl, noch nie von jemandem so geliebt und so umsorgt worden zu sein wie von ihm. Also kündigte sie bei Liz Rubin und stellte eine eigene Gesellschaft, KKInc, auf die Beine, zu einem Zeitpunkt, der im Nachhinein als perfekt erscheinen mußte: Die Yuppie-Kultur stand in schönster Blüte, und die Leute hatten mehr Geld, als sie ausgeben konnten. Bis Ende der Achtziger Jahre hatte Karen ihre Gesellschaft und ihren Namen fest etabliert. Inzwischen, da das Geld wieder fester saß und die Verbraucher anspruchsvoller wurden, entschieden sich die wählerischen Kundinnen immer noch für sie – so teuer ihre Kleider auch waren –, weil sie bei ihr einen reellen Gegenwert für ihr Geld erhielten. Und all das hatte sie Jeffrey zu verdanken.

Sie hatte seine Gegenwart nie als selbstverständlich betrachtet, so wie sie nichts von dem, wofür sie gearbeitet und was sie erreicht hatte, für selbstverständlich hielt. Das war ihre Stärke und ihre Schwäche zugleich. Stets lebte sie in der Angst, alles verlieren zu können – das Geschäft, das Geld, den Mann.

Und jetzt, in einem Augenblick, da sie endgültig alles festigen konnte, fühlte sie sich unsicherer als je zuvor.

Mercedes starrte sie immer noch an. Dann leckte sie sich ihre dünnen Lippen und wandte sich Janet zu. »Wir schikken Jeffrey den Wagen zurück. Sagen Sie ihm bitte, er soll kommen, sobald er fertig ist.« Sie wandte sich wieder Karen zu. »Es dauert sowieso eine Stunde, bis Sie geschminkt sind und die Mikrofonproben hinter sich haben. Ich bin sicher, daß er bis dahin kommen wird.«

Während Karen im Studio geschminkt wurde, wuchs ihre Nervosität weiter an. Was würde Elle von ihr wissen wollen? Würde sie fragen, warum Karen und Jeffrey keine Kinder hatten? War ihr etwas über das Geschäft mit NormCo zu Ohren gekommen, und würde sie im Fernsehen darauf anspielen? O Gott, hatte sie vielleicht etwas über Dr. Goldman herausgefunden? Wußte sie, daß Karen ein adoptiertes Kind war? Würde sie mit Belle oder Lisa reden wollen? Bisher hatte sich noch niemand, wenigstens soweit Karen wußte, an die beiden gewandt. Aber vielleicht hatte Elle dergleichen ja im Ärmel.

Karens Herz schlug immer schneller, und sie konnte kaum noch atmen. Was war, wenn Elle Halle von ihrer Adoption erfahren hatte? Was, wenn irgend jemand von ihrem Reporterteam ihre leibliche Mutter entdeckt hätte, die irgendwo im Nordwesten in Armut lebte? Karen Kahn, die berühmte Modeschöpferin, und ihre Mutter in Lumpen. Waren es nicht diese Dinge, die Elle zu ihrem Erfolg verhalfen? Karen bekam keine Luft mehr. Sie keuchte.

»Brauchen Sie eine Tüte?« fragte das rothaarige Mädchen, das sie schminkte.

»Was?«

»Was Sie machen, ist Hyperventilation. Das ist bei vielen Leuten so vor der Show. Brauchen Sie eine Tüte? Wenn Sie in eine Tüte atmen, können Sie ihren Kohlenstoffdioxydpegel besser kontrollieren. Wir können Ihnen auch eine Pille geben. Amy Fisher hatte auch so eine Panikattacke vor der Sendung.«

Welch eine Beruhigung. Karen konnte nicht entscheiden, ob die Frau ein Engel oder ein Sadist war. »Es geht schon«, sagte Karen, war sich dessen aber keineswegs sicher.

Schließlich befreite das Mädchen sie von ihrem Umhang, und Karen blickte in den großen Spiegel. Eigentlich war es gar nicht so übel. Technicolor. »Das wär's dann«, sagte der Rotschopf.

»Danke«, sagte Karen und wollte ihr noch ein Kompliment machen, als sie auch schon abgeholt wurde. Es ging einen langen Flur hinunter, auf dem eine vertraute, kurze, breite Gestalt erschien.

»Hallo, Karen. Sie sehen gut aus«, sagte Bobby Pillar.

»Sie müssen es ja wissen. Sie haben ja Ihre eigene Senderkette«, Karen lächelte.

»Was tun Sie hier?«

»Oh, so dies und das. Vielleicht schaue ich bei Ihnen zu. Ich habe das Gefühl, daß Sie sich als ein Naturtalent fürs Fernsehen erweisen werden.«

»Als eine Naturkatastrophe«, unkte Karen. »Ich habe Angst, daß ich mir in die Hosen mache.«

»Na, was macht das schon? Das wird einfach herausgeschnitten«, lachte er. »Warum treffen wir uns nicht mal zum Lunch?«

»Ja, sicher«, entgegnete sie, war aber erleichtert, als ihr Begleiter sich räusperte und sie unmißverständlich Richtung Aufnahmestudio zog. Dort erwartete sie ein Techniker mit einem winzigen Mikrofon an einem dünnen schwarzen Draht.

»Könnten Sie das unter ihrem Pullover hochziehen?« fragte er. Sie nickte und zog schließlich das Mikrofon aus ihrem Rollkragen hervor.

»Und könnten Sie es jetzt irgendwo anklippen.« Am unteren Ende des Kabels saß ein kleiner schwarzer Kasten, ungefähr von der Größe eines Walkmans. Karen fragte sich, ob das nicht die ganze Linie ihres Pullovers ruinierte.

Der Toningenieur beschäftigte sich derweil mit dem Mikrofon. »Wissen Sie«, sagte er, »dieser Rollkragen ist ein kleines Problem. Er wird dauernd am Mikrofon reiben. Könnten Sie etwas anderes anziehen?«

Sie sah ihn an, als ob er verrückt geworden wäre. Wochenlang hatte sie überlegt, was sie heute tragen wollte. Und jetzt, in der letzten Minute, sollte sie etwas anderes anziehen? Irgend etwas, das sie nicht selbst entworfen hatte? »Holen Sie Mercedes«, sagte sie zu ihm.

Mercedes entschied sofort, Defina mit einer Auswahl von Kleidern kommen zu lassen, die Karen statt des Rollkragenpullovers tragen konnte. Nach zwanzig Minuten tauchte endlich Definas Gesicht hinter einem ganzen Ständer von Kleidern auf, die in den Raum geschoben wurden. Zum erstenmal seit Stunden – so schien es ihr – atmete Karen wieder durch. »Na, brennt's irgendwo?« fragte Defina. »Nur keine Angst.« Sie nahm ein Jackett vom Ständer. »Der Produzent sagt, daß man dich nur bis zur Taille sehen wird. Du kannst also deine Leggings anbehalten; wie steht es zum Beispiel damit? Oder, wenn du es gerne etwas lässiger haben möchtest, was ist mit diesem ausgeschnittenen Pullover?«

Karen drehte sich zu Mercedes um. »Was wirkt besser?« fragte sie.

»Wenn Sie das Jackett tragen, sieht man das Mikrofon nicht, aber mir gefällt eigentlich die Lässigkeit des Pullovers besser.«

»Mir auch«, stimmte Defina zu.

Karen nickte. Sie zog den Rollkragenpullover aus und den ausgeschnittenen Pullover an. Defina schüttelte den Kopf. »Jetzt brauchst du noch eine Portion Make-up, Bleichgesicht«, sagte sie und zeigte auf die Linie, die sich mitten über Karens Hals zog. Dieses Mal kam der Rotschopf zu Karen. Desgleichen der technische Leiter und der Regisseur. Offensichtlich hinkten sie ihrem Zeitplan hinterher.

»Elle wartet«, jammerte Paul Swift, und der Rotschopf beschleunigte seine Arbeit. Schließlich war Karen fertig zum Ankleiden. Vorsichtig zogen ihr Defina und Mercedes den Pullover über den Kopf und befestigten das Mikrofon. Es war alles sehr bequem, nur unter dem Ellbogen fühlte Karen irgendeine Ausbuchtung. Sie tastete danach und hatte etwas in der Hand, einen kleinen Beutel, der dort mit einer goldenen Sicherheitsnadel befestigt war.

»Laß ihn dort«, befahl Defina ihr. »Madame Renault schickt ihn. Er wird dir helfen.«

Und ausnahmsweise hatte Karen das Gefühl, daß sie alle Hilfe brauchte, die sie bekommen konnte.

»Was sollten also Ihrer Meinung nach Kleider einer Frau bieten?« fragte Elle.

»Sie sollten ihr schmeicheln, und sie sollten bequem sein. Und sie sollten sie beschützen«, antwortete Karen. Sie hatte sich an die Beleuchtung gewöhnt, und es schien ihr, als hätte sie es geschafft, sowohl unterhaltsam als auch ehrlich zu sein. Elle Halle kam ihr ein Stückchen näher und beugte sich auf ihrem eleganten weißen Lehnstuhl vor.

»Wer verdient Ihrer Meinung nach in der Modewelt Erfolg?«

»Nun, ich denke, den haben die, die den besten Kompromiß zwischen der äußeren Realität der Frauen und ihren inneren Träumen finden.« Karen fragte sich, ob sie sich nicht zu affektiert anhörte. Aber das war es, was sie glaubte.

»Was halten Sie dann zum Beispiel von den Kleidern von Christian Lacroix?«

Also hoffte Elle, daß sie über andere Modeschöpfer herfallen würde. Wenn Karen die Anregung aufnahm, würde das viel böses Blut machen. Und wenn sie es nicht tat, dann würde sie dastehen wie jemand, der es sich mit niemandem verderben wollte – und vielleicht die größte aller Fernsehsünden begehen: ihr Publikum zu langweilen.

»Ich denke, Vielfalt ist etwas Wunderbares«, sagte Karen. »Ich finde, jeder Mann und jede Frau sollte die Möglichkeit haben, sich das auszuwählen, was ihm, was ihr gefällt.

Aber was mich anbelangt, ich trage kein Kostüm, ganz gleich, wie schön es auch sein mag.« Damit waren Lacroix und Konsorten wohl erledigt.

»So, dann ist Lacroix für Sie also ein Kostümmacher?« fragte Elle strahlend. Sie hatte nicht vor, Karen so leicht davonkommen zu lassen. Nein, dachte Karen. Aber du bist für mich eine alte Hexe.

Ihr Gesicht blieb trotzdem freundlich. Sie lachte sogar. »Einen Moment«, entgegnete sie. »*Sie* sind diejenige, die das gesagt hat.«

Woher war diese Eingebung gekommen? Sie hatte die Dinge wieder ins Lot gebracht. Karen spürte den kleinen Beutel an ihrem Ellbogen. Vielen Dank, Madame Renault.

»Es gibt ständig Ärger mit Kopien in Ihrem Geschäft, wie? Zum Beispiel gibt es viele Leute, die sagen, wenn man sich Norris Clevelands Modelle von diesem Jahr ansieht, dann hat man die von Karen Kahn aus dem letzten Jahr vor sich. Was denken Sie darüber?«

Karen lachte unbehaglich. »Sie wissen doch, was die Leute sonst noch sagen. Es gibt nicht Neues unter der Sonne. Wir alle beziehen unsere Inspiration von überall her. Sollte ich irgend etwas beeinflußt haben, dann fühle ich mich geschmeichelt, wenn etwas Gutes daraus geworden ist – und bin traurig, wenn es nicht so ist. Norell war ein großer Modeschöpfer, und er hat gesagt, daß er immer versucht hat, Chanel neu zu interpretieren.«

Elle verfolgte das Thema nicht weiter, doch überzog ihr Gesicht jetzt dieser besorgte Ausdruck, der dem Publikum signalisierte, daß nun ein echter Hammer kommen würde. Karen versuchte sich zu wappnen.

»Die Frauen lieben Sie, weil Sie für geschäftlichen Erfolg

stehen. Sie haben sich in einer Welt der Männer gut behauptet. Was glauben Sie, wie sich Ihr Mann dabei fühlt, im zweiten Glied zu bleiben?« fragte Elle. »Hat das Probleme in Ihrer Ehe gegeben? Es ist ja für keinen Mann leicht, hinter seiner Frau zurückzustehen, und Ihr Mann ist, wenn ich so sagen darf, sehr dynamisch.«

Jesus Christus! Was hatte Jeffrey in *seinem* Interview gesagt?

»Jeffrey steht nicht nur im Hintergrund«, sagte Karen. »Er ist verantwortlich für alle geschäftlichen Entscheidungen. Er war immer die treibende Kraft hinter mir.«

»Also stimmen Sie zu, daß er hinter Ihnen steht – und nicht den Weg weist. Daß Sie diejenige sind, die kreativ ist.«

»Nein. Das habe ich nicht gemeint.« Verzweifelt wandte Karen ihren Blick von der Kamera und von Elle ab. »Wir stehen nicht miteinander im Wettbewerb«, sagte sie. »Wir ergänzen uns. Ich mache die Kleider. Er macht das Geschäft, die Firma. Wir sind *beide* kreativ.«

»Aber *Sie* haben den Oakley-Preis gewonnen«, sagte Elle süßlich.

»Ja, und Jeffrey war sehr stolz darauf.«

»Das ist ganz modern«, sagte Elle. »Macht es ihm etwas aus, daß Sie die beherrschende Mehrheit der Anteile an der Gesellschaft halten? Sie besitzen doch die große Mehrheit?«

Heiliger Bimbam! Wo hatte sie *das* wieder her? Jeffrey hatte das bestimmt nicht erwähnt. Und die Gesellschaft war in Privatbesitz – wo also hatten Elles Rechercheure das ausgegraben? Wenn Karen verneinte, dann müßte sie lügen, und wenn sie es zugab, würde das Jeffrey dann nicht herabsetzen? Karen fühlte, wie die Sekunden verstrichen. Sie mußte etwas sagen. »Ich habe keine überwältigende Mehrheit«, sagte sie. »Und wir sind beide damit zufrieden, wie sich unsere Firma entwickelt hat«, fügte sie hinzu. »Meinen Sie nicht, daß wir das sollten?«

Elle antwortete nicht. »Würden Sie Ihr Unternehmen jemals verkaufen?« fragte sie.

Karen holte tief Luft. »Ich weiß zwar nicht, warum wir das

tun sollten«, sagte sie. »Aber ich nehme an, daß letzten Endes immer alles möglich ist.«

Karen spürte, wie ihr der Schweiß auf die Unterlippe tropfte. Sie wünschte, sie könnten eine Pause machen, sie bekäme ein Glas Wasser und könnte Defina fragen, wie es laufe. Und sie fragte sich, ob Jeffrey wohl da war, hinter den Scheinwerfern. Stöhnte er, wenn er ihre Antworten hörte? Ob wohl eine Unterbrechung möglich war, so daß sie sich wieder sammeln konnte?

Aber das war nicht mehr nötig. Denn gerade in diesem Moment beugte Elle sich zu ihr herüber und berührte Karens Hand. »Vielen Dank, daß Sie heute zu uns gekommen sind«, sagte Elle. Und während Karen den Mund öffnete, um etwas zu erwidern, hatte Elle bereits ihren perfekt gestylten Kopf herumgeworfen und sich dem Regisseur zugewandt. »Brauchen wir noch irgendwelche Publikumsreaktionen?« fragte sie in die Dunkelheit hinein, und Karen saß da und wartete auf irgendeine Antwort.

Es war vorbei, und Karen hoffte jetzt eine Woge der Erleichterung zu spüren. Sie hatte es geschafft, war ganz gut davongekommen und war mit nichts Skandalösem oder Beschämendem konfrontiert worden. Elle hatte ihr nicht ihre leibliche Mutter präsentiert. Merkwürdig war nur, daß sie das enttäuschte.

8

Mütter

Karen lebte nicht gern auf dem Land, ganz im Gegensatz zu Jeffrey, der den Vorschlag gemacht hatte, Elle Halles Mannschaft auch ihr Haus in Westport zu zeigen, damit sie dort Aufnahmen von ihnen machen konnten. Das war vor ein paar Wochen gewesen, und Karen hatte sich ein Paar Stiefel ruiniert, als sie an dem schlammigen Flußufer entlangflaniert waren, das zu ihrem Grundstück gehörte. Wenn Gott gewollt hätte, daß auf dem Land Leute herumliefen, dann gäbe es dort Bürgersteige.

Vor allem aber ärgerte Karen sich darüber, daß sie in Westport auf fremde Hilfe angewiesen war. Sie verbrachten oft die Wochenenden hier, aber Ernesta kam nicht mit, und so mußte sie sich auf Mrs. Frampton stützen, eine Einheimische. Und Mrs. Frampton war eine Katastrophe. Heute schien sie selbst mit den wenigen Vorbereitungen für den Brunch überfordert zu sein, zu dem Karen und Jeffrey ihre engsten Verwandten eingeladen hatten. Dabei hatte Karen das meiste, was sie dafür brauchte, schon aus der Stadt mitgebracht: Brötchen, Früchte, Käse, geräucherten Fisch und andere Kleinigkeiten. Das Zeug hatte ein Vermögen gekostet, und trotzdem war der sündhaft teure Lachs an den Rändern schon ausgetrocknet. Er sah aus wie rosafarbenes Leder. Na schön.

»Haben Sie die Brötchen schon aufgeschnitten, Mrs. Frampton?«

»Nein, Mrs. Kahn.«

Die Frau rührte sich nicht. »Nun, könnten Sie es dann vielleicht jetzt tun?« fragte Karen. Sie wußte nie, ob sie es bei Mrs. Frampton mit einer aggressiven Passivität oder einfach nur mit Dummheit zu tun hatte. Und sie wußte auch nicht, was von beiden eigentlich schlimmer war.

Karen ließ ihren Blick kurz durch den Wohnraum schweifen. Er war riesig und hatte eine Balkendecke wie eine Scheune. Wie das Wohnzimmer in ihrer Stadtwohnung war auch dieser Raum äußerst spärlich möbliert: Es gab nur zwei Sitzgruppen und einen großen Eßtisch mit einer Glasplatte und einem Dutzend ausgebleichter Windsor-Stühle darum. Hinter den Sofas und dem Eßtisch hing ein Triptychon von Jeffreys altem Zimmergenossen Perry Silverman, ein Gemälde in weichen, fast matten Farben. Aber was dem Raum erst wirklich Leben gab, das waren die beiden herrlichen Kermans auf dem Boden. Auch sie waren in weichen Farbtönen gehalten, und da Seide mit eingeknüpft war, wechselten sie je nach Blickwinkel und Beleuchtung die Farbe. Der Silverman und die Teppiche waren das einzige im Haus, das Karen wirklich gefiel. Das Bild war ein Hochzeitsgeschenk gewesen, aber die Teppiche hatten sie über dreißigtausend Dollar pro Stück gekostet – im *Großhandel*!

Mrs. Frampton brauchte weiterhin für jeden einzelnen Handgriff eine Extraaufforderung. Inzwischen waren die bestellten Blumen gekommen. Karen glaubte, ihren Augen nicht trauen zu dürfen. So etwas konnte es auch nur hier auf dem Land geben. Weiße Lilien wie für eine Beerdigung – und ein Gestank, der einen fast ohnmächtig werden ließ. O Gott.

Sie wollte nichts weiter als eine nette kleine Party geben und den Vormittag und frühen Nachmittag überstehen, ohne irgend jemanden auf den Schlips zu treten, ohne Streit, vielleicht mit ein wenig Spaß. Es war eine Art Pflichtveranstaltung, aber waren das nicht alle Partys? Belle hatte sie mehr als einmal daran erinnert, daß sie schon seit Monaten nicht mehr ihre Familie zu Gast gehabt hatte – weder ihre noch Jeffreys; also wollte sie all ihre sozialen Schulden in einem Aufwasch begleichen. Und sie wollte, daß alle sich dabei wohlfühlten. Stephanie würde Tangela zum erstenmal außerhalb der Firma treffen, und sie hoffte, daß sich die beiden gut verstanden.

Karen brachte die Blumen hinaus und suchte im Garten nach einem halbwegs brauchbaren Ersatz dafür. Als sie zurückkam, klingelte es gerade an der Tür. Karen öffnete und stand Defina und Tangela gegenüber; Defina hatte eine große, mit Folie überzogene Schüssel in der Hand. »Ach, das ist schön, daß ihr es seid«, sagte Karen erleichtert. »Ich könnte noch etwas Hilfe gebrauchen und bin für Kritik im Moment noch nicht empfänglich.«

»Schätzchen, was meinst du, wie froh ich erst bin, daß *du* es bist. Ich möchte wetten – wenn wir aus Versehen an eine andere Tür geklopft hätten, dann hätte man uns gleich verhaftet oder vielleicht erst mal zum Hintereingang geschickt. Sind Schwarze in dieser Gegend überhaupt zugelassen?«

»Wenn sie es sich leisten können«, sagte Jeffrey trocken und kam in die Eingangshalle. Karen wußte, daß er bereits verstimmt war – er haßte Familientreffen. Na großartig. Karen nahm den beiden ihre Mäntel ab.

»Ich wußte nicht, was es zu essen geben würde, aber ich habe gedacht, Maisbrot paßt zu allem!«

»Ich habe ihr *gesagt,* daß sie es nicht mitbringen soll«, beschwerte sich Tangela, »aber sie hört ja nicht auf mich. Alles muß so gehen, wie *sie* es will.« Tangela wandte sich Jeffrey zu, der ihr aus dem Mantel half, und schenkte ihm nicht nur ein strahlendes Lächeln, sondern zog dazu auch die Augenbrauen hoch und blickte ihn einladend an. »Danke«, hauchte sie.

Jeffrey zog seinerseits die Augenbrauen hoch, warf Karen einen Blick zu und verschwand, um die Mäntel aufzuhängen. Defina folgte Karen in die Küche. »Was kann ich tun?« fragte sie.

»Such dir einen Stuhl«, sagte Karen. »Ich werde jetzt erst einmal diese Croissants und das *pain au chocolat* in den Ofen schieben.«

Jetzt ertönte der Türklopfer aus Messing. Es war Perry Silverman. Perry war immer noch Jeffreys bester Freund – einer der wenigen, die Karen wirklich leiden mochte. Im Gegensatz zu Jeffrey malte Perry immer noch, und wenn seine Karriere in letzter Zeit auch nicht mehr so glänzend verlief, waren seine Bilder doch erstklassig – oder waren es zumindest gewesen. Er hatte immer noch das Atelier, in dem er zusammen mit Jeffrey gelebt hatte, betrieb die Malerei als Beruf und machte alle paar Jahre irgendwo eine Ausstellung.

Karen hatte ihn aus verschiedenen Gründen eingeladen; einer davon waren Schuldgefühle. Perrys neunjährige Tochter Lottie war trotz bester ärztlicher Versorgung an einer besonders aggressiven Form von Leukämie gestorben. Danach war Perrys Ehe mit June – nach elf Jahren Dauer – gescheitert. Perry schien nicht in bester Verfassung zu sein. Er ging nirgendwo mehr hin und schien auch nicht mehr zu arbeiten. Karen hatte sich verpflichtet gefühlt, ihn einzuladen, war aber eigentlich erstaunt, daß er überhaupt angenommen hatte.

Perry gab ihr einen Kuß auf beide Wangen – keine höfliche Andeutung nach New Yorker Art, sondern echte Schmatzer. Sie umarmte ihn.

»Hm, das tut gut«, sagte er. Dann begrüßte er Defina und Tangela, sah sich um und schüttelte den Kopf. »Connecticut«, sagte er grimmig, »dort, wo man streng auf gute Laune achtet.«

»Und auf Rassentrennung«, fiel Defina ein.

Karen rollte die Augen. Großartig. Das fing ja gut an. »Kommt, ich zeige euch das Haus«, sagte sie. Durch eine Schwingtür gingen sie in den Wohnraum.

»Heilige Mutter Gottes!« rief Defina aus. »Groß wie eine Kirche.«

»Mama!« flüsterte Tangela mahnend. Sie blickte zu Jeffrey hinüber, der inzwischen die Rolle des Barkeepers übernommen hatte und ihr einen Kelch mit Orangensaft reichte. »Ich denke, es ist wunderschön«, wisperte sie. Jeffrey ignorierte sie.

»Was trinkst du, Defina?« fragte er barsch. Es klingelte wieder, und Karen ging, um zu öffnen. Sylvia stand zusammen mit Jeffreys Schwestern draußen. Nach dem Tod von Jeffreys Vater brachte Sylvia ihre Zeit meist mit Sooky und Buff zu, ihren beiden verheirateten Töchtern. Sooky – Susan – war mit Robert dem Anwalt verheiratet, der auch für KKInc arbeitete; Buff dagegen – Barbara – war von ihrem Robert, einem Investmentbanker, geschieden. Beide Schwestern gehörten zu dem Typ jüdischer Mädchen, die Karen während ihrer gesamten Schulzeit verunsichert hatten. Sie waren klug, redegewandt und lässig, und keine von ihnen wuchs je aus ihrer Garderobe – Größe 36 – heraus.

»Kommt herein«, sagte sie mit dem schönsten Lächeln, das sie zustandebrachte, und die drei Frauen, gefolgt von Robert dem Anwalt, traten gehorsam ein.

Belle kam etwas später mit einer Entschuldigung von Karens Vater und einer langen Geschichte – daß er beinahe mitgekommen wäre, sich es dann aber in der letzten Minute anders überlegt hätte und später kommen würde. Karen hatte schon nach den ersten Sätzen keine Lust mehr zuzuhören. Bevor Belle damit fertig war, kamen auch Lisa, Leonard und die beiden Mädchen, und damit war die Gesellschaft vollzählig.

Während Karen noch mit diesem und jenem beschäftigt war, konnte sie beobachten, wie ihre Gäste, die entweder aßen oder sich unterhielten, ganz klar in drei Lager zerfielen: die Kahns, Belle mit ihrem Anhang und die Außenseiter – Perry, Defina und Tangela. Karen tat ihr Bestes, um die Gruppen zusammenzubringen, aber es war nicht einfach. Schließlich gönnte sie sich selbst eine kleine Verschnaufpause und betrachtete die ganze Versammlung von der Küchentür aus. Es war ein merkwürdiger Gedanke, daß alle Teilhaber von KKInc hier versammelt waren. In gewisser Weise waren sie also alle Geschäftspartner. Und alle wirkten, als würden sie sich gut amüsieren.

Ganz plötzliche überflutete Karen ein furchtbares Gefühl der Einsamkeit. All diese Leute kamen ihr vor wie Schauspieler, wie Fremde. Was hatten sie mit ihr zu tun? Was sie am meisten berührte, war der augenfällige Unterschied zwischen ihrer und Jeffreys Mutter. Jeffreys Mutter wirkte gleichzeitig jünger und älter als Belle. Ihr Stil war natürlicher, lässiger, auch flotter, und das gab ihr – zumindest von weitem – das Aussehen einer Frau von vierzig. Aber ihre Haarfarbe und ihr Gesicht mit seinem sehr zurückhaltenden Make-up zeigten ihr Alter schlicht und ungekünstelt. Über Belle sagten die Leute: »Sie sieht gut aus für ihr Alter.« Von Sylvia sagte man einfach: »Sie sieht gut aus.«

Belles Äußeres hatte etwas Gezwungenes. Auf Karen wirkte sie wie eine jüdische Nancy Reagan – überall Goldknöpfchen und dazu eine übertriebene Frisur. Sie versuchte, es zu erzwingen. Karen empfand plötzlich tiefes Mitleid mit ihr. Eine sehr offenherzige russische Journalistin hatte ihr einmal in einem Interview verraten, daß sie niemanden möge, der sich zu gut kleide, weil sie dann stets den Verdacht hege, daß dieser Jemand an nichts sonst denke. Genau so war es mit Belle. Und trotz der Mühe, die sie auf ihr geschniegeltes Äußeres verwendete, war Belles Furcht, daß sie nicht ganz in die Welt paßte, zu der sie so verzweifelt zu gehören wünschte – zu Sylvias Welt – wohlbegründet. Belle paßte einfach nicht in den Kreis der reichen, gebildeten und stets gut informierten Jüdinnen hinein.

Sylvia dagegen schien außer Jeffrey überhaupt nichts wahrzunehmen. Wie sie ihren Sohn liebte! Sie fand ständig einen Vorwand, um ihn zu tätscheln, zu streicheln oder ihm durchs Haar zu fahren. Und Jeffrey nahm es hin. Er war für seine Mutter nicht nur ein jüdischer Prinz, sondern ein jüdischer Gott. Karen konnte es verstehen. Sie empfand ja fast genauso für Jeffrey. Es erinnerte sie an den bekannten Witz über Jesus: »Wieso weiß man, daß Jesus Jude war? Weil er mit dreiunddreißig Jahren noch zu Hause lebte, weil er in das Geschäft seines Vaters einstieg und weil seine Mutter glaubte, er sei Gott.« Karen lächelte. Jeffrey hatte seiner Mutter immer sehr nahegestanden. Sie hatte ihm auch den Rückhalt gegeben, sich als Maler zu versuchen, statt in das Immobiliengeschäft seiner Familie einzutreten. Karen wußte, was für ein Opfer es für ihn gewesen war, die Malerei dann aufzugeben, um ihr Geschäft zu führen; noch heute betrachtete sie seinen Verzicht mit einer Mischung aus Dankbarkeit und Schuldgefühlen. Es war gut, daß er jetzt, nach mehr als zehn Jahren, wieder anfing zu malen. Sie wußte, daß er aus der Tretmühle heraus wollte, daß er sich von dem Geschäft mit NormCo seine Freiheit erhoffte. Er verdiente es, sagte sie sich. Sie mußte versuchen, ihn mehr zu unterstützen.

»Kommt und seht es euch an, wenn ihr wollt«, sagte Jeffrey jetzt und öffnete die Tür, die zu seinem Atelier führte. Seit sie das Haus in Westport gebaut hatten, gehörte ihm dieses Atelier. Obwohl er immer sehr geheimnisvoll damit getan hatte, schien er seine Arbeiten jetzt seiner Mutter und allen anderen, die sich dafür interessierten, zeigen zu wollen.

Während Arnold als letzter Gast ankam und von Karen begrüßt wurde, gingen Sylvia, Sooky, Robert der Anwalt, Buff, Belle, Lisa, Tangela und Stephanie mit Jeffrey ins Atelier. Tiff war zurückgeblieben, um ein weiteres Brötchen in sich hineinzustopfen. »Tiff, magst du dir nicht Onkel Jeffreys Bilder ansehen?«

»Nein«, sagte Tiff ruhig und griff nach dem nächsten Brötchen. War es das dritte oder das vierte? »Ich will mir Onkel Jeffreys Bilder auch nicht ansehen«, kam Perry ihr zu Hilfe. »Wenn ich es tue, wird er von mir hören wollen, was ich von ihnen halte.«

Um ehrlich zu sein, war Karen selbst auch nicht besonders begeistert über Jeffreys Arbeit. Aber was verstand sie schon von Kunst? Ihr kamen seine Akte nur irgendwie zu deutlich vor, zu schlüpfrig. Mehr *Penthouse* als *Art News*. Mochte Perry die Bilder auch nicht leiden? Sie schätzte Perrys Meinung und hatte sich im Laufe der Jahre für seine subtile Malerei immer mehr begeistert. Aufmerksam schaute sie ihn an. Hatte er getrunken? Genug, um betrunken zu sein? Am Nachmittag? Nicht, daß sie es ihm verübelt hätte.

Perry sah eigentlich ganz gut aus. Wenn er nicht so klein und fast glatzköpfig wäre, dann könnte er ein echter Leckerbissen sein, dachte Karen, von sich selbst überrascht. Sie wußte gar nicht, wann sie zum letztenmal registriert hatte, wie Perry aussah. Kam das daher, daß dies das erste Mal war, daß sie ihn auf einer Party ohne June sah?

Ihr Gedankengang wurde abrupt unterbrochen, als Defina hereinkam. »Ich glaube, in der Küche stimmt etwas nicht«, sagte sie. Karen schnupperte; der bittere Geruch von verbranntem Brot war unverkennbar.

»Mist!« Sie stürzte durch den Wohnraum zur Küche.

Nichts außer Rauch. Wo, zum Teufel, war Mrs. Frampton? Sie zog die verkohlten Croissants aus dem Ofen.

»Jesus! Schau doch mal nach, ob ein paar Päckchen tiefgefrorene in der Truhe sind, bitte. Und stell den Ventilator an. Vielleicht können wir noch lüften, bevor die anderen aus dem Atelier zurück sind.«

»Sieht nicht so aus«, erwiderte Defina. Wie um den Beweis anzutreten, gesellte sich Belle zu ihnen. »Hast du denn nicht die Zeituhr angestellt?« fragte sie. »Es ist doch ganz einfach, die Zeituhr anzustellen.«

»Ich weiß nicht, wie das verdammte Ding funktioniert«, erwiderte Karen.

»*Sie* weiß, wie in ihrer Küche die Dinge funktionieren«, sagte Belle und stürzte Defina damit in Verwirrung. Aber Karen wußte, daß es Belles Art war, in der dritten Person zu sagen, daß sie alles besser konnte. Karen seufzte.

»Was hältst du von Perry?« fragte Karen, als sie wieder mit Defina alleine war.

»Scheint ganz nett zu sein.«

»Nett genug für eine Verabredung? Er war mit June, Jeffreys Exverlobter verheiratet. Sie sind geschieden, und er ist verfügbar.«

Defina, die gerade etwas in den Müll warf, hielt mitten in der Bewegung inne und legte ihre Hände an die Hüften. »Also, zunächst einmal steht dieser Mann unter Schock. Und dann ist er weiß, und das habe ich schon einmal gemacht. Das läuft bei mir nicht mehr. Da bin ich am Ende immer ziemlich einsam. Und es wäre auch nicht gut für meine Tochter, die immer noch nicht so ganz herausgefunden hat, ob sie nun schwarz oder weiß ist. Und außerdem reicht er mir nur bis zur Taille, was ja zugegebenermaßen beim Sex ganz praktisch sein kann, aber dafür könnte ich mir ja genausogut einen Großen nehmen und ihm beibringen, daß er sich hinknien muß. Und zu guter Letzt, selbst wenn ich Interesse *hätte,* was ich nicht habe, dann wäre da immer noch deine Schwägerin, die schon ein Auge auf ihn geworfen hat. Und jetzt reich mir mal das Backblech.«

Im Wohnzimmer war die kritische Würdigung von Jeffreys Arbeiten in vollem Gange. Sylvia stand wie gewöhnlich neben Jeffrey und hatte ihren Arm auf seinen gelegt. »Hast du seine Bilder gesehen?« fragte sie Karen. »Sind sie nicht wunderbar? So ... so ... besinnlich.«

Die Akte, die Jeffrey malte, waren alles andere als besinnlich. Er nannte sie Studien und hatte Karen erklärt, daß er sie nur mache, um wieder in Übung zu kommen. Aber sie hatten nichts Vorläufiges oder schnell Hingeworfenes an sich, wie es Studien normalerweise haben. Sie waren brutal und direkt. Besinnlich! Der ergebenste Kunstkritiker eines Mannes ist seine Mutter. Warum war das bei den Frauen nicht genauso? fragte Karen sich.

»Wer steht dir Modell?« fragte Tangela herausfordernd.

Karen mußte beinahe lachen. Es sah so aus, als wären alle Frauen hier hinter den Männern her. Aber Definas Miene verfinsterte sich. »Was meinst du denn, wen der Mann deiner Chefin als Modell *nehmen* sollte?« zischte sie ihrer Tochter zu. Jeffrey zuckte bloß die Schultern. Dann wandte sich das Gespräch Karens Firma zu. »Also, Belle«, sagte Robert der Anwalt, »deine Tochter scheint ja jetzt ganz groß rauszukommen.«

»Sie ist schon groß rausgekommen«, korrigierte Belle ihn.

»Unsinn. Ich meine jetzt wirklich ganz groß. Dieser Handel mit NormCo ist wohl das Geschäft überhaupt. Auch vorher haben sich ja andere Firmen für KKInc interessiert, aber dann dauerte es doch eine ganze Weile, bis sich eine Gesellschaft mit so massivem finanziellem Rückhalt, wie NormCo ihn hat, wirklich kaufwillig zeigte.«

Karen hatte Robert gebeten, nicht über das Angebot zu sprechen. Belle und Lisa hielten Anteile an der Gesellschaft, und sie wollte nicht, daß sie sich irgendwelche unbegründeten Hoffnungen machten. Robert der Anwalt war wirklich ein Arschloch.

»Wer braucht denn das große Geschäft?« fragte Arnold. »Mein Mädchen kommt ganz gut allein zurecht.«

»Ach, komm schon. Wenn man in den Konfektionsbereich einsteigen will, braucht man viel Geld. Und die Banken müssen bedient werden. Die Firma ist auf den Umsatz angewiesen.«

Arnold wandte sich Karen zu. »Glaubst du das auch?«, fragte er. »NormCo und der Chef dort, dieser Wolper, stinkt. Die Leute haben zwei Gewerkschaften fertiggemacht, Karen. Steig nie mit einem Partner ins Bett, der stinkt.«

O Gott, dachte Karen. Gleich gibt es eine Schlägerei. Sie liebte Arnold, aber er mußte endlich einmal über seine Vorurteile gegen jede große Firma in Amerika hinwegkommen. Sie war jetzt schließlich auch so eine Firma. »Es ist nur ein unverbindliches Treffen«, sagte sie zu ihrem Vater – schuldbewußt ob des Schwindels.

»Also, morgen ist der große Tag«, sagte Robert der Anwalt, während er sich am Buffet bediente. »Glaubst du, daß du zurecht kommst, Karen?«

»Ja, Bob, ich denke, ich komme zurecht.« Sie nannte ihn gerne Bob. Es war so ein dummer Name, und er tat sich immer so wichtig, daß es ein schönes Gefühl war, ihn damit ein wenig zu ärgern. Warum behandelte er sie wie ein Dummchen? Verhielt sie sich so? Oder hatte Jeffrey ihn beeinflußt und ihm eingeredet, daß Karen inkompetent sei? Karen tat es immer noch leid, daß sie sich von Jeffrey hatte bewegen lassen, Sid, einen mit ihrem Vater befreundeten Anwalt, aufzugeben und sich statt dessen von Roberts schicker Kanzlei vertreten zu lassen. Aber Jeffrey hatte darauf bestanden, und schließlich führte *er* ja das Geschäft. Sie hatten sich schon früh auf diese Rollenverteilung geeinigt: Sie war die kreative Designerin, und er war der Mann, der sich um die »Männersachen« kümmerte. Und obwohl es ihrer Arbeit gutgetan hatte, daß sie von den vielen lästigen geschäftlichen Dingen verschont blieb, hatte diese Arbeitsteilung manchmal einen unangenehmen Beigeschmack. Auch jetzt ging es ja schließlich nicht darum, irgendeine neue Firma für ihre Werbung zu engagieren oder ein paar Ballen Stoff zu verkaufen. Im Moment ging es darum, sie zu verkaufen. Und manchmal beunruhigte sie der Gedanke, dabei allzusehr die Kontrolle zu verlieren. Sie für ihren Teil beendete jetzt die Diskussion und gesellte sich zu Tiff, die allein auf dem Sofa saß. Vor dem Mädchen stand ein Teller mit drei klebrigen Brötchen. Als Karen sich zu ihr setzte, nahm ihre Nichte sich gerade das oberste und biß gierig hinein. Es mußte glühend heiß sein – der weiche Teig dampfte noch –, aber das hielt Tiff nicht davon ab, schnell weiterzukauen.

»Hast du schon Lampenfieber wegen des *bat mizwa*?«

»Nein«, schmatzte Tiff.

»Hast du denn die Hafthora schon gelernt?« Die Hafthora war der Abschnitt der Thora, den Tiff vor der ganzen Versammlung auf Hebräisch würde vorlesen müssen. »*Ich* würde das nicht schaffen. Ich habe nie Hebräisch gelernt, weißt du«, erklärte Karen.

»Du Glückliche.«

»Was wirst du tragen?« fragte Karen.

»Was macht das schon für einen Unterschied, wenn sie aussieht wie ein Schwein?« fragte Belle laut in den Raum hinein. Tiff warf ihrer Großmutter einen mörderischen Blick zu und nahm das nächste klebrige Brötchen.

»Leg das hin«, befahl Belle ihr.

»Nimm's mir doch weg«, entgegnete sie mit vollem Mund.

»Schau, was sie sich von ihrer eigenen Enkelin anhören muß! Sprich nicht mit vollem Mund!« rief Belle empört.

»Das paßt doch zu mir«, sagte Tiff und nahm noch einen Bissen. Alles schwieg. Die Unterhaltung war erstorben. Lisa kam jetzt zu ihnen herüber. Karen blickte sie eindringlich an – mit einem Blick, der bedeutete: »Bring Belle zur Räson.« Nicht, daß Lisa das jemals fertiggebracht hätte.

»Mutter, bitte«, bat Lisa wirkungslos.

»Komm mir nicht mit ›Mutter, bitte‹. Das Mädchen hat keinerlei Selbstdisziplin. Sieh sie dir doch an! Sie macht sich ja zum Gespött. Sie mästet sich wie ein Schwein, und ihre Schwester stochert wie ein Vögelchen im Essen herum. ›Immer rundherum ums Bett, jagen Knochig sich und Fett.‹.« Belle fuhr sich mit den Händen nervös über Jacke und Rock, als wische sie nicht vorhandene Krümel weg. Arnold trat neben sie und murmelte seiner Frau mit ruhiger Stimme etwas zu.

»Fang du nicht auch noch mit mir an, Arnold«, sagte Belle beleidigt. Aber als er ihren Arm nahm, ließ sie sich von ihm auf die Terrasse führen.

Stephanie gesellte sich zu ihnen und setzte sich neben ihre Tante. »Ich finde es unheimlich toll, daß ich jetzt bei dir arbeite«, sagte sie. Karen tätschelte ihren Schenkel.

»Ich auch, Stephie.« Karen blickte zu Tiff hinüber, die langsam das dritte klebrige Brötchen verzehrte. Eine Träne lief ihre Wange hinunter. Eine Welle von Mitleid überflutete Karen. Sie tätschelte auch Tiffs dicken Schenkel.

»Weißt du schon, was du von mir zum *bat mizwa* bekommst?« fragte sie Tiff.

»Eine Eismaschine?« fragte Tiff.

Karen lachte überrascht. Das Kind war wirklich komisch. Bestimmt war Tiff ganz in Ordnung – sie hatte Verstand und Sinn für Humor. Sie würde diese schlimme Zeit schon überwinden, genau wie sie selbst es getan hatte. »Nein. Ich habe Perlen für dich. Weißt du, was deine Großmutter immer sagt?«

»Ja, natürlich. Daß ich ein fettes Schwein bin.«

Karen zuckte zusammen. »Sie sagt: ›Jede Frau sollte drei Schnüre Perlen haben.‹ Und genau dafür sorge ich: Eine Kette bekommst du jetzt, die nächste, wenn du sechzehn wirst, und die dritte zu deinem einundzwanzigsten Geburtstag.«

»*Wirklich?*«

Zum ersten Mal an diesem Vormittag lächelte Tiff ein wenig. Es war merkwürdig, aber einen Moment lang hatte sie dabei tatsächlich etwas Ähnlichkeit mit Karen. Karen beugte sich zu ihr hinüber und gab ihr einen Kuß auf die weiche, dicke Wange. »Möchtest du sie jetzt schon haben?« fragte sie. »So daß du sie während der Zeremonie tragen kannst?«

»Ja«, hauchte ihre Nichte. Also nahm Karen Tiff an der Hand, um sie ins Schlafzimmer zu führen.

»Kann ich auch mitkommen?« fragte Stephanie.

»Nein«, erwiderte Karen sanft. »Du wartest besser hier.«

Als sie mit Tiff wieder zu den anderen zurückkehrte, begutachteten Tangela und Stephanie die Perlen des jüngeren Mädchens. Es war das erste Mal, daß Karen die beiden jungen Frauen heute zusammen sah. Mochten sie einander nicht leiden? »Oh, sind die aber schön!« rief Tangela und befingerte das Halsband.

»Warum habe ich niemals Perlen von dir bekommen?« fragte Stephanie Karen.

War es das Los aller Schwestern, einander zu beneiden? »Du hattest auch kein *bat mizwa* und du hast zu deinem sechzehnten Geburtstag Diamantohrringe erhalten. Ich glaube, du bist also nicht schlechter weggekommen«, lächelte Karen ein wenig steif und stand auf. Sie ging hinüber zum Tisch. Müde war sie und ausgelaugt. Am liebsten wäre sie ins Schlafzimmer gegangen, hätte die Tür hinter sich zugemacht und all diese schwierigen, lästigen und ärgerlichen Menschen sich selbst überlassen. Eine verrückte Minute lang fragte sie sich, was wohl geschehen würde, wenn ihre echte Mutter genau jetzt hereinkäme und sich zu ihnen gesellte. Wie würde diese Fremde sich benehmen? Es konnte jedenfalls nicht schlimmer werden, als es schon war. Karen fühlte sich von jedem einzelnen enttäuscht. Sie ließ ihre Blicke über den Tisch schweifen. Hungrig war sie. Ihre normale Reaktion auf Enttäuschung: Hunger und Essen. Sie nahm sich ein Brötchen und bestrich es mit fettem Schnittlauchkäse.

»Auf die Gefahr hin, daß ich so klinge wie deine Mutter: Du brauchst das nicht unbedingt auf deinen Hüften«, sagte Defina prompt.

»Ist das nicht der schwarze Topf, der den Kessel verrußt nennt?« fragte Karen und nahm einen großen Bissen.

Defina klopfte sich auf den Bauch. »Dieser Topf braucht nicht Ende des Monats seine Kollektion in Paris vorzuführen. Und ich möchte niemandem hier außer mir raten, irgend jemanden schwarz zu nennen.« Defina nahm das letzte, klebrige Brötchen, biß hinein und hielt mit der anderen Hand den leeren Teller hoch. »Laß uns den ganzen Mist zusammenräumen«, schlug sie vor.

Karen ging mit Defina in die Küche. Sie verdrehte die Augen.

»Ich weiß ja selbst, daß keine Familie richtig funktioniert …«, begann Karen.

»Schätzchen, manche funktionieren schlechter als andere. Kein Wunder, daß die Weißen so gemein zu den Schwarzen sind. Wir sollten es nicht persönlich nehmen, das sieht man ja – sie sind genauso gemein zu ihresgleichen. Ich schätze, das ist einfach natürlich.«

»Weißt du, was das Schlimmste ist? Ich kann es nicht ertragen, wie Jeffreys Mutter zu ihm aufschaut. Ist das nicht zickig? Aber sie macht mich ganz verrückt damit.«

»Mädchen, auch das ist ganz natürlich. Denk doch daran, wie es Prinzessin Di ergangen ist. Wenn du mit seiner Mutter zusammen leben müßtest, wären dann noch nicht einmal vierhundert Zimmer genug?«

»Ich schätze, daß ist ein typisches Schwiegermutterproblem.«

»Weißt du, was Carl sagen würde, wenn er hier wäre?« Defina änderte ihre Stimme und brachte eine gute Imitation seines vertraulichen Flüsterns zustande: »Man sagt ja auch, daß Jackie gar nicht mit Rose zurechtgekommen sein soll.«

Karen lachte. »Wenn ich nur wüßte, wen ich am wenigsten leiden mag: Robert den Anwalt, Sylvia, meine Schwägerinnen oder meine eigene Mutter.«

»Halt dich an deine Mutter«, riet ihr Defina. »Zum Teufel, das macht meine Tochter auch immer.« Sie seufzte. Dann fragte sie mit perfekt jiddischem Akzent: »Mechtest du, daß ich se vergifte?« Karen mußte lachen. Dee verfiel wieder in Harlemer Gossenslang. »Madame Renaults Rezept. Es ist noch nicht zu spät, Schwester. Sie essen ja noch.«

Karen wußte nie, was sie davon halten sollte, wenn Defina ihre Wahrsagerin ins Spiel brachte. »Verführerischer Gedanke, aber nicht heute«, sagte sie zu ihrer Freundin. »Hoffen wir, daß der Lachs genügt.«

Lisa streckte ihren Kopf durch die Tür. »Oh, hier bist du«, sagte sie. »Hör zu, Karen. Ich mache mir Sorgen um dich. Können wir miteinander reden?«

»Gerade jetzt ist es schlecht«, sagte Karen. O Gott, sie hatte immer noch keine Gelegenheit gefunden, sich mit Lisa zusammenzusetzen und mit ihr zu plaudern. Und wann hatte sie sie zum letzten Mal angerufen? Wieder einmal bekam

Karen furchtbare Gewissensbisse. Sie hatte ihrer Schwester noch nicht einmal von Dr. Goldman erzählt.

»Ich werde mich einfach zurückziehen«, sagte Defina diskret.

»Ach, großartig.« Lisa lächelte. »He! Sie haben Lippenstift auf ihren Zähnen«, sagte sie zu Defina.

»Tatsächlich?« Karen wußte, was jetzt kam, aber Lisa riß erstaunt die Augen auf, als Defina sich in den Mund griff, die obere Brücke herausnahm und mit einer Serviette abwischte. Dann setzte sie die falschen Zähne wieder ein. »Danke«, sagte sie mit einem breiten Lächeln, drehte sich um und begab sich wieder in das Kampfgetümmel des Wohnzimmers.

9

Auf Erfolgskurs

Die große Präsentation bei NormCo fand in dem Verwaltungssitz der Firma im Block Park Avenue und 50. Straße statt. Karen fuhr mit Jeffrey in einem Mietwagen hin. Defina, Robert der Anwalt und einige weitere Mitarbeiter ihres Stabes würden sie dort erwarten. Als sie in den Wagen stieg, drückte Jeffrey ihr einen Ordner in die Hand. »Willst du noch einmal die Zahlen durchgehen?« fragte er.

»Nein«, sagte sie, und er war klug genug, nicht darauf zu bestehen.

Sie war nervös. Dies war keine einfache Verkaufspräsentation, bei der sie wußte, welche Fragen gestellt werden würden und was sie verkaufte. Dies glich mehr einem Mathematiktest in der elften Klasse, etwas, auf das sie sich nie gut hatte vorbereiten können. Und so wie damals bei diesen Tests hatte sie auch jetzt das Gefühl, daß ihre Antwort auf die Frage »Wie groß ist x« unweigerlich falsch sein würde.

Als könne er ihre Gedanken lesen, sagte Jeffrey: »Und denk daran – wenn sie dich fragen, wie *wir* KKInc denn bewerten, dann darfst du ihnen keine Zahlen nennen.«

Sie nickte angespannt. Jesus! Genau wie sie es schon immer befürchtet hatte. *Jede* Antwort auf die Frage nach dem Wert von x würde falsch sein.

Und was war x eigentlich genau? Was würden sie heute verkaufen, falls überhaupt ein Verkauf zustande kam? Ihren Namen? Ihre Freiheit? Ihre Mitarbeiter? Karen hatte sich immer für eine gute Geschäftsfrau gehalten, aber trotz ihrer Verkaufsqualitäten fühlte sie sich dieser Sache nicht gewachsen. Sie war verwirrt. Dies war eine Transaktion unter Männern, bei der es um Anteile, Kreuzbeteiligungen, Nettoprofitraten und so weiter ging. Sie sah Jeffrey an. Er verstand all diese Zahlenkolonnen. Aber wußte er, wie sie sich fühlte?

War er heute dabei, *sie* an NormCo zu verkaufen? Gab es da nicht bestimmte Bezeichnungen für Männer, die ihre Frauen verkauften?

Sie mußte wieder an Coco Chanel denken. Cocos Freundin, Madame de Chevigne, hatte sie einst gewarnt: »Mein Kind, alle Männer sind Zuhälter.« Coco hatte das niemals vergessen.

Karen atmete tief durch. Ich werde verrückt, dachte sie. Es sind nur die Nerven. Das habe ich jedesmal vor einer wirklich wichtigen Besprechung. Fast schon Verfolgungswahn. Genau so war es, als wir uns damals mit Jeffreys Vater getroffen haben, damals, als wir zum ersten Mal unsere Firma vergrößerten. Und als wir uns mit den Diskonthäusern trafen, um uns Geld zu leihen, damit wir die Luxuskonfektion in Angriff nehmen konnten.

Sie hatten mehr Geld gebraucht, als die Familie aufbringen konnte. Und sie waren nicht etabliert genug gewesen, um es von einer Geschäftsbank zu bekommen. In solchen Fällen pflegte man sich in der Modebranche an ein Diskonthaus zu wenden. Das verlieh manchmal auch Geld, ohne dafür Außenstände als Nebensicherheit zu verlangen. Diese Anleihen wurden »ungesicherte« Anleihen genannt, und sie machten die Gläubiger immer reichlich nervös. Nun, sie hatten auch Karen ziemlich verunsichert. Aber es war ihr gelungen, sich gut zu präsentieren, ihre Auftragsbücher zu erläutern und das Geld zu bekommen, das es ihnen ermöglicht hatte, ihre Aufträge auch auszufahren.

Aber jetzt war es irgendwie anders. Karen versuchte, sich zu konzentrieren. Der Unterschied lag darin, daß sie sich diesmal gar nicht sicher war, ob sie das hohe Ziel, das sie sich gesetzt hatten, auch wirklich erreichen wollte. Es war alles zu anstrengend, zu groß und zu schwierig geworden. Sie schüttelte den Kopf. Irgendwie hatte sie sich immer vorgestellt, daß die Dinge einfacher würden, wenn man auf der Erfolgsleiter aufstieg. Sie hatte es so sehr gehaßt, für andere Modeschöpfer zu arbeiten, daß sie sich schließlich selbständig gemacht hatte. Aber ihr eigener Chef zu sein, hatte sie mit einer ganzen Palette neuer Schwierigkeiten konfrontiert. Mit finanziellen. Mit emotionalen. Und das Leben bestand nur noch aus Streß. Der Chef von anderen zu sein war fast schlimmer, als selbst einen Chef zu haben. Es machte einsam. Nur dank Jeffrey hatte sie es aushalten können.

Jetzt legte Jeffrey seine Hand auf ihren Schenkel. Durch ihre Kleider hindurch konnte sie spüren, daß seine Hand kühl, fast kalt war. Hatte *er* etwa Angst? »Ich weiß, daß du großartig sein wirst«, sagte er. »Du wirst sie umhauen.« Trotz ihrer Kälte ging von seiner Hand auf ihrem Bein so etwas wie ein elektrischer Schlag aus. Wann hatten sie sich zum letzten Mal richtig geliebt? An dem Abend nach ihrem Termin bei Dr. Goldman, an dem Abend, als er nein zu einer Adoption gesagt hatte.

Der Wagen fuhr vor dem NormCo-Gebäude auf der Park Avenue vor. Vor den Eingang stand die Statue eines Mannes im Geschäftsanzug, der den Arm ausgestreckt hielt. Der Titel des Kunstwerkes lautete »Taxi!«. Es sollte wohl eine witzige Anspielung darauf sein, wie es den Geschäftsleuten während der Hauptverkehrszeit erging, aber ihr machte es eine Gänsehaut. Sie fühlte sich erst besser, als sie Definas schwarzes Gesicht über den Arm der Statue hinweglugen sah. »Der einzige Bursche in New York, der ihn immer hoch hat«, lachte Defina und tätschelte den emporgereckten Bronzearm. Karen lachte ebenfalls und stieg aus dem Wagen, sorgfältig darauf bedacht, ihre Strumpfhose nicht an der Autotür zu zerreißen. Auf ihren hohen Absätzen ging sie die ausladenden Granitstufen hinauf, Jeffrey hinter sich. Ihr Schritt war energisch und ihre ganze Haltung selbstsicher.

»Mir machst du nichts vor«, flüsterte Defina. »Ich weiß, daß du dich beschissen fühlst. Aber sie wissen das nicht. Du siehst großartig aus.«

»Danke, du alte Hexe.«

»Manchmal bin ich wirklich froh, daß ich kein weißes Mädchen bin. *Ich* werde wenigstens nicht blaß, wenn ich Schiß habe.«

Karen grinste sie an. »Brauche ich vielleicht noch etwas Rouge?« fragte sie.

»Entweder das oder eine bessere Ertragsstatistik«, witzelte Defina.

Karen wühlte in ihrer Tasche und förderte ihr Make-up zutage. »Das hier ist einfacher«, sagte sie mit einem Seufzer.

Robert der Anwalt, Casey Robinson, Mercedes Bernard und einige Mitarbeiter von Robert dem Anwalt gesellten sich zu ihnen. Robert der Anwalt sah nicht nur blaß aus – er glänzte vor Schweiß. Karen drückte ihm ein Taschentuch in die Hand. »Laß sie nie merken, daß du schwitzt«, sagte sie. Dann bestiegen sie schweigend den Aufzug.

Bill Wolpers Büro lag natürlich im obersten Stockwerk. Als sie aus dem Aufzug in den vornehm gedämpften, weiträumigen und sehr ausdruckslosen Empfangsbereich traten, nahm Jeffrey Karens Arm. Karen mußte unwillkürlich an den Kontrast zu ihrem eigenen chaotischen Büro denken. Als hätte sie ihre Gedanken gelesen, ließ Defina ihren Blick über den grauen Teppichboden schweifen, über die schwarz gepolsterten Sessel und die Empfangstheke aus Granit. Dann drehte sie sich zu Karen um. »Wer ist gestorben?« fragte sie *sotto voce*. Weiße Lilien in einer anderthalb Meter hohen Vase rundeten die begräbnisartige Stimmung ab. Nun gut, dachte Karen, wenigstens richtet sich hier die Form nach der Funktion. Das Ganze war ein Mausoleum mit nichts als Leichen darin.

»Das ist wirklich was für Erwachsene«, sagte Casey Robinson. »Sehr maskulin, wenn ich hinzufügen darf.«

»Das reicht, Casey«, ermahnte Jeffrey den Verkaufschef. »Vergiß nicht, daß du heute *hetero* bist.«

Wenn der Raum auch sparsam eingerichtet, ja fast steril wirkte, so war doch das Panorama spektakulär: Der Blick ging nach Süden auf die Park Avenue hinaus und auf die Spitze des Chrysler-Buildings, und das Zentrum von Manhattan lag in einem glänzenden Bogen vor ihnen ausgebreitet. Vierzig Stockwerke unter ihnen und zwanzig Blocks weiter südlich arbeiteten hungrige Emigranten – wahrscheinlich auch für Tochterunternehmen von NormCo – in jämmerlichen Fabriken für Hungerlöhne. Aber hier war alles still und edel.

Jeffrey hatte immer noch seine Hand um Karens Ellbogen gelegt und führte sie sanft zum Empfang, wo er die ganze Gruppe bei einer distinguierten Dame mittleren Alters anmeldete. Alle hatten sich um Karen geschart, fast wie eine Herde von Steppentieren, die ihre Jungen vor einem Rudel Wölfe beschützen wollten. Abgesehen davon natürlich, daß sie schon lange nicht mehr jung war, dachte sie unmutig. Also war es vielleicht doch mehr so wie bei den Priestern, wenn sie ein Opferlamm vorbereiteten. Dann wäre sie wohl eher ein als Lamm verkleideter Esel, sagte sie sich und schaute noch einmal an sich herab, ob sie nicht zu jugendlich gekleidet war in ihrem Sweater aus Strickseide. Nein, sie sah gut aus.

In einer unauffälligen Tür erschien Herb Becker und kam auf sie zu, seine Hand zu einem freundlichen Gruß (oder um zu zeigen, daß er keine Waffe darin hielt) ausgestreckt. Bekker war der Finanzmensch von NormCo, eine *echte* Leiche – aber der Mann, der inzwischen viel Zeit mit Jeffrey und Lenny, dem Buchhalter von KKInc, zugebracht hatte. Karen hatte ihn bisher erst einmal getroffen. Jetzt nahm er ihre Hand und schüttelte sie auf und ab, als wäre sie ein Münzspielautomat, der den Jackpot ausschütten solle.

»Willkommen bei NormCo. Bill erwartet sie schon.« Sie hatten alle eine merkwürdige Art, diesen Namen auszusprechen – so daß es formeller klang, als hätten sie »Mr. Wolper« oder gar »Seine Majestät« gesagt. Auch der Engländer, Basil Reed, sprach den Namen so aus. Wie machen sie das bloß? fragte sie sich.

»Ich freue mich, Bill kennenzulernen«, entgegnete sie vielleicht eine Spur zu freundlich. Sie spürte, wie Jeffreys Hand sich um ihren Ellenbogen spannte und lächelte ihn an.

»Wollen wir dann?« fragte sie. Die Gruppe setzte sich geschlossen in Bewegung, und einen furchtbaren Augenblick lang dachte sie, daß sie wohl alle übereinanderstürzen würden bei dem Versuch, die unauffällige Tür zu passieren. Aber dann zog sich die Gruppe doch auseinander, obwohl Jeffrey auch jetzt seine Hand um ihren Ellbogen hielt, während er dicht hinter ihr blieb. Es fing langsam an, sie zu stören. Wenn er ihre Nabelschnur zu den Geheimnissen des finanziellen Mutterschiffes war, was war sie dann? Ein Baby? Ein Fötus? Sie wußte nur, daß sie *weder* ein Kind *noch* irgend jemandes Besitz war. Auch nicht Jeffreys. Hielt er ihren Arm, um sie zu beruhigen, um sie zu kontrollieren, oder um sein Besitzrecht zu zeigen? Was immer es war, es reichte nun, und als sie in den Konferenzraum traten, zog Karen vorsichtig, aber bestimmt ihren Arm fort.

Bill Wolper stand ihnen gegenüber am anderen Ende der Tischreihe, und obwohl er kein besonders großer Mann war, war sie doch überrascht über den starken Eindruck, den er machte. Er war fleischig, aber nicht fett, und sein Kopf war auffallend und eckig. Er wirkte erstaunlich attraktiv. Sicher ging er auf die Sechzig zu, doch hatte er immer noch dunkles, glänzendes Haar und einen wunderbaren Teint. Er glühte regelrecht. Wahrscheinlich war er einfach ein Opfer zu hohen Blutdrucks, sagte Karen sich, aber sie mußte zugeben, daß es ihm gut stand. Er streckte ihr eine große, quadratische Hand entgegen, wich dabei aber keinen Zentimeter von seinem Platz am Kopf des Tisches. Der Berg würde also zu Mohammed kommen müssen. Sie ging gemessenen Schrittes den Gang zwischen der Reihe von Konferenzstühlen entlang auf ihn zu und reichte ihm die Hand. Er nahm sie, und wieder war sie überrascht, diesmal von seiner Wärme. Warum hatte sie angenommen, daß er ein kaltblütiges Wesen sei – eine Eidechse oder vielleicht eine Schlange?

»Bill«, sagte sie und versuchte, den Namen normal klingen zu lassen und nicht wie einen Titel.

»Karen Kahn«, antwortete er, und aus seinem Mund klang ihr Name wie eine Auszeichnung. »Oakley-Preisträgerin«, fügte er hinzu. Es war merkwürdig, wie er sofort die Sache herausgestellt hatte, auf die sie am meisten stolz war. Sie sahen sich einen Moment lang unverwandt an. Seine Augen waren dunkelbraun, und seine Wimpern waren fast so dick und so dunkel wie das Haar auf seinem Kopf. In seinem Gesicht zogen sich zwei Linien wie ein paar Klammern seitlich entlang zu den Winkeln seines Mundes. Wenn er lächelte, bildete sich ein Grübchen.

Was ist los mit mir? fragte sie sich. Ich finde Bill Wolper wirklich attraktiv. Als ob das eine Rolle spielte. Das war ja kein Rendezvous, sondern eine arrangierte Heirat. Was war nur los?

Es kam nur selten vor, daß sie einen Mann in solcher Weise zur Kenntnis nahm. Sie war vollkommen glücklich – mehr als glücklich – mit Jeffrey, trotz der Probleme, die sie in letzter Zeit hatten. Aber war es bei dem Brunch in Westport nicht das gleiche mit Perry Silverman gewesen? O Gott, sie wurde verrückt! Sie mußte jetzt ihre Aufmerksamkeit wieder auf die Zahlen und Fakten konzentrieren, die sie und ihr Team hier vorstellen wollten, und sie mußte einen klaren Kopf behalten, um das Angebot beurteilen zu können, das Wolpers Team ihnen vorlegen würde. Sie zog ihre Hand zurück.

Hatte sie ihm ihre Hand schon zu lange gelassen? Bill Wolper stand in dem Ruf, mittlerweile mehr erfolgreichen Geschäftsfrauen aus ihren Kostümen geholfen zu haben, als irgendwelchen Damen hinein.

Er hatte mit allen geschlafen. Wenigstens erzählte man sich das in der Branche. Auf den Bildern, die sie von ihm gesehen hatte, war er ihr wenig eindrucksvoll erschienen. Sie hatte sich wirklich nicht vorgestellt, daß irgend etwas außer seinem Scheckbuch an ihm interessant sein könnte.

Jetzt schüttelte Jeffrey Bill Wolper herzlich die Hand. Dann wurde der Rest ihres Stabes vorgestellt: Casey, Defina, Robert der Anwalt und Mercedes Bernard auf ihrer Seite; Basil, Herb Becker und einige namenlose Herren auf der anderen. Sie setzten sich einander gegenüber an die Tische, Karen direkt rechts neben Wolper.

Eine gut gekleidete Dame mittleren Alters erschien und fragte Defina, wie sie ihren Kaffee wünsche.

»Schwarz natürlich«, sagte Defina und lächelte die Frau unschuldig an. Wie gewöhnlich war Defina die einzige Schwarze bei der Konferenz. Als die Frau sich danach an Mercedes wandte, stand diese auf. »Sie brauchen keinen Kaffee für mich zu holen. Ich werde mir selbst einen besorgen«, sagte sie schroff. Ihre feministische Mißfallensäußerung schien bei den Herren keinerlei Eindruck zu machen. Nur Jeffrey krümmte sich innerlich, wie Karen bemerkte. Bill Wolper beobachtete nur.

»Nun, wollen wir anfangen?« fragte Jeffrey und zog einen Ordner aus seinem Aktenkoffer hervor.

Dann wurden Ordner verteilt – glänzend schwarzgraue von NormCo und beigefarbene mit strukturierter Oberfläche von KKInc. Außerdem gab es eine gedruckte Karte, mit der KKInc in der Weltzentrale von NormCo willkommen geheißen wurde. Karen ließ ihre Finger über die Buchstaben gleiten. Wieviel mochte das gekostet haben? Bill Wolper räusperte sich. »Lassen Sie mich zunächst sagen, welch große Freude es mir ist, daß dieses Treffen stattfinden kann. Ich weiß, daß viele von Ihnen große Anstrengungen auf sich genommen haben, um uns so weit zu bringen, und wie immer es weitergehen mag – ich möchte, daß alle wissen, daß ich diese Arbeit sehr zu schätzen weiß.« Er heftete seinen Blick wieder auf Karen. »Ich habe das Gefühl, daß es einfach so kommen mußte«, sagte er. »Kismet.«

»*Baschert*«, erwiderte sie. Das war jiddisch für »vorherbestimmt«, aber sie nahm an, daß Bill Wolper das Wort nicht kannte. Sie hatte nicht einmal mehr gewußt, daß sie es selbst kannte, obwohl Belle und Arnold es von Zeit zu Zeit benutzt haben mußten. Was war es nur, das sie so zum Widerspruch drängte. Sie verleugnete ihr Judentum vor Belle, die es hochhielt, um dann Bill Wolper, der es verachten mußte, damit vor der Nase herumzuwedeln. Karen hörte Jeffrey neben sich seufzen.

Herb Becker war als erster dran mit einem Überblick über NormCo und alle Tochtergesellschaften. Karen besah sich das spinnwebartige Organisationsdiagramm und seufzte. So etwas Kompliziertes hatte sie seit den Ausdrucken ihrer letzten Ultraschalluntersuchung nicht mehr gesehen. Sie hoffte, daß NormCo nicht so funktionsunfähig war wie ihr Reproduktionssystem. Während ihre Gedanken abschweiften, verpaßte sie einen Teil von Herbs langweiligen Darlegungen zur NormCos Verkaufsorganisation. Sie blickte zu Bill Wolper hinüber und mußte feststellen, daß seine Augen auf ihr ruhten. Betrachtete er sie wie irgendeine armselige Tochtergesellschaft, die er erwerben wollte, oder hatte sein Blick etwas Persönliches? Sie spürte, wie sie errötete.

»Karen, es ist Zeit für deinen Beitrag«, sagte Jeffrey. Sie stand auf und ging zu der Leinwand, die hinter einer im Boden versenkten Wand sanft zum Vorschein gekommen war. Alles hier war sanft und leichtgängig, alles außer ihr. Karen holte tief Luft. »Also, die Sache ist die: KKInc ist keine Gesellschaft wie die anderen. Ich weiß, daß das wohl jeder von seiner Gesellschaft sagt, aber in unserem Falle ist es die Wahrheit. In jedem der letzten fünf Jahre haben wir unseren Umsatz um zwei- bis dreihundert Prozent gesteigert. Jährlich. Und ich glaube nicht, daß wir einfach nur Glück hatten. Und es lag auch nicht am Erfolg unseres Marketings.« Sie wandte sich an Casey. »Nicht, daß wir kein gutes Marketing hätten«, nickte sie ihm zu, »aber der Grund für unseren Erfolg ist, daß wir wissen, was Frauen wollen und was Frauen benötigen. Wir verstehen die Frauen von heute. Weil ich selbst eine von ihnen bin.«

»Also, auch einige andere von uns gehören zu den Frauen von heute«, sagte Jeffrey mit einem Lächeln.

»Und einige von uns wären es gerne«, murmelte Casey Defina zu. Jeffrey sah ihn strafend an. Karen blickte lächelnd von einem zum anderen. »Die Sache ist die, daß alles auf dem Design beruht, auf Kreativität. Die ganze Mode ist ein endloses, erregendes Spiel; etwas für den Körper zu entwerfen, zu entscheiden, was entblößt und was verhüllt werden soll. Manche glauben, das Leitmotiv der Mode sei Sex. Das ist zum Teil richtig. Aber ich meine, daß die Frauen, die der Mode folgen, das nicht tun, um die Männer zu beeindrucken. Sie tun es, um sich selbst einen Gefallen zu erweisen. Es ist eine der wenigen Möglichkeiten zur Selbstdarstellung, die sie noch haben. Man sagt auch, Kleider seien eine Notwendigkeit, Mode dagegen Luxus. Wenn also Frauen unsere besonderen Designs kaufen, dann tun sie das nicht nur, um ihre Persönlichkeit hervorzuheben. Sie tun es auch um des Luxus wegen, denn über diesen Luxus zu verfügen, das ermöglicht es einer Frau, sich ihres Platzes in der Gesellschaft sicher zu sein. Unsere Kleider werden nicht gekauft, weil wir gut für sie werben oder weil unser Verkauf gut organisiert ist oder weil wir große Publicity haben, obwohl wir natürlich auf all diese Dinge achten. Die Frauen kaufen unsere Kleider, weil sie gar nicht mehr anders können, wenn sie erst einmal hineingeschlüpft sind. Wir machen sie so gut, daß sie jedes Kleidungsstück behalten wollen, und das müssen sie einfach glauben; nur dann können wir zusammenkommen. Sonst brauchen wir nicht miteinander zu reden. Denn wenn Sie nur darauf aus sind, einen Namen zu kaufen, dann kaufen sie besser einen anderen. Wir sind stolz auf unseren Namen, aber wir sind vor allem deshalb stolz darauf, weil er für unser Design steht.« Sie sah Bill direkt an. »Verstehen Sie, was ich meine?« fragte sie.

Er erwiderte ihren Blick und nickte mit ernstem Gesicht. Der Mann hatte seine Augen kein einziges Mal von ihr abgewandt, seit sie den Raum betreten hatte. Flirtete er mit ihr, wollte er sie fertigmachen, oder ging es ihm ernsthaft ums Geschäft? *Verstand* er sie wirklich? »Ich will es Ihnen vorführen«, sagte sie und nickte mit dem Kopf, ein Zeichen, das erste Dia zu zeigen.

Von da an war es ganz einfach. Sie stellte ihre komplette Kollektion vor und erklärte, welche Philosophie dahinterstand. Dann nahm sie wieder Platz. Defina schloß sich mit ihrem Vortrag an und erklärte ihre Lizenzvergaben. Casey behandelte den Verkauf, und Jeffrey präsentierte schließlich die Zahlen. Dabei gab es einige unverblümte Fragen von Herb und Basil: Was hatte es mit dem phänomenalen Wachstum und der sinkenden Profitabilität auf sich? Wie wurden die Schulden bedient, die durch die Anleihen für die Linie der gehobenen Konfektion entstanden waren? Jeffrey gab die Probleme, die sie mit den Zinszahlungen und der Kostenkontrolle hatten, unumwunden zu. »Das ist«, sagte er, »einer der Gründe, warum wir uns so sehr für NormCo interessieren.«

Dann war Herb an der Reihe. Er führte vor, welche Vorstellungen seine Gruppe zum Lizenzgeschäft entwickelt hatte und zeigte ihnen Modelle einer preiswerten sportlichen Kollektion von Kinderbekleidung, von Hausgeräten und Lederwaren. Die meisten Prototypen, die er herumzeigte, waren scheußlich und über und über mit Karens Initialen bedeckt. Hatte ihnen denn keiner gesagt, daß Logos out waren? dachte Karen. Wer hatte dieses Zeug entworfen, und wie konnte man dafür sorgen, daß der betreffende Typ nie wieder einen Bleistift in die Hand bekam? Der ahnungslose Herb lächelte stolz. »In all diese Produktbereiche können wir sie schnell und reibungslos hineinbringen«, versprach er. »Natürlich sind das hier nur Prototypen. Aber wir können Sie schneller auf den Massenmarkt werfen als irgend jemand sonst. Und wir sehen noch andere Möglichkeiten, wie wir Ihnen helfen könnten«, fuhr er fort. »Unser Knowhow bei der Produktionsverlagerung ins Ausland wird Ihnen von Nutzen sein. Wir verfügen weltweit über die nötigen Kontakte.«

Bevor Karen eine Möglichkeit hatte, ihre Einstellung zur Ausbeutung der Arbeiter in der Dritten Welt zu erläutern, wandte Bill sich ihr zu und griff nach ihrem Arm. Wieder spürte sie seine Wärme. »Aber warum sind *Sie* an NormCo interessiert, Karen?« fragte er.

Am Tisch breitete sich Schweigen aus. Und das Schweigen hielt an.

»Ich möchte mehr erreichen«, sagte sie schließlich. »Ich möchte die Möglichkeit haben, meine Vorstellungen an noch mehr Frauen weiterzugeben. In gewisser Weise sind meine Gründe einfach egoistisch – aber nicht, weil ich meinen Namen in der Zeitung sehen möchte oder weil ich auf weitere Preise erpicht wäre. Meine Gründe sind in gewisser Weise sogar noch egoistischer. Ich glaube, daß meine Kreationen wirklich gut sind. Und daß, wenn sie nur die Möglichkeit dazu erhalten, noch mehr Frauen – nicht nur die reichen – anerkennen werden, daß dem so ist. Ich will, daß Frauen es bequem haben *und* daß sie gut aussehen *und* daß sie sich besser fühlen – und alles durch meine Hilfe.« Sie machte eine Pause. »Es ist nicht einfach, heute eine Frau zu sein. Man hat drei Ebenen zu bewältigen – man hat den Job, man hat die Familie und die Kinder, und man hat dafür zu sorgen, daß man selbst und sein Äußeres attraktiv bleibt. Wenn man in einem dieser drei Aufgabenbereiche nachläßt, dann kommt man sich wie ein Versager vor. Ich möchte dazu beitragen, daß der dritte Punkt einfacher wird. Und ich möchte Anerkennung dafür bekommen. Das ist mein Wunsch.« Sie hielt wieder inne. »Sehen Sie, ich weiß, daß das nicht das Heilmittel gegen

Krebs ist, aber es ist eben das, was *ich* tun kann. Wir haben immer daran geglaubt, daß wir in diesem wirklich schwierigen Geschäft zurechtkommen, wenn wir nur auf zwei einfache Dinge achten: ›Wenig versprechen‹ und ›Mehr halten‹. Es ist das Gegenteil von dem, was die meisten anderen in der Modeindustrie tun, aber bisher hat es sich für uns gelohnt.«

Es war fast ein Uhr, und Bill Wolper erhob sich. »Das waren sehr interessante Stunden für mich. Ich möchte allen für ihre Beiträge und die Einsichten, die sie uns vermittelt haben, danken.« Basil, Herb und die anderen Herren von NormCo standen ebenfalls auf. Genauso Jeffrey und der Rest des Stabes von KKInc. Nur Karen blieb noch einen kurzen Moment sitzen. War es das gewesen? War das die einzige Belohnung dafür, daß sie sich hier verausgabt hatte? Sie fühlte sich elend, so als hätte sie alle enttäuscht. Bill drehte sich zu ihr um, beugte sich über sie und nahm ihre Hand. »Ich habe schon eine Verabredung zum Essen, es tut mir leid, aber ich hoffe, ich darf Sie ein andermal einladen.«

Sie sah zu ihm auf. »Wir würden uns freuen«, sagte Jeffrey, und Karen stand ebenfalls auf.

Irgendwie gelangten sie wieder nach unten in die Empfangshalle und aus dem Gebäude hinaus, ohne ein Wort zu sagen oder das zu durchbrechen, was Casey die »Erwachsenenatmosphäre« nennen würde. Aber als sie erst einmal im Freien, auf der Park Avenue waren, heulte Jeffrey auf wie ein Indianer auf dem Kriegspfad. »Jawohl!« brüllte er. »Ja! Wir haben sie. Ich weiß, daß wir sie haben.«

»Wirklich?« fragte Karen.

»Absolut. Denen ist das Wasser im Mund zusammengelaufen. Hast du das nicht gemerkt? Wir haben sie am Haken!«

»Aber wollen wir sie auch?« fragte Casey. »Diese Schau von Basil und Herb war zuviel.«

»Sie machen eben ihren Job«, sagte Jeffrey.

Casey wandte sich an Karen. »Aber Sie, Karen, Sie waren umwerfend. Ein mörderischer Vortrag.«

War das ein Lob oder ein Tadel? Bevor sie es entscheiden konnte, fiel Defina ein: »Ja, Schätzchen, du warst einfach wunderbar.«

Sie hatte es also gut gemacht.

»Du warst großartig«, sagte Jeffrey zu ihr.

»Ihr anderen aber auch«, winkte Karen ab.

»Wir werden ein teuflisches Angebot von diesen Burschen kriegen«, prognostizierte Robert der Anwalt. »Ich nehme an, mehr als wir erwartet haben.« Karen konnte beinahe sehen, wie er seine Prozente ausrechnete.

»Ich sage zwanzig. Zwanzig Millionen Dollar«, meinte Jeffrey.

»Das bedeutet nicht unbedingt, daß wir ihr Angebot auch *annehmen*«, meinte Karen. Sie dachte wieder an Bill Wolper; ihre Überraschung war noch nicht verebbt. Sie hätte gedacht, daß sie sich würde verkaufen müssen, und hatte nun statt dessen das Gefühl, als wäre sie verführt worden. Unschlüssig wandte sie sich an Defina. »Was meinst du, Dee?«

»Süße, ich verstehe nichts von Geld, aber ich habe für meinen Geschmack viel zu viele Doppel-Ks gesehen. Vielleicht bin ich ja überempfindlich. Aber wenn sie auch nur ein einziges dreifaches K gebracht hätten, wäre ich schreiend aus dem Saal gelaufen«.

»Die KKK-Kollektion sparen sie sich für den Süden auf«, witzelte Casey. »Dort können sie von einem hohen Bekanntheitsgrad des Markenzeichens ausgehen.«*

»KKInc, wo Rasse immer ein Thema, Geschlecht austauschbar und Realismus eine Option ist«, bemerkte Jeffrey bissig und schüttelte dann den Kopf. »Wißt ihr, wie wir in der Branche genannt werden? Die ›linken Modemacher›. Ich schwöre bei Gott, wenn NormCo davon auch nur einen Hauch schnuppert, dann könnt ihr diesen Handel und alle anderen vergessen.«

»Meinen Sie, ich muß meine Satin-Pumps verstecken?« fragte Casey.

Defina zog die Augenbrauen hoch. »Ich denke, sie lieben uns, weil wir ein bißchen links vom Zentrum stehen. Wißt ihr, die Modebranche hat Narrenfreiheit.«

* Eine Anspielung auf den Ku-Klux-Klan, die amerikanische rassistische Anti-Schwarzen-Gruppierung.

Karen versuchte zu vermitteln. »Ach, komm schon, Jeffrey! Wir sind hier nicht im mittleren Westen und nicht im Bibelgürtel. Wir sind auch nicht an der Wall Street. Wir sind die *Garmentos* – die verrückten Schwulen, das buntgemischte Völkchen, das Amerika kleidet. Bestimmt ist auch der große weiße Bill Wolper da nicht ganz ahnungslos.«

Jeffrey drehte sich herum, um sie anzusehen. Sein Gesichtsausdruck war beinahe wild. Er war bleich geworden – sein Gesicht fast so grau wie sein Haar. »Gottverdammt!« schrie er. »Gottverdammt!« Karen war erschrocken, Tränen zu sehen – echte Tränen –, die auf seinen langen, dunklen Wimpern standen. »Ihr seid diejenigen, die völlig ahnungslos sind. Es hat Robert und mich Monate gekostet, dies alles vorzubereiten und zustande zu bringen. Wißt ihr, wie wir versucht haben, die Schuldlast zu reduzieren, die wir mit uns herumschleppen? Dieses Geschäft bringt uns alle – uns alle – in die Bentley-Turbo-R-Kategorie. Und statt mir zu danken, greift ihr diese einmalige Gelegenheit hinterhältig an, als wenn es noch dutzende andere davon gäbe. Wißt ihr, daß wir auf der Stelle bankrott wären, wenn unsere Geldgeber auf sofortiger Zahlung beständen? Und daß es für uns keine nächste Saison mehr gäbe, wenn Munchin oder Genesco oder irgendein anderer unserer Hersteller beschließen würde, uns nicht mehr zu beliefern, bis wir seine Rechnungen bezahlt haben? Ich führe hier einen Hochseilakt ohne Netz auf. Jesus! Ihr seid ein Haufen von Idioten! Nein! *Schlimmer* als Idioten. Kinder! Ihr seid ein verdammter Haufen Kinder.« Er drehte sich um und stapfte allein davon. Die Gruppe stand einen Augenblick lang schweigend da. Dann lief – wie vorauszusehen war – Robert hinter Jeffrey her.

»Jeffrey, warte!« rief er.

Die übrigen standen immer noch wie gelähmt an der Ecke. Schließlich brach Casey das Schweigen. »Was zum Teufel ist ein Bentley-Turbo-R?« fragte er. Niemand gab ihm eine Antwort.

Schließlich räusperte sich Defina. »Ich wußte gar nicht, daß für Jeffrey Kinder schlimmer als Idioten sind«, sagte sie.

10

Aus dem Nähkästchen

Carl betrieb seinen Frisiersalon im Erdgeschoß eines kleinen Sandsteinbaus auf der Montague Street in Brooklyn Heights. Das Haus gehörte ihm, im Obergeschoß wohnte er, Karen hatte ihm schon lange einen Besuch versprochen. Seit der Preisverleihung hatte sie ihn nicht mehr gesehen, und das war ja auch nicht gerade ein vertrauliches *tète à tète* gewesen.

»Was hast du denn seither so getrieben?« fragte er. »Noch irgendeinen einmaligen Preis gewonnen diese Woche?«

»Nein. Ich mußte nur das Interview bei Elle Halle machen und mit Bill Wolper reden.«

»Oh, Entschuldigung. Hast du auch mit der Queen gespeist?«

»Nein. Das ist heute abend dran.«

»Oh, Mary. Du bist ja so garstig. Eines Tages wird es mir noch leid tun, daß ich in Hauswirtschaftskunde neben dir gesessen habe.« Carl war der einzige Junge an der Rockville Centre High School gewesen, der statt des Werkunterrichts Hauswirtschaft belegt hatte.

»Wir haben uns im Theaterclub kennengelernt«, verbesserte Karen ihn. Sie selbst hatte niemals Hauswirtschaftskunde gehabt. Über dieses Thema stritten sie sich schon seit fast zwei Jahrzehnten.

»War dieser Theaterclub nicht eine Art Schwulenschule?« fragte Carl.

»Wenn er das war, warum bin ich dann dort gewesen?« fragte Karen.

»Ach, du kennst doch meine Theorie: Du bist ein schwuler Mann, der irrtümlich in einen Frauenkörper geraten ist. Darum bist du so eine großartige Modeschöpferin.«

Ungeachtet ihrer Scherze hörte Carl den ausdruckslosen Unterton ihrer Stimme. Er sah sie etwas genauer an. »Also, wie schlimm steht es?« wollte er wissen. Das war das Schöne bei Carl: Er ahnte immer ihre Stimmung. Es war so entspannend, nichts erklären oder vorgeben zu müssen.

»Nicht so besonders. Wir haben ein Liquiditätsproblem und vielleicht auch ein Angebot; man will uns übernehmen, Jeffrey hängt völlig daneben, und meine Mutter ist verrückt. Und ich bin so furchtbar müde. Ich habe das Gefühl, daß alles zu schnell geht und falsch läuft, selbst wenn es eigentlich richtig ist. Wie würdest du das nennen?«

»Erfolgsangst?«

»Wahrscheinlich eher Angst, zu versagen. Im Moment habe ich das Gefühl, als ob mein Herz zerspringt. Irgendwelche Vorschläge?« Ihre Nase begann zu laufen. Sie schniefte.

Carl nickte. »Vielleicht wäre etwas zu Essen gut für dein gebrochenes Herz«, sagte er, verschwand in der Küche und kam mit einem Tablett zurück. »Wieviel bieten sie dir denn?« fragt er.

»Das wissen wir noch nicht. Aber Jeffrey denkt, mehr als zwanzig Millionen.« Karen mußte fast kichern über die Lächerlichkeit, die Unwirklichkeit dieser Zahl.

Carl drehte sich zu ihr herum und blieb wie angewurzelt stehen. »Mehr als zwanzig Millionen *Dollar*? Und dein Herz ist gebrochen? Schätzchen, dann *hast* du ein Problem.« Er lud ihr eine Portion auf den Teller und reichte ihn ihr. »Iß« sagte er. »Du mußt bei Kräften bleiben, damit du das ganze Geld zur Bank schleppen kannst.«

»Aber ich glaube nicht, daß ich verkaufen will«, sagte Karen. »Also, wir haben ein paar Schwierigkeiten, unsere Kredite zurückzuzahlen. Aber das ist ein vorübergehendes Problem. Und ich weiß überhaupt nicht, was ich mit dem ganzen Geld soll, außer vielleicht, unseren Pensionsfond zu erhöhen. Ich habe ja schon zwei Häuser. Es ist doch nicht so, als ob ich Hunger hätte oder wir nicht wüßten, wo wir leben sollen, oder die Schuhe für das Baby nicht bezahlen könnten.«

Carls Blick hellte sich auf. »Welches Baby?«

»Vergiß es. Das war ganz allgemein gesprochen. Kein Baby. Definitiv kein Baby. Ich kann keins empfangen, ich kann keins austragen, und Jeffrey will von einer Adoption nichts wissen.« Sie holte tief Luft und erzählte Carl die ganze Geschichte. »Jedenfalls kein Baby. Warum also soll ich das Geschäft verkaufen?«

»Entschuldige, wenn ich das erwähne, aber ich sehe keine direkte Verbindung zwischen den beiden Dingen. Außer, daß du in beiden Fällen mit Jeffrey nicht übereinstimmst.« Sie seufzte. Wie immer hatte Carl den Kern getroffen. »Genau. Er will verkaufen, ich nicht. Ich will ein Baby, er nicht. Und als ob das noch nicht genug wäre, macht Belle mich völlig verrückt. Meine beiden Nichten proben den Aufstand, und ich habe mir angewöhnt, völlig unpassende Männer als mögliche Sexpartner zu betrachten.«

»Nun, was das letzte anbelangt, bist du kein Einzelfall«, versicherte Carl ihr.

»Vielleicht bin ich einfach überarbeitet«, sagte sie. »Manchmal glaube ich, daß ich verrückt werde. Weißt du, was ich mir überlegt habe?« fragte sie. Er hob die Schultern und sie erzählte ihm von ihrem Wunsch, ihre leibliche Mutter zu finden, einem Wunsch, der ziemlich hartnäckig war und einfach nicht wieder verschwand. Sie sprach, und Carl aß. Das war beruhigend. Es war das einzige, was sich nicht geändert hatte, seit sie sechzehn Jahre alt war.

»Weißt du, was das Traurigste ist?« fragte sie schließlich. Er schüttelte den Kopf. »Ich bin wegen der Sache mit dem Baby wirklich unglücklich, und ich werde immer unglücklicher. Ich meine, der ganze berufliche Erfolg hilft mir da nicht weiter. Ich hätte so gerne ein Kind. Ich muß immer daran denken, was ich alles niemals tun werde, z.B. ihm das erste Paar Schuhe kaufen oder es zu seiner ersten Party anziehen. Und weißt du, ich bin wirklich unglücklich, daß ich niemals eine Bettjacke tragen werde.«

»Eine was?« fragte Carl mit vollem Mund.

»Eine Bettjacke. Du weißt doch, diese Dinger, die die Frauen in den alten Filmen im Krankenhaus nach der Geburt tragen. Man fragt sich immer, was sie wohl *darunter* anhaben. Ich weiß gar nicht, ob es so etwas noch gibt. Jedenfalls – irgendwie wollte ich immer so etwas haben. Es scheint ein wichtiger Bestandteil der Erfahrungen zu sein, die jede Frau machen sollte.«

»Ja, so wie das Rasieren der Beine.«

Karen lächelte, aber ihr Lächeln war traurig. »Es ist schwer, den Gedanken an eine Bettjacke zu begraben.«

Carl nickte.

»Was meinst du also?« fragte sie ihn, so wie sie es immer tat.

Carl hörte auf zu kauen und wischte sich den Mund ab. »Schätzchen, ich glaube, was ich immer geglaubt habe: Du bist überarbeitet. Du hast ja gar nicht genug Zeit, um dir über deine Gefühle zu irgend etwas klar zu werden. Außerdem denke ich, daß du gerade eine schwierige Wegstrecke in deiner Ehe durchmachst. Aber wem geht das anders? Ich liebe dich, und ich werde dich unterstützen, wie immer du dich entscheiden magst. So, und nun laß uns über etwas fröhlicheres sprechen. Wie steht's denn mit dem Sex bei dir?«

Karen seufzte. »Welcher Sex? Wir sehen uns ja kaum, und wenn wir uns sehen, dann sind wir ziemlich erschöpft. Ich weiß nicht, vielleicht liegt es auch an all diesen Dingen, die wir beachten mußten, während ich versucht habe, schwanger zu werden. Du weißt schon, Kopfstand und dabei abwarten, ob irgendein kleines Spermium seinen Weg zu meiner Eizelle findet. Es war nicht besonders spontan oder erotisch. Vielleicht hat Jeffrey das völlig von mir abgebracht.«

»Vielleicht ist er ja auch wütend.

»Worüber sollte Jeffrey denn wütend sein?«

»O Karen, jetzt mach aber mal halblang. Er könnte wütend sein, weil du nicht kochst. Er könnte böse sein, weil du ihm keinen Sohn geschenkt hast; oder weil sein Vater ihn nicht geliebt hat; oder weil du der Boß bist und nicht er.«

»Aber er ist der Boß. Er trifft alle wichtigen finanziellen Entscheidungen. Das hat er immer getan.«

»Ach, laß das doch. Der Verein heißt Karen Kahn, nicht Jeffrey Kahn, und *du* bist das Geschäft.«

»Es ist auch sein Name. Komm schon, Carl – er hat das alles doch schon vor langer Zeit akzeptiert.«

»Sagst du.« Carl machte eine Pause. »Was kann ich schon groß sagen. Weißt du, ich habe mal ein ganzes Wochenende lang nicht mit Thomas gesprochen, nur weil er Miracle Whip statt Hellmann's Mayo angebracht hat. Ich habe gedacht, wenn er mich wirklich liebte, dann müßte er eigentlich behalten können, daß ich Miracle Whip hasse.« Carl blickte zum Fenster hinaus. »Ich würde alles darum geben, wenn ich noch einmal die Chance bekäme, es an diesem Wochenende besser zu machen.«

Karen nickte. »Es tut mir leid, Carl«, murmelte sie.

Er wandte sich wieder ihr zu. »Oh, hallo. Keine Tränen. Also zurück zum Thema. Du hattest keinen Sex in letzter Zeit? Nun, Sex ist ja ganz schön, aber es ist nicht das, worum es eigentlich geht.«

Karen mußte lachen.

Er lächelte zurück. »Hör zu, Schätzchen, ich weiß, daß du Jeffrey liebst und daß ihr diese Schwierigkeiten überwinden werdet«, seufzte er. »Ich betreibe hier in Brooklyn einen Friseursalon, während du es drüben in Manhattan mit dem bestaussehendsten Mann der Stadt treibst. Wie konnte mein Leben so falsch laufen?«

»Würdest du denn gern in Manhattan leben?«

»Es wäre besser gewesen, wenn ich es von Anfang an dort versucht hätte. Aber Thomas und ich hatten nicht den Mut. Und jetzt ist es zu spät.«

»Vielleicht nicht. Niemand frisiert so gut wie du. Du bist einfach begabt.«

Carl zuckte die Schultern. »Vielleicht«, sagte er. »Aber ich habe sicherlich nicht das Geld, um einen Laden in der Madison Avenue aufzumachen. Und ich habe auch keine Lust, mit meinen Scheren in der Tasche herumzureisen und die Leute zu Hause zu frisieren.«

»Was würde es denn kosten, dich dort zu etablieren? Weißt du, wenn wir dieses Geschäft machen, dann könnten wir es uns ohne weiteres leisten, dir das Geld zur Verfügung zu stellen.«

Carl lächelte sie an. »Karen, manchmal ist es schwer, dein Freund zu sein. Du warst immer sehr talentiert und tüchtig und tapfer. Schon damals in Rockville Centre war mir klar, daß du einmal ausbrechen würdest. Ich hatte nicht den Mut oder das Talent dazu, war viel zu ängstlich und habe mich auf die sichere Seite geschlagen. Ich hätte mir kein Geld geliehen, um ein Geschäft in Manhattan aufzumachen. Also bin ich hier gelandet. Ich war wie Jeffrey. Ich hatte Angst zu versagen. Also habe ich mich bei dir angehängt.«

Karen schüttelte den Kopf. »Jeffrey hatte keine Angst. Er hat seine Karriere aufgegeben, um mir zu helfen. Ohne seine Hilfe und ohne das Geld von seinen Eltern hätte ich es nicht geschafft. Sie haben mir eine große Last von den Schultern genommen. Wenn Jeffrey mir wirklich etwas übelnimmt, dann, daß er seine Karriere als Künstler für mich aufgegeben hat.«

Carl lehnte sich in seinem Sessel zurück. »Hm, hm, hm«, sagte er.

»Ach, du bist unmöglich! Du ergreifst immer meine Partei.«

»Ich werde immer deine Partei ergreifen. Dafür sind Freunde ja da«, brummte Carl. »Also vergib mir. Du bist aber wirklich auf dem Holzweg, Karen, wenn du glaubst, daß du es nicht aus eigener Kraft geschafft hast. Dein Problem ist, daß du nie in Schwarzweiß denkst. Du siehst alles in Grautönen. Schätzchen, ich sage dir, nichts könnte krasser schwarz und weiß sein als das: *Du* bist diejenige mit Talent. Vielleicht macht es dich einsam, das zu wissen, aber du hättest irgendwie auf jeden Fall dein Ziel erreicht. Niemand hat dir etwas gegeben, und du verdienst selbst alles, was du erreicht hast. Verkaufe dein Geschäft nicht, wenn du das nicht willst. Es ist *deins. Du* hast es aufgebaut. Und jeder, der dir etwas anderes erzählt, ist ein Lügner oder versucht, dich zu manipulieren.« Carl hievte sich schwerfällig hoch und sammelte die Teller ein. »Nun laß uns über etwas Wichtigeres reden«, schlug er vor. »Zum Beispiel über das Dessert.«

11

Modehochzeit

Elise Elliots Hochzeit mit Larry Cochran fand in der Episkopalkirche St. Thomas an der Fifth Avenue statt. Karen war während der letzten, mit Anproben und ständigen Änderungen ausgefüllten Wochen schon mehrfach in der Kirche gewesen. Schließlich mußten die Kleider der Braut und der Ehrendamen vor allem dort zur Geltung kommen, und sie hatte recht damit gehabt.

Elise war eine der letzten großen Filmschauspielerinnen aus einer Zeit, als die Studios das Leben ihrer Stars nicht nur beherrscht, sondern durch und durch gestaltet hatten. Aus diesen lang vergangenen Tagen hatte sie den persönlichen Reichtum und die Professionalität zurückbehalten, um das Ereignis ihrer Hochzeit nach ihrem eigenen Willen zu gestalten und zu lenken. Sie versuchte, das fast Unmögliche zu erreichen: ein Maximum an Publicity herzustellen und zugleich ihre Würde und etwas von der privaten Atmosphäre des Moments zu bewahren. Und obwohl Elise sich als sehr anspruchsvoll, ja beinahe besessen erwiesen hatte, was die Kleider anging, mußte Karen ihr Bewunderung zollen. Sie war eine Frau mit großer Ausstrahlung, die seit drei Jahrzehnten oder länger ihre Erfahrungen mit den besten Modeschöpfern gesammelt hatte. Nur wenige Frauen verstanden wirklich etwas von Kleidern und wußten, was gut für sie war und was nicht.

Elise gehörte zu ihnen.

Karen war sich ständig bewußt gewesen, daß Elise unter ihrem kühlen, überlegenem und schönem Äußeren eine Frau war, die Angst hatte, sich lächerlich zu machen. Sie hatte tödliche Angst, daß man ihr ansehen würde, wie alt sie war und daß sie auf den Fotos, die weltweit veröffentlicht wurden, gemustert, beurteilt und belächelt werden könnte. Karen hatte die Aufgabe übernommen, dafür zu sorgen, daß genau das nicht passierte.

Es war eine schwierige Aufgabe. Soweit Karen es beurteilen konnte, liebte Elise ihren Larry genauso leidenschaftlich, wie Karen immer noch Jerrey liebte. Also brauchte Elise ein festliches Kleid. Außerdem sollte eine Braut jung und frisch wirken. Aber wie konnte Elise frisch und zugleich ihrem eigenen Alter angemessen wirken? Und als ob dieses Rätsel noch nicht genug wäre, gab es da noch die beiden Ehrendamen von Elise: Die winzige, vogelleichte Annie Paradise und die korpulente Brenda Cushman. Es war eigentlich unmöglich, die beiden ähnlich zu kleiden. Und doch hatte Elise darauf bestanden, daß ihre Kleider aufeinander abgestimmt werden sollte und von Karen verlangt, etwas zu schaffen, das sowohl fraulich als auch raffiniert wirkte.

Elise bezahlte zwar für alles, aber weniger das Geld war ein Problem als ihr Perfektionismus und die Schwierigkeit der Aufgabe. Für die allermeisten Hochzeiten in der besseren Gesellschaft entwarfen Vera Wang und Carolina Herera die Kleider; es war also eine besondere Ehre, daß Karen diesen Auftrag bekommen hatte. Trotzdem stahl er ihr viel von ihrer Zeit. Jeffrey, der auf das Angebot von NormCo wartete und solange gereizt sein würde, bis er es vorliegen hatte, beklagte sich bitterlich darüber. Karen wußte, daß sie an den Kleidern schon des Zeitaufwands wegen keinen Cent verdienen konnte, aber sie wußte auch, daß diese Kreationen auf der ganzen Welt zu sehen sein würden und daß sie, wenn sie gut ankamen, mit einem Schlag den Beweis erbrachte, daß sie *jede* Frau wie eine Schönheit kleiden konnte: die großgewachsene königliche, aber alternde Elise, die kleine dünne Annie und die große rundliche Brenda. Es würde ein Coup sein, aber es war wirklich nicht leicht. Und in gewisser Weise würde es natürlich den Wert von KKInc für NormCo steigern. Aber nur, wenn die Kleider wirklich Beifall fanden.

Kurz bevor sie mit den Kleidern fertig geworden waren, hatte Elise, die sich sonst immer in gleichbleibend perfekter Form gehalten hatte, etwas Gewicht verloren. Karen wäre beinahe hysterisch geworden und mußte sich zusammen mit

Mrs. Cruz in einer langen Nachtsitzung des Brautkleides noch einmal annehmen. Sie traute diese Arbeit niemandem sonst zu. Inzwischen war Annie Paradise auf einer Buchtour unterwegs gewesen und hatte zwei Anproben verpaßt – während die dicke Brenda etwas abgespeckt hatte, nur um in letzter Minute wieder zuzunehmen. Es hatte alle an den Rand des Wahnsinns getrieben, aber schließlich hatten sie es geschafft, und jetzt saß Karen neben Jeffrey in der neunten Bank und wartete wie alle anderen in der Kirche auf den Beginn des Brautmarsches und auf das Raunen, das den Einzug einer vollendet gekleideten Braut begleiten sollte.

Karen atmete tief durch. Es mußte jetzt jeden Augenblick losgehen. Und sie würde von der ganzen Versammlung beurteilt werden. Ihre Hände waren kalt. Wenn *sie* schon nervös war, wie mußte sich Elise dann erst fühlen? Aber Elise war öffentliche Auftritte gewohnt. War Karen vielleicht ängstlicher als die Braut?

Dann begann der Hochzeitsmarsch. Der triumphierende Klang der gewaltigen Orgelpfeifen erfüllte die Kirche, und im gleichen Moment wandten sich alle Blicke zum Portal. Der Mittelgang, mit einem roten Teppich ausgelegt, wurde von Dutzenden von Scheinwerfern erleuchtet, die oben in der Decke versteckt angebracht waren. Die Hochzeit begann.

Aus einem Seiteneingang schritt Larry Cochran, schlaksig und blond, mit einem jungen Mann als Begleiter zum Altar, um dort die Braut zu erwarten. Aber kaum jemand schenkte ihm Beachtung. Die Frauen sind es, die bei einer Hochzeit im Blickpunkt des Interesses stehen. Mit den Klängen der Musik erschien jetzt Brenda Cushman im Mittelgang und begann, gemessenen Schrittes, den langen langen Weg zum Altar.

Karen wußte sofort, daß Brenda gut aussah und seufzte erleichtert. Sie hatte sie in ein schlichtes Kleid gesteckt, dessen Schultern sorgfältig auf den schweren Schwung des glänzenden Seidenstoffes abgestimmt waren. Die Farbe paßte wunderbar für die dunkelhaarige Brenda – sie war weder pink noch grau, sondern irgend etwas dazwischen. Das Kleid war kürzer, als man es normalerweise erwarten würde. Die Bewegungen des Saumes sollten die Blicke auf Brendas hübsche Beine lenken. Selbstbewußt schritt Brenda mit einem Bund zartrosafarbener Rosen und Fresien den Mittelgang hinunter.

Danach kam Annie Paradise. Annie hatte die gleiche Figur wie Lisa, Karens Schwester – klein und zartknochig. Karen hatte den gleichen schweren Seidenstoff gewählt, aber in einem kaum erkennbaren graueren Farbton. Sie hatte sich für den gleichen rechteckigen Ausschnitt wie bei Brenda entschieden, aber im Gegensatz dazu war Annies Kleid ein glattgeschnittenes Etuikleid von fast klassischer Einfachheit, das Annies schlanke Linie zur Geltung brachte. Die Kostbarkeit des Stoffes und die Subtilität der Farbgebung bewiesen, daß – nach Chanels Worten – »Einfachheit nicht unbedingt Armut bedeutet«. Karen war zufrieden.

Dann kündigte die Orgel den Einzug der Braut an. Alle Köpfe wandten sich wieder dem Portal zu, aber von Elise war noch nichts zu sehen. Als einen Augenblick später Elise aus dem Halbdunkel des Eingangs der Kirche heraustrat, wurde aus dem Raunen der Versammlung ein einziger gewaltiger Seufzer – der Tribut an eine große Schönheit.

Sie ging am Arm ihres Onkels, eines kleinen ältlichen Mannes, den sie überragte. Aber ihr Größenverhältnis wirkte nicht lächerlich. Es unterstrich vielmehr ihre königliche Figur. Neben ihm wirkte sie wie eine Gottheit. Sie war ebenfalls in schwere Seide gekleidet, aber die Farbe ihres Kleides war um einige Töne heller. Karen war bei dem rechteckigen Ausschnitt geblieben, hatte ihn aber mit Passen und Schleiern aus gleichfarbiger Spitze drapiert, die Elises Brust und Hals bis zum Kinn bedeckten, also die heikelsten Stellen bei einer älteren Frau. Einen fließenden Übergang zu einer fast unsichtbaren Kopfbedeckung bildete ein weiterer Schleier, der die Seiten von Elises Gesicht umrahmte und dann in unglaublichen Faltenwürfen hinten an ihrem Kleid herabfiel. Das Kleid selbst war fast streng, ein einfaches Prinzeßkleid, aber mit großzügig ausgestellten Ärmeln, unter denen enganliegende Unterärmel aus farblich passender Spitze zum Vorschein kamen.

Elise war wunderschön. Die Farbe ihres Kleides war fast die gleiche wie die ihrer blassen Haut, und obwohl das ein Risiko gewesen war, hatte es sich ausgezahlt. Selbst auf die Entfernung hin konnte Karen erkennen, daß die Farbe und der Schwung des Schleiers und des Kleides Elise nicht in einer langweiligen Einfarbigkeit untergehen ließen, sondern mehr aus ihr machten, ihr ein vollkommenes Aussehen verliehen. Sie sah nicht alt aus und auch nicht jung. Sie war alterslos – und in diesem Augenblick schöner als jede andere Frau, die Karen jemals gesehen hatte. Karen traten Tränen in die Augen, und sie mußte heftig blinzeln; schließlich wollte sie nichts von diesem Auftritt verpassen, von diesem Meisterstück, das ihre Schöpfung war. Einen Moment lang schien alles in einer Weise zu harmonisieren, wie es nur in der besten aller Welten möglich sein konnte. Mode, die so oft unterbewertet wird, ist manchmal imstande, zeitliche Begrenzungen zu überwinden und Kunst zu werden. Karen hatte Elises Stil, ihr Alter, ihr Glück und auch ihre Ängste akzeptiert – und gemeinsam hatten sie all dies überwunden.

Jeffrey griff nach Karens Hand. »Mein Gott«, flüsterte er, dann riß er mühsam seine Augen von Elise los und sah Karen an. »Meine Glückwünsche«, sagte er. Und sein Stolz auf sie machte Karens Freude vollkommen.

Auf dem Weg zum Altar kam Elise Elliot an Karen vorbei, ihr herrliches Profil und ihren Blick nach vorn gerichtet, gelassen im Bewußtsein ihrer großen Schönheit und Würde.

Karen sah sie vorbeischreiten, bewunderte den Fall der Schleppe und des darüberliegenden Schleiers. Über Elises Schulter hinweg konnte sie Larry Cochran sehen, wie er zum erstenmal Elise in ihrem Brautstaat erblickte. Sein Gesicht war wie verzaubert; Liebe, Schock und vielleicht auch ein wenig Ungläubigkeit angesichts seiner Braut, die auf ihn zukam, spiegelten sich darin. Sie schien wahrhaftig die absolute Verkörperung ewiger Schönheit. Die Menge war verstummt, zum Schweigen gebracht durch die Vollkommenheit und ruhige Heiterkeit, die Elise ausstrahlte. Erst als sie am Altar ankam, brach der Zauber, und ein dezentes Raunen setzte ein.

»Unglaublich«, sagte Jeffrey. »Ganz gleich, was es uns gekostet hat: Es war die Sache wert. Das wird dich noch größer machen als der Oakley-Preis.«

Aber Karen dachte nicht mehr an das Geschäft. Sie hörte die Kommentare, das Gemurmel des Beifalls und der Ungläubigkeit, der Sehnsucht und des Neids, aber im Moment spielte das für sie keine Rolle. Dies war keine Modenschau, und sie verkaufte hier nichts. Sie hatte etwas ganz Besonderes geschaffen, etwas Wunderbares, und es spielte im Augenblick überhaupt keine Rolle, was andere Leute dachten. Sie wußte, wie schwierig alles gewesen war, und sie war zufrieden. Und der *succèss d'estime,* der Achtungserfolg, den Jeffrey ihr nun voraussagte, war nur noch die Sahne auf dem Kuchen. Karen lehnte sich in der Bank zurück, während Braut und Bräutigam sich ihr Ja-Wort gaben, und hatte das Gefühl, daß ihre ganze Welt jetzt in Ordnung war.

Sie beugte sich zu Jeffrey hinüber. »Es ist mir egal, was NormCo anbietet«, sagte sie. »Ich will nicht verkaufen.«

Er drehte sich zu ihr herum. »Karen, du hast vielleicht keine Wahl. Du weißt doch, daß wir uns nicht halten können, wenn wir nicht expandieren; also ist dies vielleicht unsere letzte Möglichkeit.«

»Nicht mehr nach dem hier. Wir werden von überall her größere Aufträge bekommen. Das weiß ich einfach.«

»Das bedeutet nur, daß wir noch größere Probleme mit der Finanzierung haben.«

Sie blickte ihn an, ihr Mund genauso entschlossen zusammengepreßt wie seiner. »Ich werde nicht verkaufen, Jeffrey«, sagte sie.

TEIL ZWEI

ANGESETZT UND ABGENÄHT

Kleider sind der Stoff der Geschichte, das Gewebe der Zeit
Jay Cox

1

Eine ehrenwerte Gesellschaft

Wie jeden Morgen in letzter Zeit wartete Lisa gespannt auf die Post, auf die Antworten hinsichtlich ihrer Einladungen zu Tiffs *bat mizwa*. Sie hatte sich eine Liste gemacht, die die Abteilungen »höchst erstrebenswert«, »zweiter Rang«, »Familie« und »Pflichteinladungen« enthielt. Es gab natürlich viele Überschneidungen (Karen zum Beispiel war sowohl »höchst erstrebenswert« als auch »Familie«). Lisa hoffte, daß sie ihr Ansehen in den besseren Kreisen deutlich aufbessern konnte, wenn sie für die Feier eine gute Mischung von Gästen zusammenbekam und die Feier selbst ein Erfolg wurde.

Aber heute war die Post enttäuschend. Es gab eine Absage von Marian Lascer, dem Bauunternehmer, und seiner Frau. Außerdem eine Zusage von Leonards Vetter Morty und von einem todlangweiligen Patienten von Leonard, einem chronisch ekzembehafteten Fettsack, den sie nur widerwillig auf die Liste gesetzt hatte, weil Leonard darauf bestand. Er kam mit seiner ganzen ekelhaften Familie. Zum Teufel, das bedeutete, daß vier Plätze verschwendet waren! Angewidert warf Lisa die Post auf den Tisch und ging hinauf, um sich zu duschen und anzukleiden.

Als sie gerade mit Duschen fertig war, das Wasser abgestellt hatte und aus der Duschkabine kam, hörte sie das Klicken des Anrufbeantworters und dann eine Stimme, die sich meldete. »Oh, hallo? Lisa, bist du zuhause?«

Es hörte sich so an wie Jeffrey, ihr Schwager, aber warum sollte *er* sie wohl anrufen? Jeffrey rief sie niemals an. Tropfnaß lief Lisa schnurstracks zum Telefon und nahm den Hörer ab.

»Jeffrey?« fragte sie.

»Lisa. Du bist da! Großartig. Ich wollte mit dir reden«, sagte er und hielt dann inne. Lisa wartete. Die Pause zog sich in die Länge.

»Ich bin noch am Apparat«, sagte sie. »Was gibt's denn?«

»Ach, so dies und das. Ein bißchen Geschäft, ein bißchen Familie. Weißt du, ich mache mir irgendwie Sorgen um deine Schwester.«

»Sag nur.« Oje, er muß *sehr* besorgt sein, wenn er mich anruft, dachte Lisa. Es war nicht so, daß sie nicht miteinander auskamen. Eher etwas in der Art, daß sie sich von Jeffrey und seiner ganzen Familie bisher einfach nicht beachtet gefühlt hatte. »Weswegen denn?« fragte sie.

»Ach, es ist zuviel, um es am Telefon zu besprechen. Ich dachte ...« Er legte wieder eine Pause ein, und Lisa wartete darauf, daß er weitersprach. »Ich weiß, es ist viel verlangt, aber könntest du dich vielleicht zum Mittagessen freimachen? Ich würde wirklich gern mit dir reden.«

Überrascht und geschmeichelt lächelte Lisa. »Sicher«, sagte sie. »Ein paar Telefonate, dann wird es schon gehen.« Ha! Als ob die Leute Schlange stünden, mit ihr zu Mittag zu essen.

»Großartig«, sagte Jeffrey. »Dann treffen wir uns um eins im St. Regis. Kannst du es bis dahin schaffen? Weißt du, wo es ist? Ecke Fifth Avenue und 55. Straße.«

»Ja, sicher«, entgegnete sie strahlend und dachte schon darüber nach, wie sie sich für das Ambiente des St. Regis passend kleiden könne. Zu dumm, daß sie immer noch nicht die weinroten Schuhe zu dem Hosenanzug von Donna Karan gefunden hatte. Das wäre jetzt unschlagbar gewesen. »Ich werde dort sein«, schnurrte sie.

»Ach, Lisa, darf ich um noch etwas bitten?«

»Sicher.«

»Erzähl Karen nichts davon. In Ordnung? Es ist in ihrem eigenen Interesse, das verspreche ich.«

»Natürlich«, entgegnete Lisa leichthin und legte auf. Sie spürte ein nervöses Kribbeln in ihrer Brust. Wenigstens kam sie heute mal an einen Ort, der es wert war, sich gut zu kleiden.

Während ihre Mutter sich auf das Mittagessen mit ihrem Onkel vorbereitete, verbrachte Tiff die Schulzeit im Einkaufszentrum Roosevelt Field. Die Geschäfte hier waren nicht besonders gut, aber es war ein großes Zentrum und lag so weit von ihrem Zuhause entfernt, daß sie sich dort sicherfühlen konnte.

Wenn sie durch die Einkaufszentren schweifte, empfand es Tiff ausnahmsweise einmal nicht als Nachteil, groß und korpulent zu sein. Obwohl sie in einigen Wochen erst dreizehn wurde, wirkte sie wegen ihrer Größe und ihrer Massigkeit viel älter. Alt genug, um von niemandem zur Rede gestellt zu werden, warum sie die Schule schwänzte oder warum sie sich ohne Aufsicht ihrer Eltern in den Läden herumtrieb. Kinder ohne Begleitung Erwachsener hatten in den Einkaufszentren nichts zu suchen. Aber sie sah nicht wie ein durchschnittliches Kind aus. Sie war nicht süß und nicht knochig und trug keine Biker-Shorts und kein abgeschnittenes T-Shirt; sie trug ein übergroßes Herrenhemd mit einem weißen T-Shirt darunter, dazu sackartige Hosen. So fiel sie niemandem auf, und obwohl ihr das oft leid tat, kam es ihr bei diesen Gelegenheiten zugegebenermaßen sehr zu paß. Bei sich hatte sie ihre gesamten Ersparnisse, siebenundzwanzig Dollar, außerdem einen Zehn-Dollar-Schein, den sie am Morgen ihrem Vater aus der Geldtasche stibitzt hatte. Wenn ihm jemals auffallen sollte, daß etwas fehlte, dann wußte Tiff genau, daß er ihre Mutter und nicht sie verdächtigen würde. Nie würde er auf so etwas kommen. Niemand tat das.

Tiff griff sich an den Hals und tastete nach der Perlenkette. Gut, sie mußte zugeben, daß Tante Karen sie mochte – aber Stephie, dieser Hexe, hatte sie jetzt einen Job gegeben. Was Tiff daran störte, war die Tatsache, daß Stephie jetzt jeden Tag mit Tante Karen zusammensein würde. Tiff nahm ihre Hand von der Kette und schlenderte hinüber zum Süßigkeitsladen von Mrs. Field. Als erstes mußte sie sich für wenigstens fünf Dollar Verpflegung kaufen. Dann würde sie die Läden durchstreifen.

Für die billigen Geschäfte hatte Tiff nur Verachtung übrig. Sie wußte, was ihr gefiel, und das gab es dort nicht. Also fuhr sie mit einem Schokoladebonbon im Mund und einem ausreichenden Vorrat davon in der Tasche hinauf in die obere Etage, dorthin, wo die großen Namen der Modewelt prangten. Sie wußte, was ihr gefiel und wo sie es finden konnte. Denn wenn es um Ladendiebstahl ging, warum sollte sie sich da mit Schund begnügen?

Stephanie saß in dem kleinen in Weiß gehaltenen Raum, in dem die Mitarbeiter von KKInc ihren Kaffee tranken und ihren Lunch einnahmen, und starrte über zwei weiße Tische hinweg Tangela an. Tangela sprach mit ihrer Mutter, oder besser gesagt, Defina sprach mit Tangela. Defina hatte ihre Stimme zwar gesenkt, aber Stephanie war der Tonfall einer verärgerten Mutter nur allzu vertraut, sie erkannte ihn sofort.

Und jetzt erhob Defina ihre Stimme: »Du bist dir vielleicht als Anprobemodel zu schade. Wenn das so ist, dann brauchst du deine Engagements ja nicht anzunehmen. Aber wenn du hierherkommst, dann erwarte ich, daß du dir genauso viel Mühe bei der Arbeit gibst wie die anderen Mädchen.« Tangela zuckte die Schultern, und Defina verließ kopfschüttelnd den Raum.

Stephanie hatte sich für hübsch gehalten, und sie hatte sich auch für schlank gehalten. Aber das war gewesen, bevor sie Tangela kennengelernt hatte. Tangela bedeutete für Stephie eine ganz neue Definition sowohl von Schönheit als auch von Schlankheit. Tangelas Haut hatte das helle Braun einer wirklich sahnigen Eiskrem, und ihre Nase war besser als die Stephanies. Jetzt beobachtete sie Tangela verstohlen, die in einem Modemagazin las und zustimmend oder abfällig ihre schönen Nüstern erbeben ließ. Tangela hatte weder hier noch bei dem Brunch ihrer Tante richtig mit ihr gesprochen und machte keinerlei Anstalten, ihr gegenüber auch nur eine Spur Freundlichkeit zu zeigen. Bestimmt würde Tangela sie nicht so ignorieren, wenn Stephanie schlanker und schöner wäre. Sie muß mich wohl für ein Schulkind halten, ein dummes Baby, dachte Stephie, für irgendeinen Trampel, der nur hier ist, weil seine Tante ihm einen Gefallen tut. Tangela nahm keine Notiz davon, wenn Stephie den Raum betrat, und verlor kein Wort, wenn sie beide gemeinsam arbeiteten. Stephanie war trotzdem von dem älteren Mädchen fasziniert. Jetzt nahm sie all ihren Mut zusammen und ging mit ihrem Eiersalatbrot und ihrer Diät-Pepsi zu dem Tisch hinüber, an dem Tangela allein saß.

»Möchtest du etwas von meinem Sandwich?« bot Stephie an, so forsch wie sie sich nur traute. Tangela ließ ihre Nüstern wieder erzittern und blickte sie an, als ob sie irgendeine Art Insekt wäre.

»Warum fragst du nicht, ob ich wabbelige Schenkel haben möchte?« schnarrte Tangela.

»Es ist Diätbrot«, beeilte sich Stephanie zu erklären. Immerhin achtete sie auf ihr Gewicht und hielt Diät, seit sie neun war. »Und die Mayonnaise ist fettfrei«, fügte sie hinzu.

»Dann ist das wohl das einzige, was bei dir fettfrei ist«, sagte Tangela. Sie wartete, bis ihre Worte richtig angekommen waren. »Hör mal zu. Daß du Karens Nichte bist, heißt noch lange nicht, daß ich mich mit dir abgeben muß«, fuhr sie schneidend fort. »Du bist kein Model. Du bist bloß ein reiches Kind aus irgendeinem Vorort, das mal zum Spaß diesen Job macht. Spiel alleine weiter.« Tangela stand auf, griff nach ihrer gewaltigen schwarzen Schultertasche und rauschte hinaus.

Stephanie saß einen Augenblick wie vor den Kopf geschlagen da. So war sie seit Jahren nicht gedemütigt worden. Mit Mühe unterdrückte sie ihre Tränen und blickte sich um, ob auch niemand Zeuge dieser Abfuhr geworden war. Aber die anderen Frauen im Raum waren in ihre eigenen Gespräche vertieft. Stephanie ließ den Kopf hängen. Das Eiersalatsandwich vor ihr wirkte plötzlich wie eine Strafe; der Geruch alleine ließ Übelkeit in ihr aufsteigen. Mit einem Ruck stand sie auf und knüllte das Sandwich in der Serviette zusammen, auf der es gelegen hatte. Dann warf sie es in den Müll. Sie würde nichts zu Mittag essen. Und vielleicht auch nichts zu Abend. Eigentlich hatte sie das Gefühl, daß sie am liebsten überhaupt nie mehr etwas essen würde.

Genau wie ihre Tochter hatte auch Lisa kaum etwas zu Mittag gegessen. Es war zu erregend, in Manhattan zu sein, feingemacht und mit einem sagenhaft gut aussehenden Mann in einem der besten Restaurants zu speisen.

Sie und Jeffrey hatten sich begrüßt, jeder einen Drink bestellt, und dann hatte Lisa nicht gewußt, was sie sagen sollte. Aber sie wußte eines, daß sie diese Situation auskosten wollte. Wie herrlich, die neidischen Blicke der anderen Frauen zu spüren. »Hast du Elle Halle eigentlich auch kennengelernt?« fragte sie schließlich. Sie hob ihre Stimme dabei ein wenig, in der Hoffnung, daß die Frauen an den anderen Tischen ihre Ohren spitzten. »Sie kennengelernt? Ich hatte das Gefühl, daß sie bei uns eingezogen wäre! Es waren Sitzungen, die über Stunden gingen«, versicherte Jeffrey ihr.

Lisa war viel zu aufgeregt, um etwas essen oder dem Gespräch richtig folgen zu können. Jeffrey redete eine Weile über Stephanie und deren Praktikum und dann ziemlich lange über geschäftliche Angelegenheiten. Lisa verstand nie, warum die Männer das taten. Leonard übertraf sich selbst an Langweiligkeit, wenn er über die Praxis sprach – aber für Jeffrey setzte Lisa ein Lächeln auf, nickte des öfteren und versuchte lebhaft zu antworten, damit alle andere sahen, wie angeregt sie sich unterhielten. So kam es, daß sie völlig überrascht war, als Jeffrey sich zu ihr herüberbeugte und ihre Hand nahm. Sie war fast schockiert. Einen Augenblick lang fragte sie sich, ob er vielleicht Annäherungsversuche machte? Das war ein furchtbarer Gedanke, aber sie beruhigte sich schnell, als sie keinen lüsternen, sondern einen eher besorgten Ausdruck auf seinem Gesicht sah. Aber dennoch schien er etwas von ihr zu wollen. Sie konzentrierte sich wieder auf das Gespräch.

»Jetzt weißt du also, warum ich mir Sorgen mache«, sagte er. »Ich glaube, ich kann den Ball nicht mehr allzu lange im Spiel halten.«

Lisa blinzelte verständnislos. Wann hatte er sich vom Geschäftlichen ab- und dem Sport zugewandt?

»Und sie weiß nicht, wie ausgelaugt sie ist. Manchmal fürchte ich, daß sie sich zu Tode arbeitet.« Jetzt wußte Lisa wieder, wovon die Rede war. Sie nickte und signalisierte Verständnis.

»Weißt du, was das allermerkwürdigste ist? Vor einer Weile sagte sie, daß sie ihre echte Mutter finden wolle. Das ist doch nicht normal, oder? So mir nichts dir nichts, meine ich. Das kann doch nur vom Streß kommen.«

Jetzt hatte Jeffrey ihre Aufmerksamkeit geweckt. »*Was* will Karen?« fragte Lisa. Während ihrer ganzen Kindheit und Jugend, während all der Zeit, die sie zusammengelebt hatten, war von keiner der Schwestern jemals die Sprache darauf gebracht worden, daß Karen ein adoptiertes Kind war. Niemand in der Familie tat das. Irgendwie schien es nicht nett zu sein.

»Das habe ich auch gefragt. Aber das ist noch nicht das Schlimmste. Sie spricht auch davon, daß sie ein Baby adoptieren will. Kannst du dir das vorstellen?«

Lisa riß die Augen weit auf. »Ach, dann versucht ihr also nicht mehr, selbst ein Kind zu bekommen?«

Jeffrey schwieg. Er wirkte beklommen. »Hat sie dir das nicht erzählt?« fragte er.

»Mir was erzählt?«

Jetzt war die Pause noch länger. »Sie war neulich zum letztenmal bei Dr. Goldman. Es ist definitiv. Sie kann keine Kinder bekommen. Unmöglich. Ich glaube, damit hängt das alles zusammen. Bei Gott, Lisa, sie benimmt sich nicht mehr wie ein vernünftiger Mensch. Darum möchte ich, daß du einmal mit ihr sprichst. Vielleicht hört sie auf dich.«

Lisa war zu erstaunt, um sich geschmeichelt zu fühlen. Ihre Schwester hatte ihr noch nicht einmal erzählt, was bei ihrem letzten Besuch bei Dr. Goldman herausgekommen war. Lisa konnte es nicht glauben. Vielleicht war Karen in letzter Zeit wirklich sehr beschäftigt gewesen, aber sie hatten einander doch immer vertraut. Verletzt und beleidigt versuchte Lisa, ihre Überraschung nicht zu zeigen, aber ihr kam ein bitterer Gedanke: Warum glaubte Jeffrey eigentlich, daß Karen gerade auf *sie* hören würde? Karen selbst hielt sie offensichtlich für nicht wichtig genug, um ihr diese Neuigkeiten überhaupt zu erzählen.

»Also, auch wenn dein Anteil an der Firma nicht besonders groß ist – wenn wir wirklich ein Angebot über fünfundzwanzig Millionen Dollar bekommen, dann bleibt davon nach Abzug der Steuern und aller anderen Unkosten für dich wahrscheinlich immer noch fast eine halbe Million übrig.«

»Was?« Jesus Christus! Hatte er gesagt, eine halbe Million Dollar für *sie*? Worüber redete er jetzt? Irgend etwas von einem Angebot. Über eine Umwandlung der Anteile. Sie hätte besser zuhören sollen. *Eine halbe Million Dollar für sie?* Sie würde sich ein Haus in Lawrence kaufen können. Mit einer halben Million Dollar konnte sie Leonard vielleicht sogar überreden, nach Manhattan zu ziehen. Ihr ganzes Leben würde sich ändern! Was sollte sie für Jeffrey tun? »Wie kommen wir an das Geld?« fragte sie.

»Karen muß in den Verkauf an NormCo einwilligen, wenn wir ein anständiges Angebot erhalten. Ich darf dir eigentlich nichts darüber sagen, vertraulich und so weiter, aber ich bin sicher, daß Karen das schon getan hat.« Lisa nickte, obwohl Karen kein Wort davon zu ihr gesagt hatte. »Ich will nur, daß du eine Möglichkeit findest, mit ihr zu reden. Dieser Verkauf ist wirklich in ihrem eigenen Interesse! Wenn wir nicht verkaufen, verlieren wir vielleicht die Firma. Und ich habe die Befürchtung, daß nach Roberts kleinem Ausrutscher neulich beim Brunch Arnold vielleicht Einfluß auf den Standpunkt deiner Schwester gewinnt.«

»Arnold?« Lisa beachtete ihren Vater für gewöhnlich genausowenig, wie Belle es tat. »Wirst du mit Belle reden? Du weißt doch, meine Mutter und mein Vater könnten das Geld ebenfalls gebrauchen.«

Jeffrey schüttelte den Kopf. »Nein, noch nicht«, sagte er. »Du kennst doch Arnold. Er wird Tausende von Gründen finden, warum man mit NormCo keine Geschäfte machen darf. Wenn sie auch nur *ein einziges Mal* Polyester gekauft haben, der aus Nebenprodukten von Petroleum hergestellt wurde, das eine gewerkschaftsfeindliche Gesellschaft gefördert hat, dann sind das für ihn Faschisten und Halsabschneider. Das würde Karen im Moment wenig nützen.«

Lisa blinzelte noch einmal. Sie fragte sich, ob es das war, was man ein »Insider-Geschäft« nannte. Aber Karen hatte ihr nichts davon erzählt – nicht, daß sie unfruchtbar war, und auch nichts von diesem Angebot. Das bedeutete doch wohl, daß sich Lisa kaum noch als Insider betrachten konnte, was Karens Leben anging. Eine halbe Million Dollar! Wieviel Geld würde *Karen* bei diesem Handel wohl verdienen, fragte Lisa sich.

Mit einem Mal schien ihr alles so ungerecht zu sein. Karen hatte alles: einen Ehemann, der nicht nur blendend aussah, sondern sich auch Sorgen um sie machte. Sie hatte die große Wohnung *und* das neue Haus. Und jetzt war Karen drauf und dran, Millionen und Abermillionen Dollar reicher zu werden als sie. Lisa rief sich ins Bewußtsein, daß sie ihre Schwester liebte, aber sie wußte auch, daß dies hier einfach nicht gerecht war. Alles fiel Karen in den Schoß. Und sie war nicht einmal mit dem zufrieden, was sie hatte.

Jeffrey beugte sich vor und nahm ihre Hände. Diesmal war Lisa darauf vorbereitet. »Wirst du mir helfen?« fragte er. Lisa nickte und erwiderte den sanften Händedruck ihres Schwagers.

2

Falsch zugeschnitten

Die »Elle-Halle-Show« wurde an Jeffreys Pokerabend gesendet. Er spielte mit Perry, Jordan und Sam, und ihre Pokerrunde – zu der sie sich seit ihrer Schulzeit trafen – war für die vier eine geheiligte Institution. Trotzdem war Karen schockiert, als Jeffrey sie fragte, ob es ihr etwas ausmache, wenn er die Sendung aufnehmen und später zusammen mit ihr sehen würde.

»In Ordnung«, sagte sie. »Aber vorher mußt du lernen, wie man den Videorecorder programmiert«, fügte sie im Scherz hinzu, um ihre verletzten Gefühle zu verbergen. Es war wohl dumm, daß es ihr nicht gleichgültig war, mit wem gemeinsam sie die Sendung ansah, aber sie war davon ausgegangen, daß sie und Jeffrey es sein würden. Nun gut, sie hatte eine Reihe anderer Einladungen, und am besten war wohl, wenn sie die von Defina annahm.

Also verließ Karen um halb acht ihr Büro und nahm einen Mietwagen, der sie hinauf zur Striver's Row brachte, in den vornehmeren Teil von Harlem, einer Oase der oberen Mittelklasse mit Sandsteinbauten und alten Bäumen. Hier lebten schwarze Ärzte, Börsenmakler, Minister, Immobilienmakler – und eben Defina. Sie hatte sich ihr Haus von ihren ersten Gagen als Model gekauft und seither eine Menge Geld hineingesteckt, um es zu dem zu machen, was es heute war. Wenn man die Häuserreihe entlangblickte, war es kaum zu glauben, daß diese hübsche Straße mitten in Harlem lag. Nur Karens ängstlicher Fahrer hatte nicht vergessen, wo er war.

Defina stand schon in der Tür, bevor Karen die Stufen zur Haustür hinaufgestiegen war. Dee trug Pumphosen und darüber eine Jacke im Kimonostil, die Karen vor Jahren entworfen hatte. »Ich kann gar nicht glauben, daß du das immer noch trägst!« rief Karen, als sie Defina sah.

»Du kannst wohl nicht glauben, daß es immer noch *paßt*«, erwiderte Defina. »Ich mußte nur neue Gummibänder einsetzen. Ich komm also noch hinein, aber es wird dir nicht mehr gefallen, wenn du erst meinen Hintern ohne diese Jacke darüber siehst.«

»Ich will deinen Hintern ja überhaupt nicht sehen«, sagte Karen und ging hinein.

Defina hatte im Wohnraum das Fernsehgerät an einen günstigen Platz geschoben. Auf dem Tisch war nur für zwei Personen gedeckt.

»Tangela wird nicht hier sein?« fragte Karen.

»Tangela wohnt nicht mehr bei mir«, erklärte Defina.

»Ach, Dee, wann ist das denn passiert?«

»Letzte Woche. Ich habe ihr gesagt, daß ich hier kein Hotel betriebe, und sie hat mir erwidert, das wüßte sie, denn der Wäscheservice sei großer Mist. Dann habe ich ihr eine gewischt. Sie ist ausgezogen, bevor ich sie hinauswerfen konnte.« Defina seufzte. »Vielleicht ist es das beste so«, sagte sie. »Aber ich kann mir nicht helfen, ich glaube, sie wird sich alles versauen.« Defina hielt inne. Es schien ihr schwerzufallen, weiterzusprechen. »Karen, ich möchte dich etwas fragen. Kommt dir Tangela irgendwie verändert vor?«

»Du meinst, anders als die anderen Mädchen?«

»Nein, ich meine anders, als sie sonst war. Sie trifft immer noch diesen üblen Burschen mit dem schwarzen Hintern, und ich könnte schwören, daß er mit Drogen zu tun hat.«

»Was meinst du, Dee? Hasch?«

»Hasch? Marihuana? Nichts da, Schätzchen, *ich* rauche Hasch. Ich rede von Koks oder vielleicht auch von Crack. Sie ist dünner als sie jemals gewesen ist, und ich glaube, selbst Tangela bringt das nicht ohne chemische Hilfe fertig.«

Bevor Karen etwas erwidern konnte, hatte Defina schon angefangen, die Speisen von einem Sideboard auf den Tisch zu stellen. Karen setzte sich. Wer war sie schon, um irgend etwas raten zu können? Sie war schließlich für immer von der Mutterrolle ausgeschlossen. »Es ist schwer, ein Kind großzuziehen, wie?«

»Es ist schwer, ein *schwarzes* Kind großzuziehen«, stimmte

Defina zu. »Weißt du, und sie ist ja noch nicht einmal richtig schwarz, nicht wahr. Ich meine, ihr Vater war weiß. Nicht, daß sie für die Weißen weiß wäre. Aber zu den Schwarzen gehört sie auch nicht.« Defina seufzte. »Ich habe versucht, ihr zu einer Identität zu verhelfen. Und habe wahrscheinlich alles verkehrt gemacht.«

»Wie kannst du das sagen?« fragte Karen. »Du hast doch wirklich alles versucht.«

»Versuchen ist nicht genug«, sagte Defina. »Auf den Erfolg kommt es an.« Sie schüttelte den Kopf und löffelte Karen etwas Reis auf den Teller. Dann reichte sie ihr eine Schüssel mit Hühnchen. »Ich hätte auf keinen Fall zulassen dürfen, daß sie als Model arbeitet. Das hat uns zu sehr in Konkurrenz gebracht. Und das Geld war zu leicht verdient. Soviel Geld ist nichts für ein Kind aus Harlem. Als sie aus der Schule abging, wußte ich schon, in welche Schwierigkeiten wir geraten würden.«

»Also, Dee, es gehört doch zum Erwachsenwerden dazu, daß man einen Platz für sich finden will.«

»Nun werde mal selbst erwachsen, Karen. Nichts, was Tangela macht, ist normal. Sie bekommt haufenweise Geld dafür, daß sie herumsteht und gut aussieht. Aber sie hat das Gefühl, daß sie nicht gut *genug* aussieht. Sie ist nicht schwarz genug, und sie ist nicht weiß genug. Sie will für Zeitschriften arbeiten und auf dem Laufsteg. Aber heutzutage muß ein Mädchen dafür mehr bieten, als nur schön zu sein – sie muß perfekt sein. Die Arbeit hat dazu geführt, daß sie Selbstvertrauen verloren und nicht gewonnen hat. Und sie fällt den Männern auf. Natürlich der falschen Art von Männern.« Defina schüttelte den Kopf. »Ich habe bloß Angst, daß sie einen von den Fehlern macht, von denen man sich nicht mehr erholt. Aber ich fürchte, ich kann ohnehin nichts mehr daran ändern.« Dee ließ den Kopf hängen, nahm ihre Gabel und begann zu essen.

Karen sagte ein paar Minuten lang nichts mehr und versuchte, etwas von dem Essen herunterzubekommen. Defina war völlig aufgewühlt, und weder das noch die Ereignisse, die dazu geführt hatten, waren Karen aufgefallen. Sie hatte nichts von alledem gemerkt. Sie war zu sehr in Anspruch genommen von Fernsehshows, Verkaufsgesprächen und Prominentenhochzeiten. Wie lange war es schon her, daß sie beide sich einmal richtig unterhalten hatten? Sie und Defina verbrachten soviel Zeit zusammen. Aber sie hatten keine Zeit für die Dinge, die eigentlich wichtig waren. Ihrer beider Leben bestand nur noch aus Arbeit. Karen legte ihre Gabel hin. »Ausnahmsweise bin ich einmal nicht hungrig«, sagte sie.

»Ich auch nicht«, stimmte Defina zu. »Laß uns etwas trinken.« Sie griff nach einer Flasche französischen Merlot und gab Karen ein Glas. Dann gingen sie hinüber zur Couch.

Sie setzten sich, jede mit dem Rücken gegen eine Armlehne, und legten ihre Beine hoch, so daß sie einander gegenübersaßen und sich ihre Fußsohlen fast berührten. »Es ist wirklich komisch, Karen. Ich habe immer gedacht, daß das einzige, was ich wirklich wollte, ein schönes Haus sei, Geld auf der Bank und meine Tochter. Ha! Als ich das Haus und das Geld hatte, habe ich es mit dem Kind versucht, und als ich Tangela hatte, mußte ich feststellen, daß ich auch noch einen Mann wollte. Hör zu: Es gibt Kinder, ein Heim, den Beruf und die Ehe. Man erzählt den Frauen immer, daß sie das alles haben können. Aber ich sage dir, wenn du gut bist, wirklich echt gut, dann schaffst du es vielleicht, zwei Sachen von diesen vieren zu bekommen. Die weißen Männer kennen das Problem nicht. Sie können alles haben, wenn sie nur die richtige Frau erwischen. Die schwarzen Männer bringen es gewöhnlich zu keinem einzigen von den vieren und wissen das auch, so daß sie es gar nicht erst versuchen. Aber für uns Frauen ist der Köder ausgelegt, und wir jagen ihm immerzu nach. Und wie sieht die Realität aus? Ich habe eine erfolgreiche Berufskarriere und ein schönes Haus, aber ich habe keinen Mann für mich gefunden, und ich habe als alleinerziehende Mutter versagt. Und wie wird es bei dir sein? Denn wenn du weiter versuchst, alles zu erreichen, dann wirst du daran zerbrechen, das garantiere ich dir. Es scheint, als ob das Beste, was das Leben für uns Frauen bereithält, aus zwei von den vier Dingen besteht.«

»Wie wäre es denn mit einem von vieren?« fragte Karen. »Ich wollte meinen Beruf, mein Heim, meine Ehe und ein Baby. Der Arzt sagt mir, daß es kein Baby geben wird, NormCo kauft vielleicht mein Geschäft auf, und Jeffrey sagt, daß es keine Ehe mehr geben wird, wenn ich auf einer Adoption bestehe.«

»Halt den Ehemann, laß das Kind sausen. Das ist mein Rat«, sagte Defina und schenkte Wein nach.

»Ach komm schon, Dee. Das ist doch jetzt nur so eine Phase. Erinnerst du dich denn nicht mehr an die Zeit, als wir die Schlittschuhkostüme für dich und Tangela gemacht haben? Als du mit ihr zum Eislaufen gingst?«

»Und danach waren wir heiße Schokolade trinken«, erinnerte sich Defina lächelnd.

»Und weißt du noch, als du deine Arbeit bei mir anfingst und sie jeden Tag mit ins Büro gebracht hast? Und sie genauso einen Schreibtisch haben wollte wie du? Wir haben dann diesen kleinen besorgt. Und sie hat sich darangesetzt und versucht, genau das zu tun, was du gerade tatest.«

Definas Augen füllten sich mit Tränen, aber genau wie Karen weinte sie nicht. »Ja, ich erinnere mich. Und ich frage mich heute, was von dem vielleicht falsch war. Weißt du, eine Mutter und eine Tochter ohne einen Mann und Vater sind wie ein Dampfkochtopf. Tangela war so abhängig von mir, daß es nur natürlich war, daß sie mich irgendwann ablehnen mußte. Zuerst fand sie alles toll, was ich tat und sagte, und dann haßte sie es. Das tut weh. Und ich habe soviel von ihr erwartet. Ich wollte, daß sie schwarz ist, aber sich auch unter Weißen wohlfühlt. Sie sollte mit den Kindern auf der Straße zurechtkommen, aber auch gute Noten nach Hause bringen. Ich war genauso hart zu ihr, wie sie jetzt zu mir ist.« Ihre Lippen zitterten. »Aber diese neue Geschichte bricht mir das Herz.«

Karen kam sich hilflos vor. »Weißt du«, sagte sie, »du siehst sie ja noch bei der Arbeit. Vielleicht tut es euch beiden gut, wenn ihr etwas mehr Distanz habt. Vielleicht ist es ja das, was ihr braucht.«

Defina schüttelte den Kopf. »Die Arbeit war ja das Problem. Ich hätte niemals zulassen dürfen, daß sie Model wird. Das ist heute eine andere Geschichte als früher. Es ist viel härter geworden. Paß auf, daß deine Nichte sich nicht darauf einläßt. Heute gibt es keinen Spielraum mehr für irgendwelche Unvollkommenheiten. Früher war es ja ganz lustig. Aber inzwischen ist ein wirklich krankes Geschäft daraus geworden. Der Druck ist einfach zu stark.«

»Aber Tangela macht es doch ganz gut. Sie hat viele Aufträge, und die Agenturen sind mit ihr zufrieden.«

»Ja, aber sie ist nicht das erste schwarze Model, so wie ich es war, und sie wird nie mehr sein als zweite Wahl. Und ich denke, das weiß sie. Aber trotzdem kann sie nicht einfach die Mode aufgeben und zurück in die Schule gehen. Du weißt doch, wie es ist. Niemand gibt eine aufregende Sache auf, um in die Tretmühle zurückzuschleichen. Sie hängt also fest. Vor drei Jahren, als sie mit der Schule aufgehört hat, glaubte sie noch, sie würde ein Superstar werden. Jetzt weiß sie, daß sie es nicht wird, und das bringt sie um. Sie hat ihre Grenzen gesehen, und sie ist noch nicht einmal einundzwanzig. Das ist doch nicht normal. Und es hilft ihr auch nicht, daß ich ihr alles vorhergesagt habe.«

»Laß es ihr doch noch einmal durchgehen, Dee. Vielleicht kannst du es geradebiegen, wenn sich die Dinge erst mal beruhigt haben.«

»Ja, wenn sie bis dahin nicht schwanger, tot oder mit irgendeinem Zuhälter verheiratet ist.« Defina schüttelte den Kopf. »Es tut mir leid, daß ich so niedergeschlagen bin. Genug jetzt davon. Vielleicht hast du recht. Es ist nur eine Phase. Es wird vorübergehen.« Dee nahm die Weinflasche und füllte beide Gläser wieder. »Wenn so etwas passiert, hat eine Frau nur zwei Möglichkeiten: Selbstmord oder Schokolade. Ich wollte meinen Kopf in den Ofen stecken, aber dann wäre das Soufflé zusammengefallen. Ich werde es holen und ein paar Löffel mitbringen, damit wir es uns zu Gemüte führen können. Warum sollten wir nicht trinken und feiern? Man kommt bloß über dieses Mutter-Tochter-Zeug so schlecht weg.« Defina holte die nächste Flasche Wein und entkorkte sie.

»Wem sagst du das«, erwiderte Karen, und dann sprudelte es aus ihr heraus, als wäre auch bei ihr ein Damm gebrochen. Sie erzählte Defina alles von Dr. Goldman und von ihrer Sehnsucht nach ihrer leiblichen Mutter. »Und weißt du, was das Komischste ist, Defina?« fragte sie zuletzt. »Während des ganzen Interviews bei Elle Halle hatte ich die Vorstellung, daß sie plötzlich meine echte Mutter aus irgendeinem Wandschrank hervorzaubern würde. Ich war wie gelähmt von der Vorstellung. Aber als es dann schließlich doch nicht passierte, war ich nicht erleichtert. Ich war enttäuscht. Ist das nicht verrückt?«

Defina schüttelte den Kopf. »Das finde ich nicht verrückt. Weißt du, was ich mich immer gefragt habe? Wo du Trost findest, Karen. Bei Belle bestimmt nicht. Und es sieht ja so aus, als ob Jeffrey dafür auch nicht der richtige wäre. Ich hatte bis zum letzten Jahr meine Großmutter. Sie war ein Felsen. Ich kann dir gar nicht sagen, wie ich sie vermisse. Für eine Frau ist die Arbeit nicht das ganze Leben. Ich habe das erfahren. Wir brauchen etwas, jemanden, den wir lieben.«

»Darum möchte ich ja ein Baby adoptieren.«

»Verflucht! Und ich habe gerade eine Stunde lang versucht, dir zu erklären, wie lausig es ist, ein Kind zu haben.«

»Mach dir keine Sorgen. Jeffrey will sowieso nicht.«

Defina schüttelte den Kopf, stand auf und kam mit ihren Schokoladensoufflés zurück.

»Was wirst du also tun? Außer, daß du eins hiervon ißt, meine ich.«

Karen sah auf ihre Uhr. »Nun, gerade im Moment präsentiere ich mich zwanzig Millionen Menschen und mache mich vor ihnen zum Esel. Stell also den Fernseher an. Das darf ich nicht verpassen.«

Defina stemmte sich von der Couch hoch und stellte das Fernsehgerät an. Die Einleitungsmelodie zur Elle-Halle-Show war schon fast vorüber; jetzt erklang die Stimme, die das Thema jeder ihrer Sendungen ankündigte. »Heute abend«, sagte Elle Halle, »besuchen wir eine Frau, über deren Leistungen in der Welt der Mode und des Geschäfts bereits berichtet wurde. Aber sie ist eine Frau, die noch viel Größeres erreichen will.

Heute abend spreche ich mit Karen Kahn, der Herrscherin der Modewelt.« Die Erkennungsmelodie erhob sich zu einem Crescendo, und eine Montage von Bildern flimmerte in einem schnellen Wirbel über den Schirm: Karen im Büro und am Telefon; Karen bei der Preisverleihung; Karen kniet neben Tangela und schneidet Stoff zu, mit Stecknadeln im Mund; Karen und Jeffrey, Arm in Arm am Fluß in Westport. Dann wurde zur Werbung übergeblendet.

Defina schnaufte anerkennend. »Karen Kahn, Herrscherin der Modewelt«, imitierte sie. »Mädchen, du sahst *gut* aus.«

»Auf dem Bild mit Tangela sah ich miserabel aus. O Gott, bin ich wirklich so fett?«

»Oh, sei still. Nimm noch etwas Soufflé. Ich hoffe, daß ich diesen Videorecorder anbekomme.«

Die einstündige Show war im Nu vorüber. Karen konnte gar nicht fassen, wie schlimm ihr Akzent war oder wie riesig sie neben Elle Halle wirkte, aber trotzdem sah sie die ganze Zeit fasziniert zu. Es war merkwürdig, sich selbst zu sehen, und es war noch merkwürdiger, dabei zu denken, daß so viele andere Menschen sie ebenfalls sahen. Aber Gott sei Dank war die Berichterstattung wirklich sehr freundlich. Sie wurde bei der Arbeit gezeigt, bei irgendwelchen Wohltätigkeitsveranstaltungen, bei Besprechungen mit Casey, mit ihrer Designabteilung, mit Defina und Mercedes. Das Gesamtbild war gut: eine hart arbeitende Frau, die sich den Weg zum Erfolg erkämpft hatte. Es gab einen kurzen Abschnitt, in dem Jeffrey über das Geschäft redete und einen weiteren, in dem er das Haus in Westport vorführte. Es gab auch ein paar Szenen, die wichtigtuerisch wirkten – ein schwerer Mietwagen und Karen, die aus- oder einstieg. Aber alles in allem war es nicht zu dick aufgetragen. Am Ende kam die Preisverleihung. Sie konnten mit der Berichterstattung wirklich zufrieden sein. Karen löffelte das Soufflé in sich hinein und fragte sich, ob die Sendung wohl das Angebot von NormCo beeinflussen würde. Sie hatte den Eindruck, daß sie ganz gut weggekommen war, und Defina stimmte ihr zu.

Als Karen nach der Sendung gehen wollte, sagte Defina nur: »Ein Glas noch.«

Karen zögerte, verstand dann und blieb noch etwas. Sie spürte Definas Einsamkeit. Es war schockierend. Dee war immer so stark gewesen. Sie leerten noch die zweite Flasche Merlot, aber dann mußte Karen wirklich gehen. Defina brachte sie hinaus zu dem Mietwagen, der zum Erstaunen des Chauffeurs nicht demoliert worden war, und dann umarmten sich die beiden zum Abschied auf dem Gehsteig.

Defina hatte einen kleinen Schwips. Sie blickte Karen fest an. »Weißt du, die Show im Fernsehen war großartig«, sagte sie. »Aber du lebst nicht im Fernsehen. Sieh zu, ob du deine Mutter finden kannst. Man braucht jede Hilfe, die man bekommen kann.«

Als Karen in ihre dunkle Wohnung kam, läutete das Telefon. Sie fingerte nach dem Lichtschalter und ging dann an den nächsten Apparat. Lisa sprach bereits, bevor Karen den Hörer am Ohr hatte.

»Nein, war das großartig! Du sahst *phantastisch* aus! Hast du das Bild mit Stephanie gesehen? Im Hintergrund, während du im Flur stehst? Sie ist ganz aus dem Häuschen. Wir sind *alle* ganz aus dem Häuschen. Wir haben die Sendung aufgenommen. Willst du eine Kopie haben?«

Lisa ist immer so großzügig, dachte Karen. Sie ließ ihre Schwester noch eine Weile reden; dann piepte der Apparat und zeigte an, daß noch ein Gespräch hereingekommen war. »Kannst du eine Minute am Apparat bleiben?« fragte Karen und nahm das andere Gespräch an.

»Karen?« fragte die Stimme ihrer Mutter. »Hast du es gesehen?«

»Ja«, erwiderte Karen.

»Und wie fandest du es?« fragte Belle. Karen spürte die Zurückhaltung in ihrer Stimme.

»Ich fand es gut, Mama. Was meinst *du* denn?«

»Nun, da du fragst, ich finde nicht, daß du besonders gut weggekommen bist. Du hättest etwas Farbe tragen sollen. Und manchmal, zum Beispiel, wenn du telefoniert hast, wirktest du so – nun – penetrant. Weißt du, was ich meine?«

Karen seufzte. »Mama, ich habe Lisa auf der anderen Leitung. Kann ich dich zurückrufen?«

»Aber sicher. Dein Vater läßt dir ›Glückwünsche‹ ausrichten.« Karen wußte, daß ihre Mutter jetzt sauer war; gleichgültig, sie verlor langsam die Geduld, unterbrach die Verbindung und schaltete wieder auf Lisa um.

»Ich habe Mama auf der anderen Leitung«, log sie. »Kann ich dich zurückrufen?«

»Sicher, aber ich muß wirklich mit dir reden.«

Die Enttäuschung in Lisas Stimme war unverkennbar, aber Karen konnte sich jetzt nicht darum kümmern. »Klar. Danke für den Anruf«, sagte sie. »Wir sprechen morgen miteinander.«

Karen lag schon im Bett, erschöpft und kurz vor dem Einschlafen, als Jeffrey von seiner Pokerrunde heimkam. Er stolperte ins Schlafzimmer, ohne sie zu begrüßen, setzte sich auf die Bettkante und zog seine Schuhe aus. Seine vorsichtigen Bewegungen signalisierten ihr, daß er angetrunken war.

»Hast du gewonnen?« fragte sie. Er antwortete nicht. »Hast du verloren?«

Langsam drehte er sich zu ihr herum. »Wir haben nicht gespielt. Perry hat den verfluchten Fernseher eingeschaltet. Wir haben uns die Sendung angesehen, und dann habe ich getrunken.«

Sie versuchte, ihre Enttäuschung zu überspielen. Hatte er ihr nicht versprochen, die Sendung zusammen mit ihr zu sehen? War das nicht ihre Vereinbarung gewesen? Jedenfalls war irgend etwas nicht in Ordnung. Irgend etwas an seinem Ton stimmte nicht, war merkwürdig. »Hat es dir nicht gefallen?« fragte sie.

»Gefallen! Ich habe zweiundvierzig Minuten von dir und drei Minuten von mir gesehen. Das ist eine ziemlich ungerechte Verteilung bei zwei Partnern, findest du nicht auch?«

Karen richtete sich auf und warf dabei ein Kopfkissen zu Boden. Sie machte sich nicht die Mühe, es wieder aufzuheben. Was sollte das heißen? »Aber es war gute Publicity, Jeffrey.«

»Ich wurde wie ein Depp hingestellt. *Du* hast mich wie einen Deppen hingestellt.«

»Jeffrey, ich wollte die Show nicht machen, ich habe nicht Regie geführt und habe sie nicht bearbeitet.«

»Nein, du hast nur gesagt, daß du die Schöpferische bist. Du hast ihnen bloß gesagt, daß ich der Trottel mit den Schreibstiften im Hinterzimmer bin.«

»Jeffrey, wovon *redest* du eigentlich?« Sie versuchte, sich genau zu erinnern, was sie gesagt hatte, und daran, wie es von der Elle-Halle-Mannschaft zurechtgeschnitten worden war. Sie und Defina hatten beide Wein getrunken, aber sie war nicht betrunken gewesen. Die Sendung hatte auf sie einen guten Eindruck gemacht, und weder Jeffrey noch sie selbst waren dabei irgendwie schlecht weggekommen.

Jeffrey stand auf. Er war so wütend, daß seine Augen sich zu einem Stahlgrau verfärbt hatten; jetzt kniff er sie zusammen, und unwillkürlich zog Karen sich die Decke über die Brust, als ob sein Blick sie verletzen könne. »Du hast mich wie einen Deppen hingestellt«, wiederholte er. »Vergiß nicht – dabei war ich einmal der Künstler. Perry, Jordan und Sam haben alles gesehen, und ich wußte, was sie denken. Daß ich von dir lebe. Du hast nichts davon gesagt, daß ich das Startkapital von meinem Vater besorgt habe. Du hast nichts davon gesagt, daß das Geschäft in erster Linie meine Idee war. Aber du hast fünfzig Millionen Menschen mitgeteilt, daß du die Mehrheit der Anteile hältst. Warum hast du mich nicht einfach kastriert?«

»Das ist nicht fair, Jeffrey. Ich *habe* all diese Dinge gesagt. Vieles wurde eben weggeschnitten!«

»Sicher. So wie du mich weggeschnitten hast. Meine Glaubwürdigkeit. Wir haben immer noch kein Angebot von NormCo, und selbst wenn wir es nicht annehmen sollten, dann sind wir auf eine wohlwollende Beurteilung angewiesen, wenn wir einen Kredit aufnehmen wollen. Meinst du, das macht die Verhandlungen für mich irgendwie einfacher?«

Er drehte sich um und stapfte barfuß aus dem Zimmer.

»Wo gehst du hin?« rief sie.

»Weg«, sagte er.

»Barfuß?« fragte sie. Aber er antwortete nicht. Sie war so

wütend, daß sie hoffte, er würde wirklich ohne Schuhe gehen. Das alles war so gemein. Und sah ihm so gar nicht ähnlich. Er war *nie* so ein Dummkopf, so ein Macho gewesen, der sie als Konkurrenz empfunden hätte. Elle Halle hatte das Schlechteste in ihm zum Vorschein gebracht. Oder hatte sie es einfach nur entdeckt und ihren scharfen Blick darauf gerichtet, während es Karen bisher entgangen war – während Karen es sich nicht gestattet hatte, es zu sehen?

Karen fühlte sich krank und war all diese Geschichten leid; sie wußte, daß sie jetzt nicht mehr einschlafen würde. Und morgen mußte sie mit der neuen Kollektion Fortschritte machen. Sie *mußte* einfach. Was sollte sie sonst in Paris zeigen? Sie holte sich zwei Tabletten aus der Nachttischschublade. Für heute Nacht waren zwei nötig. Zur Hölle mit Jeffrey, zur Hölle mit ihrer Mutter, zur Hölle mit ihnen allen. Sie schluckte die beiden winzigen Pillen. Jetzt reichte es ihr.

Der Merlot und die Tabletten taten ihre Wirkung bereits nach wenigen Minuten. Ihr letzter Gedanke vor dem Einschlafen war Jeffrey, barfuß auf dem Gehsteig der Westend Avenue. Sie hoffte, daß es regnete.

3

Die Wunden zu heilen

So übel es Karen am nächsten Morgen mit ihrem Merlot-Kater auch war, sie entschloß sich, zu handeln. Die Enttäuschungen nach der Sendung von Elle Halle, der Streit mit Jeffrey, die schlechten Träume, die sie in der Nacht noch heimgesucht hatten, das alles kam zusammen. Sie würde versuchen, ihre Mutter zu finden. Aber wie?

Wie geht man vor, wenn man einen fähigen Privatdetektiv beauftragen will? Nach einem Zahnarzt, einem Friseur, einem Gynäkologen kann man sich umhören – vielleicht sogar nach einem Schönheitschirurgen. Aber einen Detektiv zu finden? Und Jeffrey konnte sie nicht fragen – er hatte ihr ja klar gesagt, was er von der Sache hielt.

Da ihr nichts Besseres einfiel, nahm sich Karen die Gelben Seiten von Manhattan vor und fand dort Dutzende von Firmen, die ihre Dienste anboten. Sie suchte sich willkürlich einige davon aus und wählte die Nummern. Bei den ersten vier meldeten sich Anrufbeantworter oder Antwortdienste. Wunderbar – als ob sie ihren Namen, eine kurze Botschaft und ihre private Telefonnummer hinterlassen würde! Sie hörten sich alle sehr schäbig an. Als sie die nächste Nummer probierte, meldete sich ein onkelhaft klingender Mann, der sein Büro auf der Jay Street in Brooklyn hatte. Karen verabredete sich mit diesem Mr. Centrillo, der ihr versicherte, daß er sie noch irgendwie in seinem Terminkalender unterbringen würde.

Der schmale Eingang zu dem Haus lag eingezwängt zwischen einem Laden für Polizeiausstattung und -uniformen und einem drittklassigen Juwelier. Die hölzernen Stufen, die zu Centrillos Büro hinaufführten, waren alt und an den Vorderkanten metallbeschlagen. In der Mitte senkten sie sich ein, als ob sie müde wären. Karen war selbst müde, aber sie wußte, daß es keine körperliche Müdigkeit war. Sie fragte sich, wie viele Leute wohl schon ihren Jammer diese Stufen hinaufgeschleppt hatten. Mr. Centrillos Büro lag zusammen mit einem anderen im zweiten Stock, und einigermaßen erleichtert nahm sie zur Kenntnis, daß dort genau wie im Treppenhaus alles sehr sauber wirkte. Sie öffnete die schwere Eichentür und betrat ein Wartezimmer von der Größe eines kleinen Vestibüls. Ein junges Mädchen blickte sie freundlich lächelnd an. »Miss Cohen?« fragte sie. Karen mußte sich zwingen, zu nicken. Sie hatte ihren richtigen Namen nicht benutzen wollen. Aber was, wenn dieses junge Mädchen die »Elle-Halle-Show« gesehen hatte? Sie wußte nicht, ob schon einmal ein Designer auf der Titelseite des *National Enquirer* gestanden hatte; jedenfalls wollte sie nicht die erste sein. AUF DER SUCHE NACH DER MUTTER, DIE SIE VERSTOSSEN HAT. DESIGNERIN UND OAKLEY-PREISTRÄGERIN MACHT DIE LEIDEN EINES UNGEWOLLTEN KINDES DURCH: DIE WAHRE GESCHICHTE DER KAREN KAHN. Sie schauderte. Mr. Centrillos Anzeige war die einzige gewesen, in der nicht von »Diskretion« die Rede war. Deswegen hatte sie ihn angerufen. Es schien zu bedeuten, daß sich das bei ihm ganz von selbst verstehe.

»Nehmen Sie doch Platz. Mistah Centrillioh wird sofort Zeit für Sie haben.« Der Akzent des Mädchens war Nostrand Avenue, wie man es sich nicht waschechter vorstellen konnte. O Gott, dachte Karen, höre ich mich genauso an? Säße ich jetzt vielleicht hier, wenn ich nicht so talentiert gewesen wäre? Und wo habe ich mein Talent her? Dann rief sie sich zur Ordnung. Es war sicherlich arrogant, sich dem Mädchen überlegen zu fühlen – immerhin ging es in ihrem Leben so verworren zu, daß sie jetzt als ein potentieller Klient hier war und nicht nur als Angestellte wie die Kleine. Und wer weiß, wahrscheinlich hatte das Mädchen am Empfang wenigstens funktionierende Eierstöcke. Was spielte da der Rest noch für eine Rolle?

Die verglaste Tür hinter dem Mädchen öffnete sich und gab den Blick auf einen kurzgewachsenen, massigen und fast kahlen Mann frei, dessen Füße so fest auf dem Boden verwurzelt schienen wie das Lächeln auf seinem Gesicht.

»Mrs. Cohen?« fragte er. Es war die Stimme vom Telefon, die Stimme, die sie hierhergelockt hatte.

Sie nickte, stand auf und folgte ihm. Die Einrichtung seines Büros war schlicht, Eichenholz, wie sie es seit ihren Tagen an der Southside High School nicht mehr gesehen hatte. Mr. Centrillo und Karen setzten sich.

»Nun?« Er wartete. Seine großen, flächigen Hände lagen ruhig auf dem großen, flächigen Schreibtisch.

Es fiel ihr schwer, anzufangen. Das Schweigen zog sich in die Länge, bis es ihr schließlich genauso schwer fiel, nichts zu sagen als endlich anzufangen. Es ging ihr durch den Kopf, daß sie sich für das Gespräch nicht ordentlich vorbereitet hatte. »Ich will meine Mutter finden«, brachte sie schließlich flüsternd hervor.

»Ist sie verschwunden? Fortgelaufen? Ist sie senil?« fragte er mit leiser, aber immer noch beruhigender Stimme.

»Nein. Ich weiß nicht. Ich meine, darum geht es nicht.« Sie hielt inne. »Nicht meine Mutter. Meine *echte* Mutter.«

»Oh. Sie meinen ihre leibliche Mutter. Sind Sie adoptiert worden?«

Adoptiert. Jetzt hatte er einen Namen für sie, eine Kategorie, wahrscheinlich eine ganze Schublade mit Akten, in die ihr Fall so wie alle anderen wunderbar passen würde.

»Ja.«

»Wie lange suchen Sie schon?« fragte er.

Schon immer. Noch nie. Sie seufzte. »Noch nicht lange. Ich weiß nicht, wie ich es anfangen soll. Darum bin ich zu Ihnen gekommen.«

»Keine Urkunden?«

»Ich weiß nicht.«

»Privat oder staatlich?«

»Ich weiß nicht.«

»Der Name Ihrer leiblichen Mutter?«

»Ich weiß nicht.«

»War es hier in New York?«

Was war los mit ihr? Sie konnte offenbar nicht nur keine Kinder, sondern auch keine Antworten hervorbringen. Was hatte er gerade gefragt? Wo die Adoption stattgefunden hatte? Sie wollte ihm erklären, daß sie das auch nicht wußte, als es ihr plötzlich einfiel. Ihr Vater hatte einmal Chicago erwähnt, und daß er so ungern geschäftlich dort zu tun habe. Der einzige Trost sei, daß es die Stadt wäre, aus der sie, Karen, gekommen sei. »Ich denke, Chicago«, sagte sie.

Sie öffnete ihre Tasche und fing an, darin nach den beiden Fotos, ihren Glücksbringern, zu suchen. Aber sie waren nicht da. Sie spürte, wie ihr das Blut aus dem Gesicht wich. Hatte sie sie verloren? Sie konnte schwören, daß sie die Fotos eingesteckt hatte. Sie hatte sie überall mit hingenommen, aber in letzter Zeit war sie so beschäftigt und so durcheinander gewesen. Wo hatte sie sie zum letzten Mal gesehen? Auf ihrer Stirn bildeten sich feine Schweißperlen.

Sie blickte zu Mr. Centrillo. »Ich müßte eigentlich Fotos haben. Und ich bin mir fast sicher, daß ich aus Chicago komme.«

Mr. Centrillo nickte. »Dann muß ich mir das Adoptionsrecht von Illinois ansehen. Das ist von Staat zu Staat ganz unterschiedlich, müssen Sie wissen. Mrs. Cohen, ich glaube, Sie sehen schon selbst, daß es schwierig wird. Einmal angenommen, daß es Chicago war und daß es eine staatliche Adoption war, und angenommen, daß die Register zugänglich und nicht versiegelt sind, dann bleibt es ohne Namen und Datum immer noch schwierig. Wie ist Ihr Mädchenname?«

Endlich konnte sie ihm wenigstens eine Antwort geben. »Lipsky«, sagte sie und gab ihm Arnolds und Belles Namen und Geburtsdaten und ihre alte Adresse in Brooklyn. »Wird das reichen? Kommen Sie mit diesen Namen weiter?«

Mr. Centrillo schüttelte nur den Kopf. »Selbst mit Namen und Adoptionsdatum ist es oft sehr schwierig. Darf ich Ihnen eine andere Frage stellen?«

Sie nickte, obwohl sie das Gefühl hatte, überhaupt nicht mehr sprechen zu können. Noch ein Wort, und sie würde in Tränen ausbrechen. O Gott, wann hatte sie das letzte Mal geweint? Sie konnte sich nicht erinnern. Aber sie spürte, wie ihre Lippen zitterten.

»Ich weiß, daß es manchmal eine scheußliche Sache ist, aber könnten sie möglicherweise diese Informationen von ihrer Adoptivmutter bekommen? Könnten Sie mit ihr reden?«

Wie durch einen Zauber waren Karens Tränen und das zittrige Gefühl um ihren Mund verschwunden. »Unmöglich«, sagte sie. Der Mann nickte, als hätte ihn die Antwort nicht weiter überrascht. Er seufzte. »Haben Sie eine Geburtsurkunde?« fragte er.

»Ja«, sagte sie mit soviel Enthusiasmus, daß sie sich sofort dumm vorkam.

»Darf ich sie sehen?«

»Ich habe sie nicht dabei«, mußte sie zugeben.

Der Mann seufzte wieder. »Mrs. Cohen, ich habe das Gefühl, daß ich Sie noch etwas fragen muß: Haben Sie diese Sache wirklich gut bedacht? Vielleicht ist es weniger ein Fall für einen Privatdetektiv. Vielleicht sollten Sie mit jemand anderem reden. Vielleicht mit einem Rabbi oder einem Familientherapeuten ...«

Karen fühlte, wie ihr das Blut ins Gesicht schoß. Er wollte sie zum Psychiater schicken! Als wenn sie nicht davon schon einige hinter sich hätte! Jetzt traten Karen wirklich die Tränen in die Augen, und sie war gleichzeitig wütend und traurig.

»Sehen Sie, Mr. Centrillo, ich weiß, daß ich mich für dieses Gespräch nicht ausreichend vorbereitet habe, und ich entschuldige mich dafür. Aber ich war sehr beschäftigt. Wenn Sie mir eine Liste der Dinge geben, die Sie brauchen und die Sie wissen müssen, dann werde ich versuchen, Ihnen alles zu beschaffen. Wenn ich das tue, können Sie dann meine echte Mutter finden?«

»Bitte, Mrs. Cohen, regen Sie sich nicht auf. Ich weiß, daß dies für Sie eine schwierige Sache ist. Und ob ich Erfolg habe? Manchmal gehe ich zum Gericht oder zum amtlichen Geburtsregister und habe sofort Erfolg. Manchmal suche ich jahrelang und ende immer wieder in Sackgassen. Die meisten Frauen, die ihre Babys abgeben, sind nicht besonders stolz darauf. Sie fangen ein neues Leben an, sie ziehen woanders hin, sie sterben. Und abgesehen davon, was ihnen zugestoßen ist, haben sie meist durchaus kein Interesse daran, sich finden zu lassen. Ich gehe einmal davon aus, daß Ihre leibliche Mutter sich nie nach Ihnen erkundigt hat?«

Erstaunt lehnte Karen sich zurück. Es war ihr einfach noch

nicht in den Sinn gekommen, daß ihre Mutter nach *ihr* suchen könnte.

»Wäre das denn möglich?« flüsterte sie.

»Nun, das kommt darauf an. Manchmal ist es für die leibliche Mutter nicht besonders schwierig, wenn sie von vornherein genug Informationen besitzt. Aber sie kann ebenfalls auf versiegelte Register stoßen. In sechzehn Staaten gibt es weder für das adoptierte Kind noch für die leibliche Mutter die geringste Möglichkeit, miteinander Kontakt aufzunehmen, wenn die Register versiegelt sind. Selbst wenn es beide wollen.«

Karens Tränen begannen zu fließen und liefen ihr übers Gesicht. Das war so furchtbar, furchtbar traurig. Sie dachte an all die voneinander getrennten Mütter und Töchter, die sich vergeblich suchten. Mr. Centrillo öffnete sacht eine Schublade seines Schreibtisches und gab ihr eine Schachtel mit Papiertüchern. Genau wie ein Psychiater. Karens Tränen liefen immer noch. Sie weinte lange. Offensichtlich hatte sie sich diese Tränen aufgespart. Schließlich brachte sie einen Seufzer zuwege. »Das ist so traurig«, sagte sie, »das ist einfach so traurig.« Sie schneuzte sich.

Mr. Centrillo griff ebenfalls in die Kleenexbox, nahm ein Papiertuch heraus und putzte sich die Nase. Dann seufzte er ebenfalls. »Das ist es«, stimmte er zu.

Nach einer Weile atmete Karen tief durch und holte dann einen Notizblock und einen Stift aus ihrer Tasche. »Gut«, sagte sie, »jetzt sagen sie mir, was sie alles brauchen.«

Nachdem sie die Liste beisammen hatten und auch die Honorarfrage geklärt war, fischte Karen den Umschlag aus ihrer Tasche, den sie dafür vorbereitet hatte. Gewissenhaft quittierte Mr. Centrillo ihr den Empfang des Geldes und begleitete sie dann zur Tür. Dort blieb er stehen, blickte zu Boden und sagte sanft: »Mrs. Cohen.« Er nahm ihren Arm. »Es gibt noch eins, daß ich Sie fragen muß. Wissen Sie genau, wonach Sie suchen? Denn selbst wenn wir Ihre leibliche Mutter finden, könnte es sein, daß Sie nicht das finden, was Sie sich erhoffen.«

Sie nahm seine Hand. Wie konnte sie ihm erklären, was alles in ihrem Leben vor sich ging? »Eine Frau muß eben tun, was sie tun muß«, war alles, was sie vorbringen konnte.

4
Ein echter Freund

Der Vormittag verging wie in einem Rausch, begleitet von Telefonanrufen und Glückwünschen ihrer Mitarbeiter. Jeder, der sie ansprach, sagte das gleiche: Sie würden ja normalerweise nicht fernsehen, aber gestern abend habe man ganz zufällig mal ein paar Minuten Elle Halle eingeschaltet und … Karen mußte schließlich lachen. Und es war fast genauso komisch, daß Janet und die anderen Sekretärinnen, Mrs. Cruz und sogar Casey sie mit neuem Respekt zu betrachten schienen. So als ob das Fernsehen sie mit einem nachhaltigen Glanz versehen hätte. Nur Jeffrey und Belle schienen gegenüber dieser Kosmetik des Mediums immun zu sein.

Sie entschloß sich, ihren Mann zu ignorieren, bis er sich entschuldigt hatte. Obwohl sie sich wegen ihres Streites krank fühlte, zwang sie sich zu B-A-U. *Business as usual.* Dazu gehörte auch, daß sie Tangela genau beobachtete, während sie ihr einen wenig inspirierten Wickelrock um die Hüften legte und feststeckte. Aber sie konnte keinerlei Anzeichen dafür erkennen, daß das Mädchen *high* war. Sie war nur genauso bockig wie immer. Gerade wollte Karen ihr ein paar passende Worte sagen, da wurde sie von Janet zum Telefon gerufen.

Es war Bill Wolper. »Karen? Also, ich wüßte gerne, ob sie schon eine Verabredung zum Mittagessen haben?«

»Wann?« fragte sie und dachte dabei an ihre ohnehin schon überladene Woche, die Schau in Paris und daran, daß sie so furchtbar müde war.

»Heute. Jetzt sofort. Sagen wir, mein Wagen holt sie in zwanzig Minuten ab, hm?«

Der Mann war verrückt, und er war wirklich dreist. War das nicht das gleiche, als riefe man ein Mädchen am Freitagabend an, um sie für Samstagabend einzuladen? In Rockville Center wurde das eine »a.A.« genannt – eine automatische Ablehnung –, denn selbst wenn man nichts vorhatte, nahm man nicht an. Nur ein völlig verzweifeltes Mädchen sagte dazu ja.

»Ja«, sagte Karen und überraschte sich selbst damit. Nur eine Nanosekunde lang überlegte Karen, ob sie versuchen sollte, Jeffrey mit einzubeziehen, aber sie wußte nicht, wo er gerade steckte, und sie wußte auch ohne zu fragen, daß Wolper seinen Vorschlag so nicht gemeint hatte. Zum Teufel mit ihm. Würde er wütend sein, weil er nicht mit von der Partie war? Würde er eifersüchtig sein oder seine Besitzrechte verletzt sehen? Es war ihr plötzlich egal.

Bills Stimme klang erleichtert. »Mein Fahrer wird um zwölf Uhr dreißig bei Ihnen sein. Wäre Ihnen das Lutece recht?«

»Sehr recht«, schnurrte sie. Es war das beste ›feine Restaurant‹ New Yorks.

Ohne sich selbst noch mit weiteren Fragen zu plagen, wandte sie sich an ihre Nichte und ihre Patentochter. »Die Show ist vorbei. Ich muß weg.« Sie griff in ihre Tragetasche, die an einem Stuhl hing, zog einen Hundertdollarschein heraus und hielt ihn Tangela hin. Zwar hatte sie mit dem Mädchen nicht über seinen Streit mit Defina gesprochen, aber sie wollte so freundlich sein wie möglich. »Ich lade euch beide zum Essen ein«, sagte sie, und an Tangela gewandt fügte sie noch hinzu: »Geh mit ihr irgendwo hin, wo es schön ist.« Tangela nahm den Schein. »Komm«, murmelte sie, und Stephie folgte ihr zur Tür hinaus.

Fünfzehn Minuten später kam Karen mit einem kleinen Päckchen Post unter dem Arm, das ihre Schuldgefühle, sich einfach so davonzumachen, etwas lindern sollte, aus dem Gebäude 550 Seventh Avenue herausgestiefelt und stieg in den überlangen Mercedes von Bill Wolper ein. Der Wagen war einfach himmlisch. Während der Fahrt gingen ihr allerhand Gedanken durch den Kopf. Um sich schließlich davon abzulenken und ihrer Existenz inmitten dieses Luxus einen Hauch von Rechtfertigung zu geben, wandte sie sich ihrer

Post zu. Janet hatte die Briefe für sie geöffnet und sortiert. Als erstes zog sie eine geprägte Briefkarte aus einem Umschlag. Sie war mit einer eleganten Handschrift beschrieben.

Liebste Karen,
Sie werden sich sicherlich über das viele Lob, das Sie für Ihre wunderbaren Kleider erhalten haben, sehr freuen, aber Sie sind bestimmt nicht annähernd so glücklich wie ich. Ich weiß, daß ich viel verlangt habe. Und niemand anders hätte es schaffen können als Sie. Welch bewundernswerte Begabung Sie doch Ihr eigen nennen dürfen, und mit welch harter Arbeit Sie Ihr Talent vervollkommnen! Ich glaube, Sie wissen, wie viel mir meine Hochzeit bedeutet hat; dank Ihrer Hilfe war ich für Larry so schön, wie ich es sein wollte. Ich werde immer in Ihrer Schuld stehen.
In tiefer Dankbarkeit
Elise Elliot

Karen traute ihren Augen kaum. Es kam nicht oft vor, daß sich jemand bei ihr bedankte, erst recht nicht jemand wie Elise Elliot, die von Meistern wie Givenchy, Mainbocher und Mark Bohan von Dior eingekleidet worden war. Sie hatte sich während ihrer Flitterwochen die Zeit genommen, ihr zu schreiben! Kühl, wie sie war, und anspruchsvoll, wie sie sich gezeigt hatte, besaß diese Frau doch eine Art echter Größe. Karen war gerührt. Die kleine Briefkarte hatte ihr die Antwort auf eine Frage gegeben, die sie sich selbst gestellt hatte. Sie saß hier in diesem Wagen auf dem Weg zum Lunch nur wegen ihrer Begabung und ihrer harten Arbeit. Diese Karte war ein Omen, das zu einem Zeitpunkt kam, da sie es am dringendsten benötigt hatte. Sie strich mit der Hand über die Karte und ließ sie in ihre Handtasche gleiten. Es war kein Oakley-Preis, aber auch nicht viel weniger.

Der nächste Brief war weniger erfreulich. Norris Cleveland, drittklassige Designerin, lud sie zur Einführung ihres neuen Parfüms ein. Natürlich hieß es »Norris!« Norris' letzte Kollektion hatte fast genauso ausgesehen wie eine vorjährige von Karen. Abgesehen davon, daß die Farben lausig waren.

Karen schüttelte den Kopf. Irgendwie machte es ihr doch zu schaffen, daß sie selbst, Karen, für alles, was sie erreichen wollte, kämpfen mußte, und daß es Norris ohne Anstrengung in den Schoß fiel. Warum mußte Norris sich nicht an den Meistbietenden verkaufen? Nun, vielleicht hatte sie das ja schon getan. Karen knüllte die Einladung zusammen und steckte sie in ihre Tragetasche. Es würde bestimmt eine nette Party mit netten Leuten werden, aber sie zweifelte daran, daß das Parfüm eine neue *Nr. 5* oder ein *Opium* oder eine *Obsession* werden würde. Irgendwie schaffte Norris es immer, eine schöne Verpackung ohne Inhalt zu präsentieren. Karen würde noch nicht einmal überrascht sein, wenn die Parfümfläschchen leer wären! Norris' Erfolg bewies, daß Begabung nicht notwendig war. Vielleicht beruhte also auch Karens Erfolg nur auf Glück?

Der Fahrer manövrierte den Wagen schließlich vor den Eingang des besten französischen Restaurants in New York, stieg aus und hielt Karen die Wagentür auf. »Mr. Wolper erwartet sie.«

Bevor sie die beiden Stufen zum Eingang des Restaurants hinunterging, strich Karen sich ihren Rock glatt. Ihre Hände waren feucht. Wovor habe ich solche Angst? fragte sie sich selbst und ging hinein. Sie wurde von André begrüßt, der sie durch den eleganten, kleinen, nur abends benutzten Speisesaal mit den Gobelins von unschätzbarem Wert in den dahinterliegenden, etwas ungezwungener eingerichteten glasgedeckten Wintergarten brachte. Sie tauschte ein Lächeln mit Sherry Lansing, dem Chef von Paramount Pictures, einem langjährigen Kunden, der dort mit Demi Moore zusammen aß, die nicht ihre Kundin war. Außerdem erkannte Karen einen der Kaufman-Brüder, Immobilienmilliardär und Freund der Familie Kahn. Hier treffen sich die Mächtigen zum Lunch, dachte Karen; sie war bisher nur abends hiergewesen.

Bill Wolper erwartete sie bereits an einem Ecktisch. Er stand auf, als sie an den Tisch kam, aber es fiel ihr auf, daß er keine Anstalten machte, ihr einen Stuhl zurechtzurücken; das überließ er André. Ihr entging auch nicht, daß er in der

Ecke saß, während sie dem ganzen Raum ihren Rücken präsentieren mußte. Gehörte sich das? Sie war sich jetzt sicher, daß sie ihn nicht mochte. Aber dann lächelte Bill sie an. »Ich danke Ihnen, daß Sie so kurzfristig zusagen konnten«, sagte er und klang dabei so ehrlich, daß es ihr vorkam, als wäre das eine Art Entschuldigung. Er wandte sich André zu und zog seine buschigen Augenbrauen in die Höhe. »Kennen Sie Karen Kahn?« fragte er. »Sie war diese Woche in der ›Elle-Halle-Show‹.« Dann wandte er sich wieder Karen zu. »Ich schlage vor, wir überlassen uns Andrés fachmännischem Rat.«

André strahlte. »Darf ich den *homard* vorschlagen? Wir haben nur wenige davon, und ich serviere sie kalt, als Vorspeise.«

Bill schaute sie an. »Wäre Ihnen der Hummer recht?« fragte er, so als ob sie eine Übersetzung brauchte. War das nun beschützend oder herablassend gemeint.

»Je voudrais le homard, mais pas maintenant, merci. Une salade verte seulement, et après la salade, le homard, s'il vous plaît.« Sie lächelte sowohl André als auch Will Wolper an. *»Je n'ai pas faim d'habitude au déjeuner«*, log sie. *»Jamais.«* In Wirklichkeit starb sie vor Hunger, aber es war besser, es jetzt bei einer Kleinigkeit zu belassen.

»Je comprends, Madame. Moi aussi«, pflichtete André bei. Er wandte sich Bill zu. *»Et pour vous?«*

Bill Wolper räusperte sich. Vielleicht war ihm etwas unbehaglich. Gut. Karen unterdrückte ein Grinsen.

»Für mich bitte das gleiche«, sagte Bill Wolper. Er blickte Karen an. »Einen Chardonnay?«

Karen dachte an den Merlot bei Defina und ihren Kater danach. Um Himmels willen, sie brauchte heute keinen Wein, und der Gedanke an Weißwein machte sie ganz krank. »Ich weiß, daß man das nicht tut, aber ich würde einen roten bevorzugen, selbst zum Hummer.«

»Nous avons un Bordeaux supérieur«, schlug André ihr vor.

Aber Bill wandte sanft ein: »Warum fangen wir nicht einfach mit dem Chardonnay an?« Und André wußte sofort Bescheid, nickte kurz und zog sich zurück.

So, dachte Karen, ihm geht es also darum, die Kontrolle zu behalten. Sie fragte sich einen Augenblick lang, ob sie auf dem Bordeaux bestehen sollte, entschied sich dann aber dagegen. Zunächst einmal wollte sie abwarten, was für ein Angebot auf sie zukam – falls überhaupt eins kam. Sie spürte ein Kribbeln in ihrem Bauch und versuchte, ruhig zu bleiben, obwohl es ihr sehr unangenehm war, allen Anwesenden ihre Hinterfront zur Schau zu stellen. Wie oft mochte Bill schon eine Frau hierhergebracht und so behandelt haben? Und welcher Patron achtete wohl darauf, mit wem Bill Wolper aß?

»Die ›Elle-Halle-Show‹ war umwerfend«, sagte Bill. »Und Sie sind bei der Hochzeit von Elise Elliot ganz groß herausgekommen«, fügte er anerkennend hinzu. »Es muß doch großartig sein, so viel Erfolg zu haben.«

Karen blinzelte. Er hatte recht, und er hatte es gut gesagt. Es *war* großartig. »Hat Ihnen das Hochzeitskleid gefallen?«

»Mir haben die Berichte gefallen. In unserer Zeit muß ein Modeschöpfer sich mit Berühmtheiten umgeben. Bei den meisten ist es ja so, daß irgendein Filmstar zu den Modeschauen kommt. Sie wissen ja, sie engagieren ein Model, damit dessen Freund die Schau besucht. Das ist dann das Geschäft. Aber bei Ihnen war es ein Geniestreich. Elise Elliot! Sie ist bei den älteren Frauen beliebt, und trotzdem ist sie der letzte Schrei. Auch die jungen Frauen bewundern sie. Sie hat Klasse und Geld und einen guten Ruf. Sie kann für Sie das werden, was Audrey Hepburn für Givenchy war. Wie haben Sie das nur hingekriegt?«

Karen fragte sich, ob sie so tun solle, als sei das alles über Monate vorausgeplant gewesen, aber das brachte sie nicht fertig. »Sie kam einfach und hat mich darum gebeten«, erwiderte sie achselzuckend. »Es war ein Risiko, aber die Kleider haben sich alle ganz gut gemacht.«

»Auf einer Titelseite von *People*! Das kann man wohl ›gut gemacht‹ nennen«, lachte Wolper. »Als ich das sah, habe ich mich gefragt, ob Sie das Ganze vielleicht nur inszeniert haben, um unseren Preis in die Höhe zu treiben.«

Karen lächelte. Scherzte er jetzt? Sie wußte nicht, was sie

sagen sollte, also sagte sie nichts. Das schien Wolper recht zu sein. »Es ist etwas Merkwürdiges, geschäftlich mit Mode zu tun zu haben. Immerhin habe ich dabei gelernt, die Frauen besser zu verstehen.« Er grinste. »Das ist nicht einfach«, sagte er. »Es hat mir ganz gut gefallen, was sie letzte Woche in unserem Haus erzählt haben, aber ich stimme nicht völlig mit Ihnen überein. Ich kenne diese Dinge alle – daß sich die Frauen bequeme, tragbare Kleider wünschen. Aber ich glaube nicht, daß es das ist, was die Frauen wirklich wollen. Zumindest ist es nicht das, wonach sie suchen, wenn sie einkaufen gehen.« Er machte eine Pause. »Wissen Sie, wonach sie suchen?« Er beugte sich vor und sah Karen tief in die Augen. Wie elektrisiert durch seine Konzentration schüttelte sie den Kopf. »Sie suchen das Abenteuer«, sagte er. »Sie suchen die Hoffnung. Sie suchen ein Entkommen.«

»Ich wußte gar nicht, daß ein Einkaufszentrum so aufregend sein kann«, versuchte Karen zu scherzen, aber Bill lachte nicht.

»Sie meinen, ich mache Witze?« fragte er. »Ich spreche nicht von Ihren Privatkunden. Die Elise Elliots dieser Welt haben andere Ventile. Aber überlegen Sie einmal, wie das Leben der meisten anderen Frauen aussieht. Die Kinder anziehen oder ihnen beim Anziehen helfen. Die Schulbrote fertigmachen, zwei an der Schulbushaltestelle und eins bei der Tagesmutter absetzen. Dann in die Bank oder in die Versicherungsgesellschaft, um dort einen weiteren Tag über einer Schreibmaschine oder einem Computerterminal oder einem Aktenordner zuzubringen. Eine solche Frau versucht immer, nicht daran zu denken, wie alt sie wird, wie enttäuscht sie von ihrem Mann ist, wie lange es her ist, daß irgend jemand einen Blick auf ihre Beine geworfen oder ihr in die Augen geschaut hat. Sie muß damit fertigwerden, daß ihr vielleicht nie wieder jemand in die Augen schaut. Dann in den Lebensmittelmarkt, irgendwo eins der Kinder auflesen, ein anderes wieder absetzen, das Essen auf den Tisch bringen und gleichzeitig zusehen, daß die Wäsche in die Maschine kommt. Beim Essen mit ihrem Mann schweigen, während die Kinder von ihrem Tag erzählen. Vielleicht ein kurzes

Verschnaufen nach dem Abendessen und eine Stunde vor dem Fernseher, wenn die Kinder schlafen. Routinesex oder, noch wahrscheinlicher, überhaupt kein Sex. Ständig der anstrengende Versuch, sich keine Sorgen über die Kreditkartenrechnung zu machen, sich nicht an ihrem Mann zu stören, der schon die zweite Nacht im gleichen Unterhemd schläft und schnarcht. Wissen Sie, warum diese Frau einkaufen geht? Wissen Sie, wonach sie sucht?«

Immer noch wie elektrisiert, schüttelte Karen den Kopf. »Hoffnung. Die Hoffnung, daß ein Paar blauer Pumps aus Schlangenleder ihr Leben ändert. Die Hoffnung, daß ihr Kunstseidenkleid irgend etwas ins Lot bringt, das falschgelaufen ist, oder daß sie sich damit wenigstens ein paar Minuten besser fühlt, wenn sie es zum ersten Mal anhat. Der Traum, daß sich die Namen auf den Etiketten in Wirklichkeit verwandeln: daß sie sein wird wie Karen Kahn, wenn sie etwas von Karen Kahn kauft, daß dann ihr Leben dem von Karen Kahn gleicht.«

Karen lachte beklommen. All ihre Besuche in den Kaufhäusern und in den Einkaufszentren fielen ihr ein – sicher hatte Bill wenigstens zum Teil recht. Aber der Gedanke gefiel ihr nicht. »Mein Leben ist nicht so großartig«, sagte sie.

»Für die Leser von *People* schon. Die Frau, von der ich spreche, wird sich dafür schuldig fühlen, aber sie wird neununddreißig Dollar für eine Flasche Parfüm mit dem richtigen Namen darauf ausgeben, und sie wird das Parfüm benutzen, als besäße es magische Kräfte.«

»Aber was geschieht, wenn die Magie nicht wirkt?« fragte Karen. »Was geschieht, wenn sich ihr Leben nicht ändert?«

»Das ist das Schöne: Sie kauft die nächste Marke. Besser, als die Hoffnung aufzugeben.« Bill lachte.

Karen wurde leicht schwindlig. Aber dann fiel ihr wieder ein, was Casey herausgefunden hatte. »Parfüm wird meistens von Männern als Geschenk für Frauen gekauft«, sagte sie. »Zwei Drittel des Umsatzes wird vor Weihnachten gemacht.«

»Sie sind ein kluges Mädchen. Aber das ändert nichts an meiner Position. Der Mann dieser armen Frau weiß nicht, wer sie ist oder was sie will. Aber er kann sich vorstellen, wer sie gerne sein möchte. Also kauft *er* ihr den Traum in der Flasche. Das gleiche in Grün.«

Der Weinkellner brachte den Chardonnay und schenkte Bill einen Schluck ein. Bill probierte und nickte zustimmend. Dann schenkte der Kellner Karen ein, aber sie war stur und rührte ihr Glas nicht an. Passiver Widerstand. Zum Teufel mit ihm und seinen Theorien über Frauen und seiner Bevormundung beim Wein. Er faszinierte sie, aber er stieß sie gleichzeitig ab. Sicher war er klug und mächtig, und vielleicht hatte er sogar recht, aber deswegen mochte sie ihn noch lange nicht leiden.

Als sie wieder allein waren, nahm Bill seinen Vortrag wieder auf. »Sie haben die perfekten Voraussetzungen, um diesen Traum zu verkaufen, Karen. Ihr Name, Ihr Image hat einen gewaltigen Bekanntheitsgrad erlangt, und der Konsument denkt dabei an Klasse, an ein hartnäckiges Durchsetzungsvermögen, das den Boden nicht unter den Füßen verliert und gleichzeitig eine urbane Ausstrahlung hat. Er denkt ganz einfach an eine Frau mit Köpfchen. Das sind ideale Voraussetzungen für die neunziger Jahre. Sie expandieren unglaublich schnell, aber in einer kleinen Gesellschaft ohne ausreichende Kapitaldecke kann Wachstum gefährlich sein. Sie wissen, was ich meine: Höhere Verkaufsziffern bedeuten höhere Kosten, höhere Kosten bedeuten mehr Kredite, und mehr Kredite bedeuten mehr Zinsen, die zu zahlen sind, und mehr Zinsen bedeutet weniger Gewinn. Oder vielleicht sogar überhaupt keinen Gewinn mehr. Wissen Sie, Karen, eine kleine Gesellschaft kann jeder Simpel leiten, aber um aus einer kleinen eine große zu machen, dazu braucht man wirklich Mumm und Begabung. Es gibt so gut wie keinen Spielraum für Fehler.«

Bill Wolper beugte sich zu ihr herüber. »Karen, ich glaube, daß Sie und ich vom gleichen Schlage sind. Wir haben Mut und Begabung. Ich will Ihnen also sagen, wie meine Vorstellungen aussehen. Ich weiß, daß unser Angebot lange überfällig ist, aber das hat nichts mit Mangel an Interesse zu tun. Ich hoffe, es ist nicht so aufgefaßt worden.«

Karen schüttelte den Kopf. Als hätte Jeffrey nicht schon Magengeschwüre deswegen bekommen. Als ob sie mit einem Angebot nicht unverzüglich zur Bank laufen und versuchen würden, mehr Geld aufzubringen. War es Jeffrey, den Bill im Sinn hatte, als er sagte, daß jeder Simpel eine kleine Gesellschaft führen könne?

»Ich habe mir sowohl die Zahlen Ihres Mannes als auch den Bericht, den Herb mit Basils Hilfe zusammengestellt hat, genau angesehen.« Bill hielt inne.

O Gott, dachte sie. Jetzt werde ich fertiggemacht. Sie hätte doch Jeffrey mitbringen sollen. Hatte Wolper vor, ihr hier an Ort und Stelle abzusagen? Nun, dann hätte die ganze Sache wenigstens ein Ende. Es wäre in gewisser Weise eine Erleichterung, aber sie war dankbar, daß es dafür keine Zeugen geben würde. Sie versuchte zu lächeln, aber ihre Lippen waren trocken, und die obere klebte an ihren Zähnen fest. Trotzdem blieb sie dabei, nichts von dem Chardonnay zu trinken. »Also?«

»Also bin ich jetzt in der Lage, Ihnen ein Angebot zu machen. Aber ich möchte, daß Sie verstehen, daß ich es nur Ihnen mache. Denn Sie sind das Kernstück dieses Geschäfts, Karen. NormCo würde Sie gerne für fünfzig Millionen Dollar kaufen.«

Karen spürte, wie ihr das Blut aus dem Gesicht wich, während sich ihr Magen gleichzeitig zusammenkrampfte und in ihre Brust hinaufschob. Hatte sie ihn richtig verstanden? Fünfzig Millionen! Das war mehr als das Doppelte von Jeffreys Schätzung. Mein Gott! Wieviel Geld *war* das eigentlich? Hatte sie wirklich richtig verstanden? Sie umklammerte den Stiel ihres Weinglases und nahm drei große Schlucke. »Aha« war alles, was sie herausbringen konnte. Sie wünschte, sie hätte die ganzen Jahre über zusammen mit Perry, Jeffrey und den anderen Karten gespielt, so daß sie jetzt in der Lage gewesen wäre, ein Pokerface aufzusetzen. Statt dessen nickte sie nur.

»Sie sollen wissen, daß wir mit einem feinen Kamm durch all Ihre Zahlen gegangen sind, und ich habe dabei Ihr ganzes armseliges Inventar abgewertet. Im Grunde genommen habe ich fast alles abgewertet. Ihre Leute haben das meiste überschätzt oder überbewertet – außer Ihrem Ruf und Ihren Fähigkeiten. Und *die* haben sie unterbewertet. Um ein Vielfaches.« Er wartete, als wünsche er, daß seine Worte erst einmal richtig von ihr aufgenommen würden. »Karen, wenn ich einmal deutlich sein darf: Ich glaube, wenn wir miteinander ins Bett steigen wollen, dann müssen wir von Anfang an ehrlich sein. Ich muß mir sicher sein, daß Sie mich verstehen. Ich bezahle keine fünfzig Millionen Dollar für Ihre Organisation oder für Ihre PR oder für Ihre Verkaufsplanung oder für Ihr überbewertetes, größtenteils wertloses Inventar. Ich bezahle für *Sie*.«

Was, zum Teufel, sollte das bedeuten? fragte sie sich. War das ein Annäherungsversuch? War das ein Teil des Geschäfts? Sie war sprachlos. Aber gut, sie hatte nicht umsonst die ganzen Jahre mit dummen, aber erfolgreichen Models gearbeitet. Sie beherrschte ebenfalls die Kunst, gut auszusehen und ihren Mund zu halten. Karen nippte noch einmal am Chardonnay und stellte das Glas dann entschlossen zurück. Nimm dich zusammen, sagte sie sich. Einen Schwips kannst du jetzt wirklich nicht gebrauchen. Was genau ging eigentlich vor?

»Ich denke, wir wissen beide, wo Sie ihre Gesellschaft überbewertet haben, aber ich möchte Ihnen genauer erklären, wo Sie sie unterbewerten. Ich glaube, daß Sie noch nicht einmal selbst eine Vorstellung von Ihrem Potential haben. Potential, Karen. Was ich suche, ist Potential. Und Begabung. Begabung und Phantasie. Also, Potential, Begabung, Phantasie *und* Disziplin.« Bill lachte. »Wirklich eine ganz schöne Liste. Eigenschaften, die schon einzeln schwer zu finden sind und die man fast nie zusammen entdeckt. Sie besitzen sie alle vier, und ich sehe das. Was *ich* tun kann, ist, Ihnen die Schlüssel zu Ihrem Reich zu geben. Ich bin der Türhüter zu dem, was Ihr Königreich sein wird. Ich kann es mir vorstellen, und ich weiß, daß Sie das auch können.«

Gut. Soweit verstand sie ihn. Gott sei Dank blieb Wolper rein geschäftlich. Aber dann streckte er seine Hände aus und legte sie über ihre, die immer noch kalt waren vom gekühlten Chardonnay. Seine waren warm, strahlten Hitze aus. »Sie sind jemand, mit dem ich wirklich etwas erreichen kann. Ich habe schon eine Weile nach Ihnen gesucht«, erklärte Bill ihr.

War das eine Zweideutigkeit? fragte sich Karen. Jetzt *mußte* sie etwas sagen, aber in ihrem Hinterkopf tanzten hunderttausend kleine Gnome auf und nieder und sangen: »Fünfzig Millionen Dollar! Fünfzig Millionen Dollar!« Trotz dieses Lärms in ihrem Kopf schaffte Karen es, nun seinerseits ihre Hand auf seine zu legen. »Ich darf Ihnen sagen, wie geschmeichelt ich mich durch Ihr Vertrauen fühle«, sagte sie. »Und ich danke Ihnen dafür. Ich bin wirklich gerührt.« Und das war sie. Vielleicht war das Bill Wolpers Masche, aber sie schien zu funktionieren. Er bot ihr immerhin nicht einfach eine Übernahme an. Er sprach davon, zusammen etwas aufzubauen. Eine Welle der Dankbarkeit überströmte sie, und ihr wurde schwindlig. Dieser Mann war sehr, sehr mächtig, er schien wirklich an sie zu glauben, und er war willens, sein Geld für sie zu riskieren.

Der Kellner brachte den grünen Salat, und Wolper machte seine Hand frei, um eine Gabel zu nehmen. In ihrem ganzen Leben war Karen niemals weniger nach Essen zumute gewesen als jetzt. Vielleicht war das das Geheimnis einer erfolgreichen Diät: Man lasse sich vor jeder Mahlzeit fünfzig Millionen Dollar bieten. Einfach, aber wirksam. Sie blickte auf den Teller mit Grünzeug, der vor ihr stand. Es war ihr unmöglich, einen Bissen in den Mund zu bekommen, zu kauen und dann zu schlucken. Genausogut hätte sie ihre Beine auf den Tisch legen können und ein Kind gebären. Um Himmels willen, sie schnappte über. War es der Wein oder das Geld?

Sie wußte, daß sie ihre Firma nicht verkaufen wollte, aber es war überraschend schön, gefragt zu werden. Und festzustellen, daß sie so hoch bewertet wurde.

Dann wurde ihr plötzlich klar, daß Jeffrey ihr auf keinen Fall gestatten würde, dieses Angebot abzulehnen. Der Singsang in ihrem Kopf fand ein jähes Ende. Sie war entschlossen gewesen, nicht zu verkaufen, und war dabei davon ausgegangen, daß ein Angebot nicht zwangsläufig zu einem

Verkauf führen würde. Aber jetzt würde sie Jeffreys Rat annehmen *müssen*.

Er hatte die Sache bis hierher vorangetrieben. Es ging um mehr Geld, als sie beide sich jemals hätten träumen lassen, und er hatte das fertiggebracht.

Andererseits, wie gut im Bilde war ihr Mann wirklich gewesen? Bill sagte, daß Jeffrey ihren Wert um mehr als hundert Prozent unterschätzt habe. Hatte Wolper nicht Jeffreys Tricks durchschaut und ihr gerade erklärt, was für eine schlechte Mannschaft sie hatte? Daß sie den eigentlichen Aktivposten – *sie selbst, Karen Kahn* – gar nicht gesehen und nicht zu schätzen gewußt hatten? Was für eine Figur hatten ihr Mann und Robert der Anwalt bei diesem Spiel dann eigentlich abgegeben? Jeffrey, das mußte man einräumen, hatte niemals zuvor eine Firma verkauft, aber hätte nicht Robert sie beide besser darauf vorbereiten müssen?

Gut, es gab kein Essen umsonst. Das wußte sie. Sie hatte mit dem Feuer gespielt und sich verbrannt. Fünfzig Millionen Dollar waren ein Angebot, das sie nicht zurückweisen konnte. Aber was genau würde sie dafür aufgeben müssen? Wieviel Selbständigkeit? Was würde sich mit diesem Verkauf ändern? »Wie stellen Sie sich unsere Zusammenarbeit vor?« fragte sie.

»Sehr eng«, erklärte Bill.

Karen fragte sich, was das genau bedeuten sollte. »Wissen Sie, ich bin in Wirklichkeit gar nicht sehr egozentrisch. Das meine ich ehrlich.«

»Ja, ich weiß. Das ist eine Ihrer Stärken. Aber Sie sind sehr ehrgeizig«, lächelte Wolper. »Ich kenne den Unterschied. Ich weiß viel von Ihnen.«

Der Kellner brachte den Hummer, und Karen nahm ein Stück, tunkte es in die Mayonnaise und schob es sich in den Mund – ohne zu merken, was sie tat. »Es ist eine aufregende Idee«, sagte sie. »Nun möchte ich *Ihnen* eine Frage stellen. Sie kennen ja unsere Ertragszahlen. Sie müssen doch gewußt haben, daß wir auch für viel weniger zu haben gewesen wären. Warum das Angebot über fünfzig Millionen Dollar?«

Bill war genauso direkt wie sie. »Ich bin nicht die Wohlfahrt«, sagte er, »aber eine Erwerbung wie diese ist so ähnlich wie eine Ehe. Sie sind nutzlos für mich, wenn Sie nicht glücklich sind, wenn Sie nicht arbeiten oder nicht arbeiten können, wenn Sie sich übervorteilt oder betrogen oder unterbewertet vorkommen müßten. Ein Zyniker würde sagen, daß ich einfach Ihren Namen kaufe, aber wenn dem so wäre, dann hätte ich Ihnen ein viel niedrigeres Angebot gemacht. Ich will *Sie*«, sagte er. »Das bedeutet einen exklusiven Vertrag über zwölf Jahre. Sie arbeiten für mich und für sonst niemanden.« Er machte eine Pause. »Übrigens, glauben Sie nicht, daß wir auch nur einen Penny mehr bezahlen. Das werden wir nicht. Herb wird solange mit Ihrem Mann und dem Rest Ihrer Mannschaft verhandeln, bis Ihnen allen die Tränen kommen. Sie werden mehr verlangen. Wir werden ablehnen. Wir werden eine Menge Forderungen stellen und dann auf einige davon verzichten. Aber das ist alles Theaterdonner: Es geht allein um Ihre Exklusivität, und die ist nicht verhandelbar. Ich wollte, daß Sie das wissen. Der Köder ist das ganze Bargeld und die Anteile im voraus. Das und das Vertrauen darauf, daß ich Ihre Vision teile. Wenn Sie annehmen, müssen Sie den Exklusivvertrag unterzeichnen. Das sind die Bedingungen.«

Sie war im Rechnen nie besonders gut gewesen und brauchte eine Minute, bis sie die Aufgabe bewältigt hatte. Zwölf Jahre! In ein paar Monaten wurde sie dreiundvierzig. Ein Zwölf-Jahres-Vertrag bedeutete, daß sie fünfundfünfzig sein würde, wenn er auslief. Fünfundfünfzig! Sie spürte, wie der Hummer in ihrem von Zuckungen gequälten Magen unbehaglich durchgeschüttelt wurde und wünschte, sie hätte nichts von dem Chardonnay getrunken.

Eine kleine Welle, eigentlich nur ein Kräuseln von Übelkeit durchlief sie. Gut, hatte sie nicht Angst davor gehabt, was auch nur eine schlechte Kollektion für ihr Geschäft bedeuten könnte? Wäre das hier nicht die Rettung und würde sie für alle Zeiten finanziell absichern? Aber wie würde es sein, wenn ihr Name auf den Entwürfen anderer erschien? Oder wenn es ihr nicht mehr gestattet wäre, eigene Arbeiten unter ihrem eigenen Namen anzubieten? Und dann, großer

Gott, die Last, das alles zu beaufsichtigen und zu lenken! Sie war ja ohnehin schon überarbeitet; was käme dann erst auf sie zu? Bill sah sie an. »Karen, ich denke, Sie kennen die Pleiten in diesem Geschäft. Ich möchte nicht, daß wir in einen Kriegszustand miteinander geraten, so wie die Chanel mit den Wertheimers.«

Karen lächelte. Wußte Bill, wie sehr sie die Chanel verehrte? Hatte er einen Centrillo, der diese Dinge für ihn ausforschte? 1924 war sich die Chanel selbst ihr schlimmster Feind gewesen. Sie hatte all ihre Rechte an ihrem Parfüm für eine Beteiligung von nur zehn Prozent abgegeben. Über fünfzig Jahre lang hatten die Wertheimers ungeachtet ständiger gerichtlicher Auseinandersetzungen und anderer juristischer Manöver ihre neunzig Prozent behalten. Und nach Chanels Tod fiel ihnen auch noch der Rest zu. Die Wertheimers waren immer noch eine der mächtigsten Gruppen in der Modewelt.

»Dann wollen Sie mir also mehr als zehn Prozent geben?« fragte Karen.

»Ja, aber ich verlange auch viel. Ich möchte, daß Sie darüber nachdenken und mir dann sagen, ob Sie guten Gewissens willens und fähig sind, sich darauf einzulassen. Daß Sie das Stehvermögen haben und die Energie, daß Sie bereit sind, mehr zu geben und mehr zu tun als bisher. Ich will keinen Neurotiker kaufen oder jemanden, der ausgebrannt ist. Das ist meine Bedingung.«

Karens Lächeln verschwand. Wie sollte sie noch härter arbeiten, als sie es ohnehin schon tat? Großer Gott, sie war doch jetzt schon so müde! Irgendwie hatte sie anfangs dieses Geschäft mit dem Gedanken ausgelotet, daß der Verkauf der Firma ihr zu mehr freier Zeit verhelfen würde. Und immer noch sangen die feinen Stimmen in ihrem Kopf: »Fünfzig Millionen Dollar!« Sie schüttelte den Kopf. »Ich werde über all das nachdenken müssen«, sagte sie.

»Das erwarte ich. Wissen Sie, Sie brauchen auch ihrer Mannschaft jetzt noch nichts von der Sache zu erzählen. Dann gibt es keinen Unmut für den Fall, daß Sie nicht annehmen wollen. Die Sache bleibt vollkommen unter uns, bis ich von Ihnen höre. Und wenn Sie ›nein‹ sagen, dann wird es einfach niemals ein Angebot geben.«

Karen lächelte dankbar. Das war vorausschauend von ihm. Es öffnete ihr einen Ausweg und würde vielleicht ihre Ehe retten. Er war ein kluger, gewitzter Mann. »Noch eins, Bill. Wenn wir uns einig werden wollen, dann müssen Sie mir garantieren, daß niemand von meinen Leuten entlassen wird. Ich will sie mit einigen Anteilen an der Gesellschaft beteiligen, aber das soll keine Abfindung sein.«

»Wir werden Leute einstellen müssen und nicht entlassen«, sagte Bill. »Aber ich glaube nicht, daß mir diese Verteilung der Anteile gefällt. Ich möchte, daß Sie den Löwenanteil erhalten.«

»Einige meiner Leute sind von Anfang an dabeigewesen. Wenn wir ins Geschäft kommen, dann gehört das dazu«, sagte Karen.

Bill dachte darüber nach. »In Ordnung«, er zuckte mit den Schultern. »Aber ich bezweifle, daß sie es zu schätzen wissen.«

Karen blickte ihn dankbar an. Gingen ihr die Maßstäbe verloren, oder hatte er tatsächlich Verständnis? Was immer er hatte oder war – alles war jedenfalls ganz anders, als sie erwartet hatte. Was sollte sie tun? Würde sie jemanden von dem Angebot erzählen oder erst einmal abwarten, bis sie selbst sicher war? Bill hatte ihr die Wahl gelassen. Sie blickte in sein gesundes, attraktives Gesicht. »Ich danke Ihnen«, sagte sie, und sie meinte es ehrlich.

»Betrachten Sie es als mein Geschenk an Sie«, lächelte er.

Nach dem Essen mit Bill Wolper hatte Karen noch eine Verabredung mit Mr. Centrillo, dem sie inzwischen die benötigten Unterlagen zugesandt hatte. Sie wollten sich im Soup Burger Ecke Lexington und 80. Straße treffen. Als sie dort ankam, war sie erleichtert, Mr. Centrillos breites Gesicht zu sehen. Er klopfte auf den leeren Sitz neben sich. Das Restaurant war winzig – nur ein Grill, eine Theke und ein Dutzend Stühle ringsum an den Wänden. Dankbar setzte sie sich hin. Ihr war schwindlig.

»Also, Mrs. Cohen, was gibt es Neues?«

Nun, mir ist gerade das Geschäft meines Lebens angeboten worden, dachte sie. Aber wenn ich einschlage, muß ich meine Freiheit aufgeben. Und vielleicht mit dem Chef schlafen. Irgendwie war das wohl nicht das Richtige, um es Mr. Centrillo zu erzählen. Er wirkte hier noch erdverwurzelter als in seinem kleinen Büro in Brooklyn. Sie versuchte sich zu konzentrieren. »Hm, im Moment bin ich etwas angespannt. Die Arbeit. Aber ich bin vor allem neugierig, was Sie zu berichten haben.« Sie war völlig überdreht. Wie würde sie reagieren, wenn er ihr hier auf der Stelle sagte, daß er ihre echte Mutter gefunden hätte?

Plötzlich begriff sie, daß das der Mensch war, dem sie die Neuigkeit eigentlich erzählen wollte, ihrer echten Mutter. Nicht Belle und auch nicht Carl und bestimmt nicht Jeffrey. Sie wollte der Frau, die sie verstoßen hatte, ins Gesicht sagen, daß sie fünfzig Millionen Dollar wert war.

Aber Centrillo schüttelte nur den Kopf. »Es tut mir leid. Ich kann Ihnen nur sagen, daß ich nichts zu sagen habe. Wenn ich keine weiteren Anhaltspunkte bekomme, wird es noch eine ganze Weile dauern. Ich habe noch nicht alle Möglichkeiten überprüft; bisher jedenfalls nichts als verschlossene Türen. Es tut mir leid«, wiederholte er.

Nun, was hatte sie erwartet?

»Gibt es denn wirklich nichts, das Sie mir noch sagen könnten?« fragte Centrillo. Da fielen ihr die Fotos wieder ein. Karen nickte stumm und holte die beiden Bilder, die sich schließlich doch noch gefunden hatten, aus ihrer Tasche.

»Hier«, sagte sie und schob sie ihm hinüber. »Ich weiß weder, wo sie gemacht wurden noch wann, aber das bin ich.«

»Reizend«, sagte er. »Ganz reizend.« Es hörte sich so an, als ob er es wirklich meinte. Er drehte die Fotos um, aber die Rückseiten waren leer. »Hören Sie«, sagte er, »haben Sie einmal Gelegenheit gehabt, mit Ihrem Vater darüber zu sprechen?« Stumm schüttelte sie den Kopf. »Nun, denken Sie einmal darüber nach. Selbst Kleinigkeiten können hilfreich sein. Der Ort und das Datum wären ein guter Ausgangspunkt. Ein Name wäre natürlich noch besser.« Centrillo blickte sie freundlich an. »Ich weiß, daß es schwer ist, aber ich glaube, es ist Ihre einzige Chance.«

Karen seufzte. Sie konnte sich kaum vorstellen, wie sie das mit Arnold besprechen sollte. Warum nur war sie in manchen Dingen so mutig und hatte dann wieder solche Angst, eine einfache Auskunft zu verlangen? Vielleicht war das das Los jedes adoptierten Kindes – eine so tiefe Unsicherheit, daß es einem unerträglich war, die Eltern, die einen aufgenommen hatten, in Frage zu stellen. Aber vielleicht mußte sie es tun. Würde er ihr etwas sagen? Und konnte sie ihn bitten, Belle nichts davon zu erzählen? Wieviel würde es ihm ausmachen?

»Mrs. Cohen, ich glaube nicht, daß ich noch viel für Sie tun kann, wenn ich nicht weitere Informationen bekomme.«

»Ich werde mit ihm reden«, versprach sie.

Sie gab Centrillo ihre Privatnummer im Büro; an diesen Apparat ging nur sie selbst. Hoffentlich dachte sie daran, sich nicht mit ihrem Namen zu melden. Sie verließen das winzige Restaurant. Mr. Centrillo ging die Lexington Avenue hinunter zur nächsten U-Bahn Station. Karen sah ihm nach. Ihre Brust war wie eingeschnürt. Die Stimmen in ihrem Kopf hatten aufgehört zu singen, und sie merkte jetzt, daß sie noch nie in ihrem Leben so müde gewesen war. Sie konnte Jeffrey von alledem nichts erzählen, und im Büro wartete immer noch die erst halbfertige, mittelmäßige Pariser Kollektion auf sie.

Wenn Bill Wolper wüßte, wie sie sich fühlte, würde er keinen Groschen für sie bieten.

5

Mein eigener Schnitt

Karen ging früh nach Hause, schlief lange und nahm sich den nächsten Morgen frei, um einen Besuch im Metropolitan Museum of Art zu machen. Dort ging sie aber nicht ins Kostüminstitut, sondern in die Annenberg-Galerie, um sich an den Farben Manets, Fantin-Latours und einiger anderer ihrer Lieblingsmaler sattzusehen.

Merkwürdigerweise waren ihr die beliebtesten Maler dieser Periode ziemlich gleichgültig. Monet war brillant, aber irgendwie zu einfach, und über Renoir konnte sie sich nur aufregen – all das Fleisch auf seinen Bildern, das so weich wirkte wie verfaulter Pfirsich! Karen nahm nur das in sich auf, was ihr gefiel: ein Stilleben mit Stiefmütterchen in einer Tonvase oder das Porträt einer Frau in einem dunklen Kleid. Auf dem Weg zum Ausgang kam sie an einem sonderbaren kleinen Bild vorbei. Es war überwiegend in Grautönen und in Schwarz gehalten, die Studie eines Bootes. Es sah aus wie ein Courbet. Sie starrte es an. Es erinnerte sie an etwas – etwas, das sie in einem Film oder in einem Traum gesehen hatte. Aber die Erinnerung war nicht faßbar, sie verharrte auf der Schwelle zum Bewußtsein.

Auf dem Weg zum Büro dachte sie darüber nach, wie es nun weitergehen sollte. Es war ihr ein Greuel, mit einem Geheimnis zu leben, aber wenn sie es preisgäbe, würde sie sich mit den Erwartungen, den Befürchtungen und den Hoffnungen aller anderen auseinandersetzen müssen. Casey war gegen das Geschäft, Mrs. Cruz und die meisten anderen ihrer Belegschaft hatten Angst davor. Mercedes war so versessen auf ihren Anteil am Gewinn, daß sie sich *kaum* beherrschen konnte, und Jeffrey konnte sich *wirklich* nicht beherrschen. Karen spürte Druck aus allen Richtungen auf sich zukommen, und das empfand sie gerade im Augenblick nur als eine weitere Last, die sie davon abhielt, sich um ihre Kollektion für Paris zu kümmern.

Nur Defina, die gute alte Defina, stand dem Handel ungerührt neutral gegenüber. Also entschloß sich Karen, Defina von ihrem Essen mit Bill und dem Angebot zu erzählen. Defina hörte sich die ganze Geschichte schweigend an.

»Fünfzig Millionen, wie? Schön, der Bursche weiß also, was ein Köder ist«, mußte Defina zugeben.

»Aber was soll ich bloß machen?« fragte Karen. »Ich weiß einfach nicht, wie ich mich entscheiden soll.«

»Du weißt, was zu tun ist«, erklärte Defina ihr. »Du tust einfach so lange nichts, bis du weißt, was *du* wirklich willst.«

Genau die Antwort, mit der Karen gerechnet hatte.

Karen arbeitete konzentriert bis zum späten Abend, um ihren freien Vormittag wieder gutzumachen. Es war inzwischen spät geworden, zehn Uhr abend. Defina war immer noch im Gehege, machte sich hier und da zu schaffen und sang immer das gleiche öde Lied von Michael Jackson vor sich hin. Karen hatte inzwischen mehr als fünfzig neue Skizzen fertig, die sie vor sich an die Wand geheftet hatte.

»Könntest du wohl mit dem Gesinge aufhören?« rief sie gereizt. Defina hatte die schlechteste Singstimme, die Karen jemals zu Ohren gekommen war.

»Hast du was gegen meine Stimme? Oder gegen das Lied?«

»Gegen das dämliche Lied.« Karen stand auf, streckte sich und rieb sich die Augen. Gott, war sie müde! Sie ging zum Fenster und blickte hinaus auf das Band von Lichtern, den Autoverkehr auf der Seventh Avenue. Der Jackson-Schlager war schon schlimm genug. Gott sei Dank hielt die Dreifachverglasung wenigstens den Verkehrslärm ab! Karen brauchte etwas Ruhe.

Aber Defina schien ausnahmsweise einmal keine Rücksicht auf ihre Stimmung zu nehmen. Sie wollte reden, und da Dee sich Karens ganze Geschichte von Wolpers Angebot angehört hatte, konnte Karen ihr jetzt wohl kaum sagen, daß sie still sein sollte.

»Was meinst du, wird es mit Stephie als Anprobemodel gutgehen?«

»Warum? Macht sie Schwierigkeiten?«

»Nein. Sie ist ein gutes Mädchen.« Dee schüttelte den Kopf. »Ich hätte dich wohl gar nicht fragen sollen. Du merkst nichts, was du nicht merken willst. Ich nehme an, es ist dir nicht aufgefallen, wieviel Gewicht deine Nichte verloren hat.«

»Stephie?«

»Natürlich, oder glaubst du, ich meine Tiff?«

Karen dachte darüber nach. Stephanies Gesicht wirkte in letzter Zeit etwas hager, aber hatte sie sehr abgenommen? Sie hatte ja nicht viel zuzusetzen, und eigentlich wirkte sie immer gutgelaunt. Vielleicht ein wenig angestrengt. »Ich glaube, daß es ihr ganz gut geht«, sagte Karen und wandte sich wieder ihrer Arbeit zu.

»Wen willst du für Paris haben?«

Ohne große Erklärungen wußte Karen, worauf Defina hinauswollte. Sie hatten sich immer im Stenogrammstil unterhalten, weil jedem klar war, was der andere dachte. Aber im Moment hatte Karen viel wichtigere Sorgen als die, wer in Paris ihre Kleider vorführen sollte. Wenn sie etwas in Panik versetzte, dann nicht die Frage, *wer* in Paris auf dem Laufsteg stehen würde, sondern vielmehr, *was* ihre Models dort eigentlich vorführen sollten. Und wer sich ihre Kollektion dort ansehen und wie die Reaktion darauf sein würde.

»Ich weiß nicht. Wie wär's mit Tangela?« Karen wandte sich wieder den Skizzen an der Wand zu, nahm zwei ab, zerknüllte sie und warf sie fort.

»Das ist doch nicht dein Ernst?«

»Doch, natürlich. Vielleicht hilft ihr das, mit sich selbst ins reine zu kommen.«

»Also, tu es nicht für mich. Es hilft wahrscheinlich doch nicht. Außerdem ist sie noch nicht so weit, daß man sie nach Europa schicken könnte.«

Es wurde langsam höchste Zeit, Mädchen für Paris zu engagieren. Die allerbesten, die allerteuersten waren immer eine Weile im voraus ausgebucht. Aber Karen hatte ohnehin kein Budget, das ihr die Supermodels erlaubt hätte. Sie würden jüngere Mädchen nehmen müssen, solche, für die es schon ein Ereignis war, in Paris auf dem Laufsteg stehen zu dürfen. Natürlich war das riskant. Sie hatten Lampenfieber, es konnte sein, daß sie nicht mehr richtig mit ihren Kleidern zurechtkamen. Glücklicherweise hatte Karen eine Geheimwaffe – Defina. Sie konnte jedem Mädchen beibringen, wie es sich auf dem Laufsteg zu verhalten hatte, vielleicht mit Ausnahme von Tangela, die von ihrer Mutter einfach nichts annehmen wollte. Karen wandte sich Dee zu. »Nun, warum trommelst du nicht einfach die übliche Bande von Verdächtigen zusammen?« fragte sie. Sie drehte sich mit dem Rücken zur Wand und rieb sich die Augen. Die Kollektion brachte es einfach nicht. Sie spürte, wie sie wieder die Angst zu übermannen drohte. Irgendwie kriegte sie es einfach nicht hin.

»Wie wär's denn mit Melody Craig?« fragte Defina träge.

»Ja. Gut. Aber sie ist so fad. Laß uns eine junge Truppe zusammenstellen, amerikanisches Völkergemisch. Wie wär's mit Maria Lopez?«

»Um Himmels willen, nimm nur nicht Maria. Sie ist ein Spaniel.«

»Hör damit auf, Defina! Keine rassistischen Seitenhiebe.«

»Hey, sie ist eine Latino-Hexe. Ich habe nichts gegen ihre Rasse, nur gegen ihr Auftreten, und ich könnte schwören, daß sie Drogen nimmt. Wie alle Südamerikaner.«

»Ja, und alle Schwarzen haben Musik im Blut. Außer vielleicht dir. Komm schon, Dee! Jetzt reicht es mit den Vorurteilen.«

»Schätzchen, manche Vorurteile sind *zutreffend*. Und ich habe Musik im Blut. Ich kann bloß nicht singen.« Dessen ungeachtet fing Defina wieder an, den Michael-Jackson-Song zu summen.

Karen dachte einen Moment lang nach. Wenn sie schon mit ihren Entwürfen nicht zufrieden war, sollte sie wenigstens zusehen, daß sie bei den Models alles richtig machte. Sie waren sehr wichtig für eine Schau. »Ich möchte Maria. *Und* Tangela. Und Armie. Und Lucinda. Es soll richtig amerikanisch wirken, und die Mädchen wissen alle, wie man meine Kleider trägt.«

»Armie ist inzwischen zu teuer geworden, und sie wird ohnehin wahrscheinlich ausgebucht sein. Sieh mich nicht so an! Du hast sie doch selbst groß herausgebracht. Und Lucinda taugt nichts für den Laufsteg. Sie ist ein Anprobemodel. Sie kann nicht gehen.«

»Dann zeig es ihr.«

»Das ist nicht so einfach. Das weißt du doch.«

»Ach, um Himmels willen, Defina. Hier geht's doch nicht um Raumfahrttechnologie. Sie soll nur die Kleider vorführen.«

»Versuch *du* doch mal, *deinen* Hintern vor tausend kritischen Augenpaaren über den Laufsteg zu schleifen. Dann siehst du ja, wie leicht es ist.«

»Ich weiß, daß man besonders Talent dafür braucht. Aber ich glaube, daß es Lucinda daran nicht fehlt. Und mir gefällt, wie sie aussieht. Darum habe ich sie engagiert.«

Defina schüttelte den Kopf. »Möchtest du vielleicht sonst noch irgendwo Feuer legen heute nacht?« fragte sie. Sie stapfte aus dem Zimmer und hatte dabei schon wieder den Ohrwurm von Michael Jackson auf den Lippen.

Karen besah sich noch einmal seufzend ihre Skizzen. Es hatte alles keinen Pfiff. Vielleicht sollte sie doch an NormCo verkaufen, bevor es zu spät war? Bevor man sie in Paris kreuzigte? Mit ihrer Konzentration war es jetzt ganz vorbei. Sie schloß die Augen, und dann kam ihr das Bild, das sie vormittags im Metropolitan Museum gesehen hatte, wieder in den Sinn.

Außerdem mußte sie, ohne zu wissen warum, an Carls Worte von neulich denken. Was hatte er genau gesagt? Daß sie begabt war? Nun, das stimmte wenigstens im Moment nicht ganz. Aber er hatte noch etwas gesagt: daß sie niemals in Schwarzweiß dachte. Schwarz und weiß. So hieß auch die Melodie, die Defina den ganzen Tag lang sang.

Karen starrte noch einmal auf ihre Skizzen. Die Linien waren gut. Genauso die Stoffmuster. Die Kollektion war ausgewogen. Aber sie war nicht *neu*.

Sie legte ihren Bleistift weg. Defina war jetzt beim Refrain des Jackson-Videos angelangt. »Don't matter if you're black or white«, leierte sie. Wieder mußte Karen an den Courbet in der Met denken.

Aber sie hatte jetzt keine Zeit zu träumen. Sie mußte sich konzentrieren. Plötzlich spürte Karen, wie sich ihr Nackenhaar aufstellte. Sie hatte eine Idee. Eine Vision. Ja. *Ja!* Sie drehte sich zu Defina um, die gerade zurückgekommen war.

»Gut. Hier ist also der Knüller. Wir machen zwei Modenschauen gleichzeitig.«

»Was?«

»Wir machen *zwei* Modenschauen in Paris«, sagte Karen aufgeregt. »Zwei. Zur gleichen Zeit.«

»Karen, Schatz. Du hast eine Kleinigkeit übersehen. Es ist schon schwer genug, bei all der Konkurrenz die Leute dazu zu bewegen, zu *einer* Schau zu kommen.«

»Genau. Das ist ja der Grund, warum wir zwei gleichzeitig machen. Niemand kann beide besuchen. Verstehst du? *Wir* wissen das. Wir bekommen dadurch Oberwasser. Und die eine Schau wird völlig schwarz – die ganze Linie in Schwarz.«

»Du hast doch *nie* etwas Schwarzes gemacht.«

»Aber jetzt mach' ich es. Ich bringe bei der einen Schau alles in Schwarz, und bei der anderen die ganze Linie in Weiß. Genau die gleichen Kleider, in der gleichen Reihenfolge. Aber eine Kollektion in Schwarz, die andere in Weiß.«

Defina blinzelte. »Eine Herde Nonnen? Pinguine?« fragte sie. »Mädchen, du scheinst dich wirklich zu verändern.«

Karen fing an zu lachen. Dee würde es schon noch begreifen. Karen würde nicht nur Carl beweisen, daß sie in Schwarzweiß denken konnte. Das war mehr als ein Witz unter Freunden. Die Modepresse, wichtige Großkunden und ihre ganze berühmte Klientel bevölkerten Paris während der Woche der großen Modenschauen in einem »einzigen, monolithischen Block«, wie es in *Elle* hieß. Jeder Designer zerbrach sich den Kopf darüber, wo er seine Kollektion zeigen konnte, wann, wer vor ihm an der Reihe war und wer nach ihm.

Und sie würde das alles nun ändern. Was, wenn sie eine Party gäbe und niemand käme? Das wäre schlecht. Sie hatte darüber wieder und wieder nachgedacht. Hier in den Staaten war sie eine große Nummer, aber wen kümmerte das in Paris? Wer würde dort kommen, um ihre Kleider zu sehen? Wenn sie aber nun *zwei* Partys gäbe, so daß niemand alle beide gleichzeitig besuchen könnte? Großartig!

Natürlich würde das eine Sensation sein. Das hatte es nie

zuvor gegeben. Und sie hatte nie zuvor schwarze Kleider gezeigt. Schwarz war *die* Farbe, bevorzugt von allen New Yorker Modegrößen – alle, angefangen von Tina Brown bis hin zu Grace Mirabella trugen ständig ihr kleines Schwarzes. Aber Karen hatte, teils aus Trotz, niemals schwarze Stoffe verwendet. Ihre Kundinnen lechzten danach. Die Händler schrien danach. Aber sie war immer hart geblieben. So als wenn sie sich es die ganze Zeit über für diesen Moment aufgespart hätte. Karen spürte, wie ihr Herz klopfte und ihr das Blut ins Gesicht schoß.

»Das reinste Höllenfeuer, das du da entfachst«, sagte Defina und fing an zu grinsen. »Noch einen Saal mieten, noch mehr Models engagieren, noch mehr Einladungen, ganz davon zu schweigen, noch eine weitere Kollektion fertigzubekommen …«

»Die Einladungen Schwarz auf Weiß für die eine Schau und Weiß auf Schwarz für die andere«, erklärte Karen. »Wir machen die eine Schau am linken Ufer, die andere am rechten Ufer. Und wir spielen Michael Jackson. *Ebony and Ivory*. Und das Lied, das du die ganze Zeit vor dich hinsummst. Und wir werden niemandem im voraus davon erzählen. Sie müssen es selbst herausfinden.« Karen lachte. »Und zum Schluß bringen wir *zwei* Hochzeitskleider.« Eine Modenschau in Paris endete traditionellerweise mit einem Hochzeitskleid. »Auf der weißen Schau ein weißes Hochzeitskleid, und auf der schwarzen Schau ein schwarzes.«

Defina blickte Karen an. »Es gefällt mir«, sagte sie langsam. »Es hat Pfiff. Und es ist gut fürs Marketing. Unsere Käufer *lieben* Schwarz. Ich wünschte nur, du hättest dir das vor ungefähr anderthalb Monaten ausgedacht.«

»Ja, und ich wünschte, sie würden in Bosnien aufhören zu kämpfen. Es geht nicht immer so, wie man will, Dee.« Sie grätschte nach Art von Mick Jagger durchs Büro. »You can't always get what you want«, sang sie.

»Du kriegst nicht immer, was du willst«, nahm Defina den Gesang auf. »Aber wenn du es ein Weilchen versuchst, entdeckst du vielleicht, daß du bekommst, was du *brauchst*. Huhu!« Die beiden tanzten zusammen durch den Raum.

»Ich wußte doch, daß du manchmal ein wirklich kluges weißes Mädchen bist«, keuchte Defina schließlich zustimmend.

»O Dee! Ist es nicht toll?«

»Das wird sie echt erschlagen in Paris«, versprach Defina.

»Wer braucht jetzt noch NormCo?« rief Karen.

Defina blickte Karen durchdringend an. »Ja, *wer* braucht NormCo?« fragte sie ernst. Bevor Karen antworten konnte, klingelte das Telefon. Sie lief zu ihrem Schreibtisch und nahm den Hörer ab.

»Schau mal aus dem Fenster«, sagte eine Männerstimme am anderen Ende der Leitung. Einen Moment lang dachte Karen, es könnte Centrillo sein, der vielleicht neun Stockwerke unter ihnen draußen stünde und ihre echte Mutter mit Handschellen an seine dicken Gelenke gefesselt hatte. Aber es war nicht Centrillos warme, beruhigende Stimme. »Kannst du mich sehen?« fragte die Stimme, und jetzt erkannte sie Perry Silverman.

»Wo bist du, Perry?«

»Draußen. An der Ecke. In der Telefonzelle auf der Ostseite der 37. Straße.« Karen blicke aus dem Fenster. »Kannst du mich sehen?« fragte Perry. »Ich winke.«

Sie konnte ihn sehen, besser gesagt, sie sah jemanden, der wie ein Signalposten winkte. War Perry betrunken? Ist der Papst Pole? »Ich sehe dich, Perry.«

»Gut. Und willst du mit mir schlafen?«

»Ich glaube, du hast da ein paar Dinge übersehen.«

»Ach ja. Wie wär's denn zunächst einmal mit einem Drink?«

»Ich glaube, du hattest schon einen. Korrekt?«

»Du bist wirklich mal ein kluges jüdisches Mädchen.«

Hatte Defina nicht gerade noch etwas in der Art gesagt? Karen blickte zu Dee hinüber und zuckte die Schultern. Defina gestikulierte und bedeutete ihr, daß sie gehen wolle. Karen nickte. Für sie war es auch Zeit, zu verschwinden. »Was willst du, Perry?«

»Beam mich rauf, Scotty.«

»Wie wär's, wenn ich runterkäme und dich nach Hause brächte?«

»Mein Bett ist nicht bezogen.«

»Du übersiehst schon wieder ein paar Dinge, Perry.« Karen hörte die automatische Ansage, daß das Geld verbracht war und das Gespräch gleich unterbrochen würde. »Ich bin gleich unten!« rief Karen und versuchte, die Automatenstimme zu übertönen. Dann legte sie auf und zog sich ihren Regenmantel über. »Würdest du für mich abschließen, Defina?« rief sie.

Perry stand immer noch in der Telefonzelle, als Karen dort ankam.

»Karen!« rief er, als er sie erblickte, so als träfen sie sich rein zufällig hier. Wie betrunken war er? Wußte er noch, daß er sie gerade angerufen hatte, oder hatte er bereits einen permanenten Blackout?

Perry kam ihr aus der Telefonzelle heraus entgegen. Er taumelte nicht, aber sein Blick war glasig und ging ins Leere. Als er sie erreicht hatte, legte er seinen Arm um ihre Schulter und brachte seinen Mund nahe an ihr Ohr. Er hatte gerade ihre Größe; Jeffrey war viel größer. »Laß uns ein Baby machen«, flüsterte Perry.

»Junge, da hast du wohl das falsche Mädchen erwischt«, gab Karen ihm zu verstehen und winkte ein Taxi herbei, das gerade über die Kreuzung fuhr. »Steig in das Taxi, Perry.«

»Klar«, sagte er vergnügt. »Wo fahren wir hin?«

»Ecke Spring Street und West Broadway«, sagte sie zu dem Fahrer.

»Großartig. Da wohn' ich ganz in der Nähe!«

»Tatsächlich?« bemerkte sie trocken. »Welch ein Zufall.«

Im Taxi schien er zu schlafen, und als sie ihm schließlich hinaushalf, hatte er Schwierigkeiten, sich aufrechtzuhalten. Dann stand er völlig reglos da. Schnappt er jetzt ganz über, fragte sie sich, aber dann begriff sie, daß er weinte. Als er sein Gesicht hob und sie ansah, spiegelten sich die Lichter der Bar an der Straßenecke in seinen Tränen. Mit einem leichten Nicken wies er auf die Neonreklame. »Weißt du, daß ich aushilfsweise wieder als Barkeeper arbeite? Ich habe das schon als Student gemacht, um mir ein paar Dollar dazuzuverdienen. Und später manchmal, um der Einsamkeit zu entgehen, der Isolation. Aber jetzt ist es nur noch traurig.

Ich bin sechsundvierzig.« Er starrte in die Dunkelheit und hob dann die Schultern. »Ich kann nicht mehr malen. Ich will dieses Leben ohne Lottie nicht mehr. Sie hat alles Licht mitgenommen, als sie gegangen ist.«

Karen legte den Arm um ihn, und er drückte sie an sich. »Es ist so finster. Es ist so finster«, flüsterte er. Sie konnte nichts sagen, ihn mit nichts über diesen schlimmsten Schmerz hinwegtrösten. Also hielt sie ihn einfach, und so standen sie zusammen in der Gosse vor der Spring Street Bar.

»Ich wußte nicht, daß ich irgend jemanden so sehr lieben könnte«, schluchzte er. »Jetzt, da mein Kind nicht mehr am Leben ist, warum soll ich da noch leben?«

Bei seinen Worten durchschossen Karen blitzartig zwei Gedanken. Würde Belle so um sie getrauert haben, wenn sie gestorben wäre? Und wie sollte sie selbst weitermachen ohne jemanden, den sie so sehr liebte, wie Perry Lottie liebte?

Seit einer Woche spielten Karen und Jeffrey jetzt das Spielchen »Wer schafft es, später nach Hause zu kommen«. Deshalb war sie, als sie völlig erschöpft in ihrer Wohnung ankam, überrascht, ihn auf dem Sofa im Wohnzimmer ausgestreckt zu finden. Er hatte einen Stapel Akten auf dem Bauch liegen und ein Glas Wein neben sich stehen.

»Du bist früh daheim«, sagte sie.

»Und du spät. Hör zu, Karen. Es tut mir leid, wenn ich mich wegen der Elle-Halle-Geschichte wie ein Arschloch benommen habe …«

Gott sei Dank, er entschuldigte sich! Mehr brauchte sie nicht, um ihre eigene Deckung zu verlassen.

»Jedenfalls war ich dir wohl keine Hilfe. Aber mir macht diese NormCo-Sache zu schaffen. Wir haben immer noch kein Angebot von ihnen, und vielleicht bekommen wir auch nie eins. Ich glaube, ihnen hat vielleicht die Bewertung unseres Inventars nicht gefallen. Es ist meine Schuld.«

Karen wandte schuldbewußt den Blick ab. Jeffrey hatte Angst, daß sie vielleicht niemals ein Angebot bekämen, während sie bereits ein unglaubliches erhalten und ihm nichts davon erzählt hatte. O Gott, wer sollte sich hier bei wem entschuldigen? Sie ging zu ihm, aber er hob abwehrend die Hand; sie griff danach. »Jeffrey, bitte. Hör mir zu. Ich wollte nie ins große Geschäft. Ich wollte nur einfach tun, was ich tue. Es geht uns im Moment ganz gut. Wir sind nicht arm. Das Geschäft läuft besser als jemals zuvor. Mach dir nicht solche Sorgen. Wir werden unsere Schulden bezahlen. Und ich werde mit einer *großartigen* Kollektion für Paris herauskommen. Wir haben zwei schöne Behausungen und Geld auf der Bank. Da wir doch keine Kinder haben, wozu wäre uns da das ganze Geld nütze?«

»Ist es das, worum es geht?« fragte er und zog seine Hand weg. »Kinder? Zum Kuckuck, Karen, wie kannst du immer noch darauf herumreiten, selbst in einer Situation wie dieser? Hast du denn gar keinen Sinn für Proportionen? Hier steht eine ganz einmalige Gelegenheit auf dem Spiel, eine, die man nur einmal im Leben bekommt. Das ist wichtig.«

Sie dachte an Perry, wie er im Regen stand. »Proportionen? Ich bin es nicht, der der Sinn für Proportionen fehlt, Jeffrey! Ein *Kind* zu haben, das ist die einmaligste Sache im Leben.«

»Genau wie der Verkauf einer Firma.«

»Also, ich habe noch von niemandem gehört, der auf dem Totenbett gelegen und gesagt hätte, daß es ihm am meisten leid tue, daß er nicht mehr Zeit aufs Geschäft verwandt habe. Erzähl mir nur nicht, *ich* hätte die Maßstäbe verloren!« Aber ganz plötzlich ließ ihr Ärger nach, und es tat ihr nur noch für sie beide leid. Jeffrey war ihr niemals so verwundbar vorgekommen, und nie bisher hatte er sich derart verstiegen. »Versuch jedenfalls nicht, mir zu erklären, daß dies keine passende Gelegenheit wäre. Wir reden von meiner Zukunft.«

»Deine Zukunft, dein Name. Was ist mit *meiner* Zukunft? Es ist auch mein Name. Vielleicht könntest du ausnahmsweise einmal daran denken.« Er wirbelte herum und ließ – zufällig oder absichtlich – sein Weinglas los, das durch den Raum flog und am Eßtisch zerschellte. Jeffrey stampfte zu einem der Fenster und riß es auf. Eine Weile stand er schweigend da, Karen den Rücken zugekehrt. In diesem Augenblick bemitleidete sie Jeffrey und verachtete ihn.

Jeffrey atmete tief ein. Der Versuch, seine Emotionen unter

Kontrolle zu bekommen, sah ihm nicht ähnlich, aber offensichtlich unterzog er sich gerade der Mühe. Er wandte sich ihr wieder zu. »Ich habe dieses Geschäft gewollt, Karen.«

»Und ich habe ein Baby gewollt«, sagte sie. »Aber es geht nicht immer danach, was wir wollen.« Dann drehte sie sich um und ließ ihn stehen.

Als sie am nächsten Morgen aufwachte, stellte ihr Jeffrey gerade ein Tablett mit einer Melonenscheibe, einem Croissant, etwas Butter und Marmelade und der *Times*, »*W*« und *Woman Wear Daily* aufs Bett. Obenauf lag eine einzelne weiße Rose. Karen stützte sich auf die Kissen und richtete sich etwas auf.

»Wem habe ich denn diesen Service zu verdanken?« fragte sie.

»Mir«, erwiderte er, setzte sich ans Bettende und legte seine Hand auf ihren Fuß. »Es tut mir leid wegen gestern abend«, sagte er. »Alles, was vorgefallen ist, tut mir leid.« Karen nahm die Tasse und nickte unverbindlich. So einfach ging es nun auch wieder nicht.

Das Frühstück war seine Entschuldigung. Aber glaubte er, daß er sein Ziel mit einer Scheibe Melone erreichen konnte? Trotzdem – sie mußte ihn anlächeln. Immerhin versuchte er es wenigstens. Solange sie verheiratet waren, war er nach jedem großen Streit wieder zu sich gekommen und hatte in Ruhe über alles nachgedacht. Und danach war er dann immer kompromißbereit gewesen. Das war mehr, als man von den meisten Männern sagen konnte. Jeffrey fand immer wieder den Weg zu ihr, und das machte sie mehr als alles andere sicher in ihrem Glauben, daß er sie liebte. Sie hatte niemals in Betracht gezogen, daß er *sie* brauchen könnte.

»Also hör zu. Ich habe eine Idee. Ein Tauschhandel«, sagte Jeffrey jetzt.

Karen setzte die Tasse wieder ab. »Ein Tauschhandel?« wiederholte sie. »Tauschhandel« waren wichtig. Sie schaute ihn an. »Was hast du im Sinn?« fragte sie.

»Ich glaube, ich habe eine Möglichkeit für einen Kompromiß gefunden, so daß wir beide bekommen, was wir wirklich wollen«, sagte er. »Könnten wir es nicht so machen: Wenn wir das offizielle Angebot bekommen, *falls* wir ein Angebot bekommen, dann stimmst du dem Verkauf an NormCo zu, und ich bin damit einverstanden, daß du ein Baby adoptierst?«

»Ein Baby?« fragte sie. »Wir könnten ein Baby adoptieren?« Er nickte. »Aber willst du auch wirklich eins?« fragte sie.

Der Griff um ihren Fußknöchel wurde fester. »Sieh mal, Karen, ich versuche, mein Bestes zu geben. Ich weiß, daß du wegen mir Kummer hattest, aber ich wollte kein Kind adoptieren, und ich kann jetzt nicht so tun, als würde ich die Dinge ganz anders empfinden. Dieser Verkauf ist etwas, das ich wirklich will, und ein Baby ist etwas, das *du* aus irgendwelchen Gründen wirklich willst. Ich kann deine Gefühle verstehen, selbst wenn ich sie nicht mit dem gleichen Enthusiasmus teile. Und ich hoffe, daß du verstehen kannst, wie ich empfinde. Ich will, daß du glücklich bist, und ich hoffe, daß du dir das gleiche für mich wünscht. Was also meinst du? Ein Tauschhandel?«

Sie starrte ihn an. Meinte er es ernst? Und ging die Sache so in Ordnung, wenn er es ernst meinte? Sie fühlte, wie ihr das Herz in der Brust pochte. Lag Defina doch falsch? Konnte sie, Karen, alles bekommen? »Ich weiß nicht, Jeffrey ... Ich weiß nicht, ob man darum feilschen kann. Ich meine, es ist nicht gut, wenn du die Elternrolle nur widerwillig annimmst.«

»Ja, und du solltest auch keinen Widerwillen dagegen haben, KKInc zu verkaufen. Aber wenn du dich dazu entschließt, dann hast du umso mehr Zeit für ein Baby, und ich genauso. Fürs Malen und für ein Baby. Gar nicht mal so schlecht für einen Burschen, der auf der Höhe der Zeit steht, und das bin ich ja wohl. Irgendwie ist dies die einzige Möglichkeit, wie ich mich daran gewöhnen könnte.«

»Du meinst es also ernst?« fragte sie. Zum erstenmal seit Wochen wurde ihr leichter ums Herz, als wenn eine schwere Last von ihr abgefallen wäre. »Ich meine – denk daran, daß er jetzt hier herumkriechen würde.«

»Ja, und wahrscheinlich auf die Bettdecke pinkeln.«

Karen lachte. Dann hielt sie inne. »Was ist, wenn wir kein Baby bekommen können?«

»Was ist, wenn das Geschäft nicht zustandekommt? Wir tun unser Bestes. Nach Treu und Glauben.«

Karen blinzelte. Wenn sie sich auf diesen Tauschhandel einließ, mußte sie Bill Wolper bald anrufen und ihm sagen, daß er sein Angebot machen konnte. Und wenn Jeffrey erst wußte, um welche Geldsummen es ging, dann würde er auf das Geschäft ganz versessen sein. Es gäbe keine Möglichkeit mehr, ihn zurückzuhalten. Karen biß sich auf die Lippe. Sie seufzte. Vielleicht sollte sie Jeffrey jetzt reinen Wein einschenken und ihm von ihrem Lunch mit Bill erzählen? Aber würde sie dann nicht wie ein Lügner dastehen und Jeffrey wie ein Trottel?

Nein, sie würde noch warten. Morgen wollte sie sich an einen Anwalt wenden und die Adoption in Gang bringen. Dann konnte sie Wolper benachrichtigen. Sie würden beide ihren Willen bekommen.

Jeffrey stand auf, nahm ihre Hand und beugte sich dann hinunter, um sie zu küssen. »Wenn es das ist, was du wirklich willst, Karen«, sagte er, »dann will ich es auch für dich. Ich weiß, daß ich in letzter Zeit ein Arschloch war, aber ich will, daß du glücklich bist.« Er küßte sie. In einer schnellen Gefühlsaufwallung erwiderte sie seinen Kuß. Seine Hände glitten über ihre Schultern und weiter nach unten. Sie machte ihre Lippen von seinen los.

»Einen Moment«, sagte sie und stellte das Frühstückstablett auf den Boden.

»Gute Idee«, stimmte er zu und kam zu ihr ins Bett.

6

Der Duft des Geldes

Sie kamen mit standesgemäßer Verspätung zu Norris Clevelands Party. Seit sie ihren Tauschhandel vereinbart hatten, war Karens Stimmung spürbar besser geworden. Sie arbeitete mit neuer Energie, fühlte sich wieder wohl, und es war nicht länger eine Last, morgens aufzuwachen. Auch Jeffrey schien glücklicher zu sein als sonst. Fröhlich pfeifend ging er, den Arm um Karen gelegt, die Gangway zu dem Viermastschoner hinauf, der für die Einführung des Parfüms »Norris!« gechartert worden war.

Ein illustres Publikum hatte sich versammelt. Karen konnte sich nur wundern, wie Norris es wieder einmal gelungen war, die gesamte Prominenz um sich zu versammeln. Während Jeffrey etwas zu trinken holte, stand sie einen Moment alleine da und besah sich das rege Treiben. Plötzlich legte sich eine Hand auf ihren Rücken. Sie drehte sich um und sah genau in die wachen, freundlichen braunen Augen von Bobby Pillar. »Ich würde ja fragen, was eine Klassefrau wie Sie hier verloren hat, aber das könnte ein schlechtes Licht auf meine eigene Anwesenheit werfen«, sagte Bobby und lachte. Dann zog er sie an sich, als ob sie sich seit ihrem zufälligen Treffen in Elle Halles Studio jeden Abend gesehen hätten. »Sie waren einfach wunderbar bei der Sendung von Elle«, fuhr er fort. »Habe ich es Ihnen nicht gesagt? Sie strahlten eine enorme Wärme und Natürlichkeit aus. Das ist ein Geschenk, wissen Sie. Die Leute glauben, was Sie ihnen erzählen.« Bobby schien vor Enthusiasmus zu bersten. Er verströmte ihn regelrecht. Selbst sein kahler Kopf strahlte.

»Danke, Bobby. Ich glaube, die Show ist ganz gut angekommen.«

»*Haben* Sie sich denn nun in die Hosen gemacht? Ich habe genau hingeguckt, konnte aber nichts feststellen.«

Karen mußte lachen. Er war unmöglich, aber dabei so umwerfend natürlich. Sie mochte ihn wirklich. »Und Sie? Werden Sie Norris' Parfüm im Fernsehen verkaufen?« fragte sie.

»Diese Rattenpisse? Sie hat versucht, mich zu ködern, aber ich habe nicht angebissen. Haben Sie einmal daran gerochen? Gott behüte uns! Die Fernsehaufsicht würde mich schneller in Eisen gelegt haben als die Kosaken ihre Pogrome organisieren konnten; falls überhaupt ein Vorwand nötig ist, um einen zu kurz geratenen Juden wie mich in den Kerker zu werfen.« Er lachte und wirkte dabei so ehrlich, daß Karen mitlachen mußte. Es mochte ja sein, daß man sich mit Geld im Hintergrund alles erlauben konnte, aber Bobby war schon so geradeheraus gewesen, bevor er sein Glück gemacht hatte.

»Also, *mammela,* werden Sie denn mal mit Onkel Bobby darüber reden, wie es mit einer Kollektion fürs Fernsehen aussieht?«

»Ich glaube nicht, Bobby. Ich denke gerade mehr über den Massenmarkt nach ...«, Karen brach ab.

»Nun, ich höre, Sie zwitschern ein kleines Liedchen mit einem NormCo-Vögelchen. Ein Geier! Keine besonders gute Idee.«

Karens Lächeln erstarb. Bevor sie etwas antworten konnte, bevor sie ihn fragen konnte, wie ihm das zu Ohren gekommen war, kehrte Jeffrey zurück. Er und Bobby begrüßten einander, und damit war ihre Konversation auch schon beendet. Es war offensichtlich, daß sie sich nicht mochten. Sie wußte, daß Jeffrey Bobby für vulgär hielt; aber natürlich machte gerade das einen Teil seines Charmes aus.

Bobby lächelte, hob die Hand und machte eine ausladende Geste. »Rufen Sie mich mal an, *mammela*«, sagte er und verschwand in der Menge hinter einer Schar großgewachsener, gertenschlanker Models.

Karen erkannte Linda Evangelista, Carla Bruni, Maria Lopez, Kristen McMenamy und sogar Kate Moss. Alle rauchten. Karen fragte sich, ob Norris wohl bezahlte, damit sie kamen. Dann mußte sie wieder an ihre Pariser Schau denken. Sie fand Maria Lopez immer noch ganz gut, trotz Definas

Einwänden. Maria war nicht so kostspielig wie die anderen, und zusammen mit Tangela und einigen netten blonden und brünetten Mädchen konnte sie wirklich eine schöne Mischung präsentieren. Natürlich strapazierte der Plan mit den zwei Modenschauen zur gleichen Zeit ihr Budget noch mehr. Jeffrey hatte schon lange Klagelieder darüber gesungen, aber sie hatte auf ihrer Idee beharrt.

Gerade als Karen sich von den Mädchen abwenden wollte, gesellte sich ein besonders schlankes Modell zu der Gruppe. Es war Tangela Pompey, und selbst aus der Entfernung konnte Karen den Glanz in den Augen des Mädchens erkennen – und deutlich sehen, wie unmöglich Tangela gekleidet war. Sie trug ein grell purpurfarbenes Miniröckchen und dazu statt einer Bluse eine schwarze Bolerojacke. Die Jacke bedeckte kaum ihre Brüste und wurde nur durch eine einzige Sicherheitsnadel geschlossen. Bildete Karen es sich ein, oder wichen die anderen tatsächlich zurück, als Tangela sich zu ihnen gesellte? Zweifellos war sie ein schönes Mädchen, aber sie war nicht so schön wie ihre Mutter und vielleicht nicht schön genug, um noch viel mehr zu erreichen, als sie bisher erreicht hatte. Dabei hatte sie eine lukrative, sichere Karriere als Anprobemodel vor sich mit ihren perfekten Maßen – wenn sie nur wollte. Aber Karen hatte schon bemerkt, daß Tangela jeglicher Enthusiasmus abging, wenn sie zusammen arbeiteten. Ohne Publikum war das Mädchen tot.

Tangela hatte einen südländisch wirkenden Typ im Schlepptau – wahrscheinlich ihr Freund, mit dem Defina nicht einverstanden war –, außerdem irgendeinen der zahlreichen weniger bekannten Rockmusiker und noch ein Mädchen. Karen mußte zweimal hinschauen. Das andere Mädchen war Stephanie.

Verbindungen zwischen Models und Rockstars waren im Moment sehr im Schwange, Stephanie schien also gut im Trend zu liegen. Warum sonst sollte sie auch mit diesem vergammelt wirkenden blonden Knaben herumhängen?

Karen war völlig überrascht – nein, schockiert –, ihre Nichte hier zu sehen. Wie war sie hereingekommen? Sie war zu jung! Hatte Norris sie eingeladen? War sie ohne Einladung hier? Hatte Tangela sie hergebracht? Gerade tat Stephanie so, als schmollte sie, machte ein paar Schritte von ihrem blonden Adonis weg, drehte sich dann um, lief wieder auf ihn zu und warf sich ihm in die Arme. Die Hand des Burschen fing an, Stephanies Po zu massieren, doch sie warf bloß ihren Kopf zurück und lachte.

Was sollte Karen tun? Auf klassische Art die Tante herauskehren: »Weiß deine Mutter, daß du hier bist?« Sich empört geben und das Kind heimschicken? Es ignorieren, weil die Teenager heute nun mal so sind? Sie wandte sich an Jeffrey. »Schau mal, wer da ist«, sagte sie. Er folgte ihrem Blick, und seine Augen weiteten sich, als er seine Nichte erkannte. »Zeit für den Abgang«, entschied Karen und setzte sich durch die Menge zu Stephanie hin in Bewegung, die inzwischen von dem unappetitlichen Rocker abgeknutscht wurde.

»Hallo, Stephie«, lächelte Karen. Sie versuchte, natürlich zu wirken. Stephanie fuhr herum; sie hatte bereits einen Knutschfleck auf ihrem langen Schwanenhals. *Sehr* attraktiv. Karen wußte gar nicht, daß man das immer noch machte. »Amüsierst du dich?« fragte sie.

»Oh, hallo. Ja. Hallo, Onkel Jeffrey.« Bevor ihre Nichte noch etwas sagen konnte, begann ein Fotograf, Aufnahmen von ihr zu machen, während sein Mitarbeiter nach Stephanies Namen fragte. Der Rocker, stellte Karen fest, tat sein Bestes, um ebenfalls mit aufs Bild zu kommen. Karen mußte zugeben, daß der Bursche ganz nett gewesen wäre, wenn er sich vielleicht sein Haar gewaschen und seine Tätowierungen entfernt hätte. »Ist das nicht eine tolle Party?« fragte Stephanie ins Blitzlicht der Kamera mit leicht schriller Stimme.

»Einfach großartig«, stimmte Jeffrey zu. »So etwas hat es fast drei Tage lang nicht mehr gegeben.« Der Sarkasmus war an das Mädchen verschwendet.

»Wie kommst du nach Hause, Stephie?« fragte Karen.

Ihre Nichte blickte sie unsicher an. »Ich wollte bei Tangela übernachten«, sagte sie. Karen gingen Definas Geschichten über Tangela und den Marmorküchentisch durch den Kopf. Lieber Himmel!

»Weißt du, ich glaube nicht, daß das eine gute Idee ist, Liebes. Wirklich nicht. Warum schläfst du nicht bei uns?«

Stephanie wußte, daß sie ausmanövriert war, und warf dem blonden Gitarrenprinzen einen langen, schmachtenden Blick zu. Karen hatte noch gut im Gedächtnis, wie Stephie eine Barbiepuppe mit dem gleichen Verlangen angesehen hatte. Sie seufzte. »Laß dir ruhig noch ein wenig Zeit, bevor du deinem Freund auf Wiedersehen sagst«, lächelte Karen. »Wir gehen erst in ungefähr einer Viertelstunde.« Eine Viertelstunde reichte ja sicherlich nicht aus, um sich Heroin zu spritzen, oder?

»Was, zum Teufel, denkt Lisa sich dabei?« fragte Jeffrey, als sie den Models den Rücken gekehrt hatten. Das gleiche hatte Karen auch gerade gedacht.

»Ach, du weißt doch, wie die Kinder sind. Stephie hat Lisa bestimmt etwas vorgelogen. Ich habe Belle auch angelogen. Morgen werde ich mit Lisa reden. Wir sind jetzt fast eine halbe Stunde hier. Sehen wir zu, daß wir uns verabschieden.«

Vorher mußten sie sich aber zu Norris Cleveland durchkämpfen, um ihr zu gratulieren. Schließlich entdeckten sie sie, gekleidet in eine ihrer eigenen Kreationen, irgend etwas in Seidenorganza, das eine gute Tischdecke abgegeben hätte. Aber weil es ihre Party war, und weil Karen wohlerzogen war, ging sie auf sie zu und wollte Norris gerade begrüßten, als sie den Mann hinter ihr erkannte. Es war Bill Wolper.

Wie immer bei ihren Auftritten umlagerten die Fotografen Norris, und auch Bill wurde aus allen erdenklichen Richtungen aufgenommen. Karen hoffte, daß er fotogen war und daß seine Mutter ihn nicht am nächsten Morgen anrufen und fragen würde, warum er so zerknittert aussah. Wie angewurzelt blieb sie stehen, und schließlich merkte auch Jeffrey, in welche Richtung sie blickte. »Soso«, sagte er, »kein Wunder, daß wir das Angebot noch nicht bekommen haben. Vielleicht sucht Bill noch. Nun ja, wenn man Karen Kahn, das Original, nicht bekommen kann, dann gibt man sich vielleicht auch mit Norris Cleveland, dem Abklatsch, zufrieden.«

Karen peinigten Schuldgefühle. Sie und nicht Norris war der Grund dafür, daß NormCos Angebot noch nicht in der Firma vorlag. Irgendwie hatte nach vielen Jahren völliger Ehrlichkeit ihrem Mann gegenüber Karens neue Beziehung mit Bill ihre Ehe bereits mit Lügen und Halbwahrheiten belastet. Irgendwie hatte Bill es fertiggebracht, mit ihrer Hilfe Jeffrey wie einen Deppen aussehen zu lassen. Karen gefiel das nicht. Irgendwie hatte sie das Gefühl, Jeffrey beschützen zu müssen. »Sollten wir hinübergehen und guten Tag sagen?« fragte sie. »Aber laß uns nicht Geschäft und Vergnügen durcheinanderbringen.«

»Keine Angst. Hier gibt es *nur* Geschäft«, knurrte Jeffrey.

Die beiden steuerten auf Norris zu. Karen fragte sich, ob Norris vielleicht selbst ein wenig mit Bill Wolper flirtete. Er hatte ja wohl noch tiefere Taschen als Norris Mann von der Wallstreet.

Warum sollte mich das stören, versuchte Karen sich zusammenzureißen. Aber es *störte* sie. Konnte ihr Verkauf wegen Norris platzen? Bills Hand an Norris' Ellbogen ärgerte sie weniger als der Gedanke daran, wie Bill das Talent von Norris gepriesen hatte. Kannte Bill den Unterschied zwischen einer Norris Cleveland und einer Karen Kahn? War Norris seine Rückzugsposition, wenn Sie, Karen, ablehnte? Bevor sie weiter darüber nachdenken konnte, mußte sie Norris begrüßten. »Es ist alles sehr schön«, sagte Karen und lächelte so ehrlich wie sie konnte.

»Wirklich etwas Besonderes. Genau was ich erwartet habe, Norris«, sagte Jeffrey. Karen mußte ein Lachen unterdrücken. Norris' Party war so wenig originell wie ihre Mode, und ihr Parfüm war nur ein Abklatsch von Gio. Aber wenn Norris das wußte, dann schien es sie nicht zu stören. Sie schenkte ihnen ihr berühmtes, strahlendes Totenkopflächeln und wandte sich an Bill.

»Kennen Sie Karen Kahn?« fragte sie.

Jetzt sah Bill zum ersten Mal Karen direkt an. Karen war sicher, daß eine Botschaft in seinen Augen lag, aber sie konnte sie nicht lesen. War es eine Herausforderung? War es eine Warnung? »Wenn Sie nicht ja sagen, dann wird es eine andere tun?« Bevor sie sich schlüssig wurde, streckte Bill Jeffrey seine Hand hin. »Ich kenne beide Kahns«, sagte er.

»Ist es nicht wunderbar?« fragte Norris. »Wir haben bereits die Zusage für eine große Promotionveranstaltung bei Bloomingdale's in New York und bei Bernheart's in Chicago.« Karen fragte sich, wen sie mit »wir« meinte. Waren Bill und Norris schon zusammen im Bett – wenigstens im geschäftlichen Sinn?

Karen zuckte mit den Schultern. »Einfach großartig«, sagte sie. »Ich freue mich riesig für Sie und wünsche Ihnen allen Erfolg, den Sie verdienen.«

Während sie und Jeffrey sich auf den Weg machten, um Stephanie aufzusammeln, konnte Karen spüren, daß Bill ihr mit seinen Blicken folgte.

7

Tochter gesucht

Wenn Karen auf ihrer Suche nach einem Privatdetektiv etwas ratlos gewesen war, so hatte sie bestimmt nicht die gleichen Schwierigkeiten, einen auf Adoptionen spezialisierten Anwalt zu finden. Während all der Zeit, die sie in den Wartezimmern von Ärzten zugebracht hatte, und in allen Berichten, die sie von anderen Betroffenen gehört hatte, tauchte ein Name immer wieder auf: Harvey Kramer war der Mann, an den man sich wenden mußte. Aber als sie am Morgen nach Norris' Party vom Büro aus dort anrief, war sie zunächst schockiert, einen Termin erst in drei Monaten bekommen zu können. Glücklicherweise fiel ihr Robert der Anwalt ein, und durch die Vermittlung seines Büros war dann plötzlich eine Verabredung mit Kramer am Donnerstag möglich.

Bei Kramer, in einem für seine Kanzlei umgebauten Einfamilienhaus in Riverdale, mußten sie zunächst eine halbe Stunde in dem schäbig eingerichteten Wartezimmer zubringen, bis schließlich Harvey, ein dunkelhaariger, fetter, schlechtrasierter Mann sie in sein Büro bat.

»Ich habe die Elle-Halle-Show mit Ihnen gesehen. Sehr schön«, sagte er zustimmend. »Also, was kann ich für Sie tun?« Als wenn er nicht gewußt hätte, was.

Jeffrey schwieg. Karen murmelte unbehaglich etwas von Adoption.

»Hat bei Ihnen denn schon eine Begutachtung der häuslichen Verhältnisse stattgefunden?« Karen schüttelte den Kopf. »Bei wie vielen Anwälten waren sie denn schon?«

»Bei keinem«, gab Karen zu.

Kramer rollte mit den Augen. »Also keine Ahnung!« sagte er, holte tief Luft und blähte dabei seinen Bauch auf. »Gut, dann will ich Ihnen die Lage kurz schildern. Sie haben zwei Möglichkeiten: staatlich oder privat. Aber vom Staat gibt es nur kleine schwarze Rauschgiftbabys oder ältere Kinder, die so mißhandelt wurden, daß sie das Bett nässen werden, bis sie vierzig sind. Außerdem gibt es so etwas wie eine zehnjährige Warteliste für weiße Babys, und trotzdem sind keine da. Und erst recht keine jüdischen Babys. Keine. Das können Sie vergessen. Denn in New York geht ein jüdisches Mädchen, wenn es in Schwierigkeiten ist, in die Klinik.

Es bleibt also nur die Privatadoption, und das ist ein schwieriges Geschäft. Sie müssen eine Frau außerhalb der Staatsgrenzen finden, die demnächst entbinden wird und willens ist, ihr Kind zur Adoption freizugeben. Wir wissen, welches die guten Staaten sind – das sind diejenigen mit vielen schwangeren Mädchen und ohne Abtreibungskliniken. Der Süden und der Mittelwesten sind am besten. Aber in manchen Staaten dürfen Sie nicht annoncieren. Nur mit Zeitungsanzeigen besonderer Art kommen Sie an die Mädchen heran. Sie verstehen, was ich meine?« Es war keine Frage.

»Natürlich müssen sie sehr vorsichtig mit dem Köder sein: Babys zu kaufen ist illegal, damit muß man also *sehr* vorsichtig sein. In manchen Staaten ist man etwas nachsichtiger, wenn Sie mir folgen können. Sally, meine Mitarbeiterin, wird Ihnen helfen. Wir wissen, wo man die Anzeigen veröffentlicht und wie man sie abfaßt. Sie müssen sich in der Zwischenzeit eine separate, geheime Telefonnummer und ein Funktelefon besorgen, so daß sie einen Anruf Tag und Nacht entgegennehmen können. In dem Metier werden keine Bürozeiten eingehalten, und es wird auch niemand später noch einmal anrufen, wenn bei Ihnen besetzt ist. Sie müssen auf alles gefaßt sein. Manche Frauen werden okay sein und manche nicht. Ihre Aufgabe ist es, sie dazu zu bringen, daß sie Sie mögen, also den menschlichen Kontakt herzustellen, Sie wissen, was ich meine? Aber in Ihrer Position müssen Sie vorsichtig sein. Sie wollen das Baby adoptieren, nicht die Mutter. Wenn Sie die werdende Mutter also geködert haben, dann verweisen Sie sie an unser Büro, und Sally wird ihr alle nötigen Formulare schicken. Und *wenn* die Formulare zurückkommen und *wenn* wir ein positives medizinisches Gutachten bekommen, dann nagele ich Sie mit einem Adoptionsvertrag fest. Haben Sie mich soweit verstanden?«

Das war eine direkte Frage, also nickte Karen und blickte zu Jeffrey hinüber, der absolut reglos dasaß. War er vor Ekel gelähmt oder drauf und dran, hier hinauszustürzen? Kramer jedenfalls schien nichts davon zu merken. Wahrscheinlich saßen alle seine Klienten stumm da, als hätten sie einen Schlag mit der Axt erhalten.

»Was Sie wirklich wissen müssen, ist, daß es erst gelaufen ist, wenn es wirklich gelaufen ist. Ein paar von den Mädchen werden Ihnen alles mögliche erzählen, nur um an ein paar Dollar und eine Fahrkarte zu kommen, die es ihnen ermöglicht, Oklahoma zu verlassen. Sie müssen also cool bleiben, bis wir sie soweit haben. Und selbst dann können sie noch eine Kehrtwendung machen und sich entschließen, ihr Baby zu behalten, selbst wenn Sie ihnen durch das letzte Drittel der Schwangerschaft geholfen und alle Rechnungen bezahlt haben. In jedem Staat gibt es unterschiedliche Gesetze: In Texas ist alles gelaufen, sobald der Vertrag unterzeichnet ist. Dann sind die Rechte der leiblichen Mutter sofort aufgehoben. Das Baby gehört Ihnen. In Kalifornien andererseits haben die Mütter ein Jahr lang Zeit, ihre Meinung zu ändern. Absolut durchlässig. Denken Sie also gar nicht erst über Kalifornien nach.« Er hielt einen Moment inne und schüttelte den Kopf. »Die Geschichten, die ich Ihnen da erzählen könnte«, sagte er.

»Wir kümmern uns um die juristische Seite, sowohl hier in New York als auch in dem Staat, wo sie ihr Baby finden. Dafür benötigen wir eine sofortige Vorauszahlung von Ihnen. Das Honorar richtet sich danach, wieviel Arbeit in einem bestimmten Staat nötig ist, und auch danach, wie viele Fehlversuche sich ergeben.« Sein Telefon klingelte, und ohne sich zu entschuldigen, nahm er ab. »Ja?« sagte er. »Oh, was für eine Überraschung. Als hätte ich ihnen nicht gesagt, daß sie sich aus dem Staub machen würde. Gut, stellen Sie ihn durch.« Kramer schwieg ein paar Augenblicke lang und hörte zu. Karen hatte Angst, Jeffrey anzusehen. Dann begann Kramer zu sprechen, wobei er mit dem Kopf nickte. »Ja, ich kann mir vorstellen, daß Ihre Frau aufgebracht ist, aber Sie hätten dem Mädchen kein Geld schicken dürfen. Wir waren ja noch nicht einmal sicher, daß sie überhaupt schwanger war.« Er machte eine kurze Pause. »Lassen Sie mich Ihnen eins sagen: Monatelange Telefongespräche machen noch keine Beziehung aus. Sie können sicher sein, daß sie diesen Betrug bereits bei einem Dutzend anderer Paare durchgezogen hat.« Karen schloß ihre Augen. In ihrem Kopf breiteten sich von den Schläfen her furchtbare Schmerzen aus. Kramer fuhr fort: »Ja. In Ordnung. Also, beim nächsten Mal kommen Sie zu uns, bevor Sie soweit sind. Ganz gleich, was Ihre Frau sagt.«

Kramer legte auf und wandte sich ohne weitere Erklärung wieder ihnen zu. »Meine Mitarbeiterin, Sally, wird Sie über das Gutachten ins Bild setzen. Sie müssen sich einen staatlich beglaubigten Sozialarbeiter engagieren, der zu Ihnen nach Hause kommt und die Verhältnisse überprüft. Sally hat die Formulare. Bis der Hausbesuch bei Ihnen erfolgt ist, können wir ohnehin nichts unternehmen. So, haben Sie noch irgendwelche Fragen?«

Karen, die sich mittlerweile in einem Zustand befand, den sie als Bombentrauma bezeichnet hätte, wenn sie überhaupt noch in der Lage gewesen wäre, nach einer Bezeichnung zu suchen, schüttelte nur den Kopf. Das war nun der *beste* Mann auf diesem Gebiet? Sie schüttelte noch einmal den Kopf. Ihre Kopfschmerzen waren wirklich unglaublich. Als Jeffrey aufstand, hatte sie Mühe, es ihm gleichzutun. Dann fiel es ihr ein.

»Etwas noch«, fragte sie. »Kann die leibliche Mutter nach der Adoption ihr Baby noch ausfindig machen?« Einen verrückten Augenblick lang überlegte sie, ob sie nicht ihre eigene Adoption mit Kramer besprechen sollte. Vielleicht war er dafür besser geeignet als Centrillo? Dann kam sie wieder zur Besinnung. Jeffrey wußte ja überhaupt nichts von ihrer Suche nach ihrer Mutter. »Nicht, wenn Sie es richtig angehen«, erklärte Kramer. »Sie geben niemals Ihren Familiennamen preis. Vor allem nicht in Ihrem Fall. Die amtlichen Aufzeichnungen werden versiegelt. Sonst haben Sie ganz schnell die

Mutter am Hals, die gern Kleider zu Sonderpreisen hätte und so weiter. Mit Prominenten kann das eine sehr heikle Sache sein. Wenn Sie die ganze Geschichte von Michelle Pfeiffers Adoption hören würden, ständen Ihnen die Haare zu Berge. Und das Theater, das Tom Cruise und Nicole Kidman hatten! Die haben es allerdings nicht über uns gemacht.« Karen schnaubte verächtlich. Wichtigtuerei mit Namen! War der Bursche nun ein Lügner, oder kannte er sein Geschäft? »Das ist der Grund, warum Sie eine neue Telefonnummer brauchen«, sagte Kramer. »Und geben Sie niemals Ihre Adresse an. Warum zur Erpressung auch noch einladen? Einige von meinen Klienten hatten romantische Vorstellungen, sich das Baby mit der echten Mutter zu teilen und so weiter. Sie wissen schon, Besuche von der leiblichen Mutter und all das. Aber entweder wird die leibliche Mutter dadurch inspiriert, vor Gericht zu gehen und ihr Baby zurückzufordern, oder sie pumpt sie an jedem Geburtstag an. Vergessen Sie das!«

Kramer stand auf und drehte sich zu der kleinen, vogelgleichen Frau um, die lautlos in der Tür erschienen war. »Sally, das sind Karen und Jerry Kahn.«

»Jeffrey«, korrigierte ihr Mann. Es war das erste Wort, das er bisher gesagt hatte. Karen zuckte zusammen. »Ja. Wie auch immer«, meinte Kramer. »Leg also eine Akte für sie an und gib ihnen die Unterlage für den Hausbesuch. Ach, und dann, äh, müssen sie dir noch einen Vorschuß bezahlen.«

Karen stellte wie betäubt den Scheck aus. Viertausend Dollar.

Zusammen mit Carl saß Karen an ihrem großen Eßtisch, der inzwischen mit zusammengeknüllten Notizblättern überstreut war.

»Wie wäre es damit?« fragte Carl. *»Glückliches, gesundes, häusliches Paar möchte Ihr Baby küssen und kuscheln. Mein Mann und ich warten auf Ihren Telefonanruf. Wir wollen helfen. Rufen Sie gebührenfrei 212 BABYJETZT.«*

Karen zog ein Gesicht. »Schmalzig. Ich muß mich übergeben«, sagte sie.

»Es soll ja schmalzig sein. Sie lieben es schmalzig. Das sind doch die Leute, die Fantasy-Romane lesen, von Regenbogen, Einhörnern und dergleichen mehr. Die Mädchen, die Andenken sammeln. Glaub mir, ich weiß Bescheid.«

Karen seufzte. Das ganze war eine so bizarre Mischung aus Madison-Avenue-Methoden, Telekommunikation und viktorianischer Gefühlsduseligkeit, daß sie kaum wußte, wie sie es durchstehen sollte. Jeffrey ließ von diesem Teil der Angelegenheit ganz seine Finger, und das war gut so. Sie konnte sich seine Reaktion vorstellen.

»Wie findest du das?« schlug sie vor. *»Jeffrey und ich, gebildet und warmherzig, wollen Ihrem Kind ein liebevolles Zuhause geben. Unser Baby soll das Leben von seinen besten Seiten kennenlernen.«* Sie sah Carl an.

»Vergiß es! Viel zu elitär. Und nenn es nicht ›unser Baby‹. Es ist immer noch *ihr* Baby.«

»Hm, da hast du wohl recht«, stimmte Karen zu. »Vielleicht sollte ich doch einfach Sallys Version nehmen.« Sally war ruhig und hilfreich gewesen. Sie hatte den Scheck angenommen, ihnen eine Quittung dafür ausgestellt und Karen eine Liste von Sozialarbeitern und eine von Zeitungen gegeben, in denen sie ihre Anzeigen unterbringen konnten. Bei einigen davon ging das allerdings erst, wenn das Gutachten des Sozialarbeiters vorlag.

»Ich hab's«, sagte Carl plötzlich. *»Helfen Sie uns, unseren Traum Wirklichkeit werden zu lassen. Liebevolles Paar mit schönem Zuhause und in geordneten Verhältnissen sucht verzweifelt ein Baby, um alles mit ihm zu teilen. Können Sie uns helfen?«*

»Nicht schlecht«, gab Karen zu. »Vielleicht lassen wir das ›verzweifelt‹ weg.«

»Kritisieren kann jeder«, brummte Carl.

Karen und Carl waren Sallys Liste der Zeitungen durchgegangen und hatten alle herausgesucht, die in Universitätsstädten erschienen. Dann waren sie und Carl und Defina drei Tage lang damit beschäftigt, in Mississippi, Tennessee, Georgia und Arkansas Kleinanzeigen aufzugeben.

Nachdem Sie für eintausendvierhundertzwanzig Dollar

Anzeigen geordert hatten, war nicht mehr zu tun, als auf einen Anruf zu warten. Karen hatte das Telefon immer dabei. Die Nummer kannten nur Janet, Defina und Carl.

Niemand rief an. Carl und Defina probierten regelmäßig von Telefonzellen aus, ob der Apparat funktionierte, denn sie nahmen an, daß auch ein Mädchen von einer Telefonzelle aus anrufen würde. Mit dem Apparat war alles in Ordnung. Karen fragte Sally um Rat, die vorschlug, es einmal in Ohio zu versuchen. »Es kann jederzeit funktionieren«, sagte Sally tröstend. Also brachten sie in Ohio weitere vier Anzeigen unter. Fünf Tage später, um viertel vor zwei in der Nacht, klingelte das Funktelefon. Karen nahm den Apparat mit ins Badezimmer, schloß die Tür hinter sich und nahm das Gespräch an.

Zunächst meldete sich die Vermittlung und fragte, ob sie ein R-Gespräch von Carol annehmen würde. Natürlich würde Karen das.

»Hallo, Carol.«

Eine verwaschene Stimme am anderen Ende der Leitung murmelte: »Hallo.«

»Ich heiße Karen. Von wo aus rufen Sie an?«

»Von der Telefonzelle gegenüber. Es ist schon spät, nicht wahr? Ist es bei Ihnen auch schon spät?«

»Ja, aber ich bin trotzdem froh, daß Sie anrufen.« Karen begann zu schwitzen. War der Anruf aus Ohio? Hatte sich jemand auf eine der neuen Anzeigen gemeldet? Sprach sie mit der Mutter ihres Babys? Was, zum Teufel, sollte sie jetzt sagen? Ihr Mund war nie zuvor so trocken gewesen. Glücklicherweise brauchte sie überhaupt nichts zu sagen. Carol sprach.

»Sehen Sie, mich hat's erwischt, und ich habe schon ein Baby. Sind Sie interessiert?«

Karen hatte den Eindruck, als ob das Mädchen betrunken wäre. Wie war das noch mit Kindern von Alkoholikern? Wie weit war sie wohl schon? »Wann soll das Baby denn kommen?« fragte Karen. Sie versuchte, locker zu klingen.

»Ich habe noch drei Monate vor mir. Zu spät, um noch etwas daran zu machen, nicht wahr?«

Wovon redet sie jetzt? fragte sich Karen. Eine Abtreibung im sechsten Monat? O Jesus, darauf bin ich nicht vorbereitet, dachte sie und holte tief Luft. »Haben Sie einen Bleistift, Carol?« fragte sie so freundlich wie möglich.

»Nein, aber einen Kugelschreiber.«

»Gut. Gut. Ein Kugelschreiber tut's auch. Hören Sie, ich möchte, daß Sie sich einen Namen notieren. Harvey Kramer. Ich werde Ihnen seine Telefonnummer geben. Er ist unser Anwalt, und er kann uns helfen, alles für Sie in Ordnung zu bringen. Ich werde es Ihnen buchstabieren. Sind Sie soweit?«

Aber die Leitung war schon tot.

8
Verkaufsgespräche

Mit knapper Not erreichten Karen und ihr Troß eine Stunde vor dem Beginn ihrer Verkaufsausstellung Bernheart's in Chicago. Karen genoß das Verkaufen. Sie hatte ein Händchen dafür, blieb aber immer ehrlich und redete keiner Kundin etwas auf, das ihr nicht stand. Im letzten Jahr waren einige ihrer Verkaufsausstellungen in New York und Los Angeles geradezu rekordverdächtig gewesen, aber das bedeutete nicht automatisch, daß sie auch in Chicago erfolgreich sein würde. Diese Stadt, die so sehr auf sich hielt und in der es – hauptsächlich am Lake Shore Drive und an der Miracle Mile – jede Menge Geld gab, war immer noch mit der Patina des konservativen Mittelwestens behaftet. Und sie konnte nicht darauf zählen, daß Chicago und der mittlere Westen verstanden, worauf sie mit ihrer Linie hinauswollte. Darum war es so wichtig für sie, Chicago zu erobern. Denn wenn sie – ganz abgesehen von dem Zwang, schnell ihren Gewinn zu verbessern, und den Erwartungen, die Bernheart's an diese Schau knüpften – jemals expandieren wollte, dann mußte sie von den beiden Küsten aus das Landesinnere erobern. Bei der Verkaufsausstellung heute wollte sie sehen, wie einige ihrer neuen Entwürfe für Paris ankamen, und sie wollte die Reaktion ihrer Kundschaft kennenlernen.

Mit der Kollektion für Paris war sie gut vorangekommen; die Jacketts hatten den Models wie immer gefallen. Es schien so, als ob eine Frau nie zu viele Blazer haben könnte, und es stimmte auch, daß ihre so geschnitten waren, daß man damit gleich eine ganze Reihe von Mißständen kaschieren konnte. Ihre Hosen verkauften sich ohnehin *immer,* und die neuen japanischen Wollstoffe, die sie gerade erprobte – mit sechzig Dollar pro Meter unchristlich teuer –, hatten sich bisher sehr gut bewährt. Es war ein Wunderstoff, der völlig knitterfrei war und blieb. Genau das richtige für unterwegs.

Was ihr Sorgen machte, waren die Kleider. Sie hatte sich dabei wirklich Mühe gegeben. Es waren größtenteils lange, fast wadenlange, durchgeknöpfte Kleider in Tussahseide oder sehr leichtem Bouclé, mit kurzen, gestutzten Ärmeln. Farmer-Look der dreißiger Jahre à la Karen Kahn. Man konnte zu den Kleidern eine Jacke tragen, und ganz gleich, ob mit oder ohne, waren sie für die meisten Frauen ungeheuer schmeichelhaft. Außerdem waren sie vielseitig, sowohl im Büro als auch bei einer Dinnerparty angebracht. Aber das beste war, daß sie völlig unproblematisch zu tragen waren – keine Bluse, die man auswählen mußte, kein Halstuch, das notwendig war. Man schlüpft hinein, zog oder knöpfte das Kleid zu und war angezogen. Dreißig Sekunden.

Im Kaufhaus wurden sie von Ben Crosby erwartet, dem Vizepräsidenten, der ihnen eröffnete, Mercedes Bernard habe gerade angerufen. »Sie hat ein Interview mit Mindy Trawler vom Chicago Herald vereinbart. Es wird die Titelstory in der Modebeilage für diese Woche. Sie wartet oben schon auf sie.«

Karen war nach Seufzen zumute, aber sie brachte ein Lächeln zustande. Jesus! Sie brauchte noch etwas Zeit, um sich vorzubereiten. Karens ganzes Geschäft beruhte auf ihrer Beziehung zu den Einzelhändlern; sie war in einen ständigen Kampf um Ausstellungsfläche gegen die anderen Designer verstrickt. Ganz gleich, wie gut Karens Kleider waren – wenn die Einzelhändler sie nicht ausstellten und der Kundschaft empfahlen, dann verkauften sie sich nicht. Also würde sie ihr Bestes tun, um Crosby glücklich zu machen. PR war natürlich ohnehin wichtig, aber das Interview hätte telefonisch abgewickelt werden und schon ein paar Tage früher stattfinden müssen, damit der Artikel heute erscheinen und noch mehr Publikum zu ihrer Schau in das Geschäft hätte bringen können.

Auf dem Weg durchs Erdgeschoß schlug ihr ein vertrauter Geruch entgegen. O Gott! Norris Clevelands armseliges Parfüm. Das Kaufhaus veranstaltete eine große Werbekampagne dafür, und eine ganze Rotte von Werbeleuten, gekleidet in Norris Clevelands Gelb, versprühte das Zeug überall. Der Gedanke, daß außer ihr auch Norris hier im Mittelpunkt des Interesses stand, gefiel ihr nicht sonderlich.

Aber sie hatte jetzt keine Zeit, sich damit weiter zu beschäftigen, und wandte sich an Defina. »Mach du die Arbeit, ich gehe und heimse den Ruhm ein«, sagte sie. »Kannst du alles organisieren, während ich das Interview absolviere?«

»Mir sind zehn Modenschauen lieber als ein Interview mit so einer Modehexe.« Defina schüttelte den Kopf. Sie war nicht gut auf die Modepresse zu sprechen. »Ich hoffe, du hast schon ein paar Geschenke für die Hexe bereitgelegt«, fügte sie düster hinzu. Die Modejournalisten waren dafür bekannt, alles zu nehmen, was sie bekommen konnten, von Essenseinladungen bis hin zu Pelzmänteln. Karen zuckte die Schultern. »Ich bin sicher, daß wir irgend etwas finden, was ihr gefällt«, gurrte sie.

»Ja. Hoffen wir, daß es keins von den Zweitausend-Dollar-Jacketts ist.«

Defina drehte sich zu den vier Models um, die sie mit nach Chicago genommen hatten, darunter Tangela und Stephanie. »Laßt uns gehen. Wir haben eine Stunde, um gutaussehende Frauen aus euch zu machen. Ich bete zu Gott, daß die Zeit ausreicht.« Sie verschwand mit den Mädchen, während Karen von Crosby die Treppe hinauf zum Verkaufsbüro begleitet wurde.

Dort wartete Mindy Trawler. Als Karen ihr die Hand reichte und das Mädchen aufstand, sah Karen, daß sie einen dicken Bauch hatte. Im wievielten Monat war sie? Sie mußte sich zwingen, weiter zu lächeln, weil in ihr Gefühle hochkamen, mit denen sie nicht gerechnet hatte. Karen wußte, daß sie sie verbergen mußte, aber einen Augenblick lang waren sie so stark, daß es ihr den Atem nahm.

»Wann ist es denn soweit?« fragte sie und versuchte ihrer Stimme einen freundlichen und lässigen Klang zu geben.

»Nächsten Monat, aber ich habe das Gefühl, daß ich schon ewig schwanger bin.«

Karen nickte verständnisvoll, als könne sie das nachvollziehen. »Nun, das ist ja großartig«, sagte sie. »Ich kann gar nicht glauben, daß Sie sich da noch die Zeit für das Interview genommen haben. Kann ich irgend etwas tun, um es Ihnen bequem zu machen? Es ist sicher nicht mehr so leicht für Sie, sich auf den Beinen zu halten. Brauchen Sie eine Sitzgelegenheit während des Interviews?« Mindy schüttelte den Kopf, als ob ihr diese Aufmerksamkeit peinlich sei, und fing gleich mit dem Interview an. »Also, dann möchte ich Sie fragen: Viele Modeschöpfer halten Chicago, was die Mode anbelangt, für eine zweitklassige Stadt. Haben Sie irgendwelche Lieblingskunden hier, oder arbeiten Sie nur für die Elise Elliots dieser Welt?«

O Gott! Das konnte Karen nun wirklich nicht gebrauchen! Aber sie lächelte. »Nun, jemand hat einmal Chanel genau die gleiche Frage gestellt«, sagte Karen. »Ich bin keine Chanel, aber ich will Ihnen sagen, was sie erwidert hat: ›Mir sind die lieb, die ihre Rechnungen bezahlen. Ich brauche keine Prinzessinnen und Komtessen und Thronprätendenten. Diese Frauen sind von ihrem eigenen Adel so beeindruckt, daß es unter ihrer Würde ist, einen Scheck zu schicken. Nehmen Sie dagegen die schicke Frau eines reichen Geschäftsmannes, der bei seinen Verträgen mit dem Staat ein wenig schummelt. So eine Frau hat nicht die Sicherheit, sich großartig in Pose zu werfen; so eine Frau bezahlt ihren Schneider.‹«

»So, Sie mögen also die Frauen, die sich nicht so sicher fühlen?«

O Gott. Von der Sorte war sie also. »Nein, keineswegs. Ich liebe alle meine Klienten«, sagte Karen. Sie blickte auf die Uhr. »Haben Sie noch viele Fragen?«

»Nun, eigentlich wollte ich weniger ein Interview machen, als Sie einfach durch die Verkaufsschau begleiten. Ist das in Ordnung?« Mindy lächelte. »Wissen Sie, eine Art Blick hinter die Kulissen für unsere Leser.«

O verdammt, dachte Karen. Genau das, was mir noch fehlt! Eine Spionin hinter den Kulissen, die jede schnippische Bemerkung aufschnappt und von jedem Verkauf erfährt. Außerdem konnte sie es sich nicht leisten, daß ihre Entwürfe für Paris jetzt schon in der Presse bekannt wurden. Definas Reaktion darauf wollte sie sich lieber nicht vorstellen. Dennoch lächelte Karen. Dieses Mädchen hatte sicherlich zu wenig Erfahrung, um wirklich zu begreifen, was sie zu sehen bekommen würde. »Was für eine großartige Idee«, sagte sie. »Wir würden uns sehr freuen.«

Mrs. Montand stand vor dem großen dreiteiligen Spiegel und betrachtete sich prüfend in einem der langen Seidenkleider, das Defina ihr hereingebracht hatte. »Das geht nicht, Karen. Das Kleid ist großartig, aber nicht für mich. Ich habe keine Taille.«

Karen musterte sie kritisch. Mrs. Montand war eine gute Kundin, eine, die fast von Anfang an bei Karen gekauft hatte, aber sie war konservativ, und sie wußte, was sie wollte.

»Sie hat recht«, sagte Karen zu Defina, »was die Taille betrifft.«

Defina nickte. »Aber Sie haben tolle Beine. Bleiben Sie bei den kurzen Röcken und den Blazerjacketts.«

»Oder wie wäre es mit diesem Strickkleid?« fragte Karen.

»Mit meinem Hintern?« Mrs. Montand zog die Augenbrauen hoch. »Sie würden staunen.« Karen drehte sich herum und zeigte auf ihre eigene Hinterfront. »Bei mir geht es.«

»Gut. Ich werde es versuchen«, stimmte Mrs. Montand zu.

Karen überließ es Defina, sich weiter um Mrs. Montand zu kümmern, und schlenderte zurück in den Verkaufsbereich. Auf dem Weg zu den Kleiderständen, die KKInc eigens für die Verkaufsschau aufgestellt hatte, hörte sie ständig ein ploppendes Geräusch wie von Blitzlichtern oder von Flaschen, die entkorkt wurden. Was war das bloß? Sie hatte keine Zeit, sich darum zu kümmern. Mehr als zwei Dutzend Frauen arbeiteten sich inzwischen durch die prallgefüllten Kleiderständer von KKInc. Defina hielt die Pariser Kollektion natürlich genau im Auge.

»O Gott! Ich liebe diese Jacke einfach! Und Grau ist *die* Farbe der Saison«, sagte eine große, blonde Matrone zu Karen. Die Jacke war aus grauem Wollbouclé. Und war für die Frau völlig ungeeignet.

»Sie *ist* großartig«, pflichtete Karen bei. »Aber haben Sie die hier gesehen?« Sie hielt ihr eine von ihren marineblauen

Zweireihern hin. »Wissen Sie, marineblau ist durchaus nicht so neutral, wie die meisten Frauen denken. Die Mehrheit von ihnen kann es gar nicht tragen. Aber für Sie wäre es gut«, sagte sie wahrheitsgemäß.

»Gut. Aber was ist die beste Farbe in diesem Jahr?«

»Diejenige, die Ihnen am besten steht«, erwiderte Karen mit einem Lächeln.

»Schön«, gab die Frau zu, »ich weiß es eben nicht so genau, und so bleibe ich meistens bei Schwarz. Nur bei Ihnen gerate ich durcheinander, weil Sie nichts Schwarzes machen.«

»Schwarz ist eine undankbare Farbe für die meisten Frauen«, sagte Karen.

Dann konnte sie gewissermaßen zusehen, wie die Frau einsichtig wurde. Es war eine Art »Karen-Kahn-hat-mir-gesagt«-Syndrom. Karen hatte sich immer noch nicht daran gewöhnt.

»Vielleicht probieren Sie auch mal ein langes Kleid. Es müßte Ihnen gut stehen.« Sie nahm eines in Größe 42 von der Stange und gab es der Frau. »Was halten Sie davon?« fragte sie.

»Ich trage für gewöhnlich keine Kleider, aber es ist wirklich hübsch.« Dann warf sie einen Blick auf das Etikett. »Aber ich habe Größe vierzig.«

Mist. Wenn Sie Größe 40 hatte, dann war Karen blind. »Sie fallen ein wenig klein aus«, sagte sie diplomatisch. »Wollen Sie nicht beide versuchen?«

Nicht recht überzeugt nahm die Frau zwei Kleider mit und ging damit Richtung Umkleidekabinen. »Ich bin sicher, daß ich Größe vierzig habe!« rief sie Karen noch zu. Karen lächelte und nickte, aber sie hätte am liebsten Gift und Galle gespuckt. Diese verfluchte falsche Selbsteinschätzung. Vor Jahren hatte Albert Nipon herausgefunden, daß viele Frauen mit Größe 40 seine Kleider kauften – falls sie in Größe 38 paßten. Also schnitt er einfach alles größer. Fast alle waren seinem Vorbild gefolgt, wenn auch die meisten Designer nicht zugaben, daß sie es taten. Karen kam einfach nicht darüber hinweg, daß manche Frauen sich absolut weigerten, Kleidung zu kaufen, die ihnen perfekt paßte und in denen sie großartig aussahen, wenn das Größenschild nicht mit der

Größe übereinstimmte, die sie gerne gehabt hätten. Folgerichtig hatte die Industrie auf breiter Front begonnen, die Größen herabzusetzen. Natürlich blieben die besten Modehäuser bei den richtigen Größen, aber *deren* Kundinnen waren ja auch die, die sehr figurbewußt waren und die Zeit und das Geld hatten, sich in Form zu halten. Karen hatte sich bisher standhaft geweigert, dabei mitzumachen, obwohl Jeffrey, Casey und sogar Defina ihr damit auf die Nerven gefallen waren. Was blieb ihr auch anderes übrig – Mrs. Cruz würde sicherlich mit einem Herzinfarkt reagieren. Karen lächelte unbeirrt weiter und stieß Defina an. »Steck die Blonde in das Zweiundvierziger-Kleid«, sagte sie mit zusammengebissenen Zähnen. »Schneid das Größenschild heraus. Es wird ihr wunderbar stehen.« Defina nickte. Sie trug speziell für dieses kleine Manöver stets ein winziges, rasiermesserscharfes Taschenmesser bei sich.

Mindy Trawler hatte sie und Defina beobachtet. Karen strahlte sie an und war dabei bemüht, Mindys gewaltigen Bauch zu übersehen. Und schon war sie von zwei weiteren Kundinnen in Anspruch genommen. Sie *mußten* das Bouclé einfach einmal anprobieren. Karen hatte jetzt fast drei Stunden in vorderster Linie gestanden und gewann langsam den Eindruck, daß es die beste Verkaufsschau war, die sie bisher veranstaltet hatte. Abgesehen von Mrs. Montand und ihrer nicht existierenden Taille und ungeachtet der Blondine und ihrer fixen Idee mit Größe 40 waren die Kleider der große Renner, und auch einige der anderen Designs für Paris verkauften sich gut. Karen fühlte sich bestätigt, war aber gleichzeitig sehr erschöpft. Der kleine, rundliche Mr. Crosby kam den Gang entlanggetanzt. Mit freudig gerötetem Gesicht kündigte er an, daß jetzt Tee und Champagner serviert würde.

Und schon rollte man drei Wagen aus dem Lastenaufzug heraus. Es war alles wundervoll angerichtet, und es gab sogar echten Champagner. Dutzende der Kundinnen, Tangela, Defina und natürlich Mindy Trawler verteilten sich um die Erfrischungen, aber Karen brauchte eine Pause viel nötiger als etwas zu trinken.

Sie zog sich in den abgeschirmten Bereich hinter dem improvisierten Laufsteg zurück, den Tangela und die anderen Mädchen als Umkleideraum benutzt hatten. Dort stieß sie zu ihrer Verwunderung auf Stephanie, die in einer Ecke zusammengekauert saß und dem Raum ihren nackten Rücken zugewandt hatte. Es schien so, als ob sie von Schluchzern geschüttelt würde. Karen ging schnell zu ihr hin. Tatsächlich, ihre Nichte weinte, ihr Make-up löste sich allmählich unter Tränen auf. Sie sah aus wie ein ganz junger Waschbär. Karen zog sich einen Stuhl heran und legte dem Mädchen die Hand auf die Schulter. »Was ist denn los?« fragte sie.

»Ich kann das hier nicht«, sagte Stephanie.

»Was meinst du damit? Du machst es doch großartig.«

»Nein. Ich weiß, daß ich das nicht tue. Ich weiß nicht, was ich sagen soll, wenn die Frauen mich ansprechen, und niemand kauft die Kleider, die ich vorführe.«

»Woher willst du das wissen?« fragte Karen.

»Tangela hat es mir erzählt.«

Karen schüttelte den Kopf. Selbst *sie* wußte nicht genau, was sich verkaufte – abgesehen von der Pariser Kollektion, auf die sie sehr geachtet hatte –, und würde es auch nicht wissen, bis am Ende des Tages abgerechnet wurde. Stephanie spielten wohl ihre Nerven einen Streich. Und die Gemeinheit Tangelas. Nun, Stephanie hatte das gute Recht, nervös und ängstlich zu sein. Sie hatte vorher niemals etwas dergleichen mitgemacht. Vielleicht war es zuviel für sie. Karen fühlte sich schuldig. Sie hatte gedacht, daß es Stephie heute gefallen würde und es als eine Art Wiedergutmachung dafür angesehen, daß sie ihr bei der Bootparty dazwischengefunkt hatte. Es war Karen gar nicht in den Sinn gekommen, daß ihre Nichte vielleicht nicht damit fertig würde. Sie holte tief Luft.

»Stephanie, du schlägst dich wirklich wacker. Du siehst in diesen Hosen fabelhaft aus, und nachdem du das zweiteilige Strickkleid vorgeführt hast, haben drei Frauen es anprobiert. Mach dir keine Sorgen. Alles ist eben ein wenig neu für dich. Du bist noch nicht daran gewöhnt. Aber das wird schon werden.«

»Das sagst du nur, weil du meine Tante bist«, schluchzte Stephanie, hörte aber doch auf zu weinen. Sie trocknete sich ihre Augen und hinterließ dabei ein schwarzes Geschmiere auf ihrem Gesicht, ihrer Hand und ihrem Handgelenk. Glücklicherweise trug sie nur ihre Unterwäsche. »Das sagst du doch nur so«, wiederholte sie.

»Nein, das tue ich nicht«, erklärte Karen. »Ich könnte es mir im Moment gar nicht leisten, meinen Verkaufserfolg aufs Spiel zu setzen. Geschäft ist Geschäft, Stephanie. Ich hätte dich heute genausogut in New York lassen können.«

»Wirklich? Mach ich es wirklich gut?«

»Du bist überwältigend! Und du machst es wirklich gut. Aber paß auf, daß von der Schmiererei auf deinem Gesicht nichts auf den Kaschmirpullover kommt, sonst bring ich dich um.« Karen tätschelte das Mädchen und reichte ihr eine Kleenexpackung. O Gott, waren Stephies Schultern knochig! »Also, mach dich ein bißchen sauber, und dann nichts wie raus hier mit dir. Du sollst auch ein Glas Champagner haben.« Karen lächelte ihrer Nichte im Spiegel zu und sah dann Mindy Trawler hinter sich stehen. Mist. Das hatte gerade noch gefehlt. Wieviel von dieser kleinen Szene hatte die Journalistin mitbekommen? Und wieviel davon würde in der Zeitung stehen?

»Der Fotograf ist hier«, sagte Mindy Trawler teilnahmslos. »Ist es Ihnen jetzt recht?« Sie hielt eine Sektflöte in der einen Hand und ein Sandwich in der anderen. Trank sic etwa in diesem Zustand Alkohol? Es mußte Selterswasser sein, sagte Karen sich. »Können wir jetzt ein paar Aufnahmen machen?« fragte Mindy. »Vielleicht von Ihnen beiden?«

»Möchtest du in die Zeitung kommen?« fragte Karen Stephanie.

»Sicher.«

Karen lächelte in den Spiegel. »Wir brauchen eine Minute.« Während die beiden sich zurechtmachten, hörte Karen wieder dieses Ploppen. Wurde in der Etage unter ihnen jemand erschossen? Die Zeit der Prohibition war doch vorbei. Sie warf einen letzten Blick in den Spiegel. Gar nicht so schlecht.

Als sie aus dem Umkleidebereich wieder in den Verkaufsraum kam, sah sie, wie Mindy Trawler sich noch ein Glas Dom Perignon einschenkte. Die dumme kleine Hexe trank wahrhaftig! Karen konnte sich nicht mehr erinnern, ob Alkohol im ersten oder im letzten Drittel der Schwangerschaft schädlicher war. Ohne nachzudenken ging sie auf die Journalistin zu.

»Das ist doch nicht Ihr Ernst, oder?« fragte sie. »Wir haben frischen Orangensaft, und ich glaube, es gibt auch Kräutertee.«

»Nein danke. Das hier ist großartig.«

»Aber es ist wirklich keine besonders gute Idee. Ich kann Ihnen auch irgendwelchen anderen Saft holen lassen, wenn Sie möchten.«

»Mir ist es schon recht so«, sagte Mindy Trawler, und es lag ein Ton in ihrer Stimme, der Karen hätte warnen sollen. Aber sie war nicht in der Stimmung, sich warnen zu lassen.

»Ich denke nicht an Sie, ich denke an Ihr Kind.«

Inzwischen hatten sich verschiedene andere Frauen um sie versammelt und beobachteten die Auseinandersetzung. »Ich kümmere mich selbst um mein Kind, vielen Dank«, entgegnete Mindy eisig.

Mr. Crosby trat vor und räusperte sich. Er hatte bemerkt, daß Karen zu weit gegangen war. »Der Fotograf meint, Sie sollten sich vielleicht dort drüben hinstellen, wo wir Ihr Firmenzeichen haben. Das ist bestimmt ein guter Platz für ein Foto«, sagte er und nahm Karen am Arm. Stephanie schloß sich ihnen an. Defina folgte mit gerunzelter Stirn.

»Jetzt müssen wir ihr mehr als ein Zweitausend-Dollar-Jackett geben, wenn wir eine gute Presse wollen«, warnte sie Karen.

»Sie kann uns mal«, erklärte Karen und hoffte, daß sie es laut genug gesagt hatte. »Gib ihr überhaupt nichts. Sie verdient kein Kind.«

»Ich denke mal, daß dich das überhaupt nichts angeht«, wies Defina sie zurecht. »Außerdem, was erwartest du, wenn eine kranke Hündin wirft? Räudige Welpen natürlich. Was soll's also?« Sie tätschelte Karens Arm. »Jetzt ein freundliches Lächeln für die Jungs mit der Kamera«, sagte sie. »Ich mache die Feuerwehr einsatzbereit, gehe zu dieser Trawler zurück und versuche, zu löschen.«

Die nächsten zwanzig Minuten war Karen damit beschäftigt, so zu tun, als ob sie den Saum an einem Kleid feststeckte, das Stephanie vorführen sollte, während der Fotograf und sein Assistent sich endlos mit den Lampen zu schaffen machte. Als sie sich endlich von den Knien erheben durfte, glaubte sie, ihren Augen nicht zu trauen. Bill Wolper stieg aus dem Aufzug. Was, zum Teufel, wollte er hier? Er wandte sich der Vorführung zu, und sie konnte sehen, wie er das Menschengewimmel absuchte. Dann erblickte er sie und lächelte. Sie winkte ihm zu. Es war merkwürdig, aber zur gleichen Zeit spürte sie ihr Herz flattern. Vielleicht war es aber auch nur ihr Magen. Schließlich hatte sie das Mittagessen ausgelassen. Sie ging ihm entgegen.

»Ich war gerade in der Nähe, also habe ich mir gedacht, ich schaue mal herein«, sagte er mit einem Grinsen. Seine Zähne waren nicht besonders schön, aber ihr gefiel es, daß er sich keine Kronen hatte machen lassen und daß sich ein Grübchen auf einer Backe bildete, wenn er lachte. Es wirkte umwerfend, nur dies eine Grübchen. »Wie läuft es denn?« fragte er.

»Es lief gut, bevor ich die Reporterin vergrätzt habe, die über uns berichtet. Sie wird mich wahrscheinlich in die Pfanne hauen.«

»Die Presse«, sagte Bill mit einem verächtlichen Achselzucken. »Einer meiner Geschäftsfreunde hat mich mal um Rat gefragt; er konnte sich nicht entscheiden, ob er sich an einem Bordell in Nevada oder an einer Zeitung beteiligen sollte. Ich habe ihm gesagt, ich sähe da keinen Unterschied.«

Karen lachte. Bill lachte ebenfalls und zeigte wieder sein Grübchen. »Schön«, sagte er. »Jetzt ist mein Tag nicht ganz verschwendet. Wenigstens ist es mir gelungen, Sie zum Lachen zu bringen.«

Einen Moment standen sie schweigend da. Karen war müde, aber das war sie schon den ganzen Tag gewesen. »Nun«, sagte Bill, »wann machen Sie Feierabend? Selbst *Sie* können ja nicht immer arbeiten. Darf ich Sie zum Essen einladen?«

Karen warf einen Blick auf ihre Uhr. Es war viertel vor fünf. Sie hatten noch das Zusammenpacken vor sich, wenigstens eine Stunde, und dann den Weg zum Flughafen O'Hare. Natürlich könnte sie noch mit Bill essen, wenn sie hier Schluß gemacht hatte, und einen späteren Flug nehmen. »Der letzte Flug von O'Hare, den ich nehmen kann, geht um neun«, erklärte sie Bill.

»Lassen Sie uns zwei Fliegen mit einer Klappe schlagen. Meine siebenzwosieben steht auf dem Midtown-Flughafen. Die Anfahrt dorthin ist kürzer, und das Essen an Bord ist auch nicht schlecht. Was meinen Sie dazu?«

Karen blinzelte. »Nun ja – ich sage ja«, sagte sie.

Als sie Defina erzählte, wie sie nach Hause kommen wollte, runzelte Dee noch einmal ihre Stirn. Dann fragte sie unvermittelt: »Wann war denn das letzte Mal, daß du und Jeffrey es getan habt?«

Tatsächlich konnte sich Karen nicht genau erinnern. Aber sie waren ja auch sehr beschäftigt. Ständig etwas Neues. »Das geht dich gar nichts an«, entgegnete sie. »Warum fragst du?«

Defina deutete mit dem Kopf in die Richtung von Bill Wolper. »Ich weiß nicht, was du vorhast, aber ich weiß, was er vorhat«, sagte Defina. »Und wenn es das gleiche ist, dann wirst du es in zehntausend Meter Höhe tun.«

»Also, Dee, nun laß es aber genug sein. Ich laß mich doch nur in einem Privatflugzeug nach Hause bringen, das ist alles. Was ist das schon für eine große Sache?«

»Die große Sache ist das große Geschäft. Das ist ein Mann, der erst mit deinem Körper herumspielt, damit er danach mit deinem Willen herumspielen kann. Ich meine es ernst, Karen. Nimm dich in acht«, mahnte Defina. Karen versprach ihr, vorsichtig zu sein. Dann grinste Defina. »Hast du dieses ständige Ploppen heute gehört?« fragte sie.

»Ja«, sagte Karen. »Haben Sie unten auch Champagner serviert?«

»Nur in Norris Clevelands Träumen. Es waren ihre Parfümfläschchen. Sie sind explodiert.«

»Was?« fragte Karen.

»Du hast mich schon verstanden. Irgend etwas stimmte mit der Abfüllung nicht. Unter der Hitze der Scheinwerfer hat sich das Parfüm ausgedehnt. Den Rest kannst du dir vorstellen. Zerbrochenes Glas und Gestank überall. Sie werden Norris wohl verklagen. Sie wird alles zurückrufen müssen.«

Karen lachte lauthals. »O Jesus! Was für ein Fiasko!«

»Hätte wirklich kein netteres Mädchen treffen können«, sagte Defina mit einem dreckigen Grinsen.

Karen nickte. »Es gibt also doch einen Gott«, seufzte sie.

Karen saß am inzwischen abgeräumten Tisch in der 727 von NormCo und rührte in ihrem Cappuccino. Das Essen war mehr als gut gewesen, und Bill hatte sich interessiert, aufmerksam und als perfekter Gentleman gezeigt. Karen fragte sich nur einen winzigen Augenblick lang, ob sie das vielleicht enttäuschte. Der Gedanke erschreckte sie. Wenn sie eins von sich selbst wußte, dann, daß sie nicht zu *dieser* Sorte Frau gehörte. Sie und Jeffrey hatten ihre Probleme gelöst. Die Dinge waren wieder im Lot. Worüber dachte sie also nach?

»So, haben Sie denn von dem Krawall im Erdgeschoß gehört?« fragte Bill.

»Nein«, entgegnete Karen unschuldig.

»Es scheint so, als ob das Parfüm Ihrer Freundin Norris in kaltem Zustand abgefüllt wurde.«

»Ist das ein Problem?« fragte Karen.

»Hatten Sie auf der High School nicht Physik?« fragte Bill. »Wenn Moleküle erwärmt werden, dann dehnen sie sich aus. Aber sie hatten keinen Platz, sich in diesen verdammten Flaschen auszudehnen.«

»Dann war es also kein Champagner, den ich gehört habe.«

Bill lachte. »Nein, es waren die Klänge eines Geschäftes, das in die Hose geht. Aus dieser Sache wird Norris sich nicht wieder herausreden können.«

Der Steward brachte noch eine Schale mit feinen Pralinen und zog sich dann diskret zurück. Sie tranken ihren Kaffee schweigend.

»Möchten Sie gerne sehen, wie ich hier eingerichtet bin?« fragte er schließlich.

»Sicherlich«, erwiderte sie. Bill zeigte ihr ein Büro, komplett ausgestattet mit Computern, Fax und einer Telefonanlage, die aufwendiger war als die von KKInc. Es gab zwei voll eingerichtete Badezimmer, und dann führte Bill sie einen engen Flur hinunter zum Heck des Flugzeugs. Er öffnete die Tür einer Kabine, und dahinter kam ein Schlafzimmer zum Vorschein, in dem tatsächlich ein Himmelbett stand! Er öffnete eine andere, schmalere Tür, die zu einem weiteren Badezimmer führte, das aber, anders als die anderen, auch eine Badewanne hatte.

»Von einer Badewanne in einem Flugzeug habe ich nie zuvor gehört«, sagte sie. »Was sagt denn die Flugaufsichtsbehörde dazu?«

»Ich mußte es einfach haben«, erklärte Bill. »Nicht um anzugeben – ich kann einfach das Duschen nicht leiden. Habe ich noch nie gekonnt. Ich bin ein Badewannenmann. Und wie steht es mit Ihnen?«

»Ich bin überhaupt kein Mann«, sagte sie und ging langsam aus dem Schlafzimmer hinaus zurück in den Flur. Bill folgte ihr, und wenn er enttäuscht sein sollte oder ungeduldig, dann ließ er sie das nicht merken.

»Setzen wir uns in den Salon«, schlug er vor. »Möchten Sie etwas trinken?« fragte er.

»Nein danke«, erwiderte sie. Sie wußte, daß er jetzt zur Sache kommen mußte.

»Sie wissen ja, Karen, ich will sie nicht drängen. Aber wir können Ihren Mann und meine Anwälte nicht mehr viel länger hinhalten. Ich brauche Ihre Antwort. Glauben Sie, daß ich ein guter Partner für Sie wäre?«

Natürlich, das war es, warum er gekommen war. Hatte sie vielleicht geglaubt, er hätte sie nur sehen wollen? Manchmal überraschte ihre eigene Naivität sie. Und sie schuldete ihm wirklich eine Antwort. Er war sehr geduldig gewesen. Natürlich hatte er auch ein wenig taktiert. Daß er sich zusammen mit Norris Cleveland hatte sehen lassen, war wohl eine Art Warnung gewesen, nicht wahr?

»Wir haben uns Ihre Zahlen noch einmal genau angesehen. Sie wissen ja, daß es bei Ihnen einige Probleme gibt. Ich will nicht auf die Einzelheiten eingehen – aber ich denke, daß ich Ihnen bei allem helfen kann, was Sie drückt.«

Sie sah den Mann an. Und ihr kam Bobby Pillars Warnung in den Sinn. Von der Wall Street bis zur Ginza war Bill Wolper berüchtigt und gefürchtet. Aber so dumm das auch schien – sie mochte ihn leiden, und vielleicht sollte sie ihm einfach vertrauen. Das war auch Jeffreys Meinung. Die Adoption war in die Wege geleitet. Morgen früh würde ein Sozialarbeiter sie aufsuchen, und Kramers Büro bereitete schon die nächsten Schritte vor. Sicherlich würden sie ein Baby bekommen. Wenn sie sich auf diesen Tauschhandel mit Jeffrey eingelassen hatte, mußte sie sich auch daran halten.

Es kam noch hinzu, daß Bill ihr das Gefühl gab, beschützt zu werden, umsorgt zu werden. Jeffrey und alle anderen, mit denen sie zusammenarbeitete, hielten sie immer für eine starke Frau, und so war es für sie ein ganz neues und unglaublich angenehmes Gefühl, sich auf diese Art und Weise bemuttert zu fühlen.

»Was sagen Sie also?« fragte Bill.

Karen nickte. »Machen Sie uns das Angebot«, sagte sie.

Als Karen heimkam, schlief Jeffrey bereits. Sie hatte sich gerade ihren Schlafanzug angezogen, als das Babytelefon läutete. Karen entschloß sich diesmal, gegen Kramers Rat den Anwalt nicht gleich beim erstenmal zu erwähnen. Am anderen Ende war eine Frau – Louise –, die verheiratet war, bereits zwei Kinder hatte und ihr erklärte, daß sie von ihrem Mann getrennt gelebt hatte, als sie mit dem dritten schwanger wurde. Inzwischen hatten sie und ihr Mann Leon sich wieder versöhnt, aber Leon wollte kein Kind eines anderen Mannes aufziehen. Müde wie sie war, entschied Karen, daß Louise sowohl seriös als auch nüchtern klang, allerdings nicht besonders helle schien. Karen konnte zwar die Frage nicht ganz unterdrücken, welche Erbanlagen sie da vielleicht einkaufen mochte, aber sie notierte sich Louises Nummer und versprach ihr, sie am nächsten Tag zurückzurufen.

9
Die wirbelnde Dervitz

Sheila Dervitz wog bestimmt an die dreihundert Pfund. Sie trug ein himmelblaues, sackartiges Kleid und hatte einen großen, billigen, marineblauen Aktenkoffer aus Leder dabei. Ihren Hals schmückte ein grell pink- und senffarbenes Tuch. Wenn Mode ein politisches Barometer war – und daran glaubte Karen –, dann war Sheila Dervitz ein Überbleibsel der Regenbogenkoalition. Es machte Karen Mühe, nicht zusammenzuzucken, wenn sie die Frau ansah, die ihr gegenübersaß – es war die Sozialarbeiterin, die das Gutachten über sie schreiben sollte. Mrs. Dervitz drehte ihren Kopf einmal hierhin, einmal dorthin, als ob sie Ratten in den Ecken beobachtete. Karen versuchte, sich entspannt zu geben. »Ich sehe, daß Sie viele Bücher haben«, meinte Mrs. Dervitz. Karen drehte sich herum und warf einen Blick auf die Regale hinter sich.

»Ja, das haben wir«, stimmte sie zu. So wie Mrs. Dervitz es sagte, hörte es sich so an, als seien Bücher etwas Schlechtes.

»Sind welche davon für Kinder nicht geeignet?«

»Ich bin sicher, daß eine ganze Menge das nicht sind«, erwiderte Karen. Warum hatte sie nicht an die Bücher gedacht?

»Macht es Ihnen etwas aus, wenn ich sie mir einmal ansehe?«

»Nein, überhaupt nicht.« Karen versuchte, ehrlich zu klingen. Während sie in Chicago war, hatte Ernesta sich selbst übertroffen und ihre Wohnung gründlich auf Vordermann gebracht. Und zusammen hatten sie in einem der Gästezimmer das Bett mit einer Wäschegarnitur mit Teddybärmuster bezogen. Karen und Jeffrey hatten bereits ein erstes Gespräch mit Mrs. Dervitz in ihrem Büro hinter sich, und jetzt mußte sic nur noch diesen Hausbesuch überstehen, bevor sie und Jeffrey vom Staat New York als potentielle Adoptiveltern offiziell anerkannt wurden. Der Telefonanruf von Louise bedeutete, daß es wirklich ein Baby für Karen gab, falls Mrs. Dervitz zuließ, daß sie es bekam. Karen holte tief Luft, während die Frau, die über ihre Zukunft zu entscheiden hatte, die Bücherregale entlangschlenderte. Suchte sie nach Pornographie? Fielen die Bände mit Aktzeichnungen aus ihrer Malklasse bei Pratt darunter? O Gott, sie würde noch verrückt werden!

»Der Schrank läßt sich abschließen«, erklärte Karen der Frau. Dann kam es ihr selbst so vor, als ob das so klänge, als hätte sie etwas zu verstecken. Sie fühlte sich ohnmächtig, und Jeffrey war ihr in dieser Sache keine große Hilfe. Er hatte bisher nicht dazu beigetragen, irgend etwas zu vereinfachen. Als Mrs. Dervitz ihn gefragt hatte, ob er sich in der Lage fühle, einen guten Vater abzugeben, hatte er die Schultern gezuckt. »Wer weiß das schon sicher?« hatte er seinerseits gefragt. Und als sie wissen wollte, ob er tiefe religiöse Überzeugungen habe, hatte er ihr erklärt, daß er tiefe antireligiöse Überzeugungen sein eigen nenne. Dann hatte er sich entschuldigt und war ins Büro gefahren. Großartig! Karen versuchte, diplomatisch zu sein, seine Antworten abzumildern und zu erklären, aber sie wurde bei alledem das Gefühl nicht los, daß Mrs. Dervitz eifrig damit beschäftigt war, alles, was sie von Karens Leben in Erfahrung bringen konnte, mit ihrem eigenen Leben zu vergleichen. Die Sozialarbeiterin hatte eine Reihe von Fragen gestellt: Wie oft sie ausgingen, bei welchen Partys sie zu Gast seien, welche Restaurants sie besuchten und wieviel sie dort für ein Essen bezahlten. Karen hatte versucht, sie mit ihren Antworten zu beeindrucken, aber es war ein Rückschlag gewesen, als sie Frau sich dann streng erkundigt hatte, wieviel Zeit da wohl noch für ein Kind übrig bliebe. Dann hatte Karen Mrs. Dervitz versichert, daß sie ein Kind nicht als Hobby betrachte. »Ich werde bei meiner Arbeit kürzertreten«, hatte sie gesagt. »Ein Kind großzuziehen, hätte bei mir völlige Priorität.«

»Haben Sie sich schon ein Kind ausgesucht?« fragte Mrs. Dervitz. Bei ihr klang es so, als wolle Karen sich ein paar Socken kaufen.

»Nun, wir haben uns mit einigen Müttern unterhalten«, log Karen. Sie dachte wieder an Louise. War das eine gute Antwort gewesen? Mrs. Dervitz machte sich grimmig ihre Notizen.

Jetzt blieb die Sozialarbeiterin stehen und hielt ein Buch hoch. Es waren Rushdies *Satanische Verse*. »Was ist das?« fragte sie und wirbelte dabei herum. Sie wirkte wie eine Tänzerin aus dem Nilpferdballett in *Fantasia*.

»Ein Bericht.« Hatte Mrs. Dervitz nie davon gehört? Dachte sie jetzt, Karen sei eine Teufelsanbeterin? »Es geht um den Unterschied der islamischen und christlichen Weltsicht.«

»Aber *sie* sind doch Juden?« fragte Mrs. Dervitz und drehte wieder eine Pirouette. Karen nickte. Wurde *sie* jetzt verrückt? Oder war Mrs. Dervitz nicht mehr zurechnungsfähig? Hatte sie wirklich nie von Salman Rushdie gehört?

Mrs. Dervitz stellte das Buch wieder ins Regal. Karen wollte gerade etwas sagen, als das Telefon klingelte. Sie nahm den Hörer ab. »Hallo?«

»Karen?« Lisas Stimme klang schriller als gewöhnlich. »Bist du krank?«

»Nein.«

»Was tust du dann zuhause?«

»Lisa, kann ich dich zurückrufen?«

»Du rufst mich nie zurück. Hör zu, es dauert nur eine Minute. Die Lieferanten haben mich gerade angerufen und mir gesagt, daß sie keinen schwarzen Chintz für die Tischtücher bekommen können. Aber ich finde, Taft ist zu winterlich. Was meinst du?«

Karen hatte keine Ahnung. Worüber, zum Teufel, sprach ihre Schwester? Inzwischen verschwand Mrs. Dervitz im Flur, der zu den Schlafräumen führte. Karen senkte ihre Stimme. »Lisa! Es tut mir leid, daß ich dich bisher nicht zurückgerufen habe, aber ich kann jetzt wirklich nicht sprechen. Ich bin gerade mit etwas beschäftigt.«

»Karen! Hast du eine Affäre?«

Wo kam *das* nun wieder her? Keine Zeit, jetzt nachzufragen. Das hatte ihr gerade noch gefehlt, ein Gespräch über

Ehebruch während des Hausbesuchs durch die Sozialarbeiterin.

»Ich rufe dich zurück«, sagte sie hastig und legte den Hörer auf.

Sie fand Mrs. Dervitz auf der Suche nach Staub unter dem Bett in dem nicht benutzten Schlafzimmer. Gemeinsam gingen sie dann in ihr Eheschlafzimmer. Karen glaubte, ihren Augen nicht trauen zu können, als Mrs. Dervitz begann, in ihre Schubladen zu schauen. Selbst wenn Karen eine dem Teufelskult verfallene Kinderpornographin wäre, würde sie da nicht genug Verstand haben, um alles, was sie verraten könnte, rechtzeitig beiseite zu schaffen? Was um alles in der Welt sollte das? Aber Karen sagte nichts. Dann wandte sich Mrs. Dervitz ihrem Schrank zu.

»Nun, Sie haben sicherlich nicht viel anzuziehen, so als Designerin«, sagte sie strahlend. Dann besah sie sich die Reihe von Kleidern in neutralen Farbtönen, die säuberlich auf der Stange hingen. »Vielleicht sollten Sie einmal überlegen, ob Sie es nicht besser mit ein paar fröhlichen Farben versuchten«, schlug Mrs. Dervitz vor. Karen sagte sich, daß sie Louises Baby einen Schritt näher kam. Sie versuchte zu lächeln und nickte.

»Das ist wirklich eine gute Idee«, entgegnete sie.

An diesem Abend, am folgenden und am übernächsten telefonierte Karen mit Louise. Jedes Gespräch dauerte über eine Stunde. Karen spürte, daß Louise langsam Zutrauen zu ihr gewann. Bei ihrem dritten Gespräch erwähnte Karen auch Harvey, und Louise schien keinen Anstoß daran zu nehmen. Am nächsten Tag, einem Montag, übersandte Harveys Büro Louise ein Paket mit Formularen über die medizinischen, die juristischen und die sonstigen Aspekte der Adoption. Sie füllte alles aus und schickte es innerhalb von zwei Tage zurück. Karen ließ es langsam zu, daß eine freudige Erregung von ihr Besitz ergriff. Das war ihre Belohnung dafür, daß sie sich an den Tauschhandel gehalten, daß sie die Dinge mit Jeffrey wieder geradegebogen hatte. Alles würde gut werden. Bevor Louise das nächste Mal anrief, zeigte Karen die

Unterlagen Jeffrey und bat ihn, ebenfalls mit der Frau zu sprechen. Jeffrey war nett zu ihr, und als er Karen das Telefon wieder übergeben hatte, seufzte Louise. »Er klingt so lieb«, sagte sie, und Karen konnte das Staunen und die Sehnsucht in Louises Stimme heraushören. Sie fragte sich, wie Leon wohl war und welchen Preis Louise für ihren Seitensprung bezahlt hatte.

Karen und Jeffrey übernahmen die Rechnung für ein Sonogramm bei Louise, und es stellte sich heraus, daß das Baby wahrscheinlich ein Mädchen war. Nun begann Karen darüber nachzudenken, wie sie die Neuigkeiten Belle und dem Rest der Familie beibringen wollte. Bisher war alles, einschließlich der schlechten Nachrichten von Dr. Goldman, ihr Geheimnis gewesen. Aber jetzt wurde es wahrscheinlich Zeit, die anderen einzuweihen. Jetzt, da sie nicht nur schlechte Nachrichten zu überbringen hatte. Kurz vor dem Einschlafen, nach einem weiteren Marathongespräch mit Louise, fand Karen gerade noch Zeit, sich die Frage zu stellen, ob sie die schlechten Nachrichten wohl deswegen von ihrer Familie ferngehalten hatte, um ihnen oder um sich etwas zu ersparen.

10
Ironie des Schicksals

Casey mit einigen seiner Leute, Jeffrey, Mercedes und Karen hatten sich am Konferenztisch zusammengefunden. Auf der Tagesordnung standen die Verkaufszahlen der vergangenen Woche und die endgültige Liste von Bestellungen, die ihre Verkaufsausstellung in Chicago ihnen eingetragen hatte. Das lange, vorn geknöpfte Kleid – der Tracht der Farmersfrauen in den dreißiger Jahren abgeschaut – schien ein echter Renner zu werden; schon jetzt war abzusehen, daß es endlose Nachbestellungen dafür geben würde. Und es hatte ja tatsächlich das Zeug, eine Art Ford zu werden, ein Design, das man im Niedrigpreissegment des Modegeschäftes noch und noch imitieren würde. Es schien so, als ob alle Entwürfe, die Karen getestet hatte, gut angekommen waren. Das war natürlich keine Garantie dafür, daß sie auch bei der Pariser Presse Furore machten, aber immerhin, wie Casey im besten Marketingjargon sagte, ein »positiver Indikator«.

»Wir haben Bestellungen aufgenommen, bis uns die Hände weh taten!« erzählte Casey gerade stolz. »Ich sage euch, das sind die besten Verkaufszahlen, die wir jemals hatten!«

Jeffrey sah ihn an. »Das sind keine Verkaufszahlen«, sagte er. »Das sind Bestellungen. Sie wissen doch, was alles passieren kann zwischen der Bestellung und der Lieferung in fünf Monaten. Wir müssen unsererseits bestellen und hoffen, daß die Fabriken weiter Kredit gewähren und liefern. Dann müssen wir aufpassen, daß alles einwandfrei gefertigt wird. Und wenn sich die Kleider schließlich im Laden verkaufen und nicht retourniert werden, dann müssen wir hoffen, daß wir aus Chicago unser Geld bekommen, bevor die Kreditzinsen den ganzen Ertrag weggefressen haben oder unsere Banken uns den Hahn zudrehen. Sie haben noch nichts *verkauft*. Sie haben nur eine *Bestellung* aufgenommen. Ein *Verkauf* ist es, wenn wir eine Rechnung ausgestellt haben und den Scheck in Händen halten.«

»Jesus, Jeffrey! Sie wissen doch, was ich meine!«

»Ja, aber wissen *Sie*, was *ich* meine?«

Jeffrey war immer schwieriger geworden. Er ging jedem gleich an die Gurgel. Karen runzelte die Stirn, blickte ihn strafend an, und er beruhigte sich etwas. Aber sie wußte ja, woran es lag, worauf er wartete. Der Rest der Besprechung war Routine – das übliche, Nachbestellungen, Probleme mit Rückläufen, noch schlimmere Probleme mit Außenständen. Karen seufzte. Weil sie den großen Herstellern nicht viel zu bieten hatten, war es oft schwierig für sie, mit der Qualität beliefert zu werden, die sie brauchten. Von allen anderen Designern beneidete Karen am meisten Jil Sander, denn Jil war langsam gewachsen und hatte eine eigene, zuverlässige Fertigung.

Casey war immer noch bei seinem eintönigen Vortrag, als Jeffreys Sekretärin die Besprechung unterbrach und Jeffrey etwas zuflüsterte. Sie gab ihm einen Umschlag, und Jeffrey öffnete ihn sofort.

Er zog einen dicken Stoß Papiere hervor, warf den Umschlag auf den Tisch und begann, die Sendung durchzublättern. Karen konnte auf dem Umschlag das NormCo-Logo erkennen.

Während er blätterte und las, hellte sich Jeffreys Gesicht auf. Casey hatte seinen Bericht abgebrochen, und Jeffrey erhob sich. »Meine Damen und Herren, ich habe Ihnen etwas bekanntzugeben. Das ist es, Leute! Das ist die Nachricht, auf die wir alle gewartet haben. Wir haben das Angebot von NormCo – es beläuft sich auf fünfzig Millionen Dollar! Fünfzig Millionen! Sie haben richtig verstanden.«

Die ganze Runde schien zu explodieren. Mercedes begann zu klatschen. Einer der Burschen aus Caseys Büro stieß ein Geheul aus wie auf dem Sportplatz. Casey überschüttete Jeffrey mit Fragen, aber Jeffrey ignorierte alles und begann, einen Teil des Angebotes laut vorzulesen. »Und Bill Wolper will uns persönlich in Paris aufsuchen, um den Handel unter Dach und Fach zu bringen!« erklärte Jeffrey.

Jeffreys Sekretärin, die zwischenzeitlich verschwunden

war, kam mit mehreren Flaschen Champagner zurück. Es war erst elf Uhr vormittags, aber Jeffrey öffnete die erste Flasche, während die Sekretärin Plastikgläser verteilte. Offensichtlich war alles schon lange vorbereitet. Im Flur hatten sich bereits andere Mitarbeiter versammelt, die herauszufinden versuchten, worum es bei dem Lärm ging. Jemand drückte Karen ein Plastikglas in die Hand. Es hatte die Form eines Kelches, aber jemand hatte versäumt, den Plastikfuß an den Stiel zu stecken, so daß Karen es nicht abstellen konnte. »Auf Karen!« rief jemand, und alle hoben ihre Gläser. »Auf Karen«, fielen sie alle ein, und Karen versuchte zu lächeln, obwohl sich ihr Magen zusammenkrampfte. In der Tür auf der anderen Seite des Tisches stand Defina. Ihre Blicke trafen sich. Dee hob ihr Glas, aber sie lächelte nicht; sie zog nur die Augenbrauen hoch und nickte.

Karen sah zu, wie ihre Leute feierten. Teufel auch! Es kam ja wirklich nicht jeden Tag vor, daß ein hart arbeitendes Mädchen ein Angebot über Millionen erhielt. Jeffrey hatte recht: Sie machte sich zuviel Gedanken. Sie sollte sich entspannen und den Augenblick genießen; und wenn sie gemischte Gefühle dabei hatte, die Kontrolle über ihre Gesellschaft abzugeben, dann würde sie eben lernen müssen, auf dem Weg zur Bank eine gequälte Miene aufzusetzen.

Jeffrey lud die Kerntruppe zu einem Mittagessen in den Four Seasons ein. Es wurde wunderbar. Karen hatte ihre Leute niemals so ausgelassen gesehen, und ausnahmsweise machte sogar Jeffrey dabei mit. Sie prosteten sich zu und tranken und lachten, bis es weit nach drei Uhr war. Karen ließ sich einfach von den anderen mitreißen. Schließlich sagte sie sich immer wieder – wenn sie erst einmal das Geld und ihr Baby hatte, würde all der Geschäftskram, der sie vorher belastet hatte, Bill Wolpers Sorge sein.

Es dauerte nur zwei Tage, bis Karen in Schwierigkeiten geriet. Louise rief abends an, ein R-Gespräch wie fast jeden Abend um neun Uhr. Karen erwartete den Anruf schon. Louise hatte ihre beiden Kinder im Bett und wartete darauf, daß Leon von der Nachmittagsschicht zurückkäme. Louise hatte inzwischen Karens Angebot, die Rechnungen für ihre medizinische Versorgung zu übernehmen, angenommen. Sie erzählte Karen, daß ihre Gelenke angeschwollen seien, aber das sei auch während ihrer beiden ersten Schwangerschaften so gewesen. Karen war voller Mitgefühl. Sie hatten eine Hitzewelle unten in Arkansas, und trotz Kramers Warnung schlug Karen vor, Louise eine Klimaanlage zu besorgen. Aber als sie das anbot, lehnte Louise ab. »Wir haben ja nicht Weihnachten«, sagte sie kurz angebunden. Dann schwieg sie einen Moment. »Was machen Sie denn Weihnachten?« fragte sie dann. »Stellen Sie einen Baum auf?«

Karen antwortete ihr, ohne nachzudenken. »Nein«, sagte sie. »Wir sind Juden.«

Es entstand eine Pause. »Was?« fragte Louise. Ihre Stimme hatte sich völlig verändert. Es war kaum zu glauben, daß soviel Erschrecken und Entsetzen in ein einziges Wort gelegt werden konnten. Karen spürte, wie sich ihr Magen zusammenzog.

»Wir sind Juden«, wiederholte sie.

Am anderen Ende der Leitung herrschte Schweigen. Dann sprach Louise wieder, aber ihre Stimme war jetzt völlig verändert. »Das haben Sie mir nicht erzählt«, sagte sie. Es klang wie eine Anklage.

»Es tut mir leid«, sagte Karen. »Ich habe nicht gedacht, daß das wichtig wäre.«

War es ein Stöhnen, was sie am anderen Ende der Leitung hörte? Karen biß sich auf die Lippen. »Bitte, Louise ...«, begann sie.

»Wir sind gottesfürchtige Menschen«, sagte Louise. Ihre Stimme klang nun ungeachtet ihres weichen Arkansas-Akzents hart. »Vielleicht kommt Ihnen das unwahrscheinlich vor wegen meiner Situation und all dem – aber nur, weil ich mein Baby aufgeben muß, heißt das noch lange nicht, daß ich das Baby und daß ich Jesus nicht liebe.« Sie hielt inne. »Ich liebe mein Baby, und ich liebe Jesus, und ich werde mein Baby keinesfalls durch Juden aufziehen lassen.« Sie legte auf.

Karen hielt das Funktelefon in der Hand. Einige Minuten lang war es tot, aber dann begann es ein Durcheinander von Pieptönen von sich zu geben. Jetzt mußte Karen sich bewegen, und sei es nur, um das Funktelefon zuzuklappen. Aber trotz dieser Bewegung fühlte sie sich wie gelähmt. Instinktiv wußte sie, daß es sinnlos war, Louise zurückzurufen. Sie hatte gerade ihr Baby verloren, und ihr anderes, die Firma, verkaufte sie. Karen saß da wie vor den Kopf geschlagen.

Jetzt wollte sie nur eines – ihre Mutter. Und ihre Mutter war unauffindbar. Sie saß lange, lange Zeit wie gelähmt da.

Allein in der Dunkelheit entschloß sich Karen, ganz gleich welche Schwierigkeiten ihr das eintragen würde, Arnold oder Belle oder beide nach ihrer Herkunft zu fragen.

TEIL DREI

SKLAVEN DER MODE

Meine kleine Schwester hab' ich eingesperrt, fern vom Leben,
fern vom Licht – für eine Rose, eine Schleife, für ein Band
in meinem Haar
Margaret Widdemer

1

Eine unvergeßliche Affäre

Nachdem Lisa sich zum zweiten Mal umgezogen hatte, fand sie endlich, daß sie jetzt für das große Ereignis richtig gekleidet war. Bald würde das alles leichter werden. Mit dem Geld, das ihr zufiel, wenn Karen verkaufte, konnte sie so viel ausrichten. Sie konnte nach Lawrence ziehen! Sie konnte ihre Garderobe komplett erneuern. Sie konnte sich einen wirklich guten Pelzmantel kaufen und ihren alten Mercedes Diesel gegen ein Cabriolet eintauschen. Vielleicht rückte sogar ein Umzug nach Manhattan in Reichweite. Sobald das *bat mizwa* vorbei war, würde sie mit ihrer Schwester reden müssen und Jeffrey dabei helfen, Karen davon zu überzeugen, daß es gut war, die Gesellschaft zu verkaufen. Ihre Anteile, die Leonard immer für wertlos gehalten hatte, waren eben doch nicht wertlos!

Und dann kam ihr die Erleuchtung. Wenn sie Millionen Dollar hatte, dann würde sie Leonard verlassen. Wozu brauchte sie ihn dann noch?

Sie warf einen Blick in den Spiegel. Großer Gott, warum dachte sie an diesem Tag aller Tage an Scheidung? Hatte es etwas damit zu tun, daß Jeffrey sie offensichtlich attraktiv fand? Sie waren jetzt einige Male miteinander ausgegangen. Vielleicht wirkte sie ja auch auf andere Männer. Wer wußte das schon? Vielleicht würde sie heute jemand treffen und denken, daß sie eigentlich viel zu jung war, um die Mutter eines *bat-mizwa*-Mädchens zu sein.

Heute würde sie von über hundertfünfzig Augenpaaren gemustert werden, und mehr als die Hälfte davon würden Frauen gehören. Davon zählte für sie natürlich nur das Dutzend der erfolgreichsten, der anerkanntesten. Von ihnen wollte sie akzeptiert werden.

Lisa hatte ihre Gästeliste sorgfältig vorbereitet, um den

wichtigen Frauen der High-Society den Glanz zu bieten, der sie anlocken würde. Ihre Schwester war natürlich ein Trumpf sondergleichen. Alle Leuten wollten sie kennenlernen, vor allem nach der Fernsehsendung. Außerdem hatte Lisa verbreitet, daß June Silverman kommen würde. Seit ihrer Scheidung war von June ständig in den Klatschspalten von Manhattan die Rede. Und auch Junes Exmann hatte Lisa eingeladen, den Künstler Perry. Also wußten die Leute auch, daß ein halbwegs berühmter Künstler dabei sein würde. Lisa kannte sie eigentlich nicht, aber beide hatten die Einladung angenommen. Sie hoffte, daß sie nicht völlig verkracht waren. Jedenfalls würde sie sie an getrennte Tische setzen. Eine von Lisas Freundinnen vom College war Schauspielerin geworden und spielte in den Seifenopern mit, und obwohl Lisa seit Jahren nicht mehr mit ihr zusammengekommen war, hatte sie sie eigens angerufen und bekniet, doch aufzutauchen.

So hatte sie schließlich erreicht, daß all die Frauen kamen, um die es ihr eigentlich ging.

Alles war gut vorbereitet, von der Sitzordnung über die Blumenarrangements und die Musik bis hin zur Choreografie der Kerzenzeremonie. Sie hatte sogar Tiffs Rede auf kleinen Kärtchen vervielfältigen lassen. Dann hatte sie einen Videokameramann und einen guten Fotografen engagiert. Leonard hatte sich einen neuen Smoking zulegen müssen. Endlich einmal würde alles nach ihrem Plan gehen.

Karen verbrachte den Morgen in der Firma und arbeitete wie besessen an der Kollektion für Paris. Seit sie und Jeffrey ihren Tauschhandel vereinbart hatten, sprühte sie vor Energie. Aber jetzt, nachdem Louise so abrupt abgesagt hatte, fühlte sie sich ausgelaugt, verloren, elend. Trotzdem mußte sie weiter an den Pariser Entwürfen arbeiten. Es war der reine Irrsinn. Ihr einziger Trost war, daß trotz der beiden Fehlversuche Sally aus Harvey Kramers Büro ihr versichert hatte, daß sie letzten Endes doch noch Erfolg haben würden. Karen hatte auch jetzt ihr Funktelefon bei sich, aber es blieb stumm.

Mittlerweile rückte Paris unbarmherzig immer näher, also hatte sie auch heute, am Samstag, arbeiten müssen. Sie war auch allen anderen dankbar, daß sie am Wochenende mit ihr arbeiteten, aber ihre Dankbarkeit ging nicht so weit, daß sie nicht alle verrückt gemacht hätte.

Daher war die ganze Belegschaft erleichtert, als sie um drei endlich gehen mußte. Karen und Jeffrey hatten eigentlich im eigenen Wagen nach Inwood fahren und sowohl die Zeremonie als auch die Feier danach mitmachen wollen, aber wegen einer Reihe von Problemen mit den geplanten zwei Modenschauen hatten sie ihre Pläne geändert und fuhren jetzt mit einem Mietwagen. Denn unmittelbar nach der Zeremonie mußte Jeffrey zum Flughafen, um nach Paris zu fliegen. Er machte die Vorhut, mußte sehen, daß er mit dem Zoll klarkam und eine Reihe weiterer Dinge erledigen, um die man sich besser vor Ort kümmerte. Dann würde der Wagen zurückkehren. Karen von der Feier abholen und sie zu einer mitternächtlichen Besprechung zurück ins Büro bringen. Dort würden Mrs. Cruz und ihre Mitarbeiterinnen inzwischen das Letzte gegeben haben, während Karen an dem Familienfest teilnahm. Sie fühlte sich schuldig deswegen, aber sie mußte bei Tiffs *bat mizwa* einfach dabei sein. Keinesfalls konnte sie sich schon wieder mit ihrer Arbeit entschuldigen, wenn ihr auch alles zeitlich unglaublich ungelegen kam.

Während sie sich fertigmachten, wurde Jeffrey zusehends übellauniger. Er fand die ganze Veranstaltung lächerlich – in seiner Jugend hatte es nur die *bar mizwa* gegeben, die Volljährigkeitszeremonie für Jungen, und nicht das entsprechende Gegenstück für Mädchen –, fand den ganzen Aufwand übertrieben und fragte sich zudem, wie Lisa wohl darauf gekommen war, seine Mutter und seine Schwestern und sogar June Silverman einzuladen. Das konnte Karen ihm nicht verdenken. Auch ihre Augen weiteten sich, als Jeffrey ihr davon erzählte, aber sie zeigte ihre Überraschung nicht, um nicht zusätzlich Wasser auf Jeffreys Mühlen zu leiten. Was ihm dann schließlich den Rest gab, war der Mietwagen, ein weißer, überlanger Cadillac, und auch der Chauffeur ganz in Weiß, mit einem Dreiteiler und weißer Mütze. Jeffrey schnappte nach Luft, »Karen, ich werde nicht in diesen Wagen steigen, Zuhälter fahren weiße Cadillacs. Ich kenne niemanden, der jemals einen anderen als einen schwarzen Mietwagen benutzt hätte. Ein Kahn tut so etwas nicht. Meine Mutter würde sterben.«

»Dschingis-Khan, der Hüter der Familienehre! Jeffrey, ich habe jetzt keine Zeit für diese Sperenzchen. Janet hat den Wagen bestellt, und ich habe leider vergessen, ihr zu sagen, daß sie darauf achten soll, daß kein Kahn jemals in einer *Limo blanco* fährt. Der Mietwagenservice hat es sicherlich gut gemeint. Sei also still und steig ein. Diesmal kann ich es mir nicht leisten, mit standesgemäßer Verspätung zu erscheinen.« Jeffrey schüttelte angeekelt den Kopf.

»Sehr schön« sagte er, »aber wenn es schon so anfängt, dann möchte ich mir lieber nicht vorstellen, wie die nächsten vier Stunden werden. *Vernichtend* ist ein Wort, daß ich lieber benutze, als es am eigenen Leib zu erfahren.«

Lisa, Tiff und Leonard warteten im Eingang der Synagoge und begrüßten dort ihre Besucher. Karen sah, daß Tiff ihre Perlen trug und das lächerliche Taftkleid. Sie küßte ihre Nichte. »Sauberer Wagen«, sagte Tiff und zog die beiden Wörter so in die Länge, daß sie fast wie ein Jodler klangen.

Karen lächelte. »Sollen wir dich darin nachher zu der Feier bringen?«

»Ja, bitte!« hauchte Tiff mit weit aufgerissenen Augen. Manchmal vergaß Karen, daß ihre Nichte trotz ihrer Größe immer noch sehr jung war.

»Das geht nicht«, sagte Lisa schroff. Karen bemerkte, daß ihre Schwester nichts von dem trug, was sie ihr zur Auswahl geschickt hatte. Nun gut. Statt dessen trug Lisa etwas sehr Steifes, das von einem ebensolchen Hut gekrönt wurde. Lisa wandte sich an ihre Tochter. »Wir haben doch zwei Busse bestellt, die unsere Gäste zu der Feier fahren. Du mußt in dem ersten Bus mitfahren.« Tiffs Gesicht erstarrte zu dem eselhaften Trotz, den sie so oft zeigte. Karen hätte sich selbst in den Hintern treten können. Sie hatte, was sie heute gerade nicht wollte, einen großen Auftritt gehabt, als sie in der weißen Limousine vorfuhr – und sich damit in Lisas Pläne eingemischt. Noch saß sie nicht, aber schon war sie in zwei Fettnäpfchen getreten. Sie küßte ihre Schwester auf die Wange. Später würde sie ihr erzählen, daß Jeffrey an der Feier nicht teilnehmen könne. Dann beugte sie sich vor und küßte auch Leonard. Er schaute grimmig drein und schüttelte Jeffrey steif die Hand. Belle und Arnold begrüßten gerade Bekannte. Karen ging zu ihnen hinüber, um auch sie zu küssen. Aber als sie sich ihrem Vater zuwandte, fuhr ihr der Schreck durch alle Glieder. Arnold sah furchtbar aus. Wie lange hatte sie ihn schon nicht mehr gesehen? Der Brunch war doch noch gar nicht so lange her. Was war los mit ihm? Groß wie er war, wirkte er seltsam eingeschrumpft, und sein Gesicht sah aschfarben aus. »Daddy? Geht es dir gut?« fragte sie. Arnold zog sie an sich.

»Mir geht es gut. Du siehst wunderbar aus. Wie geht es dir. Jeffrey?« Trotz seiner Versicherung starrte Karen ihren Vater weiter an. Er sah nicht gut aus, schien zuviel Haut auf seinem Kopf zu haben, die in Falten herabhing, und die weichen Säcke unter seinen Augen hatten die Größe von Brötchen angenommen.

Hinter ihnen drängten sich bereits die Neuankömmlinge; also gingen sie hinein, durch den Gang nach vorn und setzten sich. Dann blickte Karen sich um. Ihre Mutter hatte keine Geschwister, aber Arnold hatte vier. Davon war allerdings niemand eingeladen worden, oder jedenfalls war niemand von ihnen gekommen. Eigentlich war außer Lisas Schwiegereltern überhaupt niemand in Belles und Arnolds Alter anwesend. Es waren fast nur kleine Kinder und deren junge Eltern da. Wo waren Tiffs Freunde? Normalerweise dominierte bei solchen Feiern die Jugend.

Karen ließ noch einmal verstohlen ihre Blicke über das Publikum schweifen. Fast alle hatten mit ihrer Kleidung übertrieben, außer Sylvia, Sooky und Buff, die ihnen von der anderen Seite des Gangs aus zuwinkten. Außerdem mußte Karen feststellen, daß sie niemanden von den anderen Gästen kannte. Wer waren all diese Leute? fragte sie sich.

Als letzte betraten Tiff, Lisa, Leonard und Stephanie zusammen mit Belle und Arnold die Synagoge. Sie gingen langsam durch den Gang nach vorne. In der ersten Sitzreihe trennten sich Belle, Arnold und Stephanie von der Gruppe und nahmen neben einem anderen Elternpaar Platz; die anderen gingen die drei flachen Stufen hinauf auf das Podium, wo drei modernistische, steinerne Sitzpodeste bereit standen. Leonard, Lisa und Tiff setzten sich, und der Rabbi begann mit dem Gottesdienst.

Als der Kantor ebenfalls das Podium betreten hatte, mußte Karen sich eingestehen, daß sie die kleine Gruppe vorn auf ihren Steinsitzen irgendwie rührend fand. Es war eine Zeremonie des Übergangs, eine, die es für sie nicht gegeben hatte. Lisa hatte dies alles, ungeachtet ihrer Probleme, die sie als Mutter haben mochte, für Tiff organisiert. Und vielleicht würde es Tiff ja helfen, sich irgendwie dazugehörig zu fühlen. Belle hatte nichts dergleichen für ihre Töchter getan. Karen blickte zu ihrer Mutter hinüber. Belle saß aufrecht da und hatte etwas Besitzergreifendes an sich. Eigentlich sah sie so aus, als ob sie für die ganze Angelegenheit verantwortlich wäre, obwohl Karen wußte, daß sie gar nicht daran beteiligt gewesen war. Wieder blickte sie nach vorne zu Tiff, die trotz ihres Babyspecks und ihrer Hamsterbacken, trotz des unmöglichen Kleids, das sie trug, irgendwie von der Würde dieses Augenblicks erfüllt schien. Als der Rabbi sie zu sich rief, stand Tiff auf, und endlich einmal kam ihr ihre Größe zugute. Allein ging sie auf den Rabbi zu. Die Pariser Schau, der Verkauf an NormCo, die Enttäuschung mit Louise, all das verschwand für Karen jetzt im Hintergrund. Ja, dachte Karen, wenn ich ein Kind hätte, dann würde ich auch ein Teil dieser Tradition sein wollen. Karen fühlte sich sehr stolz.

Aber nicht lange.

Vernichtend war das richtige Wort. Jeffreys Vorhersage erwies sich als zutreffend. Karen versuchte wie alle anderen, sich nicht vor Verlegenheit zusammenzukrümmen, es gab *tsouris* – das war das jiddische Wort für Schwierigkeiten. Tiff stand auf dem Podium, die große Thorarolle vor sich ausgebreitet wie ein Bauplan. Sie hätte vielleicht mehr Erfolg gehabt, danach zu bauen als daraus zu lesen.

Tiff hatte ihren hebräischen Vortrag gemächlich genug begonnen. Karen hatte keine Ahnung, was Tiff las – genausowenig wie die meisten anderen Anwesenden –, aber Tiff schien es anfangs ganz ordentlich zu machen. Dann hatte der Rabbi sie unterbrochen und eine Kleinigkeit korrigiert. Tiff hatte ihm einige Worte nachgemurmelt, und er hatte sie wieder korrigiert. Erneut hatte sie es richtig wiederholt und einen Moment lang weitergelesen. Aber dann hatte er sie nochmals unterbrochen.

Karen erinnerte sich, irgendwann einmal gehört zu haben, daß die Thora fehlerfrei gelesen werden mußte. Aber sicherlich durfte man auch nicht zuviel erwarten. Tiff hatte dann einfach aufgehört, und zum erstenmal war die ganze Versammlung mucksmäuschenstill geworden. Noch nicht einmal die kleinen Kinder quäkten. Das Schweigen hatte sich ausgedehnt. Als Tiff dann fortfuhr, hatte sie, was nicht besonders überraschend war, sofort wieder einen Fehler gemacht und der Rabbi verbesserte sie unerbittlich. Tiff hatte die Augen gerollt. Karen machte ein Kreuzzeichen mit den Fingern und fragte sich, ob das wohl im Tempel ein Sakrileg wäre. Bei der nächsten Verbesserung hatte Tiff dem Rabbi einen mörderischen Blick zugeworfen und das Wort wiederholt. Nur das eine Wort. Dann schwieg sie.

»*Chama*«, hatte der Rabbi vorgesprochen. »*Chama*«, hatte Tiff wiederholt und dann aufgehört. Einfach aufgehört. Die letzten entsetzlichen fünf Minuten lang hatte er ihr jedes Wort einzeln vorgelesen, und sie hatte es wie ein Automat wiederholt. Das peinlich berührte Schweigen der Gemeinde war einer gewissen Unruhe gewichen. Der Rabbi sagte ein Wort vor, Tiff wiederholte es und sagte dann nichts mehr. Karen blickte nach vorn zu ihrer Schwester, die dort mit einem eingefrorenen Lächeln auf dem Gesicht saß. Leonard neben ihr schäumte. Jetzt ertönte das erste Kichern. Möglicherweise von Stephanie, aber Karen war sich nicht sicher. Sofort folgten zwei, drei andere, die kicherten, dann plötzlich viel mehr. Karen schaute entsetzt Tiff an. Ihr Gesicht war so rot angelaufen wie ihr häßliches Taftkleid. Ein Zischen setzte ein, es wurde mit Ellbogen gestoßen, und schließlich hörte das Kichern auf. O Gott, dachte Karen, was gab es da noch zu feiern, wenn dieses Fiasko erst vorüber war?

»Belle, wenn du auch nur ein Wort zu Tiffany sagst, dann erwürge ich dich.« Arnold und Belle saßen Karen und Jeffrey auf dem Weg von der Synagoge zur Feier im Fond des Cadillacs gegenüber.

»Sie wird von ihrem eigenen Mann bedroht«, verkündete Belle, als hätten sie ihn nicht alle gehört. Inzwischen sahen alle genauso krank aus wie Arnold. Die Zeremonie hatte sich über zwei Stunden hingezogen. Jeffrey blickte alle dreißig Sekunden auf seine Armbanduhr.

»Du kriegst das Flugzeug noch«, zischte Karen.

»Welches Flugzeug?« fragte Belle. Normalerweise nahm sie kaum jemanden zur Kenntnis. Was habe ich doch ein Glück, daß sie gerade jetzt zuhört, dachte Karen. Sie würde ihr also noch vor Lisa erzählen müssen, daß Jeffrey gleich fort mußte. Karen seufzte. Eigentlich war es eine Vollzeitbeschäftigung, mit dem nuklearen Sprengsatz ihrer Familie umzugehen – wie hatte sie es nur geschafft, gleichzeitig im Beruf erfolgreich zu sein und zu heiraten?

»Jeffrey muß noch heute abend nach Paris. Er fliegt vom JFK aus.«

»Nach der Feier?« fragte Belle. »Gehen denn so spät noch Flugzeuge?«

»Nein. Deswegen muß er ja vor der Feier weg. Er wird nur kurz gratulieren und muß dann fort. Es ist sehr wichtig. Er muß morgen dort sein.«

»Was kann denn wichtiger sein als das *bat mizwa* seiner Nichte?«

Glücklicherweise griff Arnold wieder ein, bevor Jeffrey Belle erklären konnte, daß es sich um höchstwichtige Dinge, wichtigere als diese Feier, handelte. »Laß gut sein, Belle«, warnte er sie. Es war ganz ungewöhnlich für ihn, ihrer Mutter in die Parade zu fahren, aber Karen mußte schnell feststellen, daß die Seltenheit dieses Ereignisses nicht dazu beitrug, daß Belle ihm auch nur das geringste Gewicht beimaß.

»Du kannst doch nicht einfach vor dem Kuchen gehen«, wandte sie sich direkt an Jeffrey.

»Ich nehme ohnehin kein Dessert«, sagte Jeffrey.

»Nein, ich meine ...«

»Belle!« Arnolds warnende Stimme hatte sich fast zu einem Brüllen gesteigert. Karen konnte sich nicht erinnern, jemals zuvor gehört zu haben, daß Arnold seine Stimme hob. Sie blickte ihren Vater an. Sein Gesicht hatte jetzt etwas Farbe bekommen; wahrscheinlich war es vor Zorn gerötet.

Belle war einen Moment lang still, während die Limousine auf ihrem Weg zu der Feier in Lawrence durch Inwood fuhr. Waren sie hier nicht schon einmal vorbeigekommen? Hatte sich der Fahrer verirrt? Die Straßen hier konnten einen schon durcheinander bringen. Noch etwas, um das man sich Sorgen machen mußte, dachte Karen. Dann ergriff Belle wieder das Wort.

»Sie hat ihnen ja gesagt, daß das Kleid lächerlich wirken würde. Sie hatte recht.« Dann verschränkte sie ihre Arme über ihrer flachen Brust und rieb sich mit den Händen die Schultern. Alle blickten sie an, wie sie dort distanziert und selbstzufrieden saß. Hatte sie überhaupt kein Mitgefühl für ihre Tochter und ihre Enkeltochter? Dies mußte der demütigendste Tag in deren Leben sein. Karen war übel. Für den Rest der Fahrt schwiegen alle.

Natürlich hatten sie sich verfahren. Der Fahrer mußte zweimal anhalten und nach dem Weg fragen. Als sie endlich am Restaurant ankamen, wurden sie dort von Bediensteten in Livree erwartet. Karen schaute sich um. »Sind wir die ersten, die kommen?« wunderte sie sich laut. Alles wirkte verlassen. »Hatte Lisa nicht zwei Busse bestellt, die die Leute herbringen sollten?«

Belle zuckte die Schultern. »Nach meiner Meinung fragt ja niemand«, sagte sie spitz. »Wo ist der Schminkraum?« Alle vier betraten sie das weitläufige Foyer des Restaurants. Es war eines von der Sorte, die auf solche Feiern spezialisiert sind. Zwei glänzende Schilder zeigten in entgegengesetzte Richtungen. »Hochzeit Levine« stand auf dem, das nach rechts zeigte, und *»bat mizwa* Saperstein« auf dem anderen. Sie folgten dem Schild, und Karen und ihre Mutter verschwanden kurz auf der Damentoilette.

Als sie allein waren, fragte Karen: »Findest du es normal, wie Daddy aussieht?«

»Was meinst du? Seinen Anzug? Ich habe ihm gesagt …«

»Nein, nein. Ich meine seine Gesundheit. Ist er in Ordnung?«

»Ach, du kennst doch deinen Vater«, entgegnete Belle und zuckte mit den Schultern. »Arbeitet nur und ißt *Dreck*. Was soll ich dir sagen?«

Als sie sich nach Belles zeitraubender Toilette wieder zu den Männern gesellten, sprachen Jeffrey und Arnold übers Geschäft. Jeffrey mußte den gottverfluchten Verkauf an NormCo erwähnt haben. Es war das einzige, um das seine Gedanken kreisten. Und wie zu erwarten stand, war Arnold gerade dabei, eine komplette Übersicht über die Gewerkschaftspolitik von NormCo zu geben. Hätte Jeffrey das nicht wissen können?

Karen spürte, wie der Druck, der auf ihr lastete, zunahm. Der Vertrag kam auf sie zugerollt wie ein Schwertransporter und würde sie unter sich begraben. Jetzt wußte sie, wie Indiana Jones zumute gewesen sein mußte, als er vor den herandonnernden Felsen floh. Ja, genauso war es: Karen Kahn und der Tempel des Todes. Aber eigentlich hatten sie den Tempel ja bereits verlassen. Es war die Feier des Todes, die jetzt an der Reihe war. Konnte es noch schlimmer werden als im Tempel?

Und dann kam ihr eine Idee. Der Vertrag mochte sie überrollen, aber das bedeutete noch lange nicht, daß sie ihn auch unterzeichnen mußte. Was ging es sie an, wieviel Zeit Bill Wolper und seine Juristen darauf verwendet hatten? Sie brauchte nicht zu unterzeichnen, bis sie sicher war, daß sie bekommen würde, was sie wollte: ein Baby. Sie holte tief Luft. Also saß sie doch nicht in der Falle. Noch konnte sie sich entscheiden. Und jetzt mußte sie schnellstens zusehen, daß sie den Streit zwischen ihrem Mann und ihrem Vater beendete, bevor er gewalttätig wurde.

»Jetzt ist nicht die passende Gelegenheit, übers Geschäft zu reden«, sagte sie. »Wir wollen doch mal sehen, ob wir für euch beide einen Drink bekommen.« Damit nahm sie beide am Arm und stieg mit ihnen die Treppe hinauf in den Saal, wo die Feier stattfinden sollte. Er war immer noch wie ausgestorben, abgesehen von einem einsamen Barkeeper, der ihnen den Rücken zugekehrt hatte und aus dem Fenster starrte. Als sie an die Bar kamen, drehte er sich zu ihnen um. »Wie wär's mit Champagner?« fragte sie.

»Welche Marke haben Sie denn?« wollte Jeffrey wissen.

Der Barkeeper hielt eine Flasche von irgendeinem unbekannten kalifornischen Hersteller hoch. Jeffrey schüttelte den Kopf. »Amerikanischer Champagner? Leonard, der Sparkommissar, hat wieder zugeschlagen«, sagte er laut, »Scotch on the Rocks für mich.«

»Machen Sie zwei davon«, fügte Arnold hinzu.

»Arnold, du weißt doch, was der Doktor gesagt hat«, mahnte Belle.

Was *hatte* der Doktor denn gesagt? fragte sich Karen. Gerade hatte sie Belle nach Arnold gefragt, und Belle hatte einen Arzt mit keinem Wort erwähnt. War Arnold beim Arzt gewesen? Warum hatte Belle ihr davon auf der Toilette nichts erzählt?

»Der Arzt hat gesagt, ich solle mich nicht aufregen, Belle. Darf ich mit deiner Unterstützung rechnen?« Belle zuckte die Schultern. Sie und Karen entschieden sich für Weißwein. Dann standen die vier mit ihren Gläsern in dem leeren Saal. Worauf konnten sie trinken? Sicherlich nicht auf Tiffanys Darbietung. Einen Moment lang starrten sie sich schweigend an. Jeffrey blickte auf seine Uhr.

»L'chiam«, murmelte Arnold schließlich, und dankbar nahmen sie alle vier einen Schluck aus ihren Gläsern.

Jeffrey war bereits in Richtung Flughafen aufgebrochen, als endlich die beiden Busse vorfuhren, gefolgt von einer Pkw-Kolonne, in der weitere Gäste saßen. Die gereizten und zerknitterten Passagiere stiegen aus. Lisa kam an der Spitze der wütenden Prozession die Treppe herauf gestürmt und schleifte Tiff, deren fleischigen Oberarm sie gepackt hielt, neben sich her. Sie hätte sie genausogut am Ohr nehmen können, dachte Karen. Lisa kochte derart, daß man es schon von weitem sehen konnte, und Tiff war im Gegensatz dazu in einen fast komatösen Zustand verfallen. »Die verdammten

Arschlöcher haben sich verfahren«, sagte Lisa bei der Begrüßung. »Man bestellt die Pimmel, damit sie einen von Punkt A nach Punkt B bringen, und sie schaffen es nicht! Es handelt sich doch nicht um eine Gehirnoperation. Noch nicht einmal um Dermatologie«, fügte sie grollend hinzu und warf Leonard einen finsteren Blick zu, der zusammen mit Stephanie den Gästen aus dem anderen Bus half.

»Sie hat euch ja gesagt, ihr solltet keine Busse nehmen«, erinnerte Belle ihre Tochter. Zu Lisas Ehre sei gesagt, daß sie *nicht* handgreiflich wurde.

Karen blickte aus den gewaltigen Fenstern auf die ramponierte Menschenmenge hinunter. Die Frauen besahen sich ihre verknautschten Kleider und versuchten sie ärgerlich wieder glattzubekommen, während die Männer sich mit dem Zeigefinger unter die feuchten Kragen fuhren. Vor der Damentoilette hatte sich bereits eine Schlange gebildet. »In einem der Busse ist die Klimaanlage ausgefallen. Ich werde diese Hurensöhne verklagen, das schwöre ich bei Gott!« Karen sah zu Tiff hinüber. Das Kind hatte den glasigen Blick eines Unfallopfers.

»Laßt uns mit der verdammten Party anfangen«, knurrte Lisa.

Es schien Stunden zu dauern, bis sich die Damentoilette geleert hatte. Stephanie sah vorsichtig unter jede Kabinentür, um sicher zu gehen, daß sie allein hier war. Dann ging sie in die letzte Kabine, schloß die Tür hinter sich und hob den Klodeckel. Sie hatte inzwischen elf Cocktailwürstchen und fast zwanzig Shrimps gegessen. Und das erst am Buffet, noch bevor das Essen eigentlich losging. Unbedingt mußte sie das Zeug loswerden, bevor sie eine einzige Kalorie davon in sich aufgenommen hatte. Wenn ich es jetzt tue, versprach sie sich selbst, dann werde ich bei Tisch nichts mehr essen und brauche nicht noch einmal zu kotzen. Aber die Zeremonie hatte sie so fertiggemacht und die Party war so schrecklich, daß sie nicht mehr hatte kontrollieren können, was sie aß. Nun, es war ja noch nicht zu spät. Sie steckte sich ihren Mittelfinger so tief in die Kehle wie sie konnte, und begann zu würgen. Es dauerte einen Augenblick, aber dann erbrach sie sich. Einmal, gut – und dann, um sicherzugehen, steckte sie sich den Finger wieder in den Rachen und übergab sich noch einmal. Jetzt war ihr schwindlig, und sie mußte sich an den dünnen Wänden der Kabine festhalten, während sie auf die Toilettenschüssel hinabsah. Ein Anblick, der sie fast wieder erbrechen ließ. Sie mußte ein Schwein sein, daß sie sich mit diesem Müll so vollgestopft hatte! Sie nahm sich etwas Toilettenpapier, wischte sich sorgfältig den Mund ab und warf das Papier in die Toilette. Dann tupfte sie sich mit einem neuen Stück den Schweiß vom Gesicht, spülte hinunter, drehte sich um und öffnete die Tür der Kabine.

Ihre Großmutter stand ihr mit den Händen auf den Hüften gegenüber. »Und was hat das zu bedeuten?« fragte Belle.

Die Party zog sich ziemlich zäh dahin, und es wurde auch nicht im entferntesten etwas daraus, was einer Feier gleichgekommen wäre. Sylvia und Jeffreys Schwestern schienen sich darüber zu amüsieren, und Karen ging ihnen aus dem Weg. Dann glaubte sie ihren Augen nicht zu trauen, als sich plötzlich Perry Silverman aus der Menge löste und neben sie setzte. »Was machst *du* denn hier?« fragte sie. Jeffrey hatte ihr erzählt, daß June eingeladen war, aber Perry? Lisa mußte den Verstand verloren haben. »Ich habe dich in der Synagoge gar nicht gesehen«.

»Ich war wohl eingeladen«, sagte er. »Aber in der Synagoge gibt's nichts zu trinken. Also habe ich mir gedacht, ich komme nur zu der Feier. Und ich wollte dich sehen.«

Sie fragte sich, ob er June wohl schon entdeckt hatte. Karen wußte nicht, was sie sagen sollte. »Lisa hat dich eingeladen? Ich wußte gar nicht, daß ihr euch kennt.«

»Tun wir auch nicht. Wir haben uns nur einmal gesehen – auf deinem Brunch.« Er nahm ihre Hand. »Komm. Laß uns tanzen«, sagte er.

Er schien nicht betrunken zu sein, und so willigte Karen ein. Da er so viel kleiner war als Jeffrey, war es für sie ein merkwürdiges Gefühl, als er sie um die Taille faßte und über die fast leere Tanzfläche führte. Rechts von ihnen versuchten zwei kleine Mädchen zu einem Stück von Cole Porter einen

Cha Cha Cha zu tanzen. Karen mußte lächeln, aber sie machte Perry nicht auf die beiden aufmerksam. Sie wußte, daß eine von ihnen ungefähr in Lotties Alter war. Perry schien die beiden gar nicht wahrzunehmen. Er tanzte überraschend gut, führte sie mit Autorität, aber gleichzeitig ungezwungen. Nach ein paar Augenblicken begriff sie, daß sie mit ihm besser tanzte als mit Jeffrey.

»Meine Frau ist hier«, murmelte Perry ihr zu. Im ersten Moment dachte sie, er wolle sie warnen – als täten sie etwas Unrechtes und müßten sich hüten, dabei ertappt zu werden. Aber nach einer Drehung sah sie June, die irgendwo in der anderen Hälfte des Saales saß. Sie sah gut aus, wog aber inzwischen wohl etwas mehr als ihre magersüchtigen neunzig Pfund. »Wie kommt *sie* hierher?«

»Mit dem Bus«, sagte Karen und mußte lachen. »Macht es dir etwas aus?«

»Etwas ausmachen? Wenn ich gewußt hätte, daß sie kommt, dann hätte ich den Trauernden gespielt. Aber ich glaube, das ist eigentlich nicht nötig. Das hier ist doch auch so schon fast eine Trauerfeier, oder?« Karen gab ihm keine Antwort, sondern ließ sich einfach weiter von ihm sanft durch »Begin the Beguine« führen.

Was ging hier wirklich vor? Lisa hatte Karens Freunde eingeladen? Und wie hatte sie June und Perry gleichzeitig einladen können? Die Feindschaft zwischen ihnen war doch bekannt. Und schließlich das Merkwürdigste: Warum war June gekommen? War sie vielleicht an Perry interessiert? June kannte Lisa überhaupt nicht, und Karen war mit der Ex-Verlobten Jeffreys niemals warm geworden. Das alles schien völlig lächerlich. Karen ließ ihren Blick über die Gäste schweifen. Obwohl gerade das Essen serviert worden war, gingen bereits die ersten. Mein Gott, es mußte tödlich sein für Lisa – und Tiff sah so aus, als wäre sie bereits tot.

Genau in diesem Augenblick zog Belle Stephanie über die ganze Tanzfläche hinter sich her zu Karen hin. Perry tanzte einfach weiter und wandte beiden den Rücken zu, aber das konnte Belle nicht aufhalten.

»Weißt du, was sie gemacht hat?« verlangte Belle von Karen zu wissen. »Sie hat sich übergeben. Sie hat sich im Waschraum übergeben.« Perry blieb stehen und drehte sich um. Sie standen jetzt zu viert mitten auf der Tanzfläche. »Sie hat gutes Essen erbrochen. Ich habe ihr gesagt, daß das eine Sünde ist. Andere Kinder verhungern, und sie erbricht gutes Essen.«

»Ich glaube, das wäre für mich auch das richtige«, sagte Perry. »Aber vielleicht können wir das ein anderes Mal besprechen.« Er nickte Belle höflich zu. »Wie schön, Sie wiedergesehen zu haben«, murmelte er, nahm Karens Hand und ließ Belle und Stephanie allein auf der Tanzfläche zurück. »Sei auf der Hut vor Blutsverwandtschaft«, warnte er Karen.

Karen schüttelte den Kopf. »Uns verbindet der Wahnsinn, nicht das Blut«, erinnerte sie ihn.

»Ah, welche Erleichterung.« Sie waren an ihrem Tisch angelangt. »Hey, wo ist Jeffrey?« fragte Perry. »Nicht, daß es mir nicht eine Freude wäre, seinen Platz einzunehmen.« Er setzte sich auf Jeffreys verwaisten Stuhl.

Karen seufzte. Perry hatte sie wieder daran erinnert, daß sie Lisa erzählen mußte, daß Jeffrey bereits gegangen war. In dem Durcheinander nach der Ankunft der Busse schien Lisa seine Abwesenheit nicht bemerkt zu haben, aber nun konnte es Karen nicht mehr länger aufschieben, sie zu informieren. Es würde Lisa wahrscheinlich verletzen, aber es gab keine andere Möglichkeit.

Bevor Karen sich in Bewegung setzen konnte, griff einer der Musiker zum Mikrophon. »Und jetzt, meine Damen und Herren, kommt der Moment, auf den sie alle gewartet haben. Tiffany Sapersteins Kerzenzeremonie.« Die Band brachte einen müden Tusch zuwege. Das Licht flackerte zuerst und wurde dann gedimmt, und eine ganze Heerschar von Kellnern brachte einen fahrbaren Tisch mit einem riesigen Kuchen darauf in die Mitte des Saales. Hier und da gab es Applaus von den Gästen, die noch geblieben waren. Dann beleuchtete ein Scheinwerfer den Kuchen und eine jämmerliche Tiffany. Sie hielt eine Kerze in der einen Hand und einen kleinen Stapel von Karteikarten in der anderen.

»Zu meiner ersten …« Sie sprach sehr dicht am Mikrophon – ein heiseres Flüstern, das fast unverständlich blieb.

»Lauter!« rief jemand. Sie blickte kurz auf, geblendet vom Scheinwerferlicht.

»Zu – meiner – ersten – Kerze – möchte – ich – meine – Großmutter – und – meinen – Großvater – Saperstein – bitten – zu – mir – zu – kommen«, sagte sie vollkommen monoton. »Ich – habe – so – oft – meine – Sommerferien – bei – ihnen – verbracht – und – habe – meine – Besuche – dort – immer – genossen.« Völlig gefühllos las sie ab, was auf den Karten stand, ohne auch nur minimal ihre Stimme zu heben. Es gab ein wenig Beifall, die Musiker fingen an zu spielen, und Leonards Eltern standen auf, gingen zu Tiffany, küßten sie und entzündeten eine Kerze.

Dann dämmerte es Karen langsam. Tiffany würde mit Sicherheit auch sie und Jeffrey aufrufen. Was sollte sie tun? Ein Fotograf war eifrig damit beschäftigt, Fotos von den Sapersteins und Tiffany zu knipsen und den Augenblick für alle Zeiten oder wenigstens für solange zu verewigen, wie Kodak-Fotopapier hielt. O mein Gott, dachte Karen, damit hatte sie überhaupt nicht gerechnet. Das war wirklich ein klassischer Reinfall.

Tiffany ließen sowohl das Blitzlicht des Fotografen als auch die Küsse ihrer Großeltern völlig ungerührt. Bevor die alten Sapersteins die Kerze richtig angezündet hatten, fuhr sie mit der nächsten Karte fort. »Nun – möchte – ich – Großmutter – Belle – und – Großvater – Arnold – bitten – herzukommen. – Ich – möchte – ihnen – für – alle – Liebe – und – für – alle – Unterstützung – danken – die – sie – mir – über – die – Jahre – haben – zuteil – werden – lassen.« Die Gefühllosigkeit des Kindes war erschreckend. Der ganze Saal schwieg und lauschte ihrer Rezitation, die weit lebloser wirkte als die eines Sprechautomaten.

Belle und Arnold machten sich auf den Weg zu dem riesigen Kuchen und küßten Tiffany. Im harten Scheinwerferlicht sah Arnold noch schlechter aus als zuvor. Er wird alt, dachte Karen. Belle nahm Tiffany die Kerze aus der Hand und entzündete damit die zweite Kerze auf dem Kuchen. Noch mehr Fotos wurden gemacht, und es wurde geklatscht. Ohne eine Gefühlsregung zu zeigen, musterte Tiffany die nächste Karte. »Nun – möchte – ich – meine – Schwester – Stephanie – bitten – zu – mir – zu – kommen. – Manchmal – streiten – wir – uns – wie – die – jungen – Hunde – aber – im – Grunde – lieben – wir – uns – wirklich.«

Leichtfüßig trat Stephanie ins Rampenlicht. Das Mädchen war wirklich schön, groß, geschmeidig und schlank. Und dünner als je zuvor. Karen starrte sie an. Hatte sie sich absichtlich übergeben? War es das gewesen, was Belle versucht hatte, ihr zu sagen? Als der Fotograf seine Arbeit wieder aufnahm, wurde Stephanie erst richtig lebendig, legte einen Arm um Tiffany und posierte für die Kamera. Tiffany ignorierte sie und nahm sich ihre nächste Karte vor.

»Und – jetzt – bitte – ich – meine – Tante – Karen – und – Onkel – Jeffrey – zu – mir – um – eine – Kerze – zu – entzünden. – Sie – sind – immer – sehr – gut – zu – mir – und – selbst – wenn – ich – sie – nicht – so – oft – sehe – wie – ich – möchte – liebe – ich – sie – sehr.«

Karen stand mit dem Mut der Verzweiflung auf und ging über die leere Tanzfläche zu dem Mädchen hin. Sie würde das alles später erklären müssen. Unglücklich nahm sie Tiffanys eiskalte Hand in ihre Hände. »Geht es dir gut?« fragte sie nutzloserweise. Tiffany nickte noch nicht einmal zur Antwort, sondern drückte Karen nur die Kerze in die Hand. Wenn Tiff überhaupt bemerkte, daß ihr Onkel nicht mitgekommen war, dann verlor sie kein Wort darüber. Karen blieb nichts übrig, als die Kerze zu nehmen und sich dem Kuchen zuzuwenden.

»Wo ist Jeffrey?« zischte Belle in gut hörbarem Bühnenflüstern. »Ich habe euch doch von dem Kuchen erzählt.«

Karen kam nicht mehr dazu, eine Kerze anzuzünden. Denn in diesem Augenblick brach Arnold zusammen. Sein linkes Bein schien unter ihm wegzurutschen. Er fiel wie ein Baum, der gefällt wird. Und griff einen Augenblick lang mit seiner rechten Hand verzweifelt in die Luft. Aber dort war nichts, an dem er sich festhalten konnte. Bevor er zu Boden ging, fegte er noch den Tisch, den Kuchen und sämtliche Kerzen zu Boden.

2

Am seidenen Faden

Belle wartete am Fahrstuhl im siebten Stock des Harkness-Traktes im Columbia Presbyterian Hospital in Manhattan. Belle hatte immer noch die gleichen Kleider an wie auf dem *bat mizwa* und sah so aus, als ob *ihr* das widerfahren wäre, was die Kardiologen »eine Herzattacke« nennen. »Der Arzt ist gerade gegangen«, sagte sie zu Karen. »Er meinte, der Zustand deines Vaters hätte sich stabilisiert.«

»Nun, das ist doch eine gute Nachricht, oder?« Karen sah Belle an. Nach Belles Gesichtsausdruck zu schließen, war es keine gute Nachricht.

»Natürlich ist es eine gute Nachricht. Aber offensichtlich war es von Anfang an nicht besonders ernst. Ich kann immer noch nicht glauben, daß er sich genau diesen Moment dafür aussuchen mußte. Er hat den Kuchen ruiniert.«

Karen seufzte. »Mutter, er hat sich den Zeitpunkt nicht ausgesucht, es ist einfach passiert.«

»Nun, das weiß ich«, gab Belle pikiert zurück. Dann gingen sie zusammen den Flur entlang zu Arnolds Zimmer. Außer ihnen war kein Mensch zu sehen. »Sind Lisa und Leonard heimgefahren?«

»Ja. Sie haben mich hier vor einer Stunde alleingelassen.«

»Nun komm schon, Mutter. Ich habe doch gehört, wie sie dir beide angeboten haben hierzubleiben, bevor ich ging, und die Ärzte haben dir auch gesagt, daß du ruhig nach Hause gehen und dich umziehen könntest. Laß es uns nicht schlimmer machen als es ist.« Wie kam es, daß Belle so tat, als wäre sie das Opfer, obwohl es Arnold war, der mit Schläuchen in der Nase da lag? Karen überlegte, ob sie wohl selbst mit einem Arzt sprechen sollte. Belles Äußerungen schienen alles völlig zu verzerren. Erst war sie nahe daran gewesen zu behaupten, daß er alles nur simuliert hätte, und im nächsten Moment spielte sie die trauernde Witwe. Karen mußte mit jemandem sprechen, der sie beruhigte und der Bescheid wußte. Wo steckte Dr. Kropsey? »Darf ich zu Daddy hinein?« fragte sie Belle.

»Das ist wahrscheinlich keine gute Idee. Er schläft sicher«, antwortete Belle.

Aber als sie vor seiner Tür angelangt waren, öffnete Karen kurzentschlossen und spähte hinein. Arnold war durch Schläuche mit einigen Geräten verbunden; sein Gesicht hatte wieder etwas Farbe bekommen, und er schien wach und munter. Mühsam hob er eine Hand und winkte ihr zu.

»Ich werde hineingehen und mich zu ihm setzen«, sagte sie zu ihrer Mutter. Wie beruhigend, daß immer nur ein Besucher zur gleichen Zeit erlaubt war.

»Schön. Sie weiß, wann sie nicht erwünscht ist«, entgegnete Belle, und Karen machte sich nicht die Mühe, ihr zu widersprechen, sondern ging einfach hinein und setzte sich ans Bett ihres Vaters. Die Schläuche in seiner Nase wirkten beunruhigend, und Karen war erschrocken, als sie die weißen Haare auf seiner Brust sah. Irgendwie hatte sie sich damit abgefunden, daß die Haare auf seinem Kopf grau geworden waren, aber jetzt erinnerte sie sich daran, daß früher sein ganzer Körper behaart gewesen war wie mit dem Pelz eines Bären. Eines Braunbären.

Sie nahm seine freie Hand, diejenige, an der kein Schlauch angeschlossen war. »Du brauchst nichts zu sagen«, flüsterte sie.

»Wer hat dazu schon Gelegenheit?« fragte Arnold. »Deine Mutter ist doch da.« Karen mußte lächeln. Arnold machte nur sehr selten einmal einen Scherz auf Belles Kosten. Seine immer noch große Hand fühlte sich leicht an wie Papier. Sie drückte sie fest.

»Ruh dich einfach aus, Dad«, sagte sie. Er nickte und schloß für ein paar Minuten die Augen. Karen fragte sich, ob Arnold wohl jemals wieder würde arbeiten können. Sie vermutete, daß die finanzielle Situation ihrer Eltern nicht allzu gut war. Nun, sie konnte sie ja unterstützen. Aber würde ihr Vater nicht jedes Geld aus dem Verkauf an NormCo zurückweisen? Arnolds Lider zuckten. Dann öffnete er sie und blickte sie direkt an.

»Willst du mir einen Gefallen tun, Karen?« fragte er. »Könntest du für mich einen Anruf erledigen?«

Geschäft, und das jetzt? War er verwirrt? Hatte ihn nicht seine Arbeit hierhergebracht? »Kann das nicht warten?« fragte Karen.

»Nein. Tu mir doch den Gefallen. Ruf Inez an, 516-848-2306.« Inez war die Anwaltsgehilfin ihres Vaters. »Sag ihr, daß es mir gut geht. Und bitte sie, mich hier nicht zu besuchen. Sag ihr, ich hätte das gesagt, und daß ich gesagt hätte, es geht mir gut.«

Karen notierte sich die Nummer. Dann schaute sie ihren Vater an. War seine Beziehung zu Inez mehr als rein beruflich? Inez war eine Puertoricanerin mittleren Alters, die irgendwo auf Long Island wohnte. Sie arbeitete seit fast zwanzig Jahren für Arnold. »Bestimmt, Dad. Ich werde sie anrufen«, versprach Karen und steckte sich den Zettel mit der Nummer ein.

Arnold tätschelte ihre Hand. »Du bist ein gutes Mädchen, Karen«, sagte er.»Ich wußte das schon, als ich dich zum ersten Mal sah.«

»Wo war das?« fragte sie, bevor sie noch nachdenken konnte. Dann errötete sie vor Scham. O Gott, wollte sie die Situation vielleicht ausnutzen, um ihn auszuhorchen?

Aber das war gar nicht nötig. Arnold erinnerte sich gerne. »Chicago. Als wir dich holen gegangen sind. Mrs. Talmidge hat dich hochgehalten, und du hast deine Arme sofort nach mir ausgestreckt. Das werde ich nie vergessen.« Er strich wieder über ihre Hände. »Du warst immer ein gutes Kind.«

»Wer war Mrs. Talmidge, Dad?« fragte Karen, und ihr Herz schlug so laut, daß sie fürchtete, die Maschinen, an die Arnold angeschlossen war, könnten das registrieren. Du solltest dich schämen, sagte sie sich.

»Die Frau vom Kinderschutzbund Chicago. Es war eine nette Frau.« Er schloß die Augen.

Karen saß noch eine Weile da und hielt seine Hand. Er war auch immer ein guter Vater gewesen. Wenn er sich gegen

Belle nicht hatte durchsetzen können, wer konnte ihm das schon verübeln? Wer hätte das schon fertiggebracht? Und wenn er so oft sein Heil in der Flucht gesucht und die beiden Mädchen einfach Belle überlassen hatte – war es nicht das, was alle Väter früher getan hatten? Während sie ihren Gedanken nachhing, wurde hinter ihr die Tür geöffnet, und der Arzt kam herein. Er nahm Arnolds Hand und fühlte ihm den Puls. Dann zog er sie mit aus dem Krankenzimmer auf den Flur.

»Er erholt sich gut«, erklärte er ihr draußen. »Wir werden ihn vielleicht katheterisieren; sicherlich hat er ein Problem mit einer Herzklappe. Aber das ist nichts Ungewöhnliches für einen Mann seines Alters. Sein Zustand hat sich jetzt wirklich stabilisiert. Er ist nicht mehr in Gefahr. Es geht ihm gut, Mrs. Kahn.«

»Was kann ich noch für ihn tun?« fragte sie.

»Oh, Sie könnten ihre Mutter nach Hause bringen. Sie macht die Schwestern verrückt und läßt ihren Vater nicht zum Schlafen kommen. Sie braucht selbst etwas Ruhe«, sagte er. »Ich könnte ihnen ein Rezept für sie mitgeben.« Dann klopfte er ihr auf die Schulter. »Geht es *Ihnen* gut?«

Karen nickte. Er wirkte nett, war nur ein wenig älter als sie und hatte freundliche Augen. »Sagen Sie mir auch die Wahrheit?« fragte sie. »Wird er nicht sterben?«

»Nun, wir werden alle sterben, aber ich glaube nicht, daß er allzu bald an der Reihe ist. Es war eigentlich ganz günstig, daß er diese Attacke hatte, während er unter Leuten war. Das gab uns die Möglichkeit, ihn sofort zu behandeln, bevor sein Zustand ernst wurde. Sie müssen wissen, es ist etwas Chronisches, nichts Akutes. Mit einer ordentlichen Behandlung wird es ihm bald wieder gutgehen.« Karen atmete tief durch. Welche Erleichterung. Und dann diese Information, die sie jetzt rein zufällig von ihrem Vater erhalten hatte. War so etwas wie die Modenschau in Paris wirklich wichtig, wenn man es mit Arnolds Leben verglich? Verschwendete sie ihre Zeit nicht für die falschen Dinge?

»Danke schön«, sagte sie, drehte sich um und ging den langen Krankenhausflur entlang, um sich Belles anzunehmen.

Karen saß mit Defina bei »ihrem« Griechen. Sie hatten beide eine große weiße Tasse vor sich stehen; Karens war mit schwarzem Kaffee gefüllt. Definas mit heißem Wasser und einigen Kräutern, die sie selbst hineingegeben hatte. »Es war also gar kein richtiger Herzinfarkt?« fragte Defina.

»Nein, sie glauben nicht. Eben eine Herzattacke, ein ›Myokardialinfarkt‹, wie sie es nennen. Der Arzt meint, daß er schon eine ganze Reihe davon hatte. Sie wissen nicht, wie weit sein Herzmuskel dadurch in Mitleidenschaft gezogen wurde, aber jedenfalls hat er ein Problem mit einer Herzklappe.«

Defina nahm Karens Hand. »Wird er wieder gesund?« fragte sie.

»Das sagen sie im Krankenhaus jedenfalls. Ich meine, nicht so gesund wie ein Gesunder. So gesund, wie jemand ist, der nicht an seiner Krankheit sterben muß. Aber er sah furchtbar aus. Es war erschreckend.«

»Das kann ich mir vorstellen.« Sie hielt kurz inne. »Was wird also aus Paris? Mußt du hier bei deinem Vater bleiben?«

»Ich weiß es nicht«, sagte Karen müde. »In einer oder zwei Stunden fahre ich wieder zum Krankenhaus und werde dort mit dem Kardiologen reden. Ich sollte wohl besser hier in New York bleiben, aber ich weiß, daß ich eigentlich auch nach Paris fahren und mich um die Schau kümmern müßte, weil sonst Gott weiß was aus dem Geschäft wird, – aus dem Verkauf.«

»Mädel, ich höre immer, daß du ›solltest‹, ›solltest‹, ›solltest‹. Du solltest mal kürzer treten. Was sagt Jeffrey?«

»Ich habe ihn noch nicht erreichen können, wegen der Zeitverschiebung. Nun, du weißt ja, er sollte dort gleich nach seiner Ankunft mit den Vorbereitungen anfangen. Ich nehme an, daß er das auch getan hat. Ich habe ihm eine Nachricht im Hotel hinterlassen.«

Defina kniff die Augen zusammen, aber bevor sie etwas sagen konnte, zirpte das Funktelefon. Karens Magen verkrampfte sich. War das das Krankenhaus? Sie hatte widerstrebend ihrer Mutter die Nummer für das Funktelefon gegeben. Zur Hölle damit, es kamen ja doch keine Anrufe wegen Babys. Defina nahm das Gespräch an. Sie nickte leicht mit dem Kopf und murmelte: »Hm. Hm.« Dann klappte sie den Apparat zu und schüttelte den Kopf. »Als wenn das alles noch nicht genug wäre, hat Casey gerade Nachricht von Munchin bekommen. Sie werden die zweihundert Blazer nicht ausliefern, bis wir ihre Rechnungen bezahlt haben.«

Karen stellte mit einem lauten Klirren ihre Tasse ab. Der Kaffee schwappte über den Tisch. Gleich würde ihr übel. Jeffrey war normalerweise dafür zuständig, die Hersteller dazu zu bringen, ihre Produkte auszuliefern, aber das konnte er nicht von Paris aus. Lenny oder Casey würden sich darum kümmern müssen. Großer Gott, funktionierte denn überhaupt nichts mehr richtig?

»Noch etwas«, sagte Defina. »Unser Friseur hat gerade für Paris abgesagt.«

Genug! Das reichte! Bei Karen gewann die Wut Überhand über die Angst. »Großartig! Dieses kleine Arschloch! Das macht er nur, weil ich mich über meine letzte Frisur beschwert habe. Was jetzt?« Sie überlegte einen Moment. Wo blieb ihr Sinn für Prioritäten? Ihr Vater hatte gerade erst die Intensivstation im Columbia Presbyterian verlassen, und sie machte sich Sorgen wegen eines *Friseurs*! Was war mit ihr nicht in Ordnung? Was war mit ihrem Leben nicht in Ordnung? Sie preßte die Hände gegen die Brust. Ihr Herz hämmerte so, daß sie glaubte, es müßte zerspringen. »Scheiße!« sagte sie. »Scheiße, Scheiße, Scheiße!«

Defina sah sie an. »Machst du es deinem Vater nach?«

»Sag Casey, er soll das mit Munchin regeln. Irgendwie. Dann ruf Carl an. Erzähl ihm von meinem Vater. Vielleicht läßt er ja doch seinen Laden einmal allein. Nur dies eine Mal, wenn er mir helfen will. Frag ihn, ob er für eine Woche nach Paris kommen kann. Ob ich nun selbst da bin oder nicht, ich bin beruhigt, wenn du dort bist und wenn Carl die Frisuren macht.« Sie blickte Defina an. »Und du hattest vorher schon zuviel zu tun«, sagte sie schuldbewußt. »Ich verlange schrecklich viel von dir, Dee – es tut mir leid, aber ich muß mich ganz darauf verlassen, daß du es für mich regelst. Wirst du es schaffen?«

»Ist der Papst Pole?« fragte Defina.

Defina und Carl warteten schon auf Karen, als sie aus der Drehtür des Krankenhauses kam. Carl umarmte sie herzlich. »Es geht Arnold also wieder besser?«

»Das sollte es eigentlich, das heißt, wenn die Ärzte nicht lügen und wenn in den nächsten dreißig Minuten nichts Unvorhergesehenes passiert.« Karen fuhr sich mit der Hand durchs Haar. Sie war zu Hause gewesen, hatte etwas geschlafen, geduscht und sich umgezogen, sich aber nicht die Mühe gemacht, ihr Haar trocken zu fönen. »Es ist irgendwie unglaublich«, sagte sie. »Gibt es irgend etwas, das sonst noch schiefgehen kann? Falls ja, dann bin ich mir sicher, daß es auch schiefgehen wird.«

»Ich weiß, was du brauchst«, sagte Defina. »Du brauchst Madame Renault.«

»Ja, ja, prima. Ein wenig Mummenschanz von einer Frau, die sich entweder selbst etwas vormacht oder eine Schwindlerin ist. Komm schon, Dee. Fang du nicht auch noch an. Du bist eine gebildete Frau. Du glaubst doch nicht ernsthaft an Kristallkugeln, oder?«

»Kristallkugeln? Das ist doch Mist. Der ganze neumodische Kram ist Mist. *Ich* rede von etwas Echtem.«

»Gut, aber selbst wenn sie irgendeine Art Gabe hat, wie soll sie mir helfen? Ist sie Kardiologin? Ich weiß, was jetzt vonnöten ist. Ich muß schnellstens zurück ins Büro.«

Defina zog die Augenbrauen hoch; ihre Nüstern bebten. »Warum glaubst du, daß dir niemand helfen kann?« fragte sie. »Wäre es nicht schön, zu wissen, wie die Schau in Paris werden wird? Und wie es mit deinem Vater weitergeht?« Karen rollte die Augen, aber Carl stieß sie freundschaftlich an.

»Na komm schon, Karen«, sagte er. »Gehen wir.« Sie stieg in den Wagen, ließ sich zwischen ihre beiden Freunde in den Sitz fallen und gab auf. »Klar«, sagte sie. »Ich suche immer eine Wahrsagerin auf, wenn meine Nichte ihr *bat mizwa* hatte und mein Vater eine Herzattacke.«

Defina nickte ernsthaft und gab dem Fahrer eine Adresse in Harlem; das Taxi fuhr los.

»Wenigstens liegt es ja auf dem Weg«, meinte Karen ironisch.

»Schätzchen, es kommen sogar Leute aus Europa zu Madame Renault.«

Die Adresse erwies sich als ein unauffälliger Sandsteinbau in einem unauffälligen Häuserblock, der vielleicht eine Spur besser aussah als die meisten anderen in Harlem. Eine steile Treppe führte zu einer hölzernen Doppeltür, aber Defina lotste sie daran vorbei zu einem Nebeneingang. Dort klingelte sie.

Durch eine knisternde Wechselsprechanlage fragte eine Stimme, wer da sei.

»Sollte sie das nicht bereits wissen?« fragte Carl und verdrehte die Augen.

Defina warf ihm einen vernichtenden Blick zu. »Defina Pompey ist hier«, sagte sie laut. »Es handelt sich um einen Notfall.« Der Türöffner wurde betätigt, und sie gelangten durch einen dunklen Gang in ein Vestibül mit grünem Marmorboden. Die Wände waren auberginefarben gestrichen. Nun, vor Zeiten hatten all diese Häuser relativ wohlhabenden Leuten gehört. Dieses hier war offensichtlich restauriert worden, oder man hatte sich ständig gut darum gekümmert. Defina führte sie in eine Art Wartezimmer, dessen Wände satt zitronengelb leuchteten. Der Boden war mit Schilfgrasmatten ausgelegt. Es gab keine Möblierung außer drei einfachen Stühlen.

»Siehst du«, sagte Defina. »Sie wußte, daß wir zu dritt sein würden.«

Carl verdrehte noch einmal die Augen.

Von dem Raum ging etwas Merkwürdiges aus. Es war nicht nur die Sparsamkeit der Möblierung, sondern der Raum selbst, dachte Karen. Es war seine Farbe, seine Leere und die Art und Weise, wie das Licht durch die halb geschlossenen Blenden gefiltert wurde. Sie glaubte nicht an so etwas wie eine Aura oder Schwingungen, aber der Raum machte irgendwie einen *machtvollen* Eindruck, als stünde er unter einer Spannung. Sie setzte sich auf einen der Stühle. Defina setzte sich ebenfalls, aber Carl blieb stehen. »Darf ich mit hinein?« fragte Carl.

»Natürlich nicht«, zischte Defina. »Das ist sehr persönlich.«

»Ja, aber ich bin ihr *bester* Freund.«

Defina blickte ihn an. »Süßer, du bist ein wenig durcheinander. Du bist nur ihr *ältester* Freund«, sagte sie trocken. Dann wurde die Tür geöffnet, und Madame Renault trat ein.

Karen wußte nicht genau, was sie eigentlich erwartet hatte, aber bestimmt nicht das: eine große, schlanke, elegante Frau, die etwas trug, das ein altes Chanel-Kostüm sein mußte. Madame Renault war schwarz, der Ton ihrer Haut ein tiefes rötliches Braun, Jacke und Rock fast von der gleichen Farbe. Auch ihr Haar hatte diese Farbtönung, war jedoch eine Spur dunkler und zu einem altmodischen, aber attraktiven Nackenknoten zusammengebunden. Die Frau nickte Defina zu und wandte sich dann an Karen. »Kommen Sie herein«, sagte sie mit tiefer Stimme und einem Akzent, den Karen aber nicht einordnen konnte. Sie hätte auch nicht sagen können, wie alt Madame Renault war. Ihr Gesicht war faltenlos, einmal abgesehen von den Fältchen um die Augen, aber ihre Hände waren, wie Karen bemerkte, alt – sehr alt. Karen warf Defina, die aufgestanden war, um ihre Meisterin zu grüßen, noch einen letzten Blick zu. Defina gab Karen einen kleinen Stups. »Nun geh«, sagte sie, und Karen folgte Madame Renault.

Sie kamen in ein Zimmer, das grasgrün getüncht war und in dem ein Gestell stand, auf dem Kräuter oder wilde Blumen trockneten. Sonst gab es in dem Zimmer nichts außer einem Tisch und zwei harten Bänken. Madame und Karen setzten sich einander gegenüber. Karen war überrascht, wie nervös sie war. Dann begann Madame Renault zu sprechen. Ihre Stimme war nicht unfreundlich, hatte aber etwas Bezwingendes, dem man sich nicht entziehen konnte. »Sie sind auf einer Suche«, sagte Madame Renault. Ihr Gesicht, das so glatt war, zeigte keinerlei Regung, aber ihre Augen blickten Karen unverwandt an, und einen Moment lang hatte Karen das Gefühl, daß sie ihr tiefer in die Augen sah als jemals irgend jemand zuvor. »Sie suchen, aber Sie begreifen nicht, daß Sie schon gefunden haben, wonach Sie suchen.«

Na gut, dachte Karen, es ist also doch der alte Mummenschanz. Man bleibe allgemein und benutze die bewährten alten Formulierungen, dann kann man sich nicht irren. Sie werden einen großen, dunklen Fremden treffen; Sie werden eine lange Reise machen; Sie sind auf einer Suche. Beinahe hätte Karen geschmunzelt. Als nächstes wird sie mir erzählen, daß das Geheimnis des Lebens Hühnersuppe ist.

»Sie kennen ihre Mutter bereits«, sagte Madame Renault.

»Was?« flüsterte Karen. Warum hatte die Frau das gesagt? Was hatte Defina ihr erzählt? Madame Renaults Gesicht war so ausdruckslos wie zuvor, ihr Blick genauso intensiv. Sie schien zu warten, und Karen beruhigte sich so weit, daß sie weiter zuhören konnte. »Ihr Vater ist krank, aber er liegt nicht im Sterben. Aber jemand anders wird sterben. Eine Mutter wird sterben. Und dann ist da noch jemand, der auf Sie wartet. Ein Kind. Ein dunkelhäutiges Kind.«

Karen war der Schweiß ausgebrochen. Sie blickte Madame Renault fast entsetzt an, aber die hatte inzwischen ihre Augen gesenkt.

»Bekomme ich das Kind?« fragte Karen flüsternd.

»O ja, aber es wird eine lange Reise werden.«

Madame Renault hielt inne und sah Karen dann wieder an. Diesmal war Mitleid und Schmerz in ihren Augen zu lesen. »Ach«, seufzte sie, »Sie werden etwas verlieren, das Sie lieben«, sagte sie.

Sie mußte das Geschäft meinen, dachte Karen. Ich muß das Geschäft aufgeben, um das Kind zu bekommen. »Also muß ich meine Firma verkaufen?« fragte Karen.

Madame Renault schüttelte den Kopf, aber Karen war sich nicht sicher, ob das Nein bedeuten sollte oder ob sie sich bereits mit etwas anderem beschäftigte. Dann streckte die Frau eine ihrer knotigen Hände aus und faßte Karen am Handgelenk.

»Sie sind wie eine Spinne. Sie haben eine lange, lange Zeit gewebt und gewebt. Geben Sie acht. Die Seide kann Ihnen ausgehen. Auf einmal haben Sie nichts mehr. Und das Netz, das Sie gewebt haben, hält vielleicht nicht.«

Karen fiel ein Spruch ein, den Belle ihr beigebracht hatte: »Ach, was weben wir ein böses Netz, wenn wir zum ersten Mal betrügen.« Karen *hatte* in letzter Zeit gelogen – das erste Mal in ihrem Leben. Jetzt senkte sie ihre Augen. Madame Renault ließ Karens Hand los.

»Grämen Sie sich nicht, kleine Spinne. Sie werden sich aus dem Gewebe von Lügen befreien, aber jeder Faden, den Sie zerreißen, wird schmerzen. Es wartet Freude auf Sie, aber zuerst wird es viel Schmerz geben. Es tut mir sehr leid«, seufzte die Frau. »Aber es ist der einzige Weg«, fügte sie hinzu und erhob sich. Ohne ein weiteres Wort ging sie zur Tür und ließ Karen allein am Tisch zurück. Madame Renault öffnete die Tür und sagte zu Defina: »Sie können Ihre Freundin jetzt nach Hause bringen.« Als Karen sich umdrehte, stand Defina schon neben ihr, und Madame Renault war nicht mehr da.

Auf der Fahrt zurück in die Midtown kam Karen die Episode mehr und mehr wie ein Traum vor: die leuchtenden Farben der Wände, die unwirklichen Räume, die dramatisch wirkende Frau und ihre orakelhaften Äußerungen schienen fast komisch. Aber sie waren es nicht, mußte Karen sich eingestehen. Selbst wenn sie nicht sinnvoll schienen, wußte Karen in ihrem Innersten, daß sie genau die Wahrheit getroffen hatten.

»Du warst weiß wie ein Bettlaken!« sagte Carl. »Was hat sie dir gesagt?«

Karen schüttelte den Kopf.

»Das geht dich nichts an«, fuhr Defina ihn an. »Ich habe dir doch gesagt, daß es persönlich ist.«

»Nun, warum konnte sie mir nicht *meine* Zukunft vorhersagen?«

»Deine Zukunft ist Paris. Weiter voraus brauchst du nicht zu denken. Und außerdem nimmt sie nicht einfach jeden.«

»Wieviel berechnet sie?«

Obwohl sie sitzenblieb, schien Defina sich irgendwie zu

ihrer vollen Größe aufzurichten. »Sie stellt überhaupt nichts in Rechnung«, erklärte sie. »Sie sagt, es ist ein Geschenk, und man kann für ein Geschenk kein Geld annehmen.«

Karen wünschte sich, sie wären endlich einmal still gewesen, so daß sie sich genau hätte erinnern können, was Madame Renault gesagt hatte. Immer noch sah die das Gesicht der Frau vor sich, als sie ihr prophezeit hatte, daß ein Kind auf sie warte. Irgendwie zweifelte Karen daran. Sie wandte sich Defina zu. »Hast du ihr irgend etwas von mir erzählt?« fragte sie. Defina verschränkte ihre Arme, wandte sich wortlos ab und starrte aus dem Fenster. Ein empörter Blick war die einzige Antwort, deren sie Karen würdigte.

»Was hat sie denn nun prophezeit?« fragte Carl wieder. Karen überlegte einen Augenblick lang, ob sie etwas erzählen sollte. Irgendwie kam es ihr zu persönlich vor. Aber warum nicht? Er war ihr ältester Freund.

»Sie sagte, daß ein Baby auf mich wartet«, flüsterte Karen.

Zu Hause sprang Karen jetzt auch dann auf, wenn nur das gewöhnliche Telefon klingelte. Aus irgendwelchen Gründen wurden ihre Anzeigen plötzlich beachtet. Und wenn es nicht irgendein verrücktes Mädchen war, das von einer Telefonzelle aus anrief, um mit ihr über ihr Baby zu sprechen, dann konnte es vielleicht das Krankenhaus sein, um mitzuteilen, daß man Arnolds Zustand falsch eingeschätzt hatte und daß er inzwischen gestorben war. Doch als Karen das Telefon neben ihrem Bett erreichte, war es nur Lisa. »Daddy fühlt sich schon viel besser«, berichtete sie. »Die Ärzte sagen, daß er wahrscheinlich übermorgen entlassen werden kann.«

»Großartig!« sagte Karen. Gott sei Dank war er wieder auf dem Damm. Dabei fiel ihr plötzlich ein, was er ihr im Krankenhaus erzählt hatte. O Gott, sie mußte Centrillo anrufen und ihm von Chicago und dem Kinderschutzbund erzählen! Wie war noch der Name der Frau gewesen, die Arnold erwähnt hatte? Karen raufte sich die Haare. In den letzten achtundvierzig Stunden war so viel geschehen, daß sie gar nicht mehr mitkam. Wie hieß diese Frau nur …?

Lisas Stimme unterbrach ihre Gedanken. »Das war heute

unser letzter Besuch im Krankenhaus«, sagte sie. »Leonard ist ziemlich erschöpft, und die Fahrt ist zu lang. Ich weiß nicht, warum du darauf bestanden hast, ihn nach Manhattan zu bringen. Es war doch gar nicht so ernst.«

»Das haben wir ja vorher nicht gewußt«, erinnerte Karen sie. Gott, wie hieß denn nur diese Sozialarbeiterin? Sie hätte sich den Namen notieren sollen. Der Name einer Schauspielerin aus den dreißiger Jahren … Vielleicht Norma Shearer? Sie wußte es nicht mehr genau, aber sie wußte, daß er mit einem ‹S‹ anfing.

»Das *bat mizwa* ist dadurch natürlich völlig versaut worden«, sagte Lisa. »Tiff hat seit Samstag nur noch geweint.«

»Das tut mir so leid«, murmelte Karen, obwohl sie so gut wie Lisa wußte, daß Arnolds Zusammenbruch der Gnadenstoß nach einer ganzen Reihe von Fehlschlägen gewesen war. Gott sei Dank hatte Lisa sie nicht gefragt, wo Jeffrey eigentlich war. Sie mußte schrecklich durcheinander sein.

»Hör zu, warum kommst du nicht morgen nach Manhattan und schaust dir unsere letzten Vorbereitungen für Paris an? Wir können dann zusammen essen gehen und Daddy besuchen.« Es war nicht viel, aber doch alles, was Karen ihr im Moment bieten konnte.

»Schön«, sagte Lisa. »Ich werde Belle mitbringen.«

Karens Magen rebellierte. Dann rief sie plötzlich: »Talmidge!«

»Was?« fragte Lisa.

Verlegen tat Karen so, als hätte sie Lisas Frage nicht gehört, zog statt dessen einen Bleistift hervor und schrieb sich den Namen neben den von Centrillo in ihr Telefonverzeichnis, bevor sie ihn wieder vergaß. Sie schwieg jetzt, und Lisa genauso. Dann räusperte sie sich. Lisa benutzte die Pause, um das Thema zu wechseln.

»Hör zu«, sagte sie zu Karen. »Jeffrey hat mir von dem Angebot von NormCo erzählt. Ich weiß ja nicht, ob du dir darüber immer noch im Unklaren bist, aber wenn du meine Meinung hören willst, dann klingt es zu gut, um es links liegen zu lassen.«

Aus welcher Ecke kam *das* nun wieder? Karen erinnerte

sich nicht, daß Lisa jemals zuvor vom Geschäft gesprochen hätte. Und plötzlich, wie aus dem Nichts heraus, so eine Äußerung? Was war da los? Wann hatte Jeffrey Lisa von dem Angebot erzählt? Sie hatten auf der *bat mizwa* überhaupt nicht miteinander gesprochen. Und warum hatte er es ihr erzählt? »Wann hat er mit dir darüber gesprochen?« fragte Karen und versuchte dabei neutral zu klingen.

»Oh, bei der Feier.«

Karen hörte schlagartig auf, mit ihrem Telefonverzeichnis und dem Bleistift herumzuspielen. Sie spürte, wie ihr eine Gänsehaut den Rücken hinauf bis über die Kopfhaut lief. Jeffrey hatte die Feier bereits verlassen gehabt, als Lisa angekommen war. Warum log sie jetzt?

»Ja, ja«, sagte sie. »Weißt du, es ist noch nicht das endgültige Angebot, wir müssen also noch abwarten«, fügte sie unbestimmt hinzu.

»Aber du denkst daran es anzunehmen?« fragte Lisa. Sie hielt einen Moment inne. »Weißt du, Karen, wenn du weniger Streß hättest, dann würde es vielleicht eher klappen mit dem Schwangerwerden.«

Der Ärger brandete in Karen so schnell und so heftig hoch, daß sie sich fast auf die Zunge biß. »Lisa, ich muß jetzt gehen. Wir treffen uns morgen«, war alles, was sie noch sagen konnte, bevor sie auflegte.

3

Aktionäre und Ordinäre

Karen hatte einen weiteren unglaublich anstrengenden Tag vor sich, aber trotzdem besuchte sie kurz ihren Vater im Krankenhaus, ehe sie ins Büro fuhr, und um neun nahm sie sich auch die Zeit, Mr. Centrillo anzurufen und ihm die neuen Informationen durchzugeben. »Wird Ihnen das helfen?« fragte sie ihn. »Wird das reichen?«

»Das weiß ich nicht, Mrs. Cohen. Vielleicht reicht es immer noch nicht, aber es ist wenigstens ein Anfang. Ich verspreche Ihnen, daß wir unser Möglichstes tun.«

»Ich werde in den nächsten Tagen nicht da sein, ich nehme etwas Urlaub.« Karen wollte nicht, daß er sie anrief, während sie in Paris war.

»Ah. Nun, dann wünsche ich Ihnen einen schönen Urlaub, und zunächst einmal einen schönen Tag«, sagte er.

Karen lächelte gequält. Der Tag, der vor ihr lag, schien fünfzig Stunden lang zu sein.

Mittags hatten sich alle Mitarbeiter von KKInc im großen Ausstellungsraum versammelt, der provisorisch zu einem Auditorium umfunktioniert worden war. Irgend jemand, wahrscheinlich Casey, hatte sogar ein Pult herbeigeschafft.

Karens Hände waren feucht, aber sie konnte die Sache nicht mehr länger aufschieben. Sie hatte sich entschlossen, den Verkauf offiziell bekanntzugeben, denn es kursierten bereits wilde Gerüchte. Sie hatte sich außerdem dazu entschlossen, allen, die mehr als ein Jahr bei ihr waren, Anteile zu übertragen. Dazu hatte sie – gegen den Rat von Robert dem Anwalt und Jeffreys Mißfallen nicht beachtend – von ihrem eigenen Anteil insgesamt zwanzig Prozent zur Verfügung gestellt. Das war fast die Hälfte ihres Anteils. Ihr blieben noch dreißig Prozent, aber zusammen mit Jeffreys dreißig Prozent war das eine sichere Mehrheit – für die kurze Zeit bis zur endgültigen Übertragung der Anteile auf NormCo. Jeffrey und Robert der Anwalt hatten ihre Entscheidung hinnehmen müssen, da sie sich sonst geweigert hätte, dem Verkauf zuzustimmen. Sie fand, daß sie ihren Angestellten das schuldig war. Ihr Anteil blieb auch so groß genug. Wieviel Geld brauchte sie schon? Es war genug für alle da. Ihre Mitarbeiter würden sich dann bei der Übernahme durch NormCo entscheiden können, ob sie für ihre Anteile NormCo-Aktien oder Bargeld erhielten.

Als Robert der Anwalt aufstand und um Ruhe bat, schaffte Karen es, vor ihre Belegschaft zu treten, ohne zu stolpern. Aber sie brachte es nicht fertig, sich hinter das Pult zu stellen. Statt dessen zog sie sich einen der Tische heran und kletterte hinauf.

»Zunächst einmal möchte ich sagen, wie leid es mir tut, daß Jeffrey nicht hier ist, um Ihnen die Neuigkeiten, um die es geht, selbst mitzuteilen. Aber wie sie alle wissen, ist er in Paris und bereitet unsere Schau vor. Er ist derjenige, der dafür verantwortlich ist, daß diese Wendung der Dinge erst möglich wurde.« Stimmte das wirklich? fragte sie sich. Aber sie hatte keine Zeit, lange nachzudenken und holte tief Luft. »Also, wie auch immer – ich weiß, daß vielen von ihnen Gerüchte zu Ohren gekommen sind, aber ich wollte mit einer offiziellen Mitteilung warten, bis ich mir sicher sein konnte, wie die Dinge laufen. Wir haben ein Angebot von NormCo erhalten, die uns übernehmen wollen.« Sie machte eine Pause. Hinten, wo die Näherinnen saßen, war Gemurmel zu hören. »Das bedeutet nicht, daß sie uns hier hereinpfuschen und das Geschäft managen oder etwas ändern wollen. Es bedeutet vielmehr, daß wir die Möglichkeit haben, unser Geschäft in einer Art und Weise auszudehnen, an die vorher nicht zu denken war. Für mich heißt es auch, daß es von jetzt an noch interessanter wird. Ich kann preiswertere Kleider auf den Markt bringen und eine Kollektion von Sportswear entwickeln, die ich schon immer machen wollte. Für Sie bedeutet es vor allem zusätzliches Geld. Je nachdem, wie lange sie schon hier arbeiten, können viele sogar mit einer großen

Extrazahlung rechnen.« Es gab wieder Gemurmel, diesmal lauter. Sogar Mercedes rang sich ein Lächeln ab. »Und was Ihre Arbeitsplätze anbelangt, so machen wir weiter wie bisher. Ich weiß, daß ich ohne Ihrer aller Hilfe nicht dahin gekommen wäre, wo ich heute stehe, und ich hoffe, daß Sie alle mit dem zufrieden sind, was wir erreicht haben.« Sie machte wieder eine Pause, damit die Nachricht eindringen konnte. »Robert und Lenny werden Ihnen nun die Einzelheiten erklären, aber ich werde dabeibleiben, und wenn irgend jemand irgendwelche Fragen hat, dann soll er sie bitte stellen.«

Dann ging Robert der Anwalt zum Pult, berichtete von NormCo und dem Angebot und erklärte die Wahlmöglichkeit, die zwischen Auszahlung und Umtausch in NormCo-Aktien bestand. Sein Vortrag war fachkundig und freundlich, und wenn er immer noch Vorbehalte gegen Karens Absicht hatte, einen Teil ihres Geldes der Belegschaft zukommen zu lassen, dann zeigte er sie jedenfalls nicht. Im Gegenteil, er stellte es fast so hin, als wäre es seine Idee gewesen. Als er seinen Vortrag beendet hatte, erhielt er begeisterten Applaus. Dann bekam jeder eine eigens für ihn vorbereitete Mappe mit etwas Informationsmaterial und einer Aufstellung, mit welchem Anteil er persönlich rechnen konnte. Karen hörte viele Ohs und Ahs, als ihre Leute die Papiere durchsahen und schließlich die eine Zahl fanden, die sie vor allem interessierte: den Endbetrag.

Danach dauerte die Versammlung nicht mehr lange. Lenny, der Oberbuchhalter von KKInc, klärte die neuen Teilhaber über spezielle Aspekte wie die Zinsen und ihre Steuerpflichten auf. Aber es trat natürlich keine Ruhe mehr ein. Als Lenny seine Schuldigkeit getan hatte, erhob sich Karen noch einmal.

»Das war es also«, sagte sie. »Natürlich bin ich immer ein bißchen ängstlich, wenn ich etwas Neues ausprobieren soll, aber ich weiß wohl, daß die meisten von Ihnen mir das nicht abnehmen werden.«

Vereinzelt wurde gelacht, vor allem von den Frauen, die im Anproberaum arbeiteten und die es gewohnt waren, an

Karens Kreationen Änderung um Änderung vorzunehmen. »Jedenfalls besteht ein Teil der Abmachung darin, daß ich in den nächsten zwölf Jahren hier weiter arbeiten muß. Wenn Sie mich also leid sind, dann ist dies die Gelegenheit, sich davonzumachen.« Das Lachen schwoll an, dann stand Mrs. Cruz auf. Sie hatte Tränen in den Augen.

»Wir danken Ihnen, Karen«, sagte sie und begann zu klatschen. Nach und nach erhob sich die ganze Belegschaft und fiel in das Klatschen ein. Karen spürte, wie sie rot und ihre Augen feucht wurden. Du lieber Himmel, in letzter Zeit weinte sie ziemlich oft für jemanden, der eigentlich nie weint. Nun, dachte sie, vielleicht war ja jetzt alles so gekommen, wie es kommen sollte. Diese Menschen hatten sich auf sie verlassen, und sie hatte etwas für sie getan. Dann erinnerte sie sich an das viele Geld, das ihr gehören würde und senkte ihren Kopf in Dankbarkeit und Scham.

Karens Ankündigung hatte eine hektische Stimmung provoziert, die der Arbeit nicht gerade förderlich war. Bei den letzten Vorbereitungen für die Pariser Präsentation lief denn auch alles falsch, was nur falsch laufen konnte.

Die einzige Hoffnung Karens bei der Generalprobe war der alte Aberglaube, den sie aus der Welt des Theaters kannte: War die Kostümprobe ein Fiasko, dann wurde die Erstaufführung bestimmt ein Erfolg. Karen stand mitten im Chaos »hinter der Bühne« und hätte sich am liebsten die Haare ausgerauft. Oder vielleicht noch besser Tangelas Haare oder die von Maria Lopez. Defina hatte die Mädchen engagiert, die sie für Paris brauchten. Es war alles Hals über Kopf gegangen, und Defina würde noch einige Mühe damit haben, sie auf ihre Aufgabe vorzubereiten, aber sie waren alle unverbraucht und sahen so aus, wie Karen es sich vorgestellt hatte. Komischerweise waren es die beiden erfahrensten Models, mit denen es Ärger gab. Ihre Hauptbeschäftigung schien es zu sein, sich zu beschweren: darüber, daß der Zeitplan zu schwierig war, über die Wahl der Musik, einfach über *alles*, und das kostete Zeit und belastete die ganze Mannschaft. Der Umkleidebereich war ein einziges Durcheinander. Die gerade fertiggestellten Modelle lagen überall verstreut herum, so daß Mrs. Cruz bestimmt einen Anfall bekommen hätte. Eigentlich war Defina für die Schau verantwortlich, aber Karen war bei den letzten Vorbereitungen immer gern dabei, um vielleicht etwas noch ein wenig anders zu drapieren oder irgendwo noch eine Verzierung oder ein wenig Schmuck anzubringen – noch öfter jedoch, um etwas wegzunehmen. Aber jetzt, nachdem drei Stunden vergangen waren, verlor Defina langsam die Geduld und befahl Karen, bei den Zuschauern Platz zu nehmen.

»Ich versuche nur zu helfen«, sagte Karen. »Die Schau dauert jetzt schon achtunddreißig Minuten zu lang! Du weißt doch, Designer sind dazu da, die Probleme anderer Leute zu lösen.«

»Meine Liebe, du bist eine Künstlerin. Künstler *schaffen* Probleme. Und im Moment bist du eins von *meinen* Problemen. Beweg also deinen Hintern hier herunter und schau dir die ganze Sache von vorne an.«

Karen wußte, wann es geraten schien, sich nicht mit Defina anzulegen. Also ging sie in den improvisierten Zuschauerraum und setzte sich zu ihrer Mutter, Lisa und Stephanie. Carl, der gekommen war, um die Mädchen zu frisieren, saß ein paar Reihen weiter hinten und plauderte mit Casey. Außerdem hielten sich noch ein paar Dutzend andere Leute im Raum auf, die zuschauten, sich ab und an Notizen machten und zum größten Teil inzwischen vor Erschöpfung gähnten. Viele von ihnen waren auch am vorigen Abend und in der letzten Nacht hier gewesen, hatten Nähte aufgetrennt und neue Säume genäht. Karen hatte darauf bestanden, daß die Proben für die weiße und die schwarze Schau simultan stattfinden sollten, damit die Models in Paris auch wirklich zwei gleichartige Vorführungen bieten konnten. Aber sie hatte unterschätzt, wie schwierig es war, die Mädchen dazu zu bringen, ihren eigenen Stil zu ändern und dem einer anderen anzupassen. Tangela und Maria, die jeweils den ersten und den letzten Auftritt hatten, schienen darauf aus zu sein, immer genau das Gegenteil von dem zu tun, was die andere tat. Wenn die eine mit wiegendem Schritt über den Laufsteg kam, marschierte die andere wie ein Roboter. Schlenderte die eine, stolzierte die andere. Das Klima zwischen ihnen war eisig, und unter dem Eis war die vorgeführte Mode kaum noch zu erkennen.

Karen sah eine Weile zu. Ihre Kleider gefielen ihr ganz gut, aber die Vorführung selbst wirkte bestenfalls farblos und langweilig. Verflucht! Jetzt hatte sie die Kleider schließlich doch noch hingekriegt, und nun haperte es bei den Models. Aber die Präsentation mußte genauso gut sein wie das Produkt, denn die Käufer und die Modepresse wurden während der Modewoche in Paris mit Dutzenden von Modenschauen überschwemmt und von ständig neuen Eindrücken in Anspruch genommen. Die meisten von ihnen waren davor bereits eine Woche in Mailand gewesen und hatten Armani, Versace und die anderen italienischen Größen gesehen. Paris mußte also spektakulär werden, mußte eine Zauberwelt ausbreiten, der selbst die abgebrühtesten Journalisten und die schwierigsten Käufer nicht widerstehen konnten. Aber diese Probe hier war weit davon entfernt, unwiderstehlich zu sein. Karen seufzte.

Defina gesellte sich kurz zu den Zuschauern, um sich einen Eindruck zu verschaffen, wie die Mädchen wirkten. Sie stand neben Karens Stuhl und wirkte bedrückt. Carl setzte sich jetzt direkt hinter sie. Eines der Models erschien und führte das Empire-Kleid mit den vielen Raffungen vor. Das Mädchen hatte einen Gesichtsausdruck wie ein Vorstadt-Teenager, der gerade von der Polizei abgeführt wird. Das Kleid war gut, und es war für sie wie gemacht, aber trotzdem betrachtete sie schmollend und übellaunig ihre Füße.

»Ist das nicht ein bißchen übertrieben?« fragte Carl von hinten. »Du hast dir doch nicht vorgenommen, für die englische Königin zu nähen?«

»Besser als für eine Gangsterbraut«, gab Defina zurück und lächelte schief. Sie drehte sich zu Carl herum und senkte ihre Stimme: »Und hier hat gleich jemand eine Kugel im Kopf, wenn er nicht ruhig ist. Ich glaube nicht, daß Karen im Moment irgendwelche Kritik benötigt.«

»Wer hat denn kritisiert?«

»Da muß ich mich wohl getäuscht haben – ich dachte, du wärest es gewesen.« Sie lächelte ihn an, als ob alles vergeben und vergessen sei. Dann wandte sie sich wieder um und begutachtete den Abgang des gelangweilten Models.

Belle wandte sich an Karen und nahm ihre Hand. »Nun«, sagte Belle, »es war wohl das Beste, was du fertigbringen konntest.«

Karen spürte, daß sie kurz vor einer Explosion stand. Das hatte ihr gerade noch gefehlt. Warum hatte Lisa bloß Belle mitgebracht? Und warum hatte sie selbst Lisa eingeladen? Aus Mitleid wegen des *bat-mizwa*-Fiaskos. Warum mißlingt mir bloß alles? fragte Karen sich. »Vielen Dank, Mutter.« Der Sarkasmus blieb ihrer Mutter natürlich verborgen.

»Da war ja nicht viel dabei«, fügte Belle noch hinzu.

»Manchmal, Mutter, ist weniger mehr.«

»Und manchmal ist weniger weniger. Nun, immerhin hast du dir ein paar hübsche Mädchen ausgesucht.«

Jetzt machte sich Karens Verärgerung allmählich Luft. »Das Problem sind nicht die Kleider. Es sind die Mädchen. Ich meine die Models«, erklärte Karen, obwohl sie eigentlich gar nicht wußte, warum sie sich die Mühe machte, etwas zu erklären oder sich zu verteidigen. Jetzt mußte die letzte Nummer kommen, der Abschluß der Schau: die Brautkleider. Maria und Tangela traten aus dem Umkleidebereich heraus. Tangela in strahlendem Weiß, Maria in dem schwarzen Gegenstück dazu. Beide Kleider waren so einfach wie eine Mönchskutte, aus feinstem Alpaka, aber mit einem Kopfputz, für den Karen viele Meter Tüll verbraucht hatte. Der Tüll bildete eine Art Heiligenschein nicht nur um ihre Köpfe, sondern um ihr ganzes Gewand. Der Effekt war sein Geld wert. Sie wirkten spektakulär, und natürlich war das schwarze Brautkleid ein Schock, vor allem zusammen mit Marias bleicher Haut und ihrem rabenschwarzen Haar. Selbst Casey und Mercedes, die allerhand gewohnt waren, schnalzten anerkennend, als sie die beiden Models sahen, die jetzt auch endlich einmal zu kooperieren schienen. Sie wußten, daß sie hinreißend waren und gingen beide mit Elan den provisorischen Laufsteg entlang. Defina würde die anderen Models schon noch dazu bringen, es ebensogut zu machen. Das mußte sie einfach. Ja, dachte Karen, es würde alles gutgehen! Wenn sie jetzt nur noch diesen ganzen Krempel verpackt, nach Paris geschickt, durch den Zoll gebracht, gebügelt und wieder fein säuberlich für die Schau sortiert hätten, dann konnte es wirklich ein Triumph werden.

»War es das schon?« fragte Belle. Karen sah sie an, sagte aber nichts. »Ich habe gedacht, zum Schluß kämen Brautkleider?«

»Mutter, das waren Brautkleider«, erklärte Lisa.

»Schwarz? Schwarz für eine Braut?«

»Das hat Truffaut schon vor Jahren gemacht«, sagte Defina.

»Und wer *kauft* seine Kleider?« fragte Belle.

Karen wollte ihr zuerst antworten und ihr erklären, daß Truffaut ein Regisseur und kein Designer wäre, gab diesen Gedanken aber auf. Wozu auch? Sie mußte an ein Erlebnis denken, das sie vor zwanzig Jahren mit Belle gehabt hatte: Belle hatte ihr vom Einkaufen zwei Blusen mitgebracht. Zum Abendessen hatte Karen eine davon angezogen. Als sie sich zu Tisch setzte, hatte Belle sie angeschaut und dann gefragt: »Was ist los? Hat dir die andere nicht gefallen?«

Plötzlich erklang Geschrei aus dem abgeteilten Umkleidebereich; man konnte Tangelas Kreischen heraushören und Marias spanisches Stakkato. Im Bruchteil einer Sekunde waren Casey, Karen und Mercedes auf den Beinen und rannten nach hinten, aber es war schon zu spät. Die beiden Mädchen traktierten einander mit Ohrfeigen, und Karen mußte zusehen, wie Tangela das schwarze Tüllkunstwerk vom Kopf Marias riß und zerfetzte. Es sah so aus, als hätte sie dabei auch einiges von Marias Haar erwischt. Die Schreie steigerten sich zu einem einzigen Kreischen, bis Defina mit ihrer massigen Gestalt dazwischen donnerte. Wie eine Catcherin packte sie die beiden und drehte ihnen die Arme auf den Rücken. Karen glaubte, eine Naht reißen zu hören. Hoffentlich war es nur eine Naht. Der Stoff hatte 92 Scheine pro Meter gekostet; sie wollte weder zerrissenen Stoff noch zerbeulte Models. Defina hatte die beiden jetzt fest im Griff, nur nicht ihre Zungen.

»*Puta! Diabla!*« kreischte Maria. »Du hast drei Auftritte mehr gehabt als ich. Nur wegen deiner Mutter! Verkokste Hure!

Und ich werde mir nicht selbst meine Schuhe herrichten. Ich bin doch kein Kaufhaus-Mannequin.« Offensichtlich warf Maria Tangela vor, daß sie mehr Kleider vorführen durfte, und Tangela hatte Maria wahrscheinlich angemacht, weil sie nicht so wie die anderen Models etwas unter die Sohlen ihrer geliehenen Schuhe geklebt hatte, damit man sie nachher wieder als neu zurückgeben konnte. Den Rest verstand Karen nicht. Abgesehen von Tangelas Kraftausdrücken.

»Du spanische Möse! Laß deine Finger von meinem Schatz, sonst reiß ich dich in Stücke, schmierige Nutte.«

Defina ließ Maria los und gab Tangela eine Ohrfeige. Maria riß sich das herunter, was von ihrem Kopfputz noch übrig war, warf es auf den Boden und zertrampelte es. Dann wirbelte sie herum. »Ihr könnt mich hier vergessen«, sagte sie, »Ich gehe!« Sie warf Tangela noch einen verächtlichen Blick zu. »Als wenn ich deinen Koks-Bubi wollte! Ich kann doch nichts dazu, wenn du deinen Deckrüden nicht halten kannst. Und du hast Glück, wenn ich dich nicht verklage!« Sie wandte sich Karen zu. »Sie können sich irgend jemand anderen für Paris suchen. Mit diesem Abschaum arbeite ich nicht.« Dann stapfte sie davon.

Mist! Karen besah sich den ruinierten Tüll. Maria war das einzige Model mit Paris-Erfahrung, das sie dabei hatten! Mercedes lief hinter Maria her, während Casey Defina half, Tangela zurückzuhalten. Tangela tobte.

Auch Karen stand jetzt kurz vor einer Explosion. Wo sollte sie Ersatz für den schwarzen Tüll herschaffen? Sie hatte ihn im Voraus bestellen müssen. Und wo würde sie ein neues Model herbekommen? Es war nicht elf Uhr, es war elf Uhr fünfundfünfzig. Jetzt gab es einfach kein brauchbares Model mit Erfahrung mehr. KKInc hatte sein Budget bereits überschritten und hinkte dem Zeitplan weit hinterher.

Mercedes kam zurück. »Sie ist fort«, sagte sie. »Ich werde dafür sorgen, daß sie in dieser Stadt nie wieder engagiert wird. Aber ich habe noch mehr schlechte Nachrichten. Sehen Sie mal, was ich gerade bekommen habe.« Sie reichte Karen ein Exemplar des *Chicago Herald*.

Mindy Trawler hatte fest zugestochen und die Klinge bis zum Heft in sie hineingebohrt. NICHTS ALS VERKAUFEN. NICHTS ALS KARRIERE: KAREN KAHNS VERKAUFS-AUSSTELLUNG. Der Artikel verdrehte alles, was nur verdreht werden konnte: Karen wurde als eine schamlose Geschäftsfrau dargestellt, die ihren Kundinnen Sachen aufdrängte, die diese gar nicht wollten. Und als Krönung des Ganzen hieß es, Karen habe ihre eigene Nichte gegen deren Willen gezwungen, Kleider vorzuführen und die Kundinnen zum Kauf zu drängen. Mercedes verdrehte die Augen. »Ich wußte doch, daß ich besser mit nach Chicago gekommen wäre«, sagte sie, was so klang, als hätte Karen sie absichtlich hintergangen. Karen entschloß sich, ihr gar nichts von dem kleinen Streit wegen des Champagners zu erzählen. Was machte das jetzt noch für einen Unterschied?

Außerdem hatte Karen nicht vor, die Sache ernst zu nehmen. »Ach, komm schon. So geht es eben. Zuerst kommt man groß raus, und dann wird man uninteressant, es sei denn, es gibt etwas Negatives zu berichten. Diese Trawler hatte das offenbar nötig, das ist alles.« Karen zuckte die Schultern. »Die Welt bleibt deswegen nicht stehen. Kein Mensch liest die Artikel über Mode. Sie sehen sich alle nur die Bilder an. Und das ist ein gutes Bild von Stephanie. Das Kleid wirkt großartig.«

»Laß mich mal sehen«, sagte Belle und nahm sich die Zeitung. O Gott, dachte Karen, das fehlte gerade noch! Aber es war schon zu spät. Belle hatte bereits kopfschüttelnd mit der Lektüre begonnen.

Lisa und Stephanie rückten an Belle heran und lasen den Artikel ebenfalls. Karen fiel wieder einmal auf, wie hübsch ihre Nichte war. In den letzten paar Wochen schien sie irgendwie reifer geworden zu sein. Ihre Wangenknochen traten deutlicher hervor, und die Linien ihres Gesichtes schienen klarer geworden zu sein.

Im gleichen Moment kam ihr die Idee. Wenn sie Lisa als

Begleiterin mitnahm, konnte dann nicht Stephanie für Maria Lopez einspringen? Der Bericht in der Zeitung war schlecht gewesen, aber das Foto sehr gut. Stephanie konnte die schwarze Kollektion vorführen. Mit ihren dunklen Haaren würde sie genauso gut aussehen wie Maria.

Karen ging zu der kleinen Gruppe der drei Frauen hinüber. Ihre Mutter blickte zu ihr auf. »Wenn du mit den Hunden schläfst, dann hast du morgens Flöhe«, sagte Belle.

Einmal eine Hexe, immer eine Hexe, dachte Karen, verkniff sich aber jede Äußerung. Statt dessen sah sie ihre Schwester an. »Ich habe einen Handel mit dir vor«, sagte sie.

Sie waren sich schnell einig. Stephanie würde in Paris als Model dabei sein, Lisa als Anstandsdame, und Defina mußte noch bis spät in die Nacht mit dem Mädchen arbeiten, um sie auf ihre Aufgabe vorzubereiten. Endlich wollte sich Karen für ein paar Minuten hinsetzen und ging in eine der letzten Reihe. Dort traf sie zu ihrer Überraschung auf Perry Silverman.

»Wie lange bist du schon hier?« fragte sie.

»Lange genug. Jetzt weiß ich also, was du so treibst. Und du meinst wirklich, daß dir diese Art von Arbeit gefällt?«

»Heute sage ich das nicht«, seufzte Karen. Er trank etwas aus einem Styroporbecher. »Wie komme ich nur darauf, daß das kein Kaffee ist?«

»Weil du den Instinkt eines Privatdetektivs hast«, erklärte Perry und hielt ihr den Becher hin. »Es ist ein Martini nach meinem eigenen Rezept. Ohne Wermut, ohne Olive.«

Sie nahm einen Schluck von dem puren Gin und schauderte. Es schmeckte gräßlich. »Und du meinst wirklich, daß dir das schmeckt?« fragte sie.

»Heute sage ich das nicht«, lächelte er. »Weißt du, Karen, das ist eine ganz außergewöhnliche Schau, die du da zusammengestellt hast. Ich meine nicht das katzige Handgemenge von vorhin. Ich meine die Kleider. Ich bin zwar kein Modeexperte, aber deine Kleider haben etwas sehr Plastisches. Sie sind eine Art Kunst ...«

»Mode ist keine Kunst, nicht im eigentlichen Sinn. Es ist ein Handwerk, aber ein sehr poetisches Handwerk.«

»Gute Arbeit«, sagte Perry.

»Danke«, sagte sie. Nach einer kleinen Pause fügte sie hinzu: »Hey, wie bist du eigentlich hier hereingekommen? Das sollte eigentlich alles streng geheim sein.«

»Ich habe ihnen erzählt, ich wäre dein Liebhaber«, entgegnete Perry. »Wunschdenken.«

»Soviel also zu meinem teuren Sicherheitsdienst. Ich frage mich, wie viele Zeichner von der Konkurrenz wohl da waren. Da werden Köpfe rollen.« Sie war aber zu müde, um sofort jemanden von der Sicherheit kommen zu lassen, das konnten Casey oder Janet besorgen. Sie griff noch einmal nach dem Becher mit dem ekelhaften Getränk. Es war nur noch ein kleiner Schluck darin. Sie zog die Augenbrauen hoch und wollte wissen, ob sie austrinken dürfe.

»Natürlich, mach nur. Es ist sowieso mein letzter. Ich werde New York für eine kleine Weile den Rücken kehren. Karen. Achtundzwanzig Tage, um genau zu sein. Ich bin gekommen, um auf Wiedersehen zu sagen.«

»Entziehung?« fragte sie.

»Du würdest Sherlock Holmes alle Ehre machen. Minnesota erwartet mich.« Sein Lächeln verschwand. »Ich war eigentlich nie ein Trinker. Bloß seit Lottie ... Da hat's mich irgendwie gepackt. Aber jetzt habe ich genug von meinem Selbstmitleid und von meiner Selbstbehandlung.« Er schwieg einen Moment und fuhr dann mit gedämpfter Stimme fort: »Eines Abends habe ich mich bei dem Gedanken ertappt, daß ich vielleicht nicht angefangen hätte zu trinken, wenn Lottie nicht gestorben wäre.« Er schwieg wieder. »Vielleicht wäre ich dann auch größer geworden und hätte mehr Haare.« Er versuchte, ein Lächeln zustande zu bringen, aber es gelang ihm nicht. »Ich war mir selbst widerwärtig. Ich weiß nicht, wer ich sein werde, wenn ich zurückkomme. Oder wo ich wohnen werde. Oder was ich tun werde. Ich weiß nicht, ob ich in der Lage sein werde, wieder zu malen, aber da ich es jetzt auch nicht kann, kommt es darauf wohl nicht so sehr an.«

Karen stand auf und machte einen Schritt auf ihn zu. Er stand ebenfalls auf, und sie legte ihren Arm um ihn. »Kann ich irgend etwas für dich tun?« fragte sie.

»Das ist schon ein guter Anfang. Sollten wir es nicht im Liegen versuchen?«

»Männer!« rief sie mit gespieltem Entsetzen. Dann umarmte sie ihn. »Ich bin froh, daß du dich dazu entschlossen hast. Ich liebe dich.«

Er blickte an sich herunter. »Alkoholsüchtiger Künstler in Jeans und die Frau, die ihn liebt. Demnächst im Fernsehen«, intonierte er und zog einen Schlüsselbund aus der Tasche. »Vom Atelier«, sagte er. »Ohne dich und Jeffrey hätte ich mir die Entziehungskur nicht leisten können.«

Karen nahm die Schlüssel schweigend entgegen. Jeffrey mußte Perry wohl Geld geliehen haben, ohne ihr etwas davon zu sagen. Natürlich war sie froh, daß er das getan hatte. »Ich werde in den nächsten Tagen auch unterwegs sein«, sagte sie. »Aber wir werden uns um dein Atelier kümmern, bis du zurück bist.«

»Hey, *mi casa, su casa*«, sagte Perry. »In diesem Falle wörtlich«. Er lachte, beugte sich vor und küßte sie auf den Mund. »Deine Schau wird ganz großartig werden. Du hast wirklich eine unglaubliche Begabung. Hals- und Beinbruch.« Damit ging er zum Fahrstuhl und winkte noch einmal, bevor er einstieg. Dann war er fort.

4

Hexenkessel Paris

Karen inspizierte das große Zelt auf dem Place des Vosges, wo ihre Schau in Weiß stattfinden sollte. Jeffrey, Casey, Defina und Mercedes waren mit von der Partie. »Ich denke, unsere Strategie geht voll auf«, meinte Mercedes. »Wir sind bereits das Gespräch der Stadt. Die Leute haben einander genug darüber erzählt, um langsam hinter unseren Plan zu kommen, aber keiner kann sagen, welches Liste A und welches Liste B ist. Das macht sie alle rasend.«

Karen lachte. »Ja, weil es keine A-Liste und B-Liste gibt. Schön, daß du dafür gesorgt hast.« Mercedes war eine ganze Nacht damit beschäftigt gewesen, ihre beiden Gästelisten nach dem Status, dem Reichtum und der Kaufkraft der Eingeladenen so auszubalancieren, daß sich niemand brüskiert fühlen konnte. Bei dem Gedanken an die Verwirrung, die sie so erzeugt hatten, konnte sich selbst Jeffrey ein Lächeln nicht verkneifen, und Defina und Casey brachen in ein albernes Kichern aus. Ein zusätzliches Bonbon ihres Planes war, daß sie nun doppelt soviel Plätze in der begehrten ersten Reihe zu vergeben hatten wie sonst.

Es war nur noch eine einzige Frage offen: Auf welcher Schau würde Karen sich zeigen? Nach langen Beratungen hatte sie eine Lösung gefunden. Sie würde die schwarze Schau eröffnen, obwohl der Designer traditionsgemäß eigentlich erst am Ende einer solchen Präsentation in Erscheinung trat. »Aber da ich meine eigene Tradition durchbreche, indem ich in Schwarz arbeite, macht das durchaus Sinn. Außerdem, wenn Stephanie in dem schwarzen Brautkleid so wirkt, wie ich es erwarte, dann wird dort ohnehin der Teufel los sein. Dann werden sie mich dort nicht mehr brauchen. Also kann ich dann zum Abschluß der weißen Schau hierher zurückkehren.«

Als alles geregelt war, verabschiedete sich Karen, um sich eine Stunde Zeit für ihre Schwester zu nehmen. Vorher verabredete sie sich noch für zwölf Uhr mit Casey am Grand Palais, wo die schwarze Schau stattfinden sollte. Dort würde Casey zusammen mit Mercedes sich um alles kümmern, während am Place des Vosges Defina die Verantwortung trug. Karen wandte sich noch einmal an ihre Freundin. »Geht es Tangela gut?« fragte sie. Defina zog eine Grimasse.

»Sie hat sich mit ihrem Freund entzweit. Ich weiß nicht, wie sie sich fühlt, aber ich fühle mich großartig.«

Karen lächelte und klopfte Defina auf die Schulter. »Also, ich bin in einer Stunde wieder zurück und stehe dir dann zur Verfügung.«

Später, als alles vorbei war, konnte Karen es kaum fassen. In ihren wildesten Träumen hätte sie sich den Tumult, das Gewimmel von Presseleuten und die tobenden Zuschauer nicht vorstellen können. Vielleicht hatte Defina recht, dachte sie. Geringe Ansprüche waren das Geheimnis des Glücks. Weil sie solche Befürchtungen wegen der Schau gehegt hatte, weil Paris ihr so viel bedeutet hatte, weil es dem jüdischen Mädchen aus Brooklyn so unerreichbar, als eine so unnahbare Festung erschienen war, wurde sie von der Woge der Reaktionen, die ihre Doppelschau hervorgerufen hatte, förmlich davon getragen. Alles hatte geklappt wie am Schnürchen, funktioniert wie ein Uhrwerk, aber ein geradezu himmlisches Uhrwerk. Die jungen Models waren auf dem Laufsteg erst richtig lebendig geworden; ihre Jugend hatte sich als großer Pluspunkt erwiesen. Und trotzdem hatten sie nicht gewirkt wie Kinder, die in Frauenkleider steckten – außer Stephie vielleicht. Ihre Schlichtheit hatte die Raffinesse von Karens Kollektion um so deutlicher hervortreten lassen; die Kleider waren weit über das erwartete Maß hinaus erfolgreich gewesen. Sie hatte sich von der schwarzen Schau losgerissen und zum Place des Vosges bringen lassen, wo sie das letzte Viertel der weißen Schau sah. Es tat ihr nur leid, daß sie die Explosion nicht erlebte, die Stephanie auslöste, als sie im Grand Palais in der schwarzen Wolke ihres Brautkleides den Laufsteg entlangstolzierte. Offensichtlich hatten sich die Zuschauer in Berserker verwandelt. Zur gleichen Zeit war Karen von Tangela und den anderen jungen Models zum Schluß der weißen Schau auf den Laufsteg gezogen worden, wo ihr Carl einen wunderbaren Strauß schwarzer Tulpen und weißer Lilien überreichte. Es war eine ehrliche Geste, nicht verabredet; sie hatte wirklich nicht damit gerechnet, und auch nicht mit den stehenden Ovationen, die dann folgten, Paris hatte ihr zugejubelt! Jeffrey hatte dabeigestanden mit verschränkten Armen und einem zufriedenen Grinsen, das vom einen Ohr zum anderen reichte. Es war wunderbar gewesen. Und Defina hatte ihr von hinten ins Ohr geflüstert: »Besser geht es nicht mehr.« Und wie gewöhnlich schien Defina recht zu haben.

Aber es stellte sich bald heraus, daß Defina doch nicht richtig lag. Denn danach im Hotel, in Jeffreys Armen, wurde es noch besser. Er fütterte sie mit Kaviar, der in winzige Crépes verpackt war, hielt ihr ein Glas mit Champagner an die Lippen und verwöhnte sie wie ein Baby. »Du hast es geschafft!« sagte er wieder und wieder. »Du hast es geschafft!«

Dann hatte er sie geküßt und ihr anschließend den Rücken massiert. Bevor sie sich geliebt und sie das Gefühl gehabt hatte, daß sie sich völlig an seine Liebe hingeben konnte. Und auch er war wie wild gewesen. Sie hatten sich im Bett immer gut verstanden, aber heute nacht spürte Karen seine Leidenschaft für sie deutlicher als jemals zuvor. Jeden Zoll ihres Körpers schien er sich zu eigen machen zu wollen, sie ganz für sich zu beanspruchen. Und sie ließ ihn gewähren, kostete die Momente völliger Übereinstimmung aus. Zum ersten Mal in ihrem Leben fühlte Karen sich auf vollkommene Weise geliebt.

Den folgenden Tag nutzte Karen, um ein wenig mit Defina durch Paris zu bummeln, draußen vor dem Plaza Athenae in Ruhe ihren Tee zu trinken und die Spannung langsam von sich abfallen zu lassen. Dort gesellte sich auch Carl zu ihnen, der sich neu eingekleidet hatte. Einmal glaubte Karen, unter den Passanten ein bekanntes Gesicht zu entdecken, das von June Silverman. Aber bevor sie genauer hatte hinsehen können, war die Blondine schon verschwunden, vorbeigerauscht, so wie der Rest des Tages an Karen vorbeirauschte.

In der Nacht schlief Karen elf Stunden lang. Am nächsten Morgen weckte sie ein Servierwagen, der vom Etagenkellner hereingeschoben wurde. Außer großen Mengen von Blumen waren ihnen auch an die fünfzig Zeitungen aufs Zimmer geschickt worden. Jeffrey, der schon aufgestanden war, hatte sie auf dem Bett ausgebreitet. Während sie den köstlichen, frisch gepreßten Orangensaft trank, betrachtete sie die Fotos in den Zeitungen, während Jeffrey ihr dazu die Berichte vor las. Das Bild von Stephanie in dem schwarzen Brautkleid brachten alle Zeitungen, und als Jeffrey das Fernsehen einschaltete, konnten sie es auch auf der Mattscheibe bewundern. »O Gott! Das ist ja alles wunderbar, aber ich hoffe nur, daß Tangela nicht sauer ist«, sagte Karen. Es schien so, daß nicht nur ihre Kollektion, sondern auch ihre Nichte ein großer Renner waren.

Jeffrey las ihr die Elogen aus *Women's Wear*, die sie per Fax erhalten hatten, laut vor. Dann kamen die *Tribune* und die *New York Times*, und Karen konnte endlich einmal in Anerkennung schwelgen. Holly Brubach, ein wirklich kluger Modejournalist, hatte sie sehr gelobt. Sie liebten sie alle. Alle liebten sie! Das war mehr als ein Erfolg – es war ein Triumph! Und es war total verrückt!

Dann fiel ihr Blick auf eine kurze Notiz ganz unten auf der Zeitungsseite: NEW YORKER DESIGNER GESTORBEN. Sie hielt sich den kleingedruckten Text etwas näher vor Augen. »Willie Artech, ein bekannter Designer der Seventh Avenue, erlag nach langem Kampf einer Lungenentzündung. Seine Belegschaft zeigte seinen Tod gestern an. Die Zukunft seiner in Schwierigkeiten geratenen Modefirma bleibt weiter unklar.« Das war alles. Karens Hände wurden kalt. Sie sah ihn noch vor sich, wie er bei ihrer Preisverleihung alleine dagestanden hatte. Armer Willie. Jetzt fragte sie sich, ob er wohl einsam gestorben war. Das Telefon klingelte.

»Geh nicht ran«, sagte Jeffrey grinsend. »Ich habe andere Pläne für dich.« Karen kicherte, nahm aber trotzdem den Hörer ab.

»Les Etats Unis pour vous«, sagte die Vermittlung.

Großer Gott, das mußte Belle sein. Irgend etwas mit Arnold? Karen umklammerte den Hörer und rechnete mit dem Schlimmsten. Aber diesmal täuschte sie sich.

»Hallo, hier spricht Sally.« Karen hörte die Stimme und hatte einen Augenblick lang nicht die leiseste Ahnung, wer Sally war. Dann fiel es ihr wieder ein: Harvey Kramer. In ihrem Leben ging im Augenblick alles so rasend schnell, daß sie sogar den Anwalt, der sich um die Adoption kümmern sollte, vergessen hatte.

»Hallo Sally. Was gibt's?« Karens Herz schlug wie wild. Sally würde nicht in Paris anrufen, wenn es nicht etwas wichtiges gäbe.

»Wir wissen ja, wie sehr Louise sie enttäuscht hat. Ich rufe heute an, weil ich wirklich gute Nachrichten habe«, sagte Sally. »Ein anderer Klient von uns hatte sich mit zwei Müttern geeinigt. Eine ist jetzt niedergekommen, deswegen haben sie uns das andere Mädchen überlassen. Sie ist neunzehn, im zweiten Studienjahr und soll in fünf Wochen ihr Kind bekommen. Sie können sie haben.«

Karen lag völlig reglos da und konnte es kaum glauben. Sie blickte Jeffrey an. »Sie haben ein Baby für uns«, flüsterte sie.

»Also, wir haben noch *kein Baby*«, korrigierte sie Sally. »Wir haben eine Mutter. Aber mit etwas Glück wird es auch das Baby dazu geben.«

»Können Sie mir etwas über die Mutter sagen?«

»Ja«, erwiderte Sally. »Sie ist katholisch. Ihr Vorname ist Cindy. Belassen Sie es bei Vornamen, Karen. Sie kann ihr Kind gegenwärtig nicht selbst großziehen, aber sie hält auch nichts von Abtreibung. Sie studiert Betriebswirtschaft. Ein kluges Mädchen.«

»Was machen wir nun?«

Das Schöne war, daß der ganze Papierkram, die medizinischen Geschichten, das Sonogramm und die anderen Tests bereits erledigt waren. Karen brauchte nichts zu tun als dem Paar, das bereits für all das bezahlt hatte, einen Scheck auszustellen, mit Cindy zu telefonieren und ihr durch den letzten Monat ihrer Schwangerschaft zu helfen. Es würde natürlich nicht einfach sein, von Paris aus Kontakt mit ihr aufzunehmen, aber Karen wußte, daß sich das schon hinkriegen ließe. Und in ein paar Tagen würde sie ja zurück in New York sein. Dann stand ihr noch der Wahnsinn der New Yorker Modeschauen bevor, aber nach Paris würde das ein Kinderspiel sein. Karen lächelte. Ein Kinderspiel! Bald würden sie ein Kind haben, mit dem sie spielen könnten!

Cindy studierte in Bloomington, Indiana, und Karen bot spontan an, ihr das nächste Studienjahr zu finanzieren. Sally versprach, daß sie überprüfen würden, ob das legal sei, und nun mußte Karen nur noch bis zum Abend warten, bis sie das Mädchen anrufen konnte. Sally sagte, sie habe Cindy erzählt, Karen und Jeffrey machten Urlaub, und daß Cindy nichts Näheres erfahren sollte. Karen war einverstanden, und Sally gab ihr Cindys Telefonnummer.

Karen legte auf und hatte das Gefühl, als ob sie beinahe schon zu glücklich sei. »Bist du auch froh?« fragte sie Jeffrey. Er lächelte nachsichtig.

»Das bin ich für dich«, sagte er. »Ich schätze, ich werde etwas länger brauchen, bis ich auch selbst glücklich dabei bin.«

»Ich will, daß du es als Glück für *uns* empfindest«, sagte Karen und küßte ihn.

»Ist es ein Junge oder ein Mädchen?« fragte er.

»Ich weiß es nicht«, sagte Karen überrascht. »Ich habe nicht daran gedacht zu fragen.« Dann grinste sie und sprach den Satz aus, den alle werdenden Mütter verwenden: »Hauptsache, es ist gesund.«

Sie mußten beide lachen, und Jeffrey bestand darauf, Champagner kommen zu lassen. »Laß uns die Sache mit dem Baby vorläufig niemandem erzählen«, meinte er dann. »Nicht, bis wir es sicher haben.« Sie stimmte zu, und dann frühstückten und duschten sie, liebten sich und schliefen Arm in Arm ein. Es war nur ein kurzer Schlummer, aber als

Karen aufwachte, war es schon nach zehn. Sie hatte gerade noch genug Zeit, um sich für ihre Verabredung um elf Uhr zurechtzumachen. Wichtiger noch als die gute Presse, wichtiger als die vielen Glückwünsche ihrer Mitarbeiter, sogar wichtiger als die vielen Bestellungen, die jetzt eingingen, war der Umstand, daß sie jetzt zum erstenmal von europäischen Stoffherstellern angesprochen worden war mit der Bitte, Stoffe für sie zu entwerfen. Sie hatte sofort ein Treffen mit ihnen vereinbart und danach hatten sie und Jeffrey eine Verabredung zum Lunch mit Bill Wolper. Noch eine Minute blieb sie ruhig liegen und sog alles in sich ein. Wie glücklich sie war! Sie würde ihr Baby bekommen, sie hatte ihren Mann, und ihr beruflicher Erfolg war größer als je zuvor. Alles schien ihr zu gehören! Sie ließ Jeffrey schlafend in den zerwühlten Laken zurück und legte einen Zettel auf ihr Kopfkissen, daß sie um eins im Hotel zurück sein würde.

Es war der Traum jedes großen Designers. Stoffe zu entwerfen bedeutete, daß man nicht mehr auf die Designs anderer angewiesen wäre, sondern die eigenen benutzen konnte. Ihrer Kreativität würden keine anderen als die eigenen Grenzen gesetzt sein. Brocheir, ein anspruchsvoller Hersteller aus Lyon, wollte sie, und auch Darquer aus Calais hatte ihr eine Nachricht hinterlassen, daß sie zurückrufen solle. Diese Anerkennung bedeutete ihr noch mehr als der Oakley-Preis. Es war so, als würde einem Künstler, der bisher mit den Farben eines anderen hatte malen müssen, eine unbeschränkte Palette von Farben zur Verfügung gestellt. Karen war begeistert. Wenn Brocheir und Darquer an sie herangetreten waren, dann würden vielleicht auch Gandini und Taroni aus Mailand sich noch melden.

Aber sie hatte keine Zeit, ihren Erfolg zu genießen, weil sie noch in Bloomington, Indiana, anrufen und ein erstes Gespräch mit der Mutter ihres zukünftigen Kindes führen wollte, bevor sie und Jeffrey sich mit Bill Wolper trafen. Das Treffen mit den Vertretern von Brocheir hatte sie sehr erregt, und der bevorstehende Anruf steigerte ihre Nervosität noch, so daß ihre Hände zitterten, als sie wählte. Sie hatte sich entschlossen, den Anruf allein zu tätigen, ohne Jeffrey. Er würde sie nur noch nervöser machen, und diese Sache war ihr noch um einiges wichtiger als NormCo.

Sie rief die Vermittlung des Hotels an und bat, eine Verbindung mit der Nummer von Cindy herzustellen. Dann legte sie auf und wartete.

Es waren lange fünf Minuten, und als das Telefon endlich schrillte, zitterte Karen am ganzen Leib. Sie holte tief Luft. Wenn sie eine Katholikin gewesen wäre, hätte sie sich jetzt bekreuzigen mögen. Statt dessen kreuzte sie ihre Finger und griff dann nach dem Hörer.

»Hallo«, sagte eine Stimme am anderen Ende der Leitung. »Hallo?«

»Hallo«, antwortete Karen. »Spricht dort Cindy?«

»Ja. Sind Sie Karen?«

Die Verbindung war gut; es klang so, als befände sich Cindy in einem anderen Zimmer des Hotels und wäre nicht einen ganzen Ozean und einen halben Kontinent von ihr entfernt.

»Ich bin sehr froh, von Ihnen zu hören«, sagte Cindy. »Sie machen Urlaub? Es ist lieb von Ihnen, daß Sie anrufen.«

Das Mädchen bedankte sich bei *ihr*? Sie hörte sich nett an, aber etwas ängstlich. Karen verglich unwillkürlich Cindys aufgeregte Stimme mit der von Louise, die fast leblos geklungen hatte. Vielleicht war es ja ganz gut, daß es so gekommen war, dachte Karen. »Wie fühlen Sie sich?« fragte Karen.

»Ach, ich bin gesund wie ein Pferd. Inzwischen auch genauso umfangreich. Im ersten Schwangerschaftsdrittel habe ich ein wenig abgenommen, weil die morgendliche Übelkeit so schlimm war. Ich weiß auch gar nicht, warum man das morgendliche Übelkeit nennt. Bei mir hielt es immer den ganzen Tag über an. Also habe ich zwölf Pfund abgenommen. Aber inzwischen habe ich die wieder drauf und sechsundzwanzig weitere dazu.«

»Was meint denn Ihr Arzt?«

»Er sagt, daß bei mir alles in Ordnung ist. Aber die Hausarbeit wird langsam ein wenig schwierig. Mein Bauch ist mir ständig im Weg. Ich kann keine Schnürschuhe mehr tragen, weil ich sie nicht mehr zubinden kann.«

»Haben Sie nicht irgend jemanden, der Ihnen hilft?« Karen hätte sich auf die Zunge beißen mögen. Natürlich hatte sie das nicht. »Nun, ich sollte Ihnen vielleicht ein wenig von mir selbst und meinem Mann erzählen, oder?«

»Natürlich. Das wäre sehr freundlich.«

»Wir arbeiten beide in der Bekleidungsindustrie. Ich mache Damenmoden.«

»O ja? Ich habe früher auf der High-School genäht, aber nicht gut genug, um etwas daraus zu machen.«

Sie näht wahrscheinlich besser als ich, dachte Karen, ließ aber das Thema fallen. »Wir wohnen in New York City. Das wissen Sie doch, oder?«

»Ja. Das andere Paar wohnte auch dort. Sie waren aus Queens. Das gehört doch zu New York City?«

Karen machte nicht den Versuch, zu erklären, daß man nur über eine Brücke brauchte, um von Manhattan dorthin zu gelangen, daß aber trotzdem Welten dazwischen lagen. »Ja.«

»Gibt es dort gute Schulen?«

Karen lächelte. »Es gibt dort einige sehr gute Schulen«, erklärte sie dem Mädchen. »Und wir werden das Kind bestimmt auf die besten schicken, die wir finden können. Wir können uns auch Privatschulen leisten.«

Sie sprachen noch lange miteinander. Cindy wirkte irgendwie lieb und sehr offen. Sie erzählte von ihrem Freund, daß es ihnen beiden ernst gewesen wäre und daß sie eines Tages hätten heiraten wollen. Dann war sie schwanger geworden, und er hysterisch. Sie hatte noch drei Jahre College vor sich, und er wollte Jura studieren. Er hatte auf einer Abtreibung bestanden, aber das wollte sie nicht. Darüber hatten sie sich entzweit.

»Ich war zuerst wirklich traurig, wissen Sie, aber letzten Endes, glaube ich, war es ganz gut so. Ich meine, ich habe eben gemerkt, was für ein Mensch er wirklich war, verstehen Sie? Ich hätte keinen Mann heiraten mögen, der unser Kind nicht lieben kann.« Karen dachte einen Moment lang an Jeffrey und fragte sich, ob er es wohl schaffen würde, ein Kind zu lieben, das von seinem eigenen Vater zurückgewiesen worden war. Die Männer waren wohl nicht nur ein anderes Geschlecht, sie waren eine ganz andere Spezies.

Cindy erzählte noch mehr. Sie war die erste aus ihrer Familie, die ein College besuchte, und sie mußte einfach den Abschluß schaffen. Karen fand, daß sie tapfer klang. Wie gut, daß das Mädchen schwanger war und das Kind austragen wollte, statt es abzutreiben; obwohl Karen sich nicht sicher war, ob sie selbst das schaffen würde, ohne das Kind dann behalten zu wollen.

Dann ging ihr durch den Kopf, wie es das Kind wohl später empfinden würde: Ob dieses ungeborene Kind mit der gleichen Sehnsucht nach seiner echten Mutter groß werden würde, die sie, Karen, verspürte? Aber selbst wenn es so käme, würde Karen ihm eine gute Mutter sein wollen.

»Das muß Sie ein Vermögen kosten«, sagte Cindy schließlich.

»Ach, das ist schon in Ordnung«, versicherte Karen ihr. »Wissen Sie was – ich werde Sie in der nächsten Woche von New York aus anrufen. Ist das in Ordnung?« Cindy stimmte erfreut zu. »Wenn Sie in der Zwischenzeit irgendwelche Probleme haben, dann rufen Sie einfach Sally in Mr. Kramers Büro an. Wir werden für Sie sorgen«, versprach Karen.

Zum ersten Mal klang Cindys Stimme erstickt. »Danke schön«, sagte sie. »Es ist sehr schön, das zu hören.« Sie hielt kurz inne. »Ich will einfach nur sicher gehen, daß mein Kind ein gutes Zuhause haben wird.«

»Das wird es«, versprach Karen. »Das wird es bestimmt.«

Karen ließ sich auf die rote Polsterbank bei Maxim's sinken. Bill und Jeffrey schüttelten sich mit vorsichtiger Zurückhaltung, aber nicht als Feinde die Hände. Karen betrachtete die beiden. Sie fragte sich manchmal, wie es in der merkwürdigen Welt der Männer eigentlich zuging. Alles schien dort territorial zu sein: Entweder war man der Anführer einer Mannschaft, oder ein einfaches Mitglied, oder eins der armen Schweine, die nicht stark oder klug genug waren, um ein eigenes Territorium zu dominieren. Es ging immer um Sieg oder Niederlage. Sie wußte, daß Jeffrey sich wie ein Gewinner fühlte, aber er mußte eigentlich auch spüren, daß er einen Teil seines Terrains an Wolper preisgab. Und Jeffrey hatte nie zu denen gehört, die sich in einer Mannschaft unterordnen können.

»Darf ich dann meine Glückwünsche denen der ganzen Welt hinzufügen?« fragte Wolper. »Das war wirklich ein großer Coup, Karen. Sie haben ein Zeichen gesetzt.«

Karen versuchte sich zu räuspern. Jeffrey strahlte. Der Kellner kam, um ihre Bestellung entgegenzunehmen, aber bevor Karen noch einen Blick auf die Speisekarte werfen konnte, mischte sich Wolper ein. »Ich habe Pastete und eine Kalbsspezialität für Sie bestellt«, erklärte Wolper ihnen. »Das ist die beste Wahl hier. Darum kommt man nicht herum. Und ich habe mir die Freiheit genommen, mit diesem Pinot Noir zu beginnen.« Kalb! Karen aß nie Kalbfleisch. Schon die Vorstellung der armen Kälber machte sie krank. Aber der große und mächtige Häuptling hatte gesprochen. Karen wußte wieder nicht, ob sie es als Aufmerksamkeit oder Bevormundung empfinden sollte. Das schien sich zum vertrauten Gefühl auszuwachsen, wenn man mit Bill Wolper zu tun hatte. Eins mußte sie ihm lassen: Er steckte sein Terrain sofort ab. Sie fragte sich, was Jeffrey dazu sagen würde, aber ihn schien es eher zu amüsieren als zu stören. »Was haben Sie denn als nächstes vor?« fragte Bill.

»Wir gehen mit der Schau nach Mailand«, sagte Jeffrey. Karen drehte sich zu ihrem Mann herum. Wovon redete er? Mailand war schon seit einer Woche vorüber. Wollten sie dort eine eigenständige Schau aufziehen? Oder war das nur Gerede?

Wolper nickte nur. »Riskant. Aber wenn Sie es in Paris geschafft haben, werden sie auch in Mailand durchkommen. Und es wird dem Image nicht schaden. Ich meine, jetzt sind sie wirklich international dabei. Wie sieht denn der Zeitplan aus?«

Karen erwartete, daß Jeffrey jetzt phantasieren, irgend etwas erzählen würde, doch er begann sofort, Daten und Pläne herunterzurattern. »Freitags fliegen wir. Dann treffen wir Bennezotti, haben ein Interview mit Anna Piaggi, und die Schau selbst findet am 24. statt. Am gleichen Abend geben wir nach der Vorstellung in der Scala ein Essen. Und eine große Spende an die Oper.«

Wolper nickte. »Damit sind Sie in der Schlagzeile der Morgenausgabe des *Espresso*.« Karen blinzelte. Hatte Jeffrey das alles wirklich arrangiert? Ohne irgend etwas davon mit ihr zu besprechen? Sie blickte Bill an. »Also, ich frage aus folgendem Grund: Ich hätte gern die Verträge bis zum Ende des Monats von Ihnen zurück.«

Jeffrey lächelte. »Wir verhandeln noch über die letzten Punkte. Ich bin sicher, Basil hat Sie auf dem laufenden gehalten.«

Wolper lächelte ebenfalls. »Ich glaube, es gibt nicht mehr viel, über das man sich streiten könnte«, sagte er. »Schließlich will ich, daß Sie glücklich sind.« Er drehte sich um und blickte zum ersten Mal, seit sie sich unterhielten, Karen an. »Ich will, daß *Sie* glücklich sind«, fügte er hinzu. »Also, wenn wir all das Kleingedruckte erledigt haben, gibt es dann noch irgend etwas, das Sie davon abhält, anzunehmen?« fragte er sie direkt.

Sie räusperte sich. Jeffrey hatte recht gehabt. Der Erfolg in Paris hatte sie noch begehrenswerter gemacht, und soweit sie das beurteilen konnte, hatte er wirklich eine Schau für Mailand vorbereitet.

Nun, sie hatten ihren Tauschhandel gemacht. Sie hatte den Verkauf ihrer Belegschaft angekündigt, und jetzt sah es dank Sallys Hilfe auch so aus, als würde sie ihr Baby bekommen. Trotzdem zögerte sie noch. Sie mußte an Arnold in seinem Krankenhausbett denken. War dies ein Pakt mit dem Teufel? Sie mochte zwar adoptiert sein, aber nichtsdestoweniger war sie Arnolds Tochter. Der Kellner kam und brachte drei Teller. Die Pasteten waren darauf wie Kunstwerke arrangiert, ein Fest für die Augen. Sie warf nur einen kurzen Blick darauf und sah dann wieder Bill an.

Trotz des Tauschhandels, trotz Cindy und des Babys, das auf sie wartete, begriff Karen, daß es immer noch ein Hindernis gab. »Es gibt nur noch eines, das mich davon abhält zu unterschreiben«, sagte sie. »Ich hätte gerne noch einen Punkt geklärt.«

Jeffrey sah sie erstaunt an. Wolper hatte bereits ein Stück Pastete zerteilt und die Hälfte davon auf seiner Gabel. Er hielt inne.

Karen fuhr fort: »Ein Teil des Rufes, den NormCo für seine Massenartikel hat, beruht darauf, daß die Firma für sich in Anspruch nimmt, die meisten ihrer Produkte in den USA herzustellen. Aber ich weiß, daß sie auch viel in Übersee produzieren läßt, und ich muß mir Gewißheit verschaffen über die Arbeitsbedingungen dort.« O Gott, sie hörte sich so an wie ein Soziologielehrbuch und wurde verlegen. Er würde sie für eine Idealistin halten, für »zu weiblich«. Sie wollte nicht zur Sprache bringen, welche Gerüchte ihr zu Ohren gekommen waren, aber Bill mußte eigentlich wissen, wovon sie sprach. Trotzdem – wenn er über diese neue Entwicklung verärgert war, dann ließ er nichts davon durchblicken. Er schob sich gemächlich die Pastete in den Mund, nickte und schluckte sie herunter. Dann wischte er sich seinen Mund mit einer der roten Servietten ab und lächelte.

»Ich kann ihre Befürchtungen verstehen«, sagte er. »Und ich habe einen Vorschlag, wie wir sie zerstreuen könnten. Denn, wissen Sie, Karen, dies ist wirklich die beste aller möglichen Welten.«

Karen wünschte sich, das glauben zu können, aber sie nickte nur und hörte weiter zu.

»Natürlich versuchen wir, amerikanische Arbeiter zu beschäftigen, wo immer wir können. Aber wir müssen der Tatsache ins Auge sehen, daß wir nicht immer gute Qualität zu dem Preis bekommen, den wir wollen. Oder zu dem Preis, den Amerikaner für unser Produkt bezahlen können. Andererseits stellen wir uns aber auch gerne als eine Gesellschaft dar, die Wert auf *Made in the USA* legt. Also haben wir die perfekte Lösung gefunden. Unsere Geheimwaffe: die Marianen.«

»Die wer?« fragte Jeffrey, bevor Karen überhaupt etwas sagen konnte. Karen stellte sich eine Schar von italienischen

Näherinnen vor, die für NormCo produzierten. Wer zum Teufel waren die Marianen?

»Nicht wer. Was. Die Marianen. Ein paar Pazifikinseln, die zu den USA gehören. Wir lassen viel dort arbeiten. Es ist legal, die Arbeit ist von guter Qualität, und sie ist billig. Außerdem entfällt der Zoll, und alles, was von dort kommt, kann legalerweise das Etikett ›Made in the USA‹ tragen.«

Karen fiel wieder die Billigware ein, die sie sich zusammen mit Defina bei Macy's angeschaut hatte. Sie wußte noch, wie sie sich darüber gewundert hatten, daß es so kostengünstig sein konnte. Jetzt wußte sie, warum. Nun, offenbar war alles rechtens nach den Buchstaben des Gesetzes. Aber entsprach es auch dem Geist des Gesetzes? Nach Arnolds Auslegung bestimmt nicht. »Ich würde gerne diese Produktionsstätten sehen«, sagte sie. »Sind es Fabriken, die NormCo gehören?«

»Uns gehört eine, und wir haben eine Reihe weiterer unter Vertrag. Wir haben auch Verträge mit thailändischen Firmen. Ich glaube, Sie würden mit all diesen Fabriken zufrieden sein. Wir sprechen nicht über Sklavenarbeit, Karen. Sehe ich vielleicht aus wie ein Sklavenbaron?«

Sie lächelte und schüttelte den Kopf. »Aber ich würde sie trotzdem gerne besichtigen, wiederholte sie.

»Kein Problem. Wann haben Sie Zeit?« fragte Wolper freundlich. »Wir könnten alle zusammen fliegen. Eine Reise durch die Landschaft der asiatischen Fabrikproduktion.«

Karen schaute Jeffrey an. »In drei Wochen?« fragte sie.

Wolper zog einen winzigen elektronischen Kalender hervor und begann, etwas über die winzige Tastatur einzugeben. Karen fiel auf, wie geschickt er damit umging. Er sah sie an und lächelte. »Wie wäre es, wenn wir am 24. nach Bangkok fliegen?« fragte er. »Dann sollte die Regenzeit gerade zu Ende sein.«

»Das ist genau der Tag, an dem die Schau in Mailand stattfinden soll«, sagte Jeffrey.

Karen blickte zu Jeffrey hinüber, der nun nicht mehr lächelte. Gut, er war ja nicht der einzige, der allein für sich planen konnte. Sie würde die Modewoche in New York bestreiten, dann konnte er sich um Mailand kümmern, und sie würde nach Bangkok fliegen. »Ja, das paßt gut, Bill«, sagte sie.

»Ich denke, wir könnten den Vertrag bis dahin fertig haben, meinen Sie nicht, Jeffrey?« fragte Bill Wolper.

»Sicher«, antwortete Jeffrey. »Wenn Basil keine Probleme mehr sieht?«

»Bestimmt gibt es keine weiteren Schwierigkeiten«, erklärte Bill Wolper den beiden. »Also können wir davon ausgehen, daß der Vertrag vor dem 30. dieses Monats unterschrieben wird.« Er nahm sein Weinglas. »Sollen wir darauf trinken?« fragte er.

Während ihre Tante Kalbfleisch hinunterwürgte, war Stephanie auf der Toilette ihres Zimmers damit beschäftigt, ihr Mittagessen wieder herauszuwürgen. Sie hatte den ganzen Vormittag damit zugebracht, die Zeitungen zu studieren, die Lisa ihr gekauft hatte. Obwohl sie den größten Teil der französischen Artikel nicht verstehen konnte, war sie überwältigt von der gewaltigen Publicity, die sie plötzlich genoß. Überall war von der schwarzen Modeschau die Rede; von der anderen, der weißen Schau, wurde lediglich berichtet, daß Karen dort zum Abschluß aufgetreten wäre. Und es gab keinen Bericht über die anderen Models – noch nicht einmal über Tangela. Stephanie war stolz und gleichzeitig beunruhigt – sie wußte, daß sie das erreicht hatte, weil sie fast nichts mehr aß, und jetzt war ganz klar, daß sie recht daran getan hatte. Aber wie lange konnte das noch so gehen? fragte sie sich.

Auch Tante Karen hatte Recht gehabt, dachte Stephanie, ich bin wirklich gut als Model. Aber der Stolz und die Angst, die sie gleichzeitig empfand, hatten sie dazu gebracht, den Etagenkellner zu rufen und dann drei Hähnchensandwiches und eine ganze Portion köstlicher Pommes frites zu essen. Anschließend hatte sie natürlich gekotzt. Und dann, um sicherzugehen, daß auch nicht eine einzige Kalorie hängenblieb, hatte sie ihren Kopfhörer genommen und begonnen, Aerobic zu trainieren, mit fieberhaften Bewegungen, voller Freude und Angst, und stets in Gedanken bei all den Jobs, die vielleicht auf sie warteten. Dann klopfte es an die Tür. »Wer ist da?« fragte Stephanie. Schnell versteckte sie den verräterischen Stapel leergegessener Teller.

»Tangela. Darf ich hereinkommen?«

Stephanie öffnete erstaunt die Tür. Tangela hatte sie vollständig ignoriert, seit Karen beschlossen hatte, sie anstelle von Maria einzusetzen. »Hi. Komm rein.«

»Danke.« Tangela stolzierte durchs Zimmer und warf sich aufs Bett. »Willst du dir ein Sammelalbum anlegen oder so etwas?« fragte Tangela und besah sich die Zeitungen, die überall im Zimmer verstreut lagen.

Stephanie wurde sofort verlegen und errötete. Sammelalben waren etwas für Kleinkinder. »Nein. Ich habe gedacht, daß ich ein paar davon mitnehme und meinen Freunden zuhause zeige.«

»An der High-School? Das ist Kinderkram«, bemerkte Tangela schnippisch. »Wenn du in diesem Geschäft bekannt werden und bei allen begehrt sein willst, angefangen von deiner Tante bis zu den Agenturen und den Fotografen, dann mußt du dich wie eine Frau benehmen und nicht wie ein Kind.« Tangela kniff ihre dunklen Augen zusammen und beäugte Stephanie, als sähe sie sie zum ersten Mal. »Du hast vielleicht das Zeug, es zu schaffen«, sagte Tangela.

»Also, was muß ich dafür tun?«

»Zuerst mal von der Schule abgehen. Du mußt jetzt handeln, solange du *in* bist.«

»Von der High-School abgehen?« Dieser Gedanke war Stephanie bisher noch nicht gekommen.

»Natürlich. Das ist doch total lahm. Glaubst du denn, nach einem Jahr erinnert sich noch jemand an dich, oder nach zwei Jahren, wenn du nicht am Ball bleibst?«

Stephanie zuckte die Schultern. »Ich glaube nicht«, sagte sie. »Was noch?«

»Du mußt immer darauf achten, daß du gut aussiehst, und du mußt dein Gewicht niedrig und deine Energie auf einem hohen Level halten. Niemand hätte dich auch nur angeschaut, wenn du vorher nicht abgenommen hättest. Du solltest mir dankbar sein.« Stephanie bemerkte bei dieser letzten

Äußerung einen merkwürdigen Glanz in Tangelas Augen. Aber Tangela meinte es doch gut mit ihr, oder?

»Ich bin auch dankbar. Wirklich. Und ich achte sehr darauf, welches Make-up ich benutze. Ich trage nichts, was nicht zum Ton meiner Haut paßt, und natürlich versuche ich, mein Gewicht …«

»Das ist das allerwichtigste«, erklärte Tangela ihr. Ihre Augen suchten das Zimmer ab, bis sie das benutzte Geschirr entdeckte. Stephanie errötete, und Tangela grinste. »Ho, ho. Also, du mußt anfangen zu rauchen. Das tun wir alle.«

»Vergiß es. Meine Mutter würde mich *umbringen*.«

»Vergiß deine Mutter. Mütter sind alt, ausgebrannt und eifersüchtig. Du mußt rauchen. Und, weißt du, ich habe noch etwas anderes, das dir helfen kann, dein Gewicht zu halten, und das dafür sorgt, daß dir niemals die Energie ausgeht.«

»Du meinst Diätpillen?«

»Großer Gott, nein. Die habe ich schon vor langer Zeit aufgegeben. Ich rede von Coke.«

»Diät oder normal?« fragte Stephanie arglos und biß sich dann beinahe die Zunge ab. Coke – jetzt wußte sie, was Tangela meinte. Ihre Kameraden in Inwood *sprachen* über Coke, aber ihre Freunde *nahmen* es nicht.

Tangela lachte ungehemmt. »Jesus, Mädchen, unter welchem Stein bist du denn hervorgekrochen? Ich spreche doch nicht von Baby-Brause, ich spreche von Kokain.«

Stephanie spürte, wie eine Welle von Angst sie durchlief. Sie hatte ein paarmal Marihuana geraucht, aber es hatte sie schwindlig gemacht und hungrig. Coke war ein richtiges Rauschgift. »Nein. Keinesfalls. Ich möchte doch nicht …«

»Hör zu, wenn du im Geschäft bleiben und erfolgreich sein willst, dann wirst du etwas brauchen.« Tangela deutete mit ihrem vorgestreckten Kinn auf das leere Essenstablett. »Sich über die Schüssel zu hängen, ist keine Lösung. Das hier ist das Richtige, du kannst es mir ruhig glauben.« Tangela zog ihre Tasche zu sich heran und wühlte darin herum. »Ah, hier ist es ja.« Sie holte einen schwarzen Satinbeutel mit einem Reißverschluß hervor, öffnete ihn und holte einen

Spiegel, einen kleinen Silberlöffel, eine Rasierklinge und einen Hundertdollarschein heraus.

Stephanie wußte nicht, was sie tun sollte. Tangela war zu ihr gekommen, ein echtes Model, ihr Vorbild, beriet sie und war zum ersten Mal wirklich freundlich zu ihr. Aber Stephanie wollte mit dem Kokain eigentlich nichts zu tun haben. Andererseits schämte sie sich, das zuzugeben. Und Tangela wußte, daß sie sich übergab. Tangela schien *alles* zu wissen. Wurde man süchtig, wenn man es nur ausprobierte? fragte sie sich. Konnte man davon verrückt werden? Sie hatte einmal von einem Mädchen gelesen, das Drogen genommen hatte und dann aus dem Fenster gesprungen war. Sie hatte geglaubt, ein Vogel zu sein. War das Coke gewesen oder irgendeine andere Droge? Und was war, wenn ihre Mutter davon erfuhr? Was war, wenn Tante Karen davon erfuhr?

Tangela war inzwischen aktiv geworden. Sie hatte etwas von einem weißen Pulver auf den kleinen Handspiegel geklopft und hatte das Häufchen dann in dünne Linien aufgeteilt. Jetzt nahm sie die Hundertdollarnote und rollte sie fest zusammen. »Wir Models nehmen das alle«, sagte sie. »Was glaubst du, wie wir es sonst schaffen, so dünn zu bleiben und dabei den Laufsteg rauf und runter zu tanzen? Ich sage dir, was du in der Werbung hörst, daß wir uns nur von Mineralwasser ernähren, ist von vorne bis hinten gelogen. Dies hier ist das, was uns fit hält.«

Sie nahm den zusammengerollten Geldschein und steckte sich ein Ende davon in eins ihrer Nasenlöcher. Das sah so unappetitlich aus. Stephanie schämte sich, zuzusehen, zwang sich aber dazu. Dann führte Tangela das andere Ende des Röhrchens an eine der Reihen mit Pulver heran und saugte es in ihre Nase. Großer Gott, war das widerlich! Wie ein Staubsauger. Stephanie hatte sich in der Schule nie mit denjenigen abgegeben, die mit Drogen zu tun hatten. Und sie hatte auch niemals getrunken; Alkohol hatte ohnehin zu viele Kalorien. Aber als Tangela jetzt zu ihr aufblickte, lächelte und ihr den zusammengerollten Schein gab, war das für Stephie die größte Herausforderung, der sie je gegenübergestanden hatte; sie wußte, daß man sie niemals akzeptieren würde, wenn sie jetzt ablehnte.

Widerstrebend steckte sie sich die kleine Röhre in die Nase. Sie war noch feucht, und das allein brachte sie beinahe dazu, sich wieder zu übergeben. Sie fragte sich kurz, ob sie wohl irgendwie das Schnupfen des Kokains vortäuschen konnte, aber bei Tangela war die Reihe mit dem Pulver ganz deutlich sichtbar verschwunden. Stephanie holte tief Luft, begriff dann, daß sie erst ausatmen mußte, damit sie überhaupt schnupfen konnte und kniete sich vor den Spiegel. So schnell sie nur konnte, saugte sie das Pulver ein ...

Es stach, aber nicht genug, um sie zum Niesen zu bringen. Sie konnte sofort spüren, wie ihr Herz anfing, bis zum Hals hinauf zu schlagen, und hielt Tangela das Röllchen wieder hin. Tangela lächelte, nahm den Geldschein und inhalierte die restlichen drei Reihen.

Stephanie stand auf. Ihr war ein wenig schwindlig. Das Blut sang in ihren Ohren. Ihre Nasenspitze prickelte. Sie wischte sich mit der Hand darüber, schniefte und spürte, wie ihr kleine Schweißperlen auf die Stirn, die Oberlippe und die Brust traten. Dann rieb sie wieder ihre Nasenspitze. Ihr Herz schlug jetzt noch wilder, aber es machte ihr keine Angst. Sie war überrascht, wie gut sie sich fühlte. Wirklich gut. Und überhaupt nicht ängstlich. Tangela saß immer noch über den Tisch gekauert da und machte sich mit dem Spiegel zu schaffen. Stephanie ging zum Fenster und blickte hinaus. Das war nicht übel. Sie kam sich groß, schlank und wichtig vor. Ihr Blick schweifte über die Zeitungsausschnitte, die auf ihrem Bett verstreut lagen. Ganz plötzlich hatte sie das Gefühl, ihr gehöre die ganze Welt. Sie wußte, sie konnte Erfolg haben. Sie würde die Schule aufgeben. Sie würde viel Geld verdienen. Alles konnte sie schaffen. Und das Beste überhaupt war, daß der Hunger, der schon so lange Zeit an ihr genagt hatte, jetzt endlich verschwunden zu sein schien. Stephanie begriff, daß sie frei war. Daß sie nie mehr würde essen müssen, daß sie niemals mehr die Demütigung würde erleiden müssen, sich über die Toilettenschüssel zu beugen. Stark – so fühlte sie sich.

Inzwischen hatte Tangela weiteres Pulver zu Linien ausgezogen. Stephanie war erstaunt. Wozu? Sie hatte genug, aber Tangela lachte. »Habe ich dir das nicht gesagt?« fragte sie. »Habe ich dir das Geheimnis nicht verraten?« Stephanie schüttelte den Kopf. Ihr Mund war zu trocken, um zu sprechen, aber das besorgte Tangela schon. »Nimm noch etwas mehr«, sagte sie. »Nimm noch etwas, und dann gehen wir einkaufen. Und heute abend werde ich dich mit in diese Bar nehmen. Alle werden große Augen machen und uns erkennen. Ebenholz und Elfenbein.« Tangela lachte; ein wildes Lachen. »Wir werden sein wie Naomi und Linda. Nur jünger.« Dann gab sie Stephanie die Rolle. Stephanie kniete sich vor den Tisch und saugte noch eine Pulverreihe vom Spiegel auf. Dieses Mal machte es ihr nichts mehr aus, hinterher zuzusehen, wie Tangela die restlichen vier Reihen nahm. Nur einen Augenblick lang fragte sie sich, ob man von diesem Zeug wohl zuviel nehmen konnte. Aber dann spürte sie wieder, wie ihr Herz zu rasen begann, noch stärker als zuvor, und wie ihr Blut wieder anfing, in ihren Ohren zu singen. Tangela lachte, und Stephanie fiel in ihr Lachen ein, obwohl sie nicht genau wußte, warum sie lachte. Sie wußte bloß, daß es gut war. Tangela war ihre Freundin.

»Gestern abend wollten alle wissen, wo du warst. Überall, wo ich hingegangen bin, wollten sie wissen, wo *du* warst.«

Stephanie lächelte. »Das ist großartig. Ich wünschte, ich hätte dabeisein können, aber meine Mutter und meine Tante …«

»Scheiß auf deine Tante. Fette alte Hexe. Genau wie meine Mutter. Über mich ist nicht berichtet worden. Ich bin nicht im Fernsehen gewesen. Ich habe nicht das schwarze Kleid bekommen. Wessen Schuld war das? Alte Hexen.« Tangela beugte sich über den Tisch, aber diesmal benutzte sie den winzigen Löffel, um etwas von dem Pulver direkt unter ihre Nase zu bringen. Sie schnupfte es von dem Löffelchen, aber dabei blieb ein weißer Fleck auf der schwarzen Haut unter ihrer Nase zurück. Tangela redete immer weiter, aber ihre Stimme klang nun gedämpfter. Irgend etwas über ihren Freund und Maria Lopez. Dann schrie sie: »Scheiß auf sie!« und Stephanie fuhr zusammen. »Scheiß auf sie beide!« schrie Tangela. »Ich bin schöner als diese Hexe. Ich bin schöner als *du*.«

Stephanie erkannte undeutlich, daß Tangela einen schweren Schweißausbruch hatte. Ihre Augen schienen immer größer zu werden, so als wollten sie aus ihrem Kopf herausplatzen. Das Weiße ihrer Augen wirkte blutunterlaufen. Stephanie selbst wurde es schwindlig. »Geht es dir gut?« fragte sie und legte Tangela die Hand auf die Schulter. »Pst«, mahnte sie dann noch. »Die Leute werden uns hören.« Tangela schlug Stephanies Hand weg.

»Geh weg von mir. Wer zur Hölle bist du?« schnauzte sie, ging zum Bett hinüber und nahm eine der Zeitungen. »Verpiß dich!« Sie knüllte die Zeitung zusammen. »Verdammte weiße Nutte!« Sie griff sich die übrigen Zeitungen und riß sie eine nach der anderen in Stücke.

»Hey!« rief Stephanie. Ihr Herz schlug inzwischen noch schneller. Vielleicht war Tangela doch nicht ihre Freundin?

Sie empfand jetzt eine Angst, die genauso allumfassend war wie die Kraft, die sie noch vor wenigen Minuten durchpulst hatte.

Tangela blickte zu ihr auf und schrie: »Halts Maul! Wer zum Teufel glaubst du denn, daß du bist?« Dann krümmte sie sich in einer Ecke des Bettes zusammen.

»Was geht hier eigentlich vor?« fragte Defina von der Tür aus, wo sie zusammen mit einem Pagen stand, der ihr aufgeschlossen hatte. Stephanie drehte sich zu ihr herum. Sie hatte nicht die geringste Ahnung.

5
Die Leihmutter

Cindy, die Mutter von Karens Baby, sollte die letzten Wochen ihrer Schwangerschaft in New York verbringen und dort im Doctor's Hospital entbinden. Karen hatte ihr ein Flugticket Erster Klasse kaufen wollen, aber Sally hatte sich dagegen ausgesprochen – zum einen, weil die Fluglinien hochschwangere Fluggäste nicht schätzten, und zum anderen, damit man Cindy, die aus einfachen Verhältnissen kam, nicht das Gefühl gab, gekauft zu werden. Also kam Cindy mit dem Bus, und Karen und Jeffrey würden sie am Busbahnhof an der 41. Straße und der Eigth Avenue abholen. Sie hatten ihr ein Quartier im Hotel Wales besorgt, einem kleinen Familienbetrieb an der Madison Avenue in der Upper East Side in der Nähe des Doctor's Hospital.

Cindy erwartete einen Jungen. Auf dem Weg zum Busbahnhof fragte Karen ihren Mann: »Hast du schon einmal über Namen nachgedacht?«

»Wie wär's mit Dschingis? Das paßt doch deiner Meinung nach ganz gut zu Kahn.«

»Sehr komisch. Warum nicht Attila? Ich glaube, du nimmst die Sache manchmal nicht besonders ernst, Jeffrey«, schimpfte Karen.

»Hör zu, such einfach einen Namen aus. Solange du dich nicht für Max oder Ben oder Joshua entscheidest, wie jedes zweite Kind unter fünf bei uns auf der West Side heißt, habe ich nichts dagegen einzuwenden.«

Vom Informationsterminal des Busbahnhofs aus konnten sie von oben die ankommenden Busse beobachten. Der Bus aus Bloomington war pünktlich. Gleich nach dem Fahrer stieg ein junges, dunkelhaariges Mädchen aus, dessen Bauch so dick war, als sei sie im zehnten Monat schwanger.

»Das muß sie sein«, sagte Karen. »Geh du hin und frag sie.«

Sie fühlte sich plötzlich schüchtern und hatte Scheu, diesen Teenager anzusprechen, der mit ihrem zukünftigen Sohn schwanger war. Jeffrey sah Karen an. »Bist du dir sicher?« fragte er.

»Bitte«, war alles, was sie sagen konnte. Sie sah, wie er durch die Schwingtüren ging und das Mädchen begrüßte, sah, wie das Mädchen nickte, wie Jeffrey ihr die Hand schüttelte und die beiden dann zum Bus hinübergingen, wo der Fahrer gerade das Gepäck auslud. Das Mädchen zeigte auf einen graugrünen Samsonite und eine sandfarbene Segeltuchtasche. Jeffrey schulterte die Tasche, nahm den Koffer und bahnte sich dann mit dem Mädchen im Schlepptau einen Weg durch die Menge zurück zu ihr. Karen hatte das Gefühl, keine Luft mehr zu bekommen. Aber sie schaffte es, stehenzubleiben.

»Karen, das hier ist Cindy.«

»Ja, da bin ich«, sagte Cindy. Und irgendwie gelang es Karen, ihre Hand auszustrecken und die warme Hand zu schütteln, die ihr angeboten wurde.

Sie fuhren zum Essen in die Tavern on the Green. Jeffrey verzog gequält das Gesicht, als er hörte, wo es hingehen sollte, aber Karen wußte, was sie tat. Sie mußten sich etwas an Cindys Verhältnissen orientieren. Und Cindy war mehr als beeindruckt, sie war ganz aus dem Häuschen und konnte gar nicht begreifen, wie schön es hier war.

»Junge, das ist wirklich stark«, sagte sie. »So etwas habe ich noch nie gesehen.«

»Wie war denn die Busfahrt?« fragte Karen.

»Stark. Ich hatte eine wirklich nette Sitznachbarin. Sie besucht hier ihre Enkelin, und sie ist auch zum ersten Mal in New York.«

Karen fragte sie, wie die Schwangerschaft bisher verlaufen wäre, erkundigte sich nach ihrem Studium und wollte wissen, ob es ihr leid tue, daß die McKenzies sich für die andere Mutter entschieden hatten.

»Nicht wirklich. Wenigstens jetzt nicht mehr. Sie waren wirklich nett, aber ich habe sie nie kennengelernt, und sie beide, nun, sind wirklich stark.«

Das Mädchen war nicht dumm, aber ihr Schatz an Eigenschaftswörtern schien ziemlich beschränkt zu sein. Nach dem Mittagessen gingen sie langsam ein Stück durch den Central Park und nahmen dann ein Taxi bis zu Cindys Hotel. »Vielleicht wollen Sie sich etwas erfrischen«, schlug Karen vor. »Oder etwas schlafen?«

»O nein. Ich bin rundherum zufrieden«

Sie brachten sie hinauf in ihr Zimmer. »Werden Sie hier zurechtkommen?« fragte Karen. Sie hatten ihr eine Suite gemietet – eine kleine Küchenecke, ein kleines Wohnzimmerchen und ein Schlafzimmer, ein Eckraum mit vier großen, zweiflügeligen Fenstern. »Wie wär's, wenn wir Sie jetzt allein lassen, damit Sie auspacken können? Ich komme später und esse mit Ihnen zu Abend?« Karen mußte zurück ins Büro – sie wurde im Moment von Kundschaft aus ganz Amerika bestürmt, eine Folge der Modewoche in New York.

»Ja, sicherlich. Das wäre fein.« Cindy schüttelte Jeffrey die Hand, und als Karen sie herzlich umarmte, erwiderte sie die Umarmung, obwohl ihr der Bauch dabei im Weg war.

»Ich bin sehr froh, daß sie hier sind«, sagte Karen zum Abschied. »Das bin ich wirklich.«

Bei aller Vorfreude auf ihr Baby fühlte sich Karen schuldig, daß sie Defina nicht genug bei den Schwierigkeiten mit Tangela helfen konnte. Definas Ausbruch, als sie Tangela und Stephanie in Paris mit dem Kokain erwischt hatte, war bis zum Eiffelturm hin zu hören gewesen. Einen Tag nach Cindys Ankunft hatte sich Karen nun endlich einmal Zeit genommen, sich mit Defina zum Essen zu treffen. Sie hatten sich im Café des Artistes verabredet und saßen dort an einem Fensterplatz.

»Wie steht's denn nun bei euch?«

»Jesus, Karen, ich weiß es nicht. Ich glaube, ich habe alles falsch gemacht. Sie war völlig außer Kontrolle, aber Gott sei Dank kann man jetzt wieder mit ihr sprechen. Dieser Mann hätte sie um ein Haar das Leben gekostet. Ich habe ihr gesagt, daß sie sich behandeln lassen muß. Ich habe ihr gesagt, daß das Gift sie sonst umbringt. Ich habe sie entlassen und ihr angeboten, eine Entziehungskur zu machen. Ich habe ihr vor

Augen gehalten, daß sie sonst sicherlich bald nirgends mehr Arbeit bekommt.« Defina schüttelte den Kopf. Ihre Augen wurden feucht. »Was hätte ich sonst tun sollen?« fragte sie.

Karen nahm die Hand ihrer Freundin. »Du kannst dir nichts vorwerfen, Dee. Du hast alles getan, was in deiner Macht stand. Man kann die Dinge eben nicht immer so lenken, wie man möchte.«

Dee zog ihre Hand weg. »Wenn ich selbst nicht die Verantwortung trage, wessen Schuld soll es denn dann sein? Die des lieben Gottes? Oder war es Tangelas Freund? Ich bin in dem Glauben erzogen worden, daß ich etwas aus mir machen kann und daß jeder, der das nicht tut, dafür niemanden außer sich selbst verantwortlich machen darf. Soll ich daran vielleicht jetzt nicht mehr glauben? Soll ich plötzlich nicht mehr an die Verantwortung glauben, weil es schwierig geworden ist?« Sie blickte Karen mit zusammengekniffenen Augen an.

Sorgfältig versuchte Karen ihre Worte abzuwägen. »Hör doch«, sagte sie, »ich bin ja deiner Meinung. Was du sagst, ist wahr: Du hast die Verantwortung übernommen. Aber vielleicht muß Tangela jetzt lernen, genau das selbst zu tun.«

Defina biß sich auf die Lippen und schüttelte den Kopf. »Ich hätte es ihr längst beibringen müssen. Ich habe versagt. Bös versagt.« Sie hörte auf zu sprechen und hatte Mühe, sich selbst unter Kontrolle zu halten. »Du weißt nicht, wie das ist«, sagte sie. »Du weißt nicht, wie es ist, eine Tochter zu haben. Schon lange vor ihrer Geburt war sie ein Teil von mir. Sie ist *immer* ein Teil von mir geblieben. Du weißt nicht, wie schlimm es ist, wenn man plötzlich einfach nichts mehr tun kann.«

»Ja, du hast recht. Das weiß ich nicht.«

»Es ist zu schwierig, ein Kind allein aufzuziehen«, fuhr Dee fort. »Ich hätte es vielleicht nicht versuchen sollen. Sie hat ihren Vater nur ein paarmal gesehen, und dann waren da am Anfang noch die anderen Männer. Sie waren alle so nutzlos, für mich und für sie. All diese schönen, großen, unnützen Männer«, seufzte Defina. »Kein Wunder, daß sie selbst irgendeinen Nichtsnutz gefunden hat.«

»Nun laß es gut sein, Dee, quäl dich nicht so. Du mußtest

arbeiten, damit ihr leben konntet. Du hast ihr ein schönes Zuhause gegeben. Du hast sie auf Privatschulen geschickt. Du hast all deine freie Zeit mit ihr verbracht. Du hast mit den Männern Schluß gemacht. Und jetzt hast du sie in eine Rehabilitationsklinik geschickt. Du hast alles getan, was du tun konntest. Es ist doch so: Bei uns hier sind die Verhältnisse für arbeitende Mütter ziemlich miserabel. Vor allem für die alleinstehenden unter ihnen. Sieh doch mal, wieviel besser das in Frankreich ist. Dort sorgt der Staat dafür, daß die Kinder über Tag gut untergebracht werden. Hier ist es nicht so einfach für eine alleinstehende Mutter oder eine berufstätige Mutter oder eine alleinstehende berufstätige Mutter. Und dabei haben wir noch gar nicht berücksichtigt, daß es für die Schwarzen noch schlechter bestellt ist.«

Karens Worte ließen Dee völlig unbeeindruckt, fast als hätte sie gar nichts gehört. »Ich hätte niemals zulassen dürfen, daß sie als Model arbeitet«, sagte Dee. »Versprich mir, daß du deine Schwester Lisa anrufst und ihr einschärfst, daß sie Stephanie da heraushält. Du mußt das tun.« »Ich werde es tun, Dee«, versprach Karen.

Karen mußte sich von Defina losreißen, bevor es zwei Uhr war. Die Geschichte mit Tangela tat ihr furchtbar leid, konnte aber dennoch ihre Hochstimmung nur vorübergehend trüben. Sie machten zur Zeit in ihren Ausstellungsräumen in Nr. 550 Seventh Avenue Rekordumsätze, und Cindy schien sich in dem Hotel wohlzufühlen. Jeffrey war mit irgend etwas beschäftigt, was ihr auch ganz recht war, denn sie mußte Mr. Centrillo anrufen, mit dem sie nur kurz gesprochen hatte, bevor sie nach Paris geflogen war. Dies war das letzte Stück, das noch in ihrem Puzzle fehlte. Sie hoffte, daß er Neuigkeiten für sie haben würde. Also rief sie ihn jetzt an und hatte ihn auch gleich selbst am Telefon.

»Oh. Mrs. Cohen. Sind Sie schon zurück? Wie waren denn die Ferien?«

Irgendwie fühlte sie sich immer schuldig, wenn sie ihn belog. Er schien so ein netter Mann zu sein. »Wunderbar«, erwiderte sie. »Haben Sie irgendwelche Neuigkeiten für mich?«

»Also, Mrs. Cohen, es tut mir sehr leid. Alle Möglichkeiten, die wir bisher verfolgt haben, erwiesen sich als Sackgassen. Wir haben uns mit der Agentur in Verbindung gesetzt, die Sie damals vermittelt hat. Aber alle Unterlagen darüber sind versiegelt.«

Karen spürte, wie Enttäuschung und Ärger in ihr aufwallten und ihr die Luft nahmen.

»Einen Moment. Sie sagen, Sie haben die Agentur ermittelt, die die Aufzeichnungen über meine Adoption hat, aber wir dürfen sie nicht einsehen?« Was gab irgend jemandem das Recht, ihr die Vergangenheit vorzuenthalten?

»Also, wir wissen nicht sicher, ob es Ihre Agentur ist, aber wahrscheinlich ist sie es. Wir haben keine Möglichkeit, das herauszufinden. Ich hatte Sie ja bereits darauf hingewiesen, daß genau dieser Fall eintreten kann.«

Das war so ungerecht. Warum durften irgendwelche unbeteiligten Fremden und die Gerichte ihr Geheimnis erfahren, aber sie selbst nicht? »War es das dann?« Karen merkte selbst, wie erstickt ihre Stimme klang. Centrillo hörte es ebenfalls.

»Nun, hören Sie, ich habe einen Vorschlag. Das heißt, für den Fall, daß sie sich immer noch völlig sicher sind, daß sie die Sache weiter verfolgen wollen. Die einzige Spur, die uns noch bleibt, ist, daß ich einige Leute dort gefragt habe und auf diese Weise schließlich an die Personalakte von Mrs. Talmidge gekommen bin. Ich habe einfach erzählt, sie würde etwas Geld erben. So konnte ich herausfinden, daß sie seit langem pensioniert ist und irgendwo in Florida lebt – falls sie nicht bereits gestorben ist. Sie könnte uns vielleicht weiterhelfen, auf irgendeine Fährte führen, sich an irgend etwas erinnern, obwohl alles natürlich schon lange her ist.«

Karen dachte an Cindy, an Cindys dicken Bauch und ihr liebes Lächeln. Würde Cindy nach dreißig oder vierzig Jahren von dem Kind aufgespürt werden wollen, das sie jetzt austrug? Nach dreißig Jahren, wenn sie sich vielleicht ein ganz anderes Leben aufgebaut haben würde, wenn alles nur noch ein kleiner, schmerzhafter Punkt in ihren Erinnerungen wäre, würde Cindy dann wollen, daß man das alles wieder ausgrub? Und würde ihr Sohn das Bedürfnis haben, sie zu finden?

»Ja«, sagte Karen. »Ich will diese Sache wirklich weiter verfolgen.«

»Dann habe ich einen Vorschlag. Ich kann Ihnen jemanden vermitteln. Ein Bursche, der gewissermaßen etwas unorthodox arbeitet. Er heißt Paige. Minos Paige. Jedenfalls hat er immer ein paar Tricks mehr im Ärmel als die anderen. Wenn es darum geht, etwas nachzuhelfen, damit sich jemand besser erinnert, ist er erste Wahl. Aber wie gesagt, er ist ein wenig unorthodox, und er ist *sehr* teuer.«

»Was bedeutet ›sehr teuer‹?« fragte Karen.

»Er braucht wahrscheinlich einen Vorschuß von zehntausend Dollar und eine Prämie, wenn er erfolgreich ist. Aber da er sich seit einiger Zeit ab und zu in Florida herumtreibt, ist er wahrscheinlich für uns der beste Mann, um Mrs. Talmidge zu finden. Ich kann den Erfolg natürlich nicht garantieren, aber mehr habe ich im Moment nicht zu bieten. Denn Paige könnte es vielleicht auch gelingen, bei der Agentur einen Durchbruch zu erzielen oder, wenn er erst einmal die Informationen von Mrs. Talmidge hat, irgendeine Lücke zu entdecken, die es ihm erlaubt, an die amtlichen Aufzeichnungen zu gelangen. Manchmal kann er Dinge bewerkstelligen, die ich … nun, die wir einfach nicht tun.«

Karen fragte sich, ob Centrillo wohl über Bestechung oder Einbrüche oder noch Schlimmeres sprach.

»Ist er für gewöhnlich recht effektiv?« fragte sie.

»O ja. Er ist durchaus effektiv.«

»Ich werde Ihnen das Geld noch heute überweisen«, sagte Karen. »In den nächsten zehn Tagen bin ich geschäftlich unterwegs, aber ich werde Sie anrufen, sobald ich wieder zurück bin.«

»Sie reisen wirklich *viel*«, meinte Mr. Centrillo. Karen nickte schweigend; dabei wußte er höchstens von der Hälfte ihrer Reisen. »Ich weiß nicht genau, was Minos in zehn Tagen erreichen kann, aber ich erwarte Ihren Anruf.«

Karen wollte sichergehen, daß Cindy sich während des letzten Monats ihrer Schwangerschaft nicht einsam fühlte. Sie brachte soviel Zeit wie möglich mit dem Mädchen zu, aber sie mußte nun eine Lösung für die zehn Tage finden, die sie in Asien auf ihrer Besichtigungstour zu den NormCo-Fabriken verbringen würde. Jeffrey war in Mailand beschäftigt. Auch Defina konnte sie nicht fragen: Defina hatte alle Hände voll zu tun und mußte sich außerdem um Tangela kümmern. Ihre Schwester Lisa war nicht gut auf sie zu sprechen – genausowenig wie auf Stephanie –, als wäre das, was in Paris passiert war, Karens Schuld gewesen. Karen hatte Stephanies Praktikum beendet. Darüber war Lisa ebenfalls aufgebracht. Wie man es machte, war es falsch, dachte Karen. Belle gab wie immer allen die Schuld, sogar Arnold, der sich langsam wieder erholte. Also fiel Karen nichts Besseres ein, als sich an Carl zu wenden. Sie nahm ihn mit ins Hotel und stellte ihn Cindy vor. Carl war der beste Babysitter, den sie sich vorstellen konnte, vor allem, solange das Baby noch in Cindys Bauch war. Er brauchte nichts zu tun als sich ein wenig um Cindy zu kümmern, sie zu unterhalten und mit ihr essen zu gehen, während Karen nicht da war.

Als erstes schnitt er ihr die Haare, und das war ein großer Erfolg. »Ich würde es ihr auch gerne färben«, sagte Carl. »Viele Leute behaupten, daß Haarefärben und Dauerwellen während einer Schwangerschaft keine guten Ideen seien, aber das ist lächerlich. Beides ist gar kein Problem.« Karen sah ihn durchdringend an. Sie fand es unnötig, daß Cindys Skalp gerade jetzt mit irgendwelchen Chemikalien bearbeitet wurde. Er verstand und zuckte die Schultern. »Also gut, vielleicht nach …«

Keiner von ihnen mochte die Sprache darauf bringen, was nach der Geburt geschah. Sie schienen alle in der Gegenwart befangen zu sein. Jedenfalls fand Cindy Carl »stark«, und Carl war mütterlich genug, um das Mädchen unter seine Fittiche zu nehmen. Er bestand darauf, daß sie das Wochenende, an dem Karen nicht da sein würde, bei ihm zu Hause verbrachte, Karen hatte das schon mit Sally besprochen, die widerstrebend zugestimmt hatte.

Also konnte Karen schließlich guten Gewissens für ihre Reise nach Asien packen. Wolper hatte für sie im Oriental Hotel in Bangkok Zimmer reservieren lassen. Als Defina das hörte, grinste sie zum ersten Mal seit ihrer Rückkehr aus Paris. »Ach, nichts. Nur das beste Hotel auf dem ganzen Planeten«, erklärte sie Karen. »Ich war einmal zu einem Fototermin dort. Mach dir gar keine Sorgen, daß dir irgend etwas verknittern könnte. Es wird jemand für dich bereitstehen, der dir alles sofort bügelt, während er deine Sachen auspackt. Und alles, was du dort in die Wäsche gibst – selbst deine Slips –, kommt als Geschenkpaket verpackt in einer Schachtel mit einer Orchidee obendrauf zurück. Es ist der romantischste Platz auf der ganzen Welt.« Karen lächelte. Das hörte sich großartig an, aber schließlich war ja alles nur geschäftlich. Sie wollte nur wissen, ob Wolper wirklich nicht log – ob seine Produktionsstätten sauber, ordentlich und menschenwürdig waren.

Unterdessen wurden sie von Bestellungen für die Kollektion in Schwarz und Weiß überschwemmt und konnten kaum nachkommen. Jeffrey war völlig in Anspruch genommen von den Querelen mit Munchin, den letzten Feinarbeiten an den NormCo-Verträgen und seinen Plänen für Mailand. Er versprach Karen, ihr die Verträge zu schicken, sobald sie fertig waren. Außerdem versprach er, Cindy wenigstens zweimal in der Woche zu besuchen, sobald er von Mailand zurück wäre, und sie außerdem jeden Tag anzurufen.

»Carl wird sich um das meiste kümmern«, sagte Karen zu ihm, bevor sie losfuhr. »Aber du wirst ja vor mir zurück sein. Nimm Cindy ein paarmal zum Essen mit. Es wird bestimmt nicht so schlimm sein.«

»Ich bin sicher, daß es stark sein wird«, meinte Jeffrey trocken.

Auf dem Weg zum Flughafen machte Karen einen Zwischenhalt in Rockvill Centre, um noch einmal bei Arnold vorbeizuschauen. Belle war glücklicherweise nicht zu Haus, und Arnold öffnete ihr in seinem alten grauen Bademantel die Tür. Sie umarmte ihn und freute sich, wieder seine warme Haut zu spüren. Er schien etwas kräftiger zu sein, obwohl er immer noch nicht richtig gesund wirkte.

»Ich werde ab der nächsten Woche wieder arbeiten. Der

Doktor meinte, daß ich mit ein paar Stunden anfangen könnte.«

»Großartig, Papa, aber versuch, dir nicht zu viel vorzunehmen. Laß es locker angehen und mach dir keinen Streß.«

»Keinen Streß? Den habe ich hier zu Hause! Wenn ich es locker angehen will, dann muß ich schnellstens zurück ins Büro. Ich vermisse meine Arbeit. Ich vermisse Inez.« Er sah Karen an. »Und sie vermißt mich.«

Karen nickte nur.

»Weißt du, wenn es wirklich drauf ankommt, dann bleiben den meisten Leuten doch nur ihre Freunde und ihre Arbeit. Wenn sie Glück haben. Macht dich deine Arbeit glücklich?« Karen nickte. »Wirst du die Firma verkaufen?« fragte Arnold.

»Das muß ich erst noch herausfinden«, entgegnete Karen und erzählte ihm, warum sie nach Bangkok und auf die Marianen flog.

Arnold erhob sich aus seinem Sessel. »Ich weiß *alles* über die Marianen«, sagte er und rieb sich sein unrasiertes Kinn. »Was war das noch?« Er blickte auf, als würde er die Antwort irgendwo an der Wohnzimmerwand suchen. »Warte einen Augenblick.« Arnold ging in sein Arbeitszimmer, und Karen konnte hören, wie er dort herumwühlte. Nach einer Weile kam er mit einer kleinen Karte zurück. »Dagsvarr«, sagte er.

»Was?« fragte sie.

»Lars Dagsvarr. Er hat mir geschrieben. Er ist auf den Marianen. Ich werde veranlassen, daß er dich anruft.«

Karen nickte. Sie gab ihrem Vater den Namen des Hotels, in dem sie dort wohnen würde.

»Kannst du noch zum Essen bleiben?« fragte Arnold. Karen schüttelte den Kopf. »Wer könnte dir das verübeln?« knurrte Arnold.

6
Modespielchen

Lisa zwängte sich in die schwarze, hüftverstärkte Strumpfhose, die sie zu den schwarzen, in Paris gekauften Charles-Jordan-Pumps tragen wollte. Hatte sie zugenommen? Das mußten wohl die reichhaltigen Mahlzeiten in Frankreich gewesen sein.

Sie trat vor den Spiegel. Tatsächlich, sie hatte zugenommen. Großer Gott! Normalerweise machte es nicht viel aus: ein paar Tage Diät, doppelt so viel Aerobic wie sonst, und schon war wieder alles im Lot. Aber gerade jetzt hätte ihr das nicht passieren dürfen. Sie besah sich im Spiegel – sie hatte nur die Strumpfhose, die Pumps und einen schwarzen Spitzen-BH an – und stellte sich vor, was Jeffrey wohl denken würde, wenn er sie so sähe. Denn, so überlegte sie, er *wollte* sie so sehen. Jedenfalls bemühte er sich weiterhin um sie. Er hatte sie in Paris zweimal zum Essen ausgeführt, jedesmal ohne Karen, und jetzt hatte er angefragt, ob sie mit ihm in der Stadt essen wolle. Karen hatte sich bereits zu dem Verkauf an NormCo entschlossen, das konnte also nicht mehr dahinterstecken. Natürlich kam es gar nicht in Frage, daß irgend etwas zwischen ihr und Jeffrey *geschah.* Es war nicht so, als ob sie ein Verhältnis oder dergleichen in Betracht gezogen hätte, nein, aber es war einfach schön, daß ihr diese Aufmerksamkeit zuteil wurde. Sehr schön.

Wenn sie zusammen waren, sprachen sie gewöhnlich darüber, wie hart er dafür gearbeitet hatte, daß dieser Verkauf zustande kam. Lisa war dann voller Verständnis und Anerkennung. Er deutete an, daß Karen überhaupt nicht verstand, welche Mühe es gekostet hatte, dieses Angebot zu bekommen. Lisa zeigte ihr Mitgefühl und erzählte ihrerseits Jeffrey, wie armselig Leonard seine Praxis managte, wie es damit bergab ging. Und sie waren sich beide darüber einig, daß Karen unpraktisch war und nie etwas vom Geld verstanden hatte. Und jedesmal versprach Lisa, Karen dazu zu drängen, den Vertrag zu unterschreiben.

Dann kam normalerweise die Rede darauf, was Lisa und was Jeffrey mit dem Geld von NormCo tun würden, wenn sie es bekämen. Das war immer der unterhaltsamste Teil ihres Lunches. Jeffrey hatte vor, sich nur noch mit seiner Malerei zu beschäftigen. Und Lisa hoffte, daß sie nach New York ziehen könnte. Jeffrey sprach davon, daß er eine Wohnung kaufen wolle und sagte, daß er auch ihr helfen könne, nach etwas Passendem für sie Ausschau zu halten. Vielleicht konnten sie sich dann weiter zu gemeinsamen Essen treffen.

Lisa wandte sich von ihrem Spiegelbild ab und lauschte. Stephanie, die sie seit der Rückkehr aus Paris mit einem Ausgehverbot belegt hatte, unternahm einen ihrer häufigen Ausflüge ins Bad. Danach stampfte Steph zurück in ihr Zimmer und schlug die Tür hinter sich zu. Wenn es für Stephanie eine schlimme Sache war, vor und nach dem Unterricht am Nachmittag zu Hause bleiben zu müssen, dann war es fast ein ebenso großes Problem für Lisa, ihre Gesellschaft zu ertragen. Dieses Problem mit Stephanie hatte sie Karen zu verdanken. Das Mädchen hatte sich verrückterweise in den Kopf gesetzt, von der Schule abzugehen, um Model zu werden. Nur über meine Leiche, dachte Lisa. Ich werde bestimmt nicht zulassen, daß ich vor meiner Zeit alt erscheine durch eine Tochter, die nicht mehr zur Schule geht und arbeitet – eine schöne junge Tochter. Aber was sollte sie Stephanie jetzt erzählen, wenn sie, herausgeputzt für das Essen mit Jeffrey, aus dem Haus ging? Irgendwie hatten weder sie noch Jeffrey ihre Verabredungen Karen gegenüber erwähnt. Zuerst schien das ganz normal zu sein – immerhin hatten sie sich getroffen, um über den Verkauf der Firma zu sprechen, darüber, wie sie Karen dazu bewegen konnten, zu tun, was für sie selbst das Beste war. Aber irgendwie waren seither ihre Gesprächsthemen persönlicher geworden, und sie hatten trotzdem Karen nichts von ihren Treffen erzählt. Was Lisa am wenigsten gebrauchen konnte, war eine schmollende Stephanie, die sie bei Leonard oder Karen verpetzte.

Nicht, daß sie und ihr Schwager irgend etwas täten, was

nicht rechtens wäre. Keinesfalls. Es schien einfach so zu sein, als ob Jeffrey niemanden hätte, mit dem er reden konnte. Genau wie Lisa wurde er von Karen einfach beiseite geschoben. Karen hatte immer so viele andere Dinge zu tun. Einen Augenblick lang war Lisa um Jeffreys willen entrüstet. Karen sollte sich besser um ihn kümmern, ihm mehr Aufmerksamkeit schenken. Es geschähe ihr ganz recht, wenn Jeffrey wirklich eine Affäre hätte. Männer mußten sich wichtig vorkommen. Sie brauchten das Gefühl, als ob sie der Mittelpunkt des Lebens ihrer Frauen seien. Lisa spürte, daß sie Jeffrey verstand – sie verstand seine Einsamkeit. Und schließlich, wenn sie ihre Treffen vor Karen geheimhielt, war das vielleicht etwas Schlimmeres als all die Geheimnisse, die Karen vor ihr hatte? Schwestern sollten eigentlich keine Geheimnisse voreinander hegen, aber entweder traute Karen ihr nicht, oder sie hielt sie nicht für wichtig genug, um sich ihr anzuvertrauen. Vielleicht zog Karen Defina oder Carl vor.

Der Aufenthalt in Paris hatte irgend etwas für Lisa verändert. Das ganze Getue um Stephanie hatte zunächst dazu geführt, daß Lisa sich sehr wichtig vorkam. Aber dann hatte sich ein bitterer Nachgeschmack eingestellt. Sie hatte langsam begriffen, daß das ganze Theater gar nicht *ihr* galt, sondern nur ihrer *Tochter.* Stephanie war alt genug, um das Interesse der Männer zu erregen – nicht das ihrer Kameraden von der High-School, sondern das attraktiver Männer in Lisas Alter. Und seither hatte sie eine Abneigung gegen alles, was mit Stephanies Auftritten zusammenhing. Es gab ihr ein Gefühl … nun, selbst für sich allein dachte sie nicht gerne an dieses Wort. Sagen wir also »der Unbehaglichkeit«. Als wenn in ihrem eigenen Leben die Zeiten, in denen etwas Aufregendes geschehen könnte, vorbei seien. Und sie war noch nicht einmal vierzig! Aus diesem Grund war der Verkauf von KKInc und Jeffreys Aufmerksamkeit gerade jetzt so besonders wichtig. Es war, als ob für sie die Uhr zurückgestellt würde, als ob sie noch eine zweite Chance erhielte.

Aber das war es nicht, weswegen sie Stephanie eingesperrt hatte. Das hatte sie zu Stephanies Bestem getan, und dabei war ihr ganz gleich, wie es das Mädchen empfand. Sie würde sie erst wieder hinauslassen, wenn Stephanie den Gedanken aufgegeben hatte, von der Schule abzugehen! Bei Karen konnte sie sowieso nicht mehr arbeiten, also würde sie den Rest des Semesters in ihrem Zimmer zubringen müssen.

Aber das augenblickliche Problem war, daß sie Stephanie irgend etwas erzählen mußte, warum sie verschwinden wollte. Sie ging hinauf und holte tief Luft, bevor sie an Stephanies Zimmertür klopfte.

Die Tür wurde aufgerissen, und Stephanie, abgehärmt vom Weinen, starrte sie an. »Was gibt's?« schrie Stephanie ihr entgegen.

»Ich gehe aus. Ich habe eine Verabredung zum Mittagessen.«

»Ist mir doch scheißegal!«

Lisa holte noch einmal tief Luft. Stephanie würde schon darüber hinwegkommen. »Aber wenn ich ausgehe, heißt das nicht, daß du auch ausgehen kannst. Du bleibst hier, bis dein Unterricht anfängt, gehst dann zur Schule und bist wieder zurück, wenn ich heimkomme.«

»Heute bin ich vielleicht hier, aber du wirst mich nicht mehr lange festhalten können. Weißt du, ich bin über sechzehn, und ich werde *nicht* wieder auf diese blöde High-School gehen. Ich hasse sie, und ich hasse dieses Haus. Und ich hasse diese Stadt.«

Lisa konnte ihrer Tochter kaum erklären, daß sie das Haus und die Stadt ebenfalls haßte. »Bist du verrückt?« fragte sie. »Selbstverständlich gehst du wieder zur High-School. Du wirst deinen High-School-Abschluß machen und danach einen College-Abschluß.«

»Du hast das doch auch nicht gemacht. *Du* hast keinen College-Abschluß. Und ich gehe nicht zurück zu diesen ... diesen Kindern. Ich werde Christian bei Elite anrufen, und ich werde Arbeit bekommen und meinen *eigenen* Platz finden.«

Einen Augenblick lang wurde Lisa speiübel, und sie bekam es mit der Angst zu tun. Stephanie schien kein Kind mehr zu sein. Sie kam ihr vor wie eine Fremde und klang so bestimmt wie eine Erwachsene. Aber das war doch lächerlich, sagte Lisa sich. Sie würde einfach abwarten müssen und zusehen, daß Stephie wieder den Kontakt zu ihren Freunden in der

Schule fand. Dann würde sie auch zur Vernunft kommen.
»Darüber werden wir heute abend mit deinem Vater sprechen«, sagte Lisa. »Jetzt will ich nur eins völlig klarstellen: Du sollst zu deinem Unterricht gehen, sofort zurückkommen und in deinem Zimmer bleiben, bis ich wieder heimkomme.«

»Warum kannst du mich nicht in Frieden lassen? Warum läßt du mich nicht machen, was ich will?«

»Weil ich deine Mutter bin. Es ist die Aufgabe einer Mutter, ihre Tochter davon abzuhalten, das zu tun, was ihr schadet.«

Stephanie kniff Augen zusammen, »Du bist doch bloß eifersüchtig, und deswegen willst du mir alles kaputtmachen. Bloß weil *dein* Leben langweilig und öde ist, willst du, daß mein Leben genauso miserabel wird. Du bist eifersüchtig!«

Lisa wurde blaß. »Halt den Mund«, sagte sie. »Du bist nicht zu alt, um dir eine runterzuhauen.«

»Verschwinde«, giftete Stephanie und schlug die Tür zu. Lisa hatte bereits einen Schritt nach hinten gemacht, so daß die Tür sie nicht traf – um Haaresbreite. Lisa wirbelte herum und ging zurück in ihr Zimmer. Dort schlug sie ebenfalls die Tür zu. Aber sie wußte, daß es nur eine leere Geste war, denn Stephanie hatte ihre Stereoanlage schon wieder auf volle Lautstärke gedreht.

Tiff hatte Literaturunterricht. Sie sollte eigentlich die Gliederung für ihren Aufsatz ausarbeiten, aber statt dessen starrte sie nur auf das leere Blatt Papier vor sich. Sie hörte Jennifer Custiss und Becky Grossman flüstern.

»Sieh dir mal ihren Hintern an. Sie ist sowas von fett.«

»Es ist widerlich. Hast du mal ihre Schwester gesehen?«

»Nein.«

»Oh, sie ist unglaublich. Sie sieht ihr *kein bißchen* ähnlich.«

»Wäre sie meine Schwester, würde ich mich umbringen.«

»Warum macht sie nicht einfach eine Diät? Ich mache gerade eine.«

»Ich auch. Ich konnte es nicht ertragen. Ich bin sowas von fett geworden diesen Sommer.«

Tiff musterte Becky aus den Augenwinkeln. Becky wog weniger als neunzig Pfund. Tiff doppelt so viel.

Sie starrte auf das leere Blatt Papier, das vor ihr lag. Eines Tages würde sie sehr dünn sein. Sie würde dünner sein als ihre Schwester, die Größe 36 oder 38 trug, und wenn Tiff dünn war, dann würde sie schönere Kleider tragen als Stephanie. Sie hatte sie bereits.

Tiff hörte den beiden dummen Idioten in ihren Ramschkleidern nicht länger zu und verlor sich in ihren Lieblingsgedanken: Sie stellte sich vor, welche ihrer Blusen sie zu welchem ihrer Röcke tragen würde und brauchte sehr lange, um alle möglichen Kombinationen auszuprobieren.

Lisa ging in ihre Garderobe und nahm eine Bluse und einen Rock von Max Mara von der Stange. Ihre Hände zitterten. Na ja, Stephanie würde schon darüber hinwegkommen. Das mußte sie einfach. War das zu glauben! Daß sie vorhatte, von der High-School abzugehen wie irgend so ein kleines *gojem*-Flittchen. War sie verrückt geworden? Das war alles Karens Schuld. Sie hatte dem Mädchen diese Ideen eingepflanzt. Sie hatte sich zwischen sie und ihre Tochter gestellt. Von allem, was Karen tat, glaubte Stephanie, daß es perfekt war. Was würde Stephanie aber denken, wenn sie wüßte, daß Lisa gerade vorhatte, sich mit Karens Mann zu treffen? Vielleicht war ihre Tante doch nicht so perfekt, wie Stephanie glaubte.

Lisa schlüpfte in den wadenlangen Rock und die fast ärmellose Bluse. Sie hatte sich dazu eine traumhafte Weste aus Viskose gekauft, konnte sie in ihrer chaotischen Kleidersammlung aber nicht finden. Sie war weg. Einmal hatte sie die Weste in Paris getragen, gleich nachdem sie sie gekauft hatte, aber seither war keine Gelegenheit mehr dazu gewesen. Hatte sie die Weste zur Reinigung gegeben? Daran konnte sie sich nicht erinnern. Also sah sie im Ankleideraum des Gästezimmers nach und dann in dem Schrank, in dem ihre Mäntel hingen. Aber auch hier war die Weste nicht zu finden. Konnte es sein, daß Stephanie sie hatte? Lisa brachte nicht den Mut auf, noch einmal an Stephies Tür zu klopfen, also ging sie weiter in Tiffanys Zimmer. Vielleicht war er zufällig zu ihren Sachen gehängt worden?

Anders als Stephanie hielt Tiffany ihr Zimmer penibel sauber und aufgeräumt. Lisa betrat es nur ganz selten. Wozu auch? Sie brauchte Tiff nicht zu ermahnen aufzuräumen. Seit dem furchtbaren *bat mizwa* war das Mädchen noch stiller als zuvor. Mit ihr gab es keine Schwierigkeiten. Lisa öffnete die Jalousietüren zu Tiffanys Kleiderschränken, die sonst immer ordentlich verschlossen waren. Was sie sah, nahm ihr den Atem.

Vor ihr lag, so säuberlich aufgereiht wie in der besten Boutique, eine Kombination neben der anderen. Zwei Strickkleider von Adrienne Vittidini. Daneben drei Sweater von Joan Vass – ein weißer, ein roter und ein blauer – mit den dazu passenden Strickröcken und Leggings. Dann ein Jackett in wunderbarer Rohseide, das sie sich selbst gewünscht hätte – es war von Calvin Klein. Lisa nahm es aus dem Schrank. Es hatte Größe 36, und das Preisschild hing noch dran. Neunhundertsechzig Dollar. Sie hängte es zurück und fuhr mit ihrer Bestandsaufnahme fort. Alles, was Rang und Namen hatte, war vertreten: Ralph Lauren, Anna Suis, Jil Sanders, reichlich Armani und schließlich Dolce und Gabbana. Daneben gab es auch einige weniger edle Teile. Und alles in Größe 36.

Wo kam das alles her? Wem gehörte es? Und was machte das alles hier? Tiff würde nicht einmal ein Bein hineinbekommen. Sie hatte sicherlich nichts davon jemals getragen, und sie konnte es sich auch nicht gekauft haben. Selbst für ihr ganzes *bat-mizwa*-Geld hätte sie nicht die Hälfte davon bekommen. Außerdem hatte Leonard dieses Geld ja auf ein Konto für ihr Studium eingezahlt. Lisa trat zurück, schloß vorsichtig die Jalousietüren wieder und verließ Tiffs Zimmer. Was immer Tiff getan hatte, Lisa wußte, daß sie wirklich nichts davon wissen wollte. Sie hatte für heute genug von ihren beiden Töchtern, vielen Dank. Jetzt würde sie verschwinden und Jeffrey treffen. Mit ihm brauchte sie nicht über Leonard oder über die Mädchen oder über Karen sprechen. Heute wollten sie nur davon reden, was sie in der Zukunft tun würden, wenn all das schöne Geld kam, das Geld, mit dem man ein neues Leben finanzieren konnte.

7
Fäden ziehen

Karen war mit einem von NormCos Privatjets – einer Boeing 747 – nach Hongkong geflogen. Sie war der einzige Passagier an Bord; zwei Stewardessen und ein Koch hatten sich um sie gekümmert.

Jetzt stieg sie in den weißen Mercedes, der vor dem Flughafen von Bangkok auf sie wartete. Ein thailändischer Repräsentant von NormCo und eine wunderschöne kleine Frau mit einem gewaltigen Blumenstrauß waren ihr Empfangskomitee gewesen. Alle lästigen Formalitäten wie Zoll- oder Visakontrolle waren Karen erspart geblieben. Als Bill Wolpers Gast wurde man hier offensichtlich mit solchen Dingen nicht belästigt. Statt dessen hatte man sie in ein freundliches, helles Zimmer geführt, in dem einige Beamte an einem diskreten Teakholztisch alles Notwendige erledigten, während sie auf einem goldenen Seidendiwan saß.

Den Blumenstrauß, der überwiegend aus weißen Rosen und purpurfarbenen Orchideen bestand, hatte sie im Auto immer noch im Arm. Es war auch eine Karte dabei. »Willkommen in Asien. Ich weiß, daß es Ihnen hier gefallen wird. Bill.« Karen fragte sich, ob es wohl eine Beleidigung wäre, wenn sie die Blumen einfach im Wagen ließe. Sie hatte keine Lust, sie mit sich herumzuschleppen, und außerdem wurden sie in der Sonne, die durch die Fenster der Limousine schien, bereits welk.

Der Verkehr in Bangkok war genauso hektisch und unerträglich, wie man ihr erzählt hatte. Ein Gewirr von Kleinwagen, Lastern, Mofas und offenen Taxis summte wie ein Schwarm bunter Insekten um sie herum. Selbst durch das getönte Panzerglas des Mercedes hindurch war der Lärm immer noch unglaublich.

Der Chauffeur machte sie im Vorbeifahren auf den Königspalast aufmerksam, und schließlich waren sie im Herzen der Stadt angelangt, die mit ihren riesigen Kreuzungen und Kaufhäusern genauso aussah wie jede andere Hauptstadt auch. Erst als der Wagen vor dem Oriental Hotel parkte, hatte Karen das Gefühl, in einem anderen Teil der Welt angekommen zu sein.

Sechs Männer in traditioneller thailändischer Kleidung begrüßten Karen. Die Männer lächelten und verbeugten sich tief, hoben die Hände und legten sie vor dem Gesicht zusammen. »*Sawadee kop*«, sagten sie. Karen erwiderte die Verbeugung und wiederholte die Worte, mit denen die Männer sie begrüßt hatten: »*Sawadee kop*«. Die Männer kicherten, und auch ihr Chauffeur lächelte. »Nur Junge sagt ›*kop*‹«, erklärte er ihr. »Mädchen sagt ›*ka*‹.« Karen verstand nicht, was er meinte, verbeugte sich jedoch noch einmal und lächelte. Dann kam einer der Hotelmanager auf sie zu, der sie am Empfangstisch vorbei direkt zu den Aufzügen brachte. Hier war es offensichtlich genauso wie vorher am Flughafen – man wollte sie nicht mit Formalitäten belästigen. Bill Wolper hatte offensichtlich seinen ganzen Einfluß geltend gemacht.

Als Karen ihre Suite betrat, stockte ihr der Atem. Ein Fußboden aus weißem Marmor, riesige Fenster vom Boden bis zur Decke, purpurfarbene Seide, kostbare Porzellanvasen und in der Ecke neben der Treppe ein üppiger Bambus. Über die Treppe gelangte sie auf eine Art Schlafzimmer-Empore, von der aus man einen Blick auf das ganze prächtige Wohnzimmer hatte. Irgendwie war ihr Gepäck bereits vor ihr angekommen, und zwei Dienstboten in makellos weißen Jakken waren mit dem Auspacken fast fertig. Sie verbeugten sich und murmelten: »*Sawadee kop.*« Auf dem Nachttischchen stand ein winziger Strauß purpurfarbener Blumen, die Karen noch nie zuvor gesehen hatte. Daneben lag ein an sie adressierter Brief. Sie riß den Umschlag auf. »Angenehme Träume«, las sie. »Ich habe zum Dinner eine geschäftliche Verabredung, aber ich hoffe, Sie morgen zum Frühstück begrüßen zu dürfen. Bill.« Die Hoteldiener verbeugten sich und verschwanden, während der stellvertretende Direktor ihr noch das riesige Badezimmer aus weißem Marmor zeigte, das etwas kleinere Ankleidezimmer und den schlichten, ebenfalls etwas kleineren Raum neben dem Wohnzimmer, in dem nur ein Tisch, zwei Stühle und ein blühendes Baumgewächs standen. Die Schlichtheit und die besondere Art von Luxus gerade dieses Zimmer bezauberten Karen.

Es war bereits dunkel, aber man sah von der Suite aus hinaus auf den Garten und den Swimming-Pool, der an die grünfunkelnde Schleife des Flusses grenzte. Dutzende von flinken kleinen Booten huschten über die Wasseroberfläche. Auf der anderen Seite des Flusses konnte Karen einen Tempel erkennen, auf dessen goldenem Dach sich das Funkeln der Wasseroberfläche widerspiegelte. Hier sah wirklich alles ganz anders aus, orientalisch, anmutig, geheimnisvoll und unendlich schön. Es war das Asien ihrer Phantasie und nicht der schreckliche Kontinent aus Arnolds Erzählungen, auf dem die Arbeiter praktisch wie Sklaven gehalten wurden und für ein paar Pfennige in der Stunde schuften mußten.

Karen saß lange Zeit am Fenster und blickte hinaus. Sie war müde, aber glücklich. Schon bald würde sie reich sein, und schon bald würden sie und Jeffrey ihr Baby bekommen. Dann mußte sich alles zum Guten wenden. Wenn erst einmal diese beiden Probleme gelöst waren, würde es mit ihrer Ehe doch sicher wieder bergauf gehen. Sie holte das Namensbuch hervor, das sie in New York gekauft hatte, und begann wieder einmal darin herumzublättern. Obwohl sie so glücklich war, kam sie nicht recht zur Ruhe. Die Gärten, die sie von ihrem Fenster aus überblicken konnte, sahen so einladend aus, daß sie sich unwiderstehlich davon angezogen fühlte. Schließlich war dies ihr erster Abend in Asien, und ihre Füße hatten kaum wirklich den Boden dieses Landes berührt. Sie würde ihr kleines Paradies im zehnten Stock verlassen und sich im Garten am Swimming-Pool einen Drink gönnen.

Die Lobby, durch die man sie bei ihrer Ankunft so schnell hindurchgeführt hatte, war nun zum Treffpunkt für Männer und Frauen in Abendkleidung geworden. Karen sah zwei wunderschöne Thailänderinnen, ganz in Seide, die eine in Türkis und die andere in Violett, deren atemberaubende

Schönheit von prachtvoll funkelnden Diamanten noch gesteigert wurde. Sie standen mit einem Asiaten und zwei Amerikanern an der Bar. Karen ging an ihnen vorbei und kam sich noch größer und plumper vor als gewöhnlich, aber sobald sie erst einmal durch die Glastüren getreten war und von der sanften Liebkosung der Gartenluft willkommen geheißen wurde, war alles andere vergessen. Die Luft schien Körpertemperatur zu haben, und es kam ihr so vor, als könne sie nur noch verschwommen wahrnehmen, wo ihr Körper begann und wo er endete. Sie schlenderte über makellos gepflasterte Wege, vorbei an Palmen und anderen tropischen Gewächsen, an Farnen und Orchideen. Ein Papagei kreischte aus seinem irgendwo verborgenen Nest, und Karen zuckte verblüfft zusammen. Sie ging hinüber zum Fluß, der sich in der hereinbrechenden Dunkelheit in ein Geheimnis aus schwarzem Satin verwandelt hatte.

Karen hatte das Gefühl, noch nie in ihrem Leben solchen Frieden empfunden zu haben. Sie hatte schwer gearbeitet. Nichts war ihr in den Schoß gefallen. Sie lebte in einer Männerwelt, einer harten Geschäftswelt, die von Leuten beherrscht wurde, die ihr ihren Anteil am Kuchen liebend gern verweigert hätten. Sie hatte gekämpft und hatte es gegen alle Voraussagen geschafft, etwas aus ihrem Leben zu machen. Und nun würden sich all die Kämpfe auszahlen. Während sie in die tiefe Dunkelheit Bangkoks starrte, gab sich Karen einem Gefühl tiefer Freude hin.

Das Frühstück am Pool, bei dem Bill ihr Gesellschaft leistete, war herrlich. Ein thailändisches Frühstück. »Köstlich, nicht wahr?« fragte Bill.

»Wirklich unschlagbar«, pflichtete Karen ihm bei.

Sie konnte sich nicht daran erinnern, wann sie je so verwöhnt worden wäre, wann sie je in einem solchen Luxus hatte schwelgen dürfen. Und sie hätte nicht sagen können, ob es an dem sie sanft einhüllenden Kokon orientalischer Lebensart lag, an Bills Macht und Geld oder an der Aufmerksamkeit, mit der er sie behandelte. Sie wünschte, sie könnten den Tag einfach hier am Fluß zubringen, trinken und essen und das Leben auf der sonnenbeschienenen Veranda genießen. Vielleicht war es gar nicht so schlecht, reich zu sein.

So, als hätte er ihre Stimmung gespürt, beugte er sich über den Tisch und lächelte ihr zu. »Also, werden wir miteinander schlafen?« erkundigte er sich höflich.

Karen konnte nicht behaupten, daß die Frage sie vollkommen überraschte, aber was sie überraschte, war die Tatsache, daß Bill sie laut aussprach. Und sie wußte nicht, was sie ihm antworten sollte. Wie ein Kind begann sie zu lachen. »Ich bin verheiratet«, erinnerte sie ihn.

»Das wußte ich bereits«, sagte Bill ungerührt und griff nach seinem Glas Mangosaft. Das Getränk hatte die erlesenste Farbe, die Karen je gesehen hatte.

»So etwas tue ich nicht«, sagte Karen.

»Aber *nachgedacht* haben sie doch darüber?« fragte Bill. »Sie haben im Zusammenhang mit dieser Reise darüber nachgedacht – haben die Möglichkeit für den heutigen Tag in Erwägung gezogen.«

»Das habe ich nicht getan«, erwiderte Karen. Sie war verwirrt. Sie hatte *tatsächlich* über Bill nachgedacht bei jenem ersten gemeinsamen Lunch, aber das war zu einer Zeit gewesen, als es mit ihr und Jeffrey nicht zum besten stand, bevor sie die Aussicht auf ein Baby hatten. Aber selbst damals war es nur ein Phantasiegebilde gewesen, eine Möglichkeit, von der sie ziemlich sicher war, daß sie selbst sie nicht zulassen würde.

»Ich glaube Ihnen nicht«, sagte Bill.

Karen lachte. »Ich kann es beweisen«, antwortete sie.

»Jede Frau, die über eine Affäre nachdenkt, würde sich die Beine rasieren.« Mit diesen Worten streckte sie eines ihrer Beine aus, damit er sich selbst davon überzeugen konnte, daß sie die Wahrheit sagte. Er legte die Hand um ihren Knöchel. Diese Geste ließ sie erröten, aber sie kaschierte ihre Verwirrung mit weiterem Gelächter. »Sehen Sie?« sagte sie. »Das ist der Beweis.« Bill ließ sowohl das Thema fallen als auch ihren Knöchel los. So als wäre nichts geschehen, begann er über ihren Terminplan zu reden. War er ärgerlich? Sie hätte es nicht sagen können. Schließlich beendeten sie ihr

Frühstück und gesellten sich zu Bills Angestellten, die bereits auf sie warteten.

Vor ihnen lag ein langer Tag. Bill wollte ihr verschiedene Fabriken zeigen, in denen NormCo arbeiten ließ. Karen fühlte sich schuldig, weil sie den Tag am liebsten auf einer Liege neben dem schönen Pool verbracht hätte, aber sie war Arnolds Tochter und würde sich ihrer Verantwortung natürlich nicht entziehen. Also wurde sie in einen anderen weißen Mercedes gesetzt und verbrachte den Morgen und den Nachmittag an fünf verschiedenen Orten. Wo auch immer sie hinkamen, wurde Bill mit mehr als bloßem Respekt behandelt. Es war nicht nur die Achtung, die man einem Boß entgegenbringt; Karen hatte den Eindruck, daß es sich bei den Ritualen des Respekts um eine Art natürlicher Unterwürfigkeit handelte, um ein beinahe religiöses Verhalten. Sie sprach Bill darauf an.

»Sie haben recht«, sagte er. »Ich glaube, es hat etwas mit dem Buddhismus zu tun. Sie wissen schon, Wiedergeburt und so. Wenn jemand in einer hohen Position geboren wird, liegt das an seinem Karma. Weil er dann den Lohn für viele gut gelebte Leben einheimst.«

»So etwas wie das Gottesgnadentum von Königen?« fragte Karen weiter.

Bill nickte.

Er schien daran zu glauben. Irgendwie hatten die Könige immer an ihre göttliche Auserwähltheit geglaubt, aber ein Mädchen von der Nostrand Avenue konnte sich da nicht so sicher sein.

Absolut sicher war sich Karen, daß sie die Thailänder mochte. Es waren hübsche Menschen, fleißig und anscheinend sehr sanft. Die Fabriken waren sauber, gut beleuchtet und wirkten freundlich. Es gab keine Kinderarbeit, obwohl einige der jüngeren Thai-Mädchen viel jünger aussahen, als sie in Wirklichkeit waren. Zumindest stand fest, daß diese Fabriken keine grauenhaften Tretmühlen waren, in denen die Menschen bis aufs Blut ausgebeutet wurden. Sie hatte einen Dolmetscher und stellte auch einige Fragen, aber selbst ohne die begeisterten Aussagen der Arbeiter konnte sie sehen, daß man ihr hier nichts vormachte.

Alles in allem war sie begeistert. Jetzt konnte sie den Vertrag unterzeichnen, und sie, Jeffrey und das Baby (Marcus? Lucas?) würden ein gutes und, wie sie hoffte, glückliches Leben führen können. Zusammen würden ihre Anteile beinahe dreißig Millionen Dollar einbringen, und nach Abzug der Steuern und Gebühren blieben ihnen immer noch mehr als die Hälfte davon. Zum ersten Mal machte Karen sich Gedanken über das viele Geld.

Bill brachte sie um vier Uhr zurück ins Hotel. »Wie wäre es mit einem Drink auf der Veranda? Sagen wir um sieben Uhr?« fragte er. »Und anschließendem Dinner? Morgen fliegen wir nach Korea, von da aus weiter auf die Marianen und schließlich wieder zurück in die USA.« Karen nickte. Sie war müde und wollte in New York anrufen. Mit dem Vorsatz, oben in ihrem Zimmer ein Nickerchen zu halten und danach zu baden und sich umzukleiden, verabschiedete sie sich von Bill. Aber als sie in ihrer Suite ankam, fand sie dort drei Telefonnotizen vor: Zweimal hatte Jeffrey und einmal Carl angerufen. Zuerst rief sie Jeffrey zu Hause an, aber da sie dort niemanden erreichte, versuchte sie es mit Carl.

Er war beim ersten Klingeln am Apparat. »Karen?« sagte er.

»Woher wußtest du das?«

»Wer zum Teufel würde sonst um diese Uhrzeit hier anrufen?« fragte er zurück. »Hör zu, das Baby ist da.«

»Was?«

»Cindy hat heute nachmittag im Doctor's Hospital ihr Kind zur Welt gebracht.«

»O mein Gott.« Karen wurde fast übel. »Ist alles in Ordnung? Geht es ihr gut? Geht es dem Kind gut? Ist es nicht viel zu früh?«

»Immer nur eine Frage gleichzeitig«, sagte Carl. »Das Baby ist drei Wochen zu früh gekommen, aber es wiegt fast sechs Pfund, also kann man nicht direkt von einer Frühgeburt sprechen. Es hat keine Schwierigkeiten mit dem Atmen – das ist immer die größte Sorge bei einer Frühgeburt –, und es sieht so aus, als wären seine Lungen voll entwickelt. Und Cindy geht es auch gut.« Er hielt inne. »Jeffrey ist aus Mailand zurück. Hast du schon mit ihm gesprochen?«

»Nein. Er war nicht zu Hause. Vielleicht ist er noch im Krankenhaus.«

»Das glaube ich nicht«, sagte Carl. »Ich habe Cindy ins Krankenhaus gebracht.«

»*Du?* Was ist denn mit Jeffrey? Wo steckt er?«

»Das weiß ich nicht genau. Dein Büro hat eine ganze Weile gebraucht, um ihn zu finden. Er hat kurz hereingeschaut und ›Hallo‹ gesagt, ist dann aber wieder verschwunden, bevor ich etwas vereinbaren konnte. Aber wie dem auch sei, ich denke, du solltest unbedingt mit ihm sprechen.«

»Worüber?« fragte sie. »Carl, wenn du mich anlügst und mit dem Baby etwas nicht stimmt, bring' ich dich um.«

»Ich verspreche dir, daß mit dem Kind alles in Ordnung ist. Nur ...«

»Nur ›was‹?« Diese beiden Worte hatte sie beinahe geschrien.

»Na ja, es ist vielleicht nur Einbildung, aber ich habe das Gefühl, daß etwas mit Cindy nicht in Ordnung ist. Nicht körperlich, weißt du, nur ...«

»Ist sie aufgeregt?« fragte Karen. »Soll ich sie anrufen?«

»Sprich mit Jeffrey«, sagte Carl. »Ich glaube, Jeffrey müßte versuchen, sie irgendwie zu beruhigen. Sie hat nicht aufgehört zu weinen. Ich meine, das ist nur natürlich. Es ist ihr erstes Kind. Die ganze Sache ist sehr hart für sie.«

»Natürlich ist es das. Aber sie ist in Ordnung und das Baby ist in Ordnung. Das stimmt doch, oder?«

»Das stimmt, Karen. Aber ruf besser Jeffrey an. Du solltest unbedingt mit ihm reden.«

Karen verbrachte die nächsten beiden Stunden am Telefon und wählte pausenlos ihre New Yorker Nummer. Alle möglichen Phantasien jagten durch ihren Kopf: Carl hatte gelogen, und das Baby war tot, oder es war noch nicht tot, aber lag im Sterben, oder es mußte nicht sterben, war aber verkrüppelt, blind oder behindert. Sie versuchte sich einzureden, daß sie damit aufhören müsse, konnte sich aber einfach nicht beruhigen. Als sie Jeffrey endlich erreichte, war es Viertel vor sieben Bangkok-Zeit. Sie war so aufgeregt, daß sie ganz vergaß, ihn zu fragen, wo er gewesen war. »Jeffrey, was ist denn los?« war alles, was sie herausbrachte.

»Karen, ich glaube, ich habe eine schlimme Neuigkeit für dich.«

Sie begann leise zu weinen. Also hatte sie es doch gewußt! Sie spürte, wie ihr Herz sich in ihrer Brust zusammenkrampfte. »Es ist das Baby, nicht wahr? Das Baby ist krank!«

»Nein, mit dem Baby ist alles in Ordnung. Es ist nur so, daß Cindy vielleicht ihre Meinung ändert. Es tut mir leid, Karen.«

Ihre Tränen versiegten, hörten einfach auf zu fließen. »Was?« schrie Karen. »Wovon sprichst du?«

Selbst über eine Entfernung von siebentausend Meilen hinweg konnte Karen die Müdigkeit in Jeffreys Stimme hören. »Ich glaube, Cindy will das Baby behalten, Karen. Und wenn sie das will, gibt es nichts, was wir dagegen tun könnten.«

Karen hatte Bill angerufen und versucht, ihre Verabredung abzusagen, aber er hatte den Kummer in ihrer Stimme gehört. Während sie auf dem Diwan lag, zu entsetzt, um zu weinen, zu enttäuscht, um bereits den Schmerz zu empfinden, von dem sie wußte, daß er sich einstellen, daß er sie zerschmettern und am Boden zerstören würde, starrte sie blicklos aus den riesigen Fenstern. Es klopfte an der Tür. Sie wußte nicht, ob es ihr gelingen würde, vom Sofa aufzustehen und durchs Zimmer zu gehen. Erst beim zweiten Klopfen zwang sie sich dazu. Als sie öffnete, sah sie in Bills besorgtes Gesicht.

»Was ist los?« fragte er. »Was ist passiert, Karen? Ist jemand gestorben?«

»Nein«, flüsterte sie. »Es ist noch schlimmer.«

Sie erzählte ihm alles. Er hörte zu, sagte dann den nächsten Teil ihrer Reise, den Abstecher nach Korea, komplett ab und verbrachte die Nacht damit, sie ganz behutsam betrunken zu machen. Er hielt ihr das Weinglas, und sie trank wie ein Baby und weinte auch wie eines. Er setzte sich neben sie auf den Diwan, putzte ihr die Nase, klopfte ihr auf die Schultern und schenkte ihr Wein nach. Er war mitfühlender, als sie es je für möglich gehalten hätte. »Was für ein schrecklicher Kummer«, sagte er wieder und wieder. »Was für ein Kummer.«

»Nur für mich«, mußte sie zugeben. »Jeffrey ist wahrscheinlich froh darüber, und ich muß mir klarmachen, daß diesmal ein Kind von seiner Mutter nicht im Stich gelassen wurde. Es scheint, daß sich alles zum Besten entwickelt, nur für mich nicht. Das ist mein Karma.« Sie trocknete sich die Augen und sah Bill an. »Ich könnte es nicht ertragen, so etwas noch einmal durchzumachen. Ich kann es einfach nicht.« Wieder kamen ihr die Tränen. »Glauben Sie, ich bausche die ganze Sache auf? Meinen Sie, Kinder sind so wichtig?«

»Absolut. Es gibt nichts, was wichtiger wäre.« Er erzählte ihr von seinen beiden Söhnen und wieviel sie ihm bedeuteten. Irgendwie tröstete sie das. Sie trank weiter und er sprach davon, daß der ältere Junge einen schwachen Augenmuskel hatte, ein krankes Auge, und welche Sorgen er und seine Frau sich deswegen gemacht hatten. Er sprach von den Schwierigkeiten, die der Jüngere in der Schule hatte, bis man herausfand, daß er unter Legasthenie litt, und erzählte ihr, wie gut er nun im Unterricht mitkam. Karen dachte, daß Bill sich mehr Gedanken um seine Kinder machte als die meisten Männer. Sie schienen ihm Halt zu geben. Er hatte noch nie zuvor von seiner Frau gesprochen, und falls es in ihrer Beziehung nicht mehr stimmte, tröstete er sich wohl mit seiner Liebe zu seinen mittlerweile fast erwachsenen Söhnen darüber hinweg. Gemeinsam beobachteten Karen und Bill, wie die Lichter jenseits des Flusses eins nach dem anderen erloschen, und gemeinsam sahen sie die Sonne aufgehen. Karen konnte nachher nicht mehr sagen, wie viele Gläser Wein sie getrunken hatte. Sie fühlte sich ein wenig benommen, aber ansonsten ging es ihr nicht schlecht. Es war nur der Schmerz in ihrer Brust, der sie mit jedem Herzschlag zu übermannen drohte.

Eine Weile schwiegen sie, dann nahm Bill ihr Gesicht in

beide Hände, beugte sich sanft vor und küßte sie sanft auf den Mund. »Weißt du, Karen, wenn du ein Kind adoptieren willst, könnte ich dir vielleicht helfen. Ich kenne eine Menge Leute. Es muß nicht unbedingt so kompliziert sein.«

»Danke«, flüsterte sie. Obwohl sie betrunken war und sich alles vor ihren Augen drehte, konnte sie doch klar erkennen, daß Bill den Menschen, die ihm nahestanden, das Leben leichter machte. Sie hatten Privatflugzeuge, die besten Hotelzimmer, die köstlichsten Mahlzeiten und die schnellste Zollabfertigung. Sie brauchten nicht mit Linienflugzeugen zu fliegen, ungezählte Annoncen in Kleinstadtzeitungen aufzugeben und sich einer endlosen Kette von Enttäuschungen zu stellen, wenn sie ein Baby adoptieren wollten. Wie würde es wohl sein, fragte sich Karen, *immer* von Bill Wolper umsorgt zu werden?

Es war das letzte, woran sie sich erinnern konnte, bevor sie ohnmächtig wurde. Als sie aufwachte, hatte sie nur ihren BH und ihren Slip an und lag unter einer Seidendecke. Bill war fort, und sie erinnerte sich an kaum mehr als an seine Freundlichkeit, an seinen Arm um ihrer Schulter und an sein Taschentuch. Das hielt sie immer noch umklammert, zusammengeknüllt in ihrer Faust, und es war immer noch naß. Jetzt tat ihr auch der Kopf weh. Sie konnte die Nachrichten aus New York einfach nicht glauben. Aber sie *mußte* sie glauben.

Nachdem sie ausgiebig geduscht hatte, ließ sie sich Sodawasser aufs Zimmer bringen. Sie wußte nicht genau, wieviel Wein sie getrunken hatte, aber sie war Bill dankbar dafür, daß er sie auf diese Weise durch den schlimmsten Schmerz hindurchgelotst hatte. Es war bereits Nachmittag, und die Sonne stahl sich ins Zimmer, so daß sie die Jalousien herunterlassen mußte. Das Licht tat ihr in den Augen weh. Sie nahm ein paar Aspirin, und als schließlich das Telefon klingelte, konnte sie den Hörer ans Ohr halten, ohne das schauderhafte Gefühl zu haben, daß ihr Gehirn sich in ihrem Schädel hin- und herbewegte. Es war Bill. Er erkundigte sich nach ihrem Befinden und fragte, ob sie in der Lage wäre, noch an diesem Abend aufzubrechen. Da sie keinen Grund hätte nennen können, der dagegen sprach, sagte sie ja.

Sie war sich nicht ganz im klaren darüber, wie all das geschehen war, aber sie gab Jeffrey die Schuld daran. Er hatte den Verkauf der Firma gewollt, aber nicht das Baby, also hatte er sich in dieser Hinsicht auch nicht eingesetzt. Warum war er nicht dagewesen, als Cindy das Baby zur Welt brachte? Warum hatte er das Mädchen nicht davon überzeugt, daß es das Beste für sie wäre, das Baby herzugeben? Jeffrey konnte doch sonst so überzeugend wirken.

Es mußte daran liegen, daß er das Baby nicht wollte und nie gewollt hatte. Karen kam zu dem Schluß, daß Jeffrey auf jeden Fall schuldig war – entweder weil er etwas getan hatte, oder weil er etwas nicht getan hatte. Und deswegen war sie wütend.

Außerdem kam sie zu dem Schluß, daß sie, falls er ihr die Gelegenheit dazu gab, mit Bill Wolper schlafen würde. Es mochte zum Teil Dankbarkeit dahinter stecken, zum Teil auch Wut auf Jeffrey, aber da war doch noch etwas mehr. Sie hatte das Gefühl, daß Bill Wolper sie respektierte. Er war nett zu ihr, aufmerksamer, als Jeffrey es je gewesen war, und er achtete sie auf eine Art und Weise, wie Jeffrey es nie getan hatte. Trotz seines großen Erfolges blickte er nicht auf sie herab. Sie waren verwandte Seelen.

Als Jeffrey eine Stunde später anrief, dachte Karen ganz bewußt an ihren bevorstehenden Treuebruch. Und das tröstete sie. Jeffrey erklärte ihr noch einmal, wie es gekommen wäre, daß er es vor lauter Arbeit nicht rechtzeitig geschafft hätte, ins Krankenhaus zu fahren, aber er betonte auch wieder und wieder, daß es nicht den geringsten Unterschied gemacht hätte, wenn er dort gewesen wäre. »Karen«, versicherte er ihr, »solche Dinge geschehen eben manchmal. Du kannst Cindy keine Schuld geben, du kannst mir keine Schuld geben, und du kannst dir auch selbst keine Schuld geben.«

Aber er irrte sich. Sie waren alle drei dafür verantwortlich. Ein Zorn wurde in ihr lebendig, der alles überstieg, was sie je empfunden hatte. Wenn Jeffrey hier bei ihr im Zimmer gewesen wäre statt auf der anderen Seite der Welt, hätte sie ihm ins Gesicht geschlagen – so, wie sie Cindy geschlagen hätte, wenn ihr das möglich gewesen wäre. Sie war selbst erschrocken darüber, aber ihre Wut war so gewaltig, daß sie sich ausnahmsweise einmal nicht selbst zur Ordnung rief. Zwar verstand sie, warum Cindy den Jungen nicht hergeben konnte, aber aus genau demselben Grund wollte sie ihn auch nicht hergeben. Aber sie mußte es, und sie wußte, daß es kein anderes Kind mehr geben würde. Sie gab Jeffrey die Schuld daran, nicht nur, weil er nicht dort gewesen war, sondern auch, weil es ihn lange nicht so schwer traf wie sie. Es fiel ihr ein, wie Bill Wolper über seine Söhne gesprochen hatte. Bestimmt war es nicht richtig, wenn ein Mann sich so verhielt wie Jeffrey, oder?

Jeffreys Stimme schien mehr als eine halbe Welt entfernt zu sein. »Karen, es ist vielleicht ein schlechter Zeitpunkt, aber ich möchte dir noch sagen, daß wir die endgültige Vertragsfassung ausgehandelt und sie dir per Luftpost zugeschickt haben. Wahrscheinlich wartet der Brief schon an der Rezeption auf dich. Ich weiß, daß du gerade im Augenblick wahrscheinlich nicht darüber nachdenken möchtest, aber sieh wenigstens zu, daß du dir den Brief aushändigen läßt, bevor du zu den Marianen aufbrichst.« Karen hätte beinahe ins Telefon gelacht. Das war alles, woran Jeffrey dachte: *das Geschäft*.

»Ich habe eine Menge zu bedenken«, erklärte sie ihm. »Es sieht so aus, als würdest du bekommen, was du willst, während ich verliere, was ich gewollt habe. Schau mal, Jeffrey, du bist diesen Vertrag hundertmal durchgegangen, aber du hast mir nie gesagt, daß ich, wenn das Geschäft zustandekommt, NormCo für alle Zeiten die exklusive Benutzung meines Namens überlasse und einen Arbeitsvertrag für zwölf Jahre unterzeichnen muß. Zwölf *Jahre*, Jeffrey. Das ist eine lange Zeit. Wir sind erst seit neunzehn Jahren verheiratet.«

»Na und? Es waren doch gute neunzehn Jahre, oder? Diesen Vertrag hier könnte man mit einer ähnlich guten Ehe gleichsetzen.«

»Aber *ich* bin diejenige, die verheiratet wird, nicht du. Du hast diesen Teil des Vertrages mir gegenüber nicht einmal erwähnt.« Sie verabscheute es, in geschäftlicher Hinsicht einen Unterschied zwischen sich und ihm machen zu müssen, aber es gab keine andere Möglichkeit, wie sie ihm ihren Standpunkt begreiflich machen konnte. »Du weißt, daß ich immer meine Zweifel hatte, was dieses Geschäft angeht«, fuhr sie fort. »Damals hast du gesagt, wir sollten einfach mal so tun als ob, nur um herauszufinden, was wir wert sind. Ich war damit einverstanden. Jetzt, da die Verhandlungen soweit gediehen sind, heißt das nicht, daß wir den Verkauf automatisch akzeptieren müssen. So war das nicht abgemacht.«

»Ja, aber wir haben auch nicht erwartet, daß man uns fünfzig Millionen Dollar bieten würde, verdammt noch mal! Es gibt gewisse Dinge, vor denen man nicht weglaufen kann, Karen. Jetzt nicht mehr. Das Personal erwartet das Geld. Unsere Familie erwartet das Geld. Und Bill Wolper erwartet den Abschluß. Du *kannst* nicht mehr zurück.«

»Da irrst du dich. Ich kann«, sagte sie und legte den Hörer auf. Ihr war schlecht vor Wut. Alles, was sie Jeffrey bedeutete, war ein Barscheck. Na schön, Bill Wolper würde Karen Kahn vielleicht noch auf eine Art und Weise bekommen, die Jeffrey nicht erwartete. Zum ersten Mal, seit sie ihm begegnet war, konnte Karen sich ein Leben ohne Jeffrey vorstellen. In der letzten Zeit waren sie so oft voneinander getrennt gewesen – und jetzt schien es ihr, als könne sie gar nicht weit genug von dem Mann wegkommen, mit dem sie ihr halbes Leben lang verheiratet gewesen war.

8

Sklaven der Mode

Aus der Luft betrachtet sah Saipan wie ein Paradies aus. Bill hatte ihr erklärt, daß Geoffrey Beene, Liz Clairborne, Levi's und The Gap alle auf der Pazifikinsel fertigen ließen. Die Insel produzierte jährlich Waren im Wert von annähernd dreihundert Millionen Dollar. Als das Flugzeug landete, betrachtete Karen die Palmen, die sich neben dem Rollfeld im Wind wiegten.

Wieder wurden sie von einer Delegation begrüßt und sofort zu den wartenden Limousinen gebracht. »Wir kommen auf dem Weg zum Hotel direkt an unserer Fabrik vorbei«, bemerkte Bill. Karen war traurig und müde, aber sie schenkte ihm trotzdem ein Lächeln.

Draußen vorm Fenster sah sie dieselben Baracken und heruntergekommenen Hütten, die sie in der Karibik oder in jedem der ärmeren asiatischen Länder erwartet hätte. Aber die gewaltige Fabrik, an der sie nun vorbeikamen, war modern und sauber. Auf dem hohen Gebäude wehte sogar die amerikanische Flagge. Sie fragte sich, ob Bill die Vorstellung, die er seinen Gästen bot, vorher irgendwie manipulierte? Nun, diesmal würde er keine Zeit dazu haben. »Lassen Sie bitte anhalten«, sagte sie.

»Wollen Sie nicht zuerst ins Hotel fahren und sich frisch machen?« erkundigte er sich. »Sie brauchen etwas Ruhe. Ich habe die Besichtigung für morgen früh angesetzt.«

»Lassen Sie uns einfach jetzt anhalten«, sagte sie. »Ich möchte die Sache hinter mich bringen.« Vielleicht würden sie morgen den ganzen Tag im Bett liegen. Bill zuckte mit den Schultern, beugte sich vor und klopfte an die Glasscheibe, die sie von ihrem Chauffeur trennte. Sie waren bereits an der Fabrik vorbei, aber auf Bills Anordnung hin wendete der Fahrer den Wagen. Falls die Änderung ihrer Pläne Bill aus dem Konzept brachte, war ihm jedenfalls nichts davon anzumerken.

Sie fuhren vor dem Eingang des riesigen Gebäudes vor. Es hatte keine Fenster, wirkte mit dem sauberen blauen Anstrich aber sehr ordentlich. Als sie aus dem Wagen stiegen, stand schon eine Anzahl Männer in der Tür, und als der NormCo-Repräsentant Bill und Karen das Personal vorstellte, gab es jede Menge Verbeugungen. Die Vorstellungsformalitäten dauerten so lange, daß Karen nicht umhin konnte, sich zu fragen, ob sie nicht Zeit zu schinden versuchten, während die Leute in der Fabrik fieberhaft damit beschäftigt waren, alles ordentlich herzurichten. Aber schließlich und endlich wurden sie doch durch das große Portal hineingeführt.

Der Lärm war ein Schock für Karen. Hunderte von Maschinen standen nebeneinander aufgereiht, und an jeder einzelnen davon saßen Arbeiter. Laufburschen hetzten mit Stoffballen und fertigen Kleidungsstücken durch die Gänge. Es war sehr heiß, aber trotz des Getöses und der Hitze war die Halle gut beleuchtet und nicht schmutziger als ihre eigenen Werkstätten zu Hause in der Seventh Avenue. Ein Aufseher rief einem seiner Helfer etwas auf Chinesisch zu, woraufhin der Mann sich verbeugte und auf ein mit Glasscheiben abgeteiltes Büro zeigte. Karen lächelte, schüttelte jedoch entschieden den Kopf. Sie brauchte keinen Tee in irgendeinem Büro. Sie wollte sehen, was zu sehen war. Also ging sie einfach einen der Gänge hinunter. Hinter sich hörte sie laute Protestrufe, ging aber einfach weiter; es mußte wohl in Ordnung sein, denn Bill folgte ihr.

In diesem Gang schienen die meisten der Arbeiter Frauen zu sein, obwohl Karen einige Reihen weiter Männerköpfe über andere Maschinen gebeugt sehen konnte. Einige der Mädchen sahen neugierig auf, senkten dann jedoch schnell wieder die Köpfe. Ein oder zwei von ihnen sahen sehr jung aus, vielleicht Teenager. »Gibt es ein Mindestalter hier?« erkundigte sie sich. Bill konnte sie nicht hören, und sie mußte ihre Frage noch einmal mit lauter Stimme wiederholen.

»Ich bin mir sicher, daß es das gibt«, erwiderte er. Er drehte sich zu einem der Angestellten um und fragte danach.

»Mindestalter achtzehn«, erwiderte der Aufseher. »Einige lügen, um diesen Job zu bekommen, aber wir müssen Papiere sehen. Mädchen hier sehen sehr jung aus, aber sind nicht sehr jung.« Karen nickte. Sie ging weiter, ohne zu wissen, wonach sie suchte, verließ den riesigen Maschinensaal und kam in einen Zuschneideraum, der dahinter lag. Hier waren die Arbeiter alle Männer.

Es war seltsam, sich vorzustellen, daß diese kleinen schwarzhaarigen Asiaten Jeansstoffe zuschnitten, die irgendwo in Nebraska verkauft werden würden. Die nördlichen Marianen waren ein winziger Punkt auf dem Globus und boten doch ein Hintertürchen für die großen Konzerne. Hier wurde nur ein kleiner Teil der riesigen überseeischen Produktion amerikanischer Kleider hergestellt, und obwohl die »Made-in-USA«-Etiketten, die hier in jedes Kleidungsstück eingenäht wurden, Karen eine Lüge zu sein schienen, waren sie doch ganz legal, und insgesamt sah es so aus, als wäre alles in Ordnung. Sie hatte ihr Baby verloren, und sie hatte nicht die Kraft, nach einem neuen zu suchen. Jetzt endlich konnte sie Bill ihre Firma übergeben und sich darauf konzentrieren, ihr Geschäft mit gutem Gewissen auszubauen. Entschlossen drehte sie sich zu Bill um. Er würde ihr neuer Partner werden. »Ich bin müde«, sagte sie. »Glauben Sie, wir könnten jetzt ins Hotel fahren?«

Beim Dinner eröffnete sie Bill, daß sie den Vertrag unterzeichnen würde, was sie gleich darauf auch tat, mit geröteten Wangen und noch am Essenstisch. Er schob das Dokument in die Ledermappe, die sein Sekretär binnen vierundzwanzig Stunden zu Robert dem Anwalt in New York schaffen würde. Erschöpft von der Reise und von der Entscheidung ging Karen allein zu Bett.

Sie hatte schon eine Weile geschlafen, als das Telefon klingelte. Eine Stimme mit einem schweren Akzent meldete sich am anderen Ende. »Ich glaube, sie haben das falsche Zimmer erwischt«, sagte sie, aber der Mann wiederholte seine Worte noch einmal.

»Mrs. Kahn?« fragte er. »Bitte, Mrs. Kahn, ich muß sie unbedingt sprechen. Mein Name ist Lars Dagsvarr.«

O Gott, dachte sie. Wer ist das? Irgendein verrückter schwedischer Designer, der einen Job sucht? Der Repräsentant eines Textilhauses, der sich nicht so leicht mit einem Nein abspeisen lassen würde? Oder vielleicht irgendein Reporter, der ein Interview mit ihr machen wollte? Woher hatte er ihre Zimmernummer? Sie war davon ausgegangen, daß sie vor solchen Dingen eigentlich sicher war. »Kenne ich Sie, Mr. Dagsvarr?«

»Nein Madam. Aber ich muß mit Ihnen sprechen. Bitte, Madam.«

»Worum geht es?« seufzte sie.

»Um Menschenleben«, sagte er. Trotz seiner schlechten Aussprache, trotz seiner dramatischen Wortwahl und der Anspannung in seiner Stimme klang er nicht hysterisch. Aus irgendeinem Grund glaubte sie ihm, obwohl es eigentlich keinen Grund dafür gab. Dann sagte er: »Ihr Vater, Mr. Arnold Lipsky, hat gesagt, ich solle mich an Sie wenden.«

»Ich komme hinunter in die Lobby«, erwiderte sie. Sie vertraute ihren Instinkten sowie ihrem Vater, aber sie würde diesem Fremden ganz bestimmt nicht erlauben, in ihr Zimmer zu kommen.

»Das wäre nicht gut«, sagte er. Es entstand eine kurze Pause. »Zwei Damen sind bei mir. Eine davon sehr alt. Dürfen wir bitte nach oben kommen? Es ist von schlimmster Wichtigkeit.«

Karen fühlte sich versucht, über die »schlimmste Wichtigkeit« zu lächeln und dachte dann darüber nach, ob sie vielleicht Bill Wolper anrufen solle. »Ich möchte mit einer der Damen sprechen«, sagte Karen.

»Aber gewiß, Madam, nur hat sie nicht viel Englisch.« Am anderen Ende der Leitung wurde der Hörer weitergegeben, und schließlich hörte Karen die Stimme einer älteren Frau.

»Jaha? Hallo«, sagte sie mit dem unverkennbaren Zittern des Alters und einem skandinavischen Akzent.

»Sie wollen mich sprechen?« fragte Karen. Sie hörte, wie die alte Dame sich mit ihrem Begleiter beriet. »Jaha. Bitte. Für die Kinder. Tak«, sagte die Stimme, und dann war wieder Mr. Dagsvarr am Apparat.

»Können wir Sie sprechen?« fragte er.

»Ja«, stimmte sie zu.

Sie waren Missionare. Karen ließ die Kette vor der Tür, als sie im Flur ankamen, aber Mr. Dagsvarr war tatsächlich in Begleitung einer weißhaarigen älteren Frau und eines kleinen, sehr jungen asiatischen Mädchens, das so aussah, als wäre es noch keine zwanzig. Karen ließ sie ein und bot ihnen etwas zu trinken an, was sie jedoch ablehnten.

»Sehen Sie, wir sind hier in einer Angelegenheit von schlimmster Wichtigkeit«, erklärte Mr. Dagsvarr. »Wir arbeiten mit den Leuten aus Saipan seit drei Jahren. Mrs. Lemmon ist sogar schon viel länger hier«, sagte er mit einem Fingerzeig auf die alte Dame, die Karen keinen Moment aus den Augen ließ. »Ihr Vater weiß von unserer Mission. Er hat manchmal geholfen. Mrs. Lemmon hat die Arbeit begonnen, aber wir führen sie fort, meine Frau und ich.« Er zeigte mit dem Kopf auf die junge Asiatin. Alle drei trugen sie Weiß, und Karen fragte sich, ob es wohl etwas mit ihrer Religion zu tun haben mochte. Wenn sie gewußt hätte, daß sie Missionare waren, hätte sie sich nicht mit ihnen abgegeben. Arnold und *Missionare*? Arnold haßte organisierte Religion. Er war zuständig für organisierte Arbeit, für Gewerkschaftsarbeit. Doch diese Leute hatten etwas von Kindern gesagt. Karen fühlte, daß sie auf etwas Wichtiges gestoßen war.

»Madam, Sie dürfen keine Arbeit hierher geben. Wir wissen, Sie sind sehr berühmt und sehr angesehen. Also ist es wichtig für Sie, zu wissen, was hier passiert. Hier in Saipan sind die Menschen Sklaven. Viele Menschen aus China und von den Philippinen kommen hierher, um zu arbeiten. Manche werden hierher verkauft.«

Karen richtete sich auf. »Was meinen Sie mit ›Sklaven‹?« fragte sie. »Was meinen sie mit ›verkauft‹?«

»Es ist so – in China erzählt man den Leuten, es gäbe Jobs für sie in Amerika. Sie müssen einen Vermittler bezahlen, einen Agenten. Sie zahlen viel Geld, manchmal Tausende von Dollar, um hierherzukommen. Es ist nicht Amerika, aber der Vermittler schickt sie nicht zurück nach China. Er liefert sie an die Fabriken aus. Aber die Bezahlung hier ist sehr schlecht. Pfennige für die Stunde. Und die Leute müssen viele, viele Stunden arbeiten. Sie glauben, sie kommen nach

Amerika, aber sie sind fünftausend Meilen von Amerika entfernt, und sie haben nicht einmal genug Geld, um zu leben. Sie können ihren Familien das Geld nicht zurückgeben, das sie bezahlt haben, um hierherzukommen. Sie schämen sich. Sie sind arm. Sie sind allein. Und die Agenten oder die Fabriken geben ihnen nur schreckliche Hütten zum Leben.«

Mrs. Dagsvarr – denn die junge Asiatin war seine Frau – beugte sich vor und sagte zum ersten Mal auch etwas. »Leben wie Schweine«, sagte sie. »Leben schlechter als Schweine.«

»Wir versuchen, dieses System zu ändern«, sagte Mr. Dagsvarr. »Wir hoffen, die Leute in Amerika erfahren von diesem Verbrechen. Mädchen werden hierher geschickt, junge Mädchen, und sie müssen arbeiten und arbeiten, ohne Hoffnung, zurück nach Hause zu kommen oder ein besseres Leben zu haben. Es ist wie eine Insel von Sklaven«, sagte Mr. Dagsvarr.

»Eine Insel von verlorenen Seelen«, ergänzte die alte Dame, Mrs. Lemmon, und stand auf. »Kommen Sie«, sagte sie. »Sehen Sie.« Es war keine Einladung, sondern ein Befehl. Und Karen erhob sich, um ihm Folge zu leisten. Jetzt traf sie auf genau das, wovor sie sich gefürchtet hatte. Und irgendwie hatte sie es die ganze Zeit über gewußt. Sie konnte nicht die Augen davor verschließen. Weil sie Arnolds Tochter war. Zwar spürte sie, wie ihr Magen sich zusammenkrampfte, griff aber dennoch nach ihrer Jacke. Dann steckte sie sich schnell noch ihren Zimmerschlüssel, ihren Paß und Geld ein.

»Also gehen wir«, sagte sie.

Die Schlafsäle waren unbeschreiblich. Einige von ihnen sahen wie Baracken aus und beherbergten fünfzig oder sechzig Frauen, von denen die meisten sehr jung waren. Es gab für alle zusammen nur zwei oder drei Toiletten und an jedem Ende des Gebäudes ein Waschbecken. Eine Küche war nicht vorhanden. Der Boden war nackt, rissig gewordener Beton. Einige Frauen hatten Lumpen vor ihre Betten gehängt, um ein wenig Privatleben zu haben, denn es ging zu wie in einem Tollhaus. Die Hitze war fast unerträglich. Die Mädchen und Frauen saßen schweigend auf Betten, die kaum mehr waren als Pritschen, oder sie lagen auf schmutzigen Matratzen oder Lumpenhaufen auf dem Fußboden. Einige ignorierten die vier Fremden vollkommen, andere liefen auf Mrs. Lemmon oder Mrs. Dagsvarr zu und redeten chinesisch auf sie ein. Der Geruch war unbeschreiblich: eine Kombination aus schmutzigen Kleidern, ranzigem Öl und Moder. In der Nähe der Toiletten war der Gestank nach Fäkalien geradezu überwältigend. Karen dachte an ihre Suite im Oriental und an die beiden klimatisierten Räume, die sie nicht weit entfernt von hier bewohnte.

»Aber das ist doch kein NormCo-Wohnheim, oder?« erkundigte sie sich. Hatte Bill sie wirklich so sehr zum Narren gehalten?

»NormCo hat keine Wohnheime«, erklärte Mr. Dagsvarr. »Sie haben nur ein Abkommen mit Mr. Tang, für die Arbeiter. Mr. Tang ist der größte Mann auf der Insel. Er besitzt Fabriken, und er besitzt diese Baracken. Er bringt Tausende von Arbeitern her. Alle glauben, sie kommen nach Amerika, würden dort reich werden und Geld nach Hause schicken können, um ihre Familien zu retten. Statt dessen bezahlt man ihnen fast gar nichts und berechnet ihnen sehr viel für dieses Haus und für das Essen.«

»Aber können sie denn nicht protestieren? Können sie sich nicht organisieren?«

»Wenn sie sich beklagen, wirft man sie hinaus. Dann haben sie gar nichts mehr.« Mr. Dagsvarr sah sich in dem Schmutz und der Düsternis des Schlafsaals um. »Sehr wenig ist eben viel mehr als gar nichts.« Er hielt inne. »Soll ich Ihnen diejenigen zeigen, die protestiert haben? Die, die gar nichts mehr haben?« fragte er.

Karen nickte. »Zeigen Sie mir alles«, sagte sie.

Die Baracke war noch heruntergekommener als die erste. Es gab keine sanitären Anlagen, nicht einmal fließendes Wasser. Der Boden bestand aus Schmutz. Vierzehn Frauen lebten in zwei Räumen. Alle waren gefeuert worden, entweder weil sie Schwierigkeiten gemacht hatten oder weil sie zu langsam arbeiteten. Einige von ihnen hatten achtzig Stunden in der Woche an den Maschinen gesessen, bis sie fast blind waren.

Mrs. Dagsvarr erklärte Karen mit stockender Stimme, daß man von einigen der Frauen verlangt hatte, mit den Aufsehern aus der Fabrik zu schlafen. Wenn sie sich weigerten, wurden sie gefeuert. Fanden sie sich dazu bereit und wurden schwanger, feuerte man sie ebenfalls. Was auch immer sie taten, das Ergebnis war Schande: Sie endeten als Prostituierte und mußten den Männern zu Willen sein, die genauso ausgebeutet wurden wie sie und ein paar Cents erübrigen konnten. Karen fragte sich, ob Mr. Dagsvarr seine Frau vor einem solchen Schicksal bewahrt hatte.

Mrs. Dagsvarr holte schweigend Kleidung und Nahrungsmittel aus dem Kofferraum ihres zerbeulten Toyotas. Die Frauen versammelten sich ebenso schweigend um den Wagen. Sie schienen sehr neugierig, wagten es aber alle nicht, Karen anzusehen. »Sie sind scheu«, erklärte Mr. Dagsvarr ihr Verhalten. »Sie schämen sich«, berichtigte ihn seine Frau.

Dann hörten sie plötzlich irgendwo in der Dunkelheit eine Frau schreien. Sie kam auf den Wagen zugelaufen, und einen Augenblick lang dachte Karen, sie würde sich auf sie stürzen. Aber Mrs. Lemmon hörte dem Mädchen zu, das vollkommen außer Atem war und angespannt vor ihnen stand, als wäre sie bereit, jederzeit in die Dunkelheit, aus der sie gekommen war, zurückzulaufen. Mr. Dagsvarr drehte sich zu Karen um. »Eins der Mädchen wurde ins Krankenhaus gebracht. Ihr Baby kommt, aber es gibt ein Problem. Wir müssen sofort hinfahren. Das Krankenhaus will sie nicht aufnehmen.«

»Ich komme auch mit«, sagte Karen.

Der Name des Mädchens klang etwa wie Mei Ling. Sie saß zusammengekauert auf dem Boden und lehnte sich gegen die kalte Wand der Notaufnahme. Mrs. Lemmon kniete sich neben sie, und Mrs. Dagsvarr tat dasselbe, während Mr. Dagsvarr über andere Menschenleiber hinwegstieg, die auf dem Korridor lagen. Schließlich schaffte er es bis zur Aufnahme. Eine fette, schwarzhaarige Frau in einem grünen Krankenhausmantel saß dort an ihrem Schreibtisch, eine Trennwand aus Glas zwischen sich und dem Chaos auf dem

Flur. Mr. Dagsvarr schob die Tür auf. Die Frau blickte mit gelangweiltem Gesichtsausdruck hoch.

»Sie müssen Mrs. Ling helfen«, sagte Mr. Dagsvarr. »Sie hat Wehen.«

»Ist sie Amerikanerin?« fragte die Frau.

»Nein«, gab Mr. Dagsvarr zu.

»Hat sie eine Versicherung?« fragte die Frau weiter.

»Nein. Aber wir werden bezahlen. Sie *müssen* sich um sie kümmern.«

Die Frau streckte langsam die Hand nach einer Schublade aus und zog ein Formular heraus. »Sie der Vater?« erkundigte sie sich.

Karen glaubte, Mr. Dagsvarr erröten zu sehen, aber sie konnte nicht sagen, ob vor Verlegenheit oder vor Ärger. »Nein«, antwortete er. »Sie müssen schnell machen«, fügte er dann hinzu.

»Eine Entbindung kostet vierhundert Dollar«, sagte sie. »Haben sie soviel?«

Karen griff in ihre Tasche und zog fünf Hundertdollarscheine heraus. »Hier«, sagte sie und gab der Frau vier der Scheine. Den letzten Hunderter legte sie auf den Schreibtisch. »Das ist für Sie. Und jetzt lassen Sie eine Bahre kommen und bringen das Mädchen zu einem Arzt. Sofort.«

Mei Ling hinterließ eine Blutspur und ein Baby, als sie zwei Stunden später starb. Das Mädchen war dreizehn oder vierzehn gewesen: vielleicht so alt wie Tiffany. Mr. Dagsvarr erklärte Karen, daß die Kinder hier oft logen, was ihr Alter betraf, um eine Arbeit zu bekommen. Mei Ling hatte bereits schwere Blutungen gehabt, bevor die Steißgeburt auch nur begonnen hatte, und lebte nicht einmal lange genug, um das Baby zu sehen, das, wie es schien, eine gesunde Tochter war. Karen stand in dem blutbefleckten Korridor und weinte. Mr. Dagsvarr sprach ein Gebet und taufte dann das kleine Mädchen. Karen betrachtete das Baby in seinen Armen. Sein Haar glich einem Heiligenschein aus schwarzen Federn, und trotz der schwierigen Geburt schimmerte die Haut des kleinen Mädchens in einer wunderschönen sanften Goldtönung.

Karen konnte kaum den Blick von dem Kind abwenden. Sie sehnte sich so sehr danach, es zu berühren, es in ihren Armen zu halten, aber das gestattete sie sich nicht. Sie durfte jetzt nicht die Kontrolle über sich verlieren. Müde machte Mrs. Lemmon sich daran, den Papierkram für die kleine Waise zu erledigen, während die Dagsvarrs Karen zurück ins Hotel brachten. Die ganze Fahrt über schwiegen sie, denn alle waren unsäglich müde.

Mr. Dagsvarr setzte Karen am Hotel ab. »Es tut mir so leid, daß Sie das mit ansehen mußten«, sagte er.

»Sie werden ständig mit so etwas konfrontiert«, erwiderte Karen.

»Ja, aber das gehört zu meiner Arbeit. Ich habe es mir ausgesucht, Sie nicht.«

»Vielleicht war es wichtig, daß ich es gesehen habe«, sagte Karen. »Es ist vielleicht schon zu spät«, fuhr sie fort. »Es ist vielleicht schon zu spät für mich, um dem, was NormCo tut, ein Ende zu bereiten. Aber ich werde es versuchen. Und ich werde dafür sorgen, daß man in den Staaten davon erfährt. Und ich werde Ihnen Geld schicken.« Sie gab Mr. Dagsvarr ihre Visitenkarte. »Ich möchte Ihnen helfen«, versprach sie.

Mrs. Dagsvarr hielt ihr die Hand hin. Sie war winzig wie die eines kleinen Kindes. »Vielen Dank« war alles, was sie sagte.

Karen versuchte gar nicht erst, mit Bill zu sprechen. Welchen Sinn hätte das auch gehabt? War er ein Lügner, oder hatte man auch ihn zum Narren gehalten? Sie nahm an, daß er ein Lügner war, aber selbst wenn man ihn hintergangen hatte, war auch das schon schlimm genug. Und sie hatte in Erwägung gezogen, mit ihm zu schlafen! Hätte sie doch ihrem Vater aufmerksamer zugehört. Oder hatte sie vielleicht einfach nicht hören wollen? Hatte ihr eigener Egoismus ihr im Weg gestanden? Oder war es ihr Ehrgeiz gewesen? Wo lag da der Unterschied?

Sie dachte an all die Verträge, an all die Kopien mit den vielen Unterschriften, die sie bereits geleistet hatte. Während sie ihre Kleider in den Koffer warf, wurde ihr immer übler. Die Blutspur, die durch den schmutzigen Krankenhauskorridor führte, ging ihr nicht aus dem Sinn. Wie viele Frauen, wie viele Kinder starben hier oder schufteten sich als Sklaven zu Tode, damit Frauen in Amerika ein Schnäppchen ergattern konnten? War es zu spät, um die Sache rückgängig zu machen? War es zu spät, um von Bill Wolper und Norm-Co loszukommen? Sie dachte mit einer Art ironischer Selbstverachtung an die besondere, luxuriöse Sklaverei, in die sie sich vielleicht selbst verkauft hatte. Eine Sklaverei, in der sie sich alles kaufen konnte, was sie nur wollte – aber an allem würde eine Blutspur haften.

Nachdem sie gepackt hatte, bat sie die Empfangsdame, sich nach Flügen in die USA zu erkundigen. Es würde keine Privatflugzeuge mehr geben, soviel stand fest. Und während ihre Buchung in die Wege geleitet wurde, versuchte sie wieder einmal, Jeffrey zu erreichen. Hatte er von all dem gewußt? Hatte er einen Verdacht gehabt? Würde er ihr helfen, aus dem Vertrag wieder herauszukommen? Was war, wenn er sich weigerte?

Niemand ging an den Apparat, weder in ihrer Wohnung noch in ihrem Haus in Westport; auch über das Autotelefon und unter seinem Privatanschluß im Büro war Jeffrey nicht zu erreichen. Wenn ihre Rechnung stimmte, mußte es in New York Nachmittag sein. Aber sie konnte ihren Mann nicht finden.

Karen hatte sich nie so einsam gefühlt. Als der Empfangschef sie über den anderen Apparat anrief und ihr erfreut mitteilte, daß er ihr den letzten Platz für einen Rückflug über Hawaii gesichert hatte, bedankte sie sich nur kühl. Das einzige, woran sie denken konnte, war das Baby und Mr. Dagsvarrs Gesicht, als er sagte: »Das gehört zu meiner Arbeit. Ich habe es mir ausgesucht. Sie nicht.«

Nein. Sie hatte sich eine Arbeit ausgesucht, mit der sie Frauen dazu verführte, sich Kleider zu kaufen, die sie sich nicht leisten konnten. Und schon bald würde sie noch mehr von ihnen in Versuchung führen und ihren Kunden auf diese Weise helfen, Frauen auf der anderen Seite der Welt zu versklaven. Irgendwie hörte es sich ganz und gar nicht wie eine Titelgeschichte aus der *Vogue* an.

TEIL VIER

EINE ECHTE MUTTER

Jede Familie hat ihr Geheimnis – das Geheimnis, daß sie anders ist als jede andere Familie
Allan Bennett

1

Fadenscheinig

Das Taxi hielt vor dem Gebäude 550 Seventh Avenue, und Karen sprang aus dem Wagen. Nach dem langen Flug, dem Alptraum auf den Marianen und dem Verlust von Cindys Baby war Karen vollkommen außer sich. Und man sah es ihr an. Sie betrachtete ihr Spiegelbild in dem makellosen Aufzugtüren – war das wirklich sie? Im Verkaufsraum ihrer Firma im neunten Stock sahen einige Leute sie neugierig an, aber Karen war im Augenblick nicht in Stimmung für PR. Wortlos ging sie direkt in ihr eigenes Büro, vorbei an Janet, die gerade telefonierte, und weiter in Jeffreys Büro. Sie mußte mit ihm reden. Sie mußte ihm ihre Wut entgegenschleudern, und sie mußte das Geschäft rückgängig machen.

Aber Jeffreys Büro war leer. Plötzlich stand Janet neben ihr. »Wo sind Sie gewesen? Ich habe ungefähr eine Million Nachrichten für Sie. Mr. Wolper versucht wie verrückt, Sie zu erreichen.«

»Der soll mich am Arsch lecken!« Karen ignorierte das schockierte rundliche Gesicht von Janet, stürzte aus dem Zimmer und steckte ihren Kopf in Definas Büro. Dee war gerade dabei, mit einem jungen Fotografen Fotos durchzusehen. Als sie aufblickte und Karens Gesicht sah, schickte sie den jungen Burschen und seine Mappe sofort weg. »Die Hexe ist wieder da«, sagte sie lächelnd.

»Es ist immer schön, wenn irgend jemand sich freut, einen zu sehen«, erwiderte Karen.

»Was ist mit dir passiert?«

»Ich habe versucht, mit den großen Jungs zu spielen, und mir dabei einen Tritt in den Hintern eingefangen. Defina, wir können diese NormCo-Sache nicht machen.«

»Schätzchen, das habe *ich* dauernd versucht *dir* beizubringen. Aber ist es nicht schon abgemacht?« fragte Defina.

Einen Augenblick lang hatte Karen das Gefühl, daß sie gleich in Tränen ausbrechen würde, daß sie wie ein Baby weinen würde und nie wieder aufhören könne. Sie hatte versucht, sich ein Geschäft aufzubauen, Mode zu machen, so wie sie es für richtig gehalten hatte. Aber am Ende waren es immer die Männer, die Bankiers, die Medienmogule gewesen, die die Branche in Wirklichkeit kontrollierten; und mit ihr das Leben eines jeden einzelnen, der daran beteiligt war. Sie hatte versucht, für ihre Unabhängigkeit zu kämpfen, aber Bill, Basil, Robert der Anwalt und ihr eigener Ehemann hatten sie besiegt. Doch sie würde nicht kampflos aufgeben. Tief Luft holend setzte sie Defina in groben Zügen über ihre Erlebnisse auf den Marianen ins Bild.

»Sklaverei«, lautete Definas Kommentar.

Karen nickte nur. »Ich habe nie gedacht, daß Mode etwas sein könnte, woran Menschen *sterben*. Ich meine, ich entwerfe eine Bluse, Mrs. Cruz schneidet sie zu, sie wird zusammengenäht, irgend jemand kauft sie, und jeder geht mit einem Barscheck nach Hause. Dieser Mist, den sie bei Macy's für zwanzig Dollar verkaufen, hat in der Produktion nur einen einzigen Dollar gekostet, *einschließlich* der Arbeitslöhne. Ich finde nicht, daß irgendwo auf der Welt Menschen sterben sollten, damit Sekretärinnen in Amerika eine Polyester-Bluse für neunzehn Dollar und fünfundzwanzig Cents kaufen können.« Ausnahmsweise ließ Karen sich einmal gehen. Ihr Zorn brach sich in wütenden Schluchzern Bahn. Defina schloß die Tür und legte die Arme um Karen, die das Gefühl hatte, in diesen großen Armen und an dieser weichen, warmen Brust zu zerschmelzen. Aber nach einem Augenblick riß sie sich wieder zusammen.

»Also, was tun wir jetzt?« fragte Defina.

»Du mußt mir dabei helfen, die Sache rückgängig zu machen. Finde heraus, wo der Vertrag ist; vielleicht hat ihn ja Robert der Anwalt noch. Stell fest, ob er schon zurückgeschickt wurde. Wie die Sache auch liegt, versuch sie aufzuhalten, wenn es nicht schon zu spät ist. Ich muß meinen Mann suchen.«

Janet erschien in der Tür. »Warum sind Sie hier?« fragte sie noch einmal. »Ich dachte, Sie wären in Korea?«

»Diese Reise war nicht mehr notwendig«, erwiderte Karen.

»Aber ...«

»Janet, rufen Sie Robert an und stellen sie fest, ob er den NormCo-Vertrag noch hat«, fauchte Defina. »Sagen Sie ihm, wir hätten einen Fehler gefunden, der seinem Büro unterlaufen wäre, und daß wir ihn, falls der Vertrag in dieser Form an NormCo zurückgeht, dafür verantwortlich machen. Sagen Sie ihm, Jeffrey sei *sehr* aufgebracht«, befahl Defina. Als Janet sich umdrehte und das Zimmer verließ, ließ Karen sich in den einzigen Sessel in Definas Büro sinken, der nicht mit einem Haufen Krimskrams beladen war. »Wo ist Jeffrey eigentlich?« fragte sie. »Defina, könntest du nicht seine Sekretärin anrufen und das herausfinden?«

»Tja, um genau zu sein, ist das wohl nicht nötig. Ich glaube, er ist in Perrys Atelier gefahren. Dort verbringt er eine Menge Zeit.«

»In Perrys Atelier?« Perry hatte Karen den Schlüssel gegeben, bevor er seine Entziehungskur antrat, und sie trug ihn immer noch an ihrem Schlüsselring. »Ist Perry nicht fort? Was macht Jeffrey denn dort?« fragte sie.

»Ich habe keinen Schimmer«, sagte Defina achselzuckend. »Ich dachte, *du* wüßtest etwas.«

Vielleicht malt er, dachte Karen. Na wunderbar, mein Leben bricht zusammen, und er malt. »Ich werde ihn einfach anrufen.«

»Kein Telefon. Das Atelier wurde ausgeräumt, glaube ich. Perry mußte es verkaufen oder vermieten.«

»Du machst Witze! O Gott! Es muß ihn *umgebracht* haben. Er hat diese Wohnung doch so geliebt.«

Defina hob die Schultern. »Bleibst du oder gehst du?« erkundigte sie sich.

»Ich gehe. Ich muß herausfinden, ob Jeffrey von all dem etwas gewußt hat. Ich bin in etwa einer Stunde zurück.«

»Da wäre ich mir nicht so sicher«, meinte Defina. »Ich sage Janet Bescheid und lasse dir einen Wagen holen.«

»Danke, aber mach dir keine Mühe. Sieh nur zu, daß du

den Vertrag in die Hände bekommst, bevor es zu spät ist. Falls es das nicht sowieso schon ist. Ich versuche, ein Taxi zu erwischen.«

Karen betrat den altmodischen Lift zu Perrys Atelier, der ihr immer solche Angst machte, und ließ sich in den sechsten Stock hinauftragen. Es war sehr still dort. Irgend jemand hatte das Atelier ausgeräumt. Armer Perry. Die Räume sahen kahl und leer aus. Vielleicht hatte Jeffrey die Sachen Perrys zusammengepackt und war bereits verschwunden? Defina hatte recht. Alles, was Perry gehört hatte, war fort, die alten Sofas, die Staffeleien, die mit Farbspritzern übersäten Tische – was geblieben war, war nur der Duft von Leinöl und Ölfarben. Defina mußte sich, was Jeffrey betraf, geirrt haben. Hier oben war niemand. Karen drehte sich um und wollte gerade gehen, als sie ein leises Stöhnen hörte.

War es Jeffrey? War er vielleicht gestürzt und lag jetzt hilflos in der Dunkelheit? War er verletzt? Es gab einen Alkoven, eine kleine Schlafkoje, die vom Zimmer aus nicht zu sehen war. Karen rannte darauf zu. »Jeffrey?« rief sie.

Es war seltsam, aber sogar in dieser Situation war das erste, was ihr auffiel, die Kleidung. Jeffreys schieferblaues Seidenhemd, das auf dem Boden lag, seine Bruno-Magli-Hose, die er achtlos von sich geschleudert hatte, statt sie wie zu Hause fein säuberlich auf einen Bügel zu hängen. Ein waldgrünes Leinenkleid (Anne Klein? Calvin Klein?) und ein grellroter Wildlederblazer auf dem Fenstersims. Wer würde eine solche Kombination tragen, überlegte sie überflüssigerweise. Was mache ich hier? Eine Bestandsaufnahme in Sachen Mode in diesem kritischen Augenblick? Ich bin wohl noch benebelt von der Zeitverschiebung. Karen betrachtete noch einmal die Schuhe. Wo waren die Schuhe der Frau? Dann sah sie auf dem anderen Fenstersims die Gucci-Pumps.

Außer den Kleidern befand sich nur noch ein Bett im Raum, oder zumindest eine Matratze mit Rahmen, alles ganz in Weiß. Alles weiß, bis auf Jeffreys braungetönte Haut, sein graumeliertes Haar, seinen Fuß und das bleiche Bein der Frau unter seinem.

Es schien, als wären die beiden in der Stellung erstarrt, in der sie in flagranti erwischt worden waren.

Karen hatte das Gefühl, ebenfalls erstarrt zu sein, so als könnten sich nur noch ihre Augen bewegen. Schock, Verlegenheit und Scham überwältigten sie in einer einzigen heißen Woge. Aber weshalb zum Teufel sollte *ich* mich schämen? fragte sie sich schließlich. Er ist der Ehebrecher.

»Jeffrey?« fragte sie noch einmal.

»Gütiger Himmel«, keuchte er und wandte ihr sein zu einer weißen Maske des Entsetzens erstarrtes Gesicht zu. Dann kehrte die Farbe zurück – so heftig, daß es sich nur um ein Erröten handeln konnte. Nun, immerhin hatte er noch genug Anstand, rot zu werden.

»Karen?« fragte er unsinnigerweise.

»Karen?« schrie die Frau unter ihm. Karen kannte die Stimme, konnte sie aber im Augenblick nicht einordnen. Jeffreys breiter Rücken verdeckte das Gesicht der Frau. Noch einmal betrachtete Karen die Kleidungsstücke im Alkoven, und dann wußte sie es.

»Lisa«, wisperte sie.

Karen saß mit Defina im Café und dankte Gott für ihre große schwarze Sonnenbrille: Sie schien literweise Tränen zu produzieren, die ihr unablässig übers Gesicht liefen, während Defina ihr ein Taschentuch nach dem anderen reichte. War Karen nicht einmal das Mädchen gewesen, das niemals weinte?

»Nicht reiben. Tupfen«, riet ihr Defina. »Sonst leidet die Haut.«

»O Gott, Defina, wie konnten sie mir das antun? Und wie konnte ich so dumm sein?«

»Welche Frage soll ich zuerst beantworten?« Karen zuckte nur wortlos mit den Schultern. »*Er* konnte es tun, weil er ein mieses Schwein ist. Schweine können alles tun. Und *sie* hat es getan, weil sie eine gelangweilte, alternde Frau ist und diese Tatsache gerade entdeckt hat. Und weil sie seit dem Tag ihrer Geburt eifersüchtig auf dich ist.«

»O Gott«, stöhnte Karen. »Ich glaube, ich muß mich übergeben.«

Defina reichte ihr ein frisches Taschentuch. Karen tupfte sich einen neuerlichen Tränenstrom vom Gesicht. »Wie konnte ich nur so dumm sein?« fragte sie noch einmal.

»Es ist nicht Dummheit. Es ist Blindheit. Ich gebe zu, beides sieht sich ähnlich. Du bist nicht dumm. Du bist nur sehr gut darin, die Augen zu verschließen – eine richtige Königin der Blindheit«, erklärte ihr Defina. Dann wurde ihr Gesicht weich. »Hey, sei nicht so hart mit dir. Wie hättest du dir auch selbst eingestehen können, daß dein Mann schwach ist? Daß er versucht hat, dich Hals über Kopf zu verkaufen? Daß er von dir abhängt und es haßt? Daß er dir die Schuld an allem gibt, was er nicht geschafft hat? Daß er dich um deine Karriere beneidet und eifersüchtig auf deine Freundschaften ist.«

»Ist er das?« fragte Karen.

»Wach auf und spitz die Ohren«, sagte Defina. »Er mußte ungeheuer wütend sein, um mit deiner Schwester zu schlafen. Ein Mann betrügt seine Frau aus vielen Gründen, aber mit ihrer besten Freundin betrügt er sie nur, wenn er ihr etwas zu sagen hat, aber nicht den Mut dazu findet. Ich schätze, er wußte, daß Carl und ich ihm eine Abfuhr erteilen würden, also blieb nur Lisa übrig.« Defina hielt inne. »Obwohl – hatte Carl nicht immer ein Faible für Jeffrey? Vielleicht ...«

»Nun mach mal halblang, Dee«, sagte Karen und brachte sogar so etwas wie ein Lächeln zustande.

»Tut mir leid, Freundin. Wollte dich nur aufheitern.«

Karen streckte die Hand aus, und Dee gab ihr wieder ein frisches Taschentuch. »Die Leute werden denken, ich bin übergeschnappt«, stöhnte Karen. »Oder daß ich eine Art Zusammenbruch habe.«

»Hey, genau in diesem Augenblick sitzen überall in der Stadt Frauen in einem Café und schluchzen. Das hier ist New York, Baby. Und was irgendein Fremder von dir hält, ist im Augenblick das geringste deiner Probleme. Ich meine, du hast es mit Liebe und Tod und Geld zu tun. Schlimmer kann es nicht mehr kommen.«

Karen dachte an die Marianen. Es *konnte* schlimmer kommen. Irgendwie warfen Karens Erfahrungen dort ein anderes Licht auf die Dinge. Sie dachte an Bill Wolper. Wie konnte sie nur glauben, daß er sie retten würde? Oder daß Jeffrey sie immer beschützen könnte. Was war noch Cocos Diagnose gewesen? Alle Männer sind Zuhälter. Hatte sie das vergessen? »O Gott, Dee. Was ist, wenn die Sache mit NormCo schon gelaufen ist?«

Zum ersten Mal an diesem Tag lächelte Defina. »Nun, was das betrifft, habe ich ein paar gute Nachrichten für dich.« Sie lächelte und zauberte eine Handvoll pinkfarbener Notizzettel aus ihrer Tasche hervor. »Dein Freund Bill hat angerufen, und ich habe das Gespräch angenommen. Er ist *sehr* erpicht darauf, mit dir zu sprechen. Aber ich persönlich glaube nicht, daß es sich dabei um ein Rendezvous handelt. Ich glaube, es geht dabei um das hier.« Defina zog einen dicken Stapel juristischer Dokumente unter dem Tisch hervor. »Taataa!« sagte sie mit leichtem Erröten und breitete die Verträge vor Karen aus. »Ich habe Robert dem Anwalt einen so tödlichen Schrecken eingejagt, daß er uns *alle* Kopien geschickt hat. Dies muß das erste Mal sein, daß ein schwarzes Mädchen aus der Lenox Avenue einen weißen Park-Avenue-Anwalt übertölpeln konnte«, sagte Dee lachend. »Was willst du damit machen?«

»Zerreißen«, erwiderte Karen.

»Bist du sicher, daß du damit nicht zu Madame Renault gehen willst? Sie könnte sie verbrennen. Mit ein wenig Nachhilfe hätten ein paar Leute, die damit in Zusammenhang stehen, das Gefühl, ebenfalls verbrannt zu werden.«

»Vergiß es. Wenn ich schon anfange, Nadeln in irgendwelche Leute hineinzupieksen, tu ich es mit meinen eigenen Händen und suche mir keinen Stellvertreter dafür.«

»Tja, wenn du dieses Geschäft nicht machst, kriegen Jeffrey und Lisa auf jeden Fall ihre Strafe, soviel steht fest. Sie rechnen mit diesem Geld. Genauso wie deine Mutter, ganz zu schweigen von Mercedes.«

Karen nickte. »Was ist mit dir?«

»Kein Problem. Und was wirst du nun tun?«

»Das weiß ich nicht«, sagte Karen. »Das weiß ich wirklich nicht«

2

Gegen den Strich

Karen fegte wie ein Tornado durch ihre Wohnung. Wenn sie irgend etwas dort fand – irgend etwas, verdammt noch mal –, das Lisa gehörte, würde sie die ganze Wohnung abbrennen. Genau dasselbe würde sie tun, wenn sie irgendeinen anderen Beweis für seinen Betrug fand. Und der Teufel sollte sie holen, wenn sie auch nur noch eine Minute in einer Wohnung zubrachte, die vollgestopft war mit Dingen, die Jeffrey gehörten.

Nachdem sie sich von Defina getrennt hatte, war ihr erster Gedanke, in ein Hotel zu ziehen – sich einfach im Royalton niederzulassen und zu warten, was geschehen würde. Aber als schließlich ihr Zorn ihr Entsetzen überwog, änderte sie ihre Meinung. Sie wies den Taxifahrer an, sie zur West Side zu bringen, und dort hatte sie die Wohnungstür mit solcher Gewalt aufgerissen, daß die Wände wackelten.

Mitten auf dem Halbmondtisch prangte eine riesige Vase mit Lilien. Wie gebannt bewegte sich Karen darauf zu. Die Blütenblätter hatten einen herrlich zarten Goldton. Sie streckte die Hand aus, um eines der Blätter zu berühren, und seine Weichheit wie auch die Farbe der Blüten erinnerte sie an die Haut des Babys dort im Krankenhaus auf den Marianen. Wo mochte das Baby jetzt sein?

Auf dem Tisch lag eine Karte – mit den Initialen von Bill Wolper. Ohne sie eines weiteren Blickes zu würdigen, ging Karen ans Telefon und bestellte einen Wagen. »Es handelt sich um eine Besorgungsfahrt«, erklärte sie dem Mädchen am anderen Ende der Leitung. »Ich möchte, daß jemand einen Blumenstrauß zur Wöchnerinnenstation im Doctor's Hospital bringt.« Dann holte sie eine Karte hervor, adressierte sie an Cindy und kritzelte ein paar Worte darauf. *»Sie haben das Richtige getan. Um ihre Rechnungen brauchen Sie sich nicht zu kümmern. Alles Gute für Sie und Ihren Sohn. Karen.«* Sie rief den Pförtner an und bat ihn, den Blumenstrauß abzuholen. Nachdem das erledigt war, wandte sie sich dem Gemälde über dem Sofa zu.

Aus der Küche holte sie sich Ernestas Lieblingsküchenmesser und schlitzte Jeffreys Leinwand fünfzig oder sechzig Mal auf. Sie wußte, daß es höchste Zeit für sie war, endlich ehrlich zu sich selbst zu sein. Nicht mehr die Augen zu verschließen. Und die Wahrheit war, daß Jeffrey nicht malen konnte. Möglicherweise hatte er eine gewisse Veranlagung, vielleicht hatte er früher sogar einmal Talent gehabt, aber es konnte nicht viel gewesen sein und war jetzt nur noch Vergangenheit. Perry war der talentiertere von den beiden.

Das Gemälde bestand nur noch aus einem Haufen Leinwandschnipseln, als sie damit fertig war. Und das war nur der Anfang. Karen ging ins Schlafzimmer, öffnete Jeffreys Schrank, zog alles heraus – die Kaschmirpullover, die Wollblazer, den Alpakamantel, die Armani-Anzüge – und zerriß, zerfetzte und zerstörte jedes einzelne Stück, Knöpfe flogen durchs Zimmer, schlugen wie kleine Geschosse mit leisem Pling auf dem Boden auf. Sie, der Kleider immer soviel bedeutet hatten, zerstörte sie jetzt.

Zuerst hatte sie keine Ahnung, was sie mit seinen Schuhen tun sollte. Es war nicht genug, einfach nur die Schnürsenkel zu zerschneiden, also ließ sie die Badewanne vollaufen und warf die Schuhe hinein: Einen nach dem anderen versenkte sie die makellosen Gucci-Slipper, die butterweichen Cole Haans und die handgefertigten englischen Straßenschuhe im Wasser. Sie trieben noch einen Augenblick auf der Oberfläche und sanken dann langsam auf Grund.

Mit den Krawatten war es ganz einfach: Sie brauchte sie lediglich mit ihrer Zick-Zack-Schere in zwei Hälften zu schneiden. Der Effekt gefiel ihr, diese ausgezackten Sägespuren. Vielleicht sollte sie einen neuen Trend in der Herrenkleidung setzen? Dann öffnete sie Jeffreys Kommode und nahm Dutzende von seinen säuberlich zusammengelegten und gestärkten Hemden heraus. Er war immer sehr eigen gewesen, was seine Hemden betraf. Auch hier wirkte die Zick-Zack-Schere wahre Wunder. Bei manchen schnitt sie einfach nur einen Ärmel ab, bei anderen entschied sie sich für Kragen und Manschetten. Binnen zehn Minuten hatte sie genug Kragen und Manschetten zusammen, um einen ganzen Stall von Playboy-Häschen ausstatten zu können. Karen sah sich im Zimmer um. Überall lagen die zerfetzten Leichen des Massakers. Einen Augenblick lang dachte sie daran, Feuer zu legen, aber so verrückt war sie denn doch nicht.

Statt dessen ging sie in die Küche und holte die Chlorox-Flasche, die Ernesta dort aufbewahrte. Dann verschüttete sie das Bleichmittel großzügig über die Kleiderhaufen. Es war interessant zuzusehen, wie Flecken und Wolken auf den Stoffen aufblühten. Vielleicht konnten Jeffrey und Lisa ja ein neues Spiel miteinander spielen: Wie sieht dein Bleichfleck aus?

Das Telefon klingelte, aber sie ignorierte es. Wer konnte es schon sein? Jeffrey mit einer Entschuldigung? Oder vielleicht Lisa? Oder war es wieder eine schwangere Frau, die Karen das Herz brechen wollte? Zu spät. Es war bereits gebrochen. Der Anrufbeantworter nahm das Gespräch entgegen. Bill Wolpers Stimme ertönte nach dem Piepton, und Karen hätte beinahe gelächelt. Wenn er dieses Gespräch nicht von seiner Sekretärin erledigen ließ, mußte es wirklich wichtig sein. »Karen, hier ist Bill. Es scheint da irgendein Mißverständnis gegeben zu haben, das ich gern aufklären würde. Ich bin ziemlich verwirrt, und ich glaube, Sie sind es vielleicht auch. Wenn Sie mich erreichen wollen, ich bin ...« Wirklich Pech. Sie wußte bereits, wo er war, und drehte die Lautstärke herunter.

Als nächstes ging Karen methodisch die oberste Schublade von Jeffreys Kommode durch. Die Socken, sorgfältig zu Bällen zusammengerollt, waren kein Problem – sie warf sie einfach aus dem Fenster. Mein Gott, der Mann hatte fünfzig Paar Socken! Nun, jetzt nicht mehr! Dann öffnete sie seinen Schmuckkasten. Dort lagen die Saphire, die Kragen- und Manschettenknöpfe, die sie ihm geschenkt hatte, genau zu der Farbe seiner Augen passend. In ihren eigenen Augen sammelten sich plötzlich noch einmal die Tränen, aber das konnte sie nicht aufhalten. Sie ging in die Küche und holte den Hammer unter der Spüle hervor, zusammen mit dem Schneidebrett. Als sie wieder im Schlafzimmer war, legte sie das Brett oben auf die Kommode, breitete die prachtvollen Saphire darauf aus und zerschlug sie zu Staub. Staub im Wert von achtzehntausend Dollar. Die Befriedigung wäre wahrscheinlich noch größer gewesen, wenn es Jeffreys Augen gewesen wären, auf die sie da einschlug, aber es mußte reichen. Um genau zu sein, machte es sogar süchtig, und daher zerschlug sie auch noch den Rest seines Schmucks, bis ihre Hand müde wurde.

Plötzlich überfiel Karen eine Müdigkeit, wie sie sie noch nie in ihrem Leben verspürt hatte. Erschöpft und ausgelaugt bis ins Mark schleppte sie sich schließlich durch die Trümmer im Schlafzimmer bis ins Gästezimmer. Dort ließ sie sich schwer aufs Bett fallen.

Ihre Ehe, ihr Zuhause, ihre Familie, ihre Arbeit ... Alles schienen Fehlschläge zu sein, so hoffnungslos, so falsch, so töricht. Hatte Defina sie nicht gewarnt? Keine Frau konnte alles haben. Vielleicht hatte Jeffrey sie früher einmal geliebt, aber wenn er das heute noch tat, war seine Liebe von Zorn zersetzt – und sie hatte nicht einmal Verdacht geschöpft. Und Lisa – nun, wer hätte je sagen können, wie es um Lisas Gefühle bestellt war? Aber gewiß war sie nicht das, was man unter seiner besten Freundin verstand.

Was blieb, war also ihre Karriere, die darin bestand, teure Kleider für Frauen zu machen, die diese Kleider nicht brauchten; und jetzt hatte sie auch noch die wunderbare Gelegenheit, Sklavenarbeiter in ihre Dienste zu nehmen, damit sie die Sucht der amerikanischen Frauen nach »Schnäppchen« befriedigen konnte.

Vollkommen ausgelaugt lag sie auf dem Bett, zu elend, um sich zu bewegen, zu müde, um sich einen Plan zurechtzulegen. Bisher hatte es immer einen Plan gegeben, einen nächsten Schritt, ein Ziel. Jeffrey heiraten. Eine Wohnung kaufen. Ein Geschäft aufziehen, ein Haus bauen, ein Kind bekommen, ihre Mutter finden, das Geschäft verkaufen. Immer hatte es einen nächsten Schritt gegeben, irgend etwas, auf das sie sich konzentrieren konnte.

Jetzt gab es nichts dergleichen mehr. Sie hatte ihr halbes Leben hinter sich, vielleicht mehr, und ihr waren die Pläne ausgegangen, ihr war die Energie ausgegangen, und ihr war die Liebe ausgegangen. Karen schloß die Augen.

Als sie wieder aufwachte, stand Jeffrey vor ihr. Sie lächelte schläfrig. Träumte sie? Dann, schmerzhaft wie ein Ziegelstein, der ihr auf den Kopf fiel, erinnerte sie sich wieder. Sie setzte sich mühsam auf.

Jeffrey hielt ihr einen Chesterfield-Mantel hin. Er war früher einmal marineblau gewesen, wies jetzt aber eine Reihe gräulich-weißer Bleichmittelflecken quer über der Brust und eine muntere Ansammlung langer Schlitze im Rücken auf.

»Was hast du getan?« fragte Jeffrey. »Weißt du, welchen Schaden du da angerichtet hast?«

»Jeffrey, du hast das richtige Skript, aber du liest die falsche Rolle. Wir werden uns *nicht* wegen deiner Garderobe streiten. Ich interessiere mich einen Dreck für deine Garderobe! Ich glaube, ich habe das sehr deutlich gemacht. Wir werden uns darüber unterhalten, was du in dem Bett in Perrys Atelier mit meiner Schwester getrieben hast.«

»Karen, deine Reaktion ist wirklich übertrieben.« Karen blieb vollkommen reglos. Sie traute ihren Ohren nicht. Immer wenn sie sich stritten, hatte Jeffrey die Oberhand gehabt. Jeffrey hatte nie die Beherrschung verloren, wie es ihr oft genug passierte. Auf diese Weise gelang es ihm stets, ihr die Schuld in die Schuhe zu schieben. Glaubte er denn wirklich, mit dieser Nummer auch jetzt durchkommen zu können? Indem er behauptete, sie sei überempfindlich? Vielleicht, weil sie ihre Tage bekam? Wollte er so tun, als sei *sie* übergeschnappt?

»Meine Reaktion ist übertrieben? ÜBERTRIEBEN? Mein *Mann* bumst meine *Schwester*! Bisher finde ich meine Reaktionen vollkommen normal für eine Frau in einer solchen Situation. Es gibt Studien zu diesem Thema, Jeffrey. Ich habe in der Bibliothek nachgeschlagen. Das ist ein absolut normales Verhalten für eine Frau in meiner Lage. Also, ich habe das Recht, ein paar Dinge zu erfahren.«

Jeffrey wandte den Kopf ab, verlagerte sein Gewicht auf das andere Bein. Er ließ den Mantel auf den Boden fallen und verkreuzte die Arme vor der Brust. »Was?« fragte er.

»Hast du die Adoption mit Cindy absichtlich vermasselt? Hast du ihr den Eindruck vermittelt, daß wir ihr Kind besser nicht bekommen sollten?«

»Nein«, sagte er. »Ich war nett zu ihr. Sally meint, daß sie, nachdem sie das Baby erst einmal gesehen hatte, die Sache so oder so rückgängig gemacht hätte. So etwas kommt vor.«

»Okay. Ich weiß nicht, ob ich dir glaube, aber okay. Die zweite Frage: Wußtest du von dem NormCo-Blutgeld?«

»Wovon redest du?«

»Wußtest du über die Marianen Bescheid?«

»Nein. Ich bin mir nicht einmal sicher, daß ich weiß, wovon du sprichst. Bill hat angerufen. Es hat da wohl ein großes Mißverständnis gegeben. Hier geht es doch nur ums Geschäft, Karen, und nicht um irgendeine Wohltätigkeitsveranstaltung. Er möchte mit dir reden.«

»Vergiß es. Beantworte mir einfach nur die Frage. Wir sprechen hier von Blutgeld, wir sprechen von vertraglich abgesicherter Sklavenarbeit und der schlimmsten Art von Ausbeutung. Wußtest du, daß Arnold recht hatte?«

»Wenn ich es gewußt hätte, hätte ich dich dann dort hinfahren lassen?«

Karen dachte darüber nach. Er hatte recht. Er hätte wahrscheinlich nicht zugelassen, daß sie das herausfand – nicht, wenn er es hätte verhindern können. Aber gestand er da nicht etwas Schlimmeres ein als Unwissenheit? Sie sah den Mann an, den sie geheiratet hatte. »Die letzte Frage: Warum Lisa?«

Ihr Mann zuckte die Schultern. »Weil sie da war«, seufzte er.

»Was? Sie ist da, also besteigst du sie? Wie den Mount Everest? Wer bist du? Sir Edmund Hillary?«

»Karen, es tut mir wirklich leid. Es ist einfach passiert. Es war falsch, es war *wirklich* falsch. Was willst du jetzt von mir?«

Karen hielt inne und dachte einen Augenblick lang wirklich darüber nach. »Ich möchte, daß du gehst. Laß mich allein.«

»Wohin kann ich denn gehen?«

»Es ist mir egal, wohin du gehst, Jeffrey. Geh zur Hölle.«

»Kann ich dich anrufen?«

»Nein.«

Er ging zur Tür. »Es tut mir wirklich leid, Karen«, sagte er und ließ sie allein.

3

Kleine Stiche

Karen saß am Arbeitstisch in ihrem Büro. Sie hatte das Gefühl, als sei dies nach all den Jahren der Arbeit der einzige Platz, der wirklich ihr gehörte. Sie konnte nicht nach Hause, solange Jeffrey noch in der Wohnung war. Und sie wollte ihr Büro nicht verlassen, weil sie das Gefühl hatte, keinen Fuß vor den anderen setzen zu können. Außerdem würde sie, sobald sie durch diese Tür trat, jedem erklären müssen, daß die NormCo-Geschichte vorbei war. Janet kam nicht mehr jedesmal zu ihr gerannt, wenn Bill Wolper ihr eine Nachricht hinterließ. Nur er, Jeffrey und Defina wußten, daß das Geschäft im Eimer war. Jeffrey tobte vor Wut. Karen konnte sich nur mit Mühe Mercedes' Reaktion vorstellen, wenn *sie* davon erfuhr. Und es würden noch mehr Leute sauer sein. Robert der Anwalt bekäme sicher einen Schlaganfall, Janet würde keine Anzahlung auf ihr Haus leisten können, Arnold und Belle würden nichts haben, womit sie ihren Ruhestand finanzieren konnten, und Gott allein wußte, wie Mrs. Cruz und die anderen Frauen aus der Werkstatt die Sache aufnehmen würden. Es war immer schwer, mit Enttäuschungen umzugehen.

Ha! Sie hätte beinahe laut gelacht. *Es war immer schwer, mit Enttäuschungen umzugehen.* Also *das* war wirklich mal ein philosophischer Gedanke.

Karen wußte nicht, ob sie wütend war oder traurig oder beides. Sie dachte an Jeffrey und hatte Mordgedanken, bis ihr die Tränen in die Augen traten und sie von Selbstmitleid überwältigt wurde. Und dann Lisa! Sie konnte sich beim besten Willen nicht vorstellen, welcher Teufel Lisa geritten hatte. Es mußte mindestens drei Millionen Männer auf Long Island geben, und wenn Lisa nicht mit Leonard schlafen wollte, warum versuchte sie es dann nicht zuerst mit einem von den anderen, bevor sie sich an dem Mann ihrer Schwester vergriff?

Während sie so darüber nachdachte, kam Karen langsam zu der Überzeugung, daß Defina recht gehabt hatte. Sowohl Jeffrey als auch Lisa hatten mehr getan, als in einem Atelierbett ein bißchen herumzuvögeln. Beide wollten sie ihr etwas damit sagen. Sie hatten es nicht *aufeinander* abgesehen – sie hatten es auf sie, Karen, abgesehen.

Sie war sich nicht sicher, ob Jeffrey sie liebte, aber fest stand, daß er wütend auf sie war. Vielleicht hatte er das Gefühl, daß seine Arbeit nicht gebührend gewürdigt wurde; jahrelang hatte er den ganzen Geschäftskram am Hals gehabt, während sie den Ruhm einheimste. Und in letzter Zeit war die Kluft noch deutlicher geworden. Kleinkram für ihn, Applaus für sie. Aber wenn es das nicht war, wenn sie ihn einfach langweilte, wenn er sie unattraktiv fand, warum hatte er ihr das nicht gesagt und war gegangen oder hatte sich eine andere Frau gesucht, eine fremde?

Karen starrte aus dem Fenster auf die Seventh Avenue – den Modebezirk. Die Rush-hour war gerade vorbei, aber die Straßen waren immer noch voller Männer, die Kleiderständer vor sich herschoben. Lastwagen blockierten die Straße, und Menschen eilten geschäftig hin und her. Soviel Energie, soviel Anstrengung, so viele Millionen Dollar wurden hier ausgegeben, damit die Leute sich schick kleiden konnten. Sie betrachtete die Menschenmenge unten auf der Straße. War irgend jemand von ihnen so unglücklich wie sie? Sie würde sich einigen großen Enttäuschungen und einigen harten Wahrheiten stellen müssen. Wenn Jeffrey sie noch liebte, dann war er trotzdem so wütend auf sie, daß sich die Sache nicht so leicht wieder hinbiegen ließe. Und wenn er sie *nicht* liebte, wenn sie ihm gleichgültig war, dann war sein Verhalten bösartig und grausam. Welches von beidem traf zu? Und was war das Schlimmere?

Denn nachdem sie den größten Teil der vergangenen Nacht und des heutigen Vormittags darüber nachgedacht hatte, konnte Karen einfach nicht glauben, daß Jeffrey Lisa liebte. Es war nicht nur ihr Ego oder ihre Blindheit, die sie so sicher machten: Sie kannte Jeffrey nach all diesen Jahren und wußte – obwohl eine Frau natürlich nie wissen konnte, welchen Geschmack ihr Mann bei der Wahl seiner Geliebten zeigen würde –, daß Lisa nicht Jeffreys Stil war.

Also hat er es getan, weil er mich immer noch liebt, aber wütend auf mich ist. Oder er hat es getan, weil er mich überhaupt nicht mehr liebt. Aber wenn er mich nicht mehr liebt, wenn er mich schon lange nicht mehr liebt, warum hat er mich dann nicht verlassen? Die einzige Antwort war eine, die Karen wie einen Tritt in den Magen empfand: *Das Geld*. Er blieb bei ihr wegen des Geldes. Und an diesem Gedanken war etwas, das beschämender war als alles andere. Diese Vorstellung nahm ihr alles – ihren Sex-Appeal, ihren Verstand, ihr Talent. Es machte sie zu etwas, das schwerer zu ertragen war als jeder Betrug: Es machte sie zu einer Geldkuh.

Ein leises Stöhnen kam über ihre Lippen. Wie viele begabte Frauen hatten Männer gehabt, von denen sie geschröpft wurden? Coco war von ihrem Liebhaber Iribe ausgenommen worden, Collette von ihrem Mann. Keine erfolgreiche Frau war dagegen gefeit. Vielleicht war sie nur noch ein Lohnscheck für Jeffrey. Eine Zahlstelle. Sie versuchte den Gedanken wie ein häßliches Kleidungsstück abzuschütteln, spielte mit ihm herum, so wie man einen schmerzenden Zahn mit der Zunge befühlte. Sie hatte ihn zu sehr geliebt. Sein Körper war so gut zu ihr gewesen. Also, was hatte es sie gekostet, jedes einzelne Mal, wenn sie mit Jeffrey schlief? Wieviel Bargeld hatte er für jede dieser lieblosen Nummern erwartet? Hatte er dabei immer nur an Lisa gedacht? Irgendwie glaubte Karen das nicht, obwohl die Vorstellung sie krank machte. Und wenn Jeffreys Betrug sie krank machte, was war dann mit dem Verhalten ihrer Schwester?

Karen hatte immer versucht, Lisa bei allem, was sie tat, nur das Beste zu unterstellen. Wenn Lisa faul war, wenn sie selbstgefällig war, unehrlich gegenüber ihrem Mann und pflichtvergessen gegenüber ihren Töchtern, hatte Karen immer versucht, das alles zu übersehen, oder so weit es ging zu beschönigen. Lisa war flatterhaft, sie hatte sich noch nicht gefunden, sie hatte ein erbärmliches Selbstbewußtsein. Aber

Defina hatte Recht gehabt: Sie, Karen, war die Königin der Blindheit. Sie hatte die Fehler ihrer Schwester einfach nicht sehen wollen. Vor allem nicht ihren Neid und ihre Eifersucht.

Es klopfte leise an der Tür. Es war Janet, aber diesmal ignorierte sie Karens abweisende Miene, und steckte den Kopf durch die Tür. Ihr Gesicht war schneeweiß, »Karen, Ihre Schwester ist hier und will Sie *unbedingt* sprechen.«

»Vergessen Sie's«, sagte Karen.

»Karen, Sie müssen mit ihr sprechen, oder Sie müssen sie hinauswerfen. Es macht uns wahnsinnig.« Karen schauderte. *Was* machte sie wahnsinnig? Warum machte Karens eigener Kummer Janet und den anderen lange nicht so zu schaffen wie der Lisas? Sie wußte nichts davon. Oder vielleicht doch? O Gott, darüber hatte sie überhaupt noch nicht nachgedacht. Karens Gesicht brannte vor Scham. Trotzdem hatte sie keine Lust, mit Lisa zu sprechen. Nicht jetzt. Vielleicht überhaupt nie mehr.

Aber in diesem Augenblick wurde die Tür hinter Janet aufgerissen. Die Sekretärin prallte zurück, wie von einem Schlag, als Lisa an ihr vorbeischoß. Eine Sekunde lang verstand Karen nicht, was los war. Hatte Lisa die junge Frau tatsächlich geschlagen? Aber dann hatte sie das Gefühl, selbst einen Schlag versetzt zu bekommen, als sie den Geruch wahrnahm.

Geruch war allerdings kaum das richtige Wort dafür. Es war ein entsetzlicher Gestank, der so furchtbar war, daß Karen glaubte, sich übergeben zu müssen. War es *Lisa,* die so roch? Karen trat ans Fenster und riß es auf. Es war keine Frage von Höflichkeit. Es ging ums Überleben.

»Was zur Hölle ist das?« fragte Lisa. Ihre Haare waren wild zerzaust, sie trug Jeans, rote hohe Absätze und ein altes Hemd, das aussah, als hätte es früher einmal Leonard gehört. Karen hatte das Aussehen ihrer Schwester noch nie so erschreckend empfunden, aber ihr Aussehen war nichts im Vergleich zu dem Geruch.

»Was zur Hölle ist das?« wiederholte Lisa. »Wie hast du das gemacht?«

»Wovon sprichst du?«

»Wovon ich spreche? WOVON ICH SPRECHE? Als könntest du es nicht riechen. Als könnte nicht ganz New York das riechen! Ich weiß, daß du und diese schwarze Hexe mir das angetan habt. Sie hat mich ja *nie* leiden können! Dr. Schneider kann nicht herausfinden, was es ist. Er hat sogar gewürgt, als ich meine Beine auf die Bügel legte. Wie hast du das gemacht?«

»Lisa, ich habe überhaupt nichts gemacht.«

»Na schön. Ich rieche dort unten, als hätte ich ein totes Stinktier zwischen den Beinen und niemand hat irgend etwas getan.

Ich *weiß*, daß es Defina war.«

»Vielleicht hast du dir irgendwas von Jeffrey gefangen«, meinte Karen. »Vielleicht ist es eine Pilzinfektion oder so etwas.«

»Eine Pilzinfektion!« schrie Lisa. »Ein ganzer Ozean Deodorant kann nichts dagegen ausrichten! Wenn Jeffrey das hätte, wäre ihm schon lange der Schwanz abgefallen.« Lisa begann zu schluchzen und lief im Büro auf und ab. Karen versuchte weiter durch den Mund zu atmen und blieb dicht am Fenster. Der Gestank war einfach unglaublich.

»Ich bin mit dem Zug gekommen«, sagte Lisa, immer noch schluchzend »und der Waggon war schon vor der nächsten Station vollkommen leer. Ich hatte einen ganzen Waggon von Long Island aus für mich allein, und das während der Rush-hour! Als ich an der Penn-Station ausstieg, kam ich an ein paar Pennern vorbei, an denen, die in der Unterführung leben. Du weißt ja, wie schrecklich *die* riechen. Aber sie haben sich alle umgedreht und *mich* angestarrt. Mein Haus stinkt. All meine Kleider sind ruiniert. Meinem Mercedes kann man nicht nahe kommen, ohne daß einem speiübel wird. Jesus Christus, Karen, genug ist genug! Ich habe Jeffrey nie gewollt. Ich habe einfach nur mit ihm geschlafen, weil mir die Aufmerksamkeit gefiel, die er mir geschenkt hat. Weil ich haben wollte, was du hast. Aber du kannst ihn behalten. Er ist eine Niete. Nur sieh zu, daß du mir diesen Gestank vom Hals schaffst.«

Karen dachte einen Augenblick nach. Dann ging sie zur Gegensprechanlage und drückte auf einen Knopf. »Janet«, fragte sie, »ist Defina schon da?«

Es war zwanzig vor zehn, und Defina kam selten vor halb elf. Aber noch bevor Janet zurückrufen konnte, spazierte Defina in Karens Büro.

»Halli-hallo! Ich rieche eine Ratte.« Defina blickte Lisa an. »Bist du das, Mädchen?«

Lisa fuhr sich mit der Hand über die Augen und funkelte Defina wütend an. »Das ist nicht komisch.«

Defina sah Karen an. »Boss, du solltest mit deiner Schwester mal ein Wörtchen über Körperhygiene reden.«

»Hör damit auf!« rief Lisa. »Ich weiß, daß du das getan hast. Du und diese Voodoo-Hexe. Ich habe schon zu Karen gesagt, daß ich alles tun will, was ihr möchtet. Nur unternehmt etwas gegen diesen Gestank!«

Defina hob die Augenbrauen, legte den Kopf zur Seite und sah Lisa ins Gesicht. »Wenn du dich im Dreck wälzt, darfst du nicht überrascht sein, wenn du nachher stinkst«, erklärte sie ruhig. »Und gib mir nicht die Schuld daran.«

»Dee, hast du das getan?« fragte Karen streng.

Dee riß die Augen auf. »Liebste Freundin, dazu habe ich nicht die Macht. Die Menschen sollten selbst die Verantwortung übernehmen für das, was sie tun. Ich wasche meine Hände in Unschuld.«

Lisa begann vor sich hinzuwimmern und ließ sich auf den Teppich sinken. »Helft mir!« schrie sie. »Das ist nicht fair. Ihr müßt mir helfen.«

Dee stürmte auf sie zu wie eine große Katze, die ihre Jungen beschützt. »Ich glaube nicht, daß du das Recht hast, von Fairneß zu sprechen. Du hast eine große Schwester, die nett zu dir ist, einen Ehemann, der sich um dich kümmert, und zwei gesunde Kinder. Das ist eine Menge mehr als die meisten Frauen haben. Wenn du also deine Kinder mißachtest, wenn du deinen Mann betrügst und deine Schwester auf abscheulichste Weise hintergehst, dann sieh zu, daß du besser nicht von Fairneß sprichst. Karen war immer gut zu dir. Aber ihre Freundschaft war nicht genug, ihre Geschenke waren nicht genug, das Geld war nicht genug. Du warst trotzdem eifersüchtig und gehässig. *Das* ist es, wonach du stinkst.«

»Wage es ja nicht, den Stab über mich zu brechen!« schrie Lisa zurück. »Meine Schwester hat dich lieber als mich! Weißt du, was *das* für ein Gefühl ist?« Dann wandte sie sich an Karen. »Und *du* brauchst mich auch nicht zu verurteilen. Du hattest immer alles, was du brauchtest! Und ich? Du hast ja keine Ahnung ...«

Defina ging auf Lisa zu und nahm sie am Arm. »Steh von diesem Teppich auf, sonst kriegen wir den Geruch niemals mehr raus. Ich würde sagen, du gehst jetzt nach Hause und nimmst ein heißes Bad mit Essig und ein paar Tränen. Vergiß ja nicht die Tränen. Wirklich wichtig. Ich wette, davon wird der Gestank weggehen.«

Lisa stand auf, sah wild von einer zur anderen und stürzte dann aus dem Büro, ohne ein weiteres Wort zu verlieren.

Karen sah über ihren Schreibtisch hinweg ihre Freundin an. »Was hast du getan?« fragte sie.

»Ich habe überhaupt nichts getan. *Sie* ist diejenige, die etwas getan hat.«

»Na, komm schon, Dee. Ist es etwas, was du zusammen mit Madame Renault ausgeheckt hast?«

Defina zuckte die Schultern. »Du selbst hast doch immer gesagt, das alles sei Hokuspokus«, erwiderte Dee. »Wie steht's damit, Karen.«

»Dee, ich *weiß*, daß du etwas getan hast. Ich weiß, daß du es aus Freundschaft zu mir getan hast, aber ich kann für mich selbst sorgen. Und werde es in Zukunft auch tun.«

Defina ging um den Schreibtisch herum und legte einen Arm um Karen. »Du hast im Augenblick schrecklich viel am Hals«, sagte sie. »Carl und ich haben gedacht, du könntest ein bißchen Hilfe gebrauchen.« Dann setzte sie wieder ihre Unschuldsmiene auf. »Aber ich habe Lisa nichts getan.«

»Klar. Natürlich.« Karen sah ihre Freundin an. »Wird es jetzt weggehen?« fragte sie.

»Hm«, antwortete Defina. »Wenn sie die Tränen nicht vergißt ...«

4

Ausgeträumt

Karen saß auf einem der Klappstühle im Ausstellungsraum und wartete darauf, daß das Personal von KKInc sich ebenfalls dort versammelte. Sie wußte, daß das, was vor ihr lag, nicht leicht sein würde. Viele von ihren Leuten brauchten das Geld dringend, und die Unvorsichtigeren unter ihnen hatten vielleicht schon damit begonnen, das NormCo-Geld auszugeben, das sie nun niemals bekommen würden. Casey hatte ihr erzählt, daß eines der Mädchen aus der Werkstatt seit einigen Tagen mit einem nagelneuen Cadillac zur Arbeit kam. Karens Ankündigung würde ein schwerer Schlag sein, und sie wußte nicht, wie viele von ihren Leuten ihr anschließend noch die Stange halten würden.

Und warum sollten sie auch? fragte sie sich. Hatte sie sich nicht als eine treulose Chefin erwiesen? Mittlerweile war ihr auch klar, daß trotz all der Versprechungen Köpfe gerollt wären, wenn NormCo die Firma übernommen hätte. Bestimmt wären Jobs verlorengegangen, damit man auf den Marianen weitere Sklavenmädchen in einer schmutzigen Fabrik und bei einem noch schlimmeren Wohnheim hätte schuften lassen können. Sie mußte noch einmal an das Gedicht denken, das Arnold in seinem Büro hängen hatte: *Meine kleine Schwester hab ich eingesperrt, fern vom Leben, fern vom Licht (für eine Rose, eine Schleife, für ein Band in meinem Haar).* Hatte sie dasselbe mit diesen Frauen gemacht?

Die Leute im Raum unterhielten sich leise miteinander. Karen saß an der Stirnseite und fühlte sich so einsam wie noch nie in ihrem Leben. Jeffrey zeigte immerhin den Anstand, nicht zu erscheinen. Das Personal mußte es bemerkt haben, aber niemand hatte ihr gegenüber ein Wort darüber verloren. Plötzlich hatte sie das Gefühl, von aller Welt verlassen zu sein. Tränen des Selbstmitleids traten ihr in die

Augen, aber Karen senkte entschlossen den Kopf und unterdrückte ihr Schluchzen. Das war nicht der richtige Augenblick, um sich selbst leid zu tun. Jetzt mußten ihr erst einmal die Menschen leid tun, denen sie Kummer bereiten würde.

Es war Zeit anzufangen. »Sie alle wissen, daß ich Ihnen etwas zu sagen habe«, begann Karen. Sie war überrascht zu hören, daß ihre Stimme nicht zitterte, und räusperte sich. »Als wir uns das letzte Mal zusammengesetzt haben und ich Ihnen von dem NormCo-Geschäft erzählte«, sagte sie, »hatte ich die feste Absicht, die Sache durchzuziehen.« Es erhob sich ein leises Gemurmel, aber Karen fuhr fort: »Ich würde Ihnen gerne sagen können, daß jetzt tatsächlich alles in Ordnung ist. Aber das ist es nicht.« Das Gemurmel wurde zu einem lauten Summen, und Karen versuchte nicht, etwas dagegen zu unternehmen. Sie gab den Leuten einen Augenblick Zeit und erhob dann von neuem die Stimme: »Ich habe eine Menge Dinge erfahren, die es mir unmöglich machen, das Angebot von NormCo anzunehmen. Es war eine Entscheidung, die ich für uns alle treffen mußte. Aber ich hatte das Gefühl, keine Wahl zu haben. Ich bin zu der Auffassung gelangt, daß das Geschäft mit NormCo uns langfristig geschadet hätte. Das bedeutet natürlich, daß es das Geld, das wir erwartet haben, nicht geben wird, und ich weiß, daß das eine Enttäuschung für sie alle ist.« Sie biß sich auf die Lippe und hielt einen Augenblick inne. Mercedes Bernard stand abrupt auf, und obwohl sie äußerlich so beherrscht wirkte wie nur je, konnte Karen doch sehen, wie wütend sie in Wirklichkeit war. Mercedes drehte sich um und verließ den Raum. Viele Augen folgten ihr.

Karen ließ ihre Blicke über ihr Publikum gleiten. Nur Casey lächelte. Nun ja, er hatte sich durch das Geschäft immer bedroht gefühlt. Der Rest der Leute sah entweder wütend, erschrocken oder verwirrt aus. Karen fing einen Blick von Mrs. Cruz auf. Ihr braunes, breites, faltiges Gesicht zeigte keinerlei Ausdruck, aber sie nickte Karen zu. Es war eine Geste von solcher Freundlichkeit, daß Karen tief aufatmete.

»Damit bin ich mit meinen schlechten Nachrichten noch nicht am Ende«, sagte sie. »Wir müssen eine ernsthafte Neuorganisierung vornehmen, müssen einen Weg finden, um die Schulden zu begleichen, mit denen wir uns belastet haben, als wir uns ins mittlere Preissegment der Konfektion wagten. Jetzt, da Sie alle Aktionäre sind, sollten Sie das wissen. Ich kann Ihnen nicht erklären, wie diese Neuorganisation aussehen wird, weil ich es ehrlich gesagt selbst noch nicht weiß. Aber ich verspreche Ihnen, daß ich Sie, sobald wir wissen, wie es weitergeht, von allen Plänen in Kenntnis setzten werde.« Es hatte keinen Sinn, ihnen zu sagen, daß sie ohne Jeffrey keinen Finanzexperten mehr hatten und daß ihr selbst durchaus nicht klar war, wie die Firma in Zukunft finanziert werden könnte.

»Wenn irgend jemand von Ihnen das Gefühl haben sollte, daß er nichts mehr mit der Firma zu tun haben will, verstehe ich das, obwohl ich natürlich sehr enttäuscht darüber wäre. Ich glaube nicht, daß ich Ihnen im Moment noch mehr zu sagen habe oder Ihnen irgendwelche Antworten auf Ihre Fragen bieten könnte. Aber ich werde mich zu einem späterem Zeitpunkt gern mit jedem einzelnen von Ihnen, der das wünscht, zusammensetzen. In der Zwischenzeit steht Ihnen Defina Pompey für weitere Fragen zur Verfügung.« Jawohl, denn vor *ihr* hatten alle Angst! Karen holte tief Luft. »Vielen Dank, daß Sie gekommen sind, und lassen Sie mich noch einmal sagen, wie leid es mir tut, daß ich Sie enttäuschen mußte.« Dann konnte sie es plötzlich nicht mehr verhindern. Ihre Augen füllten sich mit Tränen, und sie mußte den Raum schnellstens verlassen.

Karen hatte kaum Zeit gehabt, sich die Augen abzutupfen, bevor die Tür aufflog und Mercedes in ihr Büro stürmte. Sie war fuchsteufelswild. Ihr schwarzes Haar stand ihr vom Kopf ab, als hätte sie es entweder wie eine Wahnsinnige zerwühlt oder einen elektrischen Schlag bekommen. Einen Augenblick lang hatte Karen noch Zeit, darüber nachzudenken, daß die sonst so elegante Mercedes aussah wie eine Kreuzung zwischen Morticia Addams und der Braut von Frankenstein. Es war ein passender Vergleich, denn Mercedes inszenierte tatsächlich eine Horrorshow.

»Was zum Teufel haben Sie getan?« fragte sie, und ihre

Stimme klang genauso tief wie die von Linda Blair im *Exorzisten*.

»Ich habe getan, was ich tun mußte, Mercedes.«

»Sie haben getan, was Sie tun mußten? Nun, *ich* habe getan, was *ich* tun mußte, und in den letzten achtzehn Monaten habe ich Sie *gemacht*. Ich habe Sie allein in diesem Jahr auf ein Dutzend Titelbilder von Frauenzeitschriften gebracht. Sie hatten einen fünfseitigen Artikel in *Vanity Fair*, und die *Mirabella* hat ebenfalls lang und breit über Sie berichtet. Ich habe Sie in jede verdammte Fernsehshow hineingebracht, die eine Rolle spielt. Ich habe Paris ermöglicht. Ich habe Sie zu einem *Begriff* gemacht. Und jetzt wollen Sie mir sagen, daß das alles umsonst war?«

»Mercedes, es hat niemals eine Garantie gegeben.«

»Das soll mich wohl trösten? Ich bin achtundfünfzig! Wissen Sie, wie lange ich gebraucht habe, um mich bis in die erste Reihe vorzuarbeiten? Dreißig Jahre! Ich kenne die Branche, ich kenne jeden einzelnen, der eine Rolle spielt, und Sie haben davon profitiert. Und jetzt? Ich bin nicht die Art Frau, die behaglich mit einem Scheck vom Sozialamt und einer kleinen Zusatzpension von irgendwelchen Zeitschriften leben kann. Ich habe Sie *gemacht*, Karen, und Sie sind mir etwas schuldig.«

Trotz ihrer Erschöpfung, trotz ihrer Traurigkeit wurde Karen langsam wütend. Warum glaubte eigentlich jeder, sie habe ihren Erfolg ihm zu verdanken? Jeffrey hatte sie *gemacht*, Liz Ruben hatte sie *gemacht*, Bill Wolper wollte sie *machen*, und jetzt war es also Mercedes. Karen holte tief Luft, um etwas zu sagen, von dem sie noch nicht genau wußte, was es sein würde, als Casey ins Zimmer trat.

»Zum Teufel mit Ihnen, Mercedes!« rief er. »Was wissen denn Sie schon? Sie hatten einen leichten Job. Sie haben PR für Karen gemacht, als die Leute schon nach ihr lechzten. *Ich* war von Anfang an dabei, zu einer Zeit, als wir Bloomingdales noch auf den Knien anflehen mußten, um ihnen unsere Kollektion vorführen zu dürfen. Wir haben sie im Lastenaufzug gezeigt und sie samt und sonders an Marvin Traub verkauft. Karen hätte Ihre Hilfe nicht gebraucht, um zu erreichen, was sie erreicht hat. Also übertreiben Sie mal nicht.«

Mercedes sah ihn aus schmalgewordenen Augen an. »Wer hat denn Sie gefragt, Sie kleiner Schwuler?«

»Ich glaube, das reicht jetzt, Mercedes. Es sei denn, Sie wollen mich noch eine Niggerhure nennen, bevor Sie Ihren mageren Arsch hier rausbewegen«, sagte Defina und warf die Tür vor Janet und den anderen Sekretärinnen, die mit offenem Mund draußen standen, ins Schloß.

Mercedes sah Karen noch einmal direkt ins Gesicht und holte tief Luft, als wolle sie von neuem beginnen. »Sie wissen, daß das, was ich gesagt habe, die Wahrheit ist ...«, begann sie.

Aber Karen hatte endgültig die Nase voll. »Mercedes, es wird Zeit, daß Sie gehen. Casey, würdest du Mercedes bitte dabei helfen, ihren Schreibtisch leerzuräumen?«

»Mit Vergnügen«, erwiderte Casey lächelnd. Dann begleitete er sie hinaus.

Karen drehte sich erschüttert zu Defina um. »Sie hat mich angesehen, als wolle sie mich am liebsten umbringen«, sagte sie. »Mein Gott, was für eine Erfahrung,«

»Ja, ja«, nickte Defina. »Erfahrungen sind das, was du bekommst, wenn du das, was du willst, nicht bekommst.«

Karen hatte den ganzen Nachmittag und Abend in Jeffreys Büro zugebracht, um mit Casey und Lenny die Finanzen durchzugehen. Es war anstrengend, niederschmetternd und verwirrend gewesen. Hatte sie sich zu sehr auf Jeffrey verlassen? Hatte sie den typisch weiblichen Fehler gemacht, ihrem Mann die »Männerarbeit« zu überlassen? Aber in der Welt der Mode gab es kaum eine Firma, die anders arbeitete, als sie es getan hatte. Hätten die Designer nicht die Hilfe, die Unterstützung und die Entschlossenheit ihrer brillanten, in der Geschäftswelt bewanderten Partner, hätten sie nach ein oder zwei Saisons die Tore schließen können. Ein Designer mußte ungeheuer viel leisten; er hatte einfach nicht die Zeit, Kleider zu entwerfen *und* die geschäftliche Seite zu regeln. Und jetzt standen sie vor einem Dilemma.

Sie wußte, daß Lacroix 1988 in einem seiner besten Jahre seinen Verkauf um vierhundert Prozent gesteigert, aber trotzdem acht Millionen Dollar verloren hatte. Die Bücher, die Lenny ihr gezeigt hatte, wiesen darauf hin, daß KKInc mit dem Erfolg seiner Konfektion auf demselben Weg war. Karen hatte das Gefühl überwältigender Hilflosigkeit, und ohne zu irgendeiner Lösung gekommen zu sein, schickte sie Casey und Lenny nach Hause.

Früher hatte Karen nie viel Zeit in diesem Büro zugebracht. Es war Jeffreys Domäne gewesen; sie hatte sich die finanziellen Dinge nach Möglichkeit vom Hals gehalten. Jetzt jedoch ging sie quer durchs Zimmer und setzte sich in den Sessel, auf dem Jeffrey immer saß, wenn er geschäftliche Besprechungen hatte. Das Leder roch auf irgendeine undefinierbare Weise nach Jeffrey. War es seine Seife? Sein Shampoo? Rasierwasser oder Parfüm konnte es nicht sein, da er beides nie benutzte. Der Sessel roch einfach nur nach ihm. Und wie sie so dasaß und seinen Geruch einatmete, verspürte Karen trotz ihres Zorns eine unerträgliche Woge der Sehnsucht nach ihrem Mann.

Dort, in dem verdunkelten Büro, hatte Karen plötzlich das Gefühl, nicht ohne Jeffrey leben zu können. Weder privat noch geschäftlich. Sie hatte spät geheiratet, sie war erst spät im Leben erfolgreich geworden, und sie glaubte nicht, das alles so früh schon wieder aufgeben zu können. Gab es irgendeine Möglichkeit, ihre Ehe noch zu retten? Vielleicht hatte Defina recht, als sie meinte, Jeffrey habe ihr, Karen, etwas damit sagen wollen. Und hatte sie selbst nicht ebenfalls daran gedacht, ihn zu betrügen?

Sie war verletzt und immer noch sehr, sehr wütend, aber sie hatte das Gefühl – wenn sie ihn verlor, würde sie sehr viel verlieren: Immerhin war sie mit ihm groß geworden. Ihr ganzes Leben war mit ihm verknüpft. Und die Vorstellung, allein weiterzuleben, erschreckte sie. Würde sie eine von diesen Frauen sein, Frauen eines gewissen Alters, die zu gesellschaftlichen Anlässen mit einem schwulen Mann am Arm erschienen? Würde sie schließlich wie die arme Chanel enden, allein, ohne Liebe und ohne Kinder?

Karen holte tief Luft und atmete Jeffreys Duft ein. Es war schwer zu glauben, daß sie Bill Wolper in irgendeiner Hinsicht als Partner in Betracht gezogen hatte. Was für ein verlogenes Schwein! Er verkörperte alles, was sie an den Männern in diesem Geschäft haßte – ihre Gier, ihre Härte, ihre Profit-um-jeden-Preis-Mentalität. Einen Augenblick lang wurde die Dunkelheit des Büros zu der Düsternis in den Baracken von Saipan. Aber hier war nur Dunkelheit, nicht das Geräusch über den Boden huschender Ratten, nicht der Gestank nach Fäkalien, nach Schmutz und Hoffnungslosigkeit. Sie dachte an Arnold, an die verachtungsvolle Art, mit der er über »Blutgeld« sprach, und das erinnerte sie an die Blutspur auf dem schmutzigen Krankenhausboden. Sie schauderte. Was würde aus all diesen Menschen werden, aus all diesen leidenden, gequälten Seelen? Was würde aus dem Baby werden? Sie hatte Mr. Dagsvarr bereits einen Scheck geschickt, spürte aber, daß das nicht genug war. Aber was konnte sie sonst noch tun?

Karen hatte das Gefühl, wie ein Gefangener in einer Zelle festzusitzen. Sie war keine Sozialarbeiterin, sie war eine Frau – eine Frau in mittleren Jahren –, der es Spaß machte, Kleider zu entwerfen, und die ein Talent dafür besaß. Aber wie hätte sie weitermachen sollen?

Vielleicht konnte sie Jeffrey verzeihen. Es war möglich. Schon andere Frauen hatten treulosen Ehemännern verziehen. Wenn er nur mit ihrer Schwester geschlafen hatte, um ihr wehzutun, war es möglich, daß es einen Weg gab, ihm zu vergeben. Sie fragte sich, ob es ein Akt der Feigheit oder der Tapferkeit wäre, und sie fragte sich auch, ob sie diesen Weg finden konnte. Und selbst wenn sie ihm nicht verzeihen würde, mußten sie doch die geschäftlichen Dinge besprechen, mußten Pläne machen und anfangen, der Zukunft ins Gesicht zu sehen.

Sie griff nach dem Telefonhörer und wählte langsam die Nummer, die Jeffrey ihr hinterlassen hatte. Jeffrey ging an den Apparat, und beim Klang seiner Stimme spürte Karen, wie ihr Herz zu hämmern begann. »Jeffrey, ich bin's, Karen. Wir müssen miteinander reden.«

5

Der Zug der Zeit

Karen wartete in seinem Büro auf Jeffrey. Eine Weile hatte sie noch in der Dunkelheit gesessen, aber da sie wußte, daß er unterwegs war, zwang sie sich, von ihrem Sessel aufzustehen. Sie ging an die Anrichte hinter Jeffreys Schreibtisch, betrachtete einen Augenblick lang das Foto von ihnen beiden, das bei der Verleihung des Oakley-Preises aufgenommen worden war, mußte den Blick aber abwenden, um nicht wieder loszuheulen. Sie griff in die erste Schublade, um sich ein Taschentuch zu nehmen. Es war keins da. Sie schaute auch in die nächsten beiden Schubladen. Was denn, putzten Männer sich etwa nicht die Nase? In der untersten Schublade fand sie endlich ein paar Papiertaschentücher. Besser als nichts. Aber als sie sie herausnahm, entdeckte sie daneben einen verschlossenen Kasten. Irgendwie sah diese billige Blechdose Jeffrey so gar nicht ähnlich. Was konnte ein Mann wie er in einer Zehn-Dollar-Geldkassette aufbewahren? Sie nahm den Kasten heraus. Einen Augenblick lang fürchtete sie, obwohl sie vom Gegenteil überzeugt war, daß er Liebesbriefe oder Bilder von Lisa enthalten könnte. Trotzdem, das mußte sie genau wissen. Sie mußte wissen, ob Jeffrey ihre Schwester liebte.

Die Kassette war nicht verschlossen, und sie enthielt auch keine Briefe, sondern Dias. Karen hielt das erste gegen das Licht. Es war ein Gemälde, eines von Jeffreys Gemälden wahrscheinlich. Aber eins, das sie noch nie zuvor gesehen hatte. Es war ein Akt, aber keiner von der Art, die Jeffrey in seinem Atelier in Westport gemalt hatte. Er war nicht gut, aber er war ehrlich, er war mit dem Herzen gemalt.

Die Frau war Gott sei Dank nicht Lisa. Karen holte tief Luft und hielt das nächste Dia in die Höhe. Es war ebenfalls ein Aktbild, und wieder war es nicht Lisa. Karen zählte die

Dias in der Box; es waren mehrere Dutzend. Wann hatte Jeffrey Zeit gehabt, all diese Arbeiten anzufertigen? Nachdem sie sich noch einige der Dias angesehen hatte, wurde ihr klar, daß alle Akte dieselbe blonde Frau darstellten. Irgendwie hatte Jeffrey es geschafft, mit diesen Bildern eine gewisse Zartheit, eine Verletzlichkeit zu vermitteln, die es in seinen früheren Arbeiten nie gegeben hatte. Oder lag es vielleicht an der Frau? Vielleicht besaß die Frau auf den Bildern diese Verletzlichkeit. Es war schwer zu sagen, ob die Ausstrahlung von der Pose, von der Frau oder von der Maltechnik herrührte. Karen starrte die Bilder an. Warum hatte Jeffrey ausgerechnet sie geheim gehalten? Das hier waren eindeutig die besseren Gemälde, das hier war seine Zukunft. Was hatte sie da gefunden?

Irgendwie schien das Geheimnis dieser Dias wichtiger zu sein als Jeffreys Liaison mit Lisa. Karen wußte, daß Jeffrey sich selbst immer als Künstler gesehen hatte, und sie hatte diesen Standpunkt geteilt. Diesen Kasten mit Dias hätte er nicht vor ihr geheimhalten dürfen. Jeffrey hatte also eine neue Arbeit begonnen. Es war eine aufregende Arbeit. Vielleicht nicht großartig, aber doch besser als alles, was er seit dem College gemacht hatte. Warum wollte er das vor ihr geheimhalten?

Unter der Kassette lagen einige Papiere. Karen zog sie hervor. Es waren nur Jeffreys Geburtsurkunde und ein paar Ausschnitte aus *Business Week* und dem *Wall Street Journal* mit Bildern von Jeffrey. Nichts besonderes, und gewiß nichts, worüber man sich wundern konnte. Dann ging sie noch die restlichen Papiere durch. Als sie einen Mietvertrag mit der Kaufoption für Perrys Atelier fand, stockte ihr der Atem.

Bei Gott, sie hatte nicht viel Ahnung von juristischen Dokumenten, aber es sah so aus, als hätte der vorsichtige Jeffrey an Perry eine nicht rückzahlbare Summe von hundertfünfzigtausend Dollar auf einen Kaufpreis von achthunderttausend Dollar ausgezahlt! War er übergeschnappt? Jeffrey wollte Perrys Atelier *kaufen*? Sie dachte an Perrys Abschiedsbesuch. An seine Bemerkung *»mi casa, su casa«*. Daher kam also das Geld, mit dem er seine Entziehungskur bezahlte! Das war auch der Grund, warum er ihr den Schlüssel gegeben und gesagt hatte, sein Haus sei ihr Haus.

Sie blätterte weiter, bis sie auf ein Foto stieß. Es mußte jüngeren Datums sein – das konnte sie an der Farbe von Jeffreys Haar erkennen. Er stand irgendwo auf der Straße; es sah aus wie Lower Manhattan, vielleicht Tribeca. Und er hatte den Arm um eine Frau gelegt. Gott sei Dank war es nicht Lisa. Die Frau auf dem Foto war eine große, elegante Blondine und entsprach schon viel eher Jeffreys Stil. Karen starrte das Foto an und wurde sich des Blicks bewußt, mit dem Jeffrey die Frau betrachtete. Tränen stiegen ihr in die Augen. Wie lange war es her, daß Jeffrey *sie* so angesehen hatte?

Das Gesicht der Frau war von ihren Haaren halb bedeckt, aber Karen konnte einen Teil des Profils erkennen. Es war kaum etwas zu sehen, aber das, was sie sah, erschien ihr qualvoll vertraut. Es war, soviel stand fest, die Frau von den Aktbildern. Karen starrte das Foto an, denn sie wußte, daß sie diese Frau kannte. Dann, gerade als es ihr einzufallen schien, klingelte Jeffreys Privatapparat. Karen wandte den Blick keinen Augenblick von dem Foto ab. Das Telefon klingelte weiter. Bill Wolper hatte endlich begriffen und aufgehört, ihr irgendwelche Nachrichten zu hinterlassen. Wer konnte es also sein? Jeffrey? Wollte er vielleicht ihre Verabredung absagen? Sie fürchtete sich davor, genau das herauszufinden, wenn sie an den Apparat ging. Schließlich stand sie jedoch auf und hob den Hörer ans Ohr. Es war Robert der Anwalt. »Karen, ich bin ja so froh, daß ich dich erwische. Ich habe es schon überall versucht. Dann ist mir diese Nummer eingefallen. Schau mal, wir *müssen* miteinander reden.«

»Es ist elf Uhr abends, Robert. Und ich muß nie mehr mit dir reden.«

»Karen, du mußt mir zuhören. Mein Leben steht hier auf dem Spiel. Die Firma hat viel Zeit und Geld investiert. Karen, wenn du dieses Geschäft nicht machst, sitze ich in der Klemme. Sie geben mir die Schuld. Wolper ist auf dem Kriegspfad, und ich werde den Kopf für alles hinhalten müssen. Du mußt mir helfen, Karen. Gib mir irgend etwas, was ich ihnen sagen kann. Selbst wenn du die NormCo-Sache nicht machst, gib mir grünes Licht für ein Parfümgeschäft. Uni Lever ist vielleicht interessiert. Oder wir könnten KKInc an der Börse einführen. Ich weiß, daß es nicht mehr so wie in den Achtzigern ist, aber es wäre trotzdem möglich.«

»Ich kann jetzt nicht mit dir reden«, sagte Karen. »Ich muß zuerst mit meinem Mann sprechen.«

»Hör zu, Karen, ich wollte mich nie in seine Privatangelegenheiten hineinziehen lassen. So etwas mache ich nicht. Ich wollte auch gar nichts von seinen Affären wissen. Geschäft ist Geschäft, und euer Privatleben ist allein eure Sache. Aber er hat mich in eine schwierige Lage gebracht. Du weißt, was ich meine. Und er *gehört* zur Familie, aber ich möchte dir sagen, daß ich auf deiner Seite stehe.«

»Du bist ein Arschloch, Robert«, sagte sie und legte den Hörer auf. Reglos saß sie da. Affären? Hatte es mehr als eine gegeben? Was ging da vor?

Und da kam Jeffrey herein.

Er sah zerknittert aus, und es war so ungewöhnlich, ihn einmal nicht geschniegelt und gestriegelt zu sehen, daß es Karen überraschte. Sein beinahe weißes Haar war zerwühlt, und einer seiner Manschettenknöpfe hing lose an seinem Ärmel. *Gar nicht sein Stil.* Irgendwie berührte es sie und gab ihr gleichzeitig Selbstvertrauen. Wenn er diese Sache so schwer nahm, bestand vielleicht noch die Chance …

»Was sollen wir tun?« fragte sie ihn.

»Wir sollten das Geschäft mit NormCo machen, wenn das noch geht. Ich glaube nicht, daß es schon zu spät ist.« Seine Stimme war ausdruckslos, tot.

»Ich habe nicht vom Geschäft gesprochen«, sagte Karen.

»Das Geschäft ist das einzige, was wir noch haben.«

Es war wie ein Tritt in den Magen. Sie hatte recht gehabt, als sie zu der Auffassung gekommen war, daß Jeffrey Lisa nicht liebte, aber was hatte sie glauben lassen, daß er sie, Karen, noch liebte? Sie mußte verrückt gewesen sein, verzweifelt. Wieder einmal eine Ehefrau, die ihren Mann, der in Bälde ihr Ex-Mann sein würde, mitten in der Nacht aus dem Bett riß. Affären! Robert hatte eindeutig im Plural gesprochen. Hatte sie wirklich geglaubt, sie und ihr Mann könnten noch einmal zusammenfinden? Sie spielte ja immer noch die Königin der Blindheit. Aber jetzt wollte sie wissen, was passiert war, wer die Frau war, wann er die Bilder gemalt hatte, wie lange es her war, seit er sich nichts mehr aus ihr machte. Sie wollte es wissen. Alles.

Aber Jeffrey wollte nur eines. »Karen, du mußt mir glauben. Es gibt für die Firma keine Chance, ohne NormCo zu überleben. Es ist nur eine Frage der Zeit. Ich habe alle Möglichkeiten in Betracht gezogen. Es ist die einzige. Und ganz egal, welche Gefühle du für mich hast, ganz egal, was ich getan habe, du mußt das NormCo-Geschäft abschließen. Es ist auch deine Zukunft. Ansonsten wirst du in weniger als zwei Jahren aus dem Geschäft sein.«

Sie wußte nicht, wann in ihrem Leben sie jemals größere Angst gehabt hatte. Cindys Baby zu verlieren, Jeffrey zu verlieren *und* ihre Firma zu verlieren war mehr, als sie ertragen oder sich vorstellen konnte.

»Es gibt noch andere Möglichkeiten für mich«, sagte sie dennoch mit fester Stimme und hoffte zutiefst, daß er ihre Fassade nicht durchschauen würde. »Ich könnte mehr Lizenzen vergeben. Oder ins Parfümgeschäft einsteigen. Oder an die Börse gehen.«

»Nicht ohne mich«, sagte Jeffrey. »Sie würden dich bis auf die Knochen ausziehen. Außerdem hast du keine Zeit dazu. Du hast nicht die nötige Liquidität, am Ende stündest du ohne die Firma, ohne deinen Namen und ohne Geld da. Du weißt, was mit Norris Cleveland passiert ist und mit Tony de Freise und Suzanne Rowans. *Ich* kenne den Markt. Ich kenne das Geschäft. Ich kann dich beschützen. Du schaffst es nicht allein, Karen.«

»Es sieht so aus, als würde ich es müssen«, sagte sie.

Er seufzte und schüttelte den Kopf. »Na, komm schon. Können wir uns nicht wie erwachsene Menschen benehmen?«

»Was willst du eigentlich, Jeffrey?« fragte sie mit ruhiger Stimme.

»Ich will mein Leben wiederhaben, Karen. Ich habe dir all diese Jahre gegeben. Ist das nicht genug? Ich habe aufgehört zu malen. Ich habe mich ganz auf dich konzentriert. Ich habe dich gemacht. Ich habe dir meinen Namen gegeben und diesen Namen dann berühmt gemacht. Du hast bekommen, was du wolltest. Du konntest deine Kleider entwerfen. Jetzt bin ich dran. Wir verkaufen an NormCo, ich kriege meinen Anteil, und ich bekomme mein Leben zurück. Ich kann wieder malen. Ich kann wieder ich selbst sein. Ich brauche mich nicht länger von diesen Arschlöchern beleidigen zu lassen, die denken, ich sei nichts als ein leerer Anzug. Ich nehme das Geld und laufe, so weit ich nur kann. Und du bekommst auch, was du willst: Du kannst weiter Kleider entwerfen.«

Und da, genau in diesem Augenblick, traf es sie mit voller Wucht. Sie wußte es, sie *wußte* es einfach, daß Jeffrey sie nicht mehr liebte. »Du wolltest mich immer schon verlassen«, sagte sie. »Du hast das alles schon seit langem geplant. Du hast das Geschäft eingefädelt, damit du mich verlassen und dein eigenes Leben führen kannst. Du hast das Atelier auf deinen Namen gekauft, aber du brauchtest noch mehr Geld. Du *wolltest* mich in die Sklaverei verkaufen.«

»Das stimmt nicht. Es war das bestmögliche Geschäft. Aber solche Dinge geschehen eben. Menschen verändern sich. Du hast mich verändert. Was glaubst du, wie ich mich gefühlt habe, während du in deinem Arbeitsraum den lieben Gott spieltest? Du hast zugeschnitten und zurechtgezupft, du konntest leben und sterben mit jedem gottverdammten Design. Ich habe mich in der Zwischenzeit um die Finanzen gekümmert und die Bankgeschäfte erledigt. Und das Ironische an dem Ganzen ist die Tatsache, daß *ich* derjenige bin, der Talent hat. Jedes blöde Magazin, jede Zeitung, jede Fernsehshow hat sich auf dich konzentriert. Sie alle glaubten, du wärst die Kreative, der kreative Teil von uns beiden. Ich hätte fast darüber lachen können. Nun ja, du hast deinen Anteil gehabt. Jetzt schlage ich vor, daß wir das Geschäft so abwickeln wie geplant, eine freundschaftliche Scheidung durchziehen und jeder seiner Wege geht.«

Plötzlich begriff sie, wie sehr er sie haßte. Daß er immer in einem Wettstreit mit ihr gestanden hatte. Zuerst hatte er sie mit voller Absicht im Hinterzimmer gehalten, während er die Firma leitete, aber jetzt gab er ihr die Schuld daran. Sie wußte, daß er vor der Malerei weggelaufen war, weil er niemals wirklich Großes hätte leisten können, aber das mußte er sich nicht eingestehen, solange er sie als Entschuldigung für seinen Verzicht hatte. Und jetzt, nachdem er beschlossen hatte, sie mit Profit zu verkaufen, jetzt konnte sein Ego ihren Ruhm nicht mehr verkraften. Sie wußte plötzlich, daß jeder Erfolg, jede Ehrung, die sie bekommen hatte, ihn in seinen eigenen Augen herabgewürdigt hatte, herabgewürdigt und gedemütigt.

»Du bist ja eifersüchtig auf mich«, sagte sie. Sie war vollkommen überrascht. Er hatte ihr immer erzählt, daß er der talentiertere von ihnen beiden sei, und sie hatte ihm geglaubt, hatte das nie in Zweifel gezogen. Aber hatten Perry und Carl und Defina nicht versucht, ihr die Wahrheit klarzumachen? Sie hatte es nur nie einsehen wollen. Es hatte sie glücklich gemacht zu glauben, daß ihr Mann größer war als sie selbst. »Du bist eifersüchtig«, wiederholte sie.

»Mach dich nicht lächerlich. Worauf könnte ich denn schon eifersüchtig sein?« fragte er höhnisch.

Sie gab ihm keine Antwort. Statt dessen hielt sie ihm das Foto hin, das sie noch immer in der Hand hatte. »Was zum Teufel ist das da?«

Jeffrey betrachtete das Bild, und sie sah, wie alle Farbe aus seinem Gesicht wich. »Wo hast du das gefunden?« fragte er.

»Karen Kahn, die Juniordetektivin«, sagte sie.

»Du weißt also von June?«

Das war's also. Es war June. June Jarrick. Sie war die Frau auf dem Foto, und sie war es, wegen der er das Atelier gekauft hatte. Es war die ganze Zeit um June gegangen. Sie war damals, als er sich noch als Künstler durchschlug, seine Verlobte gewesen, hatte dann als Reaktion auf seine Hochzeit Perry geheiratet und nach Lotties Tod wieder verlassen. June, eine wohlhabende Frau aus seinen eigenen Kreisen, ein Mitglied der High Society, das sich darin gefiel, Künstler zu heiraten. Das war der Grund, warum sie bei Tiffs *bat mizwa* aufgetaucht war. Das war der Grund, warum sie in Paris gewesen war! Karen erinnerte sich daran, daß sie June im Plaza

Athénée gesehen hatte. Und jedesmal, wenn sie versucht hatte, ihn zu erreichen, in diesen Nächten bei »Pokerspielen« und »NormCo-Besprechungen« ... Karen errötete vor Scham. June würde Jeffrey seine Jugend zurückbringen, würde seine Kunst fördern. Das war die Rolle, die sie gern spielte, aber diesmal würde sie sie mit einem sehr wohlhabenden Mann spielen, einem, den sie einmal geliebt und dann verloren hatte. Plötzlich fiel es Karen wie Schuppen von den Augen; die einzelnen Stücke fügten sich zu einem klaren Bild. Der letzte Faden wurde aus einem Gewebe der Lügen gerissen, und Madame Renault behielt recht. Karen hatte das Gefühl, als verblute sie bei lebendigem Leibe.

Aber sie konnte auch Jeffreys Standpunkt sehen. Wie er June geliebt und es vielleicht immer bedauert hatte, sie verlassen zu haben. Wie Junes Scheidung von Perry sie wieder für ihn verfügbar gemacht hatte. Wie Junes Geld ihn reizen mußte, und wie Jeffrey June über den Verlust ihres Kindes hinwegtrösten konnte. Jeffrey verstand sich auf dergleichen. Karen und Jeffrey – sie beide hatten verloren.

»Wie lange geht das schon?« fragte sie. »Wie lange?«

Jeffrey wandte den Blick ab.

»Mehr als ein Jahr?« Jeffreys Nicken war kaum wahrnehmbar. Karen dachte an das letzte Jahr zurück. Daran, wie oft sie aus geschäftlichen Gründen unterwegs gewesen war, wie oft er bis spät in die Nacht hinein gearbeitet hatte. Sie hatte es ihm leicht gemacht. Und sie hatte nie Verdacht geschöpft. Sie dachte an den Oakley-Preis. Und an ihre gemeinsame Zeit in Paris. Die Art, wie er sie dort geliebt hatte. War das ihr Abschieds-Sex gewesen?

Sie fühlte sich gedemütigt. Wußte Jeffreys Familie davon? Auf jeden Fall hatte Robert der Anwalt es gewußt. Als sie nach Westport gekommen waren, hatten sie sie da vielleicht mit Mitleid betrachtet? Fand die perfekte June ihre Billigung? Eine Woge der Demütigung überspülte Karen.

»Weiß Perry davon?«

»Nein. Wenn er es gewußt hätte, hätte er mir das Atelier nicht verkauft.«

»Das war also für June? Für euch beide?«

Jeffrey nickte nur.

Und Lisa war nur ein Schlag Sahne auf dem Kuchen gewesen, dachte Karen. Eine Möglichkeit, nicht nur mich, sondern auch meine arme Schwester zu demütigen. Jeffrey wollte vielleicht nicht, daß ich es so bald schon herausfand, aber er wollte ganz sicher, daß ich es irgendwann erfuhr. Und er wußte, daß Lisa einmal zusammenbrechen und mir alles sagen würde.

Karen sah ihren Mann an. Sie hatte ihre Entscheidung getroffen. »Hör mir zu, Jeffrey. Ich könnte dir verzeihen, daß du mich betrogen hast, und ich könnte dir verzeihen, daß du mich angelogen hast, aber ich kann dir nicht verzeihen, daß du mein Leben ruinieren wolltest. Du warst bereit, meine Begabung und meinen Namen für deine Zukunft zu verkaufen. Malen willst du? Dann tu's doch. Ich habe dich nie davon abgehalten. Ich *wollte*, daß du malst. Ich hätte jederzeit einen anderen Geschäftsführer finden können, Jeffrey, aber ich wollte keinen anderen Ehemann. Du hältst dich für einen großen Geschäftsmann, der immer an den richtigen Fäden zieht, aber da irrst du dich. Es war *mein* Talent, das die Firma *gemacht* hat. Also vielen Dank für deine Hilfe, aber ich werde jemand anderen engagieren, der deinen Job erledigt. Robert der Anwalt hat sich bereits beworben. Und ich werde nicht an NormCo verkaufen, und ich werde weiterarbeiten. Du kannst das Westport-Haus haben, und dir gehören immer noch dreißig Prozent vom Geschäft. Aber das reicht nicht, um es zu kontrollieren. Du wirst es nie wieder kontrollieren. Ich werde die Firma leiten, selbst wenn sie keinen Profit abwirft. Ich werde sie in Grund und Boden reiten, wenn es sein muß, und du wirst keinen Penny dafür bekommen.« Ihr Zorn war immer größer geworden. Sie war nicht der Typ, der ohne weiteres das Unaussprechliche aussprach, aber jetzt war es Zeit für die Wahrheit. »Also, geh und stell fest, ob June dich auch ohne das NormCo-Geld heiraten wird. Und sieh zu, ob du deinem besten Freund sein Atelier abkaufen kannst ohne das Blutgeld von deiner Frau. Und sieh zu, wie weit du mit deinen netten kleinen Akten kommst. Sieh zu, wie es ist, ein durchschnittlicher Maler zu sein.«

»Da ist noch etwas, das du wissen solltest«, sagte Jeffrey.

Karen schüttelte den Kopf. Sie wußte schon mehr als genug. Es gab nichts mehr, was er sagen konnte, das ihr wehtun würde. Aber sie mußte feststellen, daß sie sich irrte.

»June ist schwanger. Das verändert die Situation.«

Das tat es auf jeden Fall. Karens Ärger versiegte und löste sich in Luft auf. An seine Stelle traten Taubheit und Schock und etwas, das sich möglicherweise in tödliches Selbstmitleid verwandeln würde.

Ihr Mann war bleich, sein Gesicht beinahe so weiß wie sein Haar. Karen wußte nicht, warum sie den Blick abwandte. Wütend, wie sie war, fühlte sie sich zugleich beschämt; beschämt, obwohl er doch derjenige war, der sich so schändlich benommen hatte. Nun, dergleichen war schon anderen Frauen passiert. Es schien der Zug der Zeit zu sein, aber wie so oft, war sie ein wenig später dran als die anderen. »Ich werde gegen dich kämpfen, Jeffrey. Es wird eine kostspielige Scheidung werden. Und jetzt geh.«

»Das wird dir noch leidtun, Karen«, sagte er nur.

»Das tut es schon jetzt«, erwiderte sie.

6

Stich für Stich

Karen lag im Dunkeln auf dem Sofa in ihrem Büro und starrte auf die Lichtmuster, die der Verkehr unten auf der Straße auf die Decke malte. Den ganzen Tag über hatte es nach Regen ausgesehen, der jetzt endlich eingesetzt hatte, und die Regentropfen auf dem Fenster brachen das Licht zu einem feinen Netzwerk, das wie ein Spinnengewebe aussah. Müde suchte sie in ihren Gedanken nach etwas, woran sie ein Spinnennetz erinnerte, aber es fiel ihr erst wieder ein, als die Sirene eines Feuerwehrwagens aufheulte und der Raum von rotem Blinklicht überflutet wurde. Es war Madame Renaults Weissagung: daß Karen das Netz der Lügen zerreißen, daß sie aber bei jedem Faden bluten würde. Sie hatte das Gefühl, aus tiefen inneren Verletzungen zu bluten. Auch sonst hatte Madame Renault recht behalten. Karen hatte ihr Netz gesponnen, gewebt und gewebt, bis sie schließlich an diesen Punkt gelangt war und keine Seide mehr übrig hatte. Sie war verbraucht. Mit den Armen auf ihrem leeren Bauch lag sie einfach da, all ihrer Kraft beraubt.

Karen übernachtete in ihrem Büro, und trotz ihres Jammers schlief sie, bis sie das Telefon am nächsten Morgen um sieben Uhr weckte. Centrillos warmherzige Stimme wirkte beruhigend und beunruhigend zugleich. Sie war noch zu desorientiert, um viel zu sagen. Er hatte Neuigkeiten für sie. Sie sollte in sein Büro kommen. »Jetzt?« fragte sie.

»Ich denke, es lohnt sich«, sagte er nur.

Und so stand sie bald darauf vor der Holztür mit den Goldbuchstaben. In ihrer Tasche hatte sie viel Geld, denn Centrillo hatte ihr zu seiner großen Verlegenheit ausrichten müssen, daß Paige auf sofortiger Bezahlung bestand. Einen Moment wartete sie ab, bevor sie hineinging, weil ihr Herz so furchtbar hämmerte. Aber sie schaffte es trotzdem nicht, sich zu beruhigen. Hinter dieser Tür würde sie ihre Mutter finden. In diesem Büro wartete vielleicht das Geheimnis ihrer Herkunft auf sie. Da sie weder ihre Atmung noch ihren Herzschlag unter Kontrolle bekam, ging sie schließlich mit jagendem Puls hinein.

Im gleichen Moment öffnete Mr. Centrillo auf der gegenüberliegenden Seite des Vorzimmers die Tür seines Büros. Er nickte ihr zu. »Mrs. Cohen«, sagte er, »bitte kommen Sie herein.«

Auf dem Eichensessel vor Centrillos Schreibtisch saß ein kleiner Mann, der sich mit den langen Fingernägeln der einen Hand die Nägelhäute der anderen zurückschob. Sein Gesicht hatte etwas Rattenhaftes. Glücklicherweise bot Centrillo ihr einen Sessel an, den er vorsorglich so weit wie möglich von dem anderen weggerückt hatte. »Mrs. Cohen, dies ist Minos Paige. Er war mit seinen Nachforschungen sehr erfolgreich.«

»Sie glauben also wirklich, daß Sie meine echte Mutter gefunden haben?« fragte sie.

Der kleine Mann zog einen zusammengefalteten und zerknitterten braunen Umschlag aus seiner Jackentasche. »Ich habe die Ware«, sagte er. »Wenn Sie das Geld haben.«

Sie nickte.

»Ich zeige Ihnen, was ich habe, wenn Sie mir zeigen, was Sie haben«, schlug er vor.

Centrillo zuckte zusammen und versuchte zu vermitteln. »Mr. Paige hat sich einiger Mittel bedient, die ... unorthodox sind«, sagte er.

»Seit wann ist eine Bestechung unüblich, unorthodox oder ungewöhnlich?« fragte Paige. Er wandte sich an Karen. »Sehen Sie, ich habe das nicht zum erstenmal gemacht. Von den Gerichten bekommt man nichts. Und wenn die Aufzeichnungen versiegelt sind, dann gibt es nur zwei Möglichkeiten: Entweder findet man jemanden, der bereit ist zu reden, oder man verteilt ein paar Scheine und bekommt dann vielleicht Einblick in ein paar Akten, die man eigentlich nicht sehen dürfte. Ich habe beides getan, habe die Ware und habe mich hierherbemüht. Und ich habe Informanten, die auf ihr Geld warten.«

Centrillo lehnte sich über seinen Schreibtisch. »Diese Ausdrucksweise ist wohl nicht notwendig«, sagte er. Obwohl sie sich über seine Väterlichkeit amüsierte, war Karen Centrillo dankbar. Das Schlitzohr Paige war ein unangenehmer Bursche. Die Frage war, ob sie ihm vertrauen konnte. Sie griff in ihre Tasche, zog einen zugeklebten Umschlag heraus, in den sie das ganze Geld gesteckt hatte, und gab den Umschlag Mr. Centrillo. Er öffnete ihn und breitete die siebentausend Dollar auf dem Tisch aus. Es waren Hunderte von Scheinen, in sieben saubere kleine Päckchen zu je tausend Dollar gepackt. Centrillo stapelte sie vor sich auf und warf dann Minos Paige einen Blick zu. »Lassen Sie uns sehen, was Sie erreichen konnten«, sagte er.

Minos riß seinen Umschlag auf. Zuerst zog er eine Fotokopie heraus. »Ich habe Mrs. Talmidge gefunden. Alte Vettel, lebt in einem Altersheim in Saint Augustine. Sie konnte sich noch an Ihren Namen erinnern, weil es Schwierigkeiten bei der Adoption gegeben hat. Ich mußte selbst in das Heim einziehen und so tun, als interessiere ich mich für sie. Hat mich etwas gekostet, das lassen Sie sich gesagt sein. Mußte mir ihre ganze Sammlung von Porzellanfiguren ansehen, und das war noch nicht alles, was sie mir zeigen wollte. Erfuhr den Namen der Agentur. Und bekam eine Vorstellung vom ungefähren Datum. Dann fuhr ich nach Chicago. Bin dort als Mann vom Wartungsdienst aufgetreten. Habe ein Schloß oder zwei geknackt. Die Unterlagen lagen alle schon längst im Aktenkeller. Hab sie aber gefunden.« Er zeigte auf die Fotokopie. »Hier ist die Kopie, aus der die Adresse ersichtlich ist, wo sie zu Hause waren.« Karen warf einen Blick darauf. Die Adresse lautete 2881 Fredericston, Chicago Heights. Dann zog Minos das kleine Schwarzweißfoto hervor, auf dem sie als Kind vor dem Haus zu sehen war. Er hatte es geknickt, und Karen hätte es ihm am liebsten aus der Hand gerissen. Aber er zog noch ein anderes Foto aus dem Umschlag – ein neues Farbfoto. »Hier ist das Haus«, sagte er. »Der gleiche Backsteinbau, die gleiche Nummer.« Er gab Karen die Fotos. Sie verglich die beiden. Kein Zweifel, es war dasselbe Haus.

Paige gab ihr noch ein weiteres Foto, auf dem das ganze Haus zu sehen war. »Marie und Alfredo Botteglia«, sagte er. Karen drehte mit zitternden Händen das Foto herum und las selbst die Namen, die auf der Rückseite notiert waren. »Er ist bereits tot«, erklärte Paige ihr. »Sie ist Witwe. Lebt dort allein. Habe mit einer Nachbarin gesprochen. Sie erinnert sich, daß es da einmal ein Kind gegeben hat – das dann irgendwann verschwunden ist.« Er gab ihr noch ein Bild. Es war unscharf, der Schnappschuß einer Frau hinter dem Einkaufswagen auf dem Parkplatz eines Supermarktes. Sie war klein, rundlich und hatte graue Haare. Es war schwierig, ihr Gesicht genau zu erkennen, weil es gerade im Schatten lag. Als nächstes gab er ihr ein Foto mit der gleichen Frau im Profil. Sie lud gerade ihre Einkäufe in einen blauen Pontiac. Das Profil der Frau hatte mit dem Karens wenig Ähnlichkeit, nur ihre Nase war sehr auffällig, wie bei ihr. Karen starrte in das Gesicht ihrer leiblichen Mutter.

Dann hatte Minos Paige noch eine Fotokopie von Alfredo Botteglias Todesanzeige dabei. Er war erst vor zwei Jahren gestorben. Sie waren beide katholisch. Ich bin Katholikin, dachte Karen überrascht, eine Italo-Amerikanerin. Aber vielleicht war sie ja gar nicht Alfredos Tochter. Sie wandte sich an Minos Paige. »Haben Sie mit ihr gesprochen?« fragte sie.

»Wollte vorsichtshalber keinen Kontakt aufnehmen«, sagte er. »Manchmal machen sie die Fliege, wenn man das tut. Ich dachte mir, daß ich das Ihnen überlassen sollte.« Karen nickte. Sie besah sich noch einmal das Bild von Marie Botteglia. Die übrigen Unterlagen schob sie Mr. Centrillo zu, der sie sorgfältig zu prüfen begann. Aber sie wußte bereits Bescheid, sie brauchte sein zustimmendes Nicken nicht mehr. Mühsam riß sie ihre Augen vom Bild ihrer Mutter los und sah Minos Paige an.

»Danke.«

7

Der Schein trügt

Karen stand auf dem Gehsteig vor dem Haus 2881 Fredericston und bezahlte ihr Taxi. Sie war von Centrillos Büro direkt zum Flughafen LaGuardia gefahren und hatte von dort aus den Zwei Uhr-Flug nach Chicago genommen. Wegen der Zeitverschiebung war es jetzt erst halb vier, aber sie hatte das Gefühl, als hätte sie in den zwei Stunden, die sie gebraucht hatte, um hierherzukommen, ein ganzes Leben hinter sich gebracht.

Offensichtlich war dies hier ein sauberes Arbeiterviertel. Die Häuser waren wohl alle fast gleichzeitig erbaut worden, wahrscheinlich nach dem Krieg. Vor dem Haus der Botteglias stand ein blauer Pontiac in der Auffahrt des gepflegten Grundstücks. Karen hatte den Wagen ja schon auf einem der Fotos gesehen. Natürlich hatte sie vor ihrem Flug durch einen kurzen Anruf überprüft, ob sie jemand antreffen würde. Es hatte sie all ihren Mut gekostet, nach Marie zu fragen, und als die Frau erwidert hatte: »Marie ist am Apparat«, hatte Karen sofort wieder aufgelegt.

Karen kam sich sehr merkwürdig vor. Sie wußte, daß sie nicht auf eine freudige Aufnahme durch Marie, die Frau hinter der Tür von 2881, rechnen durfte. Ihre Gedanken hier in dieser Vorstadtstraße von Chicago wurden von zwei Dingen beherrscht. Das eine war ein Gefühl der Einsamkeit, die sie bis ins Mark erschütterte, eine Einsamkeit, die sie schon so viele Jahre mit sich herumschleppte, eine Einsamkeit, die so tief ging, daß sie es kaum fassen konnte. Sie erschütterte sie im wahrsten Sinne des Wortes; ihr ganzer Körper von den Zehenspitzen bis zum Scheitel zitterte. Und ihr Kopf schien im Bewußtsein ihrer eigenen Einsamkeit, ihrer furchtbaren Verwundbarkeit zu dröhnen. Erst jetzt konnte sie sich selbst diese Einsamkeit eingestehen.

Karen rief sich ins Bewußtsein, daß sie die Information über ihre Mutter nicht auf legalem Weg erhalten hatte und daß auch Mrs. Marie Botteglia sich vielleicht vor nichts anderem so fürchtete wie vor diesem Moment, daß sie sich vielleicht mehr fürchtete als Karen selbst. Sie weigert sich vielleicht, mit mir zu sprechen. Sie schreit mich vielleicht an. Vielleicht verleugnet sie mich gänzlich, sagte Karen sich.

Aber das zweite Gefühl, das langsam die Oberhand gewann, war das Verlangen, endlich Klarheit zu bekommen. Es hatte den Anschein, daß allein dadurch, daß sie hier stand, nur ein paar Dutzend Meter von ihrer echten Mutter entfernt, die Grenzen dahinschmolzen, die Glaswand, die sie immer von allen anderen getrennt hatte. Von Belle, die ihr niemals gerecht geworden war, von Lisa, die die »echte« Tochter war, von ihren Freunden, die alle lieb, aber nicht selbst adoptiert waren, von Arnold, der unnahbar blieb, und von Jeffrey, der immer auf sie herabgeschaut hatte – und von allen anderen, für die sie nur Arbeitgeber war. Diese Trennung vom Rest der Menschheit schien in der dünnen Luft der Vorstadtstraße dahinzuschwinden, und es überkam sie das Gefühl, daß sie jetzt laut lachen sollte. Ihre Einsamkeit war lange ein trauriges Los gewesen, aber irgendwie hatte sie immer gewußt, daß sie auch anders fühlen konnte. Irgendwie hatte sie gewußt, daß es diesen Augenblick für sie geben würde. So fand sie den Mut, den schmalen betonierten Weg zur Tür von 2881 entlangzugehen. Sie war jetzt zweiundvierzig Jahre alt, und sie ging diesen Weg soviel später als andere – aber war sie nicht auch bei allem anderen stets recht spät dran gewesen?

Karen klingelte, und die Tür öffnete sich. Marie Botteglia war sehr klein, sie blickte Karen an, die fast zwanzig Zentimeter größer war. Marie sah jünger und besser aus als auf den Fotos; ihr Gesicht war freundlich und nicht so zerfurcht, wie Karen erwartet hatte. »Ja?« fragte die Frau.

»Mein Name ist Karen Kahn«, sagte Karen. Sie hielt Marie das Foto hin, auf dem sie als kleines Mädchen vor dem Haus zu sehen war. »Ich wüßte gerne, ob sie dieses Bild wiedererkennen.«

Marie Botteglia runzelte die Stirn und nahm dann, als sie entschieden hatte, daß keine Gefahr drohte, Karen das Bild aus der Hand. Karen spürte, wie die Finger der Frau ihre eigenen berührten; es war fast wie ein elektrischer Schlag. Jetzt hatte sie ihre Mutter gesehen, gehört und berührt.

Marie setzte sich die Brille auf, die sie an einer Kette um den Hals trug. Sie machte sich gar nicht erst die Mühe, die Brille ganz auf die Nase zu schieben, bevor sie das Foto betrachtete. Dann änderte sich ihr Gesichtsausdruck – sie erbleichte, starrte Karen und dann wieder das Foto an.

»Mein Kind?« fragte sie. Karen nickte. Marie öffnete ihre Arme. »Mein Kind!« rief sie. Und Karen ließ es sich gern gefallen.

Sie weinten natürlich alle beide. Dann mußte Karen kurz erklären, warum sie hergekommen war, und Marie schüttelte die ganze Zeit über den Kopf und wischte sich die Augen. »Ich kann gar nicht fassen, daß du dich noch an uns erinnert hast«, sagte sie immer wieder. Und immer wieder faßte sie Karen an, tätschelte ihr Knie, nahm ihre Hand und strich ihr – schüchtern – über den Rücken, als sie nebeneinander auf dem kleinen Sofa in dem dämmrigen Wohnzimmer saßen. Karen mußte unwillkürlich an Belle denken und daran, wie selten sie Karen einmal berührt hatte. Marie hatte sie geküßt und ihr Gesicht gestreichelt. »Ich kann gar nicht glauben, daß du mich gefunden hast«, sagte sie wieder und wieder. »Ich sterbe noch vor Freude.« Schließlich stand sie auf, um eine Kanne Kaffee zu kochen und einen Teller mit Plätzchen zu holen. »Die sind aus der Dose«, entschuldigte sie sich. »Ich wußte ja nicht, daß du kommen würdest.« Sie mußten beide lachen.

Inzwischen saßen sie vor ihren Kaffeetassen in der Küche, und Marie hatte das Familienalbum hervorgeholt. Sie zeigte Karen ein Bild, das am gleichen Tag aufgenommen sein mußte wie das aus dem Album der Lipskys. Karen trug den gleichen Schneeanzug, aber sie saß auf einem kleinen Mäuerchen und hatte einen Hund, einen Dalmatiner, neben sich.

»War der Schneeanzug blau?« fragte Karen. Marie nickte.

Karen zeigte auf das Foto. »Euer Hund?« fragte sie. »Ich kann mich gar nicht an ihn erinnern.«

»Nein, er gehörte meiner Schwester. Spotty. Er ist schon lange tot.« Sie blätterte eine Seite weiter und legte ihren Arm um Karen. Die ganze Zeit tätschelte und streichelte sie ihre Tochter. Und Karen genoß es. Es hätte ihr auch nichts ausgemacht, wenn Marie angefangen hätte, sie zu kraulen wie eine Katze. Aufmerksam betrachtete sie das nächste Bild im Album. Es war noch eine Aufnahme von Karen, die diesmal von einem großen Mann in einem dunklen Mantel auf dem Arm gehalten wurde. »Alfredo«, sagte Marie. »Er ist schon gestorben.«

»Ich weiß. Der Detektiv hat es mir erzählt.« Karen nahm Maries Hand. Sie wollte jetzt keine tiefschürfenden Fragen stellen. War Alfredo ihr Vater? Warum hatten sie sie zur Adoption freigegeben? Hatte Marie sich danach schuldig gefühlt, oder hatte es ihr leid getan? Hatte sie versucht, Karen zu finden? Diese Fragen waren zu brutal, und Karen hatte das Gefühl, daß sie im Augenblick mit dem, was sie erreicht hatte, zufrieden sein mußte. Sie besah sich noch einmal das Foto von dem Mann, der sie auf dem Arm hielt.

»Kannst du dich noch an ihn erinnern?« fragte Marie.

»Nein«, gab Karen ehrlich zu. Sie starrte auf das Foto. Einen Augenblick lang glaubte sie, den kratzigen Stoff seines Mantels auf ihrer Wange zu spüren. Und etwas zu riechen. Einen starken Geruch. »Hat er Zigarren geraucht?« fragte sie.

»Ja!« sagte Marie. Ihre Augen füllten sich mit Tränen. »Woher weißt du das? Du erinnerst dich also doch.«

»Nur die Spur einer Erinnerung«, sagte Karen, fand das aber genauso aufregend wie Marie.

Auf der gleichen Seite klebten noch einige andere Fotos. Marie zeigte Karen ihre eigene Schwester, ihre Mutter und noch ein Bild von dem Dalmatiner, den diesmal ihr Schwager an der Leine hielt. Dann blätterte sie weiter, und auf der nächsten Seite stießen sie auf das Foto, das Karen auch in ihrer Tasche hatte, das Foto, wo sie mit ihrem Frosch im Kinderbettchen lag.

Karen hatte auch vorher keine Zweifel mehr gehegt, aber als sie dieses Foto sah, genau das gleiche, das sie sich immer schon heimlich angeschaut hatte, seit sie ein kleines Mädchen war, konnte sie nicht mehr. Sie brach in Tränen aus. Marie stand auf und legte ihre Arme um Karen. »Nun, nun«, sagte sie. »Bist ein liebes Mädchen. Es ist ja alles gut.«

Belle hatte niemals Tränen zugelassen. Sie hatte gesagt, Tränen seien kindisch, selbst damals, als Karen noch ein Kind war. Aber Marie schien nichts dagegen zu haben, daß Karen weinte.

Karen versuchte zu sprechen. »Mein Frosch«, sagte sie.

»Was?« fragte Marie.

»Mein Frosch«, schluchzte Karen.

Marie drückte sie noch einmal an sich und ging dann hinaus. Nun, was konnte Karen erwarten? Sie hatte die Frau bestimmt verlegen gemacht. Karen schluchzte immer noch allein an dem Küchentisch in diesem kleinen, bescheidenen Haus mitten in einer Stadt, an die sie sich nicht mehr erinnerte. Sie versuchte sich zu beruhigen. Vielleicht hatte sie ihre Mutter verängstigt? Aber sie konnte ihre Tränen nicht eindämmen, brachte es gerade einmal fertig, aufzustehen und sich ein Papiertuch von der Rolle neben der Spüle abzureißen. Dann hörte sie ein Geräusch hinter sich, drehte sich um und sah Marie in der Tür stehen, über deren Gesicht jetzt ebenfalls die Tränen liefen. Wortlos hielt sie ihr den inzwischen ausgebleichten und verbogenen kleinen grünen Gummifrosch entgegen.

Marie bestand darauf, daß Karen zum Essen dablieb. »Ich mache nicht viel«, sagte Marie, »nur ein paar Nudeln und vielleicht panierten Blumenkohl und Zucchini. Ich sollte eigentlich Diät halten«, vertraute sie Karen an. »Aber ich nehme es nicht so genau damit«, gab sie zu.

Marie und Alfredo hatten selbst keine Kinder, aber Marie erzählte Karen alles von ihren acht Nichten und sechs Neffen. Und Karen erzählte Marie von ihrem Beruf, von ihrem Leben in New York, aber sie wollte und konnte ihre Ehe und Belle und Arnold nicht erwähnen. Trotzdem schien Marie mit dem, was Karen berichtete, völlig zufrieden zu sein. Bestimmt war sie niemand, der andere dazu drängte etwas zu erzählen. Nein – sie wirkte freundlich, still und zufrieden. Und dieses Gefühl war ansteckend. Karen saß in der kleinen Küche, während sich Marie am Herd und am Kühlschrank zu schaffen machte. Der Geruch guten Olivenöls und geschmorter Paprikaschoten breitete sich aus. Und Karen war es, als würde sie die Zufriedenheit in sich aufsaugen, als ließe sie sich davon einhüllen und nähme sie dann in sich auf, wie trockene Haut Öl in sich aufnimmt. Es war ein gutes Gefühl, und es verschaffte ihr für den Augenblick Ruhe vor allem anderen. Jeffrey und June, die Probleme bei KKInc, Lisa und die ganzen Sorgen entschwanden in weite Fernen. Karen machte es nichts aus, sie dachte nicht mehr an all die Probleme, die in New York auf sie warteten. Sie saß einfach in der kleinen Küche in dem kleinen Haus in Chicago Heights und fühlte sich wohl.

Sie verspeisten die Mahlzeit, die sich nicht deutlicher von allem hätte unterscheiden können, was Karen jemals von Belle vorgesetzt worden war. Marie – meine Mutter, dachte Karen – hatte mehr getan, als ein paar Nudeln aufzuwärmen. Schnell und mühelos hatte sie Paprika geschmort, Zucchini gewürfelt und eine köstliche Beilage aus Blumenkohl zubereitet. Es gab frisches italienisches Brot und herrliches Olivenöl, in das man es hineintunken konnte. Das Geschirr war einfach, die Gläser kein Kristall, aber das Essen schmeckte köstlich und war reichlich. Karen blickte sich um und dachte: »Dies ist es, was mir gefehlt hat. Dieses Gefühl der Fülle, des Überflusses, ist das, mit dem ich hätte aufwachsen können.« Warum nur war alles so verkehrt gelaufen? Wie hatte es dazu kommen können, daß Marie ihre Tochter fortgegeben hatte und Karen um all das hier betrogen worden war?

Karen betrachtete aufmerksam Maries rundliches Gesicht, ihre unauffällige Kleidung, an der viele Modetrends spurlos vorübergegangen waren, und die Fotos ihrer Nichten und Neffen und anderer Verwandter auf dem Kühlschrank und an der Wand. Karen musterte sie aufmerksam; es waren die

Bilder *ihrer* Familie. Merkwürdig, daß sie alle wie italienische Arbeiter aussahen. Sie selbst schien ihnen äußerlich nicht im mindesten ähnlich zu sein. Sie war größer, ihr Haar war mittelblond, nicht schwarz und sie hatte einen festeren Knochenbau als ihre Mutter. Aber es war ihre Familie. Sie hatte Cousins und Tanten und Onkel, die sie nie kennengelernt hatte. Die sie jetzt kennenlernen konnte. Aber dennoch hatte sie das Gefühl, als hätte sie sehr viel verpaßt.

Natürlich, wenn ich hier aufgewachsen *wäre*, dann wäre ich nicht zu Pratt gegangen. Ich hätte Jeffrey nie kennengelernt. Wahrscheinlich wäre ich auch nicht Designerin geworden. Vielleicht würde ich jetzt in irgendeiner Fabrik arbeiten, würde ein völlig anderes Leben leben. Vielleicht wäre es langweilig. Vielleicht wäre es auch hart. Karen wußte, daß es jedenfalls nicht perfekt gewesen wäre, aber im Augenblick war ihr eigenes Leben so miserabel, daß sie sich nach diesem Leben hier und nach der Schlichtheit von Marie sehnte. Großer Gott, was war denn schon so großartig daran, Karen Kahn zu sein? Was war schon dran an ihrem Haus in Westport, oder daran, in den Magazinen zu erscheinen oder fein essen zu gehen?

»Ich bin einfach so glücklich, dich wiederzusehen. Dich kennenzulernen. Zu wissen, daß es dir gut geht«, sagte Marie. Karen verspürte den kurzen Impuls, ihr zu erzählen, daß es ihr *nicht* gut ging, daß alles um sie herum zusammenzubrechen schien. Aber das wäre nicht fair gewesen. Sie hütete sich, das zu tun. Und sie hatte das Gefühl, daß für sie alles in Ordnung *war*, solange sie sich in diesem Zimmer und in diesem Haus aufhielt.

Sie aßen und aßen. Dann half Karen, den Tisch abzuräumen, und Marie erzählte ihr ein wenig von Alfredos letzter Krankheit, davon, wie sehr sie ihn nach seinem Tod vermißte. »Es waren die Zigarren«, sagte sie. »Er und seine Zigarren.« Sie schüttelte den Kopf. »Stur«, sagte sie. »Du machst dir kein Bild davon!« Dann nahm Marie wieder das Album zur Hand, um Karen noch mehr Bilder von Alfredo zu zeigen. Sie machten da weiter, wo sie aufgehört hatten.

Marie blätterte um und kam zu dem Bild von Karen, die

vor dem Haus mit der Hausnummer stand. Beide starrten sie das Foto lange an. »Das war der Tag, als wir es erfahren haben«, sagte Marie, nahm Karens Hand und streichelte sie sanft.

»Der Tag, an dem ihr was erfahren habt?« fragte Karen.

»Der Tag, an dem wir erfahren haben, daß wir dich nicht behalten konnten. Es war ein entsetzlicher Tag. Ich konnte gar nicht mehr aufhören zu weinen. Schlimm! Alfredo hatte Angst, daß ich dich völlig verrückt machen und selbst krank werden würde davon, aber ich konnte einfach nicht aufhören.« Wieder füllten Tränen Maries Augen. Diesmal legte Karen ihren Arm um Marie, um sie zu beruhigen und zu trösten.

Jetzt oder nie. Das Mädchen, das fortgegeben worden war, alleingelassen, Belle ausgeliefert, mußte die Antwort auf das furchtbare Rätsel erfahren. »Aber warum mußtet ihr? Warum habt ihr mich nicht behalten?« fragte Karen. Sie versuchte, mit ruhiger Stimme zu sprechen, ohne vorschnell zu urteilen – aber das kleine Mädchen auf dem Foto brauchte eine Antwort.

»Der Staat«, sagte Marie und wischte sich über die Augen, »der Staat hat uns keine Wahl gelassen.«

Karen blickte sie verständnislos an. Warum sollte der Staat eine Mutter von ihrem Kind trennen wollen? Hatten Marie und Alfredo sie mißhandelt? Das konnte Karen sich nicht vorstellen. War das der Grund, warum sie sich an so vieles nicht mehr erinnern konnte? Was gab es sonst noch für einen Grund? Am Geld konnte es nicht gelegen haben. Sie mochten eher arm gewesen sein, aber sie besaßen immer noch das Haus von damals, und das war mehr, als viele andere hatten. Marie schneuzte sich geräuschvoll die Nase. »Es ist schon so lange her«, sagte sie. »Aber es tut immer noch weh.« Sie seufzte. »Nun, es spielt keine Rolle. Du bist ja versorgt worden, und es ist so wunderschön, daß du mich jetzt gefunden hast und daß ich dich noch einmal zu sehen bekomme.«

»Es ist so wunderbar, daß ich endlich meine echte Mutter kennenlerne«, flüsterte Karen.

Marie schwieg einen Moment. »Was meinst du damit?« fragte sie dann.

»Meine Adoptivfamilie war gut zu mir«, versicherte Karen, obwohl sie längst wußte, daß das nur im weitesten Sinne zutraf. »Aber ich habe immer das Gefühl gehabt, daß mir etwas fehlte. Ich hatte immer das Gefühl, daß ich meine echte Mutter kennenlernen müßte.«

Marie sah sie mit weit aufgerissenen Augen an. »Karen, wir hatten dich fast vier Jahre lang, fast von deiner Geburt an. Ich habe so fest geglaubt, daß der Staat dich uns zusprechen würde. Aber dann, unmittelbar bevor die Adoption rechtsgültig wurde, ist *sie* zurückgekommen, und der Staat hat dich uns weggenommen. Sie hatte geheiratet, und sie bestand darauf, daß du zu ihr zurückkommst. Es hat uns das Herz gebrochen, aber es war doch nur rechtens. Denn schließlich gehörtest du ja nicht wirklich zu uns.«

Karen starrte Marie an. Sie konnte es gar nicht fassen. »Was?« konnte sie gerade noch fragen.

»Karen, ich liebe dich. Ich habe dich immer geliebt. Aber ich war nur deine Pflegemutter. Du bist bei deiner echten Mutter aufgewachsen.«

8

Kleidergeld

»Lisa, ich muß mit dir reden.»

Als Lisa die Stimme Jeffreys erkannte, ließ sie fast den Hörer fallen. Das hatte ihr gerade noch gefehlt – nach dem ganzen Theater mit dem geplatzten Verkauf, nach all den Rechnungen, die jetzt zu bezahlen waren, und nachdem Leonard sie wegen all dem fast umgebracht hätte. Sie war natürlich zunächst wütend gewesen, daß Jeffrey noch nicht einmal versucht hatte, sie zu erreichen, nachdem sie von Karen *in flagranti* erwischt worden waren. Aber angesichts von Leonards Verdächtigungen hatte Lisa es dann als einen Segen empfunden, nichts von Jeffrey zu hören. Dieser Telefonanruf kam ihr nun so gelegen wie ein neuer Vaginalinfekt.

»Laß gut sein, Jeffrey. Ich kann dich nicht treffen.« Es verschaffte ihr eine gewisse Befriedigung, ihm das sagen zu können, machte sie doch Jeffrey für all ihr Unglück verantwortlich. Zu dumm nur, daß sie ihm diese Abfuhr nicht vor Zeugen erteilen konnte. Und wie gerne hätte sie jemand davon erzählt! Für einen Sekundenbruchteil mußte sie sich eingestehen, daß sie Karen vermißte, denn sie war die einzige gewesen, der sie von ihren kleinen Triumphen hatte berichten können. Aber all das war jetzt offensichtlich vorbei. Zu ihrer eigenen Überraschung stiegen ihr Tränen in die Augen.

»Du mußt dich mit mir treffen«, drängte Jeffrey. »Und vielleicht solltest du Belle mitbringen.«

Lisa stockte der Atem. Worüber zum Teufel wollte Jeffrey mit Belle reden? Sie wußte, daß Jeffrey normalerweise ihrer Mutter aus dem Wege ging. War das ein letzter verzweifelter Versuch, Karen zurückzugewinnen? Wollte er alles vor Belle ausbreiten und sie dann bitten, sich bei Karen für ihn zu verwenden? Das war doch wohl nicht möglich! Sie würde es nicht zulassen, daß Belle von ihrem kleinen Fehltritt erfuhr.

»Jeffrey, jetzt hör mir mal genau zu: Es ist vorbei. Ich werde dich nicht mehr treffen, und es gibt nichts, womit du meine Meinung ändern könntest.«

»Jesus Christus! Das ist nicht der Grund, warum ich dich sehen will. Es geht um das Geld. Um den Verkauf! Wenn du noch eine letzte Chance haben willst, deine Anteile zu Geld zu machen, dann mußt du dich zusammen mit Belle unbedingt sofort mit mir treffen.«

»Wo?« war die einzige Frage, die sie dazu noch hatte. Dann notierte sie sich seine Anweisungen in großen, kindlichen Buchstaben.

Als es an der Tür klingelte, ließ Lisa fast die Tasse fallen, aus der sie gerade trank. Sie war erschöpft. Die Besprechung mit Jeffrey, mit Belle und Robert dem Anwalt hatte fast zwei Stunden gedauert, und der Verkehr auf dem Rückweg nach Inwood war furchtbar gewesen. Sie hatte vor eins zu Hause sein müssen, denn Leonard hatte sich angewöhnt, mittags anzurufen – wahrscheinlich, um zu kontrollieren, ob sie zu Hause war. Wer konnte jetzt an der Tür sein? Sie erwartete niemanden. Und sie bekam niemals unerwarteten Besuch. Wer konnte es also sein? Lisa ging hinauf ins Schlafzimmer, von wo aus sie übersehen konnte, was sich vor ihrem Haus abspielte. Sie würde auch gleich aus dem Schlafzimmer telefonieren können, wenn irgendein Mann vor der Tür stand. Dann würde sie die Polizei rufen. Vorsichtig spähte sie durch die Blenden.

Lisa brauchte die Polizei nicht zu rufen; sie war bereits da, in einem Streifenwagen mit Blaulicht. Was zum Teufel ging da vor?

Lisa lief die Treppe hinunter und öffnete die Haustür. Zwei Polizisten – nein, ein Polizist und eine Polizistin – standen vor ihr, in ihrer Mitte mit gesenktem Kopf Tiff.

»Was ist los?« fragte Lisa ihre Tochter, aber bevor sie eine Antwort bekam, ergriff die Polizistin das Wort.

»Sind Sie Mrs. Leonard Saperstein?« fragte sie. Lisa nickte. »Ist dies Ihre Tochter Tiffany?« Lisa nickte wieder. Was zum Teufel war denn los?

»Dürfen wir hereinkommen?« fragte die Polizistin. Lisa trat einen Schritt zur Seite und ließ die drei ins Haus. Jetzt erst sah sie, daß Tiff's Hände mit Handschellen auf dem Rücken gefesselt waren. Handschellen, wie eine Kriminelle! Wortlos folgte sie ins Wohnzimmer.

»Dürfen wir uns setzen?« fragte die Frau. Lisa nickte und nahm sich vor, daß dies die letzte Frage wäre, die sie beantworten würde. Zunächst einmal brauchte sie jetzt selbst einige Antworten. »Was gibt's denn?« fragte sie.

»Es scheint so, als ob Tiffany einen kleinen Ladendiebstahl begangen hätte«, sagte die Polizistin.

Lisa mußte sofort an Tiffanys Kleiderschrank denken. Gütiger Himmel! Warum ging alles, aber auch alles in ihrem Leben so verdammt schief? Zuerst das *bat mizwa,* dann die Sache mit Stephanie, dann das mit Jeffrey, dann der Gestank, dann das Problem mit KKInc – und jetzt auch noch das hier! Sie hatte vorgehabt, gelegentlich einmal mit Tiffany zu reden – das hatte sie wirklich vorgehabt –, aber bei all den anderen Problemen, da war sie einfach nicht dazu gekommen. O Gott, wieviel würde es kosten, das wieder in Ordnung zu bringen? Und was würde Leonard sagen, wenn er es herausfände?

Bei diesem Gedanken zog sich ihr Magen zusammen. Seit ihren jüngsten medizinischen Problemen hatte es den Anschein, als ob Leonard drauf und dran wäre, *sie* zu verlassen. Lisa konnte es kaum ertragen, daß sie so tief gesunken war, sich wegen Leonard Sorgen machen zu müssen. Was blieb ihr denn, wenn sie auch noch ihren Mann verlor? Nicht auszudenken.

Lisa strich sich mit der Hand ihr Haar aus der Stirn. »Ich verstehe nicht«, sagte sie. Und das war nicht gelogen. »Warum sollte meine Tochter stehlen? Sie hat genug Geld. Sie hat alles, was sie braucht.«

»Offensichtlich nicht«, sagte die Polizistin. »Es sieht so aus, als ob sie zwei Blazer und ein Chiffonkleid für achthundert Dollar gebraucht hätte.«

Lisa konnte einfach nicht glauben, daß hier ein neuer Alptraum auf sie zukam. Sie blickte zu ihrer Tochter hinüber.

Das Mädchen stand da, die fetten Beine leicht gespreizt, und schaute zu Boden. Ihr Gesicht war ausdruckslos.

»Sergeant«, sagte Lisa zu der Frau, »können Sie die Sachen nicht einfach dem Laden zurückgeben? Dann ist doch niemand geschädigt worden.«

»Ich fürchte, das geht nicht. Wir haben es hier mit schwerem Diebstahl zu tun. Und es besteht der Verdacht, daß sie schon einmal etwas in dem Laden gestohlen hat. In solchen Fällen bestehen die Geschäfte darauf, daß die Sache verfolgt wird. Ich wüßte gern, ob wir uns hier mal umsehen dürfen.«

Lisa dachte an den Kleiderschrank ihrer Tochter mit all den Kleidern in Größe sechsunddreißig, an denen noch die Preisschilder hingen. »Ich glaube«, sagte sie kalt, »daß es jetzt an der Zeit ist, unseren Anwalt anzurufen.«

9

Wem die Stunde schlägt

Karen stürmte aus dem Flughafengebäude, direkt auf den Taxistand zu. Ihr war nicht zum Spaßen zumute, und sie merkte gar nicht, daß die Gesten und Rufe aus der Warteschlange, an der sie einfach vorbei zum vordersten Taxi marschierte, ihr galten. Sie gab dem Fahrer einen Hundertdollarschein. »Ich möchte nach Rockville Centre«, sagte sie energisch.

»Ja, Madam«, nickte er und ließ sie einsteigen.

Sie gab die Adresse an, zu der sie wollte. »Sie werden auch die Rückfahrt bezahlen müssen«, sagte er streitlustig.

Sie warf ihm einen weiteren Hunderter hin. »Fahren Sie endlich«, sagte sie.

Sie fühlte sich wie zerschmettert. Lügen. Nichts als Lügen. Jeffrey, Lisa, Belle. Gab es *irgend jemanden* in ihrer Familie, der sie nicht belogen hatte? Es dämmerte bereits, als das Taxi sein Ziel erreichte. Karen war nicht danach zumute, die blödsinnige Türglocke zu benutzen. Statt dessen hämmerte sie gegen die Tür. Das entsprach ihrer Stimmung. Aber trotz des Lärms, den sie machte, rührte sich nichts. Was sollte sie tun, falls keiner zu Hause war? Sie wußte es nicht. Belle *hatte* einfach da zu sein. Ihre Mutter mußte jetzt Rede und Antwort stehen.

Sie war auch da. Nachdem Karen noch eine Minute lang gegen die Tür gehämmert hatte, öffnete Belle endlich. »Karen«, sagte sie. »Was machst du hier? Leise. Du wirst deinen Vater aufwecken. Er schläft in der Stube – und überhaupt, was willst du jetzt hier?«

Karen schob sie zur Seite und ging hinein. Das war eine gute Frage. Was wollte sie hier? Wollte sie Ärger machen? Belle schlagen? Auf ihr herumprügeln, bis sie auf dem Boden lag? Karen wollte kein Blut sehen, aber sie hatte auch niemals wirklich geglaubt, daß Belle nur einen Tropfen Blut in sich hatte. Wahrscheinlich war sie ausgestopft wie diese kostspieligen Sofas. Jawohl, Karen hatte Lust, die ganze Wahrheit aus Belle herauszuprügeln. Endlich einmal traf es sich gut, daß Karen größer, breiter, kräftiger und stärker war als ihre Mutter. Sie wollte sich die kleine Frau greifen und durchschütteln, bis ihr die Zähne klapperten. Mitten im Wohnzimmer blieb Karen stehen. Belle war ihr gefolgt und verschränkte die Arme, wie sie es normalerweise immer tat, über der Brust. Klar. Typisch. Belle hatte sich immer selbst geschützt, sich selbst abgeschirmt und Karen jede Wärme vorenthalten.

»Karen, was ist los?« Belles Stimme klang nicht nur neugierig. Klang sie vielleicht besorgt? Beängstigt?

»Du hast mich angelogen«, sagte Karen. »Du hast mich schon seit langer Zeit angelogen.«

Belle sah sie an und war endlich einmal – vielleicht zum ersten Mal, solange Karen sich erinnern konnte – stumm. Keine Rechtfertigung, keine Verteidigung, nichts. Außer vielleicht einer Spur von Angst in ihren Augen.

»Du hast bereits von der Sache mit den Anteilen erfahren?« fragte Belle.

»Anteile? Welche Anteile?« fragte Karen verwirrt. Aber sie wollte sich nicht von Belle ablenken lassen. »Darüber spreche ich nicht.«

»Worüber denn?« fragte Belle, obwohl sie es sicher wußte.

»Du hast mir gesagt, daß ich adoptiert worden sei. Wie konntest du nur? Wie konntest du mich verleugnen?« Karen spürte, wie ihr die Tränen in die Augen traten, aber sie würde jetzt nicht weinen. Auf dem Rückflug von Chicago hatte sie zwei Kissen völlig durchnäßt und fühlte sich wie ausgetrocknet. Als ob sie nicht mehr aus Fleisch, sondern aus etwas viel Trockenerem und Härterem bestände. Nicht aus Stahl, aber vielleicht aus Holz. Aber zitterte Holz so, wie sie jetzt zitterte? Sie wußte, daß ihr Zittern nichts mit Schwäche zu tun hatte. Es war der reine Zorn.

»Nicht hier«, sagte Belle. »Komm mit ins Schlafzimmer.«

Wie ein Kind folgte Karen ihrer Mutter durch den Flur.

Warum immer diese Heimlichtuerei? Geheimnisse! Erzähl Lisa nichts davon, aber … Ich tue das für dich, halt deinem Vater gegenüber den Mund … Wenn ich es dir erzähle, mußt du mir versprechen, daß du … Karen war es so entsetzlich leid.

Sie gingen ins Schlafzimmer. »Du hast mich belogen«, wiederholte Karen. »Du hast mir gesagt, ich sei adoptiert worden.«

»Nun, du *bist* ja auch adoptiert worden«, sagte Belle. Karen konnte es kaum fassen. Der kurze Weg durch den Flur oder die vertraute Umgebung ihres Schlafzimmers und ihrer Garderobe hatten Belle die Kraft gegeben, sich wieder zu sammeln. Die Rechthaberei hatte sich schon wieder in ihre Stimme eingeschlichen, und sie stemmte jetzt auch ihre Hände auf die Hüften. Wollte sie die ganze Sache abstreiten? Alles abstreiten, was für Karen Realität war? Belle sah Karen nicht an. »Arnold hat dich adoptiert. Ich habe noch die Unterlagen. Ich kann es beweisen.«

Karen fiel die Kinnlade herunter. In diesem wichtigen Gespräch versuchte es Belle mit Spitzfindigkeiten? Was würde ihr noch alles einfallen, damit sie nicht zugeben mußte, was sie da an ihr verbrochen hatte? »Wir reden nicht von meinem *Vater*. Das weißt du«, sagte Karen.

»Nun, als ich sagte, du seist ein adoptiertes Kind, war das keine bewußt begangene Lüge.«

»Dann war es also keine bewußt begangene Sünde, sondern eine Unterlassungssünde? Wird es dadurch vielleicht besser?«

»Wovon spricht sie?« fragte Belle ihren Ankleideraum. »Ist sie irgendwie katholisch geworden?«

»Hör auf mit dem Mist, Belle. Du weißt, wovon ich spreche. Warum hast du mir nicht gesagt, daß du meine echte Mutter bist? Warum hast du mich in dem Glauben gelassen, daß du es nicht bist?«

Belle warf ungeduldig ihren Kopf herum. »Ich habe *immer* gesagt, daß du meine Tochter bist. Und ich habe dich immer wie meine Tochter behandelt. Wann habe ich jemals etwas anderes behauptet? *Nie*. Ich habe *nie* etwas anderes behauptet. Ich habe keinen Unterschied gemacht zwischen dir und deiner Schwester. Wenn überhaupt, dann habe ich *dir* mehr Aufmerksamkeit geschenkt. Du hast alles bekommen, was du wolltest. Und von Anfang an warst du schwierig. Von Anfang an wolltest du deinen eigenen Weg gehen. Und das konntest du auch. Wir sind wegen dir hier herausgezogen, wir haben dich auf gute Schulen geschickt, du bist ins Ferienlager gefahren. Wann hattest du Hunger? Wann hattest …«

»Schluß jetzt!« schrie Karen. »Wenn du damit weitermachst, dann bringe ich dich um, das schwöre ich bei Gott! Wir reden von einer *Lüge*. Du hast mir all diese Zeit gestohlen. Ich habe gedacht, daß du mich adoptiert hättest. Ich habe gedacht, du liebtest mich, und ich habe gedacht, daß es eine andere Frau gebe, die mich vielleicht auch geliebt hat – oder auch nicht, die mich aber jedenfalls zur Welt brachte. Jetzt finde ich heraus, daß es keine andere Frau gegeben hat. Es hat nur dich gegeben. Und du hast mich niemals geliebt, sonst hättest du mich nicht am Anfang weggegeben und auch nicht die ganze Zeit dein eigenes Kind verleugnet.«

»Wie kannst du es wagen! Wie kannst du es wagen, mich zu verurteilen oder deine Stimme gegen mich zu erheben?«

Karen sah verzweifelt zur Decke. »Belle, ich bitte dich, jetzt einmal zehn Minuten lang nicht an dich zu denken. Ich will, daß du nur für zehn Minuten versuchst, dich in meine Situation zu versetzen. Ich will, daß du versuchst, dir vorzustellen, wie es für mich war, hier aufzuwachsen und alles, was nicht stimmte, auf die Adoption zu schieben. Ich war nicht so hübsch wie Lisa, weil ich adoptiert wurde. Wir kamen nicht miteinander aus, weil ich adoptiert war. Du warst nicht zärtlich zu mir, weil ich adoptiert war. Und wenn ich manchmal das Gefühl hatte, daß ich dich nicht liebte, dann mußte ich mich sehr in acht nehmen, weil ich ja wußte, daß ein Adoptivkind nicht so empfinden durfte. Ich habe immer etwas in mir freigehalten, einen Hohlraum, der für die Liebe meiner echten Mutter reserviert war. Und ich mußte das tun, um zu überleben. Und es gab noch einen anderen Platz in mir, einen weiteren Hohlraum, weil meine echte Mutter mich nicht haben wollte. Ich hätte all diesen Platz nicht freizuhalten brauchen, Belle! Ich hätte innerlich nicht so leer zu sein brauchen. Ich hatte es bei dir nicht schlecht. Du hast mich nicht geschlagen. Du hast mich nicht hungern lassen. Viele Kinder haben es viel schlechter. Aber dir verdanke ich diese Leere in mir, und du selbst hast dich mit einer großen Bürde belastet, mit dieser Mauer zwischen uns. Warum mußtest du das nur tun? Warum mußtest du deine Zuflucht bei Lügen suchen?«

Karen hielt inne. Sie schüttelte den Kopf. »Ich kann es nicht verstehen«, sagte sie. »Ich würde niemals mein Kind verleugnen. Wie konntest du das tun? Warum *hast* du es getan?«

»Weißt du, du solltest dich nicht so über mich erheben«, zischte Belle. »Auch du würdest tun, was du tun müßtest. Die Dinge waren damals nicht so einfach. Was weißt du schon davon – Miss Karrierefrau? Miss Geschäftserfolg? Wir haben dich auf die Schule geschickt. Wir haben dir geholfen. Wir haben dir nichts vorenthalten.

Weißt du, es war nicht für jeden so einfach. Nicht so einfach wie für dich. Ich bin in der Gosse großgeworden. Meine Mutter war Akkordarbeiterin. Am Ende jeden Monats, wenn die Miete fällig war, sind wir umgezogen. Ich habe in der Schule Lumpen getragen. *Lumpen*. Ich hatte nie – nie! – ein richtiges Paar Schuhe, das mir gepaßt hätte. Ich war klug, in der Schule gut, aber was hatte das schon zu sagen? Ich war gerade klug genug, um zu erkennen, in welcher Falle ich steckte. Es gab für Frauen keine Jobs. Sollte ich in die Fabrik gehen wie meine Mutter? Ich habe es irgendwie hingekriegt, den High-School-Abschluß zu schaffen, und ich habe es geschafft, auf eine Abendschule zu gehen und mich als Lehrerin ausbilden zu lassen. Niemand hat mir geholfen. Niemand hat mir irgend etwas geschenkt. Ich mußte mich entscheiden zwischen Schulbüchern und einem Abendessen. Glaubst du, *meine* Mutter sei so großartig gewesen? Sie wollte bloß, daß ich irgendwo nähen gehe und Geld nach Hause bringe. Glaubst du, es wäre mein *Wunsch* gewesen, Lehrerin zu werden? Glaubst du, ich hätte mich den ganzen Tag lang mit den Kindern anderer Frauen beschäftigen *wollen*? Aber was gab es sonst für Möglichkeiten? Es war damals nicht so wie in einem Joan-Crawford-Film. Ich habe *keine einzige* Frau kennengelernt, die einen wichtigeren Job gehabt hätte als Sekretärin. Also bin ich auf die Abendschule gegangen und habe tagsüber im Kaufhaus gearbeitet. Herrenmoden. Und habe gleichzeitig zwei Männer kennengelernt. An der Abendschule habe ich mich mit Arnold angefreundet, der verläßlich war, aber nicht sehr romantisch und nicht reich und nicht schön. Und im Kaufhaus habe ich deinen Vater kennengelernt. Er kam aus einer guten Familie. Spazierte herein und hat in einer Viertelstunde mehr Geld für Krawatten ausgegeben, als ich in einer Woche verdiente. Er hat mich zum Dinner eingeladen. Und ich bin mit ihm ausgegangen, damit er mir eine Welt zeigen konnte, die ich noch nicht kannte. Wir speisten in Restaurants mit weißen Tischdecken. Er trank Wein. Nicht nur zum Passahfest, sondern jeden Abend. Und er schenkte mir einen Ring. Ich habe geglaubt, wir wären verlobt – und habe mit ihm geschlafen. Von Verhütungsmitteln wußte man damals noch nichts. Zumindest nicht als braves Mädchen. Wir verließen uns einfach auf die Männer. Nun, auf diesen hätte ich mich besser nicht verlassen. Und als ich ihm eröffnet habe, daß ich schwanger war, ist er einfach verschwunden. Ich glaube nicht, daß er jemals wirklich vorhatte, mich zu heiraten.« Belle lachte, aber ihr Lachen klang bitter. »Einmal hat er mich zum Segeln mitgenommen, auf den Michigansee. Er kannte sich mit all den Dingen aus, die die reichen Leute so treiben. Du weißt schon, Tennis und Segeln. Als er mich verließ, hab' ich überlegt, ob ich nicht mit einem Boot hinausfahren und mich ertränken sollte. Ich habe es nicht fertiggebracht, und ich hatte niemanden, dem ich mich anvertrauen konnte.«

Belles Augen blitzten. »Und glaubst du denn, man hätte damals an jeder Straßenecke eine Abtreibung machen lassen können, so wie es heute ist? Glaubst du, es hätte Beratungsstellen für Mädchen gegeben, die in Schwierigkeiten geraten waren? Glaubst du, eine unverheiratete Mutter hätte an der Universität ihren Abschluß machen können? Glaubst du, die

Schulen hätten damals eine unverheiratete Mutter eingestellt?« Belle lachte wieder. »Du hast ja keine Ahnung, wie es damals zuging, und die Frauen in meinem Alter wollen sich auch am liebsten nicht mehr daran erinnern. Glaub mir, wir wollen uns nicht mehr daran erinnern! Meine eigene Mutter hat mich hinausgeworfen. Also bin ich in eine Pension gezogen. Es war das allerbilligste, was es gab. Meine Schwangerschaft habe ich geheimgehalten und gearbeitet, solange es ging. Und dann kamst du, und ich hatte eigentlich vor, dich zur Adoption freizugeben. Aber als ich dich erst einmal gesehen hatte, als ich dich erst einmal im Arm hielt, da konnte ich es nicht mehr. Glaubst du, ich wäre aus Stein? Ich habe dich bei mir behalten, bis mir das Geld ausging, aber dann mußte ich dich in Pflege geben. Hatte ich denn eine andere Wahl? Tagespflege gab es damals noch nicht. Meine Mutter sprach nicht mit mir; außerdem hatte sie ja ihre eigenen Kinder, für die sie sorgen mußte, und mußte selbst arbeiten gehen. Trotzdem habe ich ihr das niemals vergeben und habe seither nie mehr mit ihr oder einem der ihren gesprochen.

Was hätte ich also mit dir tun sollen? Und welches Leben hätte mich mit dir erwartet? Ich mußte dich dem Staat überlassen. Kannst du dir das vorstellen? Dann bin ich wieder arbeiten gegangen, habe das Studium abgeschlossen und eine Anstellung bekommen. Als Lehrerin war ich ständig unter Frauen. Unter Frauen und Kindern. Es gab keine Möglichkeit, einen Mann kennenzulernen, jedenfalls keinen, der passend gewesen wäre. Niemanden, der für einen sorgen konnte. Also habe ich es arrangiert, daß ich ganz zufällig noch einmal Arnold traf. Wir haben uns wieder verabredet, und diesmal konnte ich es gar nicht abwarten, daß er mir endlich einen Antrag machte.«

»Also wußte er gar nichts davon? Er wußte gar nichts von mir?«

»Er wußte nichts von *mir.* Er glaubte, ich sei ein braves Mädchen, und ich ließ ihn in dem Glauben. Damals war er bereit, mir alles zu geben, was ich wollte, und ich wollte nichts als fort, fort von Chicago und meinen Job an den Nagel hängen. Ich wollte ein Haus, und ich wollte schöne Kleider, und ich wollte dich zurückhaben. Als ich ihm sagte, ich sei unfruchtbar, stellte er keine Fragen. Als ich ihm sagte, wir sollten ein Kind adoptieren, war er einverstanden. Und als ich ihm sagte, ich hätte ein Kind gefunden, das ich gerne haben wollte, war er einverstanden. Ich weiß nicht, was er wußte oder was er vermutete. Er hat mir nie eine Frage gestellt, also brauchte ich auch nie zu lügen. Und dich habe ich auch nicht belogen.«

Belle blickte Karen mit dünnen, zusammengekniffenen Lippen an. »Also komm dir nicht so erhaben über mich vor, denn du hast keine Ahnung, wie es damals war. Du weißt auch nicht, was *du* getan haben würdest. Ich habe es so gut gemacht, wie ich konnte.«

Karen stand schweigend da. Belle ging zum Bett und setzte sich, als wäre sie erschöpft. Karen schüttelte den Kopf. Wie immer hatte Belle es geschafft, sich zu rechtfertigen, aber das bedeutete nicht, daß sie wirklich recht hatte. Vielleicht hatte sie es wirklich so gut gemacht, wie sie konnte – aber das war eben nicht genug gewesen.

»Du hättest nicht lügen dürfen«, sagte Karen. »Es war schließlich eine Lüge, und es hat unser ganzes Leben zu einer Lüge gemacht. Begreifst du nicht, daß es eine Mauer zwischen dir und Daddy geschaffen hat? Begreifst du nicht, was es für mich bedeutete? Und was hat es aus dir gemacht! Du warst immer unnahbar. Ich kann mich nicht erinnern, daß du mich jemals an dich gedrückt oder mich gestreichelt hättest. Nicht ein Mal.«

»Das lag an *dir*. Du warst nicht zärtlich. Ich hatte das Gefühl, als wenn du alles immer schon gewußt hättest, hatte den Eindruck, daß du mich mit *wissenden* Augen ansahst, als ich mir dich vom Staat zurückgeholt habe. Du hast mir die Schuld gegeben. Du wolltest meine Umarmungen nicht.«

»Das ist doch Wahnsinn!« rief Karen. »Ich war vier Jahre alt! Ich wurde aus dem einzigen Zuhause gerissen, das ich kannte. Ich habe dir keine Schuld gegeben. Ich war wahrscheinlich verängstigt – und verletzt.« Sie griff sich an den Kopf, weil sie das Gefühl hatte, er müßte gleich explodieren.

»Weißt du, das sagst du so leichthin. Du hast ja kein Kind.

Wenn du eins hättest, würde ich gerne mal sehen, ob du es irgendwie besser machst. Lisa hat es nicht besser gemacht. Die eine von ihr kotzt dauernd, und die andere wird im Zuchthaus enden. Du hast Stephie den Zugang zu Drogen ermöglicht, und Tiff war so eifersüchtig, daß sie angefangen hat zu stehlen. Dein Vater sagt, daß sie mit einer Beute von Kleidern im Wert von tausend Dollar gestellt wurde. Das ist schwerer Diebstahl.«

»Was? Wovon redest du jetzt? Was hat Tiff getan?«

»Siehst du? Weißt du etwa, was in deiner Familie vorgeht? Nein. Zu sehr mit Arbeit beschäftigt. Selbstsüchtig! Du warst immer selbstsüchtig. Und du glaubst, du wärest eine gute Mutter geworden! Ha! Du hättest es genauso schlecht gemacht wie Lisa.«

»Vielleicht hat Lisa es nicht so gut gemacht, weil sie niemals eine gute Mutter kennenlernte.«

Belle starrte sie an. »Richtig. Such alle Schuld bei mir. Ich bin die Schlechte. Tiff, Lisa, dein Vater, Stephanie … Alles ist meine Schuld.« Karen wußte, daß Belle die Dinge dramatisierte, um das, was Karen gesagt hatte, abzuwerten. Aber diesmal würde es nicht funktionieren. »Es *ist* alles deine Schuld«, sagte sie.

»Weil du uns alle angelogen hast. Und weil du niemals gezeigt hast, daß du uns liebst.«

»Was? Ihr beide habt also niemals etwas aus freien Stükken getan? Ist es meine Schuld, daß deine Schwester mit deinem Mann geschlafen hat? Habe *ich* das in die Wege geleitet?«

Der Schlag saß, aber Karen wußte jetzt Bescheid. Jetzt sah sie alles in klarem Licht. Jede Manipulation, jeden Messerstich, jedes Ablenkungsmanöver erkannte sie als das, was es war. Belle war bereit, die Gefühle aller anderen zu verletzen, um ihre eigenen zu schonen. Das war ihre einzige Überlebensstrategie. »Ja«, flüsterte Karen. »Du hast es zuwege gebracht. Wenn du uns nicht immer gezwungen hättest, miteinander zu konkurrieren, wenn du nicht immer mich ihr und ihr mich angepriesen hättest – ohne jemals einen von uns direkt zu loben – dann wäre Lisa vielleicht nicht so von ihrer Eifersucht aufgezehrt worden. Sie hat mit Jeffrey geschlafen, um mich zu verletzen, weil sie immer das Gefühl hatte, die Unterlegene zu sein.«

»Und wie lautete Jeffreys Ausrede – Miss Freud?«

Karen schluckte den Schmerz. Sie könnte jetzt sagen: Frag meinen Vater, warum ein Mann seine Frau betrügt, aber sie hatte Anstand genug, das nicht zu tun. Statt dessen schüttelte sie nur den Kopf. »Das hättest Du nicht sagen sollen«, wies sie ihre Mutter zurecht. »Meine Ehe geht dich nichts an. Ich wollte nur wissen, ob es irgendeine Entschuldigung für dich gibt.« Sie hielt inne. »Ich will, daß du mich richtig verstehst. Du hast mit dem, was du getan hast, einen Teil von mir zerstört, der nicht wiederhergestellt werden kann. Ich werde weiterleben, aber ich werde ohne dich weiterleben.«

Sie drehte sich um und ging zur Tür. »Was soll das bitte heißen?« fragte Belle. Karen antwortete nicht. Sie ging einfach weiter.

»Du kehrst deiner Familie den Rücken, und du hast deinen Mann verloren. Du kannst noch mehr verlieren. Wir werden ja sehen, wie es dir gefällt, allein zu sein. Es ist ganz gut, daß du keine Kinder hast«, giftete Belle. »Denn was du auch immer denken magst, wie schlecht ich als Mutter war – ich weiß, daß du noch schlechter wärst.«

Karen ging weiter durch den Flur. Sie kam an der offenstehenden Tür ihres alten Zimmers vorbei und an der Stube, in der Arnold immer noch lag und schlief. Sie ging durchs Wohnzimmer, aus der Haustür heraus und bis zur Ecke. Draußen in der Dunkelheit begriff sie, daß sie nicht wußte, wo sie hingehen sollte und lief einfach von Straßenlaterne zu Straßenlaterne, bis sie schließlich an die Tankstelle an der Ecke Long Beach Road kam. Dort fand sie eine Telefonzelle, hatte aber kein Kleingeld. Also nahm sie den Hörer ab und meldete ein R-Gespräch an. Bis Carl das Gespräch angenommen hatte, zitterte sie bereits so, daß sie kaum noch sprechen konnte. Carl war es fast unmöglich, sie zu verstehen.

»Sag mir doch einfach, wo du bist, Karen«, sagte er. »Ich werde dich abholen.«

»Ich bin in der Hölle, Carl«, flüsterte sie.

10

Was ein Name bedeutet

Carl hatte Karen in sein eigenes Bett gesteckt und mit Valium und einem halben Glas Rotwein soweit betäubt, daß sie für neuneinhalb Stunden schlief. Als sie aufwachte, wußte sie zunächst gar nicht, wo sie war. Sie mußte sich erst ihre ganze Odyssee von Paris über New York zu den Marianen, zurück nach New York, dann nach Chicago und schließlich nach Rockville Centre wieder vor Augen führen, um sich zu erinnern, daß sie bei Carl in Brooklyn Heights gelandet war. Die Sonne schien, aber sie zog sich die Decke über den Kopf.

Carl kam auf Zehenspitzen hereingeschlichen. »Ah, Dornröschen ist erwacht.«

Karen stöhnte.

»Du brauchst nicht aufzustehen«, erklärte Carl. »Es ist noch sehr früh.« Dann nahm er ihre Hand. Sie hatte ihm alles erzählt, und sein rundes Gesicht war vor Mitleid fast zerflossen. »Ich denke, ich werde noch ein wenig schlafen«, sagte sie. Carl schlich auf Zehenspitzen wieder aus dem Zimmer hinaus. Sie konnte es noch nicht ertragen, wach zu sein. Selbst mit Carls Hilfe war es ihr nicht möglich, diesen Tag durchzustehen oder irgendeinen von denen, die danach kamen. So blieb sie unter ihren Decken liegen und weinte vor Selbstmitleid. Warum auch nicht? fragte sie sich. Wer hatte denn sonst Mitleid mit ihr? Nach einer Weile fiel sie wieder in einen unruhigen Schlummer …

Sie lag auf einem weißen Bett, aber die Decke über ihr war schwarz geworden. Das Bett bewegte sich wellenförmig, und sie begriff, daß sie auf See war. Auf einer weißen See. Sie lag in einer Art Korb oder in einem Boot, das mit den Wellen auf und ab tanzte. So weit ihr Auge reichte, war nichts zu sehen als dunkler Himmel und die schimmernde, milchig weiße See. Vor lauter Einsamkeit fing sie zu weinen an, und ihre Tränen liefen unten in dem Korb zusammen. Plötzlich fiel ihr ein, daß sie versinken würde, wenn sie nicht aufhörte zu weinen. In das dunkle, kalte Wasser hinabsinken, ohne jemals Grund zu erreichen. Aber trotzdem konnte sie nicht aufhören zu weinen. Und dann hörte sie noch jemanden weinen. In einer höheren Tonlage; das Wimmern kam aus der Pfütze, die sich auf dem Boden des kleinen Bootes gebildet hatte. Sie beugte sich vor, tauchte ihre Hände in das warme Wasser und zog ein Baby hervor. Es sah sie aus seinen schrägstehenden schwarzen Augen an. Es kannte sie, und sie kannte es. Karen drückte es an ihre Brust, und nun hörten sie beide auf zu weinen.

Als Karen erwachte, hielt sie immer noch das Kissen neben sich umklammert.

Karen war in die Wohnung gekommen, um ihre Sachen zusammenzupacken, als sie Geräusche aus dem Wohnzimmer hörte. Da Ernesta nicht mehr da war, blieb sie ängstlich stehen. Aber dann meldete sich Jeffrey. Komisch, daß die Angst nachließ, als sie seine Stimme erkannte. Ich schätze, das bedeutet, daß mir seine Anwesenheit nicht so schlimm vorkommt wie die eines Einbrechers oder eines Vergewaltigers, dachte sie und ging ins Wohnzimmer.

Er saß auf einem der Stühle am Eßtisch und hatte einen Stoß Akten vor sich liegen. Die Papiere, das Polster des Stuhls und sein Gesicht zeigten fast das gleiche Weiß. »Was ist los?« sagte sie, weil sie sonst nichts zu sagen wußte. »Was willst du?«

»Die Firma« entgegnete er. Er rührte sich nicht, und obwohl er so bleich aussah, klang seine Stimme fest.

»Kein Interesse« erklärte sie ihm. Es war kein sicheres Gefühl, ihm den Rücken zuzukehren, aber dennoch machte sie auf dem Absatz kehrt und ging zurück ins Schlafzimmer.

»Dies ist kein Angebot an dich«, erklärte Jeffrey ihr. »Es ist ein *fait accompli.*«

Sie drehte sich wieder zu ihm herum. »Wovon redest du?« fragte sie.

»Du warst ja Vernunftgründen nicht zugänglich«, sagte er. »Also ging es nur so. Ich habe mich mit einem Teil der Belegschaft und einem Teil der Familie zusammengetan. Wir waren alle einer Meinung. Mit meinem Anteil und ihren Anteilen zusammen haben wir die Mehrheit. Wir überstimmen dich. Wir verkaufen ohne dich an NormCo.«

Ihr fehlten für gut eine Minute die Worte, aber dann wurden ihr die Lächerlichkeit und die Dreistigkeit dieses Vorhabens so offensichtlich, daß es ihr einen Stoß versetzte. »Das ist doch völlig unmöglich. Wolper wird die Gesellschaft ohne mich nicht kaufen. Er will mich, und er will meinen Namen.«

»Er wird deinen Namen bekommen«, sagte Jeffrey. »Der gehört uns. Und wenn er für die Gesellschaft ohne dich auch nicht mehr so viel bezahlen will, dann wird es immer noch genug sein.«

Karen starrte ihn an. Sie konnte es nicht glauben. »Wovon redest du?«

»Karen Kahn gehört uns«, erklärte Jeffrey ihr. »Mir gehören dreißig Prozent der Anteile. Mit den Anteilen meiner Familie, mit den Anteilen, die du einigen der Betriebsangehörigen überschrieben hast, mit Mercedes und ...«

»Und wer soll für euch das Design machen?«

»Wen interessiert das schon? Wir werden irgend jemanden bekommen. Bill verhandelt mit Norris Cleveland.«

»Norris! Du machst wohl Witze?«

»Durchaus nicht. Sie hat Interesse, und sie kann doch in deiner Manier arbeiten. Die Kunden werden kaum einen Unterschied feststellen, Karen. Sie kaufen die Marke, und das reicht uns. Mehr wollte Wolper von dir sowieso nicht. Er ist mit dem Preis ein wenig heruntergegangen, aber wir werden immer noch genug für uns alle bekommen. Besser das, als zuzulassen, daß du das Schiff auf Grund setzt.«

Karen blinzelte. Dieser ganze Mist, den Wolper ihr eingetrichtert hatte! Daß er ihre Begabung kaufen wolle, daß er ihre Arbeit schätze, daß er Achtung vor ihren Kunden habe! Alles Lügen, oder wenigstens nur solange wahr, wie es nach Wolpers Nase ging. Aber das jetzt ... von Jeffrey. Das war unglaublich. »Du kommst damit nicht durch«, erklärte sie ihrem Mann. »Ich werde dich vor Gericht schleppen. Robert hat angeboten ...«

»Robert und Sooky haben mir bereits ihre Stimmrechte überschrieben. Meine Mutter genauso. Einige von den Mädchen aus der Werkstatt, Lisa und deine Mutter ziehen mit. Du kannst absolut nichts mehr dagegen tun.«

»Lisa?« fragte Karen. »Meine Mutter?«

Es war alles zuviel. Karen ließ sich auf einen Stuhl fallen. Belle! Warum war Karen eigentlich überrascht? Belle mußte immer das letzte Wort haben, den letzten Pfeil abschießen. Aber vielleicht hatte sie es ja schon vorher getan. Hatte sie nicht irgend etwas von Anteilen gesagt ...? Karen holte tief Luft.

»Vielleicht kannst du die Firma bekommen, aber mich bekommst du nicht. Ich werde irgendwo anders arbeiten.«

»Tu, was du willst, Karen. Aber glaub nicht, daß du noch irgend etwas als Karen Kahn machen wirst. Der Name gehört uns. Du hast ihn ja schon lange vor dem NormCo-Angebot auf die Gesellschaft übertragen. Ich habe jetzt das Verfügungsrecht darüber, und ich kann damit machen, was ich will.«

Es fehlte nicht viel, und sie hätte laut aufgestöhnt. Belle. Belle und Jeffrey. Zusammen hatten sie ihr ihre Lebensarbeit gestohlen. Rache war alles, was sie denken konnte. Sie wünschte, sie hätte Jeffrey nicht verboten, sich einen Waffenschein und einen Revolver für ihre Wohnung zu besorgen. Ihn jetzt niederzuschießen, hätte im Moment eine so enorme Erleichterung bedeutet, daß sie sich gerne dafür ein Leben hinter Gefängniswänden einhandeln würde.

»Ich habe alle Papiere hier«, sagte er schließlich und stand auf, um zu gehen. »Versuch nicht, dein Büro noch einmal zu betreten. Ich werde die Schlösser austauschen lassen und einen neuen Wachdienst verpflichten. Janet ist gekündigt. Genauso Casey und Defina. Das alles ist jetzt meine Sache. Du bekommst natürlich deinen Anteil vom Verkaufserlös. Robert wird sich darum kümmern.«

Sie war dankbar dafür, daß sie es schaffte, sich aufrecht zu halten, bis er aus der Wohnung war. Erst als sie hörte, wie er in den Aufzug trat, kippte sie erst gegen die Wand und rutschte dann auf den Boden.

11

Ein Pferd ohne Namen

Später, im Rückblick, begriff Karen, daß sie immer einen Plan B gehabt hatte. Aber jetzt, allein in ihrer Wohnung, nachdem Jeffrey gegangen war und ihr nur die unanfechtbaren Beweise dafür dagelassen hatte, daß er sie legalerweise um all ihren beruflichen Erfolg gebracht hatte, brauchte sie eine Weile, bis es ihr möglich war, sich wieder zu sammeln.

Wieviel auch immer Wolper für KKInc bezahlt hatte, wie sehr man ihre Anteile auch beschnitten haben mochte, sie würde jedenfalls genug Geld bekommen, um davon leben zu können. Aber ihr Name würde ihr nicht mehr gehören, und ihre Firma war verloren – das Einzige, was ihrem Leben Sinn gegeben hatte.

Karen lag flach auf dem weißen Sofa und starrte im Dunkeln auf die Decke hoch über sich. Sie mußte an ihre Entwürfe denken, an ihre besten Arbeiten: das Hochzeitskleid für Elise Elliot, das Farmerfrauenkleid, die Tunika, die sie in verschiedenen Stoffen immer wieder in ihrer Kollektion gehabt hatte, und natürlich die Pariser Kleider. Daß ihre Arbeit ihr weggenommen werden und jemand anderem gehören sollte, war unglaublich. Doch die anderen hatten ihren Namen, und Norris Cleveland würde sich über ihre Entwürfe, ihre Zeichnungen, ihre Notizen hermachen. Karen konnte sich lebhaft vorstellen, wie Norris ihre Tunika mit irgendwelchen Knöpfen entstellte. Oder vielleicht Karens Farmerfrauenkleid in Giftgelb kreierte. Jeffrey konnte Norris' ekelhafte Kollektion mit Karens Namen darauf verkaufen. Würde das Publikum den Unterschied bemerken? Würde es den Kunden etwas ausmachen?

Alles war so unglaublich und kam so unerwartet, daß es fast schon unwirklich war. Vielleicht empfand sie deswegen keinen Schmerz mehr. Ihres Namens, ihrer Firma, ihrer Familie und ihres Mannes beraubt, kam sie sich in gewisser Weise erleichtert vor. Das ganze Netz, jeder einzelne Faden, war zerrissen.

Ihr ganzes Leben hatte auf Lügen beruht. Wie hätte es auch anders sein können? Sie selbst war ja ständig belogen worden. Aber was sie jetzt wunderte, war ihre Entdeckung, daß die Wahrheit schon immer und allerorten hervorgelugt hatte. Sie begriff jetzt endlich, daß sie eigentlich schon immer gewußt hatte, daß ihr Geschäftssinn besser war als der von Jeffrey: sein ständiger Unfug mit der säumigen Steuerzahlung, die schlechten Verträge, die er mit den Discountern abschloß, seine lächerliche Unterbewertung der Gesellschaft, als sie sich NormCo angedient hatten. Und all das hatte sie ignoriert oder übersehen. Sie hatte ihn gewollt, und sie hatte alles, was störend war, weggewischt, um ihn behalten zu können. Sie war das Pferd gewesen, das für die anderen den Wagen zog, das Geld herschaffte, die Kleider machte. Und er hatte gewußt, daß sie ein Pferd war, das er reiten konnte. Er hatte auf ihre Stärke gebaut und ihr sie dann verübelt, er war ein lausiger Maler gewesen und hatte ihr Geschäft als Vorwand benutzt, dieser traurigen Wahrheit nicht ins Auge sehen zu müssen. Dann hatte er sich als lausiger Geschäftsmann erwiesen, wobei sie die ganze Zeit so getan hatten, als wäre sie die unpraktischere von ihnen beiden. Schon immer war ihr die Wahrheit bewußt gewesen, aber sie hatte sich ihr nicht gestellt.

Und sie mußte auch das mit June geahnt haben. All diese Geschäftsbesprechungen spät abends, all diese Pokerabende, und sie war immer zu sehr mit Arbeit überlastet gewesen, um Fragen zu stellen! June als Gast bei Tiffs *bat mizwa*, Jeffrey ständig nicht erreichbar, wenn sie in New York anrief, Perrys Andeutungen wegen des Ateliers, Junes Auftauchen in Paris. Es mußte noch viele andere Anzeichen gegeben haben, aber sie hatte sie nicht wahrhaben wollen. Und sie hatte auch die Wahrheit über Lisa und Belle – keine Einzelheiten, aber das Gesamtbild – gekannt. Keine von beiden hatte das, was man brauchte, um einen anderen Menschen zu lieben. Ihr letzter Betrug war auch nicht schlimmer als die vielen kleinen Betrügereien, die ihm vorangegangen waren. Karen hatte immer gegeben, und sie hatten immer genommen. Sie waren selbstsüchtig, weil sie ein so jämmerliches Selbst hatten, weil sie solche Jammergestalten waren.

Wie mußte Belle sich selbst hassen, sagte sich Karen. Wie mochte sich Belles panische Angst, ihre Wut und ihr Selbsthaß in Karens kleinen Babyaugen widergespiegelt haben? Wieviel von Belles Gift – Reue, Wut, Schuld, Angst – hatte auch Karen in sich aufgenommen, als sie an der Brust ihrer Mutter trank? Karen atmete tief durch und wühlte sich in die Kissen des Sofas. Sie schickte ein stilles Dankgebet an Marie. Ohne die Jahre der Liebe und der Zuwendung, die sie Marie verdankte, würde Karen genauso ein Wrack wie ihre Mutter und ihre Schwester geworden sein.

Belles Selbsthaß war auf Lisa übergegangen, auch auf Karen und natürlich inzwischen auch auf Stephanie und Tiff. Ein römischer Brunnen des Selbsthasses, der sich von einer Generation von Frauen auf die nächste ergießt. Ich habe gelernt, wie ein Pferd zu arbeiten, dachte Karen. Ich war immer nur so gut wie meine Arbeit. Nur deswegen hat Jeffrey mich geliebt, wenn er mich überhaupt geliebt hat. Aber immerhin hatte ich meine Arbeit. Was hatten Belle, Lisa und ihre Nichten?

Und ich, dachte Karen, hätte ich vielleicht ein Kind bekommen können, wenn ich mich nicht selbstgehaßt hätte? Und wenn ich ein Mädchen bekommen hätte, wäre ich dann fähig gewesen, diesen Haß an mein Kind weiterzugeben? Sie mußte wieder an das Baby auf den Marianen denken mit seinen wachen schwarzen Augen, die auf etwas warteten. Was würde *ich* ihm geben? fragte sie sich. Dann fiel ihr Bill Wolper ein. Er hatte sie zum Narren gehalten mit seinen Lügen, und jetzt würde er ihren Namen benutzen, um alle Frauen zum Narren zu halten, die Karen-Kahn-Kleider kauften. Sie würden überteuert sein, in miserablem Design und schludrig zusammengestoppelt. Er hatte ihr den Hof gemacht, er hatte ihr das Gefühl gegeben, eine attraktive Frau zu sein, aber er hatte sie nur als Arbeitspferd betrachtet. Und er war der letzte, der sie betrogen hatte.

Karen war ein namenloses Pferd. Sie drehte sich auf den

Bauch und vergrub ihr Gesicht in dem weißen Polster des Sofas. Ihr Make-up würde dort Spuren hinterlassen – Lippenstift, Rouge und Lidschatten –, aber das war ihr gleichgültig. Der Name Karen Kahn würde an jede Frau verkauft werden, die verzweifelt nach ein bißchen Glanz strebte. Und sie konnte nichts dagegen tun.

Oder doch?

Sie drehte sich wieder um und überlegte. Sie durfte zwar nie mehr unter ihrem eigenen Namen arbeiten, aber sie war ja schließlich mehr als ihr Name. Ihr Name war ein Produkt geworden, aber *sie* war ja gar nicht Karen Kahn. Kahn war der Name ihres Mannes. Sie hieß auch nicht Karen Lipsky. Arnold war nicht ihr leiblicher Vater. Aber warum sollte sie überhaupt den Namen irgendeines Samenspenders tragen? Sie wußte, wer sie war, und wenn das Publikum ihre Arbeit nicht von den Produkten Norris Clevelands unterscheiden konnte, dann war das nicht ihre Schuld. Aber immerhin war es ihr möglich, einen Teil des Mißbrauchs, der sich da abzeichnete, zu verhindern. Sie konnte ihren Namen nicht retten, aber sie konnte ihre Arbeit retten.

Sie standen draußen in der Dunkelheit im Eingang des Hochhauses gegenüber 550 Seventh Avenue. Alle waren sie in Schwarz. Bis auf die Gesichter. Janets Gesicht war sehr bleich, aber die anderen wirkten grimmig und entschlossen.

Karen machte keine überflüssigen Worte. »Hoffen wir, daß Casey den richtigen Schlüssel gestohlen hat«, sagte sie.

Carl, Janet, Casey, Mrs. Cruz und Defina hatten leere Kartons bei sich. Carl gab Karen zwei davon. »Du mußt so tun, als seien sie schwer«, sagte er zu ihr. »Wenn wir etwas hinein- und heraustragen, dann ist das weniger verdächtig, als wenn wir nur etwas herausbringen.«

Karen nickte. Casey sah so aus, als ob er unter dem Gewicht des leeren Kartons strauchelte. Janet bekreuzigte sich, als sie sich dem Glaskasten des Sicherheitsdienstes in 550 näherten. »Was ist, wenn die Wachleute uns nicht hinauflassen?« flüsterte sie.

»Dann trete ich sie in den Arsch«, sagte Casey. Karen grinste. Diese rohe Seite ihres Marketingmannes hatte sie noch gar nicht kennengelernt.

Der Wachmann döste vor sich hin, mit den Füßen auf der Theke. »Macht soviel Lärm, wie ihr könnt«, sagte Casey. »Dies ist *keine* verdeckte Operation.«

»Ich kann es gar nicht fassen, daß diese Idioten nicht bis nächste Woche warten können«, sagte Carl laut. Der Wachmann schwang seine Füße von der Theke.

»Unglaublich, was? Na ja, die Rockstars und die Politiker wollen eben, was sie wollen, wenn sie es wollen«, sagte Defina. Sie winkte dem Wachmann zu. »Wollen sie ein Plätzchen?« fragte sie. »Sieht so aus, als könnten Sie auch einen Kaffee vertragen.«

Er rieb sich die Augen. »Ich habe nicht geschlafen«, sagte er verlegen.

»Nein? Wir auch nicht. Können Sie sich das vorstellen? Madonna klingelt Karen Kahn aus dem Bett, damit sie ihr eine Aussteuer zusammenstellt. Können Sie sich die Art von Wäsche vorstellen? Wir haben massenweise Leder und Gummi dabei. Ein Hochzeitskleid aus Gummi. Hat man da noch Töne?«

»Madonna will heiraten?«

»Pst, erzählen Sie es nicht weiter«, mahnte Carl.

»Wen heiratet sie denn?«

»Bill Clintons Bruder. Es kommt morgen abend im Fernsehen. Live.« Der Wachmann pfiff durch die Zähne. »Und übermorgen geben sie einen Empfang im Weißen Haus. Wir müssen morgen früh alles fertig haben, einschließlich Chelseas erstem Bustier.«

»Im Ernst?«

»Im Ernst.«

»Ich wette, Hillary ist auf hundertneunzig«, sagte der Wachmann.

»Um es milde auszudrücken«, erklärte Defina, während sie zum Aufzug gingen.

Sie brauchten etwas über zwei Stunden, um jede Skizze, jedes Muster, alle Notizbücher und alle Aufzeichnungen zusammenzupacken, die Karen im Laufe zweier Jahrzehnte zusammengetragen hatte. Als die Kartons gefüllt waren, nahm Karen die Oakley-Preismedaille und legte sie oben auf die letzte Kiste. Casey verschnürte alles. Carl blickte auf die Uhr und verkündete, daß es Viertel vor vier war. Karen blickte sich in dem leergeräumten Raum um. Sie hatte den Blick auf die Seventh Avenue immer geliebt, aber Bill und Jeffrey hatten ihr dieses Büro jetzt weggenommen.

»Laßt uns verschwinden«, schlug Casey vor.

»Jawohl«, stimmte Defina zu. »Wir haben sie drangekriegt. Frauen und Schwule erobern die Geschäftswelt der Hetero-Surrogate.«

»Genau«, meinte Casey.

Karen nickte. »Ich möchte euch danken. Keiner von euch war verpflichtet ...«

»O doch, das waren wir«, lächelte Mrs. Cruz.

»Was kann Norris jetzt noch kopieren?« kicherte Casey.

»Eine Sache muß ich noch erledigen«, sagte Karen. »Janet, ich brauche Ihre Hilfe.« Ihre Sekretärin nickte. »Ich muß einen Brief diktieren.«

»Sie müssen jetzt einen Brief diktieren?« fragte Janet.

»Ja.« Die anderen brachten die Kisten zum Aufzug, und Karen setzte sich zu Janet an den Wordprocessor. Während sie dort die Köpfe zusammensteckten, beaufsichtigte Defina den Abtransport der Kisten in ein Taxi. Sie sollten zu Carl gebracht werden; dort waren sie in Sicherheit.

Dann kehrte Defina in Karens Büro zurück. »Seid ihr immer noch nicht fertig?« fragte sie. »Ich habe da unten einen Wachmann, der gerne eine Einladung ins Weiße Haus hätte.«

»Wir sind soweit«, sagte Karen und gab Defina den Brief, den Janet gerade ausgedruckt hatte. Karen las ihn gemeinsam mit Defina:

Lieber Bill,
ich möchte Ihnen für die Reise nach Bangkok und auf die Marianen danken. Sie hat mir viel mehr gegeben, als wir beide erwarten konnten.
Ich möchte Ihnen außerdem sagen, daß es Ihnen ausge-

zeichnet gelungen ist, mich hereinzulegen, genau so, wie Sie andere Frauen in ihrem Privatleben und all die vielen Kundinnen von NormCo an der Nase herumgeführt haben. Sie verstehen sich darauf, Träume zu verkaufen und die Schwächen einer Frau auszunutzen. Ich weiß, daß es diese Schwächen sind, die uns dumm erscheinen lassen, und daß sie für keine von uns Respekt empfinden. Sie beuten uns alle aus, angefangen von den Niedrigsten, den Sklavenmädchen in ihren Fabriken, über die Kundinnen, die nicht wissen, was sie kaufen, bis hin zu mir, einer Frau, deren Arbeit sie stehlen wollen.

Sie haben gewonnen, wie es Männer ihres Schlages immer zu tun pflegen.

Ich möchte Sie nur noch daran erinnern, daß selbst Männer Ihres Schlages mit Frauen zusammenleben müssen; und wenn sie uns endlich alle zum Narren gehalten haben, dann werden Sie vielleicht feststellen, daß Sie selbst sehr einsam geworden sind.

Mit vorzüglicher Hochachtung
Ihre Ex-Karen Kahn.

Defina riß die Augen auf, nickte und grinste.

»Ist es gut so?« fragte Karen.

»Ja, bis auf das P.S. Du hast vergessen, ihn einen Pimmel zu nennen. Hinterläßt du auch eine Nachricht für Jeffrey?«

Karen lächelte grimmig, griff in ihre Tasche und zog eine Farbdose hervor. Und dann sprühte sie von links nach rechts ihren Abschiedsgruß über die Wände und Fenster des Büros. »ALLE MÄNNER SIND ZUHÄLTER« lautete ihre Botschaft in meterhohen Buchstaben.

Wenn es auch nicht völlig der Wahrheit entsprach, so war es doch wahr genug.

12

Ein wahrer Freund

Karen hatte Arnold gerade noch telefonisch im Büro erreicht, bevor er Feierabend machte, und er hatte gesagt, sie solle sofort herkommen.

Nun saß er vor ihr an dem großen grauen Metallschreibtisch, an den sie sich so gut erinnern konnte. Sie setzte sich auf den Stuhl ihm gegenüber. »Ich brauche nur noch einen Augenblick«, sagte er. »Ich bin gleich fertig.« Karen nickte und las noch einmal die vertrauten Worte des Gedichtes, das immer noch in seinem angelaufenen Rahmen hing: *Meine kleine Schwester hab' ich eingesperrt, fern vom Leben, fern vom Licht, für eine Rose, eine Schleife, für ein Band in meinem Haar.* Das Gedicht erinnerte sie an ihren Alptraum auf den Marianen. Karen wandte den Blick ab.

Arnold warf ein paar Aktenordner in eine Kiste und einige andere in den Abfallkorb. »So«, sagte er, »du hast also deine Mehrheit aufgegeben. Belle hat mir heute morgen erzählt, daß sie Jeffrey ihre Aktien überschrieben hat. Das war ausgesprochen gewissenlos.«

Karen nickte.

»Ich habe immer versucht, auch den Standpunkt deiner Mutter zu sehen. Ich habe auch immer gewußt, daß sie aus Furcht und nicht aus Haß handelt. Zumindest glaubte ich das immer.« Er schüttelte den Kopf. »Mir sind zu viele Fehler unterlaufen, Karen. Und vor allem die Fehler, die dir geschadet haben, bedaure ich zutiefst.«

Karen spürte, wie ihre Kehle sich zuschnürte, aber sie war entschlossen, nicht mehr zu weinen. Wußte ihr Vater, daß sie Belles richtige Tochter war? Sollte sie es ihm erzählen? Spielte das überhaupt eine Rolle? Am besten blieb sie bei den geschäftlichen Fragen. »Ich wollte dich nur eines fragen«, sagte sie zu Arnold. »Du hast damals die Statuten unserer Gesellschaft ausgearbeitet. Gibt es irgend etwas, das ich tun könnte, um die Firma zu behalten?«

Arnold schüttelte den Kopf. »Ich wußte nicht, daß du die Aktienmehrheit abgegeben hast. Natürlich hätte ich dir davon abgeraten – aber es war von dir eben eine großzügige Geste. Vielleicht war es sogar wirklich das Richtige. Du bist ein gutes Mädchen, Karen. Ich habe heute ein Fax von Lars Dagsvarr bekommen. Seiner Meinung nach wandelst du auf dem richtigen Pfad.« Er legte ihr eine Hand auf die Schulter. »Ich bin stolz auf dich«, sagte er.

»Bist du das wirklich? Ich habe das Gefühl, als hätte ich alles vermasselt.«

»Du warst immer tapfer und fleißig. Und du hast in einer unbarmherzigen, von Männern geführten Branche gearbeitet. Es gibt nichts härteres als die Bekleidungsindustrie, Karen. Das weißt du. Es geht um fünfzig Billionen Dollar im Jahr, um eine Industrie, die größer ist als die Autoindustrie. Du hast dich gut geschlagen. Du hast dein Bestes gegeben. Es gibt nichts, dessen du dich schämen müßtest.«

Er setzte sich langsam wieder hin. »Also, was hast du jetzt vor?« fragte er.

»Ich habe eine Idee. Ein neues geschäftliches Wagnis. Aber es gibt noch etwas Wichtigeres. Ich habe über ein Baby nachgedacht – über eine Adoption.« Sie hielt inne, weil sie es nicht gewohnt war, mit Arnold über solche Dinge zu sprechen, und holte tief Luft. »Hältst du das für eine gute Idee?« fragte sie. »Belle hat gesagt, daß ich ...«

»Ich möchte dazu nur eines sagen, Karen: Ich werde es niemals bedauern, deine Mutter geheiratet zu haben, weil ich durch sie dich bekommen habe. Und ich glaube, du würdest eine wunderbare Mutter abgeben. Beantwortet das deine Frage?«

Karen nickte.

»Ich werde Belle verlassen, Karen.«

Karen nickte noch einmal. »Wirst du dich auch um meine Scheidung kümmern?« fragte sie.

Diesmal war es an Arnold, schweigend zu nicken.

Wieder einmal dachte Karen an Madame Renault und ihre Vorhersage. Jetzt, nach ihrem Gespräch mit Arnold, wußte sie genau, was sie tun würde. Sie würde das Baby auf den Marianen finden, das dazu bestimmt war, ihr zu gehören. Und sie würde Bobby Pillar anrufen, denn sie brauchten einander im Augenblick. Er brauchte ihre Klasse, und sie brauchte seinen Einfluß, um mit Bill Wolper fertigzuwerden und ihr Leben neu zu gestalten. Nachdem sie eine Weile einfach nur dagesessen hatte, wählte sie Bobbys Nummer an der Westküste, und überraschenderweise war er nicht nur zu Hause, sondern nahm sogar selbst das Gespräch an. Es dauerte nur ein paar Minuten, bis sie ihm die Situation erklärt hatte. Bobby schien schon eine Menge darüber zu wissen, und als sie fertig war, lachte er.

»Diese *momzers*!« rief er. »Die glauben wirklich, sie könnten so mit Ihnen umspringen? Hören Sie zu, *mammela*, ich habe da so einige Ideen, aber meine Lieblingsidee ist, daß Sie mit einer neuen Kollektion zu mir kommen. Es sollte eine gute Kollektion sein, aber zu mäßigen Preisen.«

»Aber ich darf meinen Namen nicht mehr benutzen«, erinnerte sie ihn.

»Den brauchen wir auch gar nicht. Sie haben etwas Besseres als Ihren Namen: Sie haben *sich selbst*. Und im Fernsehen werden Sie geradezu unglaublich sein. Nein, das stimmt nicht ganz, es ist ja gerade das Gute, daß man Ihnen *glaubt*. Wir machen eine ganze Modenreihe und zeigen alles mögliche – Sachen, die Sie mögen, und Sachen, die Sie nicht mögen. Und Sie reden darüber, was Sie mögen und warum, und *dann* verkaufen Sie Ihre Entwürfe. Nicht an die reichen Hexen, die sie bisher beliefert haben, sondern an richtige Frauen, anständige, arbeitende Frauen, die nicht nur Ihren Namen wollen, sondern Ihre guten Entwürfe. Warum hören Sie nicht einfach auf mit dem Schicki-Micki-Zeug für die Lunch-Ladies und kleiden statt dessen Amerika ein?«

Karen lächelte. Die Idee gefiel ihr. »Kleider, die auch Frauen von mehr als hundert Pfund gut stehen?«

»Genau! Vielleicht machen Sie ja sogar ein paar von diesen magersüchtigen Models arbeitslos. Ich kann Sie direkt vor mir sehen, wie sie mit Pappschildern auf der Seventh Avenue sitzen und betteln.«

»Aber mein Name! Ich habe meinen Namen verloren!«

»Teufel auch, wir können sie einfach Madame X nennen! Wir werden der Welt erzählen, welches Unrecht Ihr Mann Ihnen angetan hat. Er hat Ihnen Ihre Firma gestohlen. Ihren *Namen*. Abgesehen davon haben Sie Ihren Namen ja noch, Sie dürfen ihn nur nicht mehr für dasselbe Produkt verwenden. Die Gallo-Geschichte ist da ein Präzedenzfall. Sie wissen schon, der Bruder von diesen Wein-Leuten, der Käse oder so etwas verkaufen wollte. Man kann Sie nicht von allen Geschäften fernhalten. Außerdem habe ich eine Akte über Wolper, und es juckt mir schon in den Fingern, sie zu benutzen. Hey, wir holen zu einem Gegenschlag aus, daß sie alle das Zittern kriegen. Nette Neuerwerbung, Bill. Du glaubst, du hast Klasse gekauft, aber das einzige, was du kriegst, ist jede Menge Mist und ein Schlag unter die Gürtellinie, der dich vom Hocker haut.« Er lachte. »Gefällt Ihnen die Idee?«

Sie gefiel ihr sehr.

Ihr nächster Anruf galt Sally im Büro von Harvey Kramer.

Sally war hilfsbereit, aber vorsichtig. »Es *könnte* möglich sein«, sagte sie. »Aber nicht ohne Beziehungen. Offiziell sind Sie immer noch verheiratet, und man hat nur Ihnen beiden als Adoptiveltern grünes Licht gegeben. Nach der Trennung bin ich mir nicht sicher, wie das Gericht entscheiden würde. Was die Einwanderung betrifft, kann ich Ihnen jedoch helfen.«

»Zwei Senatorengattinnen sind gute Klientinnen von mir. Rufen Sie sie an«, sagte Karen zu Sally. In diesem Fall war es nicht unter ihrer Würde, Beziehungen spielen zu lassen.

Anschließend rief sie noch Carl an, der ihre Platzreservierungen im Flugzeug geändert und für sie die Koffer gepackt hatte. Sie verabredeten, daß er sie zum Flugplatz fahren sollte. »Glaubst du, ich bin verrückt, Carl?« fragte sie, als sie schon unterwegs waren …

»Überhaupt nicht. Ich glaube, du weißt, was du willst, und du wirst es bekommen. Das ist nicht über Nacht passiert, Karen. Es ist nicht nur eine Laune.«

»Carl, da ist noch etwas, was du für mich tun könntest.« Sie mußte ihr Anliegen sehr vorsichtig vorbringen. »Sieh mal – ich bekomme eine Menge Geld von dem Verkauf. Und ich will, daß etwas Gutes daraus entsteht. Also möchte ich, daß du ein Geschäft in Manhattan eröffnest. Seit Paris sind die Models ganz verrückt nach dir. Du bist Spitze. Du kannst es schaffen, Carl.«

Er schüttelte den Kopf. »Unmöglich. Ich kann kein Geld aus Jeffreys Geschäft annehmen. Davon würde mir übel.«

»Aber es würde *mich* glücklich machen. Bitte!«

Carl dachte nach. »Ein geschäftliches Darlehen. Rein geschäftlich?« Sie nickte. »Danke, Karen.« Sie nahm seine Hand und hielt sie den ganzen Weg über bis zum J.-F.-Kennedy-Flughafen fest.

Nachdem sie mit Hilfe von Carls Valium den ersten Teil ihres Fluges bis nach Hongkong verschlafen hatte, quälte sie sich auf dem sechsstündigen Weiterflug zu den Marianen mit Selbstzweifeln. Aber jedesmal, wenn sie glaubte, ihr Vorhaben sei verrückt und zum Scheitern verurteilt, mußte sie an die Augen des Babys denken, dieses Babys, das für sie bestimmt war.

Sie und Bobby Pillar waren übereingekommen, ihr Geschäft erst dann publik zu machen, wenn sie das Geld von Bill Wolper in der Tasche hatte. Aber dann wollten sie an die Öffentlichkeit treten, und zwar in großem Stil. Das bedeutete, daß sie ihren Snobismus würde aufgeben müssen, daß sie nicht mehr die Reichen einkleiden konnte. Aber der Gedanke an die vielen traurigen Frauen, die nur aus Verzweiflung ihre maßgeschneiderte Haute Couture kauften, tröstete sie irgendwie. Sicher, sie würde es bedauern, nicht mehr jeden Stoff kaufen zu können, den sie haben wollte, aber es würde auch eine aufregende Herausforderung sein, gute Entwürfe mit Stoffen herzustellen, die für den Massenmarkt preiswert genug waren. Eine ganz neue Welt. Zum Teufel mit Paris!

Aber würde der Massenmarkt ihre Kleider auch annehmen? Entschlossen wischte sie alle Zweifel daran fort. Das alles war unwichtig. Sie wollte ein Kind adoptieren und es aufziehen. Und sie betete, daß sie eine bessere Mutter sein würde, als Belle es ihr gewesen war. Es war nicht einfach, als alleinerziehende Mutter ein Kind auf das Leben vorzubereiten, aber was war schon einfach? Belle und Arnold hatten sie großgezogen, ebenso wie Lisa, und man brauchte sich ja nur anzusehen, was für ein Fiasko daraus geworden war! Karen dachte an Marie Botteglia: Marie hatte sie geliebt. Marie hatte sie im Arm gehalten und berührt und angesehen und geküßt. Sie dankte Gott dafür! Es mußte das sein, was den Unterschied zwischen ihr und ihrer Schwester ausmachte. Als Kind hatte sie sich in Maries Liebe und Anerkennung sonnen können. In gewisser Weise habe ich Glück gehabt, dachte Karen. Zwar habe ich nicht genug bekommen, und ich habe es nicht so lange bekommen, wie ich es gebraucht hätte, aber zumindest habe ich es irgendwann einmal gehabt. Der Gedanke an Marie im fernen Chicago entlockte Karen sogar ein Lächeln. In nur wenigen Stunden werde ich dich gewissermaßen zur Großmutter machen, dachte sie.

Und was war mit Lisa und Belle? Konnte sie ihnen verzeihen? *Sollte* sie ihnen verzeihen? Karen war sich nicht sicher. War Blut so wichtig, daß es Bindungen schuf, die nie gelöst werden durften? Hatte Madame Renault nicht vorhergesagt, daß sie das Netz zerreißen, daß aber die Wunden, die dabei zurückblieben, bluten würden? Jetzt lächelte sie. Hatte die Wahrsagerin ihr nicht auch prophezeit, daß ein dunkelhaariges Kind auf sie wartete? Madame Renault hatte in jeder Hinsicht recht behalten.

Karen dachte an das dichte schwarze Haar des Babys, an die dunklen Augen, die zu ihr aufgeblickt hatten. Es kümmerte sie nicht, wie klein das Kind noch war. Das Baby hatte sie *angesehen*. Das Baby hatte sie ausgesucht, und in den kommenden Jahren, wenn Lilly – so würde ihr Name lauten –, wenn Lilly sie fragte, wie es zu ihrer Adoption gekommen war, würde Karen ihr die ganze Wahrheit berichten. Sie würde ihr von ihrer armen Mutter erzählen und davon, wie es auf dieser Welt zuging. Sie würde ihr von Frauen und Kindern erzählen, die in Dunkelheit und Schmutz billige Kleider nähten, damit auf der anderen Seite der Welt Frauen viel Geld dafür ausgeben konnten, ohne doch jemals ihre Eitelkeit damit zu befriedigen. Und sie wollte ihr von den Männern erzählen, die das alles beherrschten, die jene Frauen beherrschten, die versklavt wurden, und diejenigen, die man mit Fotos in Zeitschriften und Katalogen manipulierte. Sie würde Lilly erzählen, wie und warum ihre Mutter gestorben war und wie Lilly sich Karen ausgesucht hatte.

Vielleicht käme dann eine Zeit, in der Lilly wütend und traurig sein und das Gefühl haben würde, anders als alle anderen zu sein. Es mochte eine Zeit kommen, in der Lilly es bedauern würde, aus ihrem Kulturkreis herausgerissen worden zu sein. Aber Karen mußte einfach glauben, daß sie keinen Fehler machte. Sie würde Lilly gestatten, alles zu tun, was sie tun mußte, und sie würde ihr dabei helfen, so gut sie es vermochte und immer in der Hoffnung sie nicht zu enttäuschen. Aber bis dahin wünschte sie sich nichts anderes, als sie einfach nur lieben zu dürfen.

Direkt hinter der Zollabfertigung traf Karen auf Mr. Dagsvarr. »Sind Sie überrascht, mich zu sehen?« fragte sie. Er schüttelte den Kopf und lächelte.

»Überhaupt nicht«, sagte er. »Überhaupt nicht.«

»Können wir direkt ins Krankenhaus fahren?« Mr. Dagsvarr schüttelte den Kopf. »Ich fürchte, dort ist das Baby nicht mehr.« Karen riß die Augen auf.

»Warum nicht? Geht es der Kleinen nicht gut?« War, so unwahrscheinlich das sein mochte, irgendein Familienmitglied aufgetaucht, um Anspruch auf sie zu erheben? Schreckliche Angst überfiel sie, nahm ihr den Atem. War es ihr vorherbestimmt, noch ein Baby zu verlieren?

»Sie haben das Kind verlegt. Es war nicht krank, also mußte es aus dem Krankenhaus entlassen werden. Man wollte es ins Waisenhaus bringen.«

»So? Und ist es dort? Geht es ihm gut?«

»Nun, es ist dort nie angekommen. Es hat da wohl irgendein Durcheinander mit den Papieren gegeben. Im Augenblick versucht man, das Baby zu finden.«

»Wie ist so etwas möglich? Wie kann man denn ein Baby verlieren?«

»Babys sind etwas, das wir hier im Überfluß haben«, sagte Mr. Dagsvarr seufzend. »Ich wünschte, ich könnte Ihnen sagen, daß man sich gut um sie alle kümmert.« Er klang sehr müde.

»Ich möchte sofort zu meinem hiesigen Anwalt fahren«, sagte sie. »Telefonisch habe ich bereits mit ihm gesprochen.«

»Haben Sie seine Adresse?«

Karen zog eine Visitenkarte aus der Tasche. Sie konnte es nicht glauben! Man hatte Lilly verloren? Sie biß sich auf die Lippen. Fast zehntausend Meilen weit war sie geflogen, war um die halbe Welt gereist, und diese Idioten konnten nicht einmal auf ein einziges Kind aufpassen. Nun, und wenn sie die ganze Insel durchkämmen mußte, sie würde ihr Baby finden.

Sie fuhren an einigen Fabrikgebäuden vorbei und an einigen der Slums, in denen andere Mädchen litten, so wie Lillys Mutter gelitten hatte. Karen hoffte jetzt, möglichst viel Geld von NormCo zu bekommen, denn die Hälfte davon würde hierher zurückfließen, zu den Frauen, denen das Geld rechtmäßig gehörte. Sie wollte auch übers Fernsehen zu ihnen sprechen. Es würde nicht genügen, aber es war immerhin besser als gar nichts.

Endlich hatten sie sich durch den dichten Verkehr manövriert und waren in Mr. Chings Büro angelangt. Sie mußten nicht lange warten, bis Mr. Ching, ein freundlicher Mann mit grauem Haar, sie begrüßte. »Ich habe eine gute Neuigkeit«, sagte er. »Das Baby ist gefunden worden.« Karen sah von ihm zu Mr. Dagsvarr hinüber. War das die Wahrheit? Konnte sie sich entspannen? Oder hatten sie nur Angst, sie würde Theater machen, und wollten ihr jetzt ein anderes Baby für Lilly unterschieben?

»Dürfte ich bitte ihre Papiere sehen?« fragte Mr. Ching.

Karen reichte ihm ihren Paß, die Bescheinigung der Adoptionsbehörde, die Anfrage, die sie beim Staat New York gemacht hatte, und alle Informationen, die von Sally zusammengestellt worden waren.

»Ich werde natürlich auch mit der Einwanderungsbehörde Kontakt aufnehmen müssen«, sagte Mr. Ching.

»Warum?« fragte Karen. »Die Kleine ist Amerikanerin. Sie wurde hier geboren. Ist das hier nicht ein Teil der guten alten USA?«

»Nun ja, ihre Mutter war Chinesin. Die Nationalität ihres Vaters kennen wir nicht. Ich glaube, es wäre am besten, sich gegen jede Eventualität abzusichern.«

»Tun Sie, was immer sie für nötig halten«, erwiderte Karen. »Sehen Sie zu, daß ich mein Baby mit nach Hause nehmen kann. So, und jetzt möchte ich zu ihm. Wo ist es?«

Karen lief den Flur des Methodisten-Krankenhauses entlang. Sie hatten Lilly ins Krankenhaus gebracht, weil sie leicht fieberte. Zumindest war es das, was man Karen gesagt hatte. Sie stürmte so schnell durch den langen Gang, daß Mr. Dagsvarr, der ihre Tasche trug, nicht Schritt halten konnte.

Atemlos kam sie im Kinderzimmer am anderen Ende des Korridors an, wo sie von einer Krankenschwester mit einem altmodischen, gestärkten Häubchen aufgehalten wurde. »Kann ich Ihnen behilflich sein«, erkundigte sie sich.

»Ich will mein Baby abholen«, sagte Karen.

Die Krankenschwester sah sie einen Augenblick lang an, als hätte sie den Verstand verloren. Karen griff in ihre Tasche und zog die Papiere hervor, die Mr. Ching ihr gegeben hatte. »Ich möchte mein Baby sehen«, sagte Karen. Da endlich kam auch Mr. Dagsvarr herangeschnauft. Die Krankenschwester sah ihn an, und ihr Gesicht wurde freundlich.

»Oh, hallo, Reverend«, sagte sie. Die beiden begannen, sich zu unterhalten, aber Karen wandte ihnen den Rücken zu und schaute durch das Glasfenster. Dahinter standen etwa ein Dutzend Wiegen, und in jeder lag ein Säugling. Karen ließ ihren Blick nur kurz darüber schweifen und wußte sofort, daß Lilly nicht dabei war.

»Wo ist *mein* Baby?« fragte sie.

Und dann sah sie es. Es lag in einem geschlossenen Kinderbettchen, und obwohl sie gut sieben Meter davon entfernt war, erkannte Karen es unter der durchsichtigen Plastikabdeckung sofort.

»Da ist es. Da ist mein Baby!« rief Karen.

13

Mit standesgemäßer Verspätung

Karen hatte Stunden gebraucht, um mit der Einwanderungsbehörde klarzukommen, und das *trotz* der unschätzbaren Hilfe von Sally, der Unterstützung durch einen der Beamten (des Ehemannes einer guten Kundin), der Intervention des Büros eines US-Senators und schließlich eines Auftritts von Harvey Kramer persönlich – der ihr dafür wer weiß wie viele Stunden auf die Rechnung setzen würde. Des Ganzen überdrüssig, fragte Karen sich, welche Art von Sicherheitsrisiko für Amerika ein vier Wochen altes chinesisch-amerikanisches Kind wohl darstellte, und wie diese ganze furchtbare Prozedur wohl für diejenigen aussah, die nicht ihre Privilegien, ihr Geld und ihre Beziehungen hatten. Gott sei Dank schlief Lilly fast die ganze Zeit, eingewickelt in eine Decke, die Mrs. Dagsvarr, nachdem sie erfahren hatte, daß Karen zurückkommen und sich das Baby holen würde, bestickt und ihr dann schüchtern überreicht hatte.

Todmüde ließ sich Karen von einem Mietwagen am Flughafen abholen. Die Fahrt nach Manhattan brachten Lilly und Karen schlafend oder im Halbschlaf auf dem Rücksitz zu.

Irgendwo auf der Schnellstraße wachte Karen auf. Einen Augenblick lang wußte sie nicht mehr, wo sie war, und umklammerte das Baby. Gott sei Dank! Sie hatte es nicht verloren oder irgendwo vergessen. Welche Verantwortung doch dieses kleine schlafende Paketchen bedeutete. Würde sie eine gute Mutter sein? Defina hatte sich solche Mühe gegeben. Vielleicht war es für Tangela nicht gut gewesen, daß Defina hatte arbeiten müssen. Aber hatte Defina eine andere Wahl gehabt? Und andererseits: Lisa hatte *nicht* gearbeitet, und was war aus ihren Töchtern geworden? Karen fühlte sich plötzlich alt und müde. Würde sie die Energie und das Durchhaltevermögen aufbringen, um eine gute Mutter zu sein? Sie kreuzte die Finger und hoffte, daß Liebe und Geld ihr helfen würden. Dann schlief sie wieder ein.

Als sie vor ihrer Wohnung in der West End Avenue vorfuhren, wachte sie wieder auf. Also, Lil, ob es nun gut wird oder schlecht, du bist daheim. Sie blickte in das kleine Gesicht. Lilly hatte ihre Augen geschlossen, und die schwarzen, winzigen und unbeschreiblich süßen Wimpern lagen auf den kleinen, dicken Bäckchen. Sie hielt ihr Fäustchen fest gegen das Kinn gepreßt, und Karen mußte unwillkürlich lächeln. Vielleicht war ihre Entscheidung irrational gewesen, vielleicht hätte sie das alles nicht tun sollen. Vielleicht würde sie es irgendwann in der Zukunft einmal bereuen, und vielleicht würde es auch Lilly leid tun, daß es so gekommen war. Aber selbst wenn dem so sein sollte, war das kein Grund für Karen, sich jetzt anders zu entscheiden, als sie sich entschieden hatte. Selbst wenn es Selbstmitleid gewesen sein sollte, wenn es die Tat einer verzweifelten Frau war, hatte sie doch ein gutes Gefühl dabei. Es war sogar so, daß sie sich niemals besser gefühlt hatte. Wenn sie jetzt Lilly an ihre Brust drückte, fühlte sie sich wirklicher und vollständiger und freudiger, als sie es je zuvor in ihrem Leben gewesen war. Manche Dinge kann man nicht auseinanderpflücken. Wahrscheinlich all jene Dinge, die einen froh machen.

Der Fahrer half ihr, das Gepäck auszuladen. Als sie vor ihrer Wohnungstür stand und den Schlüssel ins Schloß steckte, fragte sie sich, ob Ernesta wohl noch da sein würde. Es war fast ein Uhr, und Ernesta arbeitete nur halbtags. Karen öffnete die Tür, warf ihre Tasche in den Flur und ging ins Wohnzimmer.

»Überraschung!« rief ein Chor von Stimmen. Karen fuhr vor Schreck zusammen, aber Lilly schlief weiter. Defina, Casey, Carl, Janet, Mrs. Cruz, Ernesta, Perry, Arnold, Inez und noch ein Dutzend anderer Leute standen mit pinkfarbenen Luftballons im Halbkreis um sie herum. Sogar Elise Elliot war da, mit einer großen, zartblauen Schachtel von Tiffany. Neben ihr stand Annie Paradise, die Ernesta an der Hand hielt. Selbst Brenda Cushman winkte ihr zu, und Karen war sogar in der Lage, wahrzunehmen, daß Brenda das Kleid trug, das Karen für sie gemacht hatte.

»Ach du liebe Güte«, lästerte Karen. »Was macht ihr alle hier?«

»Wir warten auf dich«, sagte Defina. »Schon seit Stunden. Tangela war auch hier. Es geht ihr gut, aber sie mußte wieder zurück in die Klinik. Sie wünscht dir alles Gute und Liebe.«

Karen lächelte. Sie war ihr ganzes Leben lang spät dran gewesen. Sie war spät adoptiert worden, ihre Pubertät hatte erst spät eingesetzt, sie hatte spät geheiratet, sich erst spät darangemacht, ihre Herkunft zu ermitteln – und noch länger hatte es gedauert, bis sie begriff, wer alles sie belog. Und jetzt war sie ziemlich spät dran als frischgebackene Mutter. »Defina, glaubst du, ich bin zu alt, um eine gute Mutter zu sein?«

»Schätzchen, du bist nicht alt, du trittst halt nur mit standesgemäßer Verspätung auf.«

Karen blickte in die Runde und sah all ihre treuen Gefährten von KKInc. Aber das war noch nicht alles. Am Fenster lehnte eine große, dunkle Frau – Madame Renault. Was will denn *die* hier? dachte Karen. Nicht, daß sie nicht willkommen gewesen wäre. Madame Renault kam jetzt auf sie und das Baby zu. Karen blinzelte. Hatte Madame Renault nicht alles über Lilly gewußt? Hatte sie nicht gewußt, daß es ein dunkelhaariges Kind gab, das eine lange Reise machen mußte, um hierherzukommen?

Karen konnte nicht mehr herausbringen als: »Ich bin völlig fertig.«

Carl trat vor und betrachtete das eingewickelte Bündel. »Laß mal sehen«, flüsterte er. »Stell mich bitte meiner Nichte vor.«

»*Meinem* Patenkind«, sagte Defina.

»Meiner Enkeltochter«, fügte Arnold hinzu.

»Und meiner Enkeltochter ebenfalls«, erklang es wie ein Echo darauf. Karen spürte, wie sich ihr Magen zusammenkrampfte, und sie riß ihren Blick von Lillys kleinem Gesichtchen los. Aber es war nicht Belle, der sie in die Augen sah, sondern Marie Botteglia. Wie hatten die anderen sie bloß gefunden? Wer hatte sie eingeladen? Karen wußte es nicht, aber sie freute sich herzlich, daß Marie hier war. »Oh, ist sie schön«, wisperte Marie.

»Wir alle möchten sie sehen«, sagte eines der jungen Mädchen aus ihrer Design-Abteilung. Karen ging zum Sofa, breitete dort die Decke aus, legte Lilly darauf und setzte sie zwischen zwei Kissen. »Dieses Sofa ist auch die längste Zeit weiß gewesen«, sagte Defina. Alle lachten und drängten sich vor, um den kleinen Schatz anzuschauen.

»Wie heißt sie?« fragte Perry. Er stand etwas hinter den anderen, und Karen fragte sich, wie er sich wohl fühlen mochte. Ob er an Lottie dachte? Ob er immer noch trank? Sie wollte es ihm nie mehr übelnehmen, falls er es tat. Bereits jetzt wußte sie, daß es sie umbringen würde, wenn diesem Baby irgend etwas zustoßen sollte.

»Hast du dich schon für einen Namen entschieden?« fragte Defina. »Wenn dir ›Defina‹ nicht gefällt, wie wär's dann mit Latosha?«

»Latosha?« fragte Carl. »Das klingt wie ein indianischer Pferdename. Fällt dir nicht etwas Praktischeres ein? Vielleicht Lanoleum.«

»Ich glaube nicht, Carl«, sagte Karen.

»Gegen Latosha ist doch wohl nichts einzuwenden«, hakte Defina nach.

»Sie heißt Lilly«, erklärte Madame Renault der Versammlung. Karen kniff die Augen zusammen und sah der Frau in ihr dunkelhäutiges Gesicht. Sie spürte, wie sich ihre Nackenhaare aufstellten. Wußte diese Frau denn *alles*? Aber dann lächelte Madame Renault. »Es steht auf ihrer Decke«, erklärte sie.

Perry kam jetzt zu ihnen, beugte sich hinunter und nahm Lillys kleinen Fuß in seine Hand.

»Herzlich willkommen, Lilly«, sagte er. Karen traten Tränen in die Augen. Mrs. Cruz mußte das gesehen haben, denn sie trat zu ihr und umarmte sie.

»Es hat ja nichts anzuziehen, Ihr Baby. Also haben wir uns darum gekümmert«, sagte Mrs. Cruz. Und dann packten sie die Pakete aus. Handgesmockte kleine Kleider aus Baumwollbatist. Ein winziges rosafarbenes Partykleid aus Taft. Ein getupftes Schweizer Nachthemd mit handgemachter Spitze. Kleine gestrickte Schuhe aus der weichsten Bouclé-wolle. Eine vollständige handgenähte Babyausstattung! Wann hatten sie dazu die Zeit gehabt? Wie hatten sie es alle wissen können? Karen brach in Tränen aus.

Aber das war noch nicht alles. Ernesta kam mit einem blauen Kinderwagen, dem Rolls Royce unter allen Baby-Gefährten, den Bobby Pillar per Luftfracht aus England geordert hatte, aus der Küche. Auf der Glückwunschkarte stand: »Lieber Partner. *Mazel tov.* Wenn sie eine Baby-Kollektion entwerfen, dann werde ich die Universitätsausbildung für die Kleine übernehmen.« Karen schluchzte noch herzzerreißender.

»Bobby hat auch etwas für uns alle«, erklärte Karen dann. »Jobs für euch, wenn ihr wollt!« Sie wandte sich an Defina. »Auch für Tangela.« Alle klatschten, und Karen weinte noch heftiger als vorher.

»Es ist so lieb von euch allen«, sagte sie. »Es ist einfach so lieb.«

Janet nahm das Baby. »Wird es Chinesisch oder Englisch sprechen«, fragte sie unschuldig. Karen lächelte. Janet war ein liebes Mädchen, aber manchmal nicht die hellste. »Jedenfalls mit Brooklyn-Akzent«, meinte Karen.

Irgendwie hatte es jetzt gar nichts mehr zu bedeuten, daß Belle nicht dabei war. Und daß Lisa und Jeffrey nicht da waren. Daß alle, die eigentlich zur Familie gehörten, nicht hier waren, außer Arnold. Und mit Arnold verbanden sie keine Blutsbande! Karen blickte in die Runde, von einem zum anderen; zu diesen Menschen war sie freundlich gewesen, auf diese Menschen hatte sie sich eingelassen, und diese Menschen waren auch zu ihr freundlich. Das reicht mir, das ist genug, sagte sie sich. Ich bin glücklich. Auch Lilly wird glücklich sein. Das hier ist *mehr* als genug.

»Den besten Kinderwagen?« fragte Defina.

Karen hatte schon den Mund geöffnet, um etwas zu sagen, als sie begriff, daß sie die Antwort nicht kannte. Sie wußte auch nicht, welches der beste Windelservice war, der beste Kindergarten oder der beste Kinderarzt. Einen Augenblick lang schien ihr ganzes Selbstvertrauen in sich zusammenzusinken. Vielleicht war sie gar nicht fähig, ihre Sache gut zu machen? Defina sah, daß sie zögerte.

»Die beste junge Mutter?« fragte Defina leise. Bevor Karen etwas sagen konnte, gab Defina selbst die Antwort. »Karen Kahn«, sagte sie und drückte Karens Hand.

Die Türglocke klingelte, und Ernesta ging zur Tür. Sie kam mit Mr. Centrillo zurück, der eine gewaltige Schachtel trug. »Mrs. Kahn«, sagte er. »Es tut mir leid, daß ich zu spät dran bin, aber mir ist etwas dazwischengekommen. Sie wissen ja, wie es gehen kann.« Er hob schuldbewußt die Schultern. »Jedenfalls habe ich die erfreuliche Nachricht bekommen und wollte der jungen Dame dies hier überreichen. Wenn sie auch nur ein bißchen Ähnlichkeit mit ihrer Mutter hat, dann wird sie schon klarkommen.«

»Mr. Centrillo ...« Karen war verlegen. Sie hatte darauf geachtet, nicht ihren wirklichen Namen zu benutzen und immer in bar zu bezahlen. Wie hatte er es herausgefunden?

»Es gibt auch bei uns in Brooklyn Fernsehapparate, Mrs. Kahn«, sagte er lächelnd. »Und manchmal wird sogar eine Nummer von *Women's Wear* da drüben ausgetragen.«

Nachdem Karen errötet war und sich entschuldigt hatte, packte sie die Schachteln mit Windeln aus, die er ihr mitgebracht hatte. Dann mußte sie noch ein Kinderbettchen, eine Wiege und eine Babydecke bewundern. Schließlich war nur noch ein Päckchen übrig, das Carl ihr leicht verlegen übergab. Er war einfach in braunes Packpapier eingeschlagen, und Karen überlegte, ob es vielleicht eine kleine Matratze für die Wiege oder den Kinderwagen sein könnte. Um so überraschter war sie, als unter dem Papier glänzender Satin zum Vorschein kam. Sie zog eine gesteppte Bettjacke hervor; schön weiß mit handgefertigten Knöpfen und feinster französischer Spitze am Halsausschnitt und an den Ärmeln glich sie einem traumhaften Utensil aus irgendeinem alten Film. Karen hörte auf zu schniefen und begann jetzt ernsthaft zu schluchzen. »Meine Bettjacke«, sagte sie. »Du hast mir eine

Bettjacke besorgt, wie sie alle Frauen haben, die ein Kind bekommen.« Lilly, die inzwischen erwacht war und sich auf dem Sofa alleingelassen vorkam, fing zu schreien an. Ernesta nahm mit der Autorität jahrelanger Praxis das kleine Schätzchen in ihre Arme.

»Ich bin ihre andere Großmutter«, erklärte sie Marie und fing an, Lilly zart zu streicheln. Sie warf Karen einen Blick zu. »Haben Sie eine Flasche für die Kleine?« fragte sie.

Karen nickte stumm. »In der Tasche«, brachte sie schließlich heraus und zeigte auf eine der Reisetaschen. »Zieh mal die Bettjacke an«, meinte Carl. »Ganz Amerika möchte wissen, was du drunter anhast.«

Sie lachte, zog dann die Jacke über, setzte sich aufs Sofa und nahm Lilly fest in den Arm, während die Kleine die halbe Flasche leertrank. Auch alle anderen aßen, und Perry hielt Karen ein Brötchen hin, von dem sie ab und zu einen Bissen nahm, während sie das Baby fütterte. »Wie war's denn in Minnesota?« fragte sie ihn leise.

»Kalt und trocken«, entgegnete er, »genauso wie ich selbst. Bin immer noch trocken«, fügte er hinzu und trank ihr mit einem Glas Wasser zu.

Als Lilly ihre Mahlzeit beendet hatte, klopfte Karen ihr vorsichtig auf den Rücken, damit sie aufstoßen konnte. Natürlich vergaß sie, sich eine Windel unterzulegen, und bevor Karen die Chance hatte, ihren Fehler wiedergutzumachen, hatte Lilly bereits den größten Teil ihrer Mahlzeit über Karens neues Bettjäckchen verteilt.

»O nein!« rief Karen. Perry lachte, Mrs. Cruz schüttelte den Kopf. Ernesta wischte Karens Schulter mit einer Serviette ab, und Defina stand dabei und grinste.

»Dafür sind Kleider schließlich da«, sagte sie.

Danksagung

Als erstes möchte ich Nancy Lee Robinson dafür danken, daß sie gemeinsam mit mir an diesem Buch gearbeitet hat. Ich halte das für eine Ehre und für ein Privileg. Es gibt keine bessere Sekretärin, Korrekturleserin und Freundin als sie. Sie lacht über meine Witze – *und* ist in der Lage, den Drucker meines Computers nachzuladen!

Jean Merril Balderston möchte ich für ihre unschätzbar wertvolle, stets treffsichere Befürwortung der besseren von zwei Möglichkeiten und für ihre positiven und kreativen Vorschläge danken. Daß sie großzügigerweise das ganze Buch gründlich gelesen hat, bedeutet mir mehr, als ich mit Worten ausdrücken kann. Mein Dank gilt ebenso denjenigen Lesern meiner vorhergehenden Bücher, die so freundlich waren, mir ihre Meinung dazu mitzuteilen. Ich habe mich über ihre Briefe sehr gefreut. Sehr hilfreich und immer humorvoll war Paul Mahon, dem ich einige der besten Kapitelüberschriften des Buches verdanke. Sein Humor und sein Witz bedeuten wahren Genuß für mich. Diana Heilinger war so freundlich und geduldig, eine Fassung des Romans nach der anderen zu lesen und es dabei auf geheimnisvolle Weise – wie, das wissen nur ihre besten Freunde – fertigzubringen, nie in ihrem Enthusiasmus zu erlahmen. Ruth Becker zeigte wieder die Scharfsichtigkeit, zu der nur sie allein fähig ist. Mein Dank geht auch an Linda Fontaine Grady, eine der modebewußtesten Frauen, die ich kenne, für die Einsichten in die Welt der Mode und des Kleiderhandels, die sie mir vermittelt hat. Curtis Laupheimer und Justine Kryven waren wunderbar, so wie jedesmal. Mit ihnen gehört auch Paul Eugene Smith in die Abteilung »wunderbar wie immer«. Ich hoffe, daß ich seine Hilfe niemals als selbstverständlich ansehen werde und daß er es nicht müde wird, jedesmal aufs neue dankend erwähnt zu werden. Und schließlich muß ich Jim und Christopher Robinson dafür danken, daß sie so oft auf ihre Nancy verzichtet haben, wenn ich sie brauchte. Schön wär's nur, wenn sie endlich ihre Auffahrt freischaufeln würden!

Ganz zum Schluß möchte ich dann noch George Craig, Eddie Bell, Jack McKeown, Susan Moldow, Joseph Montebello, Larry Ashmead und Charlotte Abbot vom Verlag HarperCollins für die ständige Freundlichkeit, Fürsorge und Betreuung danken, mit denen sie mich überschüttet haben.

Die Handlung dieses Romans wurde frei erfunden. Wenn gelegentlich auf reale Personen und Orte Bezug genommen wird, so geschieht das lediglich, um den Geschehnissen einen realistischeren Hintergrund zu geben. Alle anderen Namen, Personen, Orte und Ereignisse sind reine Phantasieprodukte der Autorin. Jede Ähnlichkeit mit wirklichen Personen, sowohl lebenden als auch bereits verstorbenen, wirklichen Ereignissen oder Orten wäre rein zufällig und wurde nicht beabsichtigt.